Reis door de nacht

In deze omnibus zijn opgenomen:

De duisternis in
De storm steekt op
Ochtendgloren
De nieuwe dag

ANNE DE VRIES

REIS DOOR DE NACHT

De duisternis in

De storm steekt op

Ochtendgloren

De nieuwe dag

KokBoekencentrum Uitgevers • Utrecht

Bij deze uitgave is een lijst met afkortingen, verklaringen en vertalingen van Duitse en Engelse zinnen toegevoegd. Deze is achter in het boek opgenomen.

Ontwerp omslag: Nanja Toebak
Lay-out binnenwerk: Stampwerk
Illustraties binnenwerk: Tjeerd Bottema

37e druk, 2025

ISBN 978 90 266 2440 7
ISBN 978 90 266 2049 2 (e-book)
NUR 284

www.kokboekencentrum.nl

KokBoekencentrum Uitgevers vindt het belangrijk om op milieuvriendelijke en verantwoorde wijze met natuurlijke bronnen om te gaan. Bij de productie van het papieren boek van deze titel is daarom gebruikgemaakt van papier waarvan het zeker is dat de productie niet tot bosvernietiging heeft geleid.

INHOUD

VOORWOORD

De oorlog begint, de vogels fluiten

De schrijver Anne de Vries rondde zijn meesterwerk *Reis door de nacht* af in het jaar dat ik werd geboren: 1958. Dertien jaar na het einde van de Tweede Wereldoorlog. Hij had er bijna acht jaar aan gewerkt. Het exemplaar dat ik in een boekhandel in Zutphen kocht dateert van 1966. Het staat nog altijd op een ereplaats in mijn boekenkast, en is het boek dat ik het vaakst heb herlezen. Als ik het nu wat beschadigde boek opensla, zie ik op het schutblad mijn allereerste handtekening, zo trots was ik, herinner ik mij, op deze aankoop. Het was het eerste boek dat ik met mijn eigen guldens en dubbeltjes kocht. Ik zie de boekhandel nog voor me, ik zat er vaak op de grond te lezen, door niets en niemand te verstoren.

Ook *Reis door de nacht* las ik, acht jaar oud, op de grond, thuis, tegen de eikenhouten kast geleund waarin mijn moeder de fotoalbums van ons gezin bewaarde. Naast mij in de voorkamer speelden mijn broers met legotreinen, en een gigantische boerderij met talrijke dieren die zij eerst liefdevol en later steeds wilder bewogen. Welk kabaal zij ook maakten, ik was voor het allereerst in mijn leven zozeer ondergedompeld in een boek, dat uren als in een flits voorbij gingen, en ik de aanwezigheid van mijn broers nauwelijks opmerkte. *Reis door de nacht* bracht mij voor het eerst het gevoel op te gaan in een andere wereld waarin verbeelding en werkelijkheid door elkaar lopen, en ook het idee iets te begrijpen van de raadsels van het leven. *Reis door de nacht* is daarom voor mij nog altijd veel meer dan de eerste oorlogsroman die ik las; het boek markeert voor mij de geboorte van het lezen en van het plezier daarin. Welk een geluk heb ik gehad dit boek als jongen – ja, nog met korte broek – te ontdekken.

Dit jaar beleeft *Reis door de nacht* zijn 35e druk. Speciaal voor die gelegenheid heb ik de roman nog eens herlezen. Het wonderlijke is, zo realiseerde ik mij al lezende, dat het boek na al die jaren niets aan kracht heeft ingeboet. Ik lees het met oudere ogen, maar ook met nieuwe ogen, alsof ik het, zo lijkt het, telkens weer voor de eerste keer lees. Alleen de allerbeste boeken zijn tot dat mirakel in staat, en hebben elk tijdperk, elke generatie iets te zeggen. Ik vraag me af waar dat in zit. Opnieuw valt mij op hoe spannend en meeslepend *Reis door de nacht* is geschreven; als lezer word je voortgedreven, je moet, je wilt weten wat er gaat gebeuren. Het boek heeft filmische allure en bevat talrijke actie- en oorlogsscènes die je beleeft alsof je ze ziet op het witte doek.

Minstens zo boeiend zijn echter de momenten waar de schrijver ons tot nadenken stemt, ook over de tijd die wij nu beleven – waarin de Tweede Wereldoorlog nog slechts een vage herinnering is. Trefzeker roert de schrijver onderwerpen aan die van alle tijden zijn. Hij laat zien hoe wij ons in mensen kunnen vergissen, dat wij hen vaak te snel en verkeerd beoordelen. Mensen zijn geen open boek, openheid kan juist bedrieglijk zijn, zoals bescheidenheid en teruggetrokkenheid een rijk innerlijk leven kunnen verbergen. Menselijke moed en menselijke kwaadaardigheid openbaren zich niet altijd in hen van wie we het verwachten. Het leven is vol verrassingen.

Reis door de nacht beschrijft het verzet tegen de Duitse overheersing, het gevecht voor de vrijheid en de vrijheid van meningsuiting, maar laat ook zien hoe moeilijk het vaak is de zienswijze van een ander werkelijk te respecteren. Dat was toen, en dat is nog altijd zo.

Als lezer leef je vooral mee met Jan, vijftien jaar oud als in 1940 de oorlog begint. Jan is van nature een twijfelaar, een piekeraar die zich voortdurend afvraagt of hij wel het goede doet. Daarom heeft hij moeite om te handelen. In verschillende fasen van de oorlog is Jan eerder geneigd tot de studie en tot afzondering dan tot actie en ingrijpen zoals zijn vader en zijn onstuimige broer Frits. Als hij er echter eenmaal van overtuigd is dat zijn handelen juist is, blijkt hij tot krachtdadige actie tegen de vijand in staat. Jan is de grote held van dit verhaal, veel meer dan zomaar een personage in een boek, een gestalte die mij altijd is bijgebleven door zijn menselijkheid. Niet omdat hij een superheld is maar juist omdat heldendom het laatste is wat hij nastreeft. Zijn handelen is gebaseerd op een poging zuiver te denken en te voelen, op de zoektocht naar de wetenschap dat zijn inzet juist is, goed is. Hij is de held die in velen van ons schuilt, als we maar willen zien wat er om ons heen gebeurt, en onze verantwoordelijkheid willen en durven nemen.

De oorlog behoort ongetwijfeld tot de ergste dingen die mensen kunnen beleven. Bij alle verschrikkingen en oorlogsverwikkelingen die hij beschrijft, behoudt schrijver Anne de Vries echter altijd iets optimistisch.

Dat viel mij des te sterker op in deze tijd van Covid-19. Nooit was ik me er zo sterk van bewust geweest dat er in dit boek allerlei vogels kwinkeleren en zingen. Al op de eerste pagina hoor je vogels fluiten, terwijl de oorlog net begonnen is. Dat is geen onbetekenend detail, geen toevalligheid. Ondanks alles wat er gebeurt, zo suggereert de schrijver, gaat de natuur zijn gang, wat de mensen ook uitspoken. Tegelijkertijd lees ik *Reis door de nacht* nu toch ook als een oproep aan jonge mensen, aan iedereen, om in te grijpen, om de natuur te redden, de mensheid te behoeden voor catastrofes, en alle mensen, wie ze ook zijn, kansen te geven zich te ontplooien. Uiteindelijk is *Reis door de nacht* niet alleen een oorlogsroman, maar vooral een liefdesroman, een boek van verwondering: een verbijsterend mooie en krachtige liefdesverklaring aan het avontuur van het leven. Waarvoor wij allemaal verantwoordelijk zijn.

Henk Pröpper

Deel I

De duisternis in

HOOFDSTUK 1

Toen Jan zijn ogen opendeed op die zonnige vrijdagmorgen in mei, zong een lijster voor zijn raam met zo'n overgave en zo'n hartstocht dat het leek alsof de vogel regelrecht tegen hem sprak en hem iets heel belangrijks te vertellen had. Maar toen hij zijn benen uit het bed zwaaide en met de armen op de vensterbank naar buiten kwam leunen, liet de zanger zich van zijn tak vallen, vloog luid schreeuwend weg en verdween in de boomgaard.

Die moet er zeker nog aan wennen dat het huis bewoond is, dacht Jan. Hij gaapte, wreef zijn ogen uit en keek de landen over. De zon stond al boven het dennenbos, maar lichte nevelslierten hingen nog hier en daar langs de sloten tussen het weiland. Buurman Hoeks liep al achter de ploeg en uit de vers omgelegde voren steeg de damp omhoog. Op de straatweg stonden drie boeren met elkaar te praten: één had voortdurend het woord; die stak een heel verhaal af, wees naar de lucht, zwaaide met zijn armen en sloeg met de vuist in zijn hand. Zijn opgewonden stem klonk door de stille morgen tot Jan door, maar de woorden kon hij niet verstaan. Niks voor een boer om zo druk te doen, dacht hij. Wat voor ergs zou die man beleefd hebben? Een kalf met twee koppen gekregen misschien...?

Man, wat was het hier heerlijk op het boerenland! Wat een geluk dat ze van Zeist hierheen verhuisd waren, drie dagen geleden! Het waren drukke dagen geweest. Ze hadden allemaal gesjouwd wat ze konden om het huis ingericht te krijgen, hij en vader en moeder, Guusje – zijn zusje van veertien – en Margje, een dienstmeisje uit de buurt. Hoe laat was het gisteravond geworden...? Bij elven was hij doodmoe naar boven gewankeld en toen waren vader en moeder nog bezig. Geen wonder dat ze allemaal nog sliepen!

Weet je, hij zou nu best eens een lekker kopje thee kunnen zetten en ze daar op bed mee verrassen! Hij sprong naar de wastafel, viel bijna over een stapeltje boeken en waste zich. Terwijl hij zich daarna vlug aankleedde, keek hij zijn kamertje rond en maakte plannen om dat vandaag eens echt leuk in te richten. Gezellig zou het zijn, als alle boeken in de kast stonden met de ets van het Friese landschap erboven. In de hoek naast het bed kon mooi zijn windbuks hangen en de Indische speer moest er dan naast, met de punt schuin omhoog. Zijn jiujitsu-embleem hing hij er dan tussen. Daar mocht hij met recht trots op zijn: hij moest nog zestien worden en hij had het al een flink eind gebracht in de Japanse worstelsport: hij gooide andere jongens waar hij ze hebben wilde. Als er nu maar les te krijgen was in de naburige stad; hij moest het blijven onderhouden...

Maar nu eerst de thee! Zacht sloop hij de trap af, de keuken in, vulde de snelkoker, sloot die aan en nog geen kwartier later kwam hij met thee en beschuitjes de slaapkamer van zijn ouders binnen.

Daar lagen ze nog lekker te maffen, die twee, terwijl de zon ze bijna in de ogen scheen. Leuk stel toch, die frisse jonge moeder en vader met zijn jongensachtige kuif...!

Jan zette het blad neer en had moeite om ze wakker te krijgen, ze hadden tot diep in de nacht doorgewerkt natuurlijk! Moeder richtte zich het eerst op, keek verdwaasd rond en lachte.

'Hè, wat heb ik naar gedroomd!' zei ze. 'Hoe laat is 't?'

'Als Uwe Majesteit zo goed wil zijn om even te luisteren, dan kan Zij de fluit van de boterfabriek horen,' zei Jan. 'Dat zal betekenen dat het juist zeven uur is.'

Hij nestelde zich lekker met zijn eigen kopje aan 't voeteneind.

'Zou je Guusje niet even roepen?' vroeg moeder.

'Die zit al te smullen,' antwoordde Jan. 'Ik moet zeggen, ze was heel wat makkelijker te wekken dan jullie tweeën. Eén klop op de deur en ze gaf antwoord. Nou, hoe smaakt het? Kán ik thee zetten of niet?'

Ze prezen hem uitbundig. Alleen beweerde vader dat hij geen suiker genoeg had. Die zoetekauw deed je er niet gauw te veel in.

'Wat heb je gedroomd, vrouw?' vroeg vader. 'Het was wel erg, geloof ik. Je riep: Nee, nee, nee! En je trapte mij het bed bijna uit!'

Moeder lachte. Ze zei: 'Vertel me eerst eens, waar staat dit in de bijbel: Indien iemand u wil doden, verweer u niet; de onrechtvaardige zal zijn eigen ziel doden... Daar werd ik mee wakker, met die tekst... Gek, hè?'

'Ja,' zei vader, 'dat is zeker gek! Want dat zul je nergens in de bijbel vinden. Indien iemand u wil doden, verweer u niet... Het zou een mooie tekst voor de anti-militaristen zijn...! Jan, wat haalt die moeder van jou zich vroeg in de morgen al een zwaarwichtige dingen in haar hoofd!'

'Het komt zeker doordat ik zo verschrikkelijk vast geslapen heb,' meende

moeder zich te moeten verontschuldigen. 'Maar vandaag zullen wij 't niet zo druk hebben. We zijn mooi opgeschoten gisteren. Hier is mijn kopje, Jan. Maak dat je weg komt!'
'Ik ga 't bos even in,' zei Jan. 'Het is zo heerlijk buiten! Hoor die vogels eens zingen!'
'Ik ga mee,' zei vader. Hij sprong het bed uit, schoot in zijn pantoffels en greep zijn kamerjas.
'Wil je zo naar buiten?' vroeg moeder.
'Ja,' zei vader, 'dat is nou een van die heerlijke dingen van ons wonen op het land, dat dit hier kan. Geen mens die er aanstoot aan zal nemen.'
Hij waste zich wat, poetste zijn tanden, kamde zijn kuif en was klaar. Samen liepen ze het pad tussen de boomgaarden op. De peren stonden in volle bloei, de appels begonnen roze te kleuren. Bijen zoemden al rond. Nimmie, de jachthond, door Jan verlost uit de schuur, rende vooruit, kwam in dolle vaart terug, rolde zich in het natte gras en beet van louter vreugde naar de pijpen van vaders pyjamabroek.
Vader bleef staan en keek achterom. Jan begreep wat hij deed: hij bekeek nog eens het huis dat hij hier had gebouwd. Nou, hij kon tevreden zijn. Het lage witte huis met het rieten dak lag prachtig verscholen tussen het geboomte en paste zich heel natuurlijk aan bij het landschap en de boerderijen in de buurt. Vader was architect en een levenswens was met dit huis in vervulling gegaan. Hij woonde weer in de streek waar hij geboren was, tussen de boeren met wie hij was opgegroeid, en kon zich hier nu helemaal wijden aan zijn liefste werk: de bouw van boerderijen en landhuizen in oude Saksische stijl, maar zo modern mogelijk ingericht.
In het bos, onder de dichte sparren, hing nog de koelte van de nacht en de zon koesterde heerlijk hun huid, toen ze erdoor waren. Op het landweggetje, aan het eind van een boswalletje dat de hei van de weilanden scheidde, bleven ze staan en keken de landen over. Toen vader om dat walletje keek, werden zijn ogen groot van verwondering.
'Dat is merkwaardig,' mompelde hij. 'Dat is heel merkwaardig... Moet je eens kijken, Jan, daar komen Harm Barelds en Freek Bouwman aan, de beide boeren van de Achterweg. Ze wonen daar vlak naast mekaar, maar er zit een vete tussen de families en ze hebben al in vijftien jaar niet tegen elkaar gepraat; dat werd mij gisteren nog verzekerd. En nu komen ze daar aanwandelen als de beste vrienden! Wat kan er gebeurd zijn dat ze ineens weer goed op elkaar geworden zijn...?'
De boeren kwamen langzaam dichterbij, elk met een paar koeien aan een touw. Ze praatten druk en ernstig met elkaar, keken telkens naar de lucht

en schrokken zichtbaar, toen ze plotseling tegenover de wandelaars stonden, zeker omdat vader er zo vreemd uitzag in zijn kamerjas.
'Hei!' riep een van hen, 'wat is dat voor volk...? Wat moeten jullie hier?' En hij greep zijn stok wat vaster.
'Ha ha!' lachte vader. 'Erg vriendelijk ben je niet, Freek! Ken je je oude schoolkameraad niet meer: Evert Jan de Boer? Ik woon hier nu immers sinds een dag of wat?'
'Och Evert Jan!' riep de ander en stak zijn hand uit. 'Kerel, kerel, ben jij dat? Je ziet er zo vreemd uit, man! En is dat je zoon? Jongen, dat wordt al een hele kerel! Ik keek je beiden voor Duitsers an!'
'Ga weg!' lachte vader. 'Grappenmaker...! Waarom Duitsers?'
'Nou,' zei Harm Barelds, terwijl ook hij vader en Jan de hand gaf, 'dat was toch niet onmogelijk...? Wij hebben immers oorlog nou?'
De lach bestierf op vaders lippen.
'Oorlog?' zei hij langzaam.
'Ja zeker,' verklaarde Harm. 'Weet je daar dan nog niks van? Heb je al die vliegtuigen dan niet gehoord? Bij scharen zijn ze overgekomen, vroeg in de morgen al, bij 't eerste licht, grote zwarte vliegtuigen, allemaal naar 't westen. En heb je dan het gedreun niet gehoord van de bruggen die onze soldaten in de lucht lieten vliegen? Het zal ze wel niet veel helpen, met een paar uur zullen de Duitsers hier wel wezen. Daarom halen wij het vee in huis. Je kan nooit weten wat er vandaag gebeurt...'
'Heer in de hemel!' riep vader, en meer dan al het andere maakte dit indruk op Jan, want hij had die woorden nog nooit op deze manier uit vaders mond gehoord. En diep geschrokken rende hij vader achterna, toen die zich omkeerde en met de slippen van zijn kamerjas in zijn hand, met grote sprongen in het bos verdween. Het bochtige pad was hem zeker een te lange weg naar huis: hij sprong met Jan naast zich dwars door de hoge hei en wrong zich door het kreupelhout. Een bruin dier flitste voor Jans voeten weg – hij zag nog even dat het een vos moest zijn, maar het drong niet tot hem door wat voor een zeldzame ontmoeting dit was.
Hijgend bereikten ze het erf en stoven door de bijkeuken naar binnen.
'De radio!' zei vader, haastte zich naar de kamer en draaide de knop om.
'Luister jij maar,' zei hij, 'ik zal moeder op de hoogte brengen. Man, man, wat een narigheid...! Die gemene lui, die vervloekte Hitlerbende!'
Jan zat hijgend bij het toestel te wachten. Het stond nog op Hilversum, waarop het gisteravond na de nieuwsberichten was blijven staan. Toen was er nog geen kou aan de lucht geweest. Jan had aan de mogelijkheid van een oorlog de laatste tijd niet meer gedacht. Had Hitler niet kort

geleden de verzekering gegeven dat de neutraliteit van Nederland te allen tijde zou worden ontzien…?
Een geruis, een geknetter, en daar was een stem, een heldere krachtige vrouwenstem, die op een verontwaardigde toon sprak… De koningin warempel! Jan herkende haar dadelijk en hij zette het toestel luid, zodat de woorden door heel het huis te verstaan waren: 'Ik richt hierbij een vlammend woord van protest tegen deze voorbeeldeloze schending van wat tussen beschaafde staten behoorlijk is. Ik en mijn regering zullen ook thans onze plicht doen. Doet gij de uwe, overal en in alle omstandigheden, ieder op de plaats waarop hij is gesteld, met de uiterste waakzaamheid en met die innerlijke rust en overgave, waartoe een rein geweten in staat stelt…'
Terwijl de koningin nog sprak, kwamen de anderen zacht binnen.
'Dat is taal, een Oranje waardig!' zei vader. 'Ze zijn nog niet klaar met ons landje, pas eens op! De geest in ons leger is goed. Wat zullen ze vechten, de jongens…!'
Toen zweeg hij en sprong in de houding, want uit de radio klonk het Wilhelmus. Ze zongen het samen mee en nog nooit had het oude volkslied Jan zo ontroerd. Hij keek naar zijn moeder. Zij was bleek en had tranen in de ogen, maar ze zong dapper mee. Jan pakte onder het zingen haar hand en drukte die. Ze moeten haar eens wat willen doen, dacht hij. Hij richtte zich hoog op en voelde zich in staat tot grote daden. Hij zou zijn moeder beschermen, al zou hij, al moest hij…
'Dat was mooi,' zei vader, toen de radio zweeg. Het zingen had hem blijkbaar ook goedgedaan, hij zag niet zo bleek meer en zijn opwinding was weg. Hij keek bijna vrolijk. Of hield hij zich maar zo…?
'Koppen op, mensen,' zei hij. 'Klagen en huilen helpt niet. We zullen krijgsraad houden. Wat doen we? Het is bijna acht uur. Als de Duitsers bij het eerste licht de grens overschreden hebben, en dat mag je wel aannemen, kunnen ze elk ogenblik hier zijn, het is nauwelijks veertig kilometer. Die paar duizend man troepen, die we in dit gedeelte van het land hebben, zullen de vijand hoogstens een beetje ophouden. Alles trekt meteen terug achter de IJssellinie en misschien nog verder. Als de kinderen hier maar allemaal waren, dan bleven we rustig thuis; hier wordt zeker weinig of niet gevochten. Maar helaas…'
Ja helaas, twee zaten in Scheveningen bij tante Annie, Frits van twaalf jaar en Greetje van drie. De zesjarige Hanneke zat in Hillegersberg bij tante Jo. Ze logeerden een paar dagen bij familie, omdat ze bij de verhuizing maar in de weg zouden lopen. Morgen zou vader ze gehaald hebben.

'De IJssellinie zal de vijand tegenhouden,' zei vader, 'en anders de Grebbelinie zeker, misschien voor lang, misschien voor altijd. Dan zouden we tot het eind van de oorlog van onze kinderen gescheiden zijn. Of zullen we nog proberen ze te bereiken?'

'O ja,' zei moeder, 'ik wil naar de kinderen! Laten we weggaan, man, zo gauw als het kan!'

'Best,' zei vader, 'dat doen we dan. Luister nu allemaal en doe precies, wat ik zeg. Jan, zet de auto klaar en kijk na, of alles in orde is. Guusje, smeer boterhammen, dan eten we in de auto. Moeder, pak het allernodigste bij elkaar. Ik kleed mij aan en zal je helpen. Binnen een halfuur moeten we rijden.'

Ze stoven uiteen. Jan rende naar de garage, rende terug voor de sleutel, gooide de deuren open en startte de DKW. Hij kon het best, al was hij nog geen zestien. Als hij met vader mee mocht, zat hij soms al hele stukken achter het stuur.

Pruttelend reed de auto naar buiten, werd gekeerd en stond klaar. Jan peilde met een stokje de benzinestand in de tank – een meter had de auto niet – vulde bij uit een bus in de garage en controleerde de banden. Toen hij binnenkwam om te zeggen dat de auto rijklaar stond, schalde de stem van een omroeper door de radio en gaf waarschuwingen door voor vliegtuigen. Vliegtuigen boven Gorcum, boven Utrecht, boven Rijnsburg. Parachutisten bij Wassenaar en bij Katwijk. Bij Arnhem drie vliegtuigen neergeschoten...

Jan stormde de trap op.

'Vader,' riep hij, 'er zijn al drie vliegtuigen van de vijand neergeschoten! Fijn, hè?'

Maar vader duwde hem een zware koffer in handen.

'In de auto,' zei hij. 'Kom dan terug, er is nog meer. Zet een bus benzine achterin voor reserve.'

Om bij de bagageruimte te komen, moest Jan in de auto klimmen en de leuning van de achterbank voorover klappen. Nimmie sprong hem meteen na en ging deftig op de voorbank zitten, met zijn neus voor de ruit: 'Leuk, baasje, dat we uitgaan...!' Het zou hem tegenvallen. Guusje kwam met nog een koffer en bracht de broodtrommel. Moeder bracht mantels en jassen en het ijzeren kistje met papieren en sieraden. Vader sloot de deur af, gooide een map met tekeningen in de auto – zijn laatste ontwerpen, waarvan hij zeker niet scheiden kon – deed de hond aan de riem en rende met hem weg naar buurman Hoeks. In die tijd stouwde Jan de bagage in de bak. Het ging net.

'U voorin, moeder?' vroeg hij en ze zag wel aan zijn ogen, op welk antwoord hij hoopte.
'Nee, ga jij maar naast vader,' zei ze daarom.
Ze zaten nauwelijks op hun plaatsen, toen vader al terug was.
'Alles in orde?' vroeg hij. 'Rijden dan maar!'
Langzaam reden ze het erf af. Wat lag het huis daar vredig! De appelbomen eromheen waren als roze boeketten en de vogels kwinkeleerden als voor een feest. Was het heus nodig dat ze dit alles achterlieten...? Was het mogelijk dat op deze mooie morgen soldaten met geweren in de hand op elkaar loerden...?
'Ho!' riep een hoge stem en de auto stopte met een schok. Een kleine oude man met kromme benen stond aan het begin van de oprijlaan en hield met uitgespreide armen de auto tegen. Zijn bijna tandeloze mond grijnsde, toen hij bij het portierraam kwam, dat vader opendraaide. Tabakssap liep door een plooi langs zijn kin.
'Jullie bent ook mooien!' lachte hij. 'Tussen acht en negen kun je bij mij terecht, heb je gezegd. En nou wou je er stilletjes tussenuit knijpen...? Ben je nou al bang voor de Duitsers, Evert Jan?'
'Bang niet,' zei vader. 'Maar we hebben drie kinderen in Holland, oom Gerrit. Daar moeten we naartoe, vind je ook niet?' En toen de man knikte, vervolgde hij: 'Doe mij een plezier en blijf jij hier bij de boel. Je komt bij mij in dienst, dat is toch afgesproken, hè? Over je loon worden wij het wel eens. Ik zal je wat geld geven, je kon eens wat nodig hebben en we weten niet wanneer we elkaar terugzien.'
Maar oom Gerrit wilde geen geld aannemen.
'Het duurt niet lang,' zei hij, 'en desnoods heb ik zelf ook nog wel wat. Je bent gauw terug, dat zul je zien. Bij je kinderen zul je wel komen, maar de Duitsers ontloop je niet. Je gaat op een avond als Nederlander slapen en 's morgens word je als Duitser wakker, let eens op...!' En hij lachte.
'Heb je zo weinig vertrouwen?' vroeg vader teleurgesteld.
'Weinig vertrouwen?' herhaalde de ander. 'Nee, ik heb veel vertrouwen. Hitler gaat eraan, zo wis als ik hier voor je sta. Hij zal misschien de halve wereld veroveren, maar dan gaat hij eraan. Bedrog en onrecht, kan dat ooit bestaan...? Dan moest er geen God in de hemel wezen! Man, daar heb ik nou al plezier in, om te zien hoe hij aan zijn eigen bedrog kapot zal gaan...! Nou, en smeer hem nou maar gauw, want ze zijn vlakbij. Goeie reis en de zegen hoor...!'
Hij gaf vader een hand door het portierraam, maakte een malle buiging

voor de anderen en stond de auto lachend na te wuiven, toen die de straat opreed.

'Dat is nou Gerrit, de oude knecht van mijn ouders,' vertelde vader. 'Nou komt hij bij ons en geloof maar dat ons boeltje veilig zal zijn. Hij zit altijd vol met grappen, maar een trouwere kerel bestaat er niet. Ha, die Gerrit, wat een optimist! Hij weet dat ons land de nederlaag zal lijden, maar hij verheugt zich al op de overwinning die daarna weer komen zal. En ik geloof dat hij gelijk zal krijgen...'

Daarna zei hij niets meer, controleerde het instrumentenbord, drukte het gaspedaal in en in snelle vaart snorde de auto voort naar het zuiden.

HOOFDSTUK 2

Tot in het zuidwesten van de provincie verliep de reis zonder oponthoud. Vader haalde uit de auto wat erin zat en schoot met grote snelheid de bochten door. Jan wist wel dat hij goed rijden kon, maar vandaag kreeg hij er de grootste bewondering voor. Vader leek met de wagen vergroeid en wist precies wat hij ermee kon doen.

Het was heel stil op de weg en ook in de gehuchten die ze doorkwamen, was bijna geen mens te zien. Heel het land scheen in zwijgende afwachting van de dingen die komen zouden.

'Nu zullen we snel moeten beslissen welke weg we zullen nemen,' zei vader. 'Wij kunnen nog proberen bij Hattem over de IJssel te komen. We kunnen ook...'

'Daar staan soldaten,' zei Jan.

Enkele honderden meters verder, bij de ingang van een dorp met een spits torentje dat snaaks boven de bomen uitstak, stond een gestalte in grijs uniform op de weg en bij hem, half achter de bomen verscholen, stonden er nog meer, met het geweer in de aanslag. De eerste bewoog zijn hand op en neer ten teken dat de wagen stoppen moest. Vader trapte de rem in en draaide het raam open.

'Goeiemorgen, sergeant!' zei hij. 'Wat is er van uw dienst?'

'Ha, dat klinkt al goed Hollands!' lachte de sergeant. 'Wie bent u en waar wilt u naartoe, meneer?'

Vader vertelde het. Toen hij over de kinderen sprak, begon de militair welwillend te knikken.

'Kan ik doorrijden?' vroeg vader.

'Tot mijn spijt niet, meneer,' zei de ander. 'U zult even mee moeten naar de luit op de commandopost hier vlakbij en dan zal 't wel in orde zijn. Rijdt u maar langzaam op, dan blijf ik naast u lopen. Hoe denkt u Holland te bereiken?'

'Ik weet het nog niet,' zei vader. 'Kunt u mij misschien inlichten over de beste weg?'

'O nee, dat mag ik niet doen,' antwoordde de sergeant met een verschrikt gezicht. 'Streng verboden, meneer, houdt direct verband met militaire geheimen, begrijpt u...? Mooi weer, hè meneer? En een mooi dorp, vindt u niet? De eerste weg rechts, meneer, ziet u die? – dat is zo'n prachtig weggetje! Dat leidt Friesland in, naar de afsluitdijk en zo. Een mooi stuk werk, meneer, die dijk! Wordt ook niet opgeblazen, doorgaande verbinding met Holland. Hier linksaf, meneer. Daar is de post. Wilt u hier maar stoppen?' Hij grijnsde en kneep één oog even dicht. Toen salueerde hij voor een jonge officier die voor het gemeentehuis stond, en legde uit wat vaders reisdoel was. Vader stapte uit en kwam erbij staan. Het luitenantje was erg zenuwachtig. Zijn hand trilde op zijn revolvertas en zijn mond trok nerveus. Naast het gemeentehuis waren soldaten bezig een vrachtauto vol te laden met uitrustingsstukken. Bij de bocht van de weg was een mitrailleur opgesteld, een soldaat lag er op één knie achter en daarnaast stond een andere militair door een verrekijker naar het oosten te turen. In de dorpsstraat joeg een oude boer met een paar jongens achter een varken aan. Verder was alles stil.
'Ik kan zeker wel doorrijden, luit'nt?' vroeg vader. 'Wij moeten toch naar onze kinderen toe?'
'Gaat uw gang,' zei de luitenant.
'Kan ik nog over de IJsselbrug, luit'nt?'
'Ik denk het niet,' zei de officier zacht.
'Dank u,' zei vader. 'En mijn beste wensen voor u en uw mannen.'
Hij stapte in, keerde de wagen en reed snel terug. De sergeant stond al op de hoek en gaf met een brede lach het teken: deze straat in! Vader bedankte hem met een armzwaai.
'Een beste kerel,' zei hij, 'en hij ziet er heel wat moediger uit dan zijn bevelhebber!'
'Dat is wel waar,' antwoordde moeder, 'maar die draagt ook de hele verantwoordelijkheid voor al die mannen. En dat voor zó'n jong ventje! Hij zag er toch wel vastberaden uit, vond ik, hoor! Als het nodig is om te handelen, zal hij best meevallen!'
'Stil maar, ik zal geen kwaad meer van hem zeggen,' lachte vader. 'Jij zult wel gelijk hebben, jij hebt nou eenmaal kijk op mannen!'
'Reken maar,' zei moeder. 'Zo weet ik nu bijvoorbeeld dat die man daar voor me rammelt van de honger. Guusje, maak de trommel eens open.'
Ze aten onder het rijden en het smaakte best. Vader stuurde met één hand, behalve bij een scherpe bocht, dan hield hij zijn boterham met de tanden vast.

'Hè, nou een slok thee na, dát zou wat wezen!' zei hij.
'Wil je ervoor stoppen?' vroeg moeder.
'Héb je dan thee?'
Moeder lachte vergenoegd.
'Het zou toch zonde zijn om zo'n lekkere pot thee te laten staan,' zei ze. 'Ik heb die gauw in een thermosfles leeggeschonken en er nog wat water bijgedaan, dat kon best. Hier Jan, geef vader eens aan...'
'Je bent een vrouw naar mijn hart,' prees vader.
'Ja ja,' plaagde moeder, 'als het maar om je maag gaat, hè?'
Jan hield het aluminiumbekertje vast en liet vader nu en dan een slokje drinken. De thee was nog gloeiend warm. Daarna kregen de anderen een beurt. Intussen snorde de wagen de ene bocht na de andere om langs de weg door het zonnige land. Het leek wel alsof de mensen hier nog van niets wisten, dacht Jan. Boeren waren rustig bezig op de akker, kinderen speelden op een erf en een vrouw hing een hele rij luiers aan de lijn.
Hij keek achterom naar de anderen. Moeder knikte hem met een glimlach toe, Guusje geeuwde en nestelde zich wat beter in haar hoekje.
'Nog niet wagenziek, Guus?' vroeg Jan plagend.
'Ssst!' waarschuwde vader en gaf Jan een ribbenstoot.
Guusje had gelukkig de vraag niet verstaan.
'Vroeg je mij wat?' zei ze.
'Of je nog een boterham voor me hebt,' zei Jan. 'Of nee, laat ook maar.'
'Je krijgt niks meer,' zei vader. 'Vreters worden gemaakt, sufferds worden geboren. Wat niet weet, dat deert niet. Snap je hem, jochie?'
Ja, Jan wist genoeg. Op de heenreis naar het nieuwe huis, een paar dagen geleden, hadden ze elk halfuur moeten stoppen, omdat Guusje zich zo naar voelde. Stel je voor, dat dat nu zou gebeuren! Het was maar beter, dat ze er niet aan dacht.
Vader knipoogde hem toe, moeder lachte een beetje. Wat was het gezellig in de auto. Het leek wel of ze een plezierreisje maakten!
Maar in de dorpen stonden de mensen in groepjes te praten en voor een pleziertochtje keken ze de wagen al te nieuwsgierig na. En toen ze op de grote weg Meppel-Leeuwarden kwamen, werden ze meteen weer aangehouden en omringd door soldaten, die het geweer op hen richtten. Hun doopceel werd gelicht en ze mochten verder. Maar een paar kilometer verder was het alweer zo. Daar kwam een officier met getrokken revolver naar de wagen en hield het wapen recht op vader gericht.
'Ik moet nogal eens aan mijn droom denken,' zei moeder.
'Hou maar op,' antwoordde vader. 'Die is niet uit mijn gedachten.

Wonderlijk, het lijkt wel een waarschuwing van boven. Maar deze man doet toch wel heel gek... Hij heeft de vinger aan de trekker warempel!'
En het raampje opendraaiend, verzocht hij een beetje boos: 'Man, doe dat smerige ding weg! U ziet toch wel dat u niet met vijanden van doen hebt!'
'Het is oorlog, meneer,' zei de officier gewichtig.
'Dat weten we nu wel,' zei vader. 'Maar daarom hoeft u nog niet met het leven van uw landgenoten te spelen! Er is wel eens vaker een revolver onverwachts afgegaan!'
De luitenant was zichtbaar beledigd en hij nam wraak door allerlei lastige vragen te stellen. Maar toen hij hoorde dat de reizigers naar Scheveningen wilden, veranderde hij als bij toverslag.
'Meneer,' vroeg hij, 'zou u mij een dienst willen doen? In Scheveningen woont mijn vrouw. Zou u daar even heen willen gaan en de groeten brengen en zeggen dat alles goed met mij is?'
'In orde, hoor!' beloofde vader. 'Geef het adres maar.'
Hè hè, en toen konden ze dan verder op Heerenveen aan. Het verkeer was hier veel drukker, maar het kwam hun bijna allemaal tegemoet. Grote glanzende wagens suisden hun voorbij en Jan zag een paar keer bleke, angstige gezichten achter de ruit.
'Joden,' zei vader. 'Die zitten natuurlijk het meest in angst. Ze weten wat hun boven het hoofd hangt, als Hitler hier de baas wordt. Hun rasgenoten in Duitsland zijn vermoord of zitten in het concentratiekamp. Maar waarom rijden ze allemaal naar het zuiden? Hebben ze nog hoop op de IJsselbrug? Waarom gaan ze de afsluitdijk niet over?'
Niet veel later, toen ze tegelijk aangehouden werden met een auto die uit de richting van Leeuwarden kwam, werd het raadsel opgelost.
'Wilt u over de afsluitdijk?' vroeg de joodse meneer die achter het stuur zat. 'Hoeft u niet te proberen, hoor! Nee, niet te proberen... Voorbij Harlingen wordt alles al teruggestuurd, alles teruggestuurd... Wij gaan naar Kampen; als de brug daar er niet meer is, is er wel een pont. Een pont en anders wel een bootje. Wij moeten naar de overkant, wij moeten...!'
De laatste woorden klonken als een wanhoopskreet. En als in wanhoop huilde de wagen, toen die met veel te veel gas werd gestart en in wilde vaart wegreed.
Vader reed maar langzaam verder en zat zwaar te peinzen. 'Dat weten we dus,' zei hij. 'Maar laten wij het toch maar proberen. Wij nemen niet de grote weg, wij zullen langs achterweggetjes Wons zien te bereiken, dan zijn we vlak bij de dijk. Geef me de kaart eens, Jan.'
Hij stopte.

'Gooi jij intussen de kap van de wagen,' zei hij. 'Dat is lekker fris en dan kunnen we ook beter uitkijken naar vliegtuigen. Ik zie de mensen soms zo naar boven turen...'
Hij zat nauwkeurig de kaart te bestuderen en toen Jan klaar was, zei hij: 'Kijk es, hier gaan we langs, zie je het? Langs die weg moet jij me nu eens naar de dijk brengen. Ik vertrouw op jou, hoor jong; de wegwijzers zijn overal weggenomen en tijd om nog weer te stoppen moeten we er niet meer afnemen.'
Ha, dat was net een werkje voor Jan! Kaartlezen deed hij graag, op fietstochten was hij er altijd goed in geweest. Het kwam eropaan om heel nauwkeurig waar te nemen en met inachtneming van de schaal van de kaart zo precies mogelijk de afstanden te schatten van het ene wegenkruispunt naar het andere. Het volgende uur snorde de auto naar zijn aanwijzingen de greidhoek van Friesland door, tussen weilanden, almaar weilanden, die geel en paars zagen van boter- en pinksterbloemen. Toen zagen ze het torentje van Wons links voor zich uit in het wijde land en ze dachten er aan de noordkant voorbij te rijden, maar plotseling rezen weer soldaten op aan de slootkant en versperden de weg. Stoppen, ze mochten niet doorrijden. Als ze de dijk over wilden, moesten ze eerst een briefje halen aan de hervormde pastorie in Wons.
'Vraag maar naar kapitein Van Eick,' zeiden ze.
'En steek geen lucifer bij hem aan, want dan vliegt hij in brand en dan hebben wij geen kapitein meer!' lachte een ander. En hij wilde nog meer zeggen, maar zijn kameraden duwden hem achteruit en gaven het teken om door te rijden. Toen Jan achterom keek, zag hij dat de hele troep op de berm aan het stoeien was.
'Die zien de ernst van de toestand nog niet in,' meende moeder.
'Wat zou hij bedoeld hebben met die lucifer?' vroeg Jan.
'Ik weet het niet,' zei vader. 'We zullen wel zien.'
Ze reden het dorp in. Voor de pastorie stonden wel tien auto's in een lange rij geparkeerd. Vader wilde de zijne erachter plaatsen, maar kwam toen juist voor de uitrit van een boerderij te staan. Snel besloten draaide hij de wagen het erf op en zette hem achter een groepje heesters in de voortuin, in de schaduw van een grote kastanje.
'Zo,' zei hij, 'zo staan we niemand in de weg en we zijn veilig voor vliegtuigen. Stil eens, ik hoor ze!'
Hij liep met Jan naar de pastorie en op enkele kilometers afstand zagen ze een formatie van wel twintig grote donkere vliegtuigen voorbijtrekken. Ze vlogen erg hoog, zwenkten bij boven de dijk en schenen die te volgen. De

mensen uit het dorp stonden er opgewonden naar te wijzen. Het waren bommenwerpers, meende een. Troepentransportvliegtuigen, dacht een ander.
'Wacht maar,' zei een soldaat, 'als de Nederlandse jagertjes ze in de snufferd krijgen, gaan ze een voor een op een rijtje naar beneden...!'
Jan bleef met de hand boven de ogen turen, of de jagers nog niet kwamen, tot de vliegtuigen als stipjes verdwenen aan de horizon. Toen was vader ook verdwenen. Jan vond hem terug op de stoep van de pastorie, waar hij juist een volgnummer in ontvangst nam van een militair. Nummer dertien.
'Dat voorspelt niet veel goeds,' zei een meneer.
'Ik ben niet bijgelovig,' antwoordde vader. 'Waarom moeten we hier zo lang wachten, korporaal?'
'Militaire transporten hebben voorrang, meneer,' was het antwoord. 'Pas als er ruimte is, komt u aan de beurt.'
Dan zat er niets anders op dan geduld te oefenen. Vader leunde tegen de muur en nam zijn medeslachtoffers eens op. Er waren weer veel joden bij. Eén, een oude man, zat op zijn koffer, en de handen waarin hij zijn hoofd verborgen hield, trilden. Vader legde hem de hand op de schouder.
'Voelt u zich niet goed?' vroeg hij zacht.
De man keek hem een paar seconden wezenloos aan.
'Ach,' zei hij alleen en zakte weer terug in zijn vorige houding. En op de troostwoorden die vader verder nog sprak, reageerde hij niet. Tenslotte schudde hij geërgerd vaders hand van zich af. Hij was een beeld van volslagen wanhoop. Jan werd er naar van. Hij ging maar eens weer naar de auto kijken. Moeder en Guusje hadden een kleine wandeling gemaakt – ver durfden ze niet te gaan – en zaten wat te soezen op hun plaats. Jan vertelde ze dat het nog wel lang kon duren en slenterde weer terug. De zon stond recht op de deur van de pastorie en de wachtenden puften van de hitte, maar niemand durfde zijn plaats te verlaten. Langzaam kroop de tijd voorbij. Een paar militairen liepen met een blocnote langs de rij wachtende auto's en schreven blijkbaar de nummers op. Het zou wel voor de pasjes zijn, die straks uitgereikt werden...
Het was al over enen, toen de deur eindelijk openging, maar toen schoot het ook vlug op en vader was al gauw aan de beurt.
'Ga maar mee,' zei hij tegen Jan.
Achter een tafeltje in de voorkamer van de pastorie zat de kapitein, een forse man met een vreselijk rood gezicht. Hij vroeg vader naar het doel van zijn reis.

Wat praat hij vreemd! dacht Jan.
'Hoe bent u hier ge... gekomen?' vroeg de kapitein.
'Met de auto,' zei vader.
'Zo,' zei de man. Hij grinnikte. 'Nou, uw auto is gevo... gevol... gevorderd!'
Het woord was haast te moeilijk voor hem en Jan wist opeens dat hij dronken was. Wat een vent! dacht hij. Drinkt zich uit angst een stuk in de kraag. En hij begreep nu de spottende opmerking van de soldaat.
Vader vroeg toch een briefje. Hij kreeg een paar woorden op een papiertje en werd daarmee verwezen naar een sergeant-majoor, die in de achterkamer zat en de pasjes bleek uit te schrijven. Die had het gesprek gevolgd.
'Welk nummer heeft uw wagen?' vroeg hij.
'L 31737,' zei vader.
De sergeant-majoor raadpleegde een lijst op zijn tafeltje.
'Die is er niet bij,' zei hij zacht, met een zijdelingse blik naar zijn chef. Hij schreef snel een briefje en drukte er een stempel op.
'Maak maar gauw dat u weg komt,' zei hij.
In de gang kneep vader stijf in Jans schouder.
'Je moet maar boffen!' fluisterde hij. 'Ze hebben hem natuurlijk niet gezien op het erf...!'
Zo was het. Maar de andere wagens werden al weggereden. De eigenaars stonden er verslagen bij. En tegen een heg, op zijn koffer, zat de oude jood te huilen. Een grijs mevrouwtje stond naast hem en streelde hem troostend over zijn kale hoofd.
'Och vader,' zei Jan en hij had tranen in de ogen.
'Ja, ik zou ze allemaal graag willen helpen,' zei vader. 'Maar wij kunnen niet, wij zitten vol in ons kleine autootje. Kom, vooruit!'
Zijn stem klonk hard. En hard sloeg hij het portier dicht, voor hij snel wegreed in de richting vanwaar ze gekomen waren.
Dezelfde groep soldaten hield hen aan bij het kruispunt. Eén blik op het pasje was voldoende.
'Leeft de kapitein nog?' vroeg de grappenmaker.
'Het zou voor jullie misschien beter zijn, als 't niet zo was,' zei vader ernstig. 'Hoe moet dat gaan, jongens, als 't ernst wordt?'
'Dat gaat wel goed, meneer,' was het antwoord. 'Dan leggen we hem in bed en binden hem vast. We hebben een fijne luit, die neemt dan het bevel wel over.'
'We stoppen hem in 't kanon en schieten hem naar de vijand,' lachte er een. 'Ze mogen hem cadeau hebben, dat drankorgel!'

Vader reed hoofdschuddend weg en al gauw waren ze aan het begin van de dijk. De controle hield hen niet lang op en in een file van legerauto's reden ze de dijk op. Bij Kornwerderzand was vader al de voorste. Daar was de weg gebarricadeerd, slechts een smalle opening was vrijgelaten. Een sergeant strekte zijn hand uit naar het bewijsje.
'Verwachten jullie gevechten hier?' vroeg vader.
'Reken maar, meneer,' zei de sergeant. 'Morgen zijn ze hier.'
'Laat ze maar komen,' riep een soldaat bij de bunker. 'Wij lusten ze, die moffen!' En hij streelde de loop van een kanon, die dreigend uit de cementen muur stak.
'Het allerbeste, mannen!' wenste vader.
'Heb je gemerkt, hoe flink onze jongens overal zijn?' vroeg hij blij. 'Zelfs als de leiding hen in de steek laat, houden zij de moed erin. De Duitsers zullen een kluif aan ze hebben!'
Eén baan van de weg was gebarricadeerd met hopen stenen, vaten en oude autowrakken, om landingen van vliegtuigen onmogelijk te maken. De andere strekte zich eindeloos ver voor hen uit. Het was al over tweeën. Vader voerde de snelheid op tot tachtig kilometer, haalde een file van legerwagens en bestelauto's van de PTT in en was de dijk in een half uur over. Vliegtuigen hadden ze niet meer gezien.
Op de tocht door Noord-Holland aten ze weer onder het rijden een boterham en dronken de laatste thee uit de thermosfles. Ze werden nog een paar keer aangehouden, maar toch wees het klokje op het dashboard nog maar juist vier uur, toen ze bij Velsen de pont over het Noordzeekanaal opreden. Daar wachtte hun een onprettige verrassing. Een officier, die zeker met de pont heen en weer voer, liep van de ene wagen naar de andere en gaf overal dezelfde boodschap af: 'Uw auto is gevorderd. Vervoegen bij de commandopost Jupiterstraat, derde straat rechts, tweede links. Goed begrepen, meneer?'
'Wat hebben jullie nu aan zo'n snertwagentje?' vroeg vader. 'Wij moeten vandaag nog in Scheveningen zijn bij onze kinderen.'
Maar de officier was niet te vermurwen.
'Alles is bruikbaar,' zei hij. 'Wij staan voor grote troepenverplaatsingen. Dus meneer: derde straat rechts...'
'Stil maar,' zei vader boos, 'ik weet het nu wel.'
Hij reed met een somber gezicht de pont af. Ze zwegen allen. Hoe moesten ze zonder auto verder komen...? Bij de derde zijstraat stond een militaire politieman, die het verkeer rechtsaf dirigeerde. Maar bij het volgende kruispunt moesten ze wachten, omdat troepen de straat overstaken, zowel

van links naar rechts als omgekeerd. Een geweldige troepenmacht scheen hier te zijn samengebracht.
'Wat gebeurt er als je niet gehoorzaamt?' vroeg moeder.
'Stil maar,' zei vader, 'ik heb het ook al bedacht. Ik weet niet, of ik er goed aan doe, maar ik heb besloten om jullie eerst naar Scheveningen te brengen; dán kunnen ze de wagen krijgen. Er is altijd een geluk bij een ongeluk, mensen: ik ken dit gedeelte van Haarlem als mijn binnenzak – ik heb hier vroeger gewerkt. Zie je die huizenblokken daar? Ik was er opzichter toen ze gebouwd werden… Zo, de straat is vrij. Daar gaan we dan.'
Hij sloeg vastberaden rechtsaf en stuurde de wagen langs een wirwar van straten, tot ze bij de Haarlemmerhout weer op de grote weg kwamen. Snel reden ze door Heemstede en toen stonden ze weer. Want daar was de weg afgezet en een politieagent, die er de wacht hield, vertelde dat verderop bussen vol soldaten uit de lucht beschoten waren, dat een rodekruiscolonne daarheen op weg was en dat het wel een paar uur duren kon, voor de weg weer vrijgegeven werd.
In de auto zaten ze te overleggen, wat hun te doen stond.
'Als we Scheveningen vandaag nog willen halen, moeten we iedere kans waarnemen,' zei vader. 'Jan, kijk eens op de kaart: als we dit zijweggetje inslaan, kunnen we langs een duinweggetje vooruitkomen en ergens bij Bennebroek weer de grote weg opdraaien. Doen? Moeder, wat zeg jij ervan?'
'Als ik maar bij de kinderen kom, dan vind ik alles goed,' antwoordde moeder.
'Vooruit dan!' besliste vader. Hij keerde en reed terug, maar ineens ontsnapte hem een zware zucht.
'Wat is er?' vroeg moeder bezorgd. 'Ben je moe?'
'Helemaal niet,' antwoordde vader. 'Maar die Jupiterstraat, zie je, die zit me toch wel een beetje dwars. Ik hoop dat ze me in Den Haag of Scheveningen maar gauw de wagen afnemen, dan is mijn hart weer gerust. Daar zullen ze er net zo goed behoefte aan hebben…'
'Bied hem daar aan,' stelde moeder voor.
'Ja,' zei vader, 'dát is een idee!'
'Dat is een idee!' zei hij even later nog eens. En met een vrolijker gezicht stuurde hij zijn karretje, waarvan hij in zijn hart al afstand gedaan had, de zijweg in.

HOOFDSTUK 3

HET DUINWEGGETJE WAS SLECHT EN bochtig; daarom nam vader de eerste de beste gelegenheid waar om naar de hoofdweg terug te keren. Volgens de kaart moesten ze het punt, waar de weg was afgezet, nu wel een kilometer of vijf voorbij zijn. Toch draaide hij maar langzaam en voorzichtig de zijweg uit en loerde naar beide kanten. Maar de brede straatweg lag verlaten voor hen en even later snorden ze in snelle vaart verder.

Plotseling, na een bocht, waren ze bij de plaats van de ramp. Twee autobussen lagen na te smeulen op de weg, één bijna half in de sloot, en een stinkende rook trok laag over het land. Vader minderde snelheid, maar ineens gaf hij weer vol gas. Jan zag in een flits een gedeukte helm, een stuk van een uniform, de kolf van een geweer en een paar zwart-rode plekken – bloed? – en hij hoorde moeder op klagende toon roepen: 'O, verschrikkelijk!'

'Wat is er, moeder?' vroeg Guusje, die aan de kant zat waar ze weinig kon zien.

Maar moeder wilde niet zeggen, wat ze bedoelde.

'Rij maar door!' riep ze tegen vader. 'Hoe eerder wij hier weg zijn hoe liever!'

'Als er nu weer vliegtuigen komen, wat moeten we dan?' vroeg Jan zich af. 'Zo gauw mogelijk de auto uit en aan de kant van de sloot gaan liggen zeker... Zouden ze schieten op zo'n klein personenwagentje...? Ze kunnen toch wel zien dat er geen soldaten in zitten? De witte hoofddoek van moeder is duidelijk genoeg...'

Maar toch had hij bijna geen oog van de lucht af en ook vader keek nu en dan waakzaam naar boven. Maar de blauwe hemelkoepel strekte zich wolkeloos uit naar alle kanten en nergens viel onraad te bespeuren. Bennebroek, Hillegom en Lisse reden ze snel voorbij, maar iets verder werden ze aangehouden door een troep soldaten, die aan de kant van de berm, dicht bij een zijweg, in dekking lag. De sergeant wilde hen terugsturen. Het was veel te gevaarlijk voor burgers om zich op de weg te bevin-

den, zei hij. En slechts na veel praten lukte het vader om toestemming te krijgen, de zijweg in te draaien. Daar zou meer beschutting zijn om zich voor een aanval uit de lucht te bergen.
'Waar loopt deze weg naartoe?' vroeg vader.
'Als we straks linksaf gaan, komen we in...' Jan kon de naam van het dorpje niet lezen. Die stond juist op een vouw van de kaart.
'Kunnen we straks weer terug naar de hoofdweg?'
'O ja vader, er lopen wegen genoeg.'
'In orde,' zei vader. Hij ging verzitten, boog zich over het stuur en voerde de snelheid op.
'Bent u niet moe?' vroeg Jan.
'Dat gaat best, hoor!' antwoordde vader. 'Hier, steek eens een sigaret voor mij op, daar heb ik zin in. Als je er ook een wilt?'
'Graag vader. En als ik u eens moet aflossen achter het stuur?'
Vader lachte.
'Dat dacht ik wel dat je daarop zat te wachten,' zei hij. 'Later, hoor jong. Je zou het best kunnen, maar het lijkt me beter dat ik nu blijf rijden. Dan schieten we harder op en bovendien, je weet niet wat er gebeuren kan...'
'Och,' zei Jan, 'wat zou er kunnen gebeuren? Hier links, vader!'
Ze kwamen op een smalle grindweg, omzoomd door bollenakkers en aardappelveldjes, door heggen van de weg gescheiden. Slechts hier en daar stond een huis en van sommige waren de luiken gesloten. Was dat voor de zon...? En waarom zag je hier nergens een mens op de akkers of langs de weg...?
Jan wilde juist zeggen dat het hier zo ongewoon stil was, toen hij plotseling beweging zag voor zich uit. Geen vijftig meter voor de wagen maakte zich een gedaante los uit de struiken en liep de weg op. Hij had een vreemdsoortig pak aan met groene en zwarte strepen en vlekken, een helm op en een karabijn in de hand.
'Nou zullen we 't hebben!' zei vader. 'Een Duitse parachutist! Hou je goed, mensen! Toon geen angst...!'
En toen remde hij dat het gierde, want de Duitser had het wapen opgeheven en scheen te mikken op de auto. Jan dook in elkaar, maar het was onnodig, want de wagen stond enkele meters voorbij de Duitser stil en die was er met een paar stappen bij.
'De schoft!' hoorde Jan zijn vader nog zeggen.
'Jedermann aussteigen!'[1] riep de kerel gebiedend.
Hij was nog erg jong; dat was het eerste wat Jan opviel. Het zweet liep in straaltjes langs zijn gezicht en hij hijgde, alsof hij hard gelopen had.

'Waarom?' vroeg vader. 'Wij moeten naar Scheveningen, naar onze kinderen!'
'Jedermann aussteigen!' herhaalde de man. Hij schreeuwde het bijna en hief alweer zijn wapen op.
'Vooruit mensen, laten we 't maar doen,' zei vader. 'Er zit niets anders op. Hij wil natuurlijk de auto hebben. Haal de bagage er maar uit...'
Vreemd rustig zei hij dat, vond Jan. Hij kende die toon. Zo praatte vader altijd als hij zich kwaad maakte. Hij was erg driftig, maar dan beheerste hij zich met geweld.
Jans hart klopte in zijn keel. Hij stapte uit en hield de deur voor moeder open. Intussen waren zijn ogen op vader gericht. Die draaide het contact af, stapte uit en boog zich in de wagen om een koffer te pakken. Maar toen was de Duitser al bij hem, duwde hem achteruit en zei: 'Alles liegen lassen!'[2] Hij snauwde alsof hij Hitler zelf was.
'Habe die grösste Eile,'[3] voegde hij er met een blik op de vrouwen aan toe. Was dat een verontschuldiging...? Hij stapte in, zette het wapen naast zich, schoof zijn helm achterover en veegde zijn zweet af.
'Schönen Dank für alles!'[4] zei hij tegen de vier, die zwijgend op een rij naast de wagen stonden. Om zijn mond trok een spottend lachje.
En toen draaide hij het sleuteltje om en dacht zeker gauw te starten en weg te rijden, maar dat ging zo gemakkelijk niet. Hij scheen dit soort wagens wel te kennen, het was trouwens een Duits merk. Zijn voet vond vanzelf de startknop en drukte die in, maar de motor sloeg niet aan.
Jan keek tersluiks naar vader. Hij wist dat het moeilijk was om deze wagen te starten als de motor zo warm was als nu. Dat lukte zelfs hem dikwijls niet. Het was een auto met gebruiksaanwijzing, zei vader wel eens. Je moest het gaspedaal onder het starten telkens snel indrukken en weer loslaten, je moest op een bepaalde manier spelen met het gas, dat was het geheim. Maar vader scheen niet van plan om dat advies te geven. Hij stond schijnbaar kalm het gestumper van de vijandelijke soldaat aan te zien, met een ondoorgrondelijk, bijna dom gezicht. De starter pufte en zuchtte, maar de motor deed het niet. Jan kreeg het er benauwd van.
De parachutist keek hulpeloos op, controleerde alle knopjes op het dashboard, veegde weer eens zijn zweet af, probeerde nogmaals en plotseling schreeuwde hij dreigend: 'Was haben Sie gemacht?'[5] Maar in zijn ogen was meer angst en onrust dan boosheid.
Vader haalde de schouders op.
'Es ist ein alter Wagen,' zei hij. 'Er war den ganzen Tag schon so schlecht... Vielleicht sind die Kerzen fett...'[6]

Hij maakte de motorkap open. De Duitser stapte snel uit en duwde hem wantrouwend opzij. Vader vertrok geen spier, maar Jan zag zijn kaken trekken en wist dat hij zijn drift slechts met moeite beheerste. De vijandelijke soldaat merkte daar niets van. Die rommelde in de gereedschapsbak, die voor onder de motorkap zat, en koos de zwaarste sleutel uit. Jan zag dat zijn handen beefden en de angst begon weg te zakken uit zijn hart. Goed beschouwd was die vent nog maar een kwajongen bij vader vergeleken, en hij had helemaal niet door dat vader zijn spelletje met hem speelde. Hij scheen zelfs enig vertrouwen in vader te krijgen, toen die hem enkele aanwijzingen gaf.
'Deutschfreundlich?'[7] vroeg hij met een glimlach.
'O ja,' knikte vader ijverig. 'Buitengewoon,' voegde hij eraan toe.
'De tekeningen,' zei hij terzijde tegen moeder. Moeder liep naar de andere kant van de wagen, haalde de map eruit en gaf die aan Guusje. Daarna greep ze een tas en het geldkistje. Intussen prutste de Duitser aan de bougie, maar scheen die niet los te kunnen krijgen. De motor sloeg hittegolven uit, het zweet drupte op zijn handen. Plotseling rukte hij zijn helm af. Vader nam die gedienstig aan en legde die op de voorbank.
'Hier, neem deze sleutel,' zei hij vriendelijk en reikte de man de bougiesleutel toe.
'Ha, das ist der Richtige!'[8] riep de ander. Hij greep er begerig naar en duwde vader de zware Engelse sleutel in handen, waarmee hij tot nu toe bezig was geweest.
Nu had hij de bougie gauw los. Hij lachte vader even dankbaar toe en boog zich weer over de motor. En nooit zou Jan vergeten, wat er op dat moment gebeurde.
Hij zag vader snel links en rechts de weg afloeren en toen zag hij de zware sleutel in vaders hand omhooggaan en neerdalen op het achterhoofd van de parachutist. De kerel zakte steunend in elkaar op de auto en nóg eens sloeg vader toe.
'O vader, hou op!' smeekte Jan.
'Hou je bek!' snauwde vader. Hij greep het slappe lichaam en rukte het weg.
'Draai die bougies liever vast!' riep hij. Jan deed het en hij zag dat moeder doodsbleek stond te staren aan de andere kant van de wagen, terwijl Guusje het hoofd aan haar schouder had verborgen.
Vader sleepte het lichaam naar de kant van de weg en liet het in de sloot glijden. Hij snelde terug, keek weer naar beide kanten de weg af, greep de karabijn en de helm en slingerde die over de sloot in een korenveld.

'In de wagen, vlug!' commandeerde hij. 'Jan, starten! Vergeet die bagage niet!'
En toen daalde hij in de sloot af en kwam even later terug met papieren, die hij in z'n binnenzak stak. Hij moffelde ook iets in zijn broekzak. Daarna duwde hij Jan weg en wilde starten. Maar de motor deed het ook nu niet.
'Wat is dát nou?' bromde hij ongerust. Hij sprong uit de wagen, maakte de motorkap open, frutselde wat en was terug.
'Je had het snoer niet eens op de bougie,' zei hij tegen Jan. 'Maar nou doet-ie 't!'
'Wat ben ik een sufferd!' zei Jan uit de grond van zijn hart. Ja, een stumper was hij, een kleine bange jongen. Maar zijn vader was een held! Hij zou hem willen omarmen, hij zou zijn handen willen kussen...! Hoor nu dat motortje tevreden pruttelen, alsof het de hand van de meester had herkend! Vader keerde de wagen en reed snel terug.
'Wij moeten dit risico niet voor de tweede keer lopen!' zei hij. 'Hier moeten we weg...'
Hij reed een poos en ineens sloeg hij Jan hard op zijn schouder.
'Ha die boy!' riep hij vrolijk. 'Wij hébben ons wagentje nog!'
En Jan kon het niet helpen, maar een snik welde op uit zijn borst en hij drukte stijf de arm van zijn grote kameraad. Toen begon ook Guusje te huilen. En vader zette plotseling de auto onder een paar bomen aan de kant.
'Nu krijg ik het ook te pakken,' zei hij. Hij leunde achterover en zuchtte een paar keer heel diep. Moeder was er haastig bij met een zakdoek met eau de cologne. Vader hield niet van dat spul, maar hij knapte er dadelijk van op.
'Nu gauw een sigaretje en dan ben ik weer het ventje,' zuchtte hij. 'Ik moet nog een beetje wennen aan de oorlog, jongens. Maar de eerste veldslag is gewonnen, waar of niet? Ja, als ze de burgers niet met rust kunnen laten, dan hebben die toch zeker het recht om zich te verdedigen?' Hij zoog diep de rook in en vervolgde: 'Een totale oorlog,' zei de Führer. 'Nou, hij zal hem hebben!'
Ineens lachte hij.
'Zou ik het nu weer een beetje goed gemaakt hebben, dat van de Jupiterstraat?' vroeg hij. Die goeierd, daar zat hij nu nog over in!
'Wat zal er met die man gebeuren?' vroeg moeder zacht.
'O, maak je daar geen zorgen over,' stelde vader gerust. 'Die ligt een paar uur op apegapen in die droge sloot en dan dwaalt hij wat rond met de

handen aan zijn hoofd, tot de Nederlanders hem gevangennemen. Hij is ongevaarlijk, want hij heeft geen wapens meer. Als we straks soldaten zien, zullen we het rapporteren.'
'Zou hij niet sterven?' vroeg Jan.
'Van dit avontuurtje niet, hoor!' zei vader. 'Die nationaal-socialisten hebben harde koppen, die kunnen heel wat verdragen. Het is misschien niet flink van me, maar ik kon er niet toe komen om hem de hersens in te slaan. Hij was nog zo jong...
Ziezo mensen, en nu praten we er niet meer over, hier niet en nergens. Goed begrepen, Guusje, Jan? Dit blijft een geheim tussen ons vieren. En nu willen we naar Scheveningen, niet? Vooruit dan, we moeten er komen!'
De wagen snorde verder en kwam langs dezelfde route weer terug op de grote verkeersweg. De soldaten waren er niet meer. Ongestoord reden ze verder tot Leiden en daar werden ze door de stad en over Voorschoten gestuurd. Telkens werden ze hier aangehouden en het viel hun op dat de soldaten hier minder zeker en minder rustig waren dan in het noorden van het land. Ze traden dreigender op en waren vol wantrouwen. Een liet ze alles uitpakken, voor ze verder mochten. Een ander wilde met alle geweld het trouwboekje zien, om te kunnen controleren of het waar was wat vader van de kinderen had verteld. Een Groningse sergeant, die vader aan zijn spraak als een noorderling herkende en misschien daardoor meer vertrouwen in hem had, vertelde dat het de NSB'ers waren, die onrust verwekten. Op verschillende plaatsen zouden ze op de troepen geschoten hebben. Bovendien waren overal om de stad parachutisten geland en al waren velen van hen al onschadelijk gemaakt, anderen liepen nog rond, sommigen in burgerkleding naar men zei, en men vermoedde dat ze in de schemering zouden proberen de stad binnen te komen.
'Het is ze om de koningin en om de regering te doen,' zei de sergeant, 'maar ze zullen hun doel niet bereiken. Wees voorzichtig met onze jongens, want ze zijn woest. Maak maar gauw dat u ergens onder dak komt!'
Maar ze reden door en bereikten in de schemering Voorburg. Overal om hen heen begonnen de stralenbundels van zoeklichten langs de donkere hemel te zwaaien en telkens bonsde ergens het afweergeschut. Het begon griezelig te worden om nu nog bij de weg te zijn. Een onderofficier schold vader uit, omdat hij geen licht op had en hij vloekte, toen vader het aanknipte.
'Doe uit!' schreeuwde hij. 'Afschermen, afschermen!'
Maar ze hadden niets om af te schermen. Toen scheurde moeder een blauwe rok middendoor en ze bonden om elk van de lampen een helft. Boven

hen ronkten vliegtuigen, een paar luchtdoelmitrailleurs begonnen erop los te hameren en plotseling scheurde het angstaanjagende gehuil van een alarmsirene door de avondlucht. Ze gingen haastig schuilen in een portiek en hoorden de scherven van granaten neerkomen op de daken en op de straatstenen. Het duurde lang, voordat de sergeant hun toestemming gaf om door te rijden.

Ze moesten de hele stad nog door, maar het was er heel stil en ze werden wonder boven wonder niet meer aangehouden. Ze snorden langs de Javastraat en het Vredespaleis. Vader kende de weg op zijn duimpje en met een hartgrondige zucht zette hij even later de wagen stil voor Duinweg 85. Het huis lag donker als al de andere, geen straaltje licht drong ergens naar buiten. Maar een kleine vlugge gedaante kwam de stoep af springen en vloog moeder om de hals: Frits. Tante en oom kwamen erachteraan en riepen: 'Zijn jullie erdoor gekomen? Hoe zijn jullie er toch door gekomen...?

Maar dat zouden ze straks wel vertellen. Snel werd de bagage uitgeladen, Jan zette de kap op de wagen en reed die een paar huizen verder in een bocht van de straat op een verbreed stuk van het trottoir. Hij sloot de wagen af en gaf ten afscheid een klap op de motorkap.

'Trouw beestje,' zei hij. 'Je hebt je prachtig gehouden!'

Toen sprong hij de anderen achterna naar binnen. Ze zaten in de achterkamer bij elkaar, waar zware gordijnen het lamplicht afsloten. Tante liep al met thee en ging daarna de warme maaltijd voorbereiden. Greetje sliep natuurlijk al, het was bijna negen uur. Meer dan twaalf uur hadden ze gereden over een afstand, die anders gemakkelijk in vier uur kon worden afgelegd. Frits was vol van de parachutisten, die hij boven de duinen had zien dalen, over de luchtgevechten en over een vliegtuig dat hij boven Ockenburgh had zien neerstorten.

'Het was een Duitser!' zei hij. 'En een rookwolk, vader, het leek wel een reuzenpaddestoel!'

Zijn ogen schitterden, alsof hij over een feest sprak.

'En de radio zegt dat er wel honderd vliegtuigen neergeschoten zijn! We winnen de oorlog vast, vader!'

Vader lachte maar eens, maar ook oom meende dat Nederland aan het eind van de eerste oorlogsdag niet ontevreden mocht zijn. De aanslag van de vijand op Den Haag was mislukt. Die morgen om vier uur al waren de eerste vliegtuigen boven de stad verschenen en hadden parachutisten uitgeworpen. De hele dag door waren versterkingen aangevoerd en de vliegvelden Ypenburg en Ockenburg had de vijand weten te bezetten, maar die waren in de loop van de dag door onze troepen heroverd. De Moerdijkbrug was in handen van de vijand, maar dat was niet erg, vond oom, want de Fransen en Engelsen waren in aantocht en die zouden ze daar wel verdrijven. Een grote Engelse legermacht zou zeker in de nacht op onze kust landen, meende hij, en daar twistte hij toen over met vader, die ongelovig zijn hoofd schudde. Maar tante maakte een eind aan het gepraat door een paar dampende schalen op tafel te zetten. Het leek wel of ze toveren kon.

'Ik heb op jullie gerekend,' zei ze, 'en de hele dag al uitgekeken. Schik aan, mensen, en laat het je smaken.'

Ze bogen hun hoofden en vader ging voor in gebed. Zijn stem trilde toen hij God dankte voor diens bescherming op deze gedenkwaardige dag.

Na het eten ging hij met oom het dorp in om de groeten over te brengen van de officier uit Friesland. Guusje hielp tante met de afwas.

'Ben je erg wagenziek geweest?' vroeg tante.

En toen bedacht het meisje pas dat ze er wonderlijk genoeg de hele dag geen last van had gehad...

HOOFDSTUK 4

De volgende morgen, toen Jan wakker werd en door het raam over de blinkende duinen keek, stond de zon weer aan een smetteloos blauwe hemel te stralen. Hij keek op zijn horloge en zag dat het al bij achten was. Ze hadden hem natuurlijk laten liggen, omdat hij gisteravond zo moe was geweest. Frits, die bij hem op de kamer had geslapen, lag ook nog te dromen, plat op zijn buik, één hand omlaag hangend van het bed.

Waren dat nou wolkjes daar in het zuidwesten, die witte vlekjes tegen het blauw? Het waren er wel tien, wel twintig, ze kwamen langzaam lager en het was net alsof er iets onderaan hing te slingeren... Meteen ging het met een schok door Jan heen: parachutisten...! Hij riep het woord zo hard hij kon en hij dacht dat Frits het bed wel uit zou vliegen. Maar die kwam maar langzaam overeind, keek even naar buiten en zei: 'O, niet meer? Gisteren hingen er wel drie keer zoveel in de lucht...' En hij gaapte.

Maar Jan schoot in zijn broek en trok haastig zijn schoenen aan. Daarmee was hij zo goed als klaar, want de hele familie was half aangekleed gaan slapen voor het geval er eens iets mocht gebeuren in de nacht. Hij rende de trap af en stormde naar buiten.

Heel wat mensen stonden op het trottoir naar de lucht te kijken. Oom was er ook bij. Hij was onderwijzer en had pinkstervakantie. Maar ook van de andere mannen uit de straat was blijkbaar bijna niemand naar zijn werk.

'Da's weer bij Ockenburgh,' zei oom. 'Dat vliegveld schijnen de Duitsers toch weer in handen te willen hebben. Hoor, er wordt geschoten!'

Ja, als je goed luisterde, hoorde je soms zacht in de verte het geratel van mitrailleurs en ook dichterbij klonk nu en dan een geweerschot.

'De duinen zitten vol met Duitse soldaten,' zei een meneer met een hoge scherpe stem. Zijn hals stak lang en mager uit de kraag van zijn jasje, dat hij over zijn pyjama had aangeschoten. Hij had een merkwaardig bang en tegelijk listig gezicht. Net een konijnenkopje, dacht Jan, alleen de lange oren ontbreken...

'Wie weet hoeveel er vannacht zijn gedaald,' ging hij voort. 'Ik heb de hele nacht vliegtuigen gehoord. Let eens op, vóór de avond hebben ze de stad in handen.'
De mensen begonnen verontwaardigd te mompelen en keken hem dreigend aan.
'Waarom bent u niet naar uw werk?' vroeg een man. 'U bent toch bij de politie, niet? Daar zullen ze u nu wel kunnen gebruiken.'
'Ze kunnen het best zonder mij,' zei de ander. 'Ik doe maar schrijfwerk op het bureau. Ik waag me niet langs de straat, hoor! Het geeft toch niks, we gaan er toch allemaal aan!'
'Je hebt veel meer kans dat je er hier aangaat, als jij je mond niet dichthoudt,' zei een visserman boos. 'Bah, wat een vent ben jij!' En hij spuwde de lange meneer minachtend voor de voeten.
Die schrok daar wel een beetje van en haastte zich om uit te leggen: 'Ik bedoel maar, wat willen onze soldaten beginnen tegen de geweldige Duitse overmacht? Daar valt niet tegen te vechten. Laat ze de wapens maar neerleggen, dat is beter...'
'En als je nou je kop niet dichthoudt, zal ik jou hier eens neerleggen,' zei de visser en hij deed een paar stappen in de richting van de spreker.
Die wilde zich goedhouden en zei beledigd: 'Kom nou, mag ik dan mijn mening niet meer zeggen? Wij leven toch in een vrij land?'
'Nog wel,' zei de visser. 'Maar dat is niet aan jou te danken. Duitse spionnen en Hitlerknechten kunnen we hier missen. Maak dat je van de straat komt. Vooruit, ga naar binnen en als ik je hier weer zie, dan sla ik je over de straat, begrepen?'
Hij gaf de konijnenkop een duw met zijn schouder, zodat die bijna omviel. Die repte zich naar zijn stoep en keerde zich daar nog even om, maar toen hij zijn belager dichterbij zag komen, maakte hij dat hij binnenkwam.
'Wij spreken elkaar nog wel nader, wacht maar!' riep hij met een huilstem. De mensen lachten. En een troep jongens jouwde hem na: 'Spion! Verrader...!' Frits was er ook bij en schreeuwde boven iedereen uit. Maar oom riep hem bij zich en verbood het hem.
'Is dat heus een spion, oom?' vroeg Jan.
'Welnee,' antwoordde oom. 'Alleen maar een eigenwijze kerel, die het altijd beter meent te weten. Hij mag wel oppassen, de vissers zijn niet mak.'
De vissers stonden in een groepje bij elkaar en keken wantrouwend naar het huis, waar de man binnen was gegaan.

'Ik vertrouw hem toch niet,' zei er een. 'Gisteren schuimde hij bij de haven rond, toen waagde hij zich dus wel op straat. Er stond net een jood bij me, die bood me vijftigduizend gulden als ik uit wilde varen en hem met zijn gezin naar Engeland wilde brengen, en daar wilde hij zich toen ook al mee bemoeien. Houd hem in de gaten, mensen!'

Door de zonnige straat, tussen de mensen door, kwam vader aanwandelen. 'Zou jij je wilde haren niet eens kammen?' zei hij tegen Jan. 'Je moet je nog wassen ook, geloof ik. Vlug maar, jong, want wij gaan eropuit zometeen. Tenminste, we zullen eens zien, wat ze er binnen van zeggen...' Hij was de stad in geweest, om te informeren naar de toestand.

'Het is moeilijk om uit al die geruchten wijs te worden,' zei hij. 'Maar laat ik nou in de Parkstraat kapitein Van Dijk tegenkomen, je weet wel, mams, Hendrikus van Dijk, die in Groningen met mij op de HBS geweest is. Die is hier bij de staf van generaal Winkelman, nota bene, die Hendrikus! Nou, toen was ik aan het hoogste kantoor natuurlijk en die heeft me aardig ingelicht. Dit staat vast: in Rotterdam wordt hard gevochten. Het vliegveld Waalhaven is in Duitse handen, geweldig veel valschermtroepen schijnen daar te zijn geland. En in de stad zitten ze ook, gisteren hadden ze het Beursstation in handen. Ze zijn met watervliegtuigen gedaald op de Maas. Nee, het lijkt me wel het beste dat we proberen om Hanneke daar weg te krijgen. Ze zit in Hillegersberg wel een paar kilometer van het centrum af, maar je kunt toch nooit weten...'

'Kun je er komen?' vroeg oom.

'Proberen,' zei vader. 'Ypenburg is door onze troepen heroverd, daar zit geen Duitser meer, daar kunnen we dus langs. Van Dijk vertelde me in vertrouwen dat er vandaag versterkingen naar Rotterdam gaan, die komen er dus ook. Trouwens, als we Delft maar halen, dan ga ik binnendoor op Schiebroek aan en dan zijn we er zo. Vooruit Jan, schiet op, jij gaat mee.'

'En ik, vader, ik toch ook?' vroeg Frits, die vader de woorden uit de mond gekeken had.

'Nee mijn jongen, dat kan niet,' antwoordde vader. 'Jan kan me aflossen achter het stuur als het nodig is, en op de terugweg moet hij Hanneke bezighouden. Jij zou me niet kunnen helpen en dan moet ik je er niet aan wagen.'

'Och vader,' smeekte Frits.

'Nee Frits, je hebt het gehoord,' zei vader. 'Zeur niet.'

Jan was in een ogenblik klaar, propte een boterham in zijn mond en een in zijn zak en rende naar buiten, om de wagen klaar te zetten. Hij stond nog op dezelfde plaats, men had er hier geen behoefte aan. Frits stond met een verongelijkt gezicht tegen de muur te leunen en wilde niet eens helpen om de kap van de wagen te doen. Hij wuifde ook niet zoals de anderen, toen ze wegreden.

Vader had thuis nog gauw even de plattegrond van Den Haag bestudeerd en stuurde de wagen om het centrum heen naar de Rijswijkse weg. Ze werden natuurlijk weer een paar keer aangehouden; maar Jan hield de papieren al klaar en dan was het snel in orde. Zo waren ze al gauw bij Ypenburg. Het was er stil. Op het vliegveld lag het vol met kapotte vliegtuigen, door en over elkaar, allemaal Duitse. Een vieze rooklucht dreef er rond. Ze snorden er snel voorbij, de weg naar Delft op. Er was geen ander verkeer. Alleen dat kleine zwarte wagentje snelde voort over de brede weg. Ergens in het land steeg een rookzuil omhoog, alsof daar een huis in brand stond, en in een weiland stonden een paar koeien te loeien bij een hek. Maar nergens was een mens te zien.

Jan kreeg een vreemd angstig gevoel, alsof er ergens een onzichtbaar gevaar dreigde. Hij keek vader aan en zag de spanning op diens gezicht. Vader tuurde de weg af en het land over en zijn lippen waren vast op elkaar geknepen.

'Kijk dáár!' zei hij plotseling en wees met zijn hoofd naar rechts.

Jan begreep niet, wat hij bedoelde.

'Parachutes!' zei vader.

Toen zag Jan ze ook. Ze lagen in de weilanden verspreid, lichte ronde vlekken op het groen, tientallen. Daar waren dus vijanden geland. Wanneer...? Gisteren? Deze morgen...? Ze tuurden naar alle kanten, maar een levend wezen was niet te ontdekken. En dus snorden ze verder en zagen de torens van Delft steeds dichterbij komen.

Maar nu lag er iets op de weg, een groot ding; als je niet beter wist, zou je zeggen dat het een vogel was. Een vliegtuig, zagen ze toen ze dichterbij kwamen, een geweldig groot Duits vliegtuig, half op zijn zij gezakt en met een groot gat in de romp. Zeker had het op de weg willen landen en was daarbij door de Nederlanders vernield... Onder een van de grote vleugels door konden ze erlangs.

Toen waren ze dicht bij Delft. Daar was een viaduct en daarbovenop was de weg opengebroken. De stenen en hopen zand lagen aan weerskanten van de sleuf, die dwars door de straat gegraven was.

Ze reden de helling op in de hoop een doorgang te kunnen vinden en stapten uit.

'Het gaat niet,' zei vader, 'we moeten terug.'

'Maar als we die stenen in de kuil gooien,' opperde Jan...

Toen klonk een schel gefluit beneden hen en een woedende stem schreeuwde hen toe: 'Kom daar weg, of ik schiet je er weg... Zijn jullie krankzinnig? Wat moet je daar? Kom hier...!'
Er stond een officier met een revolver in de hand naar hen te zwaaien. Een paar soldaten waren bij hem.
'Schiet op!' riep de officier en hij vloekte. 'Hoor je niet wat ik zeg?'
'Wij komen!' riep vader en stapte snel in.
'Kom Jan,' drong hij. 'Hij is zo nijdig als een spin. Als we ons niet haasten, barst hij nog, voor we bij hem zijn!'
Ze keerden de wagen, reden het viaduct weer af en toen de straat op, die beneden langs de huizen liep.
De officier stond hen opgewonden op te wachten.
'Meneer, wat wil je daar?' riep hij. 'Ben je niet goed wijs? Weet je niet dat het oorlog is? Moet je gemitrailleerd worden daarboven? Kijk eens, daar komen ze al...!'
Toen de motor van de auto stilstond, hoorden ze dat de lucht vol was met vliegtuiggeronk. Een groot eskader kwam uit het oosten, zonlicht flikkerde op de toestellen, luchtdoelgeschut begon te daveren, een sirene loeide en van alle kanten holden er mensen naar een schuilkelder daar dicht in de buurt. Vader en Jan liepen ook mee. Jan werd door de soldaten naar binnen gestuurd, waar de mensen dicht opeengedrongen stonden en een kindje op de arm van een vrouw hard huilde met lange gierende uithalen. Hij ging maar gauw terug naar de ingang, waar vader met de officier stond te praten. Die was al een beetje bedaard, maar hij bleef vader een waaghals noemen.
'Langs geen enkele weg kunt u veilig in Rotterdam komen,' zei hij. 'Hoe haalt u 't in uw hoofd? Heus meneer, dat kind van u zit daar rustig. Wat kan er gebeuren, zolang het binnen blijft? Maar u waagt uw leven! Ga maar gauw terug naar Den Haag, dat is het beste wat ik u kan aanraden.'
Het werd stil in de lucht en even later ging het signaal dat alles veilig was. De mensen drongen naar buiten. Iemand beweerde dat er drie vliegtuigen neergeschoten waren, maar een soldaat zei dat het onzin was.
'Ze vliegen veel hoger dan gisteren,' zei hij. 'Ze zijn bang geworden voor ons. Ons geschut kan er niet meer bij.'
Vader was door de vermaning die hij gekregen had, zeker ook een beetje bang geworden, want hij keek telkens onrustig naar de lucht, terwijl ze snel naar Den Haag terugreden. Maar ze kwamen er veilig aan en reden kalm door de straten, want ze hadden nu tijd genoeg. Toen zagen ze in de buurt van het Spui een grote volksoploop. Vader stopte een eindje verder,

ze stapten uit en liepen terug. Politie en soldaten hadden een inval gedaan in een huis, een man werd geboeid naar buiten gebracht en een vlag, een zwart-rode NSB-vlag, werd boven uit een raam gesmeten. De mensen vingen het doek op, scheurden het uit elkaar en trapten erop. De politie moest de man tegen het publiek beschermen.
'Vuile NSB'er!' schreeuwden de mensen. 'Hang hem maar op, die landverrader!'
Vader greep Jan bij de arm en trok hem mee. Ze reden nu door het centrum van de stad en bij het Buitenhof floten plotseling kogels over hun hoofd en ketsten tegen de muren. Vader stopte zo plotseling dat Jan, die hier niet op verdacht was, met zijn hoofd tegen de voorruit vloog.
'Eruit!' riep vader. 'Naar die portiek!'
Ze sprongen een stoep op en drukten zich tegen de muur. Vader ging half voor Jan staan, om hem met zijn lichaam te dekken. Telkens weer knalde een schot. Vlak voor hen langs, aan de kant van de straat, slopen soldaten voorbij met het geweer in de aanslag, loerend naar alle kanten. Toen vader kuchte, draaide een van hen zich bliksemsnel om en vader stak gauw zijn handen omhoog, toen het geweer op hem werd gericht. De soldaat merkte zijn vergissing, lachte zenuwachtig, sloop verder en vuurde plotseling een schot af. Een paar seconden later ging de deur achter Jan open, een officier kwam snel naar buiten en riep de soldaat. Die sprong in de houding.
'Waar schiet jij eigenlijk op?' vroeg de officier.
'Op dat huis daar aan de overkant, kolonel,' zei de soldaat. 'Daaruit is op ons geschoten. En nou zag ik daar iemand achter een raam.'
'Heb je het zelf gezien dat iemand uit dat huis schoot?'
'Nee kolonel, maar de kogel kwam vlak bij me in de muur terecht. En de jongens zeiden dat het uit dat huis kwam, kolonel.'
'Laat je hoofd toch niet op hol brengen,' zei de kolonel streng. 'Dadelijk terug naar je post en stuur de sergeant hier. Het moet uit zijn met die wilde schietpartijen.'
'Jawel kolonel.' De soldaat salueerde en marcheerde af.
'En u meneer, maak maar gauw dat u thuiskomt en begeef u niet meer op straat dan nodig is. Het is gevaarlijk zoals u merkt. De mannen raken in een soort paniekstemming door al die geruchten van schietende NSB'ers.'
'Zou daar dan niets van waar zijn?' vroeg vader.
De kolonel haalde de schouders op.
'Ik heb het niet kunnen constateren,' zei hij en verdween in het huis.
Vader en Jan reden snel verder. Op de Stadhouderslaan kwamen ze een pantserwagen tegen, die in snelle vaart door de stad reed. Bij het afwate-

ringskanaal werden twee in de duinen gevangengenomen Duitsers opgebracht. Ze liepen met de handen in de nek voor de geweren uit en keken erg ongelukkig.
Het liep tegen de middag toen ze de wagen weer op de parkeerplaats aan de Duinweg zetten. Moeder kwam ze al met een ongerust gezicht tegemoet lopen. Het was niet, omdat ze Hanneke niet zag. Ze had wel vermoed dat ze Rotterdam niet zouden kunnen bereiken, want door de radio waren berichten gekomen dat er bij Delft gevochten werd. Het was om Frits, die al uren geleden spoorloos verdwenen was. Hij had erg vervelend gedaan, nadat vader en Jan zonder hem vertrokken waren, zijn kleine zusje geplaagd en almaar lopen mopperen en zeuren. Daarom had moeder hem voor straf naar de slaapkamer gestuurd. Maar toen ze een kwartiertje later kwam kijken, was de kamer leeg en zij wist zeker dat hij niet de trap af gekomen was, want tante was in de gang geweest en die had hem niet gezien. Hij moest dus door het raam ontvlucht zijn en dat kwam uit, want de mevrouw die naast tante woonde, had verteld dat hij daar plotseling in huis geweest was; ze begreep al niet waar hij zo ineens vandaan was gekomen. Natuurlijk was hij door de goot gewandeld en daar door een raam naar binnen gekropen. Een poosje later was hij met Job, het zoontje van de buren, die ongeveer even oud was als hij, de deur uitgegaan en ze hadden nog wel beloofd dat ze in de buurt zouden blijven, maar moeder en Guusje en de buurvrouw hadden al de straten in de omgeving afgezocht en nergens een spoor van de deugnieten kunnen ontdekken. Wat moesten ze nu? De politie waarschuwen...?
Welnee, daar lachte vader om.
'Twee kwajongens van die jaren lopen niet in zeven sloten tegelijk!' beweerde hij luchtig. 'Die zitten natuurlijk bij een vriendje in huis en, terwijl zij fijn aan het spelen zijn met een meccanodoos, loop jij je hier zorgen te maken. Je zult eens zien: tegen etenstijd, als hun maag begint te jeuken, duiken ze vanzelf weer op!'
Maar toen een uur later het eten op tafel stond, was Frits nog niet verschenen en het buurjongetje evenmin. Vader en oom deden hun best om de stemming erin te houden, maar het lukte hun niet. Moeder at weinig en zat haar zuchten te verbijten en tante liep telkens naar de voorkamer om uit te zien. Na het eten werd een grote speurtocht op touw gezet. Vader, oom, Jan, de buurman en nog een meneer in de straat namen elk een gedeelte van het dorp voor hun rekening. Maar ze kwamen de een na de ander terug zonder een spoor van de weglopers ontdekt te hebben.
Nóg deed vader luchthartig, maar Jan zag wel aan zijn ogen dat hij even-

goed als de anderen in onrust zat. Terwijl zijn mond lachte en opgeruimd praatte, loerde in zijn ogen de zorg. Oom ging naar het politiebureau, vader en de buurman liepen maar weer het dorp in. Jan slenterde met ze mee. Hij had een naar en drukkend gevoel in zijn borst. Hij kende zijn broertje. Het was een goed en aardig jong, maar hij dacht nooit na, hij zag nergens gevaar en je kon alles van hem verwachten. Het leek soms wel dat hij juist het gevaar zocht. Toen hij nog nauwelijks zwemmen kon, sprong hij al van de hoogste duikplank en in Zeist stoorde hij zich als hij op zijn fiets door het dorp reed aan geen enkele verkeersregel, tenminste als er geen agent in de buurt was. Wat zou hem hier vanmorgen hebben kunnen lokken? De duinen misschien...?
'Ik weet het, vader,' zei Jan. 'Hij is natuurlijk met Jobje de duinen in. Daar wordt gevochten en daar heeft hij natuurlijk bij willen zijn!'
Ze liepen bij het postkantoor, toen hij dat zei. Vader had juist gezegd dat hij proberen wilde, wat geld te krijgen op zijn spaarbankboekje, want hij zat slecht in de contanten en hij zou de volgende dagen geld nodig kunnen hebben. Hij was al op de stoep, maar nu kwam hij terug, keek Jan verrast aan en zei: 'Je hebt gelijk! Dat we daar niet eerder aan gedacht hebben...!'
'Maar de duinen zijn verboden,' zei Jobjes vader. 'Je wordt dadelijk door onze soldaten teruggestuurd.'
'Ja, daar zal Frits zich aan storen,' zei Jan. 'Die ziet wel een kans om tussen ze door te glippen.'
Vader reikte Jan het spaarbankboekje aan.
'Hoor eens,' zei hij. 'Ga jij eens vragen of we hier geld op kunnen krijgen, honderd gulden bijvoorbeeld. Wij moeten de duinen in. Als die kwajongens daar vanmorgen al heen gegaan zijn, kan er van alles met ze gebeurd zijn. Kom, meneer Jacobs...'
Hij beende met lange stappen weg, je kon merken dat hij nu erg in angst zat. De buurman, een klein dik mannetje, dribbelde haastig achter hem aan. Jan ging zuchtend het postkantoor in en bad in stilte of God zijn broertje bewaren wilde. En hij schaamde zich meteen, omdat hij er pas nu aan dacht om dat te doen. Als 't nog maar niet te laat was...
Voor het loket stond een lange rij mensen die allemaal geld moesten hebben; Jan sloot zich erbij aan en wachtte. Het was erg vervelend, vooral ook door de spanning om Frits waarin hij verkeerde; hij kreeg er pijn in zijn buik van. Het duurde wel een half uur voor hij aan de beurt was en toen bleek alle moeite ook nog vergeefs geweest te zijn.
'Nee jongeman, dat zal niet gaan,' zei de ambtenaar aan wie hij het boekje overreikte. 'Je moet hiermee in Zeist zijn. Daar sta je ingeschreven.'

'Maar daar kunnen we nu immers niet komen,' zei Jan. 'En mijn vader zit zowat zonder geld, meneer.'
'Ik kan er niets aan doen,' zei de man. 'Wie volgt...'
'Kom je uit Zeist?' vroeg een man met een vrolijk rond gezicht, die twee plaatsen achter Jan gestaan had.
'Ja,' zei Jan.
'Wacht dan maar even, tot ik hier klaar ben,' zei de ander. 'Dan krijg je geld van mij.'
Jan was erg verwonderd en hij dacht eerst dat het een grapje was. Maar hij wachtte toch en toen die man geholpen was, bleek dat hij het werkelijk meende.
'Ga maar mee,' zei hij. 'Mijn vrouw komt ook uit Zeist, zie je, en haar hele familie zit daar. Nou is ze doodsbenauwd dat daar iets mee gebeurd zal zijn en ze doet de hele dag niks als huilen en jammeren. Als jij nou even tegen haar zegt dat alles daar goed is, dan krijg jij vijfentwintig gulden van me.'
'Ja maar, ik weet daar niks van,' protesteerde Jan. 'Het is al bijna een week geleden dat wij ervandaan gingen.'
'Dat geeft niks,' lachte de man. 'Zeg maar dat je uit Zeist komt en dat alles er rustig was, dan ben ik tevreden. Als jij dat zegt, dan gelooft ze het. Je hebt een eerlijk gezicht.'
Hij hield Jan aldoor bij de arm vast, alsof hij bang was dat de jongen weg zou lopen. Hij nam hem mee een winkeltje in, dicht bij het postkantoor, dat vol stond met potten en pannen en riep: 'Blijf maar...!'
En toen voerde hij Jan bij de arm een trapje op en een kamer binnen. Daar zat een dikke vrouw te midden van een troep kleine kinderen aardappels te schillen. Ze veegde gauw met een zakdoek langs haar gezicht; haar ogen waren rood van het huilen.
'Hallo vrouw!' riep de man uitbundig. 'Nou moet je eens horen, zeg, wat een gelukkie of ik gehad heb. Tref ik me daar op het postkantoor deze jongen, die hier voor je staat en die vertelt me dat hij uit Zeist komt. Nou, en nou moet jezelf maar eens horen, wat-ie zegt. Dan zul je zien dat ik gelijk heb gehad, maar mij wilde je niet geloven. Hij zegt dat het er allemaal goed is in Zeist. Er wordt niet gevochten, er is geen bommetje gevallen en er zijn bijna geen soldaten te vinden. Is 't niet zo, eh... jongeheer?'
'Ja hoor, mevrouw!' zei Jan lachend. Toen hij het behuilde gezicht van de vrouw zag en al die bedrukte kindergezichtjes, had hij plotseling geen bezwaar meer om een beetje te fantaseren.

'Wees maar niet ongerust, hoor!' zei hij nog. 'Je merkt er eenvoudig niet dat het oorlog is...'
'Is het waar?' riep de vrouw. 'O jongeheer, wat maak je me daar blij mee! Ik zat er toch zo over in, ik kon er niet van slapen. En als ik me bezorgd maak, dan krijg ik last van me gal en dan mot ik almaar huilen; de dokter het gezegd dat werkt op mekaar, ziet u. En me man zei al, vrouw, zei die, dan hadden we 't toch wel gehoord door de radio, zei die. Maar ik zei, je weet niet, of ze alles wel zeggen, zei ik. Nee, het kon toch best wezen...'
Ze babbelde maar door en ze zoende het jongste kind en beloofde dat moesje nou nooit meer huilen zou en ze danste bijna door de kamer van opluchting. Intussen haalde de man een ijzeren geldkistje te voorschijn en telde wel tien blinkende rijksdaalders voor Jan neer.
'Alsjeblieft,' zei hij. 'Geef die maar aan je vader, dan kan hij voorlopig vooruit. Als hij ze missen kan, brengt hij ze weleens terug.'
'Maar dat kan toch niet, u kent me niet eens,' stamelde Jan verbluft. 'Wilt u niet een bewijsje hebben, een kwitantie of zo dat ik dit geld ontvangen heb?'
'Niks hoor!' weerde de man af. 'Wij zijn allemaal Nederlanders onder mekaar, hoor! Ik vertrouw je best. En je hebt zo'n goeie boodschap gebracht. Hier, pak aan!'
Hij stopte Jan het geld in de hand en duwde hem de deur uit. 'Je hebt het prachtig gedaan!' fluisterde hij in de winkel. 'Dank je wel, hoor! Och, het is een goed mens, jongeheer, maar zenewachtig, man, zenewachtig...!'
De rijksdaalders rinkelden in Jans broekzak, toen hij de straat door stapte. Hij lachte. Wat een aardige kerel was dat! Maar met die vrouw had hij het misschien niet erg getroffen! Een heel verschil bij moeder! Die zat zo zwaar in de zorg over Frits en toch huilde ze niet eens...
Frits...! Hij ging opeens rennen, maar toen hij de straat in kwam, zag hij al dat de jongens nog niet gevonden waren. De hele familie stond met bedrukte gezichten voor het huis en verschillende mensen uit de straat hadden zich erbij aangesloten. Vader en de buurman waren een eindje de duinen in geweest, maar door de soldaten teruggestuurd. Oom was bij de politie ook niets wijzer geworden. Nu konden ze niets anders doen dan afwachten en bidden dat alles nog goed mocht komen. Jan gaf vader het geld en vertelde wat hem overkomen was. Hij deed het zo opgeruimd mogelijk, hij had nu geleerd hoe hij bezorgde mensen een beetje moest opmonteren en hij wist werkelijk een lachje op vaders gezicht te toveren. Maar moeder stond bleek de duinen in te staren; aan haar scheen het verhaal helemaal voorbij te gaan.

'Zit u om geld verlegen, meneer De Boer?' vroeg een meneer uit de straat. 'Als ik u dienen kan met een paar tientjes?'
'Ja, als het nodig is, dan zegt u het maar,' bood ook een ander aan. 'Ik heb ook nog wel wat te missen, hoor!'
Een dame, die een paar huizen verder woonde, kwam met een blad vol kopjes thee aandragen en deelde uit aan de mensen die voor ooms huis bij elkaar stonden. Het leek wel alsof heel de straat familie van elkaar was.
'Daar komen ze,' riep opeens een meneer uit een bovenhuis. 'Ik heb ze gezien, maar nou zitten ze achter die duintop! Kijk, kijk, daar lopen ze, recht hier op aan!'
Ja hoor, daar kwamen ze aandraven, dwars door de duinen: Frits voorop, de kleine dikke Jobje hijgend achter hem aan. Ze kropen handig onder het prikkeldraad door dat de straat van de duinen scheidde en wandelden toen kalm naast elkaar voort. Ze schenen zich hun zonde nog niet eens bewust te zijn. Ze lachten en praatten met elkaar, ze bekeken iets dat Frits in handen had en opeens, daar kwamen ze aanhollen, recht op hun ouders aan. Jan merkte dat Frits iets onder zijn blouse verborgen hield.
'Vader, vader!' riep Frits. 'O, nu moet u eens horen! Ze moeten dadelijk de duinen in, de soldaten, vader...!'
'Ga naar binnen,' zei vader streng en hij hield moeder tegen, die haar verloren zoon in de armen wilde nemen.
'Ja vader, nee vader!' brabbelde Frits. 'O, luister eens goed, vader, want anders is het misschien te laat! Wij hebben een grote ontdekking gedaan, hè Job...? Hé, waar is Jobje nou?'
Jobje werd tien meter verder juist door zijn vader over de knie gelegd en toen hij weer op zijn voeten gezet werd, huilde hij boos: 'En nou vertel ik het lekker ook niet dat wij Duitsers gevonden hebben!'
'Wat hebben jullie?' vroeg vader. 'Duitsers gevonden...? Maar jongen, wat heb je dáár nou?'
Een blinkend ding gleed onder Frits' blouse uit. Hij greep het nog net en stak het vader toe. Het was een niet ontplofte granaat!
'O,' zei hij, 'een kogeltje, kijk maar. Wij hebben er nog een gevonden, maar die heeft Jobje verloren, hè Job? Hij is nog helemaal goed, vader! Als je dat onderstukje eraf schroeft, heb je een mooi koperen asbakje, ziet u wel?'
'Als je 't hart in je lijf hebt om ooit aan zo'n ding te zitten knoeien!' schrok vader. Hij gaf de granaat aan een meneer, die er zijn hand naar uitstak. 'Voorzichtig ermee,' zei hij. 'Gevaarlijker dingen dan deze zijn er niet. Ze

kunnen onverwachts uit elkaar springen. Het zal het beste zijn om het maar bij onze militairen in te leveren, die zullen er wel raad mee weten…'
'Ik wil hem houden!' riep Frits.
'Houd je mond, kwajongen!' zei vader. En al de boosheid, die in de uren van zijn angst gegroeid was, kwam nu boven. Hij greep Frits bij de kraag en trok hem de stoep op.
'Naar binnen!' zei hij. 'Daar zal ik verder met je praten. Schaam jij je niet, om ons zo in angst te laten zitten? En om stilletjes weg te lopen en de duinen in te gaan, waar het zo gevaarlijk is…?'
Frits stribbelde huilend tegen. Hij had nog wat te vertellen. 'De Duitsers, de Duitsers!' schreeuwde hij.
En toen kwam het verhaal. Ze hadden Duitsers ontdekt, een eind achter het kopje, op een paar kilometer afstand. Ze hadden horen praten, toen ze samen door de duinen slopen. En toen ze stil dichterbij kropen, onder de struiken door, hadden zij ze gezien, in een duinpan, vier Duitsers, die bij elkaar stonden en alle kanten op wezen. Een had een kaart bij zich, daar keken ze op en dan wezen ze weer. Toen waren ze uit elkaar gegaan en elk aan een kant van de duinpan, bijna aan de top van een duin, hadden zij zich ingegraven. Ze hadden elk een klein schopje, daarmee spitten ze een gat en toen kropen ze daarin. Een van de vier had zijn plaats vlak bij de jongens gekozen. Die lagen onder een dichte duindoorn, hij kon ze net niet zien. Maar nu konden ze niet meer weg, want dan zou die Duitse soldaat ze ontdekt en misschien op ze geschoten hebben. Uren hadden ze daar gelegen. Jobje had een keer moeten niezen, doordat hij zand in zijn neus gekregen had. Hij had het geluid gesmoord in zijn handen, maar de Duitser had toch verschrikt naar zijn geweer gegrepen en naar alle kanten rond staan loeren en het duurde lang, voordat hij weer rustig in zijn kuiltje zat. Later had hij gegeten en gedronken uit zijn veldfles en de jongens hadden iedere hap en iedere slok geteld, want ze hadden zelf ook honger en dorst. En toen had de man een sigaret in zijn mond gestoken en alle zakken afgetast naar lucifers, maar die had hij zeker niet en toen was hij uit zijn kuil gekropen en naar een van de anderen gelopen.
Van die gelegenheid hadden de jongens gebruik gemaakt om ervandoor te gaan. Frits had eerst nog het schopje willen meenemen dat de soldaat op de rand van zijn kuil had laten liggen, want het was zo'n mooi schopje, – net iets voor Greetje voor de zandbak… of nee, voor hemzelf, als hij later een hut wilde bouwen in het bos! – maar Jobje had hem meegetrokken, die durfde niet langer te blijven. Nou, en toen waren ze hard hiernaartoe gehold. 'Hè Jobje…?'

Het verhaal maakte op de omstanders een diepe indruk. Die jongens toch, die hadden oog in oog met de vijand gestaan...! Ze werden op de schouders geklopt en er werd gelachen en moeder kon nu toch heus niet langer wachten met haar ondeugende jongen even in de armen te sluiten, want ze rilde bij de gedachte aan wat er had kunnen gebeuren als ze bij het weglopen ontdekt waren. De mevrouw van boven kwam met een paar glazen limonade en tante ging gauw naar binnen om boterhammen klaar te maken. Maar vader, die een poos stil had staan denken, zei opeens:
'Wat dunkt je, Frits, zou je die plaats nog terug kunnen vinden?'
'O ja,' zei Frits, 'gemakkelijk! Hè Jobje...?'
'Ja, hoor, bevestigde Jobje. 'Achter 't kopje rechtsom, en dan 't schelpenpad langs en bij dat konijnenhol omhoog...'
'Kom mee,' zei vader, 'naar de commandopost!'
'Eerst een boterham!' riep Frits. 'Ik heb pijn in de buik van de honger.'
Met een boterham in de hand liepen de jongens met hun vaders mee. De granaat zou meteen worden ingeleverd. Geen kwartier later kwamen ze weer langs, aan 't hoofd van een troep soldaten, naast de officier, blij en trots, want ze voelden zich de helden van de dag. Ze liepen met grote stappen om in de pas te blijven met de troep en zetten echte braniegezichten. Zo verdwenen ze langs het hellende pad in de duinen en moeder had het plotseling zwaar te pakken van angst dat haar jongen iets zou overkomen. Bijna de hele straat had zich nu voor het huis verzameld en wachtte in spanning af. Het duurde lang en de mensen begonnen zich alweer te verspreiden, toen ze hevig hoorden schieten in de richting van de hoge duintop, die het kopje genoemd werd. Moeder was doodsbleek en het hielp niet veel dat Jan haar probeerde te bemoedigen door te zeggen dat de jongens alleen maar even de plaats hoefden te wijzen waar de vijand was en dat de officier ze zeker niet aan gevaar zou blootstellen. Ze was pas gerust toen ze even later vader met de twee jeugdige verspieders langs het duinpad zag aankomen en ze ijlde ze blij tegemoet.
Het liep nu al tegen de avond. Tante had de tafel gedekt. Voor Frits had ze het eten gewarmd dat hij die middag had gemist. Hij at als een slootgraver, maar sprong telkens van zijn stoel om te kijken of de soldaten nog niet terugkwamen.
Het schieten was opgehouden, de strijd was dus ten einde.
Nog vóór ze met het eten klaar waren, werd er van de straat geroepen dat ze in aantocht waren. Ze haastten zich allemaal naar buiten, maar moeder ging, toen ze een blik op de naderende groep had geworpen, gauw met Greetje terug en ook Guusje wilde liever niet blijven kijken. Want het

was een huiveringwekkende groep mensen, die langzaam kwam aanlopen. Voorop liep een Duitse gevangene, die door twee Nederlandse soldaten werd ondersteund en die slechts moeilijk het ene been voor het andere zette. Er was een noodverband om zijn hoofd gelegd; het was rood van het bloed dat ook in een straaltje langs zijn bleke gezicht liep. Daarachter kwamen twee andere Duitsers met twee Nederlandse soldaten, die samen een soort draagbaar torsten, samengesteld uit geweren, en daarop lag het lichaam van de vierde Duitser. Een hand hing slap naar beneden en sleepte bijna over de straat.

Daarachter kwamen de overige Nederlandse soldaten. Eén hinkte; die had een schampschot aan zijn been en een ander, die zijn jas had uitgetrokken, hield zijn ene hand met de andere vast; die had een schot in de schouder. Maar ze lachten toch en allemaal knikten ze en wuifden naar Frits en naar vader en één riep: 'Wij hebben ze, hoor! Je wordt bedankt!' En de officier kwam gauw even een praatje maken en vertelde dat ze de vijand in alle stilte hadden kunnen omsingelen en hem toen plotseling hadden overvallen. Hij had zich dapper geweerd, maar toen een van de vier was gesneuveld en de tweede zwaar gewond was geraakt, hadden de beide anderen zich overgegeven. En toen gaf de officier Frits een stevige hand en zei dat hij een reusachtig flinke kerel was.

Toen de familie weer aan tafel zat, waren ze allemaal stil, behalve Greetje, die druk over haar poppen babbelde. De anderen zagen nog aldoor het bleke bebloede gezicht van die jonge Duitser en het dode lichaam van de andere. Ook die had een moeder, die nu tevergeefs op hem zou wachten en misschien nooit zou weten, waar het lichaam van haar jongen rustte. Wat was oorlog toch iets vreselijks...! Waarom konden de mensen niet in vrede met elkaar leven...? Waarom was het nodig dat die jongeman, die nog zo'n lang en gelukkig leven kon hebben, hier, ver van zijn land, uit de lucht werd neergeworpen om na enkele uren doodgeschoten te worden...? Frits was er het eerst overheen. Hij begon nog eens aan het verhaal van zijn ontdekkingstocht en hij zette een gezicht, alsof hij het land van de ondergang had gered. Hij wilde nog weer naar buiten en toen vader het hem verbood, nam hij zo'n beledigde houding aan dat hij nog bijna het pak slaag kreeg dat hij die middag door zijn verspiedersdiensten was misgelopen. Gelukkig kreeg hij al gauw slaap en ging uit zichzelf naar bed. Het was ook wel een opwindende dag voor hem geweest.

Het was nu heel rustig buiten. Urenlang had zich geen vliegtuig meer laten horen. De duintoppen kleurden rood in het licht van de ondergaande zon. Niet ver van het huis, in de duinen, begon een nachtegaal zijn

smeltende trillers te zingen. Het was bijna niet te geloven op deze mooie avond, dat er werkelijk oorlog was.
Tot in de late schemering zaten er nog mensen buiten. Ze praatten zacht met elkaar.
'Morgen is het Pinksteren,' zei een stem.
Ach ja, Pinksteren! Jan had er niet meer aan gedacht. Zouden ze dan ook doorvechten? dacht hij even naïef. In tijd van oorlog bestonden de tien geboden zeker niet meer, tenminste de legers stoorden er zich niet aan...
Hoor, oom had de radio aangezet voor de laatste berichten. Die schalde door de kamer dat de vijand Wageningen en Scherpenzeel had bereikt, dat er ook bij Wons gevochten werd en dat er die dag meer dan honderd Duitse vliegtuigen waren neergeschoten. Morgen in de vroegte kon de grote aanval op de Grebbelinie worden verwacht...

HOOFDSTUK 5

Die nacht werd Jan wakker door het geluid van geweerschoten in de straat. Kogels floten over het huis, opgewonden mannenstemmen schreeuwden elkaar toe en daarna barstte de schietpartij weer los. Hij zat er rechtop in bed naar te luisteren en was juist van plan om eruit te gaan en eens achter het verduisteringsgordijn te gluren, toen er plotseling een ruit in scherven rinkelde. Verschrikt dook hij onder de dekens en lag een paar seconden met bonzend hart te wachten, toen stak hij een trillende hand uit naar het koord boven zijn hoofd en trok het licht aan. Meteen ging de deur open en kwam vader binnen.

'Hallo!' zei hij. 'Wat is dat hier?'

Hij wierp een blik door de kamer en knipte meteen bij de deur de lamp weer uit, want voor de rechterbovenhoek van het raam hing het verduisteringspapier in flarden en het licht zou dus naar buiten stralen, wat streng verboden was. Bij het zwakke schijnsel van het lampje op de overloop konden ze genoeg zien om zich door de kamer te bewegen. Oom kwam er ook bij en deed het gordijn opzij om naar buiten te gluren. Jan wilde naast hem komen staan, maar vader trok hem weg.

'Achter de muur blijven,' zei hij. 'Je ziet nu hoe gevaarlijk het is om voor het raam te komen...'

Er was niets te zien in de straat, maar hoog boven hen was het geronk van vliegtuigen. Hadden de soldaten misschien ergens een verlicht venster gezien? Maar dan konden ze toch even bellen en de mensen fatsoenlijk waarschuwen?

Frits sliep door alles heen. Zelfs toen vader en oom het bed in de hoek van de kamer schoven, waar het meer beschermd stond voor verdwaalde kogels, werd hij nauwelijks wakker. Hij woelde wat heen en weer en praatte: 'Handen op, handen op, zeg ik je...!' En toen wierp hij zich om in zijn meest geliefde houding, plat op de buik met het hoofd in de armen, en droomde verder. Hij was zeker nog in gevecht met de parachutisten.

Het schieten ging nog een poosje door, maar op grotere afstand en verder

bleef het de hele nacht rustig. Toen Jan 's morgens wakker werd, scheen de zon vrolijk door de grote scheuren in het gordijn de kamer binnen. De ruit daarachter bleek volkomen verbrijzeld te zijn en in het plafond was een kogelgat ongeveer boven de plaats waar Frits gelegen had. De kalk zat nog in zijn haren; hij was heel verbaasd dat dit alles had kunnen gebeuren zonder dat hij er iets van gemerkt had en kwaad op Jan, omdat die hem niet even wakker had gemaakt. Hij had die schietpartij zo graag willen horen.
De mensen in de straat wisten te vertellen dat er 's nachts uit een dakraam lichtsignalen waren gegeven, om Duitse vliegtuigen de weg te wijzen. Er moest een verrader zitten in dit huizenblok of in het blok erachter aan de Zeestraat. En ze putten zich uit in veronderstellingen, wie dat wel wezen kon. De naam van meneer Schram – dat was de meneer met het konijnengezicht – werd verschillende keren genoemd en de mensen wierpen achterdochtige blikken naar zijn raam. De gordijnen waren dicht, hij sliep zeker nog. Geen wonder, als hij de hele nacht druk geweest was met zijn seinlamp, die landverrader...!
Hoog in de lucht ronkten vliegtuigen, je kon ze bijna niet zien en ze gingen op grote afstand voorbij. Een meneer zei dat er ook weer vroeg in de morgen parachutisten waren gedaald in de duinen. Ze volgden nu bij het springen een andere tactiek dan de vorige dagen, omdat er zoveel al in de lucht door onze soldaten waren doodgeschoten, vertelde hij. Ze lieten zich nu op grote hoogte als een steen uit het vliegtuig vallen en pas een paar honderd meter boven de grond ontplooiden ze hun parachute. Dan waren ze bijna beneden vóór ze opgemerkt werden, maar hij had ze toch nog gezien uit een zolderraam. Het was die kant op, weer bij Ockenburgh in de buurt.
Frits liep, nog niet eens helemaal aangekleed, tussen de mensen rond, stond alle verhalen met open mond aan te horen en praatte soms vrijmoedig mee. Men verdroeg dat van hem; hij was populair geworden in de straat na zijn avontuur van de vorige dag en hij genoot er zichtbaar van, als iemand hem op de schouder klopte of hem toelachte. Hij was bijna niet naar binnen te krijgen voor het ontbijt; Jan moest eropuit gestuurd worden om hem te halen. Hij was gedwongen om zijn tegenspartelend broertje bij de kraag op te brengen en liep er een pijnlijke schop tegen zijn scheenbeen bij op. Gelukkig kwam vader juist op de drempel staan en diens strenge ogen veranderden de kleine opstandeling in een wel mopperend, maar toch gehoorzaam jongetje.
Jan bleef nog even bij oom op de stoep, terwijl de laatste hand gelegd werd aan de ontbijttafel, en keek naar de blinkende duintoppen en de

hoge blauwe hemel daarboven. Nu was het dus Pinksteren, het feest van de Heilige Geest! De zon straalde, een leeuwerik hing hoog in de lucht te zingen, te jubelen, alsof er niets dan vreugde was en in het tuintje van oom Herman geurden de violen, terwijl een pioenroos, met de dauw nog op zijn bladeren, zijn prachtige roze knoppen openvouwde in het licht van de zon, vlak onder het kapotgeschoten raam. De natuur stoorde zich aan geen oorlog, die ging door alles heen onverstoorbaar haar gang. Maar bij de mensen was alles in de war en het leek er niet op dat het zondag en nog wel pinksterzondag was. Er ging niemand naar de kerk, want de kerkdiensten waren afgelast. En niemand scheen te denken aan het wonder dat vandaag werd herdacht. Allen waren vol van de oorlog...
Maar na het eten nam oom de Bijbel en las het pinksterevangelie. En toen hij het boek gesloten had, zei hij: 'Nu moeten we hier eens aan denken, mensen, dat deze boodschap, die ik nu net heb gelezen, van veel groter belang is dan alle oorlogsberichten die we gehoord hebben en die we vandaag nog zullen horen. Wij moeten maar een voorbeeld nemen aan de bloemen en de vogels, wij moeten ons in zeker opzicht ook niet storen aan de oorlog. Die kan ons een heleboel kwaad doen, dat weet ik wel, maar die mag ons niet onze diepste blijdschap ontnemen. Er worden bloemen vertrapt en er worden vogels verjaagd, maar de andere bloeien en zingen even onbezorgd door. En als die redeloze schepselen dat doen, moeten wij het dan niet kunnen? De mensen brengen heel veel onrust en angst teweeg, maar God de Here is machtiger dan alle mensen samen en Hij kan ons ook op deze dag heel nabij zijn. Hij wil ons allen Zijn Geest geven, die ons blij en sterk maakt en die blijdschap zal geen mens ons kunnen ontnemen. Zullen we daaraan denken op deze dag? Dan kan het toch nog wel ondanks alles pinksterfeest zijn hier in huis...' En toen ging hij achter het orgel zitten en zongen ze samen een pinksterlied: 'Heer, ik hoor van rijke zegen, die Gij uitstort keer op keer. Laat ook van die milde regen dropp'len vallen op mij neer...'
Maar onder het zingen zat Frits almaar naar buiten te kijken en hij kon bijna niet wachten tot het lied uit was. Want bij het blok huizen dat achter dat van oom lag, kwamen soldaten uit de dakramen kruipen. Ze klommen tegen de daken op en verschansten zich achter een schoorsteen of een uitbouw. Ze schreeuwden onverstaanbare woorden en legden soms hun geweren aan, alsof ze wilden schieten. Ook in de straat voor het huis stonden soldaten. Het hele blok was afgezet; er werden huiszoekingen verricht. Het ging zeker om die man, die in de nacht naar de vliegtuigen geseind had.

Opeens kwam tante verschrikt de kamer binnen.
'Hoe moet dat nou?' vroeg ze. 'Ik heb een pannetje melk op het straatje achter de keuken staan, omdat het daar zo lekker koel is, en nu mag ik dat niet eens even gaan halen. Een soldaat schreeuwde me toe: "Ga weg daar!" En hij richtte het geweer op mij. Hu, wat een griezelig gedoe...! En nu hebben we straks niet eens melk voor de koffie!'
'Dan drinken we maar koffie zonder melk,' zei oom. 'En anders maar helemaal niet.'
Ja, er zat niets anders op dan maar rustig af te wachten tot de actie achter de rug was. De soldaten duldden zelfs niet dat iemand voor het raam naar ze stond te kijken. Jan ging wat zitten lezen in de voorkamer, Guusje hield Greetje bezig met haar poppen in de hoek van de kamer, tante en moeder deden de afwas en gingen daarna de slaapkamers in orde maken, vader en oom hadden ook wel iets te doen. Soms viel buiten een schot en telkens weer klonk het geschreeuw van een van de soldaten. De mannen schenen moeite te hebben om de mensen binnen te houden.
Opeens riep Frits in de gang: 'Tante, de melk staat op het aanrecht, hoor...!' Dát was nu natuurlijk net weer iets voor hem geweest, om te proberen die melk te bemachtigen. Hij had een wandelstok en een paraplu aan elkaar gebonden, de keukendeur op een kiertje geopend en, plat op de grond liggend, de pan naar zich toe gehengeld.
Toen had hij de deur iets verder moeten openen om de pan over de drempel naar binnen te tillen en dat was gelukt zonder dat de soldaten op het dak aan de overkant er iets van hadden gemerkt. En zo maakte Frits alweer een goede beurt, want tante was blij en ging dadelijk de koffiemolen draaien. En het standje dat hij van vader kreeg, omdat het toch eigenlijk waaghalzerij was geweest wat hij gedaan had, liet de jongeheer met een medelijdend lachje van 'jullie zijn nou eenmaal niet dapperder' langs zich heen gaan.
Hij slenterde wat door het huis, sloeg onverwachts Jans boek dicht, trok de poes een poppenjurkje aan, werd een paar keer door de soldaten voor het raam weggejaagd en liep zich al gauw grenzeloos te vervelen. Van lezen hield hij niet. Hij las zelden een boek. Hij was er te druk en te ongeduldig voor.
'Vader, mag ik naar Jobje?' vroeg hij.
'Dat kan nu immers niet,' zei vader. 'Geen mens mag zich op straat vertonen.'
'O, als ik het vraag aan de soldaat voor het huis, dan mag het vast wel,' antwoordde Frits.

'Nou, probeer het dan maar,' gaf vader toe.
Frits sleepte een stoof naar de voordeur, klom daarop en opende het raampje. De soldaat die met het geweer in de aanslag aan de overkant van de straat stond, zag een bolle jongenstoet in een lijstje als een levend portret.
'Ga daar weg!' zei hij bars.
'Meneer, luister es even,' begon Frits.
'Schiet je op?' vroeg de man dreigend. 'Anders zal ik je een klap voor je kop geven dat je neus achterstevoren op je rug komt te staan.'
'Weet je eigenlijk wel, wie ik ben?' vroeg Frits uit de hoogte.
'Ja, een brutale aap,' zei de soldaat. 'Smeer hem!'
'Nee,' zei Frits, 'ik ben de jongen die jullie gister die vier parachutisten heeft aangewezen. Heb je dat dan niet gehoord? En Jobje is mijn vriendje, die was er ook bij en daar moet ik naartoe. Die woont maar twee deuren verder. Toe nou, wees nou niet zo flauw...! Anders help ik jullie ook niet meer mee met de oorlog, hoor! Je moet het nou zelf maar weten!'
Jan en vader stonden op de drempel van de voorkamer naar de gang elkaar aan te stoten en konden zich bijna niet goedhouden. Die Frits toch...! Maar het gezicht van de soldaat was begonnen op te klaren. De roem van Frits scheen werkelijk tot hem doorgedrongen te zijn.
'Zo, ben jij dat?' zei hij. 'Kom dan maar gauw! Twee deuren verder, zeg je? Nou, vooruit, schiet op dan, vóór de sergeant komt!'
Met een juichkreet smeet Fritsje de stoof door de gang, rukte de deur open en stoof de straat op.
'Denk erom, geen ondeugende dingen uithalen!' riep vader nog. Maar dat hoorde hij al niet meer. Ziezo, die waren ze kwijt. Als hij nu bij Jobje in huis maar niet te veel last veroorzaakte...
Ineens klonken luide stemmen in de straat. Er werd een gevangene opgebracht. Het was meneer Schram, nog net als gisteren in zijn pyjamajasje. Hij was heel verontwaardigd. Zijn hoofd op de lange magere hals draaide luid protesterend alle kanten op en hij wilde niet mee. Twee soldaten moesten hem voorttrekken, een derde liep achter hem en prikte hem met een geweer in de rug om hem tot lopen te dwingen. Zijn vrouw liep een eindje jammerend mee; toen werd ze door de soldaten teruggejaagd.
'Dat heeft hij nu van zijn eigenwijze praatjes!' zei oom. 'Enfin, het zal wel spoedig blijken dat de man niet verkeerd is. Ik kan tenminste niet geloven...'
'Jij hebt wel eens te veel vertrouwen in de mensen,' zei tante.
'Och kom,' wuifde oom weg. 'Er is al zoveel wantrouwen en verdachtmaking in deze dagen. Laten wij er niet aan meedoen, vrouw.'

De zon stond recht op de erker in de voorkamer. Het werd warm in huis, maar de ramen mochten niet open. Langzaam kroop de tijd voorbij. Juist toen ze aan de koffie bezig waren, hoorden ze buiten een knal en meteen klonken van alle kanten geweerschoten. De soldaten zaten angstvallig weggedoken achter de schoorstenen. Een lag plat op zijn buik in een goot en loerde voorzichtig over de rand.
'Op de grond!' riep vader. 'Kom hier, mensen, dit is gevaarlijk!'
Weer knalde een schot, gevolgd door meerdere. Dat ging zo een hele poos door. Alleen Greetje vond het leuk dat ze allemaal om haar heen in haar poppenhoekje lagen, en straalde van pret om al die belangstelling. Maar de anderen waren blij toen het eindelijk stil werd. Tante ging voor het eten zorgen. De soldaten kwamen van de daken kruipen en verdwenen weer door de dakramen. Ook in de straat marcheerden ze af. Toen kwam meneer Jacobs Frits terugbrengen. De jongen zag er een beetje verlegen uit en was opvallend stil. Hij sloop het huis binnen en was meteen verdwenen. De buurman bleef een poosje praten.
'Wat een geschiet, hè?' begon hij, met een geheimzinnig lachje.
'Ja,' zei vader, 'en waarom? Zou er nou heus iemand zo gek geweest zijn om op onze jongens te schieten? Ik kan dat haast niet geloven...'
'En toch is het zo,' zei meneer Jacobs. 'Alleen, het kon niet zo heel veel kwaad. Het gebeurde niet met een gevaarlijk wapen... Het was een kindergeweertje...'
En toen kwam het verhaal. Frits en Jobje hadden een poosje in de kamer gespeeld en waren toen naar de zolderverdieping getrokken. Daar waren ze zo zoet bezig geweest dat meneer Jacobs ze helemaal was vergeten. Pas toen het schieten al een poos aan de gang was, had hij aan ze gedacht en was naar boven gelopen om te zien of ze veilig waren. Toen hij de trap op kwam, had hij aan hun stemmen gehoord dat ze geweldig veel schik hadden en nieuwsgierig wat daarvan wel de oorzaak kon zijn, was hij zacht de zoldertrap op geslopen.
'Nou ik, nou ik, hè Jobje?' had hij Frits horen roepen.
En toen had hij ze op heterdaad betrapt. Ze hadden op de zolder een geweertje van Jobje gevonden en ook nog wat kurkjes. Het was onschuldig speelgoed, maar je kon er een reuzenknal mee verwekken. Een hield voorzichtig het tuimelraam in het schuine dak op een kier, de ander stak de loop van het geweertje erdoor en trok af. Een daverende knal klonk over de daken en een kurkje vloog de lucht in. Maar op de nerveuze soldaten, die zich van alle kanten bedreigd voelden, maakte dit de indruk dat ze aangevallen werden en ze schoten in het wilde weg in de richting van het

geluid. Dakpannen vlogen in scherven, een paar kogels waren dwars door de betimmering in de balken gedrongen. En de deugnieten zaten zich te verkneuteren achter de grote kist en juichten bij ieder schot dat ze hoorden.
'Die rakkers, die lummels!' riep vader. 'Hebt u ze gestraft, meneer Jacobs...?' Hij zag rood van kwaadheid en keek al rond of hij Frits ergens kon ontdekken.
'Ik heb ze allebei een draai om de oren gegeven,' antwoordde meneer. 'En Jobje heeft bovendien voor zijn broek gehad.'
'Dan zal Frits dat ook hebben,' nam vader zich voor. 'Hij had het gisteren al verdiend!'
Hij sprong op, maar moeder was er natuurlijk dadelijk bij. Die wist wel dat die goedige vader soms een echte driftkop kon zijn.
'Denk eraan dat het nog maar een kind is,' zei ze zenuwachtig. 'Kinderen maken overal een spelletje van, zelfs van een oorlog...'
Vader stelde haar gerust, maar hij zette door. En zo ontving Frits toch de afstraffing waaraan hij de vorige dag had weten te ontkomen. Hij was verder heel de dag opvallend braaf en gehoorzaam. Hij scheen er soms behoefte aan te hebben om de harde hand eens te voelen, het was medicijn voor hem.
De radioberichten van die middag, waarnaar met spanning werd uitgezien, gaven weinig nieuws. Men was daar in Hilversum blijkbaar heel wat voorzichtiger dan de vorige dagen. Maar het ging overal goed, dat was de hoofdzaak. De Grebbelinie hield zich prachtig, bij Wons werd dapper gevochten, in Brabant kwamen de Duitsers geen stap verder en in Vught, bij 's-Hertogenbosch, waren de eerste Franse pantserwagens aangekomen. Maar de mensen in de straat wisten veel meer: de Franse legers waren Brabant binnengevallen en joegen de Duitsers voor zich uit, terug naar hun Heimat. Berlijn was gebombardeerd en de meeste wapenfabrieken lagen al in puin. En voor de kust verzamelde zich een grote vloot van Engelse schepen, die tegen de avond troepen op het strand zou zetten. Het duurt geen week, beweerde een meneer vrolijk, dan is er geen mof meer in Nederland, je zult het zien! Als ze dan maar anders doen dan in 1918 en heel Duitsland bezetten! En niet rusten voor ze die Hitler in handen hebben...!
Oom was opgetogen over al die goede berichten, maar vader geloofde er geen steek van. Hij ging tegen de avond de stad in om te proberen zijn vriend Van Dijk te spreken te krijgen. Het was al donker toen hij terugkwam – moeder was al heel wat keren bezorgd aan de deur gaan kijken: je kon toch maar nooit weten, het was zo onveilig op straat! Guusje en Frits

waren al naar bed, maar Jan zat nog in de kamer en hij zag al dadelijk aan vaders gezicht dat die niet veel goeds te melden had. Nu was de beurt aan oom Herman om ongelovig zijn hoofd te schudden, maar hij kon vaders berichten moeilijk weerspreken, want ze waren hem in vertrouwen door kapitein Van Dijk meegedeeld als het laatste nieuws van het hoofdkwartier. Zelfs de opperbevelhebber, generaal Winkelman, wist niet veel meer. Het ging helemaal niet goed met de oorlog. De Grebbelinie bleek de vijand niet tegen te kunnen houden. Er was ontzettend gevochten, ten koste van duizenden mensenlevens, maar de Duitsers stonden op het punt om door te breken, voor zover dit nog niet gebeurd was. Daarna zouden ze natuurlijk nog voor de waterlinie staan, maar men was er niet gerust op dat het onze troepen lukken zou zich op tijd daarachter terug te trekken. De Wonsstelling was gevallen; onze mannen hadden daar tegen de bombardementen geen weerstand kunnen bieden. Ze hadden geen zware artillerie en geen hulp van vliegtuigen en hun verdedigingswerken waren slechts zwakke aarden dijkjes. Nu stonden de Duitsers aan het begin van de afsluitdijk en trokken op tegen de stellingen bij Kornwerderzand, maar daar zouden ze anders getrakteerd worden, daar kon men wel gerust op zijn. Het grootste gevaar echter dreigde uit het zuiden. De Moerdijkbruggen waren nog steeds in Duitse handen en het vliegveld Waalhaven ook. In de straten van Dordrecht werd gevochten. Nu waren er ook berichten op het hoofdkwartier binnengekomen dat er gepantserde Duitse troepen door de Langstraat trokken, recht op de Moerdijk aan, maar die berichten waren afkomstig van burgers en dus niet helemaal te vertrouwen. Maar als dat waar was, zei vader, en als het de vijand zou lukken om contact te maken met de valschermtroepen, die de bruggen bezet hielden, dan was de oorlog verloren. Dat was oom niet met hem eens en ze voerden er een lang gesprek over, waarnaar Jan eerst gretig luisterde, maar waarbij hij uiteindelijk zat te knikkebollen. Het was ook al over elven en hij zocht maar gauw zijn bed op.

Hij had een zwaar en verdrietig gevoel, terwijl hij zich in het donker stond uit te kleden. Hij had zo gehoopt dat de Duitsers flink op hun kop zouden krijgen en dat hun verraderlijke aanval tevergeefs zou zijn. Zo was het toch al zo vaak gegaan in de vaderlandse geschiedenis: de Nederlandse soldaten waren altijd flinker en dapperder geweest dan hun vijanden. Wat kon de meester daar mooi van vertellen! Als het over de oorlog ging, dan werd het altijd spannend. Dan schoof je dicht bij elkaar op de bank, dan glinsterden de ogen en klopten de harten sneller, en dan verlangde je er bijna naar dat er nog maar eens zo'n gezellig oorlogje mocht komen en dat je dan ook zelf zo'n held zou zijn als Michiel de Ruyter of Jan Harink of zelfs maar als Lammert Meliszoon, die zijn oude moeder het leven redde. En zelfs vrijdagmorgen toen ze bij dat boswalletje van de boeren hoorden dat het oorlog was, ja, toen was hij wel geschrokken, maar terwijl hij naast vader door het bos holde, was er toch ook de gedachte geweest: Fijn, nou beleven we nog eens wat...!

Hij schaamde zich daar nu over, want hij wist nu wel dat een oorlog helemaal niet fijn en gezellig was. Oorlog was een ontzettende ramp. Oorlog betekende bloed en angst en tranen. Hij dacht aan die jongens bij Wons, die grappenmaker met zijn vrolijk open gezicht en al die anderen die hen zo vriendelijk te woord hadden gestaan... Die lagen daar nu misschien dood aan de kant van de weg, met een groot gat in hun hoofd of helemaal uiteengescheurd door de bommen... En bij de Grebbe lagen er duizenden zo, in die dennenbossen bij de dierentuin, waar hij vorig jaar nog geweest was. Duizenden jonge kerels, maar een jaar of vier ouder dan hij. Als hij vier jaar eerder geboren was, had hij er ook bij kunnen zijn... En dat was allemaal de schuld van de Duitsers, van die Hitler met zijn gekke snorretje en zijn rare scheve kuif! Als die er maar nooit geweest was, dan hadden al die soldaten nog geleefd en dan had hij hier niet met vader en moeder in Scheveningen gezeten, maar fijn in het nieuwe huis. En dan had hij zijn kamertje allang gezellig ingericht en zijn boeken op hun plaats gezet, en dan was hij over een paar dagen al heen en terug gefietst naar de school in de stad. Dát leek hem nu het heerlijkste van alles: om rustig naar school te kunnen gaan.

Hij kroop naast Frits in bed en merkte ineens dat hij lag te huilen. Van verdriet en van machteloze woede en van haat, van grenzeloze haat tegen die snertvent, die Hitler, met zijn gebral voor de radio en zijn mooie woorden tegen de Nederlandse regering: 'Nee hoor, wij zullen de neutraliteit van Nederland nooit schenden, hoor!' En toen stonden zijn troepen al klaar bij de grens, die gemene leugenaar...! Zó had hij ook Denemarken en Noorwegen overvallen en daarvóór Polen en dáárvoor Tsjecho-Slowakije! Hoe had er nog een mens vertrouwen kunnen hebben in de woorden van deze man...? O, als die kerel maar dood was, dan zou alles wel weer goed worden. Die moest daar zelf maar met een kogel in zijn borst bij de Grebbe liggen... Maar zo slim was hij natuurlijk wel dat hij zichzelf op de achtergrond hield en er een ander voor liet opdraaien, de lafaard! Was er nou niemand in Duitsland, die de wereld van dat monster durfde verlossen? Wie dat deed, die had een standbeeld verdiend... Wat zou die beroemd worden! De hele wereld zou hem kennen en hem vereren als haar redder...!

Als hem, Jan, dat nou eens mocht lukken! O, hij zou best willen en hij zou het durven ook... Ja, zou hij...? Terwijl hij het dacht, twijfelde hij er ook al aan. Zo was hij nu eenmaal, een weifelaar, een piekeraar, een beetje aarzelend van karakter. Terwijl een ander al doorpakte, stond hij zich nog te beraden, of hij het wel zou doen, of het wel goed was om het te doen. Een jaar of wat geleden had vader hem laten testen door een professor in Amsterdam; een hele dag had dat onderzoek geduurd. Toen had dat ook in dat grote papier gestaan dat vader later thuis gestuurd kreeg. – Hij had het eigenlijk niet mogen weten, maar hij had het stilletjes gelezen, toen hij het papier een keer op vaders bureau zag liggen; zodoende wist hij het nu. – Daarom had vader hem ook aangemoedigd om jiujitsu te leren; dat zou hem eraan wennen om vastberaden en doortastend te zijn. Nou, en dat was vader toch stukken meegevallen dat hij daarin zulke goede vorderingen maakte. Als het maar moest, dan kon hij wel flink zijn... Eigenlijk zat het zo: als hij maar zeker wist dat het goed was, wat hij deed...
Nou, zo'n schurk opruimen, die de hele wereld in onrust bracht, dat was natuurlijk goed, dat kon niet anders. En was het dan zo onmogelijk dat hij daar nog eens kans toe kreeg? Als de Duitsers werkelijk de oorlog zouden winnen, zou Hitler misschien zijn intocht in Den Haag houden en triomfantelijk door de straten rijden. Dan zou hij, Jan, tussen de mensen staan, met een grote revolver in zijn broekzak, heel onopvallend, alsof hij geen kwaad in de zin had, maar met de vinger al aan de trekker... En als die gemene schurk dan voorbijkwam, rechtopstaande in zijn grote blinkende auto, – dat deed hij altijd, die sufferd, en hij dacht er zeker niet aan, wat voor prachtig mikpunt hij zo vormde! – dan rukte hij de revolver te voorschijn... één trekje, een knal – en de Führer stortte achterover, badend in zijn bloed. Uit was de oorlog...
Maar dat was allemaal onzin natuurlijk, want hij had immers geen revolver en zo'n ding zou ook wel niet zomaar eventjes te krijgen zijn zonder dat vader het merkte. Dus moest hij het anders aanleggen, met zijn blote handen durfde hij die kerel ook nog wel aan, want sterk was hij vast niet, hij stond er altijd maar erg slap bij op de foto's... Dan moest hij wachten tot Hitler ergens zijn intrek had genomen, in een voornaam hotel of misschien wel in het paleis van de koningin, wie weet, dat was gauw genoeg bekend. En dan listig zijn natuurlijk, een boodschap bedenken om tot hem door te kunnen dringen... Weet je wat, hij zou een bos bloemen kopen, heel dure, van die mooie witte seringen, zoals ze in die deftige bloemenwinkel in de Willem de Zwijgerlaan stonden. Hij had bijna zeven gulden in zijn portemonnee, dat zou wel genoeg zijn. En dan zijn

zondagse pak aan en met de bloemen in de hand naar het gebouw waar Hitler was. Er stond natuurlijk een schildwacht, die wou hem tegenhouden. Maar hij zei: 'Ich habe Blumen für den Führer, aber ich möchte sie ihm gern selbst anbieten... Eh... Ich halte... nee, ich liebe ihn so sehr...' Dat was een leugen natuurlijk, maar voor het goeie doel gaf dat toch zeker niet... Met zijn Duits kon hij zich anders al aardig redden, hij had ook al twee jaar les gehad...! Nou, de schildwacht weg, om te vragen of het goed was. En híj in spanning wachten. Hij zou best kalm zijn en vastberaden, want hij wist dat het goed was wat hij ging doen, de beste daad van heel de wereld...

Daar kwam de kerel weer aan. Hij lachte en hij wenkte, Jan moest maar komen. De Führer vond het natuurlijk fijn dat een jongen uit het overwonnen volk zoveel van hem hield, daar kon hij later weer mee geuren voor de radio natuurlijk! En het was immers ongevaarlijk, zo'n jochie in een korte broek, dát durfde de lafaard wel! Maar o, wat zou hij zich vergissen! Dat jochie klom de hoge stoep op en hij beefde niet, hij was zo vastberaden als een... nou ja, het kon niet beter. Hij stond in de grote prachtige hal te wachten; toen ging ergens een deur open en daar kwam de Führer aan met zijn stekelsnorretje en zijn kuif en zijn valse glimlach. 'Heil Hitler!' zei Jan met zijn hand omhoog, want dat hoorde er nu natuurlijk bij. En toen bood hij met zijn rechterhand de bloemen aan en met zijn linker greep hij de schurk ineens vast en nam hem in een heupworp, een linkerheupworp, daar was hij het best in... Het zware lichaam zwaaide door de lucht, het hoofd met de geplakte kuif sloeg neer op de stenen vloer, het dreunde door het gebouw. Een schedelbreuk natuurlijk, het bloed vloeide uit de zwarte haren in een beekje over de plavuizen...

Nu stond hij voor het allermoeilijkste, hij moest zien weg te komen. Hij bevond zich immers in het hol van de leeuw, omringd door vijanden. Maar hij kon niet meer. Hij kreeg het plotseling zo vreselijk benauwd dat hij hijgend rechtop ging zitten. Het hart bonsde hem in de keel en kwam maar langzaam tot bedaren. Dat kwam door het bloed uit dat gebarsten hoofd dat hij in het donker voor zich zag... Hij wist nu wel heel zeker dat hij het nooit zou kunnen doen, hij zou nooit een mens kunnen doden, al was het ook Hitler zelf...!

Zijn slaap was helemaal weg. Het leek erop dat hij de hele nacht wakker zou blijven. Hij hoorde zijn ouders en daarna zijn oom en tante naar boven komen en hij hoopte dat een van hen nog even op de slaapkamer zou komen, maar ze deden het niet. Ze dachten natuurlijk dat hij al sliep en wilden hem niet storen. Hij gooide met een zucht zijn benen buiten bed en liep op blote voeten naar het raam. Hij kroop achter het verduisteringsgordijn en gooide het raam open. Diep ademde hij de koele nachtlucht in. Een bleke maansikkel dreef boven het kopje, de omtrekken van het duin waren vaag te zien. De wind ruiste zacht in de verte, – of was het misschien de branding? – de sterren straalden vredig en een velduiltje riep in het donker. Heel in de verte stonden de stralenbundels van zoeklichten tegen de hemel omhoog.

De kreet van dat uiltje deed hem aan die morgen denken. Dat uiltje was op de muizenjacht, zoals het heel zijn leven gedaan had. De natuur ging haar gang door alles heen, die was zo evenwichtig, zo vastberaden, die stoorde zich zelfs aan geen oorlog. Wat had oom ook weer gezegd? Zo moesten wij ook doen, wij moesten ons ook niet uit ons evenwicht laten brengen en onze blijdschap moesten we ons niet laten ontnemen... Het was nog altijd Pinksteren, het feest van Gods Geest, en hij had in gedachten een moord gepleegd...

Hij keek beschaamd omhoog naar de hemel. De sterren pinkelden hem olijk toe. Het was alsof ze zich vrolijk over hem maakten. Hij verdiende ook eigenlijk dat hij uitgelachen werd om dat gekke gedroom. Misschien lachte God er ook wel om... 'Doe niet zo dwaas,' zei God. 'Vergeet niet dat Ik er ook nog ben! Ik heers over de volken, Ik heb alle macht in hemel en op aarde. Jij behoeft het onrecht niet te wreken, dat zal Ik wel doen. Ik zal de duivel heus niet zijn gang laten gaan...'

En toen bedacht Jan ineens dat hij zijn avondgebed had vergeten – dát was misschien wel de schuld van alles! Staande voor het open raam, met de ogen op de sterren, deed hij het nu maar. 'Here,' zei hij, 'ik wil zo graag rustig en sterk zijn en vastberaden. Help mij om op U te vertrouwen. En maak toch dat aan die vreselijke oorlog gauw een einde komt...'

Toen deed hij het raam zachtjes dicht. En terwijl hij op de tast naar zijn bed liep, gaapte hij al.

HOOFDSTUK 6

JAN ZAT IN DE VOORKAMER met een boek, maar hij kwam niet tot lezen, hoe boeiend het verhaal volgens oom ook moest zijn. Wat konden hem de avonturen van een paar scheepsjongens uit de tachtigjarige oorlog schelen, meer dan driehonderd jaar geleden? Het was nu een veel belangrijker tijd! Hij beleefde nu zelf een oorlog, groter en verschrikkelijker dan er ooit een geweest was. De vijand had na drie dagen vechten het grootste deel van het land veroverd en het zou misschien niet lang duren, dan zou hij ook het andere stuk onder de voet gelopen hebben. Wat zou het volk dan te wachten staan...?

En toch duurden Jan deze morgen de uren lang. Er gebeurde ook zo weinig bijzonders. Hij raakte misschien al aan de oorlog gewend en het leek wel alsof dat met alle mensen het geval was. Ze keken nauwelijks meer op, als een paar vliegtuigen hoog over kwamen en witte strepen achterlieten tegen de lucht, die nog altijd blauw was van de ene kant van de horizon tot de andere. Het geloei van de sirenes, die luchtalarm aankondigden, dreef ze nauwelijks meer van de straat; ze waren al zo vaak gevlucht zonder dat er iets gevaarlijks gebeurd was. Alleen als er politie of soldaten in de buurt waren, gingen ze ergens een stoep op, bij hun eigen huis of bij dat van een ander, dat kwam er niet op aan en zetten daar hun gesprekken over de oorlog voort. Ook voor dat gepraat had Jan vandaag weinig belangstelling. Je werd er toch niets wijzer van. De meest tegenstrijdige geruchten deden de ronde, je kon er geen woord van geloven.

Hij slenterde met zijn boek in de hand naar buiten en ging op de stoep zitten, geleund tegen de muur, in de smalle streep schaduw die er begon te groeien. De blauwe steen was warm aan zijn lichaam, de zon had er uren op staan branden. Het weer was iedere dag even mooi, alsof het de inval van de Duitsers begunstigen wilde. Als het iedere dag gestormd had en geregend, zouden ze misschien niet zo voorspoedig zijn geweest. Waarom streed de hemel niet mee tegen deze roversbenden, die de hele wereld aan zich onderwerpen wilden? Hagelstormen moesten er komen of een

onweer, ja, een vreselijk onweer, en de bliksem moest neerschieten in het Duitse leger, in het hoofdkwartier liefst en daar alle aanvoerders treffen, de hoogste aanvoerder vooral, Hitler zelf...!
Het kon ook anders: hij, Jan, kon een of ander machientje uitvinden dat een verschrikkelijk vernietigende werking had... Een soort spiegel bijvoorbeeld, die het zonlicht opving en in een alles doordringende straal weer uitzond, die bunkers middendoor sneed en tanks deed smelten, een dodende straal, die in korte tijd aan de oorlog een einde zou maken...
Hè bah, was hij nu alweer bezig met dat dwaze gefantaseer? De vorige avond op bed was hij ook al zo gek aan de gang geweest. 't Was maar goed dat niemand het wist...! Het kwam natuurlijk van dat stilzitten en maar afwachten en niets kunnen doen om je land te helpen, hoe graag je ook wilde... Je zat hier opgesloten in een paar straatjes, je kon nu zelfs de stad niet meer in. Bij de brug stonden soldaten, die je terugstuurden als je geen bewijs van doorgang had van de commandant en dat kreeg je zo gemakkelijk niet...
Hij sloeg zijn boek dicht, gooide het op de stoep en liep de straat een eindje in. Hij ging maar eens naar de auto kijken, die nog altijd rustig op de parkeerplaats stond. De portieren waren op slot en vader had de sleutel. Hij deed de motorkap open, keek een poosje en rommelde wat in de gereedschapsbak. Toen kwam hem de grote Engelse sleutel in handen en een schok ging door hem heen, toen hij eraan dacht wat daarmee gebeurd was. Was dat nu heus nog maar drie dagen geleden...? Het leek veel langer, er was zoveel gebeurd in die tijd. Waar zou die kerel nu zitten? Zeker al gevangengenomen. Wat een gemeen hooghartig gezicht had die vent, toen hij met een voldane glimlach achter het stuur kroop. Maar hij wist nu dat er met de Hollanders niet te spotten viel...!
Jan bekeek de sleutel nauwkeurig, maar er was niets bijzonders aan te zien. Toen gooide hij het gereedschap weer in de bak, sloot de motorkap en gaf ten afscheid een flinke klap op de linnen kap van de auto.
Trouw beestje, dacht hij, we hebben je nog!
Het stof vloog omhoog. De wagen was vreselijk vuil van de lange tocht naar hier. Jan bedacht dat hij hem weleens een wasbeurt kon geven, maar toen hij naar huis liep door de zonnige straat, had hij er plotseling geen zin meer in. Wat deed het ertoe? Wat deed alles er nog toe, als de Duitsers hier kwamen...?
Even later zat hij weer op de stoep en staarde naar de kale duinen en de verdroogde helm, waar groene sprietjes doorheen begonnen te priemen. Nee, dan was het bij het nieuwe huis een ander land! De boomgaarden in volle bloei, het koren groen op de akkers, de weilanden vol bloemen

en daarachter de uitgestrekte bossen, waar je naar hartelust kon dwalen! Hij begon erg te verlangen dat ze er weer heen zouden kunnen gaan, dat de oorlog maar voorbij zou zijn. Het zou niet lang meer duren, had vader vanmorgen gezegd. Door de radio was het bericht gekomen dat de Duitsers inderdaad dwars door Brabant tot de Moerdijk waren doorgedrongen en dat betekende volgens vader de beslissing. Radio Bremen had gisteravond laat dat bericht uitgezonden en oom was bijna kwaad dat vader dat maar voetstoots geloofde en zo weinig hoop meer had. Maar Jan geloofde dat vader gelijk had; hij had een onvoorwaardelijk vertrouwen in zijn grote kameraad. En eigenlijk zat hij daar op die stoep in Scheveningen op het einde te wachten, het einde van de oorlog, maar ook van de vrijheid van het land. Het was net alsof er iets samenkneep in zijn borst, telkens als hij daaraan dacht. Misschien maakte dat hem zo somber en zo lusteloos...
Hij was bijna jaloers op Frits. Die had het heel wat beter naar zijn zin. Die had 's morgens al vóór het ontbijt de officier ontmoet, die hij de weg had gewezen naar de parachutisten in de duinen en Frits had hem vergezeld naar de school in de Zeestraat, waar de officier ingekwartierd lag met zijn troep. Nu was Fritsje daar niet meer weg te slaan. De soldaten, al dagenlang opgesloten in de lokalen en op het plein, beschouwden het bezoek van de vrolijke brutale kwajongen als een welkome afleiding. Ze zetten hem een oude kwartiermuts op zijn blonde kop, gespten hem een koppelriem om en de kleermaker naaide een paar korporaalsstrepen op de mouwen van zijn bloesje. Frits zat tevreden tussen de mannen in, met de soldatenmuts op, at mee van hun kuch, rookte dapper een sigaret en als iemand hem ertussen wilde nemen, beet hij zo raak van zich af dat ze er allemaal schik in hadden. Vader was even naar hem wezen kijken en had hem toegestaan om te blijven, mits hij niet meer rookte. Dat had Frits beloofd en een sergeant, dezelfde die in het gevecht met de parachutisten aan het been gewond was geraakt, had beloofd een oogje in het zeil te houden. Frits reed zelfs op een vrachtauto mee door de stad en kwam ook door de straat, waar Jan op de stoep zat. Twee soldaten zaten voorop met geladen geweer, twee zaten achterop met het geweer in de aanslag en middenin stond Frits rechtop tussen de mannen en salueerde deftig voor zijn broer, maar daarna lachte hij en maakte gauw een lange neus tegen hem. Frits, ja, die vermaakte zich wel, doordat de ernst van deze dagen blijkbaar niet tot hem doordrong, doordat alles nog een spelletje voor hem was. Hij kwam niet eens thuis om te eten: een soldaat bracht de groeten van hem en vertelde dat hij al bij de troep gegeten had. Frits hield er dus al een ordonnans op na!
Die middag, toen Jan weer op de stoep zat, lekker koel in de schaduw,

kwam Guusje naast hem zitten. Zij gaf hem de helft van een reep chocola, die ze voor haar hulp in de keuken van tante gekregen had en zei een hele poos niets. Maar hij zag aan haar gezicht dat ze iets vragen wilde. Ze kenden elkaar zo goed en konden goed met elkaar opschieten. Ze verschilden maar ruim een jaar in leeftijd en op de HBS zat Guusje maar één klas lager. Ze hadden geen geheimen voor elkaar.
'Vertel eens op,' zei Jan, terwijl hij haar plagend aan een van haar lange vlechten trok. 'Je zit zo ernstig te piekeren.'
Ze probeerde te lachen, maar het ging niet van harte.
'Zeg,' zei ze, 'wij verliezen de oorlog, hè?'
'Ik denk het wel,' zei Jan. 'Vader zegt het tenminste. Zit je daarover te denken?'
'Ja,' zei ze, 'want dan komen de Duitsers hier ook, hè? En hoe gaat het dan? Branden ze dan de huizen af en mishandelen ze de mensen en stelen ze alles wat ze kunnen?'
Daar had Jan ook al eens aan gedacht en hij was er evenmin helemaal gerust op geweest. Zo ging het vroeger wel: waar de vijanden kwamen, daar werd geroofd en geplunderd en wie zich daartegen wilde verzetten, werd neergeslagen... Nu was er een landoorlogsreglement, maar zouden de legers zich daar heus altijd aan storen...?
Hij liet zijn twijfel echter niet merken en zei: 'Welnee, malle meid, wees daar maar niet bang voor, hoor! Die barbaarse tijden zijn voorbij. De regeringen van de verschillende landen hebben nu afspraken met elkaar gemaakt over de manier waarop ze oorlog zullen voeren en daarbij is roven en plunderen streng verboden. Wie zich rustig gedraagt, die heeft vast niets te vrezen van de Duitsers.'
'Wat doen ze dan?' vroeg Guusje.
'Nou, ze spelen hier de baas,' raadde Jan. 'Ze doen net alsof ons land van hen is, alsof het een stuk van Duitsland is geworden, denk ik. We zullen Hitler allemaal moeten gehoorzamen en een heleboel belasting moeten betalen...'
'O gelukkig,' zei Guus. 'Als het daar maar bij blijft! Van mij kunnen ze niet veel halen, want ik heb nog maar vijfenzestig cent en daar koop ik gauw chocola voor, vóór ze er zijn! Lekker was die reep, hè?'
Het leek wel, alsof er een pak van haar hart gevallen was. Ze sprong op, trok haar broer stoeiend achterover op de stoep en toen hij haar bij een been wilde grijpen, ontglipte ze hem nog net en wipte zingend naar binnen.
Toen werd Jans aandacht getrokken door een oploop van mensen aan het eind van de straat en hij slenterde erheen om te zien wat daar gaande was. Het moest wel iets belangrijks zijn, want de mensen drongen op elkaar,

kwamen van alle kanten toelopen en hun stemmen klonken zo opgewonden als de hele dag nog niet het geval geweest was. Ruim halverwege hoorde Jan al wat ze riepen.
De koningin zou weg zijn. Zij was gevlucht, zij was er stiekem vandoor gegaan! Er woonde een meneer in de buurt, die op het paleis werkte in de koninklijke stallen, en die was juist thuisgekomen en had het verteld. Hij wist het zeker, had hij gezegd: 's morgens heel in de vroegte was ze al vertrokken. Naar Zeeuws-Vlaanderen, zei de een. Naar Indië zeker, meende een ander. Naar Engeland natuurlijk, dat was dichtbij en daar was zij voorlopig wel veilig, verkondigde een derde. In ieder geval, verdwenen was zij! Zij had de zaak in de steek gelaten, zo werd daarover gepraat. En de regering ook. Alle ministers waren ook weg...!
'Dat valt me van haar tegen!' zei een vrouw. 'O, o, hoe heeft zij dat nu kunnen doen? Ik heb altijd gedacht dat zij een moeder was voor ons volk. Een moeder laat toch haar gezin niet in de steek?'
Zij barstte in tranen uit.
'Dat heb je nu van die grote lui,' zei een werkman bitter. 'Zolang alles goed gaat, zolang ze van je profiteren kunnen, is alles koek en ei. Maar as de nood aan de man komt, dan kunnen ze je missen als kiespijn. Van haar had ik het niet gedacht, maar zij is geen haar beter as de kapitalisten. Praat me er niet meer van. Bah, wat een mens!'
Hij wilde zich verwijderen, maar een kleine man met een rood gezicht drong door de mensen op hem aan en hield hem de vuist onder de neus. 'Wil jij je grote mond weleens dichthouden, lelijke kwaadspreker!' riep hij. 'Hier of in Engeland, het blijft mijn koningin en ik laat mijn koningin niet beledigen, door jou niet en door niemand niet, wat denk jij wel? Waag het nog eens dat je één kwaad woord van haar zegt, dan krijg je het met mij aan de stok! De koningin weet zelf het beste wat goed is voor ons land, geloof dat maar gerust. Zij is een moeder voor ons volk geweest, zeit die juffrouw en daar heit ze gelijk an. Nou, en als dat zo is, dan zeg ik maar zo: dan moeten de kinderen hun wijze neus erbuiten houden, als moeder eens iets doet wat ze niet dadelijk begrijpen kunnen. Waar of niet, mensen? Wij moeten nou geen ruzie maken, wij moeten vertrouwen in haar hebben! Wij zijn toch allemaal Nederlanders onder mekaar, is het niet...?'
Het was de man uit de potten- en pannenwinkel, die Jan een paar dagen geleden vijfentwintig gulden gegeven had. Een paar mensen klopten hem op de schouder, omdat hij zo flink gesproken had en zijn gezicht werd nog roder van blijdschap. Hij had zelf ook tranen in de ogen.
'Denk je dat ik het niet beroerd vind?' riep hij. 'Mensen, schei toch uit, ik

kan wel snotteren als een kleine jongen. Maar ik doe het niet, verdikkeme, want het komt allemaal goed, dát zul je zien! Vooruit, drie hoera's voor de koningin, hiep, hiep...'
Maar het was maar een armelijk gejuich dat opsteeg in de warme straat. Sommige mensen konden niet meedoen van ontroering en anderen stonden er somber bij, met de tanden op elkaar gebeten – die konden de jobstijding nog niet verwerken. Want was het vertrek van de koningin niet een teken dat alles reddeloos verloren was?
Jan rende naar huis en sprong de stoep op. Dit was belangrijk nieuws dat hij gauw vertellen moest. Maar moeder en tante waren er niet; die brachten een bezoek aan een zieke buurvrouw en ze hadden Greetje meegenomen. Oom lag te slapen op de divan. Guusje was in de keuken bezig.
'Guus, waar is vader?' riep Jan.
'Ik geloof dat hij boven is,' antwoordde het meisje. 'Tenminste... wat is er dan?'
'De koningin is weg!' riep Jan, rende de trap op, klopte en duwde meteen de deur van de logeerkamer open. Vader zat naast het bed. Hij keek verschrikt op en gooide snel een krant over iets dat op een tafeltje lag. Maar die krant gleed terug toen hij opstond en voor Jans ogen lag, blauw-glanzend in een streep zonlicht die door het raam op het tafeltje viel, een revolver...! Hij bleef er enkele seconden met open mond naar kijken en vergat, waarvoor hij gekomen was.
'Vader,' stamelde hij, 'wat hebt u daar?'
'Moet je daarvan schrikken?' glimlachte vader. 'Je hebt toch weleens eerder zo'n ding gezien? Doe de deur eens dicht. Die kan hier niet op slot, anders zou je niets gemerkt hebben. Maar je kunt wel zwijgen, hè?'
'Ja vader, natuurlijk. Maar u wilt toch niet...'
Vader lachte.
'Nee,' zei hij. 'Een franc-tireur[9], die uit een huis op de vijanden schiet, zal ik niet worden, zó gek ben ik niet. Dat bedoelde je toch? Maar zo'n ding kan weleens van pas komen, je weet niet wat voor tijden nog kunnen komen. In elk geval heb ik het maar eens goed in het vet gezet en ik hoop dat het er lang in blijft zitten.'
'Ik wist niet dat u dat had,' zei Jan. 'Hebt u dat meegenomen van huis of hebt u het hier gekocht?'
'Geen van beide,' zei vader. 'En dat zou jij kunnen weten. Denk eens aan dat aardige ventje dat wij onderweg ontmoetten en dat zo'n zin had in onze auto. Het was toen in de eerste plaats mijn doel de man te ontwapenen zodat hij geen kwaad meer zou kunnen doen. Nou, nu is dit mijn

oorlogsbuit, zullen we maar zeggen. We moesten toch wát hebben voor de schrik die de kerel ons bezorgde?'
Jan lachte en keek toe, hoe vader de delen van de revolver in elkaar zette.
'Vader,' zei hij, 'de koningin is weg en de regering ook. Dat zeggen ze in de straat. Zou het waar zijn?'
'Wat?' vroeg vader verrast. Maar meteen liet hij erop volgen: 'Ach ja, dat zal wel zo zijn. Ik had het kunnen vermoeden dat dát gebeuren zou...'
Hij wikkelde het wapen in een lap en deed het vetdoosje dicht. Jan zag dat zijn handen trilden.
'Ja,' zei hij en zuchtte diep. 'Het is goed dat zij zich niet gevangen heeft laten nemen. Maar wanneer zal zij terugkeren?'
'In de straat zeggen ze dat zij ons volk in de steek gelaten heeft, omdat zij bang was en alleen aan zichzelf heeft gedacht,' vertelde Jan.
'Och, die kletskousen!' zei vader boos. 'Als zij ons volk had kunnen redden door te blijven, had zij dat gedaan, al had het haar het leven moeten kosten, dat weet ik zeker. Maar wat had zij kunnen doen...? Ik ben er geweldig blij om dat de moffen haar niet in handen gekregen hebben. Ze zouden het graag gewild hebben! Geloof maar gerust dat ze haar het eerst hadden gegrepen! Niet voor niets probeerden ze de eerste dag al Den Haag te omsingelen. Fijn dat ze weg is! Nu kan ze zelf ons land vertegenwoordigen bij de bondgenoten en Indië besturen en plannen beramen voor onze bevrijding. Jan, jongen, het is een groot geluk dat zij in veiligheid is!'
Ze gingen samen naar beneden om oom in te lichten. Waar heeft vader nu de revolver gelaten? dacht Jan. Maar hij vergat het weer, toen ze in de kamer kwamen, want moeder en tante waren intussen thuisgekomen en hadden oom al verteld, wat er gaande was en die grote man zat op de divan te huilen. Jan schrok ervan en het was alsof het pas nu tot hem doordrong hoe erg het was. Hij hield zich bescheiden achteraf en durfde niet naar oom te kijken.
'Nu geloof ik ook dat alles verloren is,' hoorde hij hem met een vreemde stem zeggen.
'Niet alles, Herman!' bemoedigde vader. 'Nu juist niet! Vergeet niet dat het Rijk groter is dan dat kleine stukje Nederland!'
Na de thee gingen ze samen de straat op. Voor alle deuren stonden de mensen met ernstige gezichten het ontstellende nieuws te bespreken en oom werd op verschillende plaatsen aangeklampt, omdat men graag zijn mening wilde horen. Het was goed dat vader hem eerst bemoedigd had. Nu kon hij het anderen weer doen. Intussen had hij nog altijd hoop dat het maar een loos gerucht zou blijken te zijn.

Maar al spoedig werd hem die hoop ontnomen. Aan het eind van de straat woonde een meneer die op een van de departementen werkte. Die had in de stad een proclamatie van generaal Winkelman zien hangen, waarin het nieuws officieel bekend werd gemaakt. Hij had het overgeschreven en las het nu aan de mensen voor: 'Hare Majesteit de Koningin en Haar Ministers hebben zich naar elders begeven om zich onder de tegenwoordige omstandigheden volle vrijheid van handelen te verzekeren. Ik doe in deze moeilijke tijd een beroep op u allen om de eensgezindheid te bewaren...'

Er kwam nog meer, maar de meeste mensen luisterden niet meer. Het was dus waar en ze waren allen diep onder de indruk. Er werden nog veel bittere woorden gesproken en het was niet mogelijk om al die mensen een beter inzicht te geven. Ze wilden soms niet eens luisteren. Het was alsof allen een dierbaar familielid verloren hadden. Vroeger dan anders werd het stil op straat. De mensen zaten in de huizen met hun verdriet en trachtten het in stilte te verwerken.

Jan en Frits lagen al in bed, toen de schemering nog door de kieren langs het verduisteringsgordijn drong. De kapotte ruit was door oom met een stuk karton dichtgemaakt.

Frits had nog geen slaap en lag te vertellen over zijn avonturen van die dag. Hij praatte over de soldaten alsof het allemaal vriendjes van zijn leeftijd waren.

'En toen zei Hans – je weet wel, die grote soldaat –: Trek je er maar niks van aan, hoor Frits, dat ze weg is, de koningin. Al is zij bang, wij zijn het niet en we kunnen het zonder haar ook wel af. Als ze er maar op rekent dat ze niet terug hoeft te komen. Wij willen haar niet meer hebben! Als we de oorlog gewonnen hebben, kiezen we een koning, die is dapperder dan een koningin! Wie zou dan koning worden, Jan?'

'Och, schei toch uit!' bromde Jan. 'Die Hans is een grote domkop, als hij zo praat. Morgen denkt hij er misschien al heel anders over.'

'Niks hoor!' zei Frits. 'De koningin was bang en daarom ging ze ervandoor. En vader is ook bang, want die zegt dat we de oorlog verliezen. Hans zegt...'

'Hou je mond!'

'Nee, dat doe ik niet! Hans zegt dat ze al die lui die dat zeggen, een kopje kleiner moesten maken...'

'Als je nou niet stil bent,' dreigde Jan, 'dan zal ik jou eens een kopje kleiner maken! Vader is helemaal niet bang.'

'Wel waar!'

'Niet waar! Ik zou je nog heel wat anders kunnen vertellen, jochie! Vader heeft al meer gedaan voor de oorlog, dan al die soldaten, die zo dik doen...'
'Heu!' smaalde Frits. 'Vader...? Wanneer dan?'
'Toen wij hiernaartoe kwamen. Toen heeft hij...'
Hij zweeg verschrikt. Wat was hij bezig te doen...? Hij had vader beloofd om erover te zwijgen en Frits was misschien niet in staat het geheim te bewaren.
'Nou, wat heeft hij toen?' vroeg Frits, terwijl hij zich nieuwsgierig oprichtte.
'Och niks,' zei Jan, kwaad op zichzelf. 'Ga nou maar slapen, joh, en zeg niet meer zulke rare dingen...'
'Nee, dát is flauw!' mopperde Frits. 'Jij weet wat en je wilt het mij niet vertellen. Vooruit, wat heeft vader gedaan, toen jullie hiernaartoe kwamen...?'
'Nou,' zei Jan, 'toen heeft hij de hele dag achter het stuur gezeten...'
'Ja, en toen?'
'En ons overal dwars doorheen gebracht en iedere keer werden we aangehouden en wilden ze ons terugsturen, omdat het zo gevaarlijk was, maar vader zette door, hoe moe hij ook was. Hij was de dapperste van ons allemaal. Je mag dat nooit meer zeggen, Frits...!'
Ziezo, dat had hij er maar handig afgebracht, vond hijzelf! 'En je moet ook niet kwaad zijn op de koningin,' ging hij verder. 'Die gaat naar Indië en maakt een groot leger klaar en komt terug om alle Duitsers weg te jagen...'
'O ja,' zei Frits, 'natuurlijk! Nou, tot zo lang zullen wij ze wel tegenhouden, de moffen! Als grote Hans maar eens helpen mag, dan zul je eens wat zien! Die is zo sterk als een beer, joh! Hij zegt zelf: ik neem de ene mof bij de benen en sla er de anderen mee dood! En hij doet het vast, joh, hij ziet er helemaal niet tegenop.'
'Best hoor!' zei Jan. 'Welterusten, Frits.'
'Ik word later ook soldaat,' zei Frits. 'Ik wil generaal worden! En als ik dan een groot leger heb, nou, dan zul je zien, dan verover ik de hele wereld...!'
'Toe maar!' zei Jan. 'Hitler nummer twee dus.'
Dat begreep Frits zeker niet. Hij draaide zich op zijn zij, zuchtte een keer en sliep in. Maar even later werd hij nog weer half wakker en mompelde: 'Wát heeft vader gedaan, Jan? Wat heeft vader ge... Waarom wil je... het mij niet... vertellen...?'
En terwijl Jan nog lang lag te luisteren naar het gebons van het luchtdoelgeschut heel in de verte – bij Delft zeker – was hij toch niet helemaal gerust over zijn afleidingsmanoeuvre.

HOOFDSTUK 7

De volgende morgen was Frits al vroeg verdwenen. Met een stuk brood in zijn hand was hij weggerend, nog vóór vader en moeder beneden waren. De anderen zaten stil aan het ontbijt en hoorden door de radio nog eens het bericht van het vertrek van de koningin en de regering bevestigen. Er werd ook een proclamatie van koningin Wilhelmina voorgelezen, waaruit duidelijk werd dat zij zich in Engeland bevond.

'Ons hart gaat uit naar onze landgenoten in het vaderland, die harde tijden zullen doormaken,' klonk het door de kamer. 'Maar Nederland zal zijn gehele Europese grondgebied eenmaal met Gods hulp herwinnen. Herinnert u rampen uit vroeger eeuwen, waaruit Nederland is herrezen. Zo zal het ook ditmaal gaan...'

En staande hoorden ze daarna het Wilhelmus aan. De eerste regel werd gespeeld zonder dat iemand meezong. Toen viel vader in met zijn mooie volle tenor. Jan sprong dadelijk bij, daarna kwamen ook de stemmen van de anderen. Maar Jan zag een traan uit moeders ogen op haar japon vallen. Toen kwamen de berichten en de radio scheen de moed er nog eens in te willen brengen. Er werd hoog opgegeven over de strijd bij Kornwerderzand – waar de vijand geen schijn van kans had om een stap verder te komen en waar de vérdragende scheepskanonnen van de Johan Maurits van Nassau zelfs het artillerievuur van de Duitsers tot zwijgen hadden gebracht – en over het opruimen van de valschermtroepen in de omgeving van Den Haag, alsof ze dat nog niet wisten! Over de Grebbelinie kwamen slechts enkele algemeenheden: dat er dapper gevochten werd en dat de vijand een kleine terreinwinst had gemaakt ten koste van zware verliezen – terwijl ze hier door vader al wisten dat de stellingen in de Grebbe misschien al ontruimd waren. Over de Moerdijk zweeg de omroeper bijna geheel, maar Dordrecht was prijsgegeven, vertelde men in de stad en vader achtte dat waarschijnlijk. Dan stond de vijand dus bijna voor Rotterdam...

De mensen in de straat waren nog niet wanhopig, maar de geestdrift van de eerste dagen was er niet meer en wie nog over grote troepenlandingen van de Engelsen en de hulp van de Franse legers durfde spreken, werd met een ongelovige glimlach aangehoord. Bij de soldaten had de opgewonden stemming van de eerste dagen plaatsgemaakt voor een verbeten ernst en een ongeduldig verlangen om nu eindelijk eens mee te mogen doen en niet meer werkeloos in de kwartieren te wachten. Zij zouden iedere duim grond tot hun laatste krachten verdedigen, dat stond wel vast. Maar vader hoopte dat dit niet nodig zou zijn in dit dichtbevolkte gebied, want dan zou het er vreselijk uitzien, zei hij. En daar werd toen door hem en de mannen op straat lang over doorgepraat.

Jan was blij dat hij al die gesprekken niet hoefde aan te horen en dat er iets te doen viel vandaag. Hij moest met Guusje op boodschappen uit. Er moest brood gehaald en boter en aardappels en groente, want geen leverancier bezorgde meer. En dan moesten ze ook proberen om elk een pakje thee los te krijgen, zei tante. Meer dan één pakje zouden ze wel niet krijgen, de mensen in de stad waren allemaal aan het hamsteren geslagen en de voorraden in de winkels raakten al uitgeput. Tante had toevallig heel weinig in huis en moeder zat ook bijna zonder. Nu moesten ze dus ook maar proberen nog iets binnen te krijgen. Jan liep met zijn zusje naar het plein waar de winkels waren. Hij stond meer dan een half uur in de rij bij de groentewinkel en toen hij klaar was, kon hij Guus nergens ontdekken. Bij de bakker was ze nog niet. Of was ze er al geweest? Op een dubbele portie brood zou tante wel geen prijs stellen, hij moest dus eerst weten, of Guusje al ingeslagen had. Hij zou maar vast naar de kruidenier gaan, nam hij zich voor. En kijk, daar stond Guus met haar lange vlechten en werd juist aan boter en thee geholpen. Jan sloot zich achter bij de rij aan die de winkel vulde en een paar vrouwen kwamen meteen achter hem staan.

Even later drong Guusje zich naar buiten. Zij had de tas aan haar arm hangen en hield Jan triomfantelijk een pakje thee voor de neus.

'Zal ik de groente vast meenemen?' vroeg ze. 'Jij moet hier misschien nog zo lang wachten en dan heb je er maar last van.'

'Graag,' zei Jan.

'Horen jullie bij elkaar?' vroeg een bediende, die vlak naast hen bij de bak met bruine bonen moest zijn.

Jan stemde het toe, ondanks de duw die Guusje hem gaf.

'Kom je ook om thee?' vroeg de man.

'Ja,' zei Jan, 'één pakje alstublieft!' En hij verwachtte al dat hij er even tussendoor geholpen zou worden voor zo'n klein bestellinkje. Aardig van die man, dacht hij.

Maar de bediende zei kwaad: 'Smeer hem dan maar gauw, want dan krijg je niks! Denk je dat wij er ons zo gemakkelijk tussen laten nemen? De een dubbel en de ander niks, denk je zeker, hè? Lelijke hamsteraars!'
Een daverend gelach schalde op in de winkel en alle mensen keken spottend om naar Jan en voegden er hun plagende opmerkingen aan toe. Jan voelde zich heel verlegen en wist niet wat hij zeggen moest. Het liefst had hij die nare witkiel de zak met bruine bonen uit handen geslagen. Maar Guusje trok hem aan zijn mouw om hem mee te krijgen.
'Ik heb toch lekker al twee!' zei ze tegen de bediende. 'Wij hebben u niet meer nodig!'
'Zie je nou wel!' riep de man verontwaardigd.
Maar Guusje stapte lachend met haar broer de straat op en vertelde: 'Toen ik hier kwam, stond het al vol met mensen, maar bij die andere kruidenier aan de overkant was bijna niemand. Toen ben ik daar eerst heen gegaan. Kijk, twee stuks, wat zeg je ervan?'
'Je bent handiger dan ik,' prees Jan en hij lachte, maar het kostte hem moeite. Hij voelde zich altijd zwaar beledigd, wanneer hij uitgelachen werd. Maar hij had toch niet anders kunnen handelen? vroeg hij zich af. Had hij dan moeten liegen? Dat was toch niet goed geweest...?
Tot de bakker toe liep hij erover te denken. Toen was hij eroverheen. Het was toch ook al te gek dat hij zich dik liep te maken over zo'n kleinigheid, terwijl de wereld in brand stond, dacht hij. Weg met dat gepieker!
'Hier, neem jij de hele boel maar over en ga maar naar huis,' bood Guusje aan. 'Dan zal ik hier nog even brood halen.'
Het was toch een lieve meid! Zij sloot zich aan bij de rij vrouwen, die tot buiten de winkel te wachten stond en Jan nam de tassen, maar ging nog even daarnaast bij de boekwinkel kijken. Toen hij na een paar minuten terugkwam, merkte hij plotseling dat er bij de bakker iets gaande was. Een lange bleke slungel van een jaar of achttien met een sigaret in zijn mond had zich tot verontwaardiging van al de wachtende vrouwen vóór Guusje in de rij gedrongen en weigerde om die plaats weer te verlaten. Hij had geen zin om zo lang te wachten, zei hij. Hij had er al eerder gestaan, maar was even weggegaan om sigaretten te halen en nu kwam deze plaats hem toe. Hij duwde Guusje ruw achteruit, deed een stevige trek aan zijn sigaret en blies de rook verwaand door zijn neusgaten.
Jan zette de tassen neer en liep op de vent toe. Er was nu niet de minste aarzeling in hem. Hij wist dat het goed was, wat hij ging doen.
'Ga daar weg,' zei hij rustig. 'Ga achteraan staan, als je hier ook een boodschap hebt.'

'Kom nou!' antwoordde de slungel met een minachtend glimlachje en keek uit de hoogte op Jan neer, die bijna een kop kleiner was dan hij. Jan pakte snel zijn arm, draaide die een halve slag om, trok de kerel naar zich toe en lichtte hem een beentje. Daar lag de lummel. Het was allemaal zo gauw gegaan; pas toen hij beduusd weer overeind krabbelde, scheen het tot hem door te dringen wat er gebeurd was en schreeuwend stormde hij op Jan toe. Die wachtte hem kalm af, deed op het laatste ogenblik een stap opzij, greep hem toen om het middel en door zijn eigen vaart buitelde het lange lichaam over de kop en sloeg op de stenen. Au, dat was aangekomen! De vent richtte zich maar moeilijk op, zat een poos op de rand van het trottoir zijn hoofd te wrijven en keek toen onder algemeen gelach schichtig om naar zijn belager. Die stond rustig met de armen over elkaar naast de tassen en vroeg: 'Nou, nóg een rondje?'
'Loop rond!' zei de vent met een huilstem. Hij stond op, sloeg zijn kleren af, voelde nog eens aan zijn hoofd en ging achter in de rij staan. Daar stak hij met bevende handen een nieuwe sigaret op, zeker om over zijn zenuwen heen te komen – het vorige rokertje was in de strijd verloren gegaan. En verder hield hij zich heel stil.
Jan keek de jongen maar niet meer aan, en de bewonderende opmerkingen van de omstanders veinsde hij niet te horen, want daar werd hij maar verlegen van. Het was helemaal geen kunst voor iemand die jiujitsu geleerd had. En die laatste worp, daar zou zijn leraar vast niet tevreden over geweest zijn. Die had hij een halve seconde te laat uitgevoerd, toen zijn tegenstander zijn vaart al begon in te houden.
'Ik wacht even op je,' zei hij tegen Guusje. Hij ging lekker naast de tassen op de grond zitten met de rug tegen de winkelpui en de armen om de knieën. Een man die in de kruidenierswinkel vlak vóór hem gestaan had, kwam langs wandelen, herkende hem en keek nog eens met een spottende blik naar hem om. Maar Jan wierp hem een vrolijk knipoogje toe: hij voelde helemaal geen wrok meer om wat er in die winkel gebeurd was. Het drong tot hem door dat hij voor de onrechtvaardige behandeling van die bediende zich hier voldoening had verschaft. Misschien had hij daardoor die slungel zo hard aangepakt... Enfin, hij had het verdiend!
De vent stond nu vlak naast hem en had zijn sigaret bijna op. Guusje kwam met drie broden onder de arm de winkel uit. Toen ze samen naar huis liepen, ontdekte hij plotseling dat er rook uit de tas met aardappels en groente kwam. Daar viste Jan warempel een sigarettenpeukje uit op. Een kleine wraak van de slungel, natuurlijk!

'Die gemene bleekneus!' schold Jan en keek dreigend achterom naar de winkel.
Maar Guusje lachte: 'Wat geeft het, joh! Gun hem dat pretje nou maar! Als het in de andere tas terechtgekomen was, zou het erger geweest zijn. Je hebt hem toch maar fijn op zijn nummer gezet... Kun je mij ook niet eens een paar van die grepen leren? Het zou van pas kunnen komen...!'
'We moeten zien dat wij samen les krijgen,' zei Jan. 'Dan leer je 't pas goed! Jij zult het vast ver brengen, want jij bent zo... zo vastberaden, zo flink!'
'Vastberaden?' lachte het meisje. 'Ik...? Nee, maar jij dan! Dat heb je net wel bewezen!'
Ze had hem niets kunnen zeggen wat hem meer plezier deed. Hij kreeg er een kleur van.

Ze aten vroeg die middag, want vader wilde nog eens naar het postkantoor om te proberen op zijn spaarbankboekje wat geld los te krijgen en hij hoopte dat er in het middaguur niet zoveel mensen zouden zijn. Omdat hij niets beters te doen had, liep Jan met hem mee. Het was ruim één uur, toen ze de stoep op gingen en vader was algauw aan de beurt, maar ook deze ambtenaar hield vol dat hij geen geld mocht uitbetalen op een boekje dat niet ter plaatse stond ingeschreven. Hij was gewillig genoeg en had begrip voor vaders moeilijkheden. Hij belde er nog over op naar zijn chef, maar het hielp niet. Er zat niets anders op dan onverrichter zake terug te keren.
Juist toen vader en Jan op het punt stonden het postkantoor te verlaten, ging de sirene voor luchtalarm. Ze zaten dus opgesloten. Een man, die nog net op het laatste ogenblik binnenkwam, vertelde dat er voor de radio álmaar vliegtuigmeldingen werden afgeroepen. Dat was geen nieuws, want ze zagen de vliegtuigen al door de ramen. Een grote formatie ging hoog door de lucht in zuidelijke richting. De zon blonk op de toestellen, zodat ze schitterden als zilver. Het afweergeschut begon tekeer te gaan, de ramen dreunden van de ontploffingen en kleine witte wolkjes als plukjes watten begonnen onder en naast de vliegtuigen te zweven. Maar die stoorden er zich blijkbaar niet aan en zetten zwaar ronkend ongehinderd hun tocht voort. Telkens weer kwam een nieuwe luchtvloot, die precies de eerste volgde en achter dezelfde schoorsteen verdween.
'Die gaan allemaal naar Engeland,' zei een meneer, met een gezicht alsof hij persoonlijk het bevel daartoe gegeven had. 'Naar Londen! Ik zou niet graag in de schoenen van die Engelsen staan...!'

Niemand gaf antwoord. De mensen zaten met zorgelijke gezichten op de banken of leunden tegen de lessenaars en keken bijna niet op. Ze hadden geen zin meer om over de oorlog te praten.
'De hele stad gaat eraan,' zeurde de man verder en met een stem alsof hij voor een grote menigte sprak, ging hij voort: 'Ze gooien alles plat met hun bommen. Waar het ene vliegtuig ophoudt, daar begint het andere. Stel je eens voor, hoe dat er straks uit zal zien in een stad met zeven miljoen mensen. Wat een lijken, wat een lijken...! Alweer een konvooi! Kijk eens, wat een troep!'
Nog gaf niemand antwoord, hoewel velen zich ergerden aan de toon waarop de man over deze dingen sprak: Het leek bijna alsof hij genoot van de verschrikkelijke voorspellingen die hij deed. Jan merkte op dat vader de spreker minachtend aanzag.
'Ik zou heel wat liever in een van die vliegtuigen zitten dan in Londen,' ging de man onverdroten voort.
'Ik niet,' zei vader als voor zichzelf.
'U niet, meneer?' beet de man hem toe. 'U niet...? Wilt u dan liever gebombardeerd worden dan zelf de bommen uit te strooien? Weet u wel wat het zeggen wil om dood onder het puin te liggen?'
'Nee,' zei vader, 'gelukkig niet, evenmin als u. Maar ik weet wel, dat het beter is om onrecht te lijden dan om onrecht te doen.'
'Zo denk ik er niet over,' zei de ander.
'Dat dacht ik al, toen ik u de eerste woorden hoorde zeggen,' antwoordde vader. 'En daarom bent u geen haar beter dan de moffen, die zich ook aan het recht niet storen.'
'Meneer!' riep de man dreigend, 'u moet weten wat u zegt!'
'Dat weet ik best,' zei vader kalm. 'Maar u niet! U kletst als een kip zonder kop. Man, hou je mond liever!'
'Bravo, bravo!' riepen een paar heren in de hoek van het kantoor. En de ambtenaar achter het loket, die allang zijn klanten geholpen had, wenkte vader en zei: 'Meneer, het spijt me nu nog meer dat ik u niet helpen kon. Maar als u mij toestaat dat ik u persoonlijk...'
Vader stak hem lachend de hand toe.
'Ik dank u hartelijk,' zei hij. 'U bent een goed mens. Maar ik maak niet graag schulden. Ik zal mij proberen te redden. Gaat het niet, mag ik dan terugkomen?'
'Gerust,' zei de ander. 'Het zal mij een waar genoegen zijn u een dienst te kunnen bewijzen.'
Ze stonden lang te wachten op het sein dat de straat weer veilig zou ver-

klaren. De moffenmeneer, die zich een hele tijd stil gehouden had, begon te mopperen dat er geen vliegtuig in de lucht was en dat ze er nu toch wel door konden.
Tenslotte liep hij de straat op, maar werd door een paar soldaten, die schuin tegenover het postkantoor in een portiek stonden, aangehouden en teruggestuurd. Toen hij niet dadelijk gehoorzaamde, maar natuurlijk weer een heleboel praatjes had, legden ze hun geweren op hem aan en plotseling rende de man alsof de boze hem op de hielen zat en stoof wit van angst het kantoor weer binnen.
'Hij is nog een lafaard ook,' zei vader zacht tegen Jan. 'Let maar eens op: wrede mensen zijn meestal geen helden.'
Ze wachtten weer. Meer dan een uur zaten ze nu al opgesloten. Een onbestemd gevoel van angst begon Jan te vervullen.
Wat gebeurde er buiten...? Waarom ging de sirene niet? Was het mogelijk dat het sein eenvoudig vergeten was...? Eindelijk huilde een langgerekte klaagtoon over de huizen en de mensen drongen haastig naar buiten. Alles was normaal. De zon scheen warm, kindertjes sprongen de stoepen af en begonnen hun spel, mensen repten zich voort door de straat. Maar bij de hoek van de straat, die van het plein op de duinen aan liep, stonden de mensen in een groep naar de verte te wijzen en Jan greep plotseling vaders arm en riep: 'O, kijk eens, vader! Vreselijk, wat is dat?'
Aan de horizon stond een zwarte rookwolk groot en dreigend tegen de blauwe lucht omhoog, van onderen smal, van boven pluimvormig uitgewaaid in westelijke richting.
'Wat is dat, vader? Zou daar een huis in brand staan?'
'Een huis?' antwoordde vader langzaam. 'Nee jongen, dat is geen huis. Dat zijn honderd huizen en misschien wel meer. Is dat niet de richting Delft of Rotterdam?'
Het was Rotterdam, zei een oude visser. Rotterdam was gebombardeerd.
'Dat moet er daar vreselijk uitzien, meneer!' zei hij en schudde zijn grijze hoofd. Het waren ongeveer dezelfde woorden, die de man in het postkantoor gebruikt had, maar het klonk heel anders.
Ze haastten zich naar huis. In de Duinweg waren alle mensen op straat en riepen opgewonden door elkaar. Een meneer beweerde dat hij de ontploffingen had gehoord. Een jongen, die drie verdiepingen hoog in de dakgoot stond, riep naar beneden dat hij de vlammen door de rook zag spelen.
Moeder kwam hen al tegemoet lopen. Zij zag er vreemd uit, vond Jan, zo bleek en verwilderd. Zij greep vaders arm en leunde even met het hoofd

tegen hem aan. Vader legde de arm om haar heen. Wat ze samen zeiden, kon Jan niet verstaan, want hij kwam een paar stappen achteraan. Samen bleven ze op de stoep staan staren naar de verte, waar de rookwolken zich steeds meer uitbreidden. Soms groeide plotseling een wolk boven de andere uit, als een bergtop die door een ontzettende kracht omhoog werd gestoten.

'En de rook ging op als de rook van een oven...' Die woorden waren aldoor in Jans gedachten. Zo zag Abraham vroeg in de morgen de rook opgaan boven Sodom en Gomorra, de goddeloze steden in het Jordaandal. Was Rotterdam ook zo'n verdorven stad? Nee immers. Daar waren kerken, daar woonden mensen die God liefhadden, duizenden misschien... Lot was gered met zijn dochters. Engelen hadden hen uitgeleid, vóór de ramp zich voltrok. Hoe zou dat hier zijn gegaan...? En hoe zou het met Hanneke zijn...?

Hanneke...!

Nu pas sloeg ook hem benauwend de schrik om het hart! Nu begreep hij moeder en de ontzetting in haar ogen. Hillegersberg en Rotterdam waren aan elkaar gegroeid als Scheveningen en Den Haag. De tantes, bij wie het meisje in huis was, woonden dicht bij de tunnel aan de rand van de stad... De bommen konden evengoed daar gevallen zijn als in het zuiden en wie zou zeggen, of ze niet verspreid waren over heel de stad...? O, die kleine Hanneke, die schat...!

Zes jaar was ze pas, klein en lief, met haar blonde krullenkopje en haar grote blauwe ogen.

'Ga je fluitjes voor me maken bij het nieuwe huis, Jan?' had ze laatst aan hem gevraagd. En ze had zo dankbaar naar hem opgekeken, toen hij het beloofde. Zou dat de laatste keer geweest zijn dat hij haar gezien had? Zou het mogelijk zijn dat dat onschuldige kleine lichaampje door bomscherven uiteen was gescheurd?

Toen hij zich dit indacht, stokte hem de adem en hij moest tegen de muur gaan leunen, omdat hij zo akelig slap werd in zijn benen. Hij durfde vader en moeder niet aan te kijken.

Hij sloop naar binnen om de radio aan te zetten. Maar die stond al aan en zweeg. Geen van de beide Nederlandse zenders zond iets uit. Waarom...? Had men daar niet de moed, om het laatste nieuws aan het volk bekend te maken...?

Ik moet erheen, dacht Jan. Met de auto gaat het niet, maar lopende kom ik er ook, dwars door het land desnoods, de rookwolk wijst de weg... We moeten het weten, of Hanneke nog leeft...

Toen hij weer buiten was, kwam een man op een fiets de straat inrijden. 'Rotterdam is helemaal verwoest!' riep hij. 'Er staat geen huis meer! De lijken liggen op hopen langs de straten!'
Vader sprong de stoep af en hield hem tegen.
'Van wie weet je dat?' vroeg hij. 'Heb je officieel bericht?'
'Alle mensen zeggen het!' zei de man. 'Gelooft u mij soms niet? Kijk dan maar eens naar die rook, dat is me nogal een brandje, niet?'
'Je moest je schamen!' zei vader boos.
Maar de man reed verder en vóór de zijstraat hoorden ze hem alweer zijn jobstijding schreeuwen. Hij vond het zeker leuk om sensatie te verwekken...
Opeens werd moeder onwel. Jan zag haar met gesloten ogen doodsbleek tegen de deurpost leunen en hij sprong snel toe. Maar vader was hem een seconde voor en ving haar op. Samen brachten ze haar naar binnen en legden haar op de divan. Jan holde weg om water. Guusje rende de trap op naar de slaapkamer om eau de cologne, maar toen ze terugkwamen, lag moeder alweer met de ogen open en glimlachte tegen hen.
'Maak toch niet zo'n drukte,' weerde ze af. 'Mij mankeert niets. Ik geloof dat ik mij alleen een beetje kwaad maakte op die... die schobbejak daar op straat...!'
En ondanks alles schoten ze toen in de lach, want dat woord klonk al te grappig uit moeders mond, waaruit ze nog nooit een ruw woord gehoord hadden.
'Nou, die nare vent, die apenkop!' mopperde moeder door. 'Laat hij zijn mond houden! Ik had zonder hem al moeite genoeg om mij te beheersen...'
En opeens lag ze toen toch te huilen en Guusje deed natuurlijk dadelijk mee. En alsof dat nog niet genoeg was, kwam Greetje de kamer in trippelen en die had het meteen ook te pakken. Maar dat was voor moeder het beste geneesmiddel.
Als die wat te troosten had, vergat zij zichzelf.
'Moeder, luister eens,' zei Jan. 'En vader, u ook. Ik vind, wij moeten weten hoe het met Hanneke staat. Als ik nou vertrek, ben ik voor middernacht wel lopend in Rotterdam. Ik kom er wel door, denkt u ook niet, vader? Vooral in de nacht wel. Dan kan ik morgen nog vóór de middag hier terug zijn en dan weten we het, dan hoeft moeder niet meer ongerust te zijn. Wat denkt u ervan, doen?'
Moeder wilde er natuurlijk niets van weten, al greep ze dankbaar zijn hand. Maar vader vond het plan nog zo gek niet.

'Laten we morgen afwachten,' zei hij. 'Als we dan nog niets weten, voel ik er wat voor om met je mee te gaan. Wat zegt de radio?'
Maar de radio zweeg nog steeds. Oom zat tevergeefs aan de knoppen te draaien. Hij stuurde Jan naar de buren om te horen, of het daar anders was. Maar meneer Jacobs verzekerde dat het overal hetzelfde was. Er werd al een hele tijd niets meer uitgezonden. Misschien was de zender gebombardeerd, veronderstelde hij.
Toen Jan terugkwam, reed een militaire auto door de straat en tussen de soldaten stond Frits, nu met een helm op en een grote Oranjesjerp om zijn lijf.
'Hei Jan, hoera!' schreeuwde hij en hij zag er zo onbezorgd uit dat Jan er een beetje wrevelig van werd en nauwelijks terugwuifde. Als dat oppervlakkige jong maar plezier had, dan dacht hij niet aan anderen... Enfin, hij was nog niet wijzer.
Tante schonk juist de thee in, toen Jan de kamer inkwam en ondanks alle protest kwam ook moeder bij de tafel zitten. 'Zou je wel willen, hè?' zei ze schijnbaar vrolijk. 'Jullie thee en ik een glas water daar op de divan...!' Toen trok ze Jan naar zich toe en gaf hem een zoen.
'Dâ's voor je dappere plan,' zei ze. En toen fluisterde ze hem in het oor: 'Heb je wel gebeden voor je zusje?'
'Nou en óf!' verzekerde Jan, want er was voortdurend een gebed in zijn hart dat alles goed met Hanneke zou blijken te zijn. Dat was het enige wat rust gaf. Hij begreep nu ook, hoe moeder het klaarspeelde om nog grapjes te maken, terwijl je toch zou denken dat ze van binnen verteerd moest worden door zorg. Ze knipoogden elkaar ernstig toe en moeder streelde Jans hand.
Na de thee probeerde vader de stad in te komen, maar hij bracht het ook nu niet verder dan tot de brug. Bij de commandopost in de school wist men niets naders omtrent de brandende stad. De rookwolken waren nog dichter geworden en verduisterden nu de hele horizon. Ze zaten het zwijgend aan te zien in de voorkamer. Tante zat te breien, maar telkens rustten haar naalden, dan staarde ze naar buiten en schudde haar hoofd. Moeder had Greetje op schoot en zelfs de kleine meid was onder de indruk van het sombere zwijgen van de volwassenen en zat stil op haar duim te zuigen. Traag kroop de tijd om. Nog steeds zweeg de radio...
Het was misschien een uur of vijf, toen een groot rumoer in de straat hen naar buiten dreef. Op het plein bij de hoek, waar de Zeestraat op de Duinweg uitkwam, liepen tientallen soldaten door elkaar. Ze schreeuwden, vloekten, schoten in de lucht en één, alsof hij dronken was, kwam

een eind de straat in wankelen en ging toen als een kleine jongen tegen de muur staan huilen met zijn armen voor zijn gezicht.
Vader, oom en Jan holden erheen, maar dicht bij de troep vluchtten ze een portiek binnen, want de kogels floten over hun hoofd. De soldaten maakten de straat onveilig. Ze schenen buiten zichzelf te zijn van woede en verontwaardiging.
'Wat is er toch gebeurd?' riep vader. 'Hei, wat scheelt jullie toch...?'
Een grote jonge kerel bleef voor vader staan en keek hem aan, alsof hij hem wilde verscheuren. Hij was blootshoofds, zijn tuniek was opengerukt, hij schudde zijn vuist voor vaders gezicht.
'Capitulatie!' riep hij. 'Ca-pi-tu-la-tie...! Een mooi woord, vind je niet...? Maar weet je wat het betekent...? Ik heb geen schot kunnen doen...! Vijf dagen zit ik nou te wachten en me te verbijten, om erop in te kunnen slaan... En nou mag het niet meer, nou kan het niet meer...! Nou heeft het leger zich overgegeven, o-ver-ge-ge-ven, hoor je dat...? En wij zitten hier te smachten om mee te mogen vechten... O-ver-ge-ge-ven...'
Hij vloekte, schoot zijn geweer leeg en slingerde het daarna de duinen in.
'Mijn meisje zit in Rotterdam!' huilde een ander. De tranen liepen hem over de wangen. 'Ze hebben haar gebombardeerd, haar lijk ligt misschien onder het puin...! En ik mag er geen mof voor opruimen! Maar ik doe het, ik doe het! Wat kan het mij nu nog schelen, wat die hoge officieren, die lafaards, zeggen?'
'Je hebt gelijk!' schreeuwde een soldaat, die een slordig verband om zijn hoofd had dat half was weggerukt. Het bloed sijpelde over zijn ogen. 'Jongens, Bram heeft gelijk, wij geven ons niet over, wij vertikken het doodeenvoudig! Moet dat winkelmeisje de baas wezen, die prutsgeneraal...? Laat maar komen, die moffen, die zwijnen, wij zullen er wel raad mee weten...!'
Maar niemand luisterde naar hem, want opeens kwam een andere groep soldaten het plein opstormen. Ze rukten een paar stropakken uit elkaar tot een grote losse hoop midden op het plein en terwijl sommigen er nog aan trokken, hadden anderen de brand er al ingestoken. Ze gooiden er wapens op, koppelriemen, ransels, uniformen. Met de bajonet op het geweer staken ze in de hoop en wakkerden de vlammen aan.
De vijanden zouden de boel niet in handen krijgen. Liever brandden ze er midden op straat een groot rouwvuur van. Een stinkende zwarte rook dreef langs de huizen.
Oom, die de vernieling aan het hart ging, wilde zich ermee bemoeien, maar vader hield hem tegen.

'Laat ze maar uitrazen, die arme kerels,' zei hij. 'Blijf ervandaan, het is net een bende wilden, je begint er toch niets tegen. Vermoedelijk is het een bevel: ze zullen alles wat voor de vijand van waarde kan zijn, moeten vernietigen.'
Ze liepen terug naar huis. Hier en daar stonden soldaten hun nood te klagen en de mensen hoorden hen ontroerd aan. Vrouwen huilden, mannen stonden somber en wanhopig voor zich uit te staren. Vader, die er al dagenlang op voorbereid was dat dit ogenblik zou komen, was de rustigste van allemaal.
'Mensen,' zei hij, 'laten we niet de moed verliezen. Het is verschrikkelijk wat er gebeurd is, maar het was niet te voorkomen. Tegen de geweldige Duitse legermacht kan ons landje niet op. Maar dat wil niet zeggen dat nu alles verloren is! Denk aan de woorden van de koningin! Eens zal ons land weer vrij zijn en misschien eerder dan wij verwachten.'
'Wie zal dat doen?' vroeg iemand schamper. 'Er is misschien geen land dat tegen Duitsland op kan!'
'Dat weet ik niet,' antwoordde vader. 'Maar dit weet ik wel: een rijk dat gebaseerd is op bedrog en onrecht, dat kan niet bestaan. Al zal het Duitse leger ook ieder ander overwinnen, dan nóg zal het Duitse Rijk ineenstorten. Aan zijn eigen goddeloze beginselen zal het te gronde gaan.'
Jan moest ineens aan oude oom Gerrit denken, die ongeveer hetzelfde had gezegd en deze afloop van de oorlog al had voorspeld en even kwam er ondanks alles toch een gevoel van moed en triomf in zijn hart. Maar toen zag hij de rook van het soldatenvuur en ook de rook, die als een grote dreigende onweersbui boven Rotterdam aan de horizon stond, en zijn hart was weer vol met verdriet en zorg.
Hij wilde met vader naar binnen gaan, maar een soldaat, een oudere man al, die stil naar vader had staan luisteren, liep de stoep op en sprak hen aan.
'Komt u uit het noorden?' vroeg hij.
'Ja,' zei vader, 'waarom vraagt u dat?'
'Ik hoor het aan uw spraak,' glimlachte de soldaat. 'En nou durf ik u wel wat te vragen...'
'Kom maar mee,' zei vader. Hij was een paar minuten met de soldaat in de kamer. Toen riep hij oom. En even later ging de militair met een tevreden gezicht weer weg.
Jan hoorde al gauw wat er besproken was. Voor hem had vader niet veel geheimen. De soldaat wilde graag een burgerpak lenen. Hij had een boerderijtje in Drente, waar hij moeilijk gemist kon worden en hij was bang dat hij met het leger voor lange tijd in krijgsgevangenschap zou worden

gevoerd. Vanavond als het donker was, zou hij het komen halen en het later weer terugsturen. Vóór de vijand hier kon zijn, zou hij rustig wegfietsen naar zijn gezin en de Duitsers die hij misschien tegen zou komen, zouden hem niet gevangennemen, omdat ze hem niet als soldaat zouden herkennen.
Terwijl ze daar nog over praatten, werd de deur opengegooid en kwam Frits naar binnen stormen. Hij stonk vreselijk naar rook, had zwarte vegen op zijn gezicht en was buiten zichzelf van verdriet. Hij wierp zich huilend op de grond en wilde naar niemand luisteren, tot Guusje erbij kwam en hem enigszins tot bedaren bracht. Zij kon altijd het best met hem opschieten.
'Waar is je muts?' vroeg ze.
'Verbrand!' snikte Frits. 'En mijn helm en mijn sjerp ook... Die rotmoffen zullen er geen plezier van hebben!'
Met een knipoogje naar de anderen nam Guusje hem mee naar boven, zorgde ervoor dat hij zich waste en andere kleren aantrok en even later liep ze met de arm om hem heen in het tuintje en had blijkbaar een heel ernstig gesprek met hem. Dat scheen geholpen te hebben, want toen ze binnen werden geroepen voor het eten, was Frits nog wel wat stil evenals de anderen, maar hij at er geen boterham minder om. Hij wou naast vader zitten en legde tijdens het bijbellezen zijn hoofd tegen vaders arm. Na tafel ging hij nog gauw even naar Jobje.
Plotseling klonk er een stem uit de radio, die al die tijd op Hilversum had gestaan. Door een omroeper werd een proclamatie van de opperbevelhebber, generaal Winkelman, voorgelezen, waarin werd bevestigd dat de vijand 's middags Rotterdam had gebombardeerd, terwijl Utrecht eveneens met vernietiging was bedreigd. Om de burgerbevolking te sparen en om verder bloedvergieten te voorkomen, had de generaal het bevel gegeven om de strijd te staken, uitgezonderd in Zeeland. Hij deed een beroep op de bevolking om orde en rust te bewaren en door een waardige houding de eerbied van de vijand af te dwingen.
'Wij hebben ons niets te verwijten,' zei de stem. 'Uw houding en die van de troepen was rustig en vastberaden, Nederland waardig...'
Vastberaden? dacht Jan. Ben ik dat geweest...? En zal ik het kunnen zijn...? Waarom zegt hij nu niets meer over Rotterdam? Als ik maar wist of Hanneke nog leefde, ja, dan zou ik ook verder wel vastberaden kunnen zijn...
'Leve de koningin!' eindigde de omroeper. En toen, bij de eerste tonen van het Wilhelmus, haastte Jan zich de kamer uit, want hij had het gevoel

dat hij het volkslied nu niet aanhoren kon. Maar hij moest het, want het klonk ook luid door de straat. Op het balkon van een van de bovenburen stond een luidspreker, die de bewoners daar ten behoeve van de voorbijgangers hadden neergezet. Een paar vissers stonden te luisteren en gingen toen weg, de hoofden gebogen. Ze hadden niet meegezongen... Hoe zou het ook kunnen? dacht Jan. Waarom speelden ze daar in Hilversum het Wilhelmus nog...? Het paste nu niet meer. Het was een vrolijk lied dat gezongen werd bij wapperende vlaggen en een optocht, bij Oranjesjerpen en feestrumoer. Zou het heus nog wel ooit eens zó gezongen worden...?
Hij zag oom aankomen in de gang, maar hij had plotseling zin om een poosje alleen te zijn.
'Ik ga een eindje lopen, hoor!' zei hij. En hij liep de duinen in, het zou nu wel weer mogen. Het pad was met prikkeldraad afgezet, maar een eind van huis kroop hij eronderdoor, dwaalde een poos langs de konijnenpaadjes en beklom toen een van de hoogste toppen. Daar ging hij zitten. Voor hem lag het landschap in de stralen van de ondergaande zon; de blinkende duinen, de torens en kerken en huizenrijen van Den Haag en daar, in een bloedrode gloed, het vredespaleis...! Ach, het vredespaleis, met ver op de achtergrond nog altijd die zwarte dichte rookbank boven het door de oorlog verwoeste Rotterdam... Dáár was de vijand, en het land, het overwonnen land, lag stil en lijdelijk te wachten tot hij komen zou en het in bezit zou nemen en ermee zou doen wat hij verkoos...
Jan zuchtte en keerde zich om. Toen zag hij de zee, wijd glanzend, onafzienbaar, met een gouden pad over het water tot aan de rode zon. Daarginds was nu de koningin; gelukkig dat zij niet hier was gebleven...! En Indië was daar en de West, en de bondgenoten – Engeland en Frankrijk, en misschien, naar men zei, hoorde Amerika er straks ook bij.
Duitsland had de oorlog nog niet gewonnen! Zelfs Nederland was er nog! Het Koninkrijk der Nederlanden had niet opgehouden te bestaan...!
En terwijl Jan dat dacht, merkte hij ineens dat hij zacht het Wilhelmus zat te neuriën: 'Het vaderland getrouwe, blijf ik tot in de dood...'
Die woorden zacht zingend stapte hij door de duinen op huis aan. Toen kwam een vliegtuig aanronken langs de kust, draaide plotseling scherp bij en daverde met donderend lawaai laag over Jan heen in de richting van de stad. Hij zag het hakenkruis, hij hoorde de lucht gieren langs de vleugels. Het was een Duitse jager, de Duitse adelaar, die zijn prooi al kwam beloeren...
Doorzingen, dacht Jan. En hij zong nu luid door de duinen: 'De tirannie verdrijven, die mij mijn hart doorwondt...'

Toen hij de straat inkwam, zag hij maar weinig mensen. Op het plein smeulde nog het vuur, maar soldaten waren er niet meer. Vader, die juist was teruggekomen van een bezoek aan de commandant, vertelde dat er een bevel van de Duitsers was doorgekomen om de vernietiging onmiddellijk te staken. Maar hij had ook belangrijker nieuws: naar de commandant meende te weten, zou voornamelijk het centrum van Rotterdam getroffen zijn. Als dat waar was, zouden ze over Hanneke tamelijk gerust kunnen zijn.

'Wij gaan er morgen met de auto naartoe om haar te halen,' zei hij. 'En overmorgen zullen we proberen thuis te komen of in ieder geval een stukje in de goede richting te gaan.'

'Mag ik dan ook mee?' vroeg Frits.

'Overmorgen wel,' zei vader. 'Natuurlijk.'

'Nee, morgen,' smeekte Frits. 'Och toe vader...'

'Nou, vooruit dan maar,' stemde vader toe. 'Als je dan nu ogenblikkelijk naar bed gaat.'

'Ha, hoera!' juichte Frits en zijn ogen schitterden bij het vooruitzicht van de tocht. Hij zoende de hele rij welterusten, begon met vader en eindigde ook met hem. Toen sprong hij de kamer uit. Hij was zijn verdriet over de capitulatie al weer vergeten.

Meneer Jacobs stak zijn hoofd om de deur.

'Daar komt Schram weer aan,' waarschuwde hij. 'Kom eens kijken, hoe hij zijn borst vooruitsteekt! Die voelt zich de held, hoor!'

Het was waar. Midden over de straat kwam de man eraan, knikkend naar ieder huis en glimmend van trots als een overwinnaar, maar nog altijd met zijn pyjamajasje onder zijn colbert.

'Die man deugt toch niet,' zei tante. 'Anders zou hij wel geprobeerd hebben om onopgemerkt zijn huis binnen te komen. Kijk nu eens...!'

Schram was nu vlak voor het huis gekomen en bleef bij een groepje mensen staan.

'Wat heb ik je gezegd?' hoorden ze hem kraaien. 'Hadden we ons maar twee dagen eerder overgegeven, dan waren er duizenden mensen minder omgekomen. De leiding was in verkeerde handen, meneer, al jarenlang! Maar nu zal het anders worden, meneer!'

Niemand antwoordde. Allen keken hem schijnbaar onbewogen aan en zwegen. En toen scheen het toch tot Schrammetje door te dringen dat hij ook maar beter zwijgen kon. Hij nam met een grijns zijn hoed af en verdween.

'Hou die in de gaten!' zei meneer Jacobs. 'Die is in zijn hart al overgelopen. Dat is nou net een ventje om van het begin af met de vijand te heulen.'

Hij bleef nog even zitten en plotseling vroeg hij: 'Wat hebt u onderweg naar hier voor een avontuur beleefd, meneer De Boer? Hebt u last gehad met een Duitser? Vertel er eens wat van...'

Jan schrok geweldig. Hij zag vaders gezicht verstrakken en voelde diens ogen in zijn richting gaan.

'Wát zegt u?' vroeg vader. 'Last met een Duitser? Hoe komt u dáár nou bij?'

'Frits schijnt zoiets op straat verteld te hebben,' zei meneer Jacobs. 'Het leek mij ook al vreemd. Hij was anders positief genoeg in zijn beweringen: die kerel zou uw auto hebben willen vorderen en toen was hij met u aan het vechten geraakt. Is dat allemaal fantasie?'

'Doe mij nu een groot plezier,' verzocht vader, 'en vertel die onzin niet verder, meneer Jacobs. Hoe komt die jongen aan dat verhaal? Hij was er immers niet eens bij, toen wij hierheen reden...'

'Jobje kan soms ook zo fantaseren,' lachte meneer. 'Laatst kwam hij met het verhaal dat hij aan het strand een walvis had gezien. En toen we gingen kijken, bleek het een doodgewone kabeljauw te zijn. Kom mensen, ik moet maar eens naar huis toe. Denk erom, kwart over tien spreekt generaal Winkelman voor de radio! Nou, ruhen Sie wohl, om met onze beschermers te spreken.'

'Beschermers?' vroeg tante.

'Ja, dat hebben de Duitsers immers gezegd, de eerste dag al: dat ze niet kwamen om ons te onderdrukken, maar om ons te beschermen tegen Engeland en consorten. Nou, als ze ons dan ook maar beschermen tegen dat NSB-tuig, waarvan die Schram er misschien ook één is. Maar daar ben ik niks gerust op...'

Toen hij vertrokken was, zat vader stil te denken en keek beurtelings Jan en Guusje aan. Guusje was erg rood en barstte opeens in snikken uit.

'Had jij Frits dat mooie verhaaltje verteld?' vroeg vader.

'Ja vader,' snikte Guusje. 'Straks in de tuin. Maar ik heb hem nog zo gezegd dat hij erover moest zwijgen... Ik wou hem zo graag wat afleiden en troosten, omdat hij zo verdrietig was. Maar het was net, alsof hij er al iets van wist. Hij vroeg mij, wat er onderweg voor bijzonders was gebeurd, waarbij u zo dapper was geweest...'

'Dat was mijn schuld,' bekende Jan. 'Een paar dagen geleden zei hij 's avonds in bed dat u een lafaard was, vader, en toen heb ik mij versproken. Ik heb gezegd...'

'Stil maar,' zei vader. 'Ik hoor het al wel. Het valt me tegen van jullie. Enfin, het is gebeurd en als 't nou hier maar bij blijft. We zullen Frits morgen eens flink de pin op de neus zetten. Maar leer hieruit nu eens dat je moet kunnen zwijgen, jongens. We zullen dat in de tijd die voor ons ligt hard nodig hebben, denk ik.'
En daarmee was de kwestie afgehandeld. Maar er bleef toch een naar gevoel van over. Jan nam zich voor om voortaan liever de punt van zijn tong af te bijten dan een woord los te laten over iets waar hij niet over praten mocht.
'Kijk niet zo bedrukt,' zei vader, 'er is geen man overboord.'
En hij legde een arm om Guusje en de andere hand op Jans schouder, toen ze naar de achterkamer gingen en om de radio gingen zitten voor de toespraak van generaal Winkelman. De stem van de generaal trilde van ontroering, toen hij begon. Hij legde er de nadruk op dat hij niet anders had kunnen handelen en dat het besluit van de overgave hem zwaar gevallen was. Tenslotte wekte hij op tot vertrouwen in de toekomst.
Toen aan het eind van zijn rede het Wilhelmus werd gespeeld, zongen ze allemaal mee, ook Jan. En het trilde in zijn borst, toen hij aan de ene kant vaders hand zijn schouder voelde knijpen en aan de andere kant moeders arm onder de zijne voelde gaan. Ze stonden arm in arm, dicht bij elkaar. Ze wisten niet wat hun boven het hoofd hing en niet hoe lang het zou duren voordat het land weer vrij zou zijn. Maar dat vertrouwen, waarvan de generaal gesproken had, zouden ze niet meer verliezen. En ze zongen samen het volkslied…
Het lied van de vastberadenheid, dacht Jan.
'Mijn schild ende betrouwen
zijt Gij, o God, mijn Heer…'
Dát was het, wat hen in alles sterk zou maken.

HOOFDSTUK 8

Vroeg in de morgen al stond de wagen, na zijn dagenlange rust, weer tevreden te pruttelen voor de deur en Frits kroop gauw op de plaats naast die van de bestuurder; daarom nam Jan maar genoegen met de achterbank. Ze reden weg en Jan zag door het achterraampje dat moeder hen het langst van allemaal stond na te kijken. Zij had ook graag mee gewild, haar hart verlangde zo vurig naar haar kind, maar vader vond het beter dat zij rustig thuisbleef, omdat zij die nacht bijna niet geslapen had van onrust en de volgende dag fit moest zijn om de lange tocht naar het noorden te maken. Hij was zo zorgzaam voor moeder...

Het was opvallend stil in de stad. Er reed een enkele tram, zo goed als leeg, hier en daar liepen een paar mensen en een troepje soldaten zat ergens ongewapend met mistroostige gezichten tegen een muur in de zon. Duitsers waren nog nergens te ontdekken.

Ze snorden als vier dagen geleden de weg naar Delft op en er scheen niets veranderd. Op Ypenburg was nog dezelfde chaos van kapotte vliegtuigen, maar het rookte er niet meer en een klein Nederlands oefenvliegtuig stond onbeschadigd aan de kant. Ook het op de weg neergeschoten Duitse Junkers-vliegtuig lag er nog en Frits schreeuwde van verbazing, toen hij een van de monsters die hij zo dikwijls had zien overvliegen van dichtbij zag. Een rij auto's boog er juist omheen toen zij eraan kwamen; vader moest ervoor stoppen, omdat de doorgang zo smal was. Een rodekruiswagen reed voorop, een rij particuliere auto's volgde. Jan zag kussens in een wagen, een hoofd in verband, een verpleegster.

'Gewonden,' zei vader. 'Ze worden zeker naar Den Haag gebracht, omdat in Rotterdam de ziekenhuizen vol zijn. Of omdat er geen ziekenhuizen meer staan...'

De rook hing nog steeds als een gordijn boven de stad, hoewel niet meer zo zwart en dicht als de vorige dag. Het brandde er nog steeds. Ze bleven er maar naar kijken, terwijl ze eropaan reden. Ze passeerden het viaduct bij Delft, waar ze vier dagen geleden niet verder konden, maar de sleuf in de weg was nu dichtgegooid. Enkele auto's die hen tegemoet kwamen, remden sterk bij en passeerden heel voorzichtig. Ook deze wagens waren vol met gewonden.

Even verder lag weer een vliegtuig; het had zich tegen de kant van de wegdijk te pletter gevlogen. De neus had klei en stenen meters ver weggeworpen, de vleugels waren helemaal afgeknapt.

'De tweede al!' riep Frits. 'En dáár nóg één...! En daarginds...'

Het hield maar niet op. Vóór ze bij Overschie, een paar kilometer van Rotterdam, waren, had Frits tweeëntwintig Duitse vliegtuigen geteld, die op of naast de weg lagen, sommige uitgebrand, andere nog blijkbaar geheel onbeschadigd. Een groot troepentransport-vliegtuig versperde bijna de doorgang: ze moesten onder een van de vleugels door rijden. Daarachter lagen de weilanden vol parachutes en hier was zeker gevochten, want in het land en hier en daar op de berm lag het kadaver van een koe of een paard, afzichtelijk opgezwollen, en rechts van de weg steeg de rook uit de puinhopen van een boerderij. Frits zat te dansen op zijn plaats bij iedere verrassing en juichte als op een feest. Hij leek er niet aan te denken, wat voor drama's zich hier klaarblijkelijk afgespeeld hadden.

Dicht bij Overschie zagen ze de eerste Duitsers. Een paar tanks, enkele pantserwagens en een lange rij vrachtauto's stonden achter elkaar aan de kant van de weg. De soldaten hadden rust. Eén zat te slapen op het zadel van een motor met zijspan, gebogen over het stuur: zeker een ordonnans, die elk ogenblik klaar moest staan. Anderen lagen te slapen op het gras achter de wagens en één stond zich met ontbloot bovenlijf te wassen bij de sloot.

Midden in de rij stond de veldkeuken. Het rook er heerlijk naar bouillon en een kok met een witte voorschoot stond met een lang mes in een stuk bloederig vlees te snijden. Vader reed langzaam de lange rij wagens voorbij. Frits draaide het raampje open en stak het hoofd naar buiten om toch maar alles te zien. De soldaten waren vrolijk. Ze lachten tegen elkaar en riepen grappen, twee waren plezierig aan het stoeien. Geen wonder, ze hadden de strijd achter de rug en waren op hun triomftocht...!

Twee Duitsers stonden rechts van de weg met opgeruimde gezichten naar naar de auto te kijken die langzaam naderde. Een van hen deed plotseling met uitgespreide armen een paar stappen vooruit en riep 'Boeh!' tegen Frits, die zijn tong tegen hen uitgestoken had. De jongen schrok er zo van dat hij met een schreeuw tegen vader opvloog en Jan hoorde duidelijk het bulderend gelach van de kerels, toen de auto een lelijke zwaai over de weg maakte. Vader was natuurlijk kwaad en hij beloofde Frits

een flinke draai om de oren, als hij het waagde nog een keer de Duitsers te bespotten.
'Of ik zet je hier ijskoud uit de wagen en laat je op je eentje naar Scheveningen terugtippelen,' zei hij. 'Begrepen, kwajongen?'
'Ja vader,' antwoordde Frits kleintjes.
'Doe als ik en negeer ze,' zei vader. 'Doe net alsof je ze niet ziet.'
En toen draaide hij de auto van de hoofdweg af, het dorpje Overschie in. Vandaar liep een smal polderweggetje op Hillegersberg aan, een paar kilometer ten noorden van Rotterdam langs. Ze hadden nu een duidelijk gezicht op de brandende stad en verbaasden zich erover dat de rook van zo'n grote oppervlakte opsteeg. Het leek alsof de hele stad nog in brand stond.
Langs het weggetje stonden burgerhuizen en boerderijen en het viel Jan op dat de erven soms vol waren met mensen. Telkens ook kwamen ze groepjes mensen tegen, beladen met koffers, bedden en huisraad. Er waren moeders bij met kinderen op de arm en mannen achter een karretje of een volgeladen kinderwagen.
'Vluchtelingen,' zei vader.
Hij hield zo veel mogelijk rechts om ze niet te hinderen, maar het weggetje was hier en daar zo smal dat ze toch aan de kant moesten gaan staan. Ze hadden strakke bleke gezichten en staarden wezenloos voor zich uit. Misschien hadden ze wel alles verloren en wisten ze niet eens, waar ze heen moesten.
'De stakkers,' zei vader. 'Er mag straks wel een grote actie op touw gezet worden om al die ongelukkigen te helpen. Laten we dankbaar zijn, jongens, want wij zijn er goed afgekomen. Als het nu met Hanneke maar goed is...'
Hanneke, ja! Jan was haar door alles wat er te zien was bijna vergeten, maar nu beklemde hem weer de spanning. Ze naderden Hillegersberg. Ook daar steeg op een enkele plaats rook omhoog tussen de huizen. Jan begon de omgeving te herkennen; hij had een paar keer bij de tantes gelogeerd. Hier was de overweg, aan beide kanten stond een Duitse wachtpost. En daar was die bekende winkelstraat, hoe heette die ook weer? ... O, wat een mensen liepen ook hier te sjouwen met allerlei spullen...! Daar werd een vrouw op een brancard ergens naar binnen gedragen en een kind liep tussen andere kinderen te spelen met een verband om het hoofd. Waarom reed vader toch niet harder...? Het leek wel alsof ze niet opschoten en toch stond de kilometerteller op vijftig...
Daar was de zijstraat waar de tantes woonden... Waarom stond die wagen daar nou net de weg te versperren? De voerman keek nog lelijk ook, toen

vader ongeduldig de claxon gebruikte... Ha, en dáár was dan eindelijk de straat die de laatste dagen zoveel in hun gedachten was geweest... En dáár was het huis! Het stond er nog, al waren er planken en stukken karton voor de ramen gespijkerd...

De remmen knarsten toen vader stopte en meteen uit de wagen sprong. En alsof ze verwacht werden, vloog de deur open en daar stond tante Jo met een blij gezicht – aan dat gezicht kon je meteen zien dat alles goed moest zijn! – en tante Cor dook achter haar op en daar kwam Hanneke in haar blauwe jurkje de stoep af huppelen en lag met een sprong in vaders armen. Zij drukte haar hoofd tegen het zijne, eerst aan de ene kant, dan aan de andere. Zij was zo dol op haar vader en zo gelukkig dat ze weer bij hem was. Jan en Frits kregen maar vluchtig een beurt, toen moest ze dadelijk weer bij vader zijn. Ze gaf hem bijna geen gelegenheid om de tantes behoorlijk te begroeten en in de kamer kroop ze dadelijk op zijn schoot en had zoveel te vertellen: van de vliegmasiens, die zo vreselijk gebomd hadden en van het huisje dat tante Cor voor haar gebouwd had onder de trap. Dat ze daar met tante Jo gezeten had, toen het zo heel erg werd en dat die haar stijf tegen zich aan had gedrukt. En dat ze toen 'gebid' hadden en dat de lieve Heer toen de vliegmasiens had weggestuurd: 'Vort jullie, je mag niet zoveel lawaai maken...!'

Maar later stuurden de tantes haar met Frits de tuin in om de parkieten te bekijken en het eigen tuintje dat zij hier gekregen had, en toen konden zij eens aan het woord komen. Ze vertelden van het bombardement dat tante Jo met Hanneke doorstaan had onder de trap en tante Cor bij kennissen in de stad. Ze hadden de bommen horen gieren voor ze insloegen, en tante Jo hield vol dat ze de gangmuur had zien wankelen toen twee straten verder een huis werd getroffen. Toen waren al de ruiten rinkelend ingedrukt en Hanneke had gekrijst van ontzetting. Haar zenuwen hadden erg geleden, vannacht was ze schreeuwend wakker geworden en pas weer ingeslapen, nadat tante Jo haar bij zich in bed had genomen.

Tante Cor vertelde van de verschrikkelijke verwoesting in de stad. Het hele centrum was door de bommen weggevaagd en de brand had het overige gedaan en was nog steeds niet uitgewoed. De mensen waren in paniek gevlucht, ook al liep hun huis gevaar. Wat kon het hun schelen, als zij het er maar levend vanaf brachten! Brandweer en soldaten waren dadelijk aan het blussingswerk begonnen, maar ze stonden bijna machteloos tegen het geweld van het vuur. En ze vertelde van de vluchtelingen, die in grote angst voor nieuwe bombardementen voorbijgevlucht waren, en van de verhalen die ze gehoord had. Van een oude dame op een bovenverdieping, die met

vloer en al naar beneden was gestort en ongedeerd was weggewandeld. Van een moeder, die een plukje haar van haar kind uit het puin zag steken en het zelf had kunnen bevrijden: het kind liep weer naast haar toen zij het vertelde. En van een gezin dat de hele nacht in een kelder opgesloten was geweest onder een brandend huis en dat pas vanmorgen kon worden verlost. Toen schrokken ze opeens allemaal door een luid gekerm uit de tuin; de deur zwaaide open, Hanneke kwam sidderend over heel haar lijfje naar binnen hollen en vloog bij vader op schoot.
'Een vliegmasien, een vliegmasien!' huilde ze.
'Malle meid,' lachte vader, 'die doet toch geen kwaad meer, die bromt alleen maar een beetje! Er is immers geen oorlog meer!'
Maar het kind wilde niet luisteren en kwam maar langzaam tot bedaren. Vader dronk haastig zijn koffie en Jan zag dat er enige onrust in zijn ogen was.
'Wij gaan gauw naar mammie,' zei hij. 'Ga je mee, Hanneke?' Dat hielp. Het kind sprong dadelijk van zijn knie en droogde haar tranen.
'Maar dan flink zijn,' waarschuwde vader. 'Onderweg zien we misschien ook nog wel een vliegmachine, maar die doet ook geen kwaad. Als je belooft dat je niet meer zult huilen, mag je mee.'
Natuurlijk, ze beloofde het, al was het met trillende lipjes. Tante Jo pakte haastig haar koffertje. Daarna liepen ze samen naar de auto.
'Heb je nog benzine genoeg?' vroeg tante Cor. 'De pompen mogen niet meer verkopen. Het is juist door de radio afgekondigd.'
'Drommels,' schrok vader. 'Dat ziet er dan niet te best voor ons uit. We hebben ruim genoeg om Scheveningen te halen, maar hoe moeten we morgen thuiskomen? Enfin, we vinden misschien wel een oplossing. Kom Hanneke, jij achterin bij Jan?'
Maar het meisje wilde absoluut bij vader op schoot zitten en omdat zij nog niet helemaal zichzelf was, leek het vader het beste om deze keer maar toe te geven.
'Dan jij maar achter het stuur, Jan,' zei hij. 'Schiet op, Frits, jij op de achterbank.'
'Durf je dat?' vroeg tante Jo.
'Wat?' vroeg vader. 'Dat Jan achter het stuur zit, bedoel je? Die jongen rijdt secuurder dan ik!'
Het was moeilijk om daar een gewoon bescheiden gezicht bij te trekken. Jan ging onder de bewonderende en bezorgde blikken van de tantes op de bestuurdersplaats zitten, startte de motor, wuifde nog even en daar gingen ze.

'Laat eens gauw horen hoe het gaat!' riep tante Cor nog. Met Hanneke, bedoelde ze natuurlijk.
Ze reden dezelfde weg terug en kwamen nu de stroom van vluchtelingen achterop. Een oude vrouw stak de hand op en ze namen haar mee, met haar dochter, een kanarie in een kooitje en een zak vol kleren. Ze hadden alles verloren, vertelde de vrouw. Het weinige dat ze bij zich hadden, hadden ze nog gegrepen toen het huis naast het hare gebombardeerd werd, en daar waren ze mee gevlucht. De nacht hadden ze in een plantsoen onder de blote hemel doorgebracht en nu wilden ze naar Schiebroek, waar ze bij kennissen onderdak hoopten te vinden. En dat ze nou het portret van haar overleden man vergeten had dat vlak bij de deur op het penantkastje stond... dat ze nou geen portret van haar man meer had, daar huilde ze om.
'Dag meneer,' zei ze tegen Jan, toen ze uitstapte. 'Wat ben ik u schuldig?' En ze wilde hem warempel nog een kwartje geven voor het meerijden. Het was moeilijk om zonder fooi van haar af te komen.
De Duitse colonne was er nog, maar Frits hield zich nu wel kalm. De meeste mannen lagen te slapen en Jan reed ze snel voorbij. Hij dacht aan moeder, die natuurlijk aldoor voor het raam of op de stoep zou staan en ongemerkt ging de snelheidsmeter de tachtig voorbij. Toen gaf vader hem een wenk, om wat kalmer aan te doen.
Ze naderden de eerste vliegtuigen. Vader probeerde Hanneke af te leiden, opdat zij ze niet zou zien. Zij had een portemonneetje met wat geld, dat liet hij haar tellen, telkens weer. Maar aan de heldere blauwe oogjes ontging niet veel! Gelukkig herkende ze die grote dingen niet eens.
'Wat is dat?' vroeg ze. 'Een brug?'
Ze lieten het maar zo.
'En daar aan de kant?' riep ze ineens. 'Is dat een koe?'
'Dat is een zak met zand erin,' legde vader uit.
Het leek er werkelijk op, zo was het lijf van het beest gezwollen.
'Niks hoor,' zei Hanneke. 'Het was een dier, er zaten pootjes aan.'
En toen ze daar om lachten, lachte ze zelf ook maar mee.
Ze schoten flink op. Ze snorden Ypenburg voorbij en toen moesten ze plotseling stoppen. Er stond een Duitser op de weg met een Nederlandse officier.
'Meneer, het spijt me,' zei de luitenant. 'U moet uitstappen. De auto moet met de chauffeur terug naar Rotterdam, gewonden halen.'
'Ik zal dadelijk gaan,' antwoordde vader. 'Maar mogen we even dit kind naar haar moeder brengen? Dat komt ook uit Rotterdam.'

'Gaat uw gang,' zei de officier. Hij salueerde. De Duitser stak zijn hand omhoog en zei: 'Heil Hitler...!' Het was de eerste keer dat ze de partijgroet hoorden.
Een paar honderd meter verder stond alweer een post. Nu een onderofficier met een politieagent. Weer werden ze aangehouden en weer kregen ze dezelfde boodschap te horen.
'Die officier daarginds heeft ons verlof gegeven eerst dit kind naar huis te brengen,' zei vader. 'Dan ga ik dadelijk terug.'
'Als u 't maar echt doet,' weifelde de agent.
'Ik beloof het u,' zei vader en ze reden weer. Maar voor de brug vlak bij de stad stond een korporaal en die hield ze voor de derde maal aan.
'Terug naar Rotterdam,' beval hij. 'Er moeten auto's zijn voor de gewonden.'
'We mogen eerst dit kind naar haar moeder brengen,' zei vader. 'Het is dichtbij, we komen zo terug.'
'Meneer!' riep de man, 'dat kind heeft haar moeder dus nog! Maar mijn vrouw en kinderen zitten daarginds in die hel! Terug, en dadelijk! Hier vlak over de brug stopt de tram, daar kunnen de anderen mee naar huis!'
'Hij heeft gelijk,' zei vader. 'Jongens, stap uit. Zorg maar dat je met Hanneke thuiskomt. Ik ga terug.'
Maar toen de kleine meid begreep dat vader haar met de jongens alleen wilde laten, raakte ze buiten zichzelf van angst en wanhoop. Er viel niet tegen te praten, ze huilde en kermde en klemde zich zo stijf aan vader vast dat hij niet kon instappen. Tot overmaat van ramp kwamen een paar vliegtuigen over. Toen hakte vader snel besloten de knoop door.
Hij zei: 'Stil maar, ik blijf bij je. Jan, in de auto. Jij rijdt naar Rotterdam en helpt wat je kunt. Je zult daar wel iemand vinden, die je terechthelpt. Wees flink, jongen, ik vertrouw je. Wees heel voorzichtig en waag niets. Afgesproken?'
Een blijde schrik ging door Jan heen en even raakte hij er haast van in de war. Toen, plotseling, werd hij wonderlijk kalm. Het was een goed werk dat hij ging doen en daarom zou hij het kunnen. Hij keek vader vast aan en zei: 'In orde, vader. Maak u niet ongerust.' En stapte in.
Vader stak hem door het portierraam een tientje toe.
'Hier,' zei hij. 'Je kunt geld nodig hebben. En als je een kans ziet om benzine te krijgen... Je hebt nu een reden, je moet gewonden halen!'
Nog een handdruk, een groet naar Frits en Hanneke, en daar reed hij in de richting die de korporaal aangaf, de binnenweg naar Delft op.
Hij, Jan de Boer, vijftien jaar (bijna zestien), alleen in een auto naar het brandende Rotterdam, met zo'n geweldige opdracht!

HOOFDSTUK 9

Het was toch wel even een benauwend gevoel om alleen in een auto te zitten en de wijde wereld in te rijden, langs een onbekende weg en een grote stad tegemoet, waar hij nog bijna niet geweest was en die bovendien in brand stond. Maar dat duurde niet lang. Want was het niet heerlijk, dit avontuur...? Moeilijkheden zouden er misschien wel komen, maar daar moest je nooit van tevoren tegen opzien, zei vader weleens. Ze kwamen meestal één voor één, hij zou ze best de baas kunnen... En hij zou misschien gezongen hebben, als daar voor hem niet dat rookgordijn had gehangen en als zijn opdracht niet zo ernstig luidde: Gewonden halen...
Als het nu maar niemand opviel dat hij nog zo jong was en eigenlijk niet eens een auto mocht besturen... Och, wie lette daarop...? Agenten hadden vandaag wel wat beters te doen dan auto's aan te houden. Bovendien, als hij de zonnebril opzette, leek hij zeker een paar jaar ouder. Hij viste die onder het rijden uit het dashboardkastje en legde hem naast zich klaar op de zitbank. Hij hield er niet van om zo'n ding op te hebben. Zijn ogen waren sterk genoeg en hij zag de wereld liever zoals ze werkelijk was. Kon hij ook beter uitkijken naar alles wat er te zien was: ook hier dode koeien en parachutes en dicht bij Delft een groot smeulend fabrieksgebouw...
Hij reed niet te hard, zestig, zeventig kilometer. Lekker ging het! Er was weinig verkeer langs de weg en de route door Delft wees zich vanzelf. Wacht, daar was een benzinepomp, rechts van de weg, voor een smederij. Vlug bijremmen en netjes voorrijden. Een stoot op de claxon en daar kwam de baas al aansloffen en bleef met de handen in de zakken bij de auto staan.
'Benzine?' vroeg hij. 'Het zal niet gaan, meneer. (Meneer, zei-die!) We mogen niet meer afleveren. Vandaag bekend gemaakt.'
Jan zette zijn diepste mannenstem op.
'Dat weet ik,' zei hij. 'Maar ik word naar Rotterdam gestuurd om gewonden te halen. Zegt u dan maar eens, hoe ik er komen moet zonder benzine.'

'Ben je leeg?'
'Zo goed als,' overdreef Jan.
'Nou, wat kan het me ook schelen,' zei de man en hij maakte de slang los. 'Gemengde smering?'
'Ja. Ik zal de olie er wel bij laten lopen.' Jan maakte haastig de motorkap open en schroefde de dop van de tank. Het kostbare vocht stroomde, de wijzer vloog rond. 'Voorzichtig!' waarschuwde Jan, toen er twintig liter in was. Maar het was al te laat, de benzine gulpte over de tank. Ziezo, voller kon het niet.
'Je was nog lang niet leeg,' verweet de man.
'Afijn,' liet hij er onverschillig op volgen, 'wat kan het mij ook schelen?' Hij droogde met een dot poetskatoen de tank een beetje af en sloot de kap.
'Hoeveel?' Jan trok zijn portemonnee. De baas had niet van een tientje terug, hij moest ermee naar binnen. Toen hij terugkwam, keek hij Jan eens goed aan en vroeg: 'Hoe oud ben je?'
'Ik word negentien,' probeerde Jan. 'Tenminste, dat hoop ik...'
'Dan zie je er nog jong uit,' zei de man. 'Maar wat kan het me ook schelen? Er is niet veel meer dat me nog schelen kan, jongeheer, nou de moffen hier de baas zijn... Ik wou dat mijn jongen maar weer thuis was. Die lag bij de Grebbe en we hebben nog geen bericht...'
Jan knikte ernstig.
'Ik hoop dat u gauw goede berichten krijgt,' zei hij, terwijl hij startte. 'En welbedankt voor de benzine...'
De man antwoordde niet en keek met een somber gezicht toe, toen Jan wegreed. Die draaide de weg weer op en zette er nu een flinke vaart in. Hij zat toch maar lekker boordevol met benzine, ze zouden er makkelijk mee thuis kunnen komen. Vader zou tevreden zijn...
De stad naderde snel. De zon kroop weg en scheen rood door de rookwolken. Wat een vreemd dreigend gezicht was dat! Nu goed opgelet en niet te veel naar de lucht kijken, want het begon hier drukker te worden. De weg was Jan volkomen onbekend en hij reed maar op goed geluk de stad in.
'Je zult wel iemand vinden, die je terechthelpt,' had vader gezegd. Wie zou dat moeten zijn...? Er liepen hier mensen genoeg, sommigen met de zakdoeken tegen neus en mond gedrukt voor de rook, maar die hadden allemaal haast. Verder dus maar. De rook werd steeds dichter en stukjes verschroeid papier dwarrelden door de lucht. Jan draaide het raam dicht en reed langzaam door.
Daar waren de eerste tekenen van het bombardement. Een huis was tussen

de andere van de rij uitgebombardeerd. Recht langs de binnenmuur was aan de ene kant de muur afgesneden, maar van het huis aan de andere kant was het dak meegerukt. Het puin lag tot midden op de straat. Zouden daar mensen bij omgekomen zijn...? Het kon haast niet anders... Opgepast! Een oud mannetje met een armvol dekens liep vlak voor de auto langs. Je kon de mensen op sommige plaatsen haast niet zien door de smook, het leken net schimmen. Dichtbij, voorbij een kruising, stond een huis in lichtelaaie. De brandweer was erbij en politie, maar er waren geen kijkers. Een jongeman met een witte band om de arm stak juist de straat over. EHBO stond op die band. Jan reed de wagen naast hem en stak zijn hoofd door het portierraam.

'Ik ben van Den Haag hiernaartoe gestuurd, om gewonden te halen,' zei hij. 'Kunt u mij zeggen, waar ik moet zijn?'

'Ja,' zei de man, 'dan kan je 't best naar het hospitaalschip in de Maas gaan.' En hij begon de weg daarheen uit te leggen, maar het was zo ingewikkeld dat Jan er niet veel van snapte.

'Weet je, ik zal even meerijden,' zei de man. 'Je bent hier zeker vreemd.' Hij stapte in. De afstand viel mee, maar de weg was moeilijk. Het puin lag op sommige plaatsen een meter hoog op straat en Jan moest in bochten zijn weg zoeken. Ergens stond een huis in brand en de vonken regenden over de straat.

'Rij er maar door!' zei de man. Maar Jan dacht aan de gemorste benzine, waar de wagen nog naar stonk en maakte liever een omweg.

'Ze houden de brand niet tegen,' zei de man. 'Er is geen vechten tegen. Als die wind maar wou gaan liggen of als het maar regenen wou. Als er een muur instort, gaat er een vonkenmassa als een zuil omhoog en waait uit over de belendende percelen. Daar zijn de bewoners meestal gevlucht, de ramen zijn opengeslagen door de luchtdruk van de bommen of de ruiten zijn kapot en de gordijnen waaien naar buiten. Eén vonk in zo'n stukje vitrage en de hele zaak staat weer in de fik. Je moet zien, hoe snel dat gaat. Hierheen, rechtsaf, dáár kun je niet langs om het puin...'

Bij de Maas was de rook dunner. Het water blikkerde vrolijk in de zon, maar aan weerszijden van de rivier stonden verwoeste gebouwen na te smeulen en in de verte, aan de overkant, lag een uitgebrand schip.

'De Statendam,' zei Jans gids. 'Kijk, daar is het hospitaalschip. Nu red je je wel, hè? Laat me er gauw uit, dan kan ik op die vrachtwagen terug...'

Jan reed de auto tot dicht bij het schip dat aan de kademuur gemeerd lag. Het had een groot rood kruis op het dek en kruisen op de zijkanten. Jan liep de brug over en klopte aan een deur. Daarbinnen was een dokter in

een witte jas bezig om een jong meisje te verbinden dat een grote wond in het achterhoofd had. Zij zat op een krukje voorover geleund bij een witte tafel, haar jurk was op de rug besmeurd met bloed en ze jammerde zacht. Een zuster stond klaar met een rol verband. De handen van de dokter stonden niet stil, terwijl hij Jan inlichtte.
'Gewonden voor Den Haag? Ga maar naar Eudokia, daar hebben we al meer heen gestuurd. Weet je het ziekenhuis Eudokia niet? Weet je helemaal geen weg? Dan zal ik je iemand meegeven. Is zuster Trijntje er nog?'
De zuster ging weg en kwam even later met een jong verpleegstertje terug. Een vrolijk meisje, dat Jan lachend aankeek.
'Als je even wacht, kun je meteen deze patiënt naar huis brengen,' zei de dokter tegen Jan. 'Ze woont in die richting.'
Het duurde niet lang. Met een groot verband om het hoofd werd het meisje door zuster Trijntje naar de auto gebracht. Zij stond wat onvast op haar benen, maar glimlachte al weer.
'Mijn moeder zal opkijken,' zei ze, alsof ze het nog leuk vond ook. 'Ik wou even naar ons oude huis om te zien of de poes er was; die konden we gisteren niet vinden toen we ervandoor moesten. Het huis was er niet meer; het duurde een hele tijd voor ik de plaats gevonden had waar het gisteren nog stond. Het puin was nog warm, maar ik liep erover om te zien of ik iets van het dier ontdekken kon. Toen zakte ik naar beneden in de kelder. Steenbrokken rolden me na en ineens kreeg ik een klap op mijn hoofd, zeg! En van wat er toen gebeurd is, weet ik niets meer. Wie zou me gevonden hebben en naar de dokter gebracht...?'
De zuster wist het ook niet.
'Zijn jullie alles kwijt?' vroeg ze.
'Alles,' zei het meisje. 'Maar ons hele gezin is er nog, dat is het voornaamste. En we stonden toch maar gewoon bij elkaar in de gang, toen de bommen vielen. Waar we nou zitten, daar woonde een gezin, dat was in de schuilkelder gevlucht. Daar viel een bom bovenop en ze zijn allemaal dood, maar hun huis staat er nog onbeschadigd. Dan zijn wij nog goed af...!'
'Stoppen!' riep de zuster. Maar Jan had de voet al krachtig op de rem gezet. Vóór hen in de straat stond een huis in brand. Mensen stoven uit elkaar, een man rende haast tegen de auto op. De voorgevel wankelde, boog langzaam voorover, sneller, steeds sneller en stortte neer op de straat. Een wolk van stof, rook en vonken stoof op. Jan reed snel achteruit, maar de wolk volgde hem, haalde hem in en hulde de wagen in een halfduister.
'Dat was op het nippertje,' zei de zuster. 'Keer hier maar, je kunt er vast niet meer langs. Eerste zijstraat rechts, dan komen we er ook.'

En ze kwamen er. De zuster leverde het meisje af en was algauw terug.
'Nu naar Eudokia,' zei ze.
Daar ging het weer. Langs straten waar niets aan mankeerde en langs ruïnes waar een stinkende walm uit opsteeg, die in de wagen doordrong, al zaten de ramen dicht. Een vrouw in een jasschort stond ergens midden op de straat en hield de auto aan. Jan stopte. Wilde ze meerijden...?
'Hebben jullie mijn man ook gezien?' huilde de vrouw. 'Vanaf gisteren ben ik mijn man al kwijt. Niemand weet waar hij zit. Hij heeft een blauwe overall aan, hij wou gaan helpen bij het blussen. Vóór de avond zou hij terug zijn, maar ik heb de hele nacht alleen gezeten met de kinderen...'
'O, die duikt wel weer op, mevrouw,' zei de verpleegster. 'Maar we zullen uitkijken, hoor! Dat beloof ik u...'
Ze gaf Jan een wenk om door te rijden, maar de vrouw hield de portierkruk vast.
'Hij heet Verbeek,' zei ze. 'Henk Verbeek, zesendertig jaar, en hij heeft een puistje op zijn linkerwang, vlak voor zijn oor. Dat heeft hij zijn hele leven gehad... Och, doe uw best toch, zuster, en u ook, meneer, en zeg toch dat hij thuis moet komen. Wat moet ik beginnen, als ik mijn man niet heb in deze hel...'
'Rijden,' zei de zuster. En toen ze weg waren: 'Zo lopen er heel wat te zoeken. Je kunt er voorlopig niets aan doen. Misschien komt hij straks thuis, misschien ligt hij ergens onder een muur, dan vinden ze hem later wel...'
Haar gezicht stond plotseling erg strak, maar toen ze bij Eudokia uit de wagen wipte, lachte ze alweer. Na een poosje kwam ze terug en ging opnieuw naast hem zitten.
'Mis,' zei ze. 'Geen werk voor je, joh. Alle gewonden die ze niet bergen konden, zijn hier al weg. Rijden maar, dan breng ik je naar een chemische fabriek, een heel eind hiervandaan; die moet nog bijna vol liggen, zeggen ze hier.'
En weer ging het de stad door, langs metershoog puin en verwrongen ijzeren binten, langs brokken van muur en resten van huisraad en Jan moest al zijn aandacht bij de wagen houden, want de doorgang was soms zo nauw dat hij de brokken bijna niet vermijden kon. Hij zweette ervan en boende herhaaldelijk met zijn zakdoek over zijn gezicht. Hij was blij, toen ze op een singel kwamen, die geheel gespaard was. Hier was bijna geen rook en hij zette het raam ver open. In het plantsoen hadden hele gezinnen hun kampement opgeslagen. Van dekens en zeilen hadden sommigen een dakje gemaakt, een vrouw zette een pan op een petroleumstel, een fornuis stond er te roken, kinderen speelden rond op het gras, een man hakte brand-

houtjes. En een eind verder stond weer een colonne Duitse legerwagens: pantserwagens, kanonnen van allerlei soort, wagens van de gemotoriseerde infanterie, fouragewagens. De soldaten verdrongen zich om een paar karretjes met limonade, bier en chocolade en de kooplui deden goede zaken. ‘Eiskalt Bier’ had een van hen op zijn karretje geschreven.
‘Kijk die!’ zei zuster Trijntje minachtend. ‘Als er wat te verdienen is, bestaat er geen vijandschap meer...! Die schijnen alles alweer vergeten te zijn. Maar wij vergeten het nooit!’
Haar gezicht stond ernstig, maar niet meer dan enkele seconden. Zuster Trijntje kon niet lang boos of verdrietig zijn.
‘Ik voel mijn maag,’ zei ze. ‘Het is ook al half twee warempel. Sinds vannacht vier uur heb ik niets te bikken gehad...’
‘Vier uur?’ vroeg Jan verbaasd. ‘Had u toen al dienst?’
‘Ga weg!’ lachte ze. ‘Dienst...? Ik ben natuurlijk de hele nacht niet naar bed geweest, maar ik voel me nog best. Kijk es, joh, daarginds delen ze voedsel uit! Rij er es heen; jij zult ook wel trek hebben.’
‘Nou en óf,’ zei Jan gretig. ‘Ik rammel van de honger.’
Er stonden veel mensen te wachten bij het lokaal waar de uitdeling plaatsvond, maar de zuster in haar verpleegsterskostuum drong zich door de massa naar binnen en kwam er met broodjes, een stuk worst en een homp kaas weer uit. Ze lachte Jan vrolijk toe. Wat een leuk fris gezicht had ze, dacht hij. En van die zwarte veeg op haar wang zou hij maar niets zeggen, dat stond juist wel geestig!
‘Rijen maar weer,’ zei ze. ‘Ik zal je wel voeren.’
En ze stopte hem beurtelings een stuk brood, kaas en worst in de mond. Al etende kwamen ze bij het fabrieksgebouw waar ze moesten zijn. Jan stopte en zuster Trijntje duwde hem wat er nog over was van de proviand in handen.
‘Eet maar op,’ zei ze. ‘Ik heb alweer genoeg voor een tijdje.’
Ditmaal duurde het heel lang voor ze terugkwam. Jan liep naar de ingang waardoor ze verdwenen was en stapte een brede gang binnen. Een deur stond open naar een grote fabrieksruimte. Het was er een onbeschrijfelijke chaos van veldbedden en meubels, van door elkaar liggende en lopende en zittende mensen. Tal van gezinnen hadden hier een voorlopig onderdak gevonden.
‘Gezellig is ’t hier, hè?’ lachte de stem van zuster Trijntje, die plotseling achter Jan stond. ‘Maar gewonden zijn ook hier niet meer. Alles is hier al weg. En ze kunnen me ook niet vertellen waar we dan wel moeten zijn.
‘Willen ze niet even opbellen?’ vroeg Jan.

Zuster Trijntje keek hem een beetje spottend aan.
'O, ze zijn gewillig genoeg,' zei ze. 'De telefoon is natuurlijk kapot, joh, dat snap je toch wel? Gas en water hebben ze ook niet. Maar ik geloof niet dat het zou helpen, als ze op andere plaatsen zouden informeren. Hier zijn al heel wat auto's voor niks geweest, vertelden ze.'
'Dan zijn we dus te laat,' zei Jan. 'Ze hebben misschien in 't wilde weg maar auto's teruggestuurd.'
'Ik denk het ook,' stemde de zuster toe. 'Maar beter zo dan dat we auto's te weinig hadden. Weet je wat, breng mij maar even terug naar het schip en ga jij dan maar naar huis.'
'Als ze me dan bij Den Haag maar niet wéér terugsturen,' opperde Jan.
'De dokter zal je wel een briefje mee willen geven als bewijs dat wij je niet nodig hebben,' beloofde zuster Trijntje.
En weer ging het de stad door, maar nu maakten ze een omweg om het centrum, zodat ze bijna ongestoord konden doorrijden. De dokter in het hospitaalschip schreef een bijna onleesbaar briefje en zuster Trijntje liep mee naar de auto en nam daar afscheid.
'Ik vind dat je geweldig goed gereden hebt,' zei ze. 'En je bent toch zeker nog niet ouder dan een jaar of zeventien.'
Jan liet het maar zo, maar hij voelde dat hij kleurde.
'Ik ben niet veel ouder, hoor!' lachte ze. 'Nog maar pas achttien. Woon je in Den Haag?'
'Nee, in Drente,' zei Jan en hij dacht: Wat een mooie blanke tanden heeft ze! Hij gaf het adres op van hun nieuwe woonplaats.
'Daar ben ik wel eens geweest,' zei zuster Trijntje. 'Mijn tante woont in Groningen, we zijn dat dorp wel es doorgefietst. Hè, ik zou er best met je heen willen rijden in dat leuke wagentje! Zou je me mee willen hebben?'
Wat vroeg ze dat leuk, met haar hoofd een beetje opzij en zo'n grappige glinstering in haar ogen.
'Stel je voor!' zei Jan. 'Als dat eens kon, zeg! Maar kom es aan, als je in de buurt bent. Dat zouden we vast allemaal leuk vinden thuis.'
Ze beloofde het. Ze gaf hem een stevige hand en wipte het schip weer binnen. Nog even stak ze haar hoofd om de deur.
'Rechtuit,' riep ze, 'en op het kruispunt links houden, dan ben je zo de stad weer uit. Daag!'
En nu bleef ze weg, voorgoed, hoewel hij nog even wachtte en net deed, alsof de wagen niet starten wilde.
Toen ging hij maar en hij zong het liedje van Hollands vlag, want hij voelde zich heel gelukkig. Mensen, wat een lief meisje was dat! Als het

maar niet te lang duurde, voor ze kwam...! Hij had haar adres moeten vragen, had hij haar nog eens kunnen schrijven en zeker ook wel een briefje teruggekregen... Leuk, om zo'n vriendinnetje te hebben...! Ha ha, zeventien, zei ze! Ze moest het eens weten! Zou ze vast zijn meisje niet eens willen zijn...

Had hij nou dat kruispunt al gehad...? Hij wist het niet, had niet gezien waar hij reed! Kom nou, nou moest het niet erger worden! Ze moesten het thuis eens weten dat hij al droomde over een meisje! 'Wees verstandig,' zou vader zeggen, 'dat komt later nog wel...!' En hij zou gelijk hebben ook. Maar een schatje was het toch, dat kleine zustertje...

Hij reed maar op goed geluk verder en probeerde de straten te vinden waar alles rustig was, maar plotseling zat hij toch in het puin. Hij vroeg de weg aan een man met een kar vol huisraad, die hij achterop reed. Maar die wilde hem terug hebben de stad in en daar had hij geen zin in. Toen reed hij maar straat in straat uit, tot hij plotseling de omgeving begon te herkennen. Hij was op de weg naar Hillegersberg. Daar was de tunnel al en een paar straten verder woonden de tantes. Nog even aanrijden...? Wat zouden ze kijken, als hij plotseling weer voor de deur stond!

Hij aarzelde maar even. Thuis zouden ze naar hem uit zitten kijken, hij moest zich nu niet langer ophouden. Het was zeker al een uur of drie. Hij snorde het polderweggetje naar Overschie weer langs en nog aldoor liepen de mensen met pakken en zakken te slepen, maar nu in beide richtingen. Er trokken dus ook al mensen terug naar de stad. Niemand hield hem aan, gelukkig, met een goed halfuur kon hij thuis zijn...

Maar dat viel tegen, want op de grote weg kwam hij midden in het optrekkende Duitse leger terecht. Een onafzienbare rij van allerlei voertuigen bewoog zich langzaam voort in de richting van Den Haag: vrachtauto's vol lachende soldaten, fouragewagens, kanonnen, pantserwagens, tanks, een denderende, rommelende, razende, dreunende rij. Ordonnansen stoven voorbij op knetterende motoren, maanden tot spoed, hielden de rij tegen, gaven bevelen door, zwenkten in razende vaart om de legerauto's heen. En hij zat ertussen met zijn kleine wagentje, bijna doof van het lawaai en niemand nam notitie van hem. Soms wist hij een paar wagens in te halen en keek angstig uit naar een gaatje om tussen te kruipen als een motor van de andere kant in snelle vaart naderde. Hij stond een halfuur te wachten bij de plaats waar het vliegtuig lag dat de weg bijna geheel besloeg, want dat moest eerst opgeruimd worden om de tanks doorgang te verlenen. En toen meer dan een half uur bij Delft, waar een colonne uit de stad kwam en zich bij de eerste aansloot. Later kreeg hij even de ruimte en wist een paar tanks in te halen, brullende monsters, die zo'n vloed van lawaai over hem uitstortten dat het hem dwars door alles heen ging en het stuur hem in de handen trilde. De voorste drong hem in de berm, doordat die plotseling uitweek voor een hindernis op de weg, zeker weer een vliegtuig, en toen had Jan er genoeg van en bleef verder maar gehoorzaam in de file. Zo trok hij met het leger de stad in, waar hier en daar groepjes mensen stonden te juichen en te zwaaien naar de Duitse soldaten. Hoe kon dat nou...? O, NSB'ers natuurlijk!

Jan glipte een zijstraat in en zette moe de wagen aan de kant. Hij moest er even uit, de huizen stonden te zwaaien voor zijn ogen. Hij wandelde terug naar de hoofdstraat, veegde met zijn mouw zijn zweet af – zijn zakdoek kon hij niet vinden – en zag dat een Duitse soldaat een foto nam van een groepje geestdriftige landverraders.

'Kunnen ze mee geuren in de Duitse kranten!' hoorde hij een meneer zeggen. 'Onderschrift: Zo hartelijk werden onze mannen in het onderdrukte Holland begroet...! De schurken!'

'Hou je mond!' zei een dame die naast hem liep en ze keek argwanend naar Jan. Die lachte en knipoogde tegen haar. Toen lachte ze terug.

Maar er waren meer mensen, die een beetje lachten als ze naar Jan keken. Was er iets geks aan hem? Hij bekeek onrustig zijn kleren, maar daar mankeerde toch niets aan. Toen stapte hij maar weer in en zocht om het centrum zijn weg naar huis. Om zes uur reed hij de straat in en zette met een zucht van verlichting de auto op de oude plaats.

Daar kwamen ze al allemaal aanlopen: vader, moeder, Frits, oom, Guusje en ze lachten en keken zo blij en pakten hem vast en vroegen hem van alles door elkaar.

'Wat ben je vuil!' riep de een.

'Wat ruik je naar rook!' zei de ander.

'Kijk eens, je kunt zien waar je vandaan komt,' zei vader en hij wees naar een grote schroeiplek in de linnen kap van de wagen. Die had warempel even in brand gestaan, zonder dat Jan het had gemerkt...!

Daar kwam ook Hanneke op de stoep.

'Vader, moeder!' riep ze bang en keek zoekend rond. Toen zij ze ontdekt had, vloog zij naar ze toe en wilde beslist als een klein kindje bij moeder op de arm.

'Hoe is 't met haar?' vroeg Jan bezorgd.

Moeder knikte hem geruststellend toe.

'Komt wel weer in orde,' fluisterde ze. 'Nog een beetje overstuur. Ze heeft blijkbaar heel wat meegemaakt.'

'Ga je maar gauw opknappen, Jan,' zei tante. 'Het eten is klaar. We kunnen meteen aan tafel.'
En toen Jan in de slaapkamer voor de spiegel stond, begreep hij pas, waarom de mensen in de stad om hem gelachen hadden. Hij was zo zwart als een schoorsteenveger! De as en de smeer zaten in vegen op zijn gezicht en dik in de plooien van zijn hals. Heerlijk om je lekker te kunnen poedelen! Je werd er een ander mens van!
Zelden had hem het eten zo lekker gesmaakt. En wat had hij intussen en daarna veel te vertellen! Over zuster Trijntje zei hij niet te veel, naar hij dacht, maar voor Guusje was het genoeg, die zat meteen te giechelen en hem te plagen en knipoogjes naar de anderen te geven, die malle! Hij nam haar eens flink onder handen op de divan en toen ze wegvluchtte, bleef hij er maar liggen en sloot even zijn ogen, want nu voelde hij pas goed hoe moe hij was. Hij hoorde nog dat meneer Jacobs kwam en dat erover gepraat werd dat volgens de radio het aantal slachtoffers in Rotterdam mee zou vallen en niet meer dan enkele honderden zou bedragen, terwijl tante Cor gezegd had dat er zeker duizenden zouden zijn. En dat de Duitsers gemeen hun woord gebroken hadden, door eerst een ultimatum te sturen tot overgave van de stad en daarna de vastgestelde termijn voor het antwoord niet eens af te wachten, maar de stad plotseling te bombarderen. Het kon hem niet veel meer schelen. Hij reed in Drente langs een van die leuke heidepaadjes en lachte tegen zuster Trijntje, die in de verte kwam aanrijden...

HOOFDSTUK 10

Ze hadden vroeg weg willen rijden de volgende morgen, maar er was zoveel te regelen en te pakken en ze hadden zoveel moeite gehad om al de bagage in en achter op de wagen te stouwen, dat het negen uur werd, voordat de auto rijklaar voor de deur stond. Toen moesten ze nog aan verscheidene deuren afscheid gaan nemen en vader bedacht plotseling dat Jan die vijfentwintig gulden nog even terug moest brengen; hij kon er zich, nu ze met een dag thuis zouden zijn, wel zonder redden.
Jan holde naar het plein en kwam hijgend het winkeltje binnen. De kleine pottenkoopman stond achter de toonbank een paar klanten te helpen en praatte opgewekt over de oorlog. 'Ik weet het zeker,' zei hij, 'Oranje zal overwinnen: o zo! O zo! Zeg ik voortaan, als ik een goeie vaderlander tegenkom. Dat heb ik nu eens uitgevonden, al ben ik geen Edison... Ha, daar hebben we mijn vriend, die een dag of wat geleden zulke goede berichten aan mijn vrouw heeft gebracht. Wat zal het wezen, jongeheer?'
'We gaan weer naar huis,' zei Jan, 'en hier is het geld terug, met hartelijke dank en de groeten van vader. En vader zei, als u hem ook eens nodig mocht hebben...'
Hij had moeite om het geld kwijt te raken; de man dacht dat ze het onderweg nog zouden kunnen gebruiken. Toen legde Jan het maar op de toonbank met een adreskaartje van vader erbij. De vriendelijke man bracht hem tot aan de deur, klopte hem op de schouder, sprak veel van 'goede vaderlanders onder mekaar' en toen Jan al een eindje weg was riep hij hem na: 'O zo!' en stak de duim daarbij omhoog.
O zo? dacht Jan. En toen schoot het hem plotseling te binnen, wat hij in de winkel gehoord had: Oranje zal overwinnen! Joh, dat was werkelijk leuk, dat snapte niemand die het niet snappen mocht! Hij probeerde het dadelijk op oom en daarna op Guusje en toen hij meneer Schram de stoep af zag komen en op zijn fiets stappen, kon hij niet laten om ook tegen hem te zeggen, met de duim omhoog: 'O zo, meneer Schram!'
Maar of het kwam dat meneer Schram nu in politie-uniform was of door-

dat hij het vreemd vond dat hij plotseling niet meer genegeerd werd en dus die vriendelijke groet niet vertrouwde, hij antwoordde niet. Hij wierp Jan een nijdige blik toe en daarna keek hij met zo'n gemene grijns naar de auto en naar vader, die met de buren stond te praten dat Jan plotseling een erge hekel kreeg aan de man.

Maar wat kon hem dat nare Schrammetje nog schelen? Hij zou hem misschien nooit terugzien! Ze gingen naar huis, de oorlog was voorbij, zijn kamertje wachtte hem en zijn boeken en het mooie nieuwe huis met de tuin en de boomgaarden en het heerlijke rustige leven daarginds! Hij werd geroepen, de anderen stapten al in. Hij nam haastig afscheid en wurmde zich op de achterbank tussen de anderen. De halve straat stond om de auto, ze hadden hier in een paar dagen een heleboel vrienden gekregen. Jobje ontving nog van moeder de toezegging dat hij in de zomervakantie bij Frits mocht komen logeren – oom en tante zouden hem meebrengen – en toen reden ze.

'O zo!' riep Jan, met de duim uit het raampje en ze werden nagewuifd tot het eind van de straat.

De wagen was eigenlijk veel te klein voor hun zevenen. Moeder zat bij vader voorin met Hanneke op schoot, Jan, Frits en Guusje zaten achterin en Greetje wipte van de ene knie op de andere, tot ze ontdekte dat ze op de bodem van de wagen tussen de voeten van de groteren rustig met haar pop kon zitten spelen. In gewone omstandigheden zou er onder de kleintjes wel wat gekibbel zijn geweest dat ze zich als sardientjes in een blikje moesten vouwen, maar nu schikten ze zich allemaal stil in het onvermijdelijke en zelfs Frits hield zich kalm en kroop zo veel mogelijk in zijn hoekje.

Vader sloeg de weg naar Utrecht in. Hij verwachtte dat de oude pont bij Hattem, het Katerveer, wel weer in ere hersteld zou zijn; daarlangs was het de kortste weg naar huis. De auto snorde tevreden de grote vierbaans betonweg langs naar Gouda en vandaar naar Woerden en niet veel verder zagen ze plotseling de weiden blank staan, kilometers ver.

'De Hollandse waterlinie,' zei vader. 'Die hadden ze beter niet meer in werking kunnen stellen.'

Maar het was gebeurd en het zou weken duren, voordat het water weer verwijderd was, met grote schade voor de boeren.

Niet ver van Utrecht kwamen ze een troep Nederlandse soldaten achterop, krijgsgevangenen, met gewapende Duitsers ernaast en erachter. De mannen sjokten vermoeid voort langs de zonnige weg; ze waren misschien al van ver gekomen.

Vader reed de troep voorbij en stopte.

'Geef je chocola eens, moeder,' zei hij, 'en ook al het eetbaars dat je ver-

der nog mocht hebben. Ik heb nog twee dozen sigaretten. We moeten de kerels laten zien dat we met ze meeleven.'
Ze stapten uit en wachtten de troep af. Zouden de Duitsers het goedvinden dat ze de mannen iets toestopten...? Ja, ze zagen het welwillend aan, toen vader en moeder de versnaperingen overreikten en de troep leefde er helemaal van op.
'Kop op, we komen weerom, hoor!' riepen de jongens.
'O zo!' zei Jan en hij stak zijn duim omhoog.
'Oranje zal overwinnen!' riep hij gedempt. 'O zo!' En aan de lach van de mannen zag hij dat ze het begrepen hadden. Toen zij ze even later voor de tweede keer achterop reden, gingen er al een stuk of wat duimen omhoog.
In Utrecht, op de Maliebaan, moesten ze wachten voor een lange colonne Duitse voertuigen. Ook hier trok het Duitse leger verder het land binnen en met uitzondering van Jan was het voor het eerst dat ze er iets van zagen. Ze waren allemaal onder de indruk van de macht van de vijand en Hanneke kroop tegen moeder aan en probeerde zich huilend te verstoppen voor het oorverdovend lawaai.
Ze reden over Zeist, want vader wilde bij zijn oude garage nog eens de benzinetank laten bijvullen. Van de garageman hoorde hij dat je een bewijs van de burgemeester moest hebben om verder te mogen reizen. Daarom stapte hij bij het gemeentehuis uit en Jan reed de wagen naar het huis waar ze tot voor een dag of tien gewoond hadden. Daar zouden ze bij de buren wachten, tot vader terug was.
Een dag of tien...? Het leek veel langer! Er was zoveel gebeurd in die tijd en er was zoveel te vertellen over de vreselijke tonelen, die zich bij de Grebbe hadden afgespeeld en de gewonden waarmee de ziekenhuizen en hospitalen vol lagen. Maar Frits was al weg naar zijn vriendjes en kwam even later vragen of hij bij een van hen mocht eten. Voor de anderen was al een gelijksoortige uitnodiging gekomen en vader, die inmiddels met het bewijsje was aangekomen, stemde toe.
Zo werd het bijna twee uur, voor ze weer op pad gingen. Maar nu hoefden ze ook nergens meer te zijn en konden in enkele uren thuis zijn, als tenminste die pont bij Katerveer maar voer. In Zeist hadden ze er geen inlichtingen over kunnen krijgen.
Ze reden door Amersfoort en de stad leek uitgestorven. De mensen waren allen geëvacueerd, omdat de plaats in de gevechtslinie lag. Op een plein lag nog een grote hoop uniformen en legervoorraden na te smeulen.
In Nijkerk, tien kilometer verder, was veel verwoest, maar verder waren er langs de hele Veluwestraatweg geen sporen van strijd. Het was een lange

en vermoeiende tocht in de warme middag en ze verlangden allemaal naar de vaart met de pont, om dan even uit de wagen te kunnen en de stijve leden te kunnen strekken. Maar toen ze bij Hattem de IJssel bereikten, zagen ze wel de brug, dat prachtige bouwwerk, vernield in het water hangen, maar een pont viel nergens te ontdekken. Er voer alleen een bootje heen en weer, waar hoogstens een paar fietsen in konden.
'Probeer het maar eens in Kampen,' zei een man. 'Daar vaart een pont.'
En dus kropen ze maar weer in de auto en reden naar Kampen. Ze zagen de veerpont overvaren, maar een lange rij Duitse wagens stond ervoor te wachten en het werd vader niet eens toegestaan zich daarbij aan te sluiten.
'Komm nur morgen früh!' zei een Duitse officier.
Morgenvroeg...? Dat duurde vader te lang. Wat moesten ze nu? In Kampen overnachten...?
'De schipbrug in Deventer,' adviseerde een politieagent. 'Die hebben de Duitsers hersteld.'
'Weet u dat zeker?' vroeg vader.
'Ik heb een man gesproken die er vanmorgen over gekomen is,' verzekerde de agent. 'Een inwoner van Kampen en dus een betrouwbare man.' En hij glimlachte.
Maar vader ging niet op het grapje in, want het was een erge tegenvaller om zo'n grote omweg te moeten maken. De anderen wilden allemaal graag nog diezelfde dag thuis zijn en dus moest het maar. Ze dronken eerst in een café een glas limonade en gingen toen weer vol moed op weg.
Misschien kwam het van die koude plens in haar maag dat Guusje op dit gedeelte van de reis onwel werd. Het was goed dat vader meteen stopte, want ze wankelde naar de berm en had het erg benauwd. Maar toen ze even later doodsbleek terugkwam, lachte ze alweer en zei zo vrolijk mogelijk: 'Vooruit maar weer, hoor! Wat zal die wagen nu hard lopen, want ik ben een stuk lichter geworden...!' Het was toch een lieve, dappere meid.
De schipbrug lag er. En een dikke Duitser stond ervoor en liet de wagen stoppen. Ze schrokken even en Jan dacht plotseling aan de revolver. Zou vader die bij zich hebben...? Maar de soldaat hield alleen zijn hand op en zei: 'Brückengeld!'
Moeder was erg verontwaardigd.
'Geld om over de brug te mogen!' zei ze. 'En dat in ons eigen land!'
Maar vader lachte.
'Kom, kom, als je om dat ene kwartje al kwaad bent,' zei hij, 'dan staat je nog wat te wachten. Ze zullen heus nog wel meer van ons eisen in de toekomst!'
Dwars door Overijssel snorden ze op Ommen aan en vaders zorg was de

brug over de Vecht, want als die kapot was, zouden ze weer een grote omweg moeten maken. Maar eerst moesten ze nog over de Regge, en laat nou dat bruggetje over dat kleine zijriviertje netjes opgeblazen zijn! Het waren maar een paar meters die hen van de overkant scheidden, maar ze vormden een onoverkomelijke hindernis. Gelukkig hoorden ze van een paar jongens dat ze, als ze het riviertje langsreden, een paar kilometer verder bij een brug zouden komen die heel gebleven was.
Dat deden ze dus maar. Het was een mulle zandweg met diepe sporen, waar ze nu door moesten. Hoe voorzichtig vader ook reed, telkens bonkten de wielen in een kuil of wipten op over een graspol. Jan zag dat hij telkens bezorgd naar moeder keek en een paar keer hoorde hij hem vragen: 'Gaat het wel...? Is het niet te erg, vrouw?'
'Zullen we niet eens een eindje gaan wandelen, vader?' vroeg Jan. 'Het is hier zo mooi... En het zou voor Guusje ook wel goed zijn. Die ziet weer zo wit om haar neus...'
'Ja, ik voel me werkelijk niet al te lekker,' zei Guusje met een zucht en een lachje.
'Geen slecht idee,' stemde vader toe en stopte. 'Gaan jullie er dan maar uit, dan rijd ik door tot de brug en daar wacht ik wel.'
Maar het lukte hem niet dadelijk om weer weg te komen. De wielen draaiden snel rond in het mulle zand en de wagen bleef staan. Jan en Frits moesten eerst een eindje duwen, toen schoot de auto ineens vooruit.
Het was een heerlijke wandeling. De kleintjes plukten al gaande bloemen aan de kant van het water en Jan gaf zijn moeder een arm op de bulterige weg. Ze voelden zich verfrist en uitgerust, toen ze weer instapten.
Nu verliep de reis verder vlot. De brug in Ommen was onbeschadigd en verder was er niets wat hen ophield. Nu begonnen ze zich in spanning af te vragen, hoe ze het huis zouden aantreffen. Zou er in de buurt gevochten zijn? Zou het huis beschadigd zijn...? Stel je voor dat ze een ruïne zouden vinden...!
Ze werden er stil van. Het was al avond, toen ze in snelle vaart langs de straatweg de plaats van hun woning naderden. De zon stond bijna op de horizon en scheen rood over het land.
In dat rode avondlicht, dat glans wierp op de witte muren, lag het huis, vredig en ongeschonden.
En aan de zijkant, met zijn stoel achterover geleund tegen de muur, zat oom Gerrit zijn pijpje te roken met de hond aan zijn voeten als een beeld van landelijke rust. Margje kwam met een breiwerkje de keukendeur uit. 'Wij hebben de koffie klaar!' riep oom Gerrit, alsof ze alleen even een uitstapje hadden gemaakt.

HOOFDSTUK 11

Nu was het een paar maanden later en het leek Jan soms dat er niets was gebeurd. Het leven ging onverstoorbaar zijn gang; de boeren in de omgeving deden rustig hun werk en ook oom Gerrit was dagelijks in de tuin bezig met het bespuiten van de vruchtbomen, die zich prachtig hadden gezet, of met het verzorgen van de bloemen en de groenten, altijd goed gehumeurd en altijd bereid tot een grap. Greetje speelde bij hem rond of zat bij moeder in het prieel, moeder met naaiwerk en zij, even ernstig, ook met een lapje, een naald en een draad. Hanneke ging nu naar school en was weer even vrolijk als altijd; alleen wanneer 's nachts eens een vliegtuig over het huis ronkte en iedereen doorsliep, schrok zij wakker en lag te huilen en om moeder te roepen. Die angst zou zij voorlopig wel houden, had de dokter gezegd, maar verder had hij niets verontrustends bij haar gevonden. De andere drie gingen dagelijks op de fiets naar de stad, Frits naar de opleidingsklas, Guusje en Jan naar de HBS. Vader was met een groot plan bezig voor de bouw van een prachtig landhuis in de omgeving, maar als hij daarvoor op reis moest, ging hij met de bus en de trein, want de auto stond op de blokken in de garage. Men moest een vergunning hebben om zijn wagen te kunnen gebruiken en vader had niet eens willen proberen of hij ervoor in aanmerking kwam. Jan gaf hem gelijk, want iedereen die in een auto reed zonder dat dit absoluut nodig was voor zijn werk, werd voor een NSB'er aangezien. Na de spanning en de angst van de oorlogsdagen was het rustige leven op het land voor hen allen een weldaad geweest. Het leven was zo mooi, vond Jan. Hij genoot van iedere dag. Zijn kamertje was zo leuk geworden, op de nieuwe school was het fijn en hij had een paar aardige vrienden, gezellige kerels. Hij kreeg weer jiujitsules en op zijn zestiende verjaardag hadden vader en moeder hem een prachtig fototoestel gegeven: omdat het nu nog te krijgen was, had vader gezegd en omdat het anders toch door de Duitsers weggesleept zou worden.

Nee, die eerste tijd was Jan maar graag vergeten dat het nog altijd oorlog was en hij deed zelfs zijn best om er niet aan te denken. Er was immers niets veranderd; alles ging zijn gewone rustige gang. Nou ja, die Seyss-Inquart, – 'Zes en een kwart' zei oom Gerrit! – een Oostenrijkse landverrader, was door de Duitsers tot Rijkscommissaris benoemd en had een rede gehouden in Den Haag, nog wel in de Ridderzaal, waar de koningin ieder jaar op de derde dinsdag in september de troonrede uitsprak. Dat was vreselijk brutaal en grof van hem, maar wat hij zei, was niet onvriendelijk geweest. Dat de Duitsers niet gekomen waren om de Nederlanders te verdrukken en dat Nederland zijn vrijheid terug zou krijgen en in de toekomst zelf zou mogen beslissen hoe het geregeerd wilde worden en zo. En overigens waren de Duitsers toch ook best meegevallen: ze gedroegen zich keurig op straat, vielen niemand lastig, betaalden alles wat ze kochten en men vertelde zelfs dat ergens een Duitse soldaat die een fiets gestolen had, voor dat kleine vergrijp was doodgeschoten. En de krijgsgevangenen waren vrijgelaten; ook die naar Duitsland waren gevoerd, waren allemaal weer terug. De kranten deden daar een beetje dik over en spraken over de grootmoedigheid van de Führer, maar het was toch een feit dat de Duitsers al hun best deden om goede vrienden te worden met de Nederlanders. Nou ja, ze kochten de winkels leeg, zei men, en de boeren moesten vee leveren en paarden, maar ze kregen het allemaal betaald en maakten zelfs betere prijzen dan ooit tevoren.

Intussen was de oorlog doorgegaan. Ook de Belgische en Franse legers waren door de Duitse overwonnen en de Engelsen hadden zich slechts door een overhaaste vlucht uit Duinkerken kunnen redden. Hitler had Engeland een vredesaanbod gedaan, maar dat had Churchill trots geweigerd – de vrije volkeren zouden strijden tot de overwinning, had hij gezegd. Nu waren de Duitsers hun verschrikkelijke bombardementen op Londen en op andere Engelse steden begonnen en het zou misschien niet lang duren, dan zouden ze de Noordzee oversteken en de inval in Engeland wagen.

'Wir fahren gegen England!' zongen de Duitse soldaten, als ze door de stad marcheerden en soms, als er jongens in de buurt waren, dan zongen die erachteraan: 'Plons, plons, plons...!' Want de meeste mensen waren ervan overtuigd dat geen Duitse soldaat van die tocht levend terug zou keren. Daar werd lang en breed over gepraat, maar Jan had meestal geen zin om het lang aan te horen. De kranten, die vol stonden met oorlogsnieuws, hoefde je niet te lezen als je niet wilde. En naar de radio, die toch alleen maar uitzond wat de Duitsers graag wilden, hoefde je niet te luisteren. Het ding stond nu eenmaal in de kamer, maar was bijna nooit aan. Alleen 's avonds, dan luisterde vader naar de Engelse uitzending van

de BBC, maar Jan kon dat toch niet volgen en hij voelde er ook niet veel voor. Later was er ook een uitzending in het Nederlands uit Londen gekomen, Radio Oranje heette die, en zelfs Frits zat daar geregeld bij en wist er geestdriftig van te vertellen. Maar Jan had het altijd zo druk met al zijn leuke plannen en hij vond het leven veel te fijn, om het door nieuws over de oorlog te laten bederven.
Laat ze maar oorlog voeren, als ze dat nu eenmaal leuk vinden, had hij weleens gedacht. Ik doe er niet aan mee, ik sta erbuiten. Ik wil hard studeren en mooie foto's leren maken en in de natuur zwerven. Weg met die nare oorlog, ik kan er toch niets aan doen... En er waren veel meer mensen die er zo over dachten.
Maar op een dag nam een van de jongens uit een hogere klas, Cor van Bergen, die zo prachtig kon tekenen en schilderen en al een eigen ateliertje had, hem mee naar zijn huis en gooide hem op dat ateliertje een plaat voor zijn neus, die hij zelf gemaakt had en waaraan hij dagen had zitten werken, zoals hij zei.
'Hoe vind je die?' vroeg hij.
'Huis van Holland', zag Jan onder de tekening staan.
En hij zag een huis met een verbrijzelde deur en kapotte ruiten en kogelgaten in de muur. Bij de tafel, kennelijk op de plaats van de moeder – want haar stopmandje stond er nog – zat een indringer, een Duitse soldaat met het vette lichaam van Hermann Goering en het zoetsappige gezichtje van Seyss en diens brilletje, zich dik te eten. Zijn ogen loerden intussen de kamer door naar de kinderen uit het huis, die op de achtergrond samengedrongen stonden en met norse, sommigen ook met bange gezichten toezagen, hoe de rover zich te goed deed aan de voorraad. Maar een van hen, een naar jochie in een zwart pakje, met een huilerig bleek gezicht en magere beentjes, stond vertrouwelijk tegen zijn knie geleund en wees naar zijn broertjes en zusjes, alsof hij die van iets beschuldigen wilde. En dan was er nog een ventje met een ronde snoet en een blonde kuif – het leek Frits wel, dacht Jan – die achter de Duitser stiekem over de vloer naar diens stoel kroop en zijn hand uitstrekte naar het geweer dat aan een riem over de knop van de stoel hing.
'Huis van Holland', las Jan nog eens en hij schoot in een bewonderende lach.
'Schitterend joh!' riep hij. 'Hoe krijg je het voor elkaar! Dat NSB'ertje vooral, dat zwarte schaap in de familie, wat is die goed! Maar dat jochie op de vloer, wat stelt dat eigenlijk voor?'
'Snap je dat niet?' vroeg Cor, terwijl hij Jan onderzoekend aanzag. 'Nou,

dan leer je dat nog weleens misschien...' En hij leek niet van plan om zich daar verder over uit te laten.
'Weet je wat je doen moest?' vroeg Jan peinzend. 'Je moest er meer van maken, zeg! Ikzelf zou er graag een willen hebben. En het zou goed zijn, als ook anderen dit zagen, want een heleboel mensen laten zich door de vriendelijkheid van de vijand in de luren leggen, tenminste, daar is vader zo bang voor. Weet je niet een manier om van die plaat een hele bende te laten drukken of zo...?
Toen barstte Cor in een schaterlach uit. Hij rolde het vloerkleed een eindje op, tilde een plank omhoog, deed een greep en hield Jan een stapeltje tekeningen voor, allemaal afdrukken van de plaat, die Jan juist had gezien, kleiner en niet gekleurd, maar toch wel duidelijk en mooi.
'Hier,' zei hij. 'Ik heb me niet in je vergist. Sommigen op school meenden dat je een sufferd was, die zich van de hele boel niks aantrok, maar ik heb je dan toch beter gepeild. Neem mee en verspreid ze. Daarom juist nam ik je mee hiernaartoe. Wees voorzichtig, hou ze weg, want het mag natuurlijk niet, je kunt er de bak voor indraaien. De moffen weten al dat die tekening bestaat: een van de lui is zo stom geweest om er een bij de SD in de bus te doen. Weet je wel, de Sicherheitsdienst, de Duitse politie. Ha, ha, die zullen anders wel hebben zitten tandenknarsen toen ze dit zagen...!'
Toen Jan met de tekeningen tussen de bladen van zijn atlas, veilig verborgen in zijn schooltas, naar huis fietste, keek hij de wereld met andere ogen aan. Er trilde iets in zijn borst, iets wat er in de oorlogsdagen soms ook geweest was. Hij deed wat, hij kon toch een beetje meehelpen aan de strijd tegen de vijand, hij kon wat doen voor de koningin en het vaderland! Thuis liet hij de platen dadelijk aan vader zien. Die vond ze prachtig en samen met Jan verzond hij meteen het grootste deel naar alle hoeken van het land. Gewoon als drukwerk in envelop, het adres getypt en zonder afzender natuurlijk. Jan postte ze de volgende morgen in de stad.
Dat was nu al een paar weken geleden en na die tijd was er meer gebeurd. Er was een brief van zuster Trijntje gekomen. Tenminste, die moest wel van haar zijn, want het poststempel was uit Rotterdam en als afzender stond vermeld: Je passagiere van 15 mei. Er zaten versjes in: spotliedjes op Hitler, Mussert en Seyss en ook een gedicht op het vertrek van de koningin:

Neen, 't was geen vlucht die U deed gaan
Maar volgen, waar God riep;
'k Vraag niet, wat in U is doorstaan
Een strijd hoe zwaar, hoe diep.

Wij knielen naast en met U neer,
Tot God de blik, de hand;
Geef Neerland aan Oranje weer,
Oranje aan Nederland.

Dit lied vond moeder het mooist, maar Frits en zelfs Guusje hadden de meeste schik om het vers op Hitler, van wie men zei dat hij vroeger huisschilder was geweest, en Frits liep een uur later luidkeels te zingen in de tuin:

O, mijn kleine schildersjongen,
O, wat ben je nu begonnen!
Want met al je mitrailleurs en bommen
Kan je lekker niet in England kommen!
Jij dacht een brug te vinden,
Voor jou en voor je vrinden.
Maar dat valt je heus niet mee,
Want er is geen brug in zee.
Zwemmen, daar moet jij aan wennen,
Verdrinken in de zee!

En toen kreeg hij een waarschuwing van vader om een beetje zachter te zingen, want de mensen op straat bleven er lachend voor staan en daar kon ook eens een NSB'er bij zijn.
Jan stuurde dadelijk een plaat naar de zuster terug, hij kon er nog net een missen. Hospitaalschip – Rotterdam, dat zou wel overkomen, dacht hij. En werkelijk kwam het drukwerk terecht, want geen week later bracht de post een ansicht van de Coolsingel vóór het bombardement. Afz. Zr. T. van Lier, part. adres: Bergweg 365 bis. Ze vond het zeker veiliger om dergelijke zendingen niet in het ziekenhuis te ontvangen. Jan vond het leuk dat hij nu toch haar adres wist.
In die dagen kwam er plotseling een meneer logeren. Hij noemde zich Van Vliet en hij had een gewoon blauw colbert aan, maar Jan merkte al gauw dat 't die kapitein Van Dijk was, de schoolvriend van vader, die in de oorlogsdagen bij de staf van generaal Winkelman had gediend en die toen aan vader een paar keer inlichtingen had verstrekt. Jan begreep eerst niet, waarom de kapitein een andere naam had aangenomen. De man zat veel met vader te praten in diens atelier en toen hij wegging, hadden ze elkaar op een bijzondere manier een hand gegeven en elkaar vast in de

ogen gekeken, heel ernstig, bijna plechtig, vond Jan. En oom Gerrit had bewonderend gezegd: 'Da's een kerel, die Van Vliet! Zolang we zulke mannen hebben, is ons land nog niet verloren!'
Een paar dagen later, op een avond, had vader Jan uitgenodigd, om mee te gaan zwemmen in het kanaal.
'Waarom in het kanaal?' had Jan verwonderd gevraagd. 'U vond het immers beter en gezonder om alleen in het zwembad te gaan.'
'Je zult het straks wel begrijpen,' had vader gezegd.
Frits was er niet. Dat kwam goed uit, zei vader, want die moest er maar niets van weten. Jan vond het allemaal erg geheimzinnig.
Ze fietsten een paar kilometer het kanaal langs. En toen ze afstapten op een eenzaam gedeelte, wie zat daar heel aandachtig tussen het riet te hengelen...? Oom Gerrit! Jan zou nooit gedacht hebben dat de oude baas van hengelen hield!
'Wel ja,' zei oom Gerrit, 'komen jullie maar eens kijken, of je hier meer kunt vangen dan ik. Vis zit hier in elk geval niet. Het lijkt wel alsof die er verschrikt vandoor gegaan is voor iets wat op de bodem ligt...!'
'Is het hier?' vroeg vader.
'Volgens mijn beste inlichtingen,' zei de oude. 'Ik mag tien meter mis wezen, maar niet meer.'
Ze kleedden zich uit en intussen vertelde vader waar het om ging. Hier, op de bodem van het kanaal, moesten wapens liggen, die een troep Nederlandse soldaten had weggegooid, toen ze vluchtten voor de Duitsers op de morgen van 10 mei. Een mitrailleur moest er zelfs bij zijn, vertelde men in de omgeving. Om die wapens ging het, die moesten opgedoken worden. Meer moest Jan maar niet vragen, zei vader en natuurlijk moest hij over de hele zaak zwijgen als een mof.
Jan dook het eerste geweer op en vader het tweede. Oom Gerrit nam de wapens aan en verborg ze tussen het riet. Als er mensen aankwamen, waren ze rustig aan het zwemmen, oom Gerrit gaf vanachter zijn hengeltje het sein als alles weer veilig was. En toen vond Jan eerst een trommel met patronen en toen de mitrailleur. Het ding lag half in de modder gezakt en hij kon het niet omhoog brengen. Maar oom Gerrit was blijkbaar op alle gebeurtenissen voorbereid; die kwam met een lang touw voor de dag. Dat had Jan toen onder de loop van het wapen doorgewurmd en vastgebonden en hij hapte naar lucht, toen hij boven kwam. Maar daarna was het hun gelukt om het ding met vereende krachten aan de kant te trekken.
Tegen donker kwamen ze thuis met z'n beiden en vluchtten meteen naar de badkamer, want ze stonken meters ver naar het vieze kanaalwater.

Toen het al donker was, kwam ook oom Gerrit dwars door het veld met de wapens op een kruiwagen naar huis. Dagenlang was hij met vader druk geweest om ze in de schuur bij de werkbank weer op te poetsen en in het vet te zetten. Toen waren ze op een dag door een man in een vrachtauto weggehaald en onder zakken met aardappels vervoerd met voor vader zowel als voor Jan onbekende bestemming.
Intussen had vader aan Jan wel iets meer verteld over het doel van dit geheimzinnige werk. Er was een geheime vereniging gevormd, een verzetsorganisatie, waarin vooral oud-officieren de leiding hadden en die zich de OD noemde, de ordedienst. Die zou in actie komen zodra de Duitsers de oorlog begonnen te verliezen. Dan zouden de mensen die erbij aangesloten waren, de vijand helpen verjagen en de rust in het land handhaven. Maar daarvoor moesten ze over wapens kunnen beschikken en die werden nu al door heel het land verzameld. Oom Gerrit vond later nog weer een plaats in het kanaal, waar ze een paar geweren opdoken en bij een vriend tikte vader een paar revolvers op de kop. Oom Gerrit had veel werk om die verroeste wapens weer glanzend op te poetsen, maar hij deed het met plezier.

En toen, op een dag in de zomervakantie, kwam de grote schrik. 's Morgens om een uur of tien werd er hard aan de voordeur gebeld en omdat Margje in de tuin bezig was, deed Jan, die fluitend de trap afkwam, even open. Meteen voelde hij zich verstijven van schrik, want op de stoep stonden twee Duitsers, die brutaalweg naar binnen stapten.
'Ist Herr De Boer zu Hause?'[10] vroeg een van hen met een barse keelstem en hij wachtte het antwoord niet eens af maar kloste meteen op zijn zware laarzen de gang in, duwde de deur van de huiskamer open en toen hij daar niemand aantrof, die naar het atelier. Daar stond vader in hemdsmouwen achter zijn tekenbord en keek verbaasd op.
'Sind Sie Herr De Boer?'[11] vroeg de officier.
'Ja,' zei vader rustig, 'die ben ik. Maar kunt u niet aankloppen, als u hier moet zijn? Wat wenst u eigenlijk?'
Hoe durft hij? dacht Jan. Het lijkt wel, alsof hij helemaal niet bang is...!
'Ich teile Ihnen mit, dass Sie verhaftet sind,'[12] zei de Duitser.
'Hände hoch!'[13] zei de ander bevelend. Hij richtte een revolver op vader en de officier fouilleerde hem. Die vond natuurlijk niets.
'Mitkommen,'[14] zei hij toen.
'Waarom is dit eigenlijk?' vroeg vader op diezelfde strenge toon. 'Dit moet wel een vergissing zijn, nietwaar?'

'Werden Sie in der Stadt hören,' was het antwoord. 'Schnell bitte, kleiden Sie sich.'[15]
'Roep moeder even, Jan,' zei vader rustig, terwijl hij zijn jas aantrok.
Jan rende de tuin in. Achter het huis stond ook een Duitser met het geweer in de handen en oom Gerrit scheen een gemoedelijk praatje met de man te maken. Hij had zeker net een grap verteld, want de soldaat lachte en klopte hem op de schouder. Moeder kwam al aanlopen, wit van schrik.
'Niet schrikken, moeder,' zei Jan. 'Ze willen vader meenemen, maar trek er u maar niet te veel van aan, want het zal wel een vergissing zijn, zegt vader.'
Maar dat zei hij alleen maar om zijn moeder gerust te stellen, want hij was verschrikkelijk geschrokken. En toch bleef hij kalm, toch kon hij denken. Waarom? dacht hij. Waarom...? De platen? Nee, dat kon niet... De versjes? Nee, dan zouden ze naar hem gevraagd hebben en niet naar vader. De wapens dus...? Er moest nog wat liggen in de schuur, een halfuur geleden was oom Gerrit nog bezig geweest bij de werkbank. Hij slenterde er, terwijl moeder naar binnen ijlde, een beetje onverschillig naartoe. Nee, er lag niks meer! Gelukkig!
Toen hij terugkwam in huis, werd vader al meegevoerd. Moeder was flink en probeerde de officier te vermurwen, maar die haalde slechts de schouders op. En vader lachte. Hoe kon hij nog lachen...? Het klonk zelfs heel natuurlijk!
'Hou je goed, vrouw,' zei hij. 'En jij ook, Jan! Dit moet een vergissing zijn. Het komt in orde, dat verzeker ik je.'
Een auto stond voor het hek. Vader liep kalm mee ernaartoe, tussen de Duitsers in. Maar juist toen hij zou instappen, kwam Frits met een reuzenvaart aanfietsen, gooide zijn fiets neer en vloog op de Duitsers af.
'Laat mijn vader los!' schreeuwde hij en hij greep een van de Duitsers beet.
'Frits, schei uit!' zei vader streng.
En de soldaat duwde de jongen ruw van zich af, zodat Frits achterover op de berm rolde. Daar bleef hij zitten huilen en keek met de anderen toe, hoe de auto wegreed en in snelle vaart verdween.
Het werd een ellendige dag. Ze zaten verslagen bij elkaar en vroegen zich tevergeefs af, wat de oorzaak kon zijn van dit alles. Oom Gerrit had geprobeerd de soldaat uit te horen, die achter het huis de wacht had moeten houden, maar was van hem ook niets wijzer geworden. Toch was hij de enige, die de toekomst niet donker inzag. Of hield hij zich maar zo...?
'Het is niet om dit of dat,' zei hij, – en alleen Jan wist, wat hij bedoelde – 'want dan hadden ze wel huiszoeking gedaan. Het moet wat anders wezen.

Nou, en wat kan er gebeurd zijn...? Laat de baas trouwens maar lopen, die is niet voor één gat te vangen, die redt zich wel. Je zult eens zien: vóór je eraan denkt, komt hij weer vrolijk aanwandelen.'
'Ik hoop het,' zuchtte moeder.
Jan en Guusje draaiden de hele dag om haar heen en om haar maar gerust te stellen, deden ze onbezorgd, maar intussen zaten ze zelf hun zuchten te verbijten.
Jan zocht oom Gerrit op in de tuin.
'Zijn die dingen goed weg?' vroeg hij. 'Ze mochten eens terugkomen, die kerels...'
'Dat is in orde, hoor!' stelde de oude baas hem gerust.
'Waar zijn ze?' vroeg Jan.
Oom Gerrit keek hem met zijn slimme oogjes aan en zei: 'Laat dat maar aan mij over, beste jongen. Het is beter, als je het niet weet.'
'Vertrouw je me niet?' vroeg Jan.
'Net zo goed als mijzelf,' glimlachte oom Gerrit. 'Maar wat niet weet, dat deert niet. Vertrouw je mij?'
'Natuurlijk,' antwoordde Jan.
'Vraag er dan niet meer naar. Denk liever eens na: Heeft je vader nog wat in huis?'
Toen dacht Jan aan de revolver, die uit Scheveningen meegekomen was. Maar daar hoefde hij geen zorg over te hebben, zei oom Gerrit. Die had vader al aan Van Vliet afgestaan.
Later schoot het Jan te binnen dat er nog een tekening van Hollands huis moest zijn en hij zocht het atelier van vader na tot in de meest verborgen hoeken, maar vond het ding niet. Moeder wist er ook niets van en 's avonds was Jan nog weer aan het zoeken, toen de bel ging. Hij hoorde Margje naar de deur gaan en gluurde ongerust om een hoekje. Er stond een vreemde meneer op de stoep en die vroeg naar moeder. Nee, het meisje kon de boodschap niet aannemen, hij moest moeder persoonlijk spreken. Vreemd, dacht Jan, zo laat op de avond... En hij bleef een beetje in de buurt.
De man reikte moeder een briefje.
'Van uw man,' zei hij. 'En hartelijke groeten. Dag mevrouw.'
'Mag ik weten, wie u bent?' vroeg moeder.
'Beter van niet,' zei de man, nam nog een keer de hoed af en sprong op zijn fiets.
Het briefje was werkelijk van vader. Het was een blaadje uit een zakboekje, met zijn steile schrift bekrabbeld.

'Lieve vrouw,' stond er. 'Ik had wel gelijk, het is een vergissing. Ik word beschuldigd dat ik op 10 mei een Duitser neergeslagen zou hebben, die mijn auto wilde vorderen. Allemaal kletspraatjes, zonder enig bewijs, maar ze schijnen me niet te geloven. Die Schram zit erachter, die is hier nu bij de SD. Houd moed, alles sal reg kom. Evert Jan.'

Moeder las het eerst, Jan had het al over haar schouder meegelezen, toen moesten ook Guusje en Frits het natuurlijk wel horen. Frits sprong opeens uit zijn stoel.

'Dan heb ik hem gezien!' riep hij. 'Hij fietste hier voor het huis langs, een poos geleden, maar ik kon niet geloven dat hij het was. Ik herkende hem niet in zijn uniform...! O, die verrader, die lelijke konijnenkop...!'

En opeens begon hij te snikken.

'Dan is het mijn schuld! Mijn schuld...! Want ik heb toen op straat dat verhaal verteld, dat gekke verhaal van jou...!'

Hij keek door zijn tranen verwijtend naar Guusje.

Moeder bracht hem gauw naar bed. Jan en Guusje zaten tegenover elkaar. En al snikten zij niet zo hartverscheurend, ze hadden het minstens zo erg te pakken als Frits. Want Frits had, toen hij in Scheveningen door vader onder handen genomen werd over zijn gepraat, de indruk gekregen dat het verhaal geheel verzonnen was geweest. En zij tweeën wisten wel beter. Ze zaten nog een poosje met hun drieën bij elkaar in de schemering en hun angst was plotseling heel groot. Want het was dus geen vergissing, dat had vader maar op het briefje gezet voor het geval het eens in verkeerde handen mocht komen. En als er nu maar heus geen bewijs was! Als die parachutist er zelf maar niet was om vader te beschuldigen. Dat leek onwaarschijnlijk. Geen enkel bewijs, schreef vader. De meesten van die kerels waren trouwens in de oorlogsdagen nog naar Engeland overgebracht... Maar toch... als dat geweer nu eens gevonden was, of die helm...?

En ze konden niets doen. Ze hadden maar af te wachten, ze zaten maar te denken en te rekenen en... te bidden. En dat was toch wel iets groots, dat voelden ze nu. Dat gebed verbond hen met hun man en vader in de gevangenis. Ze vertrouwden hem aan de Vader in de hemel toe. Die alleen kon hem voor zijn gezin bewaren...

HOOFDSTUK 12

De volgende morgen om een uur of negen fietste Frits door de stad en kwam bij de gevangenis. Hij reed er een keer omheen en keek omhoog naar de vele kleine ramen, die van sterke ijzeren tralies voorzien waren. Achter een van die ramen moest zijn vader zitten. Welke zou het zijn…?
Hij had de vorige avond niet in slaap kunnen komen, totdat hem opeens een plan door het hoofd was geschoten. Toen hij dat goed had overdacht, was hij onder zeil geweest voor hij het wist en had tot zeven uur doorgeslapen. Na het ontbijt had hij zijn fiets gepakt en was er stilletjes vandoor gegaan en nu stond hij dan voor de uitvoering van zijn plan. Hij zag er niet tegenop. Angst had Frits niet gauw en verlegenheid kende hij helemaal niet. Hij was alleen een beetje bang dat het hem niet zou lukken. Maar daar was hij immers zelf bij? Aan hem zou het niet liggen…!
Hij stapte bij de hoofddeur af, zette zijn fiets tegen het hek en trok aan de bel. Na een poosje werd er een luikje in de deur geopend, het hoofd van een bewaker kwam ervoor.
'Wat moet jij?' vroeg de man.
'Ik moet de directeur spreken,' zei Frits. 'Nu dadelijk.'
'Ja, hoor eens,' zei de man streng, 'voor grappen is het hier geen plaats, hè? En voor kleine jongens ook niet. Maak maar gauw dat je weg komt. De directeur is voor jou niet te spreken.'
En hij sloeg het luikje dicht.
Maar als hij gedacht had dat hij zo van de jongen af zou komen, dan kende hij Frits niet. Die belde weer en nu luider. Nu vloog het luikje open.
'Heb je mij nu gehoord, ja of nee?' zei de bewaker bars.
'Als u mij maar gehoord hebt,' zei Frits brutaal. 'Ik moet de directeur spreken, nu dadelijk. Ik heb een heel belangrijke boodschap voor hem.'
'Wat is het dan?' begon de man te aarzelen.
'Dat mag ik u niet vertellen,' zei Frits. 'Denk erom, de directeur is vast heel kwaad, als hij merkt dat je mij weggestuurd hebt. Dan bel ik op en ik vertel het hem. Die man met dat rooie gezicht, zal ik zeggen. Dan kent hij u wel.'

Het luikje ging voor de tweede keer dicht, maar nu werden er grendels verschoven, een sleutel werd omgedraaid en de deur zwaaide open. Frits stapte meteen over de drempel. De deur ging dicht en het slot kwam er weer op. Ze stonden in een soort portaal, dat door een groot ijzeren hek van een lange gang was afgesloten. De bewaker liep, rammelend met een sleutelbos, naar dat hek en ontsloot het.
'Wie ben je?' vroeg hij, terwijl hij Frits voor liet gaan.
'Frederik de Boer,' zei Frits waardig.
De man was een poos op zijn dooie gemak bezig om het hek weer op slot te doen.
'Wacht hier,' zei hij toen en klopte op de glazen deur van een kamer. Daarbinnen zat een meneer met een kaal hoofd en een grijs baardje aan een bureau te schrijven. Hij praatte even met de bewaker, keek verwonderd, haalde zijn schouders op, maar het eindigde er toch mee dat Frits mocht binnenkomen.
'Wat is er, ventje?' vroeg de meneer en Frits zag meteen dat het een vriendelijke man was.
'Mijn vader zit hier in de gevangenis,' zei hij. 'En dat is mijn schuld, meneer. En nu kom ik vragen of u hem weer los wilt laten.'
'Zo, zo,' zei de meneer en knikte ernstig, maar Frits zag dat er een lachje glom achter zijn brillenglazen. 'En wie is je vader dan?'
'Mijn vader is de knapste architect van het hele land,' zei Frits. 'Hij kan zulke mooie huizen bouwen als u nog nooit gezien hebt.'
'Heus waar, meneer!' voegde hij er verontwaardigd aan toe, want die ouwe meneer zat alweer een beetje te lachen. Hij moest nou niet denken dat Frits hem ertussen stond te nemen!
'Zo, zo, hoe heet je vader dan?'
'O, bedoelt u dat? Hij heet De Boer, net als ik. Evert Jan de Boer.'
'Zo, zo,' zei de directeur weer. Hij scheen niet anders dan met zo zo te kunnen beginnen. – Of zou hij misschien 'o zo' bedoelen? – 'Ja, dat kan wel uitkomen. Zo zo, en waarom is dat jouw schuld, mannetje, dat jouw vader in de gevangenis zit?'
Ik zal het hem maar duidelijk uitleggen, dacht Frits, want die ouwe opa begrijpt niet gauw wat...
En hij begon: 'Nou meneer, ik heb in Scheveningen op straat staan opscheppen tegen de jongens, ziet u? En dat was helemaal niet waar, ziet u? Maar die lelijke... die eh...'
En toen werd de deur achter Frits ineens opengegooid en er kwam een Duitse officier binnen. Die stak zijn hand omhoog en riep: 'Heil Hitler,

Herr Direktor!' En Frits zag dat het gezicht van de oude meneer ineens niet meer vriendelijk was, maar heel strak, hoewel hij beleefd teruggroette.
Toen keek de Duitser Frits aan en ineens riep hij verwonderd: 'Hei, was machst du denn hier...?'[16]
Frits verstond het niet, maar de oude meneer praatte in het Duits tegen de officier en toen moest Frits van voren af aan beginnen te vertellen. Het was hem inmiddels duidelijk geworden dat dit een van de Duitsers moest zijn, die gisteren vader opgehaald hadden en zijn ogen schitterden van hoop dat nu alles voor elkaar zou komen. Zin voor zin moest hij alles uitleggen en de directeur vertaalde zijn woorden in het Duits.
'En waarom vertelde je dat verhaal dan?' liet de Duitser vragen. 'Nou,' zei Frits, 'omdat de jongens zeiden dat mijn vader bang was. Want mijn vader was veel verstandiger dan die andere mannen in de straat: die had al dadelijk verteld dat wij de oorlog zouden verliezen. En toen dachten die jongens dat hij bang was...'
'En waarom dacht jouw vader dan dat Nederland de oorlog verliezen zou?' luidde de volgende vraag.
'Mijn vader zei dat er geen leger was dat tegen het Duitse leger op kon,' zei Frits. Nou, dat was zeker wel naar de zin van die mof. Hij lachte voldaan.
'En hoe kwam je aan dat verhaal?' liet hij vragen. 'Had je dat zelf bedacht?'
'Ja,' knikte Frits zonder aarzelen. Want hij kon toch Guusje niet verraden...? Stel je voor, dat ze die in de gevangenis stopten! Die huilde zich een ongeluk... 'Ja, ik heb het zelf bedacht, meneer. Want die jongens zeiden...'
'Ja, ja, maar had je er niets van gehoord?'
'Nee,' zei Frits. 'Maar de Duitsers deden dat toen immers wel: de mensen de auto afnemen. En toen dacht ik: dat had mijn vader ook wel kunnen gebeuren... Nou, en toen heb ik gelogen, omdat die nare jongens dat zeiden. En nou wordt mijn vader ervoor gestraft en dat is gemeen! Maar nou mag hij er toch weer uit, hè...?'
Hij wendde zich regelrecht tot de Duitser, want hij had allang gemerkt dat die hier eigenlijk de baas was: 'Nou mag mijn vader er toch weer uit, hè meneer?'
'Maar dan moet jij in de cel,' zei de Duitser in zijn rare taaltje, maar Frits verstond het wel.
'Best,' zei hij en hij knikte ijverig. Dat wou hij wel. Lang zouden ze hem toch niet vasthouden, want ook de Duitser begon vriendelijk te worden. Hij legde Frits de hand zelfs op het hoofd. 'Du bist ein Taugenichts!'[17] zei

hij en Frits knikte weer, met berouwvol neergeslagen ogen. Hij voelde dat de hand over zijn hoofd streelde. Stil laten gaan, dacht hij, stil laten gaan, hoe vervelend het ook is. O, hij wou wel spinnen als een poes, als die vent nu maar gauw deed, wat hij zo graag wou...!
De Duitser praatte zacht met de directeur. Die riep een bewaker.
'Nummer zevenenveertig,' zei hij.
De man verdween en Frits moest op een bank zitten wachten. De Duitser stak een sigaret op en zat hem glimlachend te begluren.
Het komt in orde, dacht Frits. Het komt vast in orde...! En hij zat te wippen op de bank.
Daar waren voetstappen in de gang. En wie kwam daar binnen?
'Vader!' riep Frits. En hij vloog hem in de armen.
'Jongen!' riep vader verbaasd. 'Hoe kom jij hier?'
De Duitser begon te praten. Dat alles in orde was, begreep Frits, die hem de woorden uit de mond keek. Alles was nu opgehelderd. Wat Frits verteld had, kwam overeen met wat vader had gezegd.
'Ich bitte um Verzeihung,'[18] zei hij en hij boog warempel een beetje voor vader.
En toen, met de hand weer strelend over het hoofd van Frits: 'Ich habe selbst auch so einen Buben zu Hause! Solch ein liebes freches Schwein...!'[19] En hij schudde Frits' hoofd bij de haren heen en weer. Vader kreeg zijn horloge terug, zijn portefeuille en veel meer dingen. Zelfs zijn bretels hadden ze hem afgenomen, die lelijkerds! Toen konden ze gaan. Frits moest de Duitser een hand geven en die zei ook nog wat, waar hij zelf hard om lachen moest. Nou, toen lachte Frits ook maar mee, hoewel hij er ditmaal niets van had verstaan. En toen moest hij nog weer een hand geven. Hè, wat een flauwe kerel! Maar al had Frits hem moeten zoenen, dan had hij het misschien ook gedaan. Want zijn vader kwam vrij! Hij kwam straks met vader thuis...!
Toen ze dan eindelijk weg konden en al in de gang waren, hoorden ze de Duitser zeggen: 'Holen Sie mir jetzt den Schram!'[20] En nu klonk zijn stem helemaal niet meer vriendelijk...

En daar kwamen ze dan samen het erf opstappen, Frits met zijn fiets aan de hand. En wat kwamen de anderen met een vaart naar buiten vliegen, ze verdrongen elkaar bij de deur. En wat kon die oude oom Gerrit nog hollen met zijn kromme benen van achter uit de tuin! En wat glom die Frits! Wat werd hij gepakt en bewonderd dat hij zich zomaar in het hol van de leeuw had gewaagd!

'Ik had er nog wel weken kunnen zitten, als hij niet gekomen was!' zei vader. Ze maakten er een groot feest van. Er werden gebakjes gehaald en de limonade kwam voor de dag en er werd een heerlijk kopje koffie gezet en oom Gerrit zat midden op de dag een grote sigaar te roken.
'Mag ik nou niet een sigaret?' vroeg Frits.
Natuurlijk mocht hij die. En voortaan iedere zondag één, beloofde vader. En van moeder mocht hij dat gebakje dat over was. En van Jan de windbuks, en van Guusje dat boek van Niels Holgersson en oom Gerrit zou hem leren om een tweestemmige fluit te maken van wilgenhout. Hij werd schandalig verwend. Maar het was dan ook geen kleinigheid dat vader en moeder daar weer naast mekaar in de kring zaten en mekaar telkens met lachende ogen aankeken...!

Toen vader en Jan na het eten samen in het atelier waren, zei de jongen: 'Vader, waar had u die plaat verstopt, die er nog was? Ik heb er me haast een bult naar gezocht!'
Vader nam een paar boeken uit de kast, trok een steen uit de muur en stak zijn hand in de spouw.
'Hier,' zei hij. 'Daar had toch niemand hem gevonden, wel?'
Jan bekeek nog even de plaat.
O, wat was die goed! Vooral dat NSB'ertje, dat akelige verradertje. Het leek die Schram wel...! Maar de anderen zouden hem krijgen, als de moeder terug was! Dat ventje dat over de vloer kroop, wachtte misschien niet eens zo lang...!
Jan zuchtte. Het was wel jammer, maar was het niet te gevaarlijk om het ding in huis te houden...?
'Zullen we hem nu maar niet verscheuren, vader?' vroeg hij.
'Nee mijn jongen,' zei vader. 'Dat doen wij niet. Wij geven het toch zo gauw niet op, wel? Deze oorlog, Jan, is geen oorlog tussen landen of volkeren, maar tussen beginselen, tussen goed en kwaad, tussen God en de duivel, ik kan het niet anders zien. De Duitsers hebben ons land veroverd, nu willen ze de mensen hebben. Ze willen de zielen van ons volk vergiftigen met hun goddeloze nazileer. Maar dat zal ze niet lukken, Jan, en daar zullen wij aan meehelpen. Wij zullen heel voorzichtig zijn natuurlijk, wij hebben nu een waarschuwing gehad. Maar wij zullen volhouden, tot aan de bevrijding met Gods hulp...'
Hij nam Jan de plaat uit handen en wierp er nog even een blik op.
'Huis van Holland,' zei hij zacht.
En hij stopte het papier zorgvuldig weer weg in de schuilplaats.

Deel II

De storm steekt op

HOOFDSTUK 1

Het kwam misschien door de storm dat Frits op die morgen in maart 1942 baldadiger was dan ooit. Die joelde nog door zijn hoofd, nadat hij zich als de leider van een troep schreeuwerige buitenjongens op de fiets naar de stad had laten blazen, die raasde ze allen door het bloed en bracht ze tot een wilde stoeipartij op het schoolplein. Maar plotseling viel er een stilte en ze groepten samen, want ze zagen meneer Muys komen, het kleine driftige Muysje met zijn glinsterbril en zijn geitenbaardje, leraar Duits en geschiedenis, ook wel genoemd 'de Afrikaan'. Hij was een paar weken ziek geweest en niemand wist precies wat hem gescheeld had; sommigen zeiden 'bronchitis' en anderen 'overspannen'. De meesten waren overtuigd van het laatste en nauwelijks was de leraar de stoep op, of Frits kwam met een overmoedig plan voor de dag. Ze moesten het die lelijke Afrikaan vandaag zo lastig maken dat hij morgen weer op zijn bed zou liggen.
De anderen schrokken ervan, dat zag hij wel, maar toch was er niemand die protesteerde. Voor Muys durfde niemand het op te nemen, want hij ging door voor een moffenknecht en landverrader. De andere leraren waren allemaal 'goed' en dat merkte je dagelijks. Meneer Willems, de directeur van de school, tikte als hij een les wilde beginnen altijd het morseteken van de letter V op de lessenaar; drie korte tikjes en één lang – de eerste letter van victorie, hetzelfde teken waarmee ook iedere uitzending van de Engelse zender begon. Meneer Van der Broek, de leraar Nederlands, liet geen gelegenheid voorbijgaan om een grapje te maken, waarin de Duitsers erdoor gehaald werden en hij besprak doodgewoon het oorlogsnieuws met de klas – nou wist hij natuurlijk wel dat er geen kind uit een verkeerd gezin in zat. Hij had de leerlingen ook zogenaamde buitenlandse namen geleerd voor de Führer van het Groot-Duitse Rijk. In het Japans noemde hij Hitler 'Foetsiemoetie', in het Indiaans 'Winnetoetinie'. En zo had hij een hele reeks. En op een dag, toen ze het werk van Vader Cats bespraken, had hij het volgende puntdicht van die zeventiende-eeuwse dichter geciteerd:

'Zolang de mof is arm en kaal,
Zo spreekt hij zeer bescheiden taal.
Maar als hij komt tot hoge staat,
Zo doet hij God en mensen kwaad.'

Dat zou geen van de andere leraren gedurfd hebben. Meneer Biemolt, de tekenleraar, zeker niet. Dat was een bangerd, die zelfs in het gebed bij het begin van de schooltijd de koningin niet meer durfde te noemen. Maar toch wist je best wat je aan hem had. Want toen hij eens bij een moeilijke perspectieftekening aan Greet Bouwman vroeg: 'Gaat het goed, kind?' – en Greet tevreden antwoordde: 'Best meneer, vannacht weer vijfhonderd vliegtuigen boven het Roergebied!', toen was hij hartelijk in de lach geschoten, al had hij daarop ook verschrikt naar de deur gekeken, waarachter Muys les stond te geven.

Niemand vertrouwde Muys. Hij was eigenlijk helemaal geen nare kerel en vóór de oorlog mocht men hem wel. Maar sinds de Duitsers in het land gekomen waren, draaide men hem de rug toe. Want het was bekend dat hij hoopte op een Duitse overwinning en geen goed woord over de Engelse bondgenoten kon horen en daarmee was hij veroordeeld. En al was hij geen lid van de NSB, er werd een heleboel schandelijks over hem verteld: hij had met een lijst voor Winterhulp gelopen, de Duitse stichting die opgericht was om voor de armen te zorgen, – alsof de Nederlanders dat zelf niet af konden! Hij had in juni van het vorig jaar, toen de mensen op bevel van de Duitsers hun koper moesten inleveren en de meesten het gauw onder de grond hadden gestopt, omdat ze wel begrepen dat de vijand er kogels van wilde maken, gehoorzaam heel zijn voorraad koperen voorwerpen naar de moffen gebracht. En hij werd soms gezien met een Duitse officier, die ook wel bij hem thuis kwam; wie weet, wat hij die allemaal vertelde! Hij kon wel een stille spion van de Duitsers zijn... Moest je met zo'n kerel medelijden hebben? Het was al erg genoeg dat je hem moest dulden voor de klas. Het schoolbestuur zat nu eenmaal met hem opgescheept, want hem ontslaan mocht niet, hoe graag men misschien ook wilde. De andere leraren lieten hem links liggen, maar dat was ook alles. Alleen de leerlingen zouden hem het leven in de school onmogelijk kunnen maken, zodat hij maar liever thuisbleef en dat leek hun een goede vaderlandse daad!

'Vooruit jongens,' zei Frits, 'laten we hem eens fijn op de kast zetten vandaag! Ik zal wel beginnen, als jullie mij maar helpen. Wacht eens, wie heeft een verboden speldje of zo? Geef maar alles wat je hebt, dan zul je eens wat beleven! Wanneer hebben we les van hem? Vóór en ná de pauze, niet?'

Er kwam genoeg voor de dag: een speldje met een kwartje, waarin de beeltenis van de koningin was uitgezaagd, een armbandje van dubbeltjes, een heel stel kippenringen in de nationale kleuren, een halsketting van oranje kralen en een oranje zakdoekje. Dat alles stak Frits in zijn zakken en nadat het geluid van de bel, in flarden gescheurd door de wind, over het plein had geklonken, liep hij met een onschuldig gezicht tussen de andere jongelui de school binnen.
De eerste lessen verliepen als gewoonlijk. Meneer Van der Broek had een paar leuke raadsels.
'Weet je dat er in Den Haag al twee straten naar Hitler zijn genoemd?' vroeg hij. 'Heus waar: de Ververstraat[21] en de Koediefstraat...! Is die goed...? En weet je wat de Duitsers het mooiste dorp in Nederland vinden? Sassenheim! Want daar vinden ze de SA, de SS[22] en hun Heim!'
Die raadsels had hij gehoord van een Nederlandse arbeider, die met verlof naar huis mocht. De man had in Duitsland op een munitiefabriek gewerkt; een half jaar geleden was hij er door het arbeidsbureau heen gestuurd. Hij was toen werkloos en als hij niet gehoorzaamd had, zou zijn steungeld ingehouden zijn en had hij met zijn vrouw en kinderen honger moeten lijden. Zo werkten er al meer dan honderdduizend arbeiders in de Duitse fabrieken en al was het tegen hun zin en al luierden ze zo veel mogelijk, Duitsland kon toch maar door hún hulp de oorlog langer volhouden.
Maar er waren gelukkig ook anderen, die niet gingen, zei meneer en verder liet hij er zich niet over uit. Maar Frits wist wel, wat hij bedoelde. Er waren ook arbeiders – en er kwamen er hoe langer hoe meer – die weigerden naar Duitsland te gaan, ook al omdat het nu erg gevaarlijk werd met al die nachtelijke Engelse bombardementen. Die probeerden afgekeurd te worden als ze de oproep thuiskregen en als dat niet lukte, doken ze onder: dan werden ze ergens anders in het land, waar niemand ze kende, door goede vaderlanders in huis genomen en voor hun gezinnen werd wel gezorgd met geld en met distributiebonnen. Dat deed de organisatie, de ondergrondse, dat deden de mannen van het verzet. Daar mocht je niet over praten, want dat was gevaarlijk, maar iedereen wist dat die ondergrondse er was en heel stil en geheimzinnig haar werk deed.
In Duitsland was ook wel verzet, had meneer van de arbeiders gehoord. Hitler was er bij een heleboel mensen gehaat. 'Wie weet wat er voor hem broeit,' zei meneer tenslotte. 'Ziezo jongens, en nu aan het werk.'
Frits kon zijn gedachten maar moeilijk bij de taaloefening bepalen. Ja, wie weet! Het vorig jaar, na het grote bombardement op Aken, waren er al geruchten over opstand in Duitsland en als de Engelsen en Amerikanen

nu maar kwamen, dan zou die zeker losbarsten. Zodra de invasie begon en de soldaten van de bondgenoten in Nederland of Frankrijk voet aan wal zetten, stortte het Duitse Rijk ineen, zou je zien! En dán kwam Bijltjesdag, dan zou er in Nederland afgerekend worden met alle NSB'ers en andere handlangers van de vijand, met die Muys ook! Ze zouden hem straks al een voorproefje geven... Als de anderen van de klas nu maar hielpen! Hij zou het ze aan het eind van de les nog even op het hart drukken...
Maar daar had Frits geen gelegenheid meer voor, want toen meneer Van der Broek zijn spullen bij elkaar gepakt had en het lokaal uit wilde gaan, kwam de andere leraar al binnen. Bij de deur ontmoetten ze elkaar.
'Goedenmorgen collega,' groette Muys, maar Van der Broek zei geen woord, keek hem niet eens aan, deed alleen een grote pas opzij en liet met een strak gezicht de ander passeren. Daarna verdween hij zwijgend.
Het werd plotseling heel stil in de klas. Muys kreeg een kleur, klemde zijn lippen op elkaar en liep naar de lessenaar. Hij legde zijn tas daarop en pas toen keerde hij zich naar de klas en zei heel gewoon: 'Môge jongelui.'
De klas murmelde wat.
'Houzee!' zei Frits op de voorste bank. Dat was de groet van de NSB. Die paste nog het best bij Muys, vond hij.
Hij zag de leraar even schrikkerig in zijn richting kijken. Daar bleef het bij. Muys pakte zijn tas uit en de les begon. Het ging over het twaalfjarig bestand. Frits zat schijnbaar heel aandachtig te luisteren, maar intussen frunnikten zijn handen in zijn zakken en brachten de hele verzameling sieraden aan op de plaatsen waar ze hoorden: de armband om zijn pols, het speldje op zijn revers, de kippenringen om zijn vingers, een lucifer in zijn knoopsgat – kop op! betekende dat. Terwijl Muys zich naar het bord keerde om een paar jaartallen op te schrijven, hing hij zich snel de halsketting om en stak het zakdoekje in zijn borstzak. Toen het allemaal klaar was, ging hij demonstratief achterover leunen, maar voorlopig zonder resultaat. Was Muys te kippig of hield hij zich maar zo...? Misschien ging hij te veel op in zijn vertelling – vertellen kon hij goed! – over de twisten tussen remonstranten en contra-remonstranten, tussen Johan van Oldenbarnevelt en Prins Maurits, die ons volk verdeelden, juist toen het erop aankwam om alle krachten te verenigen voor de strijd die weer zou komen. Ja, wat kon je eraan doen? Er waren nu eenmaal altijd van die dwarskoppen, die het beter wilden weten dan de rest van het volk...
Frits zuchtte luid, maar Muys scheen 't niet te horen. Daarom nam hij zijn doekje, wuifde zich met dat oranje lapje koelte toe, en borg 't daarna weer met veel zorg in zijn borstzak. Ha, nu zou je 't hebben!

'Wat scheelt jou eigenlijk?' vroeg de leraar geërgerd.
'Mij, meneer?' vroeg Frits verbaasd. 'Niks hoor! Waarom denkt u dat, meneer?'
Hij wachtte op het gelach van zijn kornuiten, maar het bleef gespannen stil. Daarom legde hij het er nog wat dikker op.
'Ik ben wel goed, hoor! O, als ze allemaal zo goed waren als ik, meneer!'[23]
Nu kwam er hier en daar een beetje gegrinnik, maar Muys bezwoer het met zijn ogen.
'Hou dan je gemak,' zei hij rustig. 'En doe die rommel af. Je ziet eruit als een aap op de kermis.'
De hele klas had plezier en Frits voelde zich nijdig worden. De sufferds, wie moesten ze nu helpen?
'Rommel?' vroeg hij. 'Dat vindt u misschien rommel, meneer! Maar voor mij is dit de mooiste kleur die er bestaat. Nietwaar, jongens?' Hij wapperde met het oranje doekje en keerde zich om naar de klas.
Een paar knikten en daar bleef het bij. Maar toen zei Greet met haar heldere stem: 'Natuurlijk Frits, Oranje boven, hoor!'
'O zo!' riep Frits.
'Ik vind het best,' zei Muys. 'Als je het nu maar afdoet en er niet mee over straat gaat, want anders pakken ze je nog op.'
'Past u daar zelf maar voor op,' zei Frits brutaal.
Die zat, merkte hij, want de oogjes van Muys begonnen te flikkeren achter zijn bril. Hij kwam vlak voor Frits staan en vroeg gevaarlijk kalm: 'Wat bedoel je daarmee? Kom, geef nu eens antwoord!'
Frits had het liefst gezwegen, maar om de klas meende hij door te moeten gaan. Hij slikte een keer en in een gespannen stilte zei hij: 'Och meneer, laten we het daar nu maar niet over hebben. U weet toch ook wel wat er gebeurt als de Engelsen komen? Of hebt u nog nooit van Bijltjesdag gehoord?'
Er volgden twee of drie seconden van doodse stilte en Frits voelde, wat de klas dacht: Dit mag niet, dit gaat te ver!
Maar het was er nu eenmaal uit. Nog even had hij de tijd om op te kijken in het doodsbleke gezicht van de leraar, toen probeerde hij snel weg te duiken, maar het was al te laat. De hand van Muys greep hem in de nek, de kralen kletterden over de vloer, Frits voelde zich uit zijn bank gelicht en terwijl hij naar de deur werd gedragen, bijna zonder dat hij een voet aan de grond kreeg, drong het met verbazing tot hem door dat die kleine Muys zo sterk was als een paard. Met een vaart belandde hij op de gang.

'En blijf daar maar staan tot de les is afgelopen,' hoorde hij en de stem leek van heel ver te komen. 'Dan zullen we elkaar wel nader spreken.'
De deur sloeg dicht, de les ging weer door. Het suisde in Frits' oren. Of was dat de wind, die buiten in de bomen gierde? Zijn linkerwang gloeide – had hij ook nog een draai om zijn oren gehad? Gek, het was net of hij droomde... Maar het was werkelijkheid, hij had zich als een kleine jongen op de gang laten zetten; hij had verloren; het hele plan was mislukt! Maar niet door zijn schuld; door die lafaards daarbinnen, die er altijd een ander voor lieten opdraaien. O, hij kon wel huilen van woede en gekrenkte trots. Nijdig schopte hij tegen de muur van het lokaal, maar de les ging gewoon door; ze hoorden het niet eens. Achter in de gang ging een deur open – hij loerde opzij: Meneer Willems ging naar zijn kamer, maar zag hem niet. Gelukkig, anders had je daar weer gezeur mee; die zou hem ook wel in de steek laten, net zo goed als de anderen. Lafaards waren het, allemaal – daardoor alleen konden de moffen en hun vriendjes doen wat ze wilden... Met trillende handen deed hij de rinkelende armband, de kippenringen en al die andere dingen af en in een plotselinge opwelling van woede smeet hij ze door de gang. Toen bij het begin van de pauze de anderen naar buiten kwamen en erom vroegen, keek hij ze alleen maar wraakzuchtig aan en antwoordde niet. Muys kwam hem halen, maar zag zeker wel dat er nog niet met hem te praten viel. Hij moest tijdens de pauze binnen blijven en de les uit zijn geschiedenisboek overschrijven. Jawel, als hij gek was, hij schreef natuurlijk geen letter. Hij stond voor het raam naar buiten te staren en toen hij de leraren op het plein zag lopen – Muys met Biemolt, ook al zo'n lafaard! – wandelde hij door het lokaal, nam een stukje krijt, aarzelde even en toen deed hij het. Wat kon het hem schelen? Hij was een man van zijn woord, hij hield vol! Het laatste jaartal op het bord was: 1619. Betreurenswaardige twisten. Dood van Van Oldenbarnevelt.
Hij schreef eronder:
1942. Jaar van de bevrijding. Dood van Anton Mussert en Wiebe Muys.
Dat was een vondst, meende hij, en hij ging voldaan zitten wachten. De angst voor de gevolgen, die omhoog wilde kruipen in zijn borst, drong hij met geweld terug; hij was geen lafaard! Hij voelde in zijn zakken naar een sigarettenpeuk, die hij nog moest hebben en die hij brutaalweg opstak, hoewel zelfs op het plein het roken voor de leerlingen verboden was. Hij vond ook nog een krantje in zijn zak dat hij al de vorige dag van een boerenknecht gekregen had, die het in het veld had gevonden. *De Wervelwind* heette het en het moest uit een Engels vliegtuig zijn gegooid. Voorop stond een portret van Churchill, de Engelse minister-president, die ouwe

vechtersbaas, met twee vingers omhoog, gespreid als een V. Daarnaast stond een verslag van een rede, die hij gehouden had in het parlement. Bloed en tranen zou het kosten, had hij nog eens gezegd, om de nazi's eronder te krijgen, maar de bondgenoten zouden doorvechten tot het bittere einde, al kon het nog jaren duren. Die ouwe Churchill was altijd zo'n vreselijke pessimist! Op de volgende bladzij stond dat de Duitsers weer gekomen waren met een geheim vredesaanbod, dat natuurlijk vierkant geweigerd was. En het hele Roergebied met al zijn grote wapenfabrieken werd platgebombardeerd, dat stond er ook in. Een hele massa Duitse duikboten was weer vernietigd. En Amerika, dat sinds 7 december nu ook in de oorlog was, bouwde een groot invasieleger op. Nou, geloof maar gerust dat ze zouden komen van 't jaar, en dan zou je eens zien hoe gauw het met de moffen afgelopen was! Het zou Churchill zelf meevallen. Of zou die ouwe rot dat alleen gezegd hebben om zijn volk tot grotere krachtsinspanning aan te sporen?

Zodra de bel ging, stak Frits het krantje snel in zijn zak en doofde de sigaret in een bloempot voor het raam. Keurig met zijn armen over elkaar zat hij te wachten, toen de klas binnenkwam. Muys was er meteen ook al: niemand durfde wat te zeggen. Was er iets van hoop in de ogen van de leraar, toen hij naar Frits keek? Hij maakte er geen aanmerking op dat die blijkbaar niets had uitgevoerd.

'Wij zullen beginnen,' zei hij. 'Orde, jongens!'

'Nieuwe orde, lege borden,' zei Frits halfluid. Maar niemand reageerde. De klas zat druk te fluisteren en alle ogen gingen naar het bord. Muys draaide zich om en keek nu ook. Toen greep hij de spons en haalde die met een driftige zwaai door de laatste regels.

Na een lange stilte zei hij met trillende stem: 'Ga jij voor de rest van de week maar naar huis. Je kunt tegen je vader zeggen dat ik morgenmiddag bij hem kom.'

'Zoals u wilt, meneer,' antwoordde Frits en begon tergend langzaam zijn tas in te pakken. Muys stond schijnbaar beheerst te wachten. Maar opeens zei hij dreigend: 'Schiet op, als je niet wilt dat ik een ongeluk aan je bega!'

Frits keek op en het gezicht van Muys maakte hem plotseling bang. Hij was blij toen hij veilig op de gang stond. Op zijn tenen – om niet ook nog een verhoor van meneer Willems te krijgen – sloop hij de buitendeur uit, bond bij het fietsenhok zijn tas op de bagagedrager en begon met een bitter gevoel van miskenning de zware tocht naar huis.

Aan het begin van de straat die uit de stad leidde, stonden twee politieagenten persoonsbewijzen te controleren. Zo'n soort pasje met naam,

adres, foto en vingerafdruk erop moest iedere Nederlander boven de vijftien sinds vorig jaar bij zich dragen. Frits hoopte dat ze hem ook zouden aanhouden, maar ze konden het zeker aan hem zien dat hij nog maar veertien was en lieten hem passeren. Zijn stemming werd er niet beter door.
Hu, wat was het koud! Nu was het al bijna april en de winter scheen maar niet weg te willen. Hitler zou er nu wel spijt van hebben dat hij het vorig jaar, net op de langste dag, ook tegen Rusland de oorlog begonnen was. De eerste tijd leek het best voor hem te gaan. Zijn legers drongen diep in Rusland door, maar nu vroren de soldaten daar bij duizenden dood in de wijde Russische steppen. Telkens moesten er weer nieuwe troepen naartoe en de kust van de Noordzee bleef daardoor bijna onbeschermd, zodat de Engelsen en de Amerikanen straks vrij spel hadden. Frits wou dat ze nu maar kwamen met hun hele macht! Het werd tijd, had vader onlangs gezegd, want de Duitsers sleepten hier alles weg. Het vee en de voorraden en hoe langer hoe meer mensen ook...
Hij was de stad nu uit en op de vlakke straatweg greep hem de wind. Hij had de storm pal tegen, zodat hij aldoor op de pedalen moest staan om vooruit te komen.
Een open weermachtsauto reed hem achterop, vol met Duitse soldaten. Ze zaten in twee rijen tegenover elkaar, de kragen hoog op, het geweer tussen de knieën. Zouden ze 't ook koud hebben? 't Is hier altijd nog beter dan aan het Oostfront, heren! Of moet je er soms naartoe dat je zo lelijk kijkt...?
Wat sleepten ze met die troepen heen en weer de laatste tijd! Het HBS-gebouw was nu ook weer bezet, voor de tweede keer sinds het begin van de oorlog. Jan en Guusje waren al de hele week vrij van school. Enfin, hij mocht nu ook thuisblijven... Maar wat zou vader zeggen, als hij alles vertelde...? Die vraag benauwde hem steeds meer, want hoe dichter hij bij huis kwam, hoe zekerder hij wist dat zijn vader hem er aardig van langs zou geven. Achter een boerenschuur, waar hij voor de laatste keer stond uit te rusten, overwoog hij enkele uitvluchten die hij kon bedenken.
Maar ineens kreeg hij een hekel aan zichzelf om al dat gedraai en nam zich voor om de hele waarheid te vertellen. Ze mochten van hem zeggen wat ze wilden; hij wist zelf ook wel dat er heel wat aan hem mankeerde – hij was te wild en te onnadenkend en nog een heleboel meer – maar een leugenaar was hij niet! En plotseling sprong hij op zijn fiets en racete wat hij kon die laatste paar honderd meter naar huis, om maar gauw alles achter de rug te hebben.

HOOFDSTUK 2

Nog geen honderd meter was Frits van huis, toen hij plotseling van schrik en verbazing vergat te trappen, en doordat de wind hem meteen tot stilstand dwong, viel hij letterlijk van zijn fiets. Een ontzaglijk groot grijs gevaarte, een reusachtige grijze ballon kwam vlak boven de grond in snelle vaart langs het huis zweven, daarna dwars de weg over en richtte zich plotseling op, doordat een meeslepende kabel achter de hoogspanningsdraden van het elektrisch net bleef haken. Blauwe vonken schoten onder luid geknetter langs die kabel, toen rukte de ballon zich los en schoot weer verder, tot de uitgespreide takken van een grote eik in het weiland van buurman Hoeks hem opnieuw tegenhielden.
Vader en Jan kwamen de voortuin uit rennen met oude Gerrit achter zich aan. Bij Hoeks kwamen ook mensen naar buiten, maar Frits had zijn fiets al neergegooid en was ze allemaal voor. Nimmie, de jachthond, rende hem voorbij en won de wedloop. Hij zette zijn tanden grommend in de heen en weer slingerende kabel, Frits greep die ook en keek rond naar een paal of een boom, waar hij de ballon aan vast kon leggen.
'Hou vast, hou vast!' schreeuwde Jan, die in volle vaart kwam aanhollen. Dat hoefde je Frits niet te vertellen. Die liet niet los; zelfs niet toen de ballon bij een harde windstoot langs de takken gleed en er opnieuw vandoor ging. Frits werd omvergerukt en over de grond gesleept, maar nóg hield hij vast, in de hoop dat zijn broer hem te hulp zou komen. Maar die was verschrikt blijven staan; er was trouwens geen hollen tegen. Zelfs Nimmie kon de vluchteling nauwelijks bijhouden.
Frits beet zijn tanden op elkaar en vocht ervoor om zijn evenwicht te bewaren. Een poosje lukte hem dat, toen nam hij stappen als de reus met de zevenmijlslaarzen, het weiland af, een brede sloot over, een bouwland op... Maar plotseling draaide hij weer als een tol in het rond en ineens, bij een felle windstoot, voelde hij zich de lucht ingaan en zag de aarde snel onder zich voorbijschieten. Toen werd het Frits te bar en van enkele meters hoogte liet hij zich vallen. Hij kwam in een versgeploegde akker

terecht, waar hij een paar keer over de kop rolde en daarna op zijn knieën de ballon bleef nastaren. Die zweefde snel verder, eerst langs een paard in een weiland, dat in wilde schrik op hol sloeg; toen langs een boerderij, waar mensen uit te voorschijn kwamen, die het vreemde ding ook tevergeefs achtervolgden; daarna de hei op, de grijze horizon tegemoet.
Inmiddels had Jan zijn broer bereikt en klopte hem hijgend schoon. Vader kwam er ook bij, informeerde bezorgd of hem niets mankeerde, en toen ze zeker wisten dat alles goed met hem was, moesten ze eerst eens uitlachen, omdat het zo'n mal gezicht geweest was toen hij aan die kabel hing te bengelen. Daarna, terwijl de hond nog nagrommend om hen heen liep, aanvaardden ze de terugreis naar oom Gerrit, die met zijn oude stijve benen voor de sloot was blijven staan en al uit de verte riep, waarom Frits nou dat ballonnetje niet voor hem meegebracht had – hij had er ook zo graag een poosje mee willen spelen!
In een groepje, buurman Hoeks er ook bij, de ruggen naar de wind, bleven ze even staan praten. Het was een Engelse sperballon, die zeker door de storm was losgeraakt, vertelde vader. Londen was omringd door sperballons, die de vijandelijke vliegtuigen dwongen om de stad hoog te naderen, zodat ze tijdig opgemerkt en beter bestreden konden worden. Er was al eens eerder bij zuidwestenwind zo'n ding over het land komen zweven.
'Als je vastgehouden had, had je nou al in Duitsland gezeten!' lachte de buurman.
'Daar kan hij nog gauw genoeg komen,' meende oom Gerrit. Hij sloeg Frits op de schouder. 'Maar je bent toch een baaskerel!' prees hij. 'Wat jij vast hebt, dat laat je niet gauw weer los!'
En toen zwegen ze, want de wind sloeg ze de woorden voor de mond weg en ze gingen terug naar huis. Frits moest eerst zijn fiets halen en was de laatste. Guusje, zijn zus, kwam hem met fladderende haren tegemoet op het tuinpad met een melkemmer aan de arm. Ze wilde niet opzijgaan en dat gaf natuurlijk een flinke stoeipartij. Moeder stond het voor het raam lachend aan te zien met Hansje op de arm. Bijna anderhalf jaar was Hansje nu al; een lief grappig kereltje. Hij stak zijn armpjes naar Frits uit, toen die voor het raam bleef staan, en zat te springen op moeders arm van plezier om de gekke grimassen, die zijn broer maakte om hem aan het lachen te krijgen. Frits was dol op het kind, net als de anderen. Hij liet zich een zoentje geven tegen de ruit en lachte om het platgedrukte neusje achter het glas. Toen bracht hij zijn fiets in de garage.
Daar waren vader, oom Gerrit en Jan bij de werkbank bezig om postpakketjes klaar te maken, gevuld met roggebrood, spek of bruine bonen, voor

familie en vrienden in de grote steden. Oom Gerrit woog ze af, Jan pakte ze in en vader schreef de adressen. De rantsoenen waren pas weer verlaagd; er waren al veel mensen die gebrek begonnen te lijden, maar hier bij de boeren was nog genoeg te krijgen.
'Ben jij vrij vandaag, Frits?' vroeg zijn broer. En toen Frits knikte: 'Fijn joh, kun je mooi met ons mee vanmiddag. Vader moet er met de auto op uit. Guusje gaat ook mee. Mag wel, hè vader?'
'Leuk,' zei Frits. 'Maar eh... ik ben er uitgestuurd, vader. En ik mag vandaag en morgen niet terugkomen.'
Ziezo, het was eruit. Hij zag de handen van vader plotseling stilhouden, maar durfde niet goed op te kijken. Hij wist, wat er nu in vaders ogen lag: onrust, verdriet, zorg... Verdraaid, daar had hij ook wel eens eerder aan kunnen denken, dat dit ogenblik moest komen...
'Bij wie?' hoorde hij zijn vader vragen.
'Bij Muys, vader.'
'Kom mee,' zei vader kort. En tegen de anderen: 'Jullie kunnen het nu vóór het eten zonder mij wel af. Jan, zet Keizersgracht 107bis ook nog even op de lijst. Je weet wel.'
'Sterkte, allebei!' wenste oom Gerrit. Die kon het nu eenmaal nooit laten om de grappigste kant van een zaak te zien, al was het ook nog zo ernstig.
Vader ging Frits voor naar het atelier. Daar stond al wekenlang hetzelfde onvoltooide ontwerp van een boerderij op het tekenbord. Vader kwam er haast niet meer toe om te werken. Er werd trouwens bijna niet meer gebouwd.
'Vertel op,' zei vader, toen ze tegenover elkaar zaten. 'Vanaf het begin en zonder iets over te slaan.'
Daar kwam het verhaal. En nu Frits gedwongen was om onder vaders ernstige ogen zich alles weer voor de geest te brengen, was het alsof hij het meteen zag in een ander licht. Hij was toch wel erg hard van stapel gelopen, hij had het te bar gemaakt. Maar zijn bedoeling was goed geweest, dat kon hij ook nu nog niet anders zien. Die man hoorde niet meer in de school; die moest maar naar Duitsland gaan om daar in de fabrieken te werken als hij zo graag wou dat Duitsland de oorlog won. En dat zei Frits ook.
'Zo?' vroeg vader. 'Hoort die man niet meer in de school? En wat heeft hij dan wel in de school gedaan, waardoor hij niet meer waard zou zijn om voor de klas te staan? Heeft hij het onder de les voor de Duitsers opgenomen of heeft hij kwaad gezegd van de koningin of onze regering in Londen?'

'Nee, dat niet,' moest Frits erkennen. 'Maar iedereen weet toch wel, hoe hij erover denkt?'
'Daar heb jij niks mee te maken,' zei vader. 'Hij mag denken wat hij wil en hij mag er zelfs eerlijk voor uitkomen als burger van een land dat vrij en democratisch wil zijn. En als jij hem dat niet gunt, dan ben je geen haar beter dan de moffen, want die gunnen ook niemand een eigen vrije mening. En bovendien, hij is je leraar en jij hebt hem te gehoorzamen en beleefd te behandelen. Als hij iets zegt waar jij het niet mee eens bent, dan kun je ertegen in verzet komen – heel beleefd en bescheiden ook nog, als kleine domme jongen! – maar wat je nu gedaan hebt, is dom en wreed en kinderachtig. Stommerd, zie je dan niet dat de anderen je er lekker alleen voor hebben laten opdraaien? Dat je de clown en de waaghals gespeeld hebt voor de klas? Als het niet zulk slecht weer was, dan stuurde ik je meteen weer naar de stad om het met meneer Muys in orde te maken.'
'Maar vader,' protesteerde Frits nog, 'hij is een landverrader. Ze zeggen van hem...'
'Och, er wordt zoveel gekletst en geroddeld!' zei vader boos. 'Geloof toch niet alles, jongen. Ik ken Wiebe Muys langer dan vandaag. Hij is een eerlijke, trouwe kerel met een sterk rechtvaardigheidsgevoel; het bestaat niet dat hij het met de nazi's houdt. En als jij hem veroordeelt zonder dat je bewijzen hebt, – ik zeg al weer, dan ben je niks beter dan de moffen. Die hebben al op verschillende plaatsen in het land mensen tegen de muur gezet en ze doodgeschoten zonder behoorlijk bewijs van hun schuld. En begrip voor de overtuiging van een ander hebben ze helemaal niet. Maar van ons wordt dat voorlopig nog wel verwacht. Weet je wat ik denk? Dat meneer Muys een gloeiende hekel heeft aan de Engelsen...'
'O ja,' zei Frits, 'dat laat hij duidelijk genoeg merken.'
'Zie je wel? Hij heeft er ook wel zijn reden voor om over de Engelsen niet al te vriendelijk te denken. Heb ik je nooit iets over hem verteld? Hij is in Zuid-Afrika geboren; zijn vader was een Transvaler, zijn moeder een Hollandse...'
'O, dáárom noemen ze hem soms de Afrikaan!' zei Frits.
'Doen ze dat nog? Zo noemden wij hem vroeger al, toen hij nog jong onderwijzer was en ik op de HBS ging. Dat was zijn erenaam in die tijd. Zijn vader was in de laatste vrijheidsoorlog van de Boeren tegen de Engelsen gesneuveld en hij had met zijn moeder in het concentratiekamp gevangengezeten. Weet je niet dat de Engelsen toen duizenden vrouwen en kinderen hebben opgesloten om de Boeren te dwingen de strijd te staken en dat er toen heel wat van honger en ellende gestorven zijn? Zijn

moeder is na de vrede, – was dat niet in 1902? – met hem naar haar familie in Nederland getrokken, maar zij is er nooit meer overheen gekomen en al jong gestorven.'
Frits zat diep onder de indruk te luisteren.
'Hebben de Engelsen dat heus gedaan?' vroeg hij.
Vader knikte.
'Is het een wonder dat hij ze haat?' vroeg hij. 'Je kunt het nu begrijpen, hè? Goed is het intussen niet. Je mag geen mensen haten en geen volken ook. Het kwaad, het onrecht mag je haten, móét je haten zelfs, maar niet de Engelsman en ook de Duitser niet. En Muys moet onder het oog worden gebracht dat hetzelfde kwaad waarom hij de Engelsen haat, ook en minstens zo erg bij de Duitsers voorkomt: die hebben ook hun concentratiekampen, waar het heus niet zachtzinniger toegaat. De oorlog maakt de mensen soms wreder dan dieren, Frits. Laten wij ervoor oppassen dat het met ons niet gebeurt. Weet je wat, we gaan vanavond samen naar Muys toe, dan besparen wij hem ook de lange reis naar hier. Jij begint met keurig je verontschuldigingen aan te bieden en daarna zal ik met hem praten. Afgesproken...?'
Frits knikte dankbaar.
'Jochie, jochie,' zei vader, 'jij met je onnadenkende kop, pas dan ook eens een beetje op in het vervolg. Wat zul je jezelf nog een verdriet berokkenen, als dat niet verandert met jou.'
'Ik zal mijn best doen, vader,' zei Frits en hij meende het eerlijk. Want die arme Muys toch, wat had hij die man beledigd...! In gedachten zag hij hem nu als een bleek en mager jochie naast een uitgeteerde vrouw achter het prikkeldraad. Wat zou hij, Frits, zelf gezegd hebben, als hem dat allemaal overkomen was...?
Opeens sprong vader op.
'Frits, als de drommel, het is bijna tijd voor Purmerend!' Frits begreep meteen wat vader bedoelde. Hij rende naar binnen en zette de radio aan. Oom Gerrit en Jan, door vader gewaarschuwd, kwamen haastig binnen. Daar was ook buurman Hoeks, die zelf geen radio had en daarom iedere dag hier het nieuws kwam beluisteren. Hoor, rom-pom-pom-póóm, daar was het V-teken, ze waren nog net op tijd. En terwijl moeder kleine Hansje naar zijn bedje bracht en Guusje met Margje, het dienstmeisje, de tafel dekte, luisterden de anderen gretig naar de stem uit de vrije wereld, de stem van strijdend Nederland, Radio Oranje in Londen. Zo zaten nu in heel het door de Duitsers onderdrukte land de mensen bij hun toestellen, hoe streng het ook verboden was om naar de uitzendingen uit

Engeland te luisteren. Het kon hier veilig; geen verrader had de kans om ze te betrappen. En al probeerden de Duitsers het luisteren onmogelijk te maken door op dezelfde golflengte allerlei storende geluiden uit te zenden, het was meestal toch wel te verstaan.
Veel bijzonders was er ditmaal niet. Het ging over Rusland, waar de Duitsers hier en daar terug moesten trekken voor Russische skitroepen en over een groot Amerikaans stoomschip, waarvan de Duitsers beweerd hadden dat ze het tot zinken hadden gebracht, maar dat veilig met zijn voorraden in Engeland was aangekomen. En toen was er nieuws over Indië, dat arme Indië, dat het lot van Nederland moest delen en dat veroverd werd door een misschien nog veel wredere vijand. Hoe lang was het nu geleden dat de oorlog daar begon? Ruim drie maanden. Op 7 december van het vorig jaar was Japan met Amerika in oorlog gekomen, doordat het verraderlijk de Amerikaanse vloot in de haven Pearl Harbour had overvallen en een dag later had Nederland aan Japan de oorlog verklaard. Onze duikboten en torpedojagers hadden heel wat Japanse schepen tot zinken gebracht, maar bij de slag in de Javazee, eind februari, was bijna onze gehele vloot vernietigd en de dappere bevelhebber, Karel Doorman, was met het grootste deel van zijn mannen gesneuveld. O, Frits wist het nog, wat een ontroering dat had verwekt, op die zondag, enkele weken geleden, toen die vreselijke tijding bekend was geworden. Nu was Indië niet meer te redden. Schepen vol landingstroepen voeren het mooie eilandenrijk binnen, overal sprongen de kleine gele kereltjes bij duizenden aan wal en Indië werd onder de voet gelopen, zonder dat ons kleine leger het verhinderen kon. Maar de verbeten tegenstand van onze macht in Indië had toch grote waarde gehad, meende vader, want daardoor zou Australië gered worden en van daaruit kon de vijand worden bestreden.
Onder het eten werd daarover doorgepraat, maar moeder had er niet veel aandacht voor. Die keek telkens bezorgd naar buiten, waar sneeuwvlokken langs de ramen begonnen te vliegen.
'Is het nu wel nodig dat je er met zulk weer uit gaat?' vroeg ze.
'Ja,' antwoordde vader. Hij had een bindende afspraak. Een paar families in Zwolle rekenden erop dat ze een kalkoen kregen voor de zondag. Je kon die mensen toch niet zonder vlees laten zitten?
De toon waarop vader dat zei, deed Frits opkijken. Hij wist niet, of het een grap was of dat vader het werkelijk meende. Maar toen oom Gerrit er met een grijns aan toevoegde dat het juist prachtig weer was om kalkoenen te vervoeren, omdat ze het nu niet zo benauwd warm zouden hebben in die kleine bagageruimte, begon hij te vermoeden dat de reis ook een ander

doel had, waar niet over gesproken mocht worden. Er was in deze tijd weleens vaker iets geheimzinnigs, waar je maar beter niet naar kon vragen. Hij gaf zijn ogen goed de kost, toen na het eten de auto door Jan naar buiten werd gereden, maar oom Gerrit riep hem, want die had zijn hulp nodig bij het vangen van de kalkoenen. Het leek wel, of die vogels begrepen wat hun boven het hoofd hing, want toen oom Gerrit de ren binnenging, liepen ze verschrikt dooreen en de hanen stonden verontwaardigd te loederen. De oude man, die nooit anders dan kippen had gehouden, mocht dit soort vogels niet en had ze namen gegeven van de meest gehate Duitsers.
'Wie zullen we nemen?' vroeg hij. 'O, Herr Hitler, sta je maar niet zo op te winden! Daar kun je bij je soortgenoten nog indruk mee maken, maar bij ons niet, hoor! Hoe harder je schreeuwt, hoe benauwder je het hebt in je hart. Maar we zullen nog een beetje geduld met je hebben. Wacht es, die dikke Goering lijkt me beter voor vandaag. Kom hier, Hermann, jij hebt het verdiend, want je hebt beloofd dat er geen Engels vliegtuig boven Duitsland zou komen en nou wordt de hele boel platgegooid. Hou vast, Frits, en denk eraan dat het een brutale rekel is. Wie zullen we hem geven voor gezelschap? Goebbels, die leugenaar? En dan nog een dame voor de gezelligheid. Daar zullen we Eva Braun maar voor nemen…'
En zo werden de ministers van luchtvaart en propaganda samen met de secretaresse van de Führer in het achterbakje van de DKW gestopt, nadat over de bodem een grote lap gummi was uitgespreid. Daar zaten ze in het donker na te mopperen toen de auto, bezorgd door moeder nagekeken, de laan uit reed. Guusje was toch maar thuisgebleven, om moeder gezelschap te houden en om straks Hanneke uit school te halen, die met dit ruwe weer wel een beschermster nodig had. Maar Frits mocht mee en zat heerlijk op de achterbank. Hij had het niet verdiend, had moeder gezegd, nadat ze alles gehoord had. Frits gaf haar gelijk en dankbaar keek hij naar de leuke jongensachtige kop van zijn vader en naar diens sterke handen, die vast op het stuur lagen. Hij mocht tevreden zijn met z'n papa. Streng was hij, maar nazeuren deed hij nooit. Nou ze gepraat hadden en Frits beterschap had beloofd, was alles weer in orde.

HOOFDSTUK 3

De ruitenwisser kon nauwelijks de natte sneeuw op de voorruit verwerken. De storm joeg soms zo onverwacht om een boerderij of een bosje langs de weg dat de auto voelbaar opzij werd geduwd. Maar vader scheen bijzonder in zijn schik te zijn en floot het versje van Lili Marleen. Tot hij plotseling zweeg, want de wagen begon hevig te slingeren en hij moest hem snel aan de kant zetten.

'Die ellendige banden ook,' zei hij. 'Er is er vast weer een kapot. Kijk eens gauw.'

Het was de rechtervoorband. Frits greep de krik, Jan was al bij het reservewiel. Binnen tien minuten waren ze klaar en reden verder. Maar geen kwartier later stonden ze weer, nu met een kapotte achterband. Ditmaal gebeurde het gelukkig midden in een groot dorp en geen vijftig meter verder was een garage. Ze duwden samen de wagen daarheen en vader drukte op de claxon. Er kwam niemand. Daarom schoof hij zelf de deuren open en met inspanning van alle krachten duwden ze de auto over de drempel.

Een man in een blauwe overall kwam zwijgend naar hen toe slenteren, een stuurse onvriendelijke jonge kerel. Hij keek met een verachtelijke blik naar de DKW en daarna met dezelfde blik naar de bezoekers en toen vader hem vroeg of hij twee banden kon repareren, zei hij: ''t Zal wel moeten, hè? We hebben het anders veel te druk voor zulke karweitjes. Voordat wij rijden kunnen, komt er nog wel wat anders kijken dan slechte banden.'

'Ik dacht dat het hier een garage was,' zei vader.

'Een garage?' riep de man verontwaardigd. 'Een smederij en een gasfabriek, meneer!' En hij wees naar een oude Chevrolet met een gasgenerator, die hij bezig was te repareren. 'In een garage horen auto's,' ging de man op bittere toon voort, 'en die hebben de Duitsers gevorderd. Maar ja, er zijn nog altijd mensen, die er een hebben en die op benzine kunnen rijden... De heren die onze paarden vorderen bijvoorbeeld. Moe' je daar ook naartoe?'

'Nee,' antwoordde vader. 'Daar heb ik gelukkig niets mee te maken. En wat u denkt, dat is niet zo. Begrijp je? O zo!'
De man keek vader even onderzoekend aan.
'We zullen zien,' zei hij. 'Kom over een uur maar eens weer.'
'Hij zag ons natuurlijk voor NSB'ers aan,' zei Jan, toen ze de garage uit waren.
''t Is te begrijpen,' antwoordde vader.
Ja, het was ook vreemd dat vader, terwijl bijna alle auto's door de vijand gevorderd waren, nog mocht rijden en zelfs een behoorlijke toewijzing kreeg voor benzine. Voor de jongens was het ook een grote verrassing geweest, toen de auto, na bijna twee jaar op de blokken gestaan te hebben, op een dag weer rijklaar was gemaakt en dat vader een rijvergunning had gekregen van de rijksverkeersinspectie. Jan begreep het nu wel: de meneer die de vergunning had afgegeven, zogenaamd voor vaders werk, was 'goed' en hij had het gedaan, omdat de wagen gebruikt moest worden voor vaderlandslievende doeleinden. Maar Jan vond het nog steeds vervelend, als hij wantrouwen opmerkte bij de mensen op de weg; als ze slechts met tegenzin opzijgingen of met een minachtend hoofdgebaar iets tegen elkaar zeiden. Eens, toen de auto erg stoffig was, en ergens een half uur geparkeerd had gestaan, had een straatjongen een hakenkruis op de deur getekend...
Nou, daar liepen ze nou in een vreemd dorp en bij slecht weer en wat moesten ze uitvoeren al die tijd? Ze gingen eerst de kerk maar eens bekijken, een eeuwenoud gebouw, waar vader veel belang in stelde. Maar de wind joeg ze de huiveringen over het lijf; bij kerken scheen het altijd het ergst te waaien. Daarom slenterden ze verder en kwamen op het marktplein, waar een grote drukte heerste. Hier was de paardenvordering. In lange rijen stonden de dieren te wachten met hun eigenaars erbij, terwijl keurmeesters in gezelschap van een paar Duitse officieren van het ene exemplaar naar het andere gingen.
'Kom,' zei vader, 'daar gaan we niet naartoe. We zullen een café zien te vinden, waar we iets warms kunnen drinken.'
Dichtbij was een groot café-restaurant, maar bij de deur maakte vader resoluut rechtsomkeert en trok de jongens mee.
'Hebben ze die dingen hier ook al?' vroeg hij verontwaardigd. 'Nee jongens, daar doen we niet aan mee.'
'Wat is het dan?' vroeg Frits.
'Zie je niet wat daar hangt?' vroeg Jan.
Aan de binnenkant van het raam, vlak naast de deur, hing een bordje met het opschrift: 'Voor joden verboden'.

'Nou, wij zijn toch geen joden?' zei Frits.
Hij had wel eens vaker van die stomme dingen. Hij praatte soms, vóór hij nadacht.
'Wou jij dan zo'n vent bevoordelen, die meedoet om de joden te plagen?' lichtte Jan hem in.
Toen ging Fritsje een licht op.
'Natuurlijk niet, die snertvent zal geen cent aan ons verdienen!' zei hij.
'Dachten de mensen er maar allemaal zo over,' zei vader. 'Maar er zijn er niet veel, die er zich aan storen. De bioscopen zitten elke avond vol, al hangen ook daar die bordjes. Maar in Amersfoort, jongens, werd een concert gegeven en vóór de aanvang werd bekendgemaakt dat joodse bezoekers de zaal moesten verlaten. En weet je wat er gebeurde? Alle aanwezigen stonden op en liepen weg; alleen een paar NSB'ers en Duitsers bleven zitten. Hoe vind je dat?'
'Prachtig!' riep Frits. 'Hoe weet u dat, vader?'
'Ja, hoe weet ik dat? Dat moet je niet vragen. En denk erom, als je 't verder vertelt, dat jij ook niet zegt waar je 't vandaan hebt. Maar ik sta ervoor in dat het waar is.'
'Daar is weer een café,' wees Jan.
'Weer een moffenknecht,' zei Frits al.
'Zou er geen enkele goede vaderlander zijn onder de caféhouders hier?' vroeg vader zich af.
'Ze krijgen misschien niks meer geleverd, als ze die dingen niet ophangen,' veronderstelde Jan.
'Dan moeten ze maar liever sluiten,' zei vader beslist. 'Als wij allemaal pal stonden voor de joden, zou de vijand misschien niets tegen hen durven te beginnen. Maar nu zul je eens zien, wat die arme mensen nog te lijden krijgen, als niet gauw aan die vreselijke oorlog een einde komt. Dit zijn gemene plagerijen, maar toch nog onbelangrijk bij wat komen gaat...'
'In het voorjaar komt de invasie,' zei Frits beslist.
'Ik hoop het!' wenste vader.
Ze liepen de straat in die naar de garage terugvoerde. Daar was een oud boerencafé met een veranda en hoopvol kwamen ze dichterbij. Maar ook hier was het mis.
De jongens wilden al teruggaan, maar vader bleef staan. Hij gluurde door het raam, hij keek naar het bordje, floot een paar tonen en moest ophouden van het lachen.
'Kom,' zei hij en stapte snel naar binnen. Frits volgde hem op de voet. Jan aarzelde even en zag plotseling het bordje voor het raam verdwijnen.

Enkele ogenblikken later stond zijn vader alweer in de deuropening en nodigde hem vrolijk binnen.
'Kom maar, hoor! 't Is hier allemaal in orde. Iedereen is welkom en het is hier lekker warm.'
Ze schaarden zich om de kachel en hadden de grootste schik, want ze begrepen dat het bordje al in vaders binnenzak zat.
'Hou je goed,' waarschuwde vader binnensmonds.
Een herbergier met een blauw voorschoot over zijn dikke buik kwam binnen en vroeg wat ze wensten.
'Koffie?' vroeg hij, toen ze het niet dadelijk wisten.
'Die smerige surrogaat?' zei vader. 'Niks hoor, we zijn nog maar kwajongens, geef ons maar elk een glas melk. Heb je die? Graag warm.'
Hij stak een sigaret op, gaf er Jan ook een en keek Frits met een olijk gezicht aan.
'Vooruit, jij ook,' zei hij toen. 'Al heb je dan nog geen tabaksbon. Omdat ik zo'n schik heb vandaag.'
En toen schoten ze weer alle drie in de lach.
Tegelijk met de melk kwamen drie boeren binnen, die met sombere gezichten bij de kachel gingen zitten. De oudste zuchtte zwaar, toen hij naast vader ging zitten.
'Koud hè?' begon vader een praatje.
De man knikte.
'Tegenslag?'
'Och meneer, waar mot dat naartoe?' zei de man.
'Paard gevorderd?'
'Mijn beste driejarige ruin, meneer!'
'Maar je krijgt er toch een goeie prijs voor?'
'Wat heb ik daaraan, meneer, als ik niet weet hoe ik mijn land klaar moet krijgen? Het is toch al zo laat van 't jaar en het enige wat ik nou nog heb, is een dier van twaalf jaar, dat geen zwaar werk meer kan doen. En dan moet je meer verbouwen voor de productieslag! Zegt u dan maar eens hoe ik dat klaar moet krijgen. De boeren moeten altijd lijden, meneer.'
'Nou, nou,' suste vader. 'Jullie hebben in ieder geval nog eten in overvloed en in de stad krijgen ze niet half genoeg meer.'
De man scheen het niet eens te horen. Hij was vol van zijn eigen zorgen. Peinzend stak hij zijn pijp aan. Wat had hij daar toch ingestopt? Het leek wel kersenblad. In elk geval stonk het verschrikkelijk.
'En als je de krant leest, dan beloven ze je van alles,' zei hij. 'Gisteren nog...'

'Welke krant lees je?' vroeg vader.
'*Volk en Vaderland*,' zei de boer. 'En het blad van de landstand vanzelf.'
'Ben je lid van de NSB?' vroeg vader.
'Ja, waarom niet?' antwoordde de man. 'Ze werden het hier allemaal en toen ben ik ook maar meegegaan. Die Mussert, dat leek niet zo kwaad, wat die over de boeren zei. Maar ik geloof dat die ook al niet te vertrouwen is.'
'Dat durf ik niet te zeggen,' zei vader. 'Maar als jij NSB'er bent, man, dan moet je maar vrolijk je paard afstaan, want dan doe je het toch voor je vrienden? En als de Duitsers de oorlog gewonnen hebben, met jouw paard – dan krijg jij een mooie grote boerderij in het Oostland, in Rusland, weet je wel...?'
'Ik wil niet naar Rusland,' zei de boer en hij mopperde door. Maar vader keerde hem de rug toe, betaalde en liep met de jongens de straat op. Het uur was nog niet om, maar ze gingen toch maar eens kijken bij de garage en tot hun verrassing stond de auto klaar. De baas maakte net de voorruit schoon en ontving ze met een heel ander gezicht dan daarstraks.
'Voor mekaar, meneer,' zei hij. 'U kunt weer verder, ze zullen 't nu wel een poosje houden. 't Is anders niet veel meer, die banden van u.'
'Weet u niet een paar betere voor me te koop?' vroeg vader.
'Daar zou misschien wat op te vinden zijn. Kom maar eens even mee.'
Hij nam vader apart en toen ze terugkwamen, namen ze afscheid met een hartelijke handdruk en hield de man het portier voor vader open.
'O ja,' zei hij toen, 'kijk uw tassen even na vóór u op de weg komt. Ik ben zo vrij geweest om er even in rond te neuzen en toen wist ik meteen wat voor vlees ik in de kuip had...'
Vader keek hem snel aan, deed een greep in de zijtas op het portier en zat met een paar krantjes in handen.
Vrij Nederland stond erop. Het was het geheime blad dat in stilte verspreid werd.
'Als u er geen raad mee weet,' zei de man lachend.
Vader stak ze hem snel toe.
'Bedankt,' zei hij. 'Je bent een fijne kerel. Tot de volgende week dus.'
Maar op straat vroeg hij strak: 'Hoe kwamen die dingen daar? Weet jij daar wat van, Jan?'
En Jan stotterde met een kleur: 'Het is een stommiteit van mij, vader. Ik zat er gisteren bij u in 't atelier in te lezen, toen er bezoek voor u kwam. Ik ging naar mijn kamertje, maar dat werd schoongemaakt. Toen ben ik

in de garage in de auto gekropen en daar heb ik zitten lezen. Maar toen moest ik even de kippen voeren...'
'Ja, stil maar,' zei vader. 'Die vergeetachtigheid van je had ons lelijk kunnen opbreken, als je dat maar begrijpt. Wees toch voorzichtig, jongen!'
Met zijn leuke vrolijkheid was het gedaan. Maar even later brak zijn lach weer door en hij zei: 'Nou ja, we halen allemaal weleens een stommiteit uit. Jullie hebben er nu beiden één gepresteerd vandaag...'
'En nu bent u dus aan de beurt,' zei Frits.
'Ik hoop ervoor bewaard te blijven,' zei vader ernstig. 'Trouwens, ik heb nooit zo sterk als in deze tijd het gevoel gehad dat je bewaard moet worden, wil alles goed met je gaan. En als ik niet zeker wist dat Iemand voor ons zorgde, jongens, nu, dan reed ik hier nu niet. Begrijp je dat?'
Hij keek ze beiden snel even aan. Zijn ogen keken blij, zijn mond lachte. Dat was zo fijn met vader; hij deed nooit overdreven vroom en als hij zoiets zei, wist je dat het echt was, dat het recht uit zijn hart kwam. Even later zat hij te fluiten en Frits schikte naar voren, met zijn hoofd bijna tussen de beide anderen en legde zijn handen op de schouders van zijn vader en zijn broer. Zo reden ze de stad in.
Het sneeuwen was opgehouden, maar de smurrie lag dik op de straat en de modder spatte naar alle kanten. Vader stopte op de markt, keek op zijn horloge en zei: 'Over een klein uur op ditzelfde punt, jongens, maar dan aan de overkant. Afgesproken?'
'Kunnen we niet mee?' vroeg Frits teleurgesteld.
'Nee,' zei vader. 'ik moet naar een paar oude mensen, die niet veel drukte aan hun hoofd kunnen hebben. Snap je?'
En weer wist Frits niet of dit ernst was, of dat hij met een kluitje in het riet werd gestuurd. Enfin, het was wel leuk om een beetje rond te wandelen in een grote vreemde stad. Nu het weer iets beter was geworden, was het tamelijk druk op straat. Huismoeders liepen te winkelen; ze stonden in rijen bij de slager om hun rantsoentje vlees voor de zondag, of drentelden voor de textielwinkels, waar nu alles alleen op 'punten' verkrijgbaar was. De scholen waren juist uitgegaan, het liep er vol met kinderen. En op het trottoir drentelde een man met een stapeltje kranten, waarvan hij er telkens een aanbood aan de voorbijgangers.
'*Volk en Vaderland*,' zei Jan. 'Laten we hier eens even wachten.'
Ze bleven in een portiek staan en hadden schik om de houding van de mensen, als ze de krantenman passeerden. De meesten keken hem niet eens aan; de vent was lucht voor hen. Maar anderen lachten hem in zijn gezicht uit en een werkman spuwde vlak langs het blad dat hem voorge-

houden werd. Een troep jongens met schooltassen onder de arm begon een liedje te zingen. Frits kende het ook wel en,als Jan het hem niet verboden had, was hij mee gaan doen:

'Op de hoek van de straat
Staat een NSB'er.
't Is geen man, 't is geen vrouw,
't Is een ras-plebejer.
Met zijn krant in de hand,
Staat hij daar te venten;
Hij verkoopt zijn vaderland
Voor zes rooie centen...'

De NSB'er was zo nijdig als een spin, maar de jongens stoorden er zich niet aan. Pas toen er een politieagent langzaam aan kwam fietsen, zwegen ze en liepen door. Een eind verder, bij een reclamezuil, groepten ze weer samen en hadden vreselijk veel pret.

'Kom,' zei Frits, 'laten we eens kijken wat ze daar hebben!' Op de zuil was een grote affiche geplakt met een reusachtige letter V en met kleine letters stond eronder: = *Victorie, want Duitsland wint op alle fronten.* Zo dachten de Duitsers de mensen in de war te brengen en de Engelse V-actie krachteloos te maken. Maar nu had een grappenmaker het woord 'wint' in 'overwintert' veranderd. En dat was hem zeker nog niet mooi genoeg, want toen had hij met houtskool op de beide armen van de V een paar handjes getekend en onderaan tussen die armen in enkele lijnen de kop van Hitler met zijn hanglok en zijn snorretje. Zo leek het alsof de Führer in zinkende toestand verkeerde en eronder stond met zwarte houtskoolletters, dwars door de opdruk heen: 'Help!!!'

Bijna alle voorbijgangers hadden schik om het geval, maar de meesten keken eerst om zich heen vóór ze elkaar durfden te wijzen op de grap. Intussen hoefde je hier niet te vragen hoe de gezindheid was van het grootste deel van het volk.

Vader was iets te laat op het afgesproken punt en terwijl de jongens stonden te wachten, kwam in zwarte uniformen een formatie van de WA voorbijmarcheren, de 'Weerafdeling' van de NSB. Ze stampten met hun laarzen even hard als hun grote vrienden, de Duitsers, en brulden nog harder hun strijdlied. Maar geen mens keurde ze een blik waardig; alleen het krantenmannetje stond zielig alleen met zijn hand omhoog de NSB-groet te brengen.

De jongens waren blij, toen ze het bekende wagentje zagen komen, want ze begonnen het koud te krijgen. Ze stapten snel in en reden de stad weer uit. Opeens hoorde Frits achter zich het geluid van een kalkoen.
'Hebt u ze niet verkocht, vader?' vroeg hij verwonderd.
'Nee,' zei vader. 'Vind je dat nou niet gemeen? Nu hadden ze hun vlees al bij een ander besteld...'
'Strop voor u,' antwoordde Frits. 'Dat is dus een reis voor niks geweest!'
'Nou, voor niks... Wij zijn toch gezellig uit geweest samen?'
Zo speelden ze hun spelletje en ze wisten geen van beiden zeker of het van de ander ook een spelletje was. Het begon donker te worden, vader knipte de verduisterde lampen aan. Jan vertelde wat ze in de stad gezien hadden, van de V-plaat af tot het voorbijtrekken van de WA toe.
'Pas een beetje op met die lui,' zei vader. 'Een paar dagen geleden hebben ze daar op de markt met hun koppelriemen op de mensen ingeslagen, omdat er een paar opzettelijk met de rug naar hen toe gingen staan. Blijf bij ze uit de buurt; ze denken dat de straat van hen is.'
'Mág dat zomaar?' vroeg Frits verontwaardigd.
'Die lui mogen alles,' antwoordde vader. 'De politie kan procesverbaal opmaken van hun optreden, maar dan komt het voor de vrederechter, een NSB'er, en die kerels komen er met een kleine boete af, maar hun slachtoffers draaien misschien nog de gevangenis in wegens belediging. Er is geen recht meer in Nederland, jongens. Maar dat zal niet altijd duren...! Wacht eens even, wat zullen we nou hebben? Ik had gedacht dat die kerels met dit slechte weer wel thuis zouden blijven...'
Aan de kant van de weg werd als stopsein een rood licht op en neer bewogen. Twee mannen hielden de auto aan, één in een leren jas, de andere in politie-uniform. Vader draaide het portierraam open.
'Goedenavond heren,' zei hij opgewekt. 'Wat is er van uw dienst?'
'CCD, meneer,' zei de burger. 'Wat vervoert u?'
CCD, wat was dat ook weer! dacht Frits. O ja, Crisis Controle Dienst, die de zwarthandelaars probeerde te pakken...
'Wat ik vervoer?' zei vader. 'Mijn beide zoons. Dat is niet verboden, wel?'
'Hebt u niets in de bagageruimte?'
'Ja, een paar kalkoenen. Die mag men vrij vervoeren, nietwaar?'
'Die wil ik graag even zien,' zei de man.
'En geef mij dan intussen de papieren,' zei de agent.
Vader gaf zijn portefeuille met papieren aan Jan, die moest uitstappen om de controleur bij de bagageruimte te laten, want die was alleen van

binnen te bereiken. Frits mocht blijven zitten, maar moest 'n beetje vooruitschikken, zodat achter hem het deksel open kon. De leuningen van de voorzittingen werden voorover geklapt en elk aan een kant bogen vader en de controleur zich naar binnen.
'Voorzichtig hoor!' waarschuwde vader. 'Doe het deksel niet te ver open. Als ze eruit vliegen, heb ik ze nog niet terug!'
De controleur lichtte met zijn zaklantaarn in de donkere ruimte. Hij keek, draaide zijn hoofd schuin en keek nog eens...
'In orde,' zei hij toen. 'Mooi vrachtje, meneer!' Hij lachte.
De papieren waren ook in orde. Ze konden weer gaan.
'Goede reis, meneer. En wel thuis,' wenste de controleur.
Waarom was hij zo ongewoon hartelijk? vroegen de jongens zich af. En pas thuis, in de garage, wisten ze het antwoord, toen Frits, vóór vader het verhinderen kon, het licht in de auto aanknipte en het deksel van de bagageruimte openklapte. De kalkoenen zaten in een hoek gedrongen met het gummikleed op een rolletje onder zich gekrabd. Open en bloot lagen naast hen de pakjes *Vrij Nederland.* Toen wisten ze dat ze aan een groot gevaar waren ontsnapt, doordat de controleur 'goed' geweest was. Het had ook anders kunnen zijn...
'Ziezo, nu hebt u uw beurt ook gehad!' zei Frits met een lach. Maar vader moest er nóg van zuchten.
'We mogen wel erg dankbaar zijn,' zei hij. 'Nou zie je 't, jongens, je kunt nooit voorzichtig genoeg zijn. Ik zal dat kleed in het vervolg aan de vier hoeken vast moeten maken... En Frits, jij weet dit nu, maar ik kan van je op aan, hè? Je kent dat aardige versje toch? *Doe als het visje onder water: spartel rond, maar hou je snater!* Begrepen?'
'Natuurlijk vader,' zei Frits.
'Geef me de hand erop.'
Dat deed Frits, bijna plechtig. En toen hij vader in de ogen keek, wist hij dat hij geen betere kameraad had op de hele wereld. Het had hem al vaak een beetje gehinderd als hij merkte dat er tussen vader en Jan dingen besproken werden, waarvan hij niets mocht weten. Nu hoorde hij er ook bij, nu werd hij als een man behandeld. En als een man hielp hij mee om de wagen leeg te maken. De kalkoenen werden weer bij de andere opgesloten, met de pakjes verdween oom Gerrit in het donker. Frits vroeg niet, waar ze bleven, hij dacht aan het versje van het visje.
Moeder stond al in de deur op de uitkijk en aan haar zoen merkte Frits dat ook zij niet onwetend was...

Die avond ging hij nog eens met vader uit. Meneer Muys deed zelf open en liet ze haastig binnen, omdat het licht uit de gang naar buiten straalde. De controle was streng.
Ze werden in de voorkamer gelaten, waar geen kachel brandde, en daar stak Frits maar meteen van wal. Muys zag zeker wel dat hij het oprecht meende, want hij liet hem niet eens uitpraten, maar legde hem de hand op de schouder en zei: 'Hou maar op, jong, ik begrijp je wel. Die vervloekte oorlog speelt ons allemaal wel eens parten en maakt een heleboel mensen een beetje dwaas. Laten we maar proberen om elkaar het leven niet onaangenaam te maken.'
Toen zuchtte Muys en streek met de hand over zijn voorhoofd, alsof hij lastige gedachten wilde verjagen.
'Nu zou ik u nog wel even alleen willen spreken,' zei vader.
'Goed,' zei Muys. 'Dan moet Frits zolang bij mijn vrouw in de achterkamer zitten.'
Frits zat er bijna een uur en het verveelde hem niet. Het was daar lekker warm en mevrouw Muys was een vriendelijke grijze dame, die hem twee kopjes thee schonk, hem foto's liet zien van Zwitserland en Italië en heel gezellig wist te vertellen over de reizen, die ze met haar man naar die landen gemaakt had. Het speet Frits bijna, toen de schuifdeuren opengingen en zijn vader met meneer Muys handenwrijvend van de kou binnenkwam. Vader nam meteen afscheid.
'Kom nog maar eens gauw terug,' zei mevrouw tegen Frits. En hij beloofde het graag.
In de auto zei vader: 'Het was precies zoals ik dacht; alleen met dat concentratiekamp was het nog veel erger. Met drie kinderen is zijn moeder erin gebracht. Met de kleine Wiebe is ze eruit gekomen. Kun je hem nu een beetje begrijpen...? Doe me een genoegen, en als een van je kameraden het nog eens waagt om hem lastig te vallen, geef die dan op mijn verantwoording een flinke draai om zijn oren. En waag het niet meer om hem landverrader te noemen. Hij is een poosje op de verkeerde weg geweest, maar ik verzeker je: hij komt geheel aan onze kant te staan. Hij heeft vanmiddag gezien dat een jood door een paar NSB'ers uit een winkel werd getrapt...'

HOOFDSTUK 4

Een paar weken later, op een mooie, bijna zomerse aprilmiddag, belde een lange magere jongeman aan bij het huis van de familie De Boer en vroeg, toen Jan hem de deur opendeed, of hij meneer mocht spreken.
Vader was niet thuis, maar toen Jan hem dat vertelde en de teleurstelling zag, die zich bij die mededeling op het bleke gezicht van de bezoeker aftekende, kon hij er niet toe komen om hem zonder meer weg te sturen. Hij bood hem aan om te wachten tot vader thuis zou komen en liet hem in het atelier. Daar gaf hij hem een stoel bij het raam en liet hem even alleen om moeder op de hoogte te brengen en een kopje thee voor de gast te vragen. Toen hij terugkwam, was de jongen op een andere stoel gaan zitten in de donkerste hoek van het vertrek. Daar zat hij onrustig om zich heen te kijken en toen Jan hem aanbood om een sigaret te rollen, bleken zijn handen zo te trillen dat hij het rokertje slechts met moeite klaar kon krijgen.
Ze maakten een praatje over het mooie weer en over de treinen die zo vol waren de laatste tijd. De jongen deelde mee dat hij uit Amsterdam kwam, en dat hij niet terug hoefde diezelfde dag. En toen stokte het gesprek en wist Jan niet meer, wat hij moest zeggen. Er was iets vreemds in de bezoeker dat hem een onrustig gevoel gaf. Hij deed zo gejaagd, zo schichtig, alsof hij zich hier helemaal niet op zijn gemak voelde, en hij rookte zijn sigaret veel te haastig. Er was ook iets met zijn haar: dat had 'n rare zwarte tint, die helemaal niet paste bij de opvallend blanke huidskleur van zijn gezicht. Als hij niet zo'n aardige kop had gehad en zulke eerlijke grijze ogen, zou je denken dat hij iets kwaads op zijn geweten had. Toen buurman Hoeks voor het raam langsliep, – in zijn zondagse pak, hij was zeker naar de stad geweest – schoof de jongeman zijn stoel nog meer terug en vroeg verschikt: 'Wie is dat?'
'Die?' vroeg Jan. 'O, dat is de buurman; die moet zeker even bij de tuinman zijn...'
'O,' zei de jongen, 'juist...' Hij lachte en zuchtte tegelijk. 'Ja, ziet u, ik dacht...'

Toen kwam moeder binnen met een kopje thee. Ze gaf hem een hand en hij stelde zich voor als Overbeek, Max Overbeek uit Amsterdam. Toen ging hij zwijgend in zijn thee zitten roeren. Maar het was moeder wel toevertrouwd om iemand op zijn gemak te stellen, dat bleek ook nu weer. Zij informeerde vriendelijk naar zijn werk en zijn reis en toen naar zijn ouders. Hij vertelde dat hij student in de medicijnen was, in Amsterdam een kamer had en dat zijn vader en moeder in Indië woonden, maar dat hij nu al in twee jaar niets van hen gehoord had. En toen hij over zijn moeder sprak, zat hij opeens zijn tranen te verbijten, greep moeders hand en barstte uit: 'O mevrouw, help me toch!' En daar kwam het verhaal. Hij was het eerste jaar van de oorlog gewoon doorgegaan met zijn studie, maar tijdens de februaristaking van vorig jaar, toen honderden joden in Amsterdam als vee bijeengedreven en weggevoerd werden, was hij de Duitsers gaan haten en daarna had hij zich met een paar vrienden gewijd aan allerlei klein verzetswerk: blaadjes verspreiden en fotootjes van de koningin en de prinses, en berichten doorgeven, die naar Engeland geseind zouden worden. Nu hadden ze een paar maanden lang twee Engelse piloten verborgen, die in de nacht bij Diemen met hun vliegtuig waren neergeschoten, maar zich met hun parachute hadden gered. Die moesten terug naar Engeland en zelf wilde hij ook mee, hij wilde vechten aan de kant van de Engelsen en de Amerikanen om zijn ouders te bevrijden. Drie vrienden wist hij over te halen om mee te gaan. Een van hen was in aanraking gekomen met een man, een zekere De Graaf, die hen in IJmuiden aan een motorboot kon helpen, zoals hij beweerde.

Ze hadden een paar besprekingen bij hem gehad; ook een keer bij Max op de kamer – die vent kende tenslotte de hele groep. Een oudere vriend had het hun afgeraden, een zekere... nee, hij zou de naam maar niet noemen. Maar zij hadden doorgezet, ze vertrouwden hun gids ten volle. Een paar weken geleden hadden ze allemaal een boodschap gekregen: het wás zover, ze konden weg, alles was klaar. Ze moesten 's middags om vier uur met de piloten op een adres in West samenkomen, daar zouden ze de laatste instructies ontvangen, en voor een auto die hen naar IJmuiden zou brengen was al gezorgd.

Hij was wat laat geweest; een studievriend, die van niets mocht weten, was hem komen ophouden. Later bleek dát zijn behoud geweest te zijn: toen hij in de buurt van het afgesproken adres kwam, stond de overvalwagen al voor en vanuit een café aan de overkant, waar hij naar binnen was gevlucht, zag hij dat zijn vrienden met de piloten geboeid naar buiten werden gebracht en met stompen van de geweerkolven in de wagen werden

gedreven. De vent die ze naar IJmuiden zou brengen, kwam naar buiten, toen het publiek zich verspreid had. Hij was in gezelschap van een Duitse officier, met wie hij zich lachend en pratend verwijderde, de schurk...!
Pas toen het donker begon te worden, durfde Max de straat weer op. Eerst was hij die oudere vriend gaan waarschuwen die van alles op de hoogte was geweest: de jongens zouden bij het verhoor zijn naam kunnen noemen. Hijzelf durfde niet naar zijn kosthuis terug. Die eerste nacht had hij onderdak gevonden bij de studievriend, die hem die middag zo lang had opgehouden; die had hij in vertrouwen genomen, want hij moest zijn hart bij iemand uitstorten. Maar toen durfde die jongen hem niet langer in huis te houden en de volgende dag moest hij naar een ander adres, bij de ouders van een andere student. Die had hij wijs gemaakt dat hij ruzie met zijn hospita had gehad en hij had zich ziek gehouden om thuis te kunnen blijven van de colleges. Maar een paar dagen later was de waarheid aan het licht gekomen, want toen waren de Duitsers op zijn kamer geweest en dat was onder de studenten bekend geworden. Toen was hij weer naar een ander adres gebracht, maar eerst had hij zijn haar laten verven om over de straat te kunnen. Daar was die oudere vriend, wiens naam hij niet wilde noemen, hem na een week komen waarschuwen dat zijn naam en foto in het politieblad stonden en dat hij dus gezocht werd als een misdadiger.
Iedere verkeerde agent zou hem kunnen aanhouden en aan de Duitsers kunnen overleveren. Het was beter, had die meneer gezegd, als hij zorgde dat hij zo gauw mogelijk Amsterdam uit kwam. En toen had die hem het adres van meneer De Boer genoemd en gezorgd dat hij met een auto in Amersfoort kwam. Vandaar was hij met de trein verder gereisd.
Die meneer had hem ook een briefje meegegeven... Kijk, hier was het. En nu hoopte hij maar dat hij hier niet weggestuurd zou worden, want dan zou hij niet meer weten, waar hij heen moest. Dan kon hij zich maar het best meteen bij de moffen aangeven...
'O mevrouw, help me toch als u kunt!' smeekte hij en hij snikte het uit. Hij was totaal overspannen van angst.
Toen deed moeder iets, wat zij alleen maar kon. Zij legde ontroerd de arm om de schouders van de jongeman en drukte zijn hoofd tegen zich aan, alsof hij haar eigen zoon was.
'Wees jij maar gerust, hoor jongen,' verzekerde ze. 'Wij zullen voor je zorgen. Kom, wees flink, je zit hier ver van Amsterdam, je hebt hier niets te vrezen. Kijk es an, nu heb je nog je thee niet opgedronken. Zal ik een vers kopje voor je halen? En wat wil je er nu eens voor een koekje bij, een

Duitsertje of een NSB'ertje...?' En ze hield hem een schaaltje voor met lange vingers en schuimpjes.
Toen lachte de jongen door zijn tranen heen en zei met een half verstikte stem: 'O, ik wou dat ik ze allemaal kon opvreten, die... die schurken!'
'Dat wou ik ook,' zei moeder. 'Maar ze zouden je misschien wel wat zwaar op je maag liggen... Zeg Jan, zou jij vader niet even kunnen halen? Je weet toch wel, waar die is?'
Ja, Jan wist het wel: vader had een geheime vergadering bij de dominee aan huis. Jan wist zelfs dat het over de Arbeidsdienst ging en de maatregelen die daartegen genomen moesten worden. Jongens van de leeftijd waarop ze anders soldaat hadden moeten worden, moesten zich nu melden om in grote kampen te worden ondergebracht. Daar zouden ze zogenaamd tot flinke kerels worden opgeleid, die de handen uit de mouwen wisten te steken, maar in werkelijkheid kregen ze een nationaal-socialistische opvoeding. Wie een goede Nederlander wilde zijn, moest zich daartegen verzetten.
Terwijl Jan in snelle vaart naar de pastorie fietste, waren zijn gedachten bij de jongeman, die hij bij moeder in het atelier had achtergelaten. Die had heel wat beleefd, maar was hij niet wat erg bang en zenuwachtig? Toen hij op de stoep stond, keek hij zo schichtig als een opgejaagd konijn. En die had leiding gegeven aan een groep jongelui en wilde piloten naar Engeland brengen...?
Maar toen hij met vader thuiskwam, – onderweg had hij die al van het meeste op de hoogte gebracht – bleek de jongeman aardig gekalmeerd. Hij verbleekte echter weer, toen vader tegenover hem ging zitten en een waar kruisvuur van vragen op hem richtte. Hoe hij precies heette, waar hij geboren was, hoe de naam was van zijn moeder en van zijn grootvader, in welke straat zijn ouders gewoond hadden in Bandoeng en bij welke professoren hij college had gelopen. Jan begreep plotseling, waarom vader dat deed: hij wilde zeker zijn dat deze jongen geen verrader was, die door de vijand erop uitgestuurd was om hem erin te laten lopen. Nou, dan kon hij gerust zijn; de antwoorden kwamen vlot en zonder enige aarzeling. Wie in de grijze ogen van de jongen keek, kon trouwens aan zijn oprechtheid moeilijk twijfelen.
'Laat mij die brief eens zien,' zei vader en de jongen haalde die uit zijn broekzak. Het waren maar een paar regels op een blaadje uit een zakboekje. Vader legde het ding op zijn bureau en liet niet merken of hij het handschrift herkend had.
'Hoe ben je hierheen gereisd?' vroeg hij.

'Met de trein naar Groningen en toen met de bus, meneer...'
'Heb je controle gehad onderweg?'
'Nee meneer, gelukkig niet. Ik was er aldoor bang voor...'
'Heb je aan iemand gevraagd, waar ik woonde?'
'Ja meneer, aan de conductrice van de bus...'
'Mmm, veel mensen in de bus?'
'Ja meneer, de bus was vol. De conductrice wist het niet, maar de man die naast mij zat, had mijn vraag gehoord en die heeft mij uw huis gewezen. O ja, dat was stom van mij, hè, om dat daar te vragen...!'
'Laat mij je persoonsbewijs eens zien?'
De jongen haalde met trillende handen een portefeuille uit zijn binnenzak. Vóór hij het persoonsbewijs gevonden had, nam vader hem alles uit handen en snuffelde de hele portefeuille door. Daarna bekeek hij het persoonsbewijs aan alle kanten.
'Heb jij erin zitten knoeien?' vroeg hij strak.
'Ja meneer, ik heb geprobeerd om de naam te veranderen.'
Vader schudde het hoofd.
'Zo is het veel gevaarlijker,' zei hij. 'Bij de eerste controle was je opgepakt. Je mag nog van geluk spreken dat je zover gekomen bent, ook al om dat gekke haar van je. Heb je dat geverfd? Hoe lang geleden?'
'Een paar weken, meneer.'
'Dan had je 't moeten bijverven. Aan de wortels is het weer rood; ik kan het van hier af zien. Had je een hoed op in de bus?'
'Ja meneer.'
'Vertel eens, wat zou je van die brief gezegd hebben, als je gevangen was genomen?'
'Brief?'
'Ja, deze brief van meneer Coenen. Daar staat in of ik je helpen wil, gelukkig zonder mijn naam en adres.'
'O meneer, die zouden ze nooit gevonden hebben!' verzekerde de jongen. 'Die had ik weggegooid of desnoods opgegeten...'
'En als ze dan naar het doel van je reis hadden gevraagd?'
'Ja, dat weet ik nog niet, wat ik dan gezegd zou hebben...'
'Dat had je moeten weten,' zei vader streng. 'Daar had je tevoren al over moeten denken, zodat je zonder aarzeling een antwoord had kunnen geven.'
'O meneer, maar ik zou uw naam nooit genoemd hebben!' riep de jongen.
'Nee?' vroeg vader. 'Weet je dat zeker? Weet je wat de Gestapo[24] met je doet, om je tot een bekentenis te dwingen?'

'O ja, meneer, ze mishandelen je vreselijk, ik weet het. En als ik aan die vrienden van me denk... Maar heus, meneer, dát zou ik nooit verteld hebben... Tenminste, ik hoop dat ik de kracht zou hebben gekregen om te zwijgen!'
'Dat klinkt al beter,' zei vader. 'Nou, wacht hier eens even, dan zullen wij eens praten.'
Hij wenkte Jan om mee te komen en zonderde zich met hem en moeder af in de slaapkamer. Hij zuchtte, toen hij vroeg: 'Nou, wat dunkt jullie? Wat moeten we met dat jongmens?'
'Vraag je dat nog?' zei moeder. 'Die arme jongen, die moet hier blijven natuurlijk! Je zou hem toch niet weg willen sturen, die stakker?'
Vader lachte.
'Die vrouwen, die vrouwen,' zei hij. 'Wat heb je nog gisteren tegen mij gezegd? Hou ermee op, zei je, met die verboden lectuur en met de hele rommel. Hou er helemaal mee op, ik kan er soms niet van slapen... En nu wil je iemand in huis nemen, die zwaar door de Duitsers gezocht wordt! Dat is veel gevaarlijker!'
'O, maar dit is heel wat anders,' beweerde moeder. 'Wat heb je een paar dagen geleden uit de Bijbel gelezen, hoe staat het ook weer in Jesaja zestien? Verberg de verdrevenen en verraad de vluchtelingen niet. Dat lijkt wel regelrecht hierop van toepassing. En ik heb nog nergens gelezen dat je met die gevaarlijke krantjes moet lopen.'
'Nee, maar er staat wel dat je de leugen moet bestrijden!'
'Dit is heel wat anders,' hield moeder vol. 'Hier gaat het om een mens, die in nood is. Die arme jongen; zijn vader en moeder zijn er niet; nu moeten wij voor hem zorgen – hij is gewoon op onze weg gestuurd. Wat zouden ze met hem doen, als ze hem te pakken kregen?'
'Ze zouden hem doodschieten,' zei vader.
'Nou, kijk es an!' schrok moeder. 'En dat zo'n aardige jongen, die nog maar nauwelijks volwassen is! Die beulen, die moordenaars, ze moeten het eens wagen om hem hier aan te raken, dan krijgen ze het met mij aan de stok. Zolang ik er nog ben, krijgen ze hem niet in handen...'
Ze had tranen in de ogen en was rood van verontwaardiging. Vader moest haar even in de armen nemen.
'Je bent een prachtvrouw, met een echt warm moederhart,' zei hij. 'Ik denk er net zo over als jij, hoor. Wij kunnen en wij mogen niet anders. En ik vertrouw die jongen wel, hij is volkomen eerlijk, maar hij heeft stomme dingen uitgehaald. Enfin, wij zullen nu moeten overleggen. Jan, waarschuw jij oom Gerrit eens even; die is nogal vindingrijk.'

In tegenwoordigheid van de oude tuinman, die met een paar woorden werd ingelicht, vertelde vader de jongeman dat hij kon blijven en diens vreugde was zo ontroerend dat hij oom Gerrits hart meteen gewonnen had. Ze spraken af dat hij ondergebracht zou worden in de kampeerwagen, die achter de schuur stond, maar die voor dit doel verplaatst zou worden naar het bos. Mocht zijn reisdoel opgevallen zijn en een huiszoeking ten gevolge hebben, dan zou hij daar toch veilig zijn. Vader nam op zich om hem een nieuw persoonsbewijs te verschaffen. De foto van het oude was bruikbaar.
'We moesten maar afspreken dat je een neef van me bent,' zei vader, 'een zoon van mijn broer uit Indië. Willem de Boer is je naam voortaan en je zegt maar oom en tante tegen ons. Waar ben je geboren, in Bandoeng? Dan houden we dat zo. Er moet ook een andere woonplaats worden ingevuld dan Amsterdam. Welke plaats ken je het best?'
'Rotterdam,' zei Willem de Boer. 'Daar heb ik een jaar met mijn ouders gewoond, toen ze met verlof waren.'
'Goed zo, dan woon je in Rotterdam. En als we je dan eens onderwijzer maakten? Lijkt je dat geen aardig baantje? Dan ben je hier tijdelijk met ziekteverlof, je bent overspannen, zullen we afspreken. Voorlopig is dat zelfs het dichtst bij de waarheid. Denk je voor alle zekerheid even goed in de nieuwe situatie in: je moet voor de vuist weg de straat kunnen noemen, waar je school staat en de namen van het hoofd en je collega's. Een bewijs van je verlof moet je ook kunnen tonen; nou, daar is misschien wel aan te komen. En verder heb ik je dit nog te zeggen, beste neef; je houdt je precies aan de voorschriften, die wij je zullen stellen en je gedraagt je voorzichtig, begrepen? Denk eraan dat je voortaan niet alleen je eigen veiligheid, maar ook die van ons in gevaar kunt brengen. Kan ik daarop aan?'
'Natuurlijk meneer... eh oom eh...'
'Evert Jan,' zei vader. 'Zeg maar oom Evert.'
'U kunt erop aan, oom Evert. U zult geen last van mij hebben,' beloofde Wim.
'En dan moet die pruik er ook nodig af,' grijnsde oom Gerrit.
'Natuurlijk,' zei vader. 'Maar de kapper kunnen we er moeilijk bij halen?'
'De kapper?' vroeg oom Gerrit. 'Voor zulk haar? Die man zou zich beledigd voelen. Ik heb al zoveel schapen geschoren in mijn leven, dit ene kan er nog wel bij. Kom maar mee naar de schuur, verloren schaap, dan zullen we je koppie eens fijn onder handen nemen.' Even later reed vader weg in de auto en oom Gerrit ging onder allerlei kwinkslagen aan het knippen. Maar toen hij even naar binnen was geweest om een andere schaar te halen

– hij zei dat die vent haar had als koperdraad – zat de onderduiker op het veilingkistje, dat als kappersstoel dienstdeed, te slapen. Hij had de laatste nacht geen oog dichtgedaan, vertelde hij, toen oom Gerrit verder knipte.
'Vannacht slaap je heerlijk, dat zul je eens zien,' voorspelde de oude man. 'Zit nou stil, anders gaan je oren er ook nog af. Zou anders niet gek zijn, dan herkennen ze je helemaal niet meer.'
Maar het bleef bij de haren en dat gaf al een hele verandering. Jan haalde een spiegel en hield die zijn nieuwbakken neef voor. Wat een kale rode kop had die vent. Maar hij stond er nu netjes op, al was de schaar hier en daar een beetje uitgeschoten. Wim grijnsde zijn beeld vriendelijk toe.
'Hallo, meneer De Boer!' groette hij.
'Heb nou maar niet zo'n verbeelding,' zei oom Gerrit, 'want voorlopig lijk je nog meer op een pas ontslagen boef dan op een meneer. Zet je hoed op, om de mensen niet aan 't schrikken te maken en tegen kouvatten, dan mag je zelf je haren bij mekaar vegen en achter de schuur begraven. Netjes hoor, denk erom. Daar staat de schop. Maak een beetje voort, want dan moeten we nog met man en macht je slaapkamer op zijn plaats brengen. Ha, daar hebben we Fritsje ook, die komt altijd net als we hem nodig hebben! Kom es hier, dan zal ik je even voorstellen aan je volle neef uit Indië. Zeg maar aangenaam, ook al meen je er niks van.'
En Frits liep er al dadelijk in, toen die vreemde jongeman ernstig vertelde dat hij Wim de Boer heette en verzekerde dat hij een zoon was van oom Nico en tante Herma uit Semarang. Maar toen hij die roodharige jongen de zwarte krullen bij elkaar zag vegen, die blijkbaar juist van zijn hoofd gekomen waren, begreep hij dat er meer achter stak en er zat niets anders op, dan hem, al was het dan niet volledig, in te lichten.
Voor Frits was het een groot avontuur dat ze nu een echte onderduiker hadden en hij hielp geestdriftig mee om de kampeerwagen langs het pad tussen de boomgaarden het bos in te duwen. Vader had de wagen enkele weken geleden overgenomen van een vriend uit Katwijk, een bekende kunstschilder, die er geen raad mee wist, omdat hij zijn huis aan de zee voor de Duitsers moest ontruimen, nu langs de hele kust verdedigingswerken zouden worden aangelegd.
Vóór de oorlog had de schilder het kampeerwagentje ieder jaar op zijn vakantietochten achter zijn auto meegevoerd. Het was al in Rome en in de Pyreneeën geweest. Nu stond het hier op het boerenland tussen de dichte sparren en Guusje kwam met dekens en maakte in de wagen een bed op voor een jongen die ze nog nooit eerder gezien had en voor wie haar toch geen moeite te veel was. Een uur later, nadat hij gegeten had als een sloot-

graver, kroop hij er meteen in. Hij sliep een gat in de dag. Oom Gerrit maakte hem wakker en zette hem, nadat hij bij moeder gegeten had, meteen aan het werk. De hele dag was hij bezig om takkenbossen, die in het bos verspreid lagen, aan te slepen en om de kampeerwagen op te stapelen. Tegen de avond was er van de hele wagen niets meer te zien; er stond alleen een grote hoop takkenbossen. De deur was vrij gebleven, maar een grote spar spreidde er zijn dichte takken beschermend voor. Aan de andere kant van de wagen had oom Gerrit bij de grond een opening in de takkenbossen gebouwd, zodat Wim, mocht er verkeerd volk aan de deur komen, door een luik in de bodem en door die opening ontsnappen kon. Verse lucht kwam binnen door een raampje, dat evenals de deur achter de sparrentakken verborgen zat. Licht was er natuurlijk niet veel in de wagen, maar dat was ook niet nodig om te kunnen slapen, vond oom Gerrit, want dat deed je toch met de ogen dicht. Maar een paar dagen later kwam hij aanzetten met een ouderwetse petroleumlamp die hij bij een boer op de kop had getikt, en hing die aan de zoldering op.
Veel brandde die lamp niet, want de avonden bracht Wim gezellig door in de huiselijke kring en de hele familie hield al gauw veel van hem, omdat hij zo'n vriendelijke gezellige jongen was en omdat hij, nu hij tot rust begon te komen, vol bleek te zitten met leuke verhalen en grapjes. Die had hij zeker van de studenten in Amsterdam geleerd.
'Weet jij, wat het verschil is tussen de oude en de nieuwe Germanen?' vroeg hij aan Frits. 'Nee? De nieuwe Germanen, dat zijn de Duitsers, dat weet je wel, hè? Zo noemen ze zichzelf. Moet je horen: de oude Germanen, dat waren mensen in beestenvellen, is 't waar of niet? En de nieuwe Germanen, nou, dat zijn beesten in mensenvellen.'
Vóór ze uitgelachen waren, kwam hij al met een nieuw mopje voor de dag. In Amsterdam, vertelde hij, kwam de WA voorbijmarcheren en een oude meneer, die op het trottoir stond, groette al die zwarte kerels. 'Ha, die Willem!' riep hij. 'Hallo, die Kees...!' Een kennis vroeg wantrouwend: 'Zeg, hoe ken jij al die lui toch?' 'Begrijp je dat niet?' vroeg de meneer. 'Weet je dan niet dat ik mijn hele leven cipier van de gevangenis aan de Amstelveense weg ben geweest?'
Die verhalen vonden de volgende dagen hun weg onder de schoolbevolking in de stad, maar Frits en Jan wachtten zich wel om te vertellen waar ze vandaan kwamen. Ook de meisjes, Hanneke en Greetje, spraken niet over hun neef. Het was wonderlijk, hoe goed die kleintjes konden zwijgen; misschien begrepen ze in deze gevaarlijke tijd toch meer dan de volwassenen weleens dachten. Toen Hanneke eens met een vriendinnetje

uit school kwam en Wim juist met oom Gerrit in de boomgaard werkte, zei dat buurmeisje: 'Hé, hebben jullie ook een onderduiker?'
'Een onderduiker?' vroeg Hanneke. 'Niks hoor! Dat is onze neef Wim uit Rotterdam.'
'Daar heb je me niks van verteld,' zei het kind.
'O, hij is er ook nog maar pas,' jokte Hanneke. 'Hij is onderwijzer, net als meester Hoogeveen. Maar hij is een beetje ziek, hij heeft altijd hoofdpijn, van de bommen die gevallen zijn.'
Dat laatste had ze zelf bedacht. Zij was in Rotterdam geweest tijdens het bombardement van mei 1940 en ze was daar nog steeds niet helemaal overheen. Als 's nachts de Engelse vliegtuigen overkwamen op weg naar Hamburg of Bremen en de anderen rustig doorsliepen, schrok zij nog altijd wakker en lag bang om moeder te roepen.
Het hoefde nu overigens niet meer zo angstvallig verzwegen te worden dat Wim hier logeerde; ook dát zou argwaan kunnen wekken. Hij had nu een nieuw en zeer goed persoonsbewijs en een verklaring op briefpapier van een arts uit Rotterdam dat hem een half jaar ziekteverlof wegens overspanning was verleend. Hoe vader daaraan gekomen was, vertelde hij natuurlijk niet, maar hij beweerde dat Wim er rustig een controle mee kon riskeren. Wim ging nu zelfs mee naar de kerk – daar kwamen wel meer onderduikers; de dominee had er zelf twee – en hij ging ook wel alleen het dorp in. Moeder schudde er vaak het hoofd over, want het was tegen haar zin. Het liefst zou ze haar beschermeling maar de hele dag bij zich hebben gehouden om als een tijgerin over hem te waken. Vader plaagde haar er wel eens mee dat haar aangenomen neefje haar bijzondere lieveling was en dat zij meer zorgen aan hem besteedde dan aan haar eigen jongens. Maar moeder liet hem praten; zij speelde het klaar dat de jongen in de eerste maand meer dan zes pond aankwam. En toen er begin mei een bericht in de krant stond dat er tweeënzeventig mannen door de Duitsers waren terechtgesteld wegens handelingen, gericht tegen de bezettende macht, liep zij de kamer uit naar Wim, die in het atelier zat te lezen en sloot hem huilend in de armen.
Ook op de anderen maakte dit vreselijke bericht diepe indruk, ook al omdat er enkele mensen bij waren, die ze zeer goed gekend hadden. Een van hen was meneer Van Vliet, die in het eerste oorlogsjaar verscheidene keren hier in huis was geweest om wapens in ontvangst te nemen, die vader voor hem verzameld had en die dan soms een nacht was blijven logeren. Hij werkte voor een geheime organisatie, die de OD heette, de Ordedienst, en al de andere gefusilleerden, onder wie veel officieren, waren vrienden en medewerkers van hem geweest.

Hadden ze de macht en de list van de vijand onderschat of waren ze onvoorzichtig geweest? Het verhaal ging al spoedig dat ze lijsten van medewerkers hadden aangelegd en dat die de vijand in handen waren gevallen.

Een paar dagen later sprak de koningin voor de radio en drukte alle landgenoten op het hart om te zwijgen, te zwijgen in alle talen over dingen waarin de vijand belang zou kunnen stellen. Die waarschuwing was niet overbodig, want nog maar al te graag vertelden de mensen een nieuwtje door, zonder zich af te vragen of hun praatzucht ook voor iemand gevaarlijk kon zijn. Maar soms was zelfs zwijgen niet voldoende en moest de vijand wel eens op een dwaalspoor worden gebracht. Zo speelde oom Gerrit op listige manier zijn spel met buurman Walinga en dat was wel nodig, want die man was niet alleen NSB'er, maar, wat veel groter gevaar betekende: hij was een slecht mens. Er waren meer NSB'ers in het dorp en de meesten daarvan hadden geen kwaad in de zin. Ze hadden zich in hun domheid laten overhalen om lid van de partij van Mussert te worden, omdat die de boeren gouden bergen had beloofd. Maar ze zouden er niet aan denken om hun medemensen te verraden. Voor Walinga echter was ieder op zijn hoede en niemand benijdde de familie De Boer om zo'n buurman. Want hij lag bijna met het hele dorp overhoop en werd door iedereen geminacht en gehaat.

Vader had al in het begin van de oorlog onenigheid met de man gekregen, toen die de moed had om te zeggen dat 'dat wijf dat achter op de dubbeltjes stond', niet in het land terug hoefde te komen en ook later had hij hem nog eens flink de waarheid gezegd. Sindsdien gingen ze elkaar zonder groeten voorbij. Vader kon nu eenmaal niet huichelen. Maar oom Gerrit vond dat helemaal niet verstandig en probeerde het weer goed te maken door, als hij met Walinga in aanraking kwam, te doen alsof hij zelf ook bijna NSB'er was. Gelukkig was de man zo dom dat hij bijna alles geloofde wat men hem vertelde en daardoor was het oom Gerrit gelukt zijn vertrouwen te winnen. Zo was het in januari gebeurd dat bij Walinga twee vreemde mannen hadden aangeklopt, die er mager en sjofel uitzagen en in een vreemde taal om eten vroegen. Toen ze weggingen, zonder iets gekregen te hebben, had de boer gezien dat er letters op hun rug geschilderd waren, een K en een G.[25] Toen had hij ondanks zijn domheid begrepen dat het Franse krijgsgevangenen moesten zijn die uit Duitsland ontsnapt waren, en hij was haastig naar het dorp gelopen om de politie te waarschuwen. Die moest toen de vluchtelingen wel arresteren en de volgende dag werden ze op transport gesteld.

Natuurlijk was het in de hele omgeving bekend geworden dat het de schuld van Walinga was dat de stakkers naar hun gevangenkamp teruggevoerd waren, en iedereen sprak er schande van. Maar oom Gerrit, die de NSB'er de volgende dag sprak, toen hij bij de sloot, die de grens vormde tussen de beide bezittingen, aan het werk was, feliciteerde hem en zei dat hij goed werk had verricht. 'Want weet je, buurman,' zei hij, 'die kerels hebben alles in Duitsland gezien en die geheimen nemen ze mee en zij zorgen wel dat die aan de overkant komen. Heb je je nooit afgevraagd, hoe het komt dat die Engelse vliegtuigen in het pikkedonker zo precies de Duitse steden kunnen vinden...? Nou, dan weet je 't nu! Wie weet, hoeveel vrouwen en kinderen jij door die kerels onschadelijk te maken het leven hebt gered!' Toen glom Walinga, hoewel hij van oom Gerrits redenering eigenlijk niets begreep, want eindelijk was er dan toch eens iemand, die het erkende dat hij een grote en heldhaftige daad had verricht, en die daar waardering voor had.
'Ik heb er anders voor moeten sjouwen,' zei hij, begerig naar nog meer lof. 'Het was zo glad, man, ik kon bijna niet op mijn benen staan. En dan is het een heel eind naar het dorp. En laat nou die ene veldwachter ook nog niet thuis zijn! Toen moest ik nog helemaal naar die andere toe!'
'Tjonge, jonge!' prees oom Gerrit, 'en dat op jouw leeftijd! Maar als er nou eens weer zowat is, hè, laat mij je dan even helpen. Waarschuw mij maar, dan bel ik even op, dat is veel gemakkelijker. Je weet toch wel dat wij telefoon hebben? En anders stuur ik een van de jongens even met een gesloten briefje. Dat bespaart jou een hele reis. Mijn baas zal het wel goedvinden...'
'Nou...' twijfelde Walinga.
'Ach, wel ja man!' verzekerde oom Gerrit. 'Jij hebt een heel verkeerde kijk op die baas van mij, doordat je het nou een paar keer met hem aan de stok hebt gehad. Hij is zo beroerd nog niet. Hij ziet langzamerhand ook wel in dat Duitsland deze oorlog winnen moet, zal er ooit een betere tijd komen. Hij komt er alleen nog zo rond niet voor uit...'
En hij hoopte maar dat de verrader dit geloven zou, opdat zijn baas veilig mocht zijn. Werkelijk had Walinga een maand later oom Gerrit in de tuin opgezocht en hem verteld dat hij bij de boerderij van Hoving weer zo'n vreemde kerel had zien lopen. Als 't nou geen krijgsgevangene geweest was, dan zeker een onderduiker, had hij gezegd. En of oom Gerrit nu even wilde opbellen, want het was hem te koud om naar het dorp te gaan. Natuurlijk had oom Gerrit dat toen graag gedaan, maar pas nadat vader vooruitgegaan was naar boer Hoving. Een uur later waren er twee

agenten bij Walinga gekomen – twee goeie, daar had oom Gerrit wel voor gezorgd, – die hadden de NSB'er eerst een verhoor afgenomen en hem daarna genoodzaakt mee te gaan om hun precies de plek te wijzen, waar hij de vreemdeling had gezien. Ze hadden hem buiten laten wachten, terwijl zij huiszoeking deden in Hovings boerderij en ze hadden zich niet gehaast, maar zich rustig de tijd gegund voor een kopje koffie, want de verrader stond daar zo prachtig in de wind, hadden ze gezegd, en het vroor minstens tien graden. Toen ze terugkwamen, – natuurlijk zonder onderduiker, want die had vader allang met de auto weggebracht – stond hij er nog en ze gaven hem er flink van langs en verweten hem dat hij hen voor de mal had gehouden en dat dit niet weer moest gebeuren, want dan zouden ze andere maatregelen tegen hem nemen. Al was hij nou NSB'er, hij moest niet denken dat hij met de politie kon spelen!
Het duurde drie dagen, voordat Walinga weer buiten kwam. Toen beklaagde hij zich bij oom Gerrit over de behandeling die hij van de veldwachters had ondervonden; een mens kon zich toch vergissen?
'Als er weer wat is,' zei hij, 'en ik waarschuw je, dan moet je maar regelrecht de Duitsers opbellen.'
'Dat is goed,' zei oom Gerrit. 'Dat lijkt me ook veel beter!'
Nu was oom Gerrit op een middag in mei met Wim aan het spitten in de moestuin, toen Walinga over de sloot sprong en nieuwsgierig naderbij kwam.
'Zo,' zei hij met een minachtend knikje naar Wim, 'die maakt er ook niet veel van, hè?'
'Man, wat zou het!' stemde oom Gerrit toe. 'Die schoolmeesters, wat kunnen ze eigenlijk, hè? De kinderen een beetje plagen, dat is alles! 't Is wel goed dat deze hier eens bij ons in de arbeidsdienst is. Wij zullen hem drillen, hoor!'
'O, is hij schoolmeester?' informeerde Walinga, alsof hij over een kind sprak dat zelf nog niet praten kon.
'Ja,' zei oom Gerrit. 'Jij dacht toch niet dat wij een krijgsgevangene of een onderduiker de kost gaven? Zo gek zullen we niet zijn, hoor! Het is een neef van de baas en hij is schoolmeester in Rotterdam.'
'Waar?' vroeg de buurman, die een beetje hardhorend was.
'In Rotterdam!'
'Maar het is toch geen vakantie,' weifelde de boer.
'Och man, dat is zo'n treurige geschiedenis,' zei oom Gerrit meewarig. 'Ik mag het wel vertellen, hè Wim? Walinga is een goeie vriend van me, die zal zeker ook medelijden met je hebben. Je hebt toch weleens gehoord van

die bommen van de Engelsen op Rotterdam, niet Walinga? Heb je ooit zulke gemene lui gezien, die hebben daar hun eigen bondgenoten gebombardeerd. Nou, daar heeft hij middenin gezeten, het is een wonder dat hij er levend afgekomen is. En nou is hij overspannen. Je ziet het zo niet aan hem, maar 's nachts, in de slaap, dan moet je eens horen. 't Is toch ook geen wonder? Nou moet je je eens voorstellen, Walinga, dat er vannacht bommen op je boerderij vielen. Je vrouw dood, je dochter dood...'
''t Zou erg wezen,' stemde de boer toe.
'Je paarden dood, je koeien dood,' ging oom Gerrit ernstig voort.
'Man, schei uit!' riep de boer, alsof dat nóg veel erger was.
'Je arbeider dood, jij zelf dood! Zou je dan ook niet van de kook wezen, Walinga?'
De boer knikte, diep onder de indruk en Wim maakte plotseling een heel vreemd geluid, dat hij haastig smoorde in zijn zakdoek. Hij liep een paar passen weg en ging aan de rand van de tuin in de verte staan staren.
'Wij moeten er maar niet meer over praten,' zei oom Gerrit. 'Het grijpt hem te veel aan, merk je wel? Heb je die vliegtuigen vannacht gehoord? Wat bromden ze weer, niet? Kun jij daar nou altijd rustig bij slapen?'
'Ik lig ze te vervloeken,' riep de boer. 'Laat ze overdag komen. Maar dat durven ze niet, de lafaards!'
'Zeg dat wel, buurman. En ze gooien wat kapot. Het moest verboden worden, zei de baas gister nog.'
'En die brandplaatjes, die ze uitgooien, en die fosforbommen!'
'Ze zullen er hun loon voor krijgen,' profeteerde oom Gerrit. 'Mijn baas zegt ook: als Hitler maar eenmaal in Engeland zit, dan is het gauw afgelopen.'
'Zegt je baas dat?' vroeg Walinga. 'Dan begint hij dus nou aardig bij te draaien!'
Hij lachte.
'Gister sprak ik er ook nog zo een,' vertelde hij. 'Eerst kon hij geen goed van de Duitsers horen, maar nu ze Rusland onder de knie beginnen te krijgen en in Afrika zo mooi opschieten, nu meldde hij zich aan als lid van de NSB. Ha, je zult eens zien, nog een jaar en dan lopen ze allemaal achter ons aan!'
'Vast en zeker,' bevestigde oom Gerrit.
'Met de hoge hoed op!' mompelde hij zacht voor zich uit.
'Allemaal,' triomfeerde de boer.
Nu begon Wim te kreunen, alsof hij vreselijke pijn had en liep weg met beide handen tegen zijn hoofd gedrukt.

'Och, die stakker, daar krijgt hij 't weer!' beklaagde oom Gerrit. 'Ga maar gauw naar huis, hoor kereltje, heb je weer zo'n hoofdpijn? Hou er dan maar gauw een lappie met koud water tegen. Och buurman, wij hebben voor hem te veel over die nare dingen gepraat. Ik ga hem maar gauw even achterna, want hij is in staat om in het water te lopen, als hij zo is...'
Hij vond Wim in de schuur terug, waar hij snikkend van het lachen het verhaal aan vader probeerde te vertellen.
'Die kerel,' schaterde hij, 'is zo stom als het achtereind van een koe!'
'Minstens als twee achtereinden,' verbeterde oom Gerrit. 'Anders waagde ik het niet om hem er zo door te halen.'
'Als Hitler maar eenmaal in Engeland zit!' gierde Wim. 'Als gevangene bedoelde je natuurlijk. En dat van die hoge hoed was ook schitterend, die we zullen dragen op zijn begrafenis. Man, hij keek zo verheerlijkt alsof hij het een feest vond!'
'Ja,' zei vader, 'maar intussen is het nog niet zover, laten we daarom denken.'
'Dat vind ik ook, baas,' stemde oom Gerrit toe. 'En die vent is zo gevaarlijk, juist omdat hij zo dom is. Een verstandig mens zou zich nog wel eens bedenken, voordat hij verraad zou plegen; die zou denken aan de gevolgen die dat voor hemzelf kon hebben, maar deze met zijn stomme kop loopt zonder meer naar de moffen, als hij iets tegen je heeft. Daarom, houd hem een beetje te vriend en groet hem nou maar eens, als je hem tegenkomt.'
'Dat vertik ik,' zei vader heftig. 'Die schurk is mij geen woord en geen blik meer waard.'
'Nou praat je haast net zo dom als die dubbele koeienstaart,' mopperde oom Gerrit. 'De haat springt je uit de ogen, weet je dat wel? En wat je uit haat doet, is meestal verkeerd. En nou herinner ik je aan je eigen woorden, dat je geen mens mag haten, maar alleen het kwade. Denk daar nou maar eens over na, Evert Jan!'
Evert Jan, zei hij, zoals vroeger, toen vader nog een kleine jongen was en Gerrit als knecht diende bij diens vader. En hij keerde zich om en liep de tuin weer in.
'Ik kan geen spelletje met hem spelen zoals jij,' zei vader bitter. 'Daar is de toestand mij te ernstig voor.'
Oude Gerrit keerde op zijn schreden terug. Zijn gezicht stond nu heel ernstig, bijna boos.
'Denk jij dat dit een spelletje voor mij is, Evert Jan?' vroeg hij. 'Dan ken je mij slecht. Dat gehuichel hangt mij de keel soms uit. En daarom misschien probeer ik hem te trakteren, zonder dat hij het merkt. Maar man,

ik zou de vent soms de hersens in kunnen slaan. En als hij zo gevaarlijk blijft, dan moet het misschien nog wel eens gebeuren ook, vóór hij meer slachtoffers maakt. Maar voorlopig probeer ik hem met huichelen en met liegen onschadelijk te maken en als het niet anders kan, zal ik mijn hand opsteken en "houzee" roepen – alleen om de waarheid te dienen, Evert Jan, onthoud dat goed... En ik durf er Gods zegen op vragen, op dat spelletje van mij...'

'Nee, hou je mond!' riep hij, toen vader hem in de rede wilde vallen, 'ik wil ook wel eens een keer uitpraten! Deze oorlog is nog lang niet aan een end en ik durf er niet aan denken wat ons nog boven het hoofd kan hangen. Al dat werk dat je doet is best, ga je gang maar, dat kun je niet nalaten. Maar denk ook aan je gezin. Hier...' – hij pakte Hansje op, die aan moeders hand naar buiten kwam dribbelen en zette hem vader op de arm – 'hier moet je ook aan denken en daar moet je je trotse kop voor willen buigen. Die kleine jongen en de anderen en jullie, dáár huichel ik voor, Evert Jan, daar speel ik mijn spelletje voor, zoals jij het noemt...'

Zijn gezicht was bij die laatste woorden vertrokken, hij keerde zich haastig om en liep weg. 'Wees oprecht als de duiven en listig als de slangen,' hoorden ze hem nog zeggen.

'Oom Gerrit!' riep vader, maar de oude man liep door, alsof hij niets hoorde.

Toen holde vader hem na en greep hem bij de arm.

'Beste oude oom Gerrit,' zei hij, 'ik heb vroeger wel eens een draai om mijn oren van je gehad, weet je nog wel? Geef me er nou nóg es een, oom Gerrit, toe, voor deze éne keer...'

Ze hadden beiden tranen in de ogen en toen ze dat van elkaar zagen, pakten ze mekaar beet en stoeiden als kwajongens. En vader kreeg zijn klap.

'Blijf jij vandaag maar thuis,' riep hij achterom naar Wim, met de hand nog aan zijn oor.

En hij stond tot de avond naast oom Gerrit het bonenland te spitten.

HOOFDSTUK 5

Die avond kwamen Jan en Guusje een uur later dan gewoon thuis uit school en Frits was er na het eten nog niet. Er was iets bijzonders gaande in de stad, vertelde Jan; de hele plaats was in opschudding. 's Morgens waren honderden heren van alle kanten met de trein aangekomen en in groepjes, lachend en pratend, naar de kazerne gewandeld. Het waren de Nederlandse beroepsofficieren, die na de oorlogsdagen van 1940 gevangengenomen waren, maar daarna met ons hele leger weer waren vrijgelaten. Ze moesten zich vandaag even komen melden; dat was al eerder gebeurd. Dan werden hun papieren gecontroleerd en daarna konden ze weer naar huis teruggaan. De tijden van vertrek voor extra retourtreinen waren al vastgesteld en hun was verzekerd dat de kosten voor de reis heen en terug hun zouden worden vergoed. Dus hadden de meesten geen wantrouwen gehad in de Duitse beloften en zich in de kazerne verzameld. Maar toen ze daar allemaal waren, zo ging het gerucht, waren plotseling voor de ramen en deuren Duitse soldaten met geweren en mitrailleurs verschenen en aan de verschrikte mannen werd medegedeeld dat zij gevangen waren genomen en naar Duitsland zouden worden gevoerd, omdat zij de grootmoedigheid van de Führer, die hen indertijd op erewoord had vrijgelaten, niet hadden gewaardeerd en zich schuldig hadden gemaakt aan handelingen die tegen de bezettende macht waren gericht.
Toen Jan en Guusje naar huis gingen, waren de mannen nog in de kazerne, maar de mensen begonnen zich toen al te verzamelen langs de weg naar het station, omdat men verwachtte dat de gevangenen nog diezelfde avond zouden worden weggevoerd. En dus begrepen ze wel, waarom Frits niet naar huis gekomen was. Die moest natuurlijk weer met de neus vooraan staan.
Vader reed met oom Gerrit en Wim naar de stad om hem te zoeken. Ze kwamen nog net op tijd. In de buurt van het station stonden de mensen in hagen en daartussendoor, aan beide zijden bewaakt door zwaarbewapende Duitse soldaten, marcheerden de Nederlandse officieren naar de

wachtende trein. Ze hielden zich best; ze lieten niet merken wat er in hen omging, al zouden ze hun vrouwen en kinderen, die hen al deze avond weer thuis verwachtten, voor de duur van de hele oorlog niet terugzien. En de bewaking kon niet verhinderen dat hun vanuit het verontwaardigde publiek allerlei bemoedigingen werden toegeroepen: 'Houd er de moed maar in, mannen! Het is niet voor lang. Straks zijn de rollen omgekeerd. Wij zien elkaar weer! O zo, mannen...!'
Dan lachten en knikten ze en ze vingen dankbaar de pakjes met levensmiddelen op, die men hun toewierp. Een meneer trok spontaan zijn jas uit, toen hij een van de officieren in een dun zomerpakje zag lopen en reikte hem die langs een van de bewakers toe. De Duitser verhinderde het niet: schaamde hij zich misschien toch een beetje voor de gemene manier, waarop deze mannen in de val waren gelokt...? Briefjes fladderden uit hun rijen en werden door de mensen opgeraapt: een laatste groet van de gevangenen aan hun gezinnen.
Het stationsplein was afgezet; de mensen moesten achterblijven. De officieren marcheerden het perron op; de trein stond gereed. Toen weerklonk plotseling uit de volle wagons het Wilhelmus. De Duitsers schreeuwden en schoten zelfs in de lucht, het hielp hun niet. In de schemer van de zomeravond klonken plechtig, gedragen door honderden sterke mannenstemmen, de woorden van het oude volkslied en de mensen op het plein namen ze over en zongen de mannen het zesde couplet ten afscheid na: 'Mijn schild ende betrouwen, zijt Gij, o God, mijn Heer...'
'Leve de koningin!' dat was het laatste wat de mensen hoorden uit de vertrekkende trein. Toen kwam de politie hen aanmanen om naar huis te gaan en ze verspreidden zich, velen snikkend van ontroering.
Nog steeds hadden vader en de anderen Frits niet gevonden. Maar toen ze door de stationsstraat terugliepen, zagen ze hem met een vriendje langs hen heen hollen, achter een grotere jongen aan. Frits haalde hem in, gooide hem ruw op de grond en samen sloegen ze hem waar ze hem konden raken. Maar toen was vader er al bij en greep Frits in de kraag.
'Schaam jij je niet?' vroeg hij boos. 'Kom mee, wij zullen straks praten!'
De jongen was bijna niet te houden en wilde nog weer op zijn slachtoffer los.
'Dat tuig!' schold hij. 'Dat vuile NSB-jong! Hij had wel tien briefjes van de officieren en weet je wat hij deed, vader? Hij scheurde ze voor de ogen van de officieren kapot...! O, die ellendige vent, hij had nog veel meer moeten hebben...!'
En ineens veranderend van stemming: 'Maar ik heb ze, vader! Wij hebben

alle stukken opgezocht en ik zal ze wel weer aan mekaar plakken. En dan mag ik ze versturen, hè vader? De officieren rekenen erop. O, ik heb er wel dertig, geloof ik, mijn zakken zitten vol!'
Op de terugweg naar huis raakte hij niet uitgepraat over alles wat hij die dag gezien en gehoord had en het stond voor hem vast dat nu spoedig de invasie zou komen. Dat had hij verscheidene mensen horen zeggen: de Duitsers waren er ook al bang voor en daarom hadden ze deze mannen gevangengenomen, omdat ze leiding zouden kunnen geven als het Nederlandse volk in opstand kwam bij de komst van de bondgenoten. Nog in deze maand zouden grote vloten, vol met troepen, de zee oversteken: in mei was de zee het rustigst.
Die avond waren ze nog lang bezig met de briefjes, want die moesten dadelijk op de bus. Enkele vrouwen die per telefoon te bereiken waren, werden door vader opgebeld – daarna werd ook nog als souvenir het briefje verzonden. Toen gingen ze slapen bij het geronk van de Engelse vliegtuigen, die overtrokken om Duitsland te bombarderen, en nu in het bijzonder klonk het hun als muziek in de oren.
De volgende dagen was Frits niet van de radio weg te slaan: hij verwachtte elke dag het grote bericht. Maar de meimaand ging voorbij, zonder dat er veel bijzonders gebeurde. Alleen werden de nachtelijke aanvallen op Duitsland steeds omvangrijker. In een van de laatste nachten van mei waren er duizend bommenwerpers boven Keulen; ook het Roergebied kreeg telkens weer een beurt en voor Radio Oranje werd een versje gezongen dat eindigde met de regels:

'Van de fabriek van Krupp,
Staat alleen nog maar de stoep...'

Maar de invasie kwam ook in juni nog niet en toen had Frits allang de moed weer verloren en hij vertelde zelf bij school het grapje door dat hij van Wim gehoord had en dat nu niet bepaald hoop gaf op een spoedig einde van de oorlog.
'Ken je dat verhaaltje van die vrouw, die zo mooi gedroomd had?' vroeg hij. 'Ze zei op een morgen tegen haar man: ik droomde dat het vrede was. Er landde een vliegtuig op Schiphol en daar stapte een oude grijze dame uit. Weet je, wie dat was? – Ja, zei haar man, prinses Beatrix.'
En soms, in zijn ontgoocheling, had Fritsje het gevoel dat die pessimistische echtgenoot wel eens gelijk kon hebben en dat er aan deze nare oorlog nooit een einde zou komen.

Maar toch kwamen er in deze maand Engelse soldaten in Frits' onmiddellijke omgeving. En dat hem dat bijna geheel ontging, kwam alleen doordat hij zo'n verschrikkelijke slaapkop was.
Het gebeurde in een van de laatste nachten van juni. Toen het nog maar nauwelijks donker was, waren de bommenwerpers weer komen aanzetten, de ene formatie na de andere – Oe-eh, oe-eh, oe-eh...! – met het dreigende gehuil als van een grote troep roofdieren en de hele nacht door bleef het zware geronk voortduren. Hanneke was al bij het eerste gedreun wakker geworden en in het bed van haar ouders gevlucht; daar sliep zij in moeders arm weer in. De anderen waren zo aan het geluid gewend geraakt dat ze het niet meer hoorden. Oom Gerrit beweerde zelfs dat hij niet zo lekker sliep, als het de hele nacht stil bleef. Maar Jan kon in deze zoele zomernacht de slaap niet vatten en lag met open ogen te luisteren. Wel een half uur zat hij in de vensterbank naar de zoeklichten te kijken, die in de verte de donkere hemel aftastten. Een dof gedreun klonk daar telkens op. En aan de horizon lichtte het soms fel, drie-, viermaal achtereen, als bij een naderend onweer: dat waren de explosies van de bommen op Emden of Bremen. Wilde je de kranten geloven, waarin alleen werd geschreven wat de Duitsers toestonden, dan deden die bommen niet veel kwaad. Dan zouden de Duitse jachtvliegtuigen bijna altijd hun tegenstanders in de lucht verhinderen om boven de steden te komen en hen dwingen om hun vernietigende last boven het open veld af te werpen, zodat meestal alleen een paar koeien werden gedood. Maar de vijand hield zich groot, want de Engelse zender en ook de arbeiders met verlof vertelden wel anders. Hamburg, Bremen, Keulen, Berlijn en een hele rij andere steden hadden al zwaar geleden en gingen de totale verwoesting tegemoet. Jan kon zich voorstellen, hoe het er nu al moest uitzien; hij was in Rotterdam geweest, een dag na het grote bombardement in 1940. O, Rotterdam en Warschau werden wél zwaar gewroken...! Bij ieder lichtschijnsel aan de einder stortten huizen in, werden wellicht lichamen van mensen uiteengerukt, werden ook vrouwen en kinderen verpletterd onder het puin... Hadden die kinderen schuld aan wat er gebeurd was in Rotterdam? Had die dwaze bakker Wytzes gelijk, die bijna bij ieder broodje dat hij bezorgde, de mening uitsprak dat het hele Duitse volk tuig was en dat de Zuiderzee er maar mee moest worden gedempt? Kijk nu eens, daar viel zeker een hele rij bommen achter elkaar. Je zag het vuur als het ware opspatten...! En terwijl Jan daar zat en in de nu weer donkere verte staarde, bij het gehuil van de hoog overtrekkende vliegtuigen, zag hij in verbeelding de

gruwelen, waaraan de Duitse steden blootstonden en hij huiverde, van kou misschien, maar ook van afschuw.
Hij zocht zijn bed weer op, dat nog warm was van zijn lichaam, en trok de deken rillend om zich heen. Wat een vreselijke tijd was het! Het leek wel of de wereld gek was. Waarom moest dit alles gebeuren? Was de aarde niet groot genoeg om aan alle mensen een vredig bestaan te geven? En was er nu niemand, die aan deze ellende een einde kon maken...? Hier lag hij en hij was ook onmachtig. Alleen God kon het en je kon erom bidden dat Hij het maar gauw deed, zoals er zeker door duizenden mensen werd gebeden. Maar waarom gebeurde het dan niet...? Hij lag er lang over te denken zonder een antwoord te vinden. Maar plotseling wist hij één ding heel zeker: dat het die bakker en al die andere dwaze mensen waren, die met hun domme haat de oorlog maakten. En hij kon moeder begrijpen, die gezegd had dat het brood van die man haar niet meer smaakte. Vader had erom gelachen, maar er was toch een andere bakker gekomen, een echte bangerd, die geen woord over de oorlog zeggen durfde. Dat was ook niet goed, maar toch nog altijd beter dan die stomme haat...
Jan sliep eindelijk toch in, en hij had het gevoel dat hij nog maar even geslapen had, toen hij plotseling weer het bed uitvloog naar het raam. Daarbuiten was een ontzaglijk lawaai losgebarsten. Vlak boven het huis, leek het wel, moest een luchtgevecht gaande zijn. Mitrailleurs knetterden, dof gedreun van kanonschoten deed de ramen schudden in hun sponningen. Vurige strepen schoten door de lucht en verlichtten als bij een onweer voor enkele momenten het hele kamertje.
Jan hoorde een deur en haastige voetstappen, die de trap afgingen. Vlug schoot hij een paar kledingstukken aan en rende ook naar buiten.
Het begon te dagen, je voelde het nog meer dan je 't zag. Een heerlijke koele morgenlucht, vermengd met bloemengeuren, deed je dieper ademhalen. Het schieten was opgehouden, het geronk ging weer rustig door; de bommenwerpers waren op de terugweg en haastten zich om vóór daglicht het vijandelijk gebied verlaten te hebben. Het waren gevaarlijke tochten in zo'n korte zomernacht.
'Ben jij daar, Jan?' klonk een stem.
'Ja vader...'
'Nee oom, ik ben het,' zei een stem van de andere kant gelijktijdig. Dat was Wim. En ook oom Gerrit bleek zijn kamertje boven de garage verlaten te hebben en stond plotseling naast hem.
'Dat wekkertje begon wel een beetje te vroeg af te lopen,' zei hij met een schorre stem. 'Maar 't is weer stilgezet, geloof ik...'

Toen hoorden ze een nieuw geluid boven zich, een hoog gehuil dat boven het doffe gedreun van de bommenwerpers uit klonk en overging in een scherp gekreun. Het moest een jachtvliegtuig zijn, dat juist boven hen een scherpe bocht maakte. En plotseling barstte het luchtgevecht weer los. Ze stonden naast elkaar tegen de muur gedrukt naar boven te staren en zagen na een hevige knal een vlam opspuiten tegen de donkere hemel. Die verdween bijna geheel weer, maar toen groeide hij snel tot een vurige schijn, die de hele omgeving verlichtte, en ze konden de omtrekken onderscheiden van een groot vliegtuig, dat in een waaier van vlammen schuin naar beneden kwam glijden.

Ze doken schreeuwend in elkaar, want het toestel scheen op het huis terecht te zullen komen. Maar het gleed er met een loeiend gehuil hoog overheen en kwam pas honderden meters verder met een ontzettende klap op de grond.

Het was voorbij. Boven hen was het donker, het regelmatig geronk van de terugkerende vliegtuigformaties ging weer door, alsof er niets was gebeurd. Maar in de verte, tussen de korenvelden, was een groot vuur gaan gloeien. En een merel, hoog in de den naast het huis, begon luid te tjuiken, als verrukt over dat schijnsel dat hij misschien voor de opgaande zon aanzag. Als bij afspraak renden ze alle vier de boomgaard in, in de richting van het brandende vliegtuig, dicht langs de boerderij van buurman Hoeks. Daar klonken luide stemmen op het erf; Hoeks en zijn zoons zouden hen dus zeker wel achterna komen. Vader kreeg het eerst zijn bezinning terug.

'Wat doen we eigenlijk?' riep hij. 'Daar is immers niets meer te helpen?'

Ze stonden stil bij het weiland van buurman Hoeks. De koeien sprongen er wild door elkaar als donkere schaduwen. En tussen die koeien was de gestalte van een man, die langzaam naderbij kwam en hun toeriep: 'Good morning! Are you friends?'[26]

Ze stonden als versteend en staarden hem aan.

'Are you friends?' herhaalde de man. 'I need civilian clothes. Can you hide me?'[27]

Vader was de eerste, die zijn stem terugkreeg.

'Yes, we can,'[28] antwoordde hij en toen sprong Wim plotseling met een juichkreet op de man af en omarmde hem. Ook de anderen kwamen nu naderbij en drukten hem de hand. Het was een van de piloten uit het neergeschoten vliegtuig. Zijn parachute lag een eind het weiland in en de koeien, in een kring eromheen, stonden er verbaasd aan te ruiken.

Daar kwam ook oom Gerrit, die op zijn oude stijve benen een heel eind achtergebleven was.

'Hei je d'r één van die parapluspringers?' riep hij. 'Goeiendag meneer. Zeg maar ome Gerrit, hoor!'
Wim, die het beste Engels sprak, vertaalde dat de piloot John heette, dat hij de boordschutter van het vliegtuig was en dat hij als nummer drie naar beneden was gesprongen, maar dat de bestuurder, doordat hij zwaar gewond was, in het vliegtuig was gebleven.
'Poor Bill!'[29] zei de piloot en hij keek in de richting van de brand, die nog hoger was opgelaaid en die glanzen over hun gestalten deed springen.
'Hij moet burgerkleren hebben,' zei Wim. 'Oom, we laten hem toch niet in handen van de moffen vallen, hè? Oom Evert, dat doen we toch niet?'
Hij leek helemaal vergeten te zijn in welke moeilijkheden zijn eerste ontmoeting met Engelse piloten hem had gebracht en vader scheen er ook niet aan te denken.
'Vlug, schiet op,' zei hij. 'Haal die parachute over het draad, Wim, en geef die aan oom Gerrit, dan gaan wij met hem terug. Jij en Jan zoeken verder naar de anderen. Denk erom dat niemand je ziet en laat niks liggen, wat een spoor kan geven.'
Hij verdween met John in de zware schemering, dwars over het land. Oom Gerrit sjokte met de armen vol zij en touw achter hem aan. De anderen liepen verder het veld in. Het begon nu snel lichter te worden. Aan alle kanten hoorden zij stemmen van mensen, die in de richting van de brand liepen. Voor het schijnsel bewogen zich gestalten. Maar de vlammen sloegen nu al minder hoog op en toen ze erbij kwamen, was het niet meer dan een smeulende hoop, waaruit gloeiende stangen opstaken. De mensen moesten op grote afstand blijven voor de geweldige hitte. Langs een van de veldwegen over de hei kwam een auto aanhobbelen.
'Moffen!' zei iemand.
'Kom mee,' fluisterde Wim. 'Ik heb mijn persoonsbewijs niet bij me.'
Ze trokken zich terug achter een boswalletje en vandaar keek Jan nog even om. Want hij was diep onder de indruk van het verschrikkelijke feit dat daar nu op het aardappelland van een Drentse boer het lichaam van een jongeman uit Londen of Birmingham lag te verbranden tussen de resten van zijn machine, waarmee hij nog maar enkele uren tevoren gezond en vrolijk in Engeland was opgestegen. En weer bekroop hem het gevoel dat toch eigenlijk de wereld krankzinnig moest zijn, als er zulke dingen mogelijk waren.
Ze liepen snel in de richting van hun huis terug. Vanuit de verte zagen ze dat de mensen bij het vliegtuig vandaan gejaagd werden. Ze hoorden

hier nog de stemmen van de Duitsers. Die kerels schenen altijd te moeten schreeuwen als ze gehoorzaamd wilden worden.
Bij het huis was alles stil. Alleen oom Gerrit was bij de mesthoop bezig, een diep gat te spitten. Wat kon die oude man nog werken! Maar waarom deed hij dat...?
Toen ze bij hem stonden, zagen ze naast het gat, half verborgen onder een hoop stro, twee parachutes liggen. Twee...?
'Die andere vliegkerel is bij Hoeks op het erf neergekomen,' vertelde oom Gerrit, terwijl hij zijn zweet afwiste. 'Sjors heet-ie. Jan, loop het bos in en kijk of die verrader van hiernaast niet op de loer staat. Vlug, schiet op! Wim, haal een mestvork, dan kun je me helpen!'
Toen keek hij snel links en rechts, nam de parachutes en gooide ze in de kuil.
'Niet doen!' riep Wim. 'Dat is prachtige zij, man; je kunt er van alles van maken!'
'Van jou is ook nog van alles te maken,' zei oom Gerrit. 'Maar als de moffen deze dingen vinden, komt er niet veel van je terecht, dat verzeker ik je. Sjouw die stenen hiernaartoe. Toe dan, lummel, pak dan toch an!'
De parachutes werden met een laag stenen bedekt. Daarover schepte oom Gerrit snel het uitgegraven zand. Toen werkten ze de hele mesthoop om en zetten die er nog bovenop.
Bij de boerderij van Walinga ging alles zijn gewone gang. Vanuit de laatste struiken van het bos zag Jan de arbeider en de meid met de hondenkar naar het land gaan om te melken. De boer kwam met een emmer vol varkensvoer over het erf lopen en verdween in de schuur. Hij was dus niet eens naar de brand gaan kijken; hij waagde zich misschien niet meer op plaatsen waar veel mensen bij elkaar waren. Hij wist nu sinds enige tijd hoe de mensen over hem dachten.
Een paar weken geleden was hij op een donkere avond in het dorp door een paar onbekenden overvallen en met een stuk hout bewerkt. Men fluisterde dat er een zoon van Hoving bij was geweest, – die Hovings waren buitengewoon fel en gingen voor niemand opzij – maar de politie had de daders niet kunnen vinden. Misschien was deze afstraffing een goede les voor de verrader geweest.
Toen Jan door het bos terugliep, kwam hij vader tegen, die met een mand op de schouder in de richting van de kampeerwagen ging.
'Wat loop jij hier te wandelen?' vroeg hij een beetje boos. 'Vraag liever of je wat helpen kunt. Ga naar binnen en haal bij moeder brandzalf en verband. En laat ze dadelijk koffie zetten.'

Vader was bleek en zenuwachtig. Jan verdedigde zich maar niet. Hij liep haastig door naar huis. Oom Gerrit en Wim waren nog bij de mesthoop bezig. Wim mocht zich eerst wel eens wat beter aankleden. Als er mensen kwamen, kon het wantrouwen wekken dat hij in zijn pyjamajasje aan het werk was. Maar het was nog geen half vijf, er kwamen geen mensen. En moeder was al in de keuken bezig met de koffie. Zij was ook niet op haar gemak, dat zag Jan wel, al deed ze nog zo rustig. Ze gaf hem de verbanddoos en waarschuwde hem om stil te zijn dat de kleintjes niet wakker werden. Ook Frits was gelukkig door alles heen geslapen.
Toen Jan in de buurt van de kampeerwagen kwam, rook hij de scherpe geur van een Engelse sigaret. In de wagen brandde de lamp en een van de piloten was bezig zich te verkleden in een pak van vader. Het paste hem best. De andere, George, zat op het bed van Wim te roken. Hij hield zijn ene hand met de andere vast. Die hand was rood en opgezwollen. Ook de linkerkant van zijn gezicht zag er lelijk uit. Maar hij grijnsde vriendelijk, toen hij Jan zag, greep in zijn zak en stak hem een doos sigaretten toe. Jan had er graag een genomen, maar het was te gevaarlijk om hier te roken; toen hij vader vertelde dat het buiten te ruiken was, moest ook George zijn sigaret doven. Jan had graag een praatje met de Engelsen gemaakt, want het leken aardige jonge kerels, niet ouder dan Wim. Maar vader stuurde hem alweer weg, nu om beddengoed te halen.
'Neem de mand mee en doe het daarin,' zei hij. 'Kijk uit en stuur Wim bij me, zodra die klaar is.'
Toen de kinderen wakker werden, was alles geregeld; de mannen in de kampeerwagen waren verzorgd met brood en koffie en ze sliepen waarschijnlijk al heerlijk, terwijl Wim bij ze zat om op hen te passen en hen te helpen ontsnappen, als er gevaar mocht dreigen dat de schuilplaats ontdekt zou worden. Bij het ontbijt zat vader op zijn gewone plaats aan tafel, wat stiller dan gewoonlijk, maar even vriendelijk en rustig. Toen pas hoorde Frits van Margje, het dagmeisje, dat er vlak in de buurt een vliegtuig gevallen was. Hij wilde er meteen naartoe, maar er was geen tijd meer voor; ze moesten naar school.
Met z'n drieën fietsten ze weg. Guusje was op de hoogte, en ze keek Jan veelbetekenend aan, toen ze groepjes Duitse soldaten door het veld zagen dwalen. Ze konden er niet over praten om Frits, maar ze zagen de zorg in elkaars ogen. Die soldaten waren natuurlijk op zoek naar de piloten; wat zou er gebeuren als zij twee ervan in de wagen ontdekten? Jan wist het maar al te goed: het leven van de beide Engelsen zou geen gevaar lopen; die gingen naar een kamp voor krijgsgevangenen, maar vader en Wim en

zeker ook oom Gerrit zouden gevangengenomen worden en na een kort proces doodgeschoten; dat was al op meer plaatsen in het land gebeurd. Misschien namen ze ook moeder wel mee en het was niet onmogelijk dat ze het huis in brand zouden steken. De moffen waren ontzettend gebeten op mensen die parachutisten hielpen. Ze wisten het blijkbaar maar al te goed dat er geheime lijnen bestonden, waarlangs de vijandelijke piloten via België, Frankrijk en Spanje weer in Engeland konden komen, zodat ze opnieuw aan de strijd konden deelnemen.

Was het eigenlijk geen gekkenwerk, vroeg Jan zich af, om het geluk van een heel gezin op het spel te zetten, alleen om een paar vreemde mannen uit de handen van de vijand te houden...? Was dit ook niet iets van die krankzinnigheid, die de hele wereld in haar greep had...? Daar zat hij onder de les nog over te denken, en hij wist het wel: het was de angst die hem tot deze dwaze gedachte bracht. Nee, dit was geen gekkenwerk, dit deden vader en moeder niet uit haat, maar uit liefde en gehoorzaamheid. 'Verberg de verdrevenen en verraad de vluchtelingen niet.' En hij dacht eraan dat zijn vader zenuwachtig en bang was geweest die morgen en zijn moeder ook, maar dat ze toch beiden zonder aarzelen hadden gedaan wat ze meenden dat hun plicht was. Wel, was het dan niet zijn plicht om hen bij te staan, in plaats van hier rustig in een bank te leunen en te luisteren naar een verhandeling over de vervoeging van onregelmatige Franse werkwoorden...? Als er wat bijzonders gebeurde, wilde hij erbij zijn...

Aan het eind van de Franse les hield hij het niet langer uit. Hij meldde zich ziek bij de directeur en vroeg verlof om naar huis te gaan.

'Ga maar gauw,' zei meneer. 'Je ziet er naar uit, jongen. Zal ik je iemand meegeven om je te brengen?'

Natuurlijk hoefde dat niet; hij ging er maar gauw vandoor. Op de gang zag hij Guusje tussen de meisjes van haar klas, die juist van lokaal verwisselde en hij vertelde haar dat hij naar huis ging omdat hij zich niet goed voelde. Ze gaf hem een knipoogje en zei: 'Je bent een lieverd; ik ben het ook al van plan geweest. Voorzichtig hoor, Jan!'

Vlak buiten de stad werd hij aangehouden en dicht bij huis nog weer; de eerste keer door een agent en een rechercheur in burger; de tweede keer door Duitsers; ze controleerden alle voorbijgangers op hun persoonsbewijs. Maar het huis lag vredig en stil in de zon en in het veld liepen geen soldaten meer. Bij de garage stond een vreemde auto; aan het doktersembleem zag Jan van wie die was. En hij begreep waarom vader met de dokter uit het bos gewandeld kwam en waarom vader alweer die grote mand op de schouder had. Daar kwam bij de auto het tasje van de dokter uit.

'Wat doe jij hier?' vroeg vader.
'Ik voelde me niet lekker,' antwoordde Jan. 'Daarom ben ik maar naar huis gekomen...'
Vader keek hem recht in de ogen en lachte even.
'Wees maar gerust, hoor,' zei hij hartelijk, 'alles is in orde. Mocht ernaar gevraagd worden, hier staat je patiënt, dokter!'
'Niet nodig,' zei de dokter. 'Ze horen van mij nooit bij wie ik geweest ben. Ambtsgeheim. De vorige week nog kregen we de Duitsers aan huis. Of ik een jongeman verbonden had, die een schot in de rug had gehad. Ik begreep best waar het om ging! Er was hun een gevangene ontsnapt, die naar de SD zou worden gebracht. Hij was uit een in volle vaart rijdende auto gesprongen en ze hadden hem nog nageschoten en meenden hem ook geraakt te hebben. Als ik toen gezegd had: "Nee, ik weet daar niet van," dan hadden ze met meer zekerheid geweten dat mijn collega het gedaan had. Daarom heb ik gezegd: "Meneer, dat vraagt men in Nederland niet aan een dokter. Ambtsgeheim!" Man, je had die gezichten moeten zien!'
Hij klom lachend in zijn auto.
'Als het nodig is, dan bel je maar,' zei hij. 'Zeg maar dat je jongste kindje buikpijn heeft, dan snap ik het wel. Cheerio!'[30]
En hij reed het erf af.
'Hoor eens, Jan,' zei vader, 'als je niets te doen hebt en je voelt je niet al te erg ziek' – hij gaf zijn zoon een vriendelijke stoot in de ribben – 'dan zou je best eens wat rond kunnen fietsen in de omgeving en je oor hier en daar te luisteren leggen, of je een spoor van nummer drie te pakken kunt krijgen. Doe je 't? Maar wees voorzichtig, hoor! En kom me waarschuwen als je wat bijzonders merkt...'

HOOFDSTUK 6

Het was niet Jan, die de derde piloot op het spoor kwam, maar oom Gerrit, die, zoals wel meer in de drukke tijd, buurman Hoeks bij het hooien hielp. Die morgen om een uur of elf, toen hij boven op een half voer hooi zat, niet ver van de bosrand aan de overkant van de weg, wrong nummer drie zich kalm uit de struiken en stond aan de kant van de sloot te roepen: 'Hello!' Een klein ventje met een snorretje en een brede grijns op zijn gezicht.

Oom Gerrit loerde naar alle kanten over het veld en toen alles veilig scheen, zei hij: 'Hoeks, daar heb je de laatste spring-in-'t-veld, die misten we nog. Nou wij toch an 't verzamelen zijn, moeten we die ook maar hebben. Men je paard die kant eens op en zet de wagen aan de rand van de sloot, dan neem ik hem bij me op het voer zonder dat er een haan naar kraait.'

'Ja maar, ja maar...' sputterde Hoeks, die geen held was.

'Wil je hem dan in de handen van die rotmoffen laten vallen? Die je paard al hebben en drie koeien en die je zoon bij je weg willen halen?'

Toen zei Hoeks niets meer, want het was waar: hij had al een aardig rekeningetje met de Duitsers te vereffenen. De wagen werd vlak tegenover de piloot aan de kant gereden.

'Kom hier!' zei oom Gerrit. 'O, kijk es, hij heeft ook een snor of tenminste wat ervoor door wil gaan. 't Lijkt wel hooi, het hoort op de wagen. Geef hem es een zetje, Hoeks! Dan pak ik dat kereltje wel!'

Hij stak zijn handen uit en huup, daar was het ventje al. De wagen reed weer naar het midden van het veld. 'Kop neer,' gebood oom Gerrit en duwde de piloot in het gat dat hij midden in het hooi had gegraven. Hij stapelde het hooi bij armen vol rondom hem op.

'Steek op, Hoeks!' riep hij. 'Hoe eerder vol, hoe beter!'

'Waar is joe paraplu?' vroeg hij, onder het werk door. En even rustte hij om met gebaren duidelijk te maken, wat hij bedoelde. De piloot wees naar het bos.

'Germans!' zei hij. 'Over there...!'[31] En nog meer, wat oom Gerrit niet verstond. Toen, met een vies gezicht: 'Boches!'[32]
O, drommel, daar werd het niet beter van. Ze zaten hem dus misschien achterna!
'Hooi, hooi!' riep oom Gerrit. En hij deed een greep naar de piloot, die warempel tussen al dat hooi doodgemoedereerd een sigaret wou opsteken. De doos stak oom Gerrit in zijn broekzak; die sigaret, wat moest hij er zo gauw mee? Hij stak het ding in zijn mond en pruimde erop. Dat kereltje lachte. Dat scheen alleen maar plezier te kunnen hebben, wat er ook gebeurde. Oom Gerrit stopte hem helemaal in, zodat hij geen vin meer verroeren kon. Toen stak alleen dat grijnzende kopje er nog bovenuit. Daar kwam de paal naast te liggen, die voor en achter met touwen aan de wagen vastgesnoerd het hooi op zijn plaats moest houden.
Juist toen ze met dat vastsnoeren bezig waren, hoorden ze stemmen en ongeveer op dezelfde plaats waar de piloot uit het bos verschenen was, sprongen drie Duitse soldaten over de sloot en naderden over het land. Een had een parachute onder de arm.
'Bek dicht!' zei oom Gerrit tegen de Engelsman. 'Ssst...! Moffen!' En hij dekte een armvol hooi op het hoofd.
'Feindliche Flieger gesehen?'[33] riep een Duitser.
Hoeks verstond geen Duits en keek de soldaten dom aan. Maar oom Gerrit had in zijn jonge jaren in Duitsland gewerkt en er heus wel een beetje van overgehouden. Kauwend en smakkend op zijn pruim keek hij van boven op de Duitsers neer en riep: 'Ha, goedenmorgen! Was wollen Sie...? Flieger? Jawohl, meine Herren, deze Nacht![34] O, o, o, welch eine bombarie! Boem, boem, boem... klets, auf der Grund, kaputt! Dáár!'
Ja, van dat vliegtuig wisten ze. Maar vliegers, mannen, hadden ze die niet gezien? Hier in het bos was er een gedaald, ze wezen op de parachute, die had daar in een boom gehangen. Ze staken een heel verhaal af tegen oom Gerrit, natuurlijk omdat ze hem zo goed Duits hadden horen spreken. Maar het verveelde de oude man; hij wou naar huis met zijn vrachtje. En die pruim moest hij ook kwijt, want jakkes, wat een vieze scherpe tabak hadden ze daar in Engeland! Hij schraapte zijn keel en spuwde naar beneden, zodat een van de Duitsers haastig een stap opzijsprong. Wat dacht die vent, dat oom Gerrit op dat kostbare hooi zou spuwen...? Toen hij nog eens schraapte, ging die vent een beetje verder van de wagen af staan. Oom Gerrit veegde zijn zweet af met zijn oude pet.
'Wir arbeiten,'[35] zei hij. 'Wij lopen niet in het bos te kuieren. Wir sehen heu, heu, und anders niets. Daar, Flieger verbrennt, diese Nacht!'

Ze schudden het hoofd en liepen weer weg.
'Heil Hitler' en 'Auf wiedersehen' zeiden ze nog, maar daar gaf oom Gerrit geen antwoord op. Want dat eerste was zo goed als een vloek en dat tweede, daar meenden ze toch niets van. De wagen hobbelde het land af. De piloot had de handen om de paal geslagen en wilde zich ophijsen om uit te kijken, maar oom Gerrit gaf hem een klets die hij voelde. Oom Gerrit was toch ook een beetje zenuwachtig geworden, nu het gevaar zo dichtbij was geweest. Dat viel hem van zichzelf tegen.
'Als je 't nog eens waagt, zal ik je d'r een geven, dat je geen pap meer kan zeggen, lelijke aap,' zei hij boos. De piloot lachte verlegen en bleef weggedoken. Oom Gerrit zou graag omgekeken hebben naar de vijanden, maar hij deed het niet, voor ze het land af waren. Toen zag hij ze juist weer verdwijnen in het bos.
Ze reden de straat over en de grote schuur bij Hoeks in. Daar stopte de wagen naast het hooivak en de piloot had maar over te stappen. Een kwartier later liep hij in een blauwe kiel en een pilobroek – met omgeslagen pijpen – van boer Hoeks, als een halfwas boerenknechtje naast oom Gerrit door de boomgaard en werd afgeleverd in de kampeerwagen. Daar werd hij met zo'n luidruchtige vrolijkheid ontvangen dat Wim zich verplicht zag om de heren het zwijgen op te leggen. De nieuw aangekomene, die Arthur bleek te heten, werd in het bed van John gestopt, verzorgd met brood en koffie en daarna werd een derde bed in orde gemaakt, dat boven een van de andere uitgespannen kon worden. Vader beval Wim om de mannen geen ogenblik te verlaten en ze niet anders dan fluisterend te laten praten, want het was nog steeds niet veilig in de omgeving. Het was goed dat de Engelsen onder bewaking stonden, want ze waren al te zorgeloos. Ze zouden in staat zijn om een wandelingetje door het bos te gaan maken. Die hele dag bleven groepjes Duitsers de omgeving afzoeken en even na de middag staken vijf soldaten de straat over en liepen door de boomgaard het bosje in, waar de kampeerwagen stond. Jan zag ze het eerst. Hij kreeg een gevoel alsof er een straal koud water langs zijn ruggengraat liep, maar hij hield zich goed en waarschuwde snel zijn ouders. Moeder greep haastig Hansje uit zijn loophek en met hem op de arm en de vijfjarige Greetje aan de hand wandelde ze schijnbaar kalm de voordeur uit, maar Jan had haar gezicht nog nooit zo bleek gezien. Vader greep een gereedstaand koffertje en liep de boomgaard in, in de richting van de boerderij van Hoeks. Daar bleef hij met Jan wachten, verborgen achter een appelboompje.
'Als er wat gebeurt,' zei hij met zachte vaste stem, 'dan loop jij moeder na, je wandelt rustig met haar naar het dorp, neemt daar de bus en brengt haar

in huis bij de familie Cremer. Daar wacht je op bericht van mij. Ik red me wel. Vang Frits en Guusje op, dat ze niet naar huis gaan. Begrepen...? Heb je geld genoeg?'

Met de ogen op de bosrand trok hij zijn portemonnee en stak Jan een briefje toe. Zijn hand trilde niet. Zijn gezicht stond strak gespannen. En door dat voorbeeld voelde Jan zich plotseling sterk en vastberaden. Zijn angst zonk weg. Hij beet zijn tanden opeen en wist dat hij zijn taak aan zou kunnen.

Het duurde lang. Toen zagen ze de Duitsers uit het bos komen, even stilstaan om te overleggen en daarna het veld in lopen in de richting van het verbrande vliegtuig.

'Goddank!' zei vader en hij zuchtte met de ogen naar de hemel. 'Jan, stel moeder gerust. Nee, niet rennen, rustig wandelen.'

Een poosje later waren ze terug in huis. Moeder ging thee zetten. Vader ging even bij de piloten kijken en kwam terug met de mededeling dat alles in orde was. De Duitsers waren vlak langs de kampeerwagen gekomen. De verstekelingen hadden hun stemmen gehoord en zich doodstil gehouden. De schuilplaats had haar vuurproef doorstaan.

Ook de volgende dagen bleef het onveilig in de omgeving. Telkens weer werd op de weg gecontroleerd en hier en daar werd bij de boeren huiszoeking verricht, maar het huis waar de vijand had moeten zijn, werd overgeslagen. Dat vonden de Duitsers misschien te klein om piloten te verbergen. In de grote boerderijen met al hun schuilhoeken meenden ze een betere kans te hebben.

Op de derde dag, een zaterdag, hadden Jan en Frits een verrassende ontmoeting. Toen zagen ze Schram terug, de NSB-rechercheur, die ze al in de meidagen van '40 in Scheveningen hadden leren kennen. Die man was later overgeplaatst naar hun provincie en daar was hij door een verraderlijke mededeling aan de Duitsers er de oorzaak van geworden dat vader een paar heel moeilijke dagen in de gevangenis had moeten doorbrengen.

De broers waren die middag naar de boerderij van Hoving gefietst om een mud haver te halen voor de kalkoenen. Het was verboden om haver te verhandelen, want ook het veevoer was gedistribueerd. Maar op het platteland stoorde zich daar niemand aan en de zaterdagmiddag was het veiligst voor het vervoer, want dan was er meestal geen controle langs de weg; de CCD-ambtenaren wilden ook wel eens vrij.

Het gezin van boer Hoving zat juist aan de koffie en de jongens werden uitgenodigd om een kopje mee te drinken. Toen kwam er een lange mage-

re meneer in een sjofele blauwe regenjas met zijn fiets aan de hand het paadje op dat door de voortuin naar de zijdeur voerde.
'Wat is dat voor een vreemde snoeshaan?' vroeg de boer.
Jan weifelde nog even, maar toen de man voor 't raam langsging en hij dat konijnenkopje met die afstaande oren zag, waarschuwde hij: 'O, pas op, die kerel deugt niet, Hoving! Dat is een NSB'er!'
Frits zei opgewonden: 'Dat is die vent, die vader...' En zweeg toen verschrikt. Je wist tegenwoordig bijna niet meer, wat je wel en wat je niet vertellen mocht.
Maar de boer wist genoeg. Hij gaf de onderduiker, een metaalbewerker die een oproep voor Duitsland had gekregen, een wenk en die verdween in de zijkamer. Ze hoorden voetstappen in het achterhuis, toen werd er zacht en bescheiden aan de deur geklopt.
'Zou je niet even naar hem toe gaan?' fluisterde de boerin. Maar de boer stelde haar met een handbeweging gerust. Die grote sterke boer was blijkbaar nooit bang. Hij had een vreselijke hekel aan NSB'ers en op deze rustige middag wilde hij zijn pleziertje weleens hebben met een van die kerels. Hij ging er eens echt voor in de houding zitten, als een koning op zijn troon.
'Binnen!' riep hij, met een stem als een bazuin.
Schrammetje kwam met zijn hoed in de hand en bijna buigend de kamer in. Hij vertelde dat hij Mulder heette – Jan en Frits keken elkaar aan – en uit de stad kwam, waar het zo vreselijk slecht was met eten en toen vroeg hij of de boer niet een paar eieren over had. Want zijn vrouw was ziek en die moest eieren hebben van de dokter. Even rustten zijn ogen op Jan, die er in zijn colbertje niet als een boerenjongen uitzag, maar hij scheen hem niet meer te herkennen. Jan was ook heel wat veranderd in die twee jaar.
'Ben je uitgepraat?' vroeg de boer.
'Ja,' zei Schram, 'en ik heb maar een eenvoudig kantoorbaantje, ziet u, en dan is het geen vetpot...'
'Dan moet je lid van de NSB worden,' zei Hoving ernstig, 'dan krijg je van alles genoeg. Wíj' – hij zei dat woord met grote nadruk – 'wij hebben ook geen gebrek, hè vrouw?'
Schram wist blijkbaar niet, wat hij ervan denken moest. Was hij hier bij geestverwanten...? Hij kreeg geen uitnodiging om te gaan zitten, daarom ging hij ongevraagd op het puntje van een stoel zitten.
'Maar eieren krijg je niet,' zei de boer. 'Daar moeten wij, nationaal-socialisten, niet aan meedoen, aan dat gesmokkel, vind je ook niet? Ik lever alle eieren af, zoals het hoort. En jij moet voor je zieke vrouw ziekenrantsoenen aanvragen op het distributiekantoor. Begrepen?'

Schram knikte verlegen.
'Begrepen, meneertje?' bulderde de boer, alsof hij vreselijk kwaad was. 'Moet ik zo'n stadse meneer nou nog leren hoe hij zich te gedragen heeft?'
'Ik... ik wist niet dat u lid van de beweging was,' zei Schram.
'Maar jij bent het ook,' zei Hoving. 'Anders zei je niet "beweging". Nou, heb je nog meer?'
Schram keek zuchtend naar de koffiepot.
'Nee,' zei hij, 'dat was eigenlijk alles. Maar wat een vliegtuigen gaan er de laatste tijd over, niet? Hier vlak in de buurt moet er een gevallen zijn, hoorde ik. Zouden nou al die mensen daarin verbrand zijn?'
'Dat weet ik niet, daar ben ik niet bij geweest,' zei Hoving. En Jan zag dat hij zich zat te bezinnen, wat die vraag te beduiden kon hebben. Maar Jan begreep het al en hij voelde zich kwaad worden op die Schram, want die was het natuurlijk om inlichtingen voor de Duitsers begonnen.
'Ze zeggen dat er een paar ontkomen zijn en dat die door de boeren voortgeholpen worden,' vertelde Schram. 'Hebt u daar niks van gehoord?'
Nu scheen de boer een lichtje op te gaan.
'Hoor eens,' zei hij vertrouwelijk. 'Ik geloof, ik moet het je dan maar zeggen...'
'Ja?' zei Schrammetje hoopvol. Hij schikte zijn stoel dichterbij.
'Dat jij een rare kwast bent!' barstte de boer plotseling met harde stem los. 'Want als ik daar wat van wist, dan had ik er natuurlijk dadelijk kennis van gegeven aan de Duitsers, zoals het hoort. Wij doen hier alles zoals het hoort, snap je dat? Wat ben je eigenlijk, een Engelse spion of een zwarthandelaar...?'
'Nee, nee, dat is allemaal wel in orde!' probeerde Schram angstig te sussen.
'Wat dunkt jou, Harm?' vroeg Hoving aan zijn zoon.
'Hij deugt niet,' zei Harm. 'Wij moesten hem maar in de koeienstal vastbinden en dan haal ik de politie er even bij.'
Schram stond al bij de deur.
'Ik... ik vind het jammer dat u mij niet vertrouwt,' stamelde hij. 'Ik ben ook lid van de beweging, heus waar...'
'Zo, wil je het nu op die manier proberen?' riep de boer. 'Dat zal je niet lukken, vader! En als je nou niet gauw maakt dat je hier de deur uit komt, dan grijp ik je bij kop en staart en dan gooi ik je dwars door de ramen naar Engeland. Harm, laat de hond eens los, anders loopt hij me niet hard genoeg!'
Maar Schrammetje rende naast zijn fiets het tuinpad af en nog op de weg keek hij een paar keer om, of de hond niet kwam. De boer bulderde

van het lachen en ook de anderen hadden schik. Jan had geen ogenblik medelijden met de spion, maar hij en Frits konden alleen vertellen, wat ze in de oorlogsdagen in Scheveningen met de kerel beleefd hadden. Over al het andere wilden ze liever niet praten. Toch was het nog genoeg om de boer te doen zeggen: 'Als ik dat geweten had, jongens, dan hadden we dat plannetje van Harm uitgevoerd...'

'Ja,' zei Harm, 'flink stijf aan een paal binden en dan een paar uur werk hebben om de politie te vinden.'

Maar alle boeren waren niet als Hoving en ze werden niet allemaal vooruit gewaarschuwd. Toen Jan en Frits een uur later met hun haver naar huis fietsten, zagen ze Schram een andere boerderij uitkomen, vriendelijk pratend met de boerin en een aantal eieren overpakkend uit een emmertje in zijn tas. Hij scheen hier dus succes gehad te hebben. Als het maar bij eieren gebleven was! Wat een geluk dat niemand in de omgeving iets kon weten...

Ze vertelden dadelijk aan vader wat er bij Hoving gebeurd was en Jan zag gevaarlijke lichtjes in zijn ogen komen. Maar vader zei alleen, heel rustig: 'Zo, dat heerschap schijnt dus nog altijd gevaarlijk te zijn! Die doet dus dienst als handlanger van de SD! Hm, we zullen er rekening mee houden. Ik zal eens even naar Hoeks lopen, want ik zou het niet leuk vinden, als hij daar ook eieren kreeg...'

Terwijl vader weg was, rinkelde de telefoon. Jan nam de hoorn op.

'Hallo, met meneer De Boer?' vroeg een stem.

'Nee, met Jan de Boer,' zei Jan.

'O Jan, ben jij het? Nou, jij kunt de boodschap wel even overbrengen. Je spreekt met Van der Mey. Wil je aan je vader zeggen dat ik om acht uur de jonge hondjes kom halen?'

'Best hoor,' antwoordde Jan. 'Ik zal het dadelijk zeggen.'

'Niet vergeten!'

'Nee meneer. Dag meneer!'

Hij liep dadelijk naar Hoeks, om vader in te lichten. Er waren geen jonge hondjes, maar hij begreep de boodschap wel. Hij kende ook meneer Van der Mey wel en die had natuurlijk wel geweten dat hij op de hoogte was. Meneer Van der Mey heette eigenlijk Jansonius en hij was chef van de politie in een groot dorp in de omgeving. Een heleboel mensen hielden hem voor een NSB'er en hij liet zich dat rustig aanleunen. Hij genoot zelfs het vertrouwen van de SD en kwam er dikwijls op het bureau. Maar in werkelijkheid was hij een van de voornaamste verzetsmannen uit de omgeving en Jan vermoedde dat vader ook door hem aan het nieuwe persoonsbewijs voor Wim gekomen was.

Om acht uur reed een politieauto het erf op en meneer Jansonius zat achter het stuur. De kleintjes waren naar bed, Frits was naar het dorp gestuurd om een boodschap, alles was veilig. De piloten werden door Jan gewaarschuwd. Terwijl vader met Jansonius stond te praten, kwamen ze met Wim aanwandelen. Arthur had een beter pak gekregen, ze leken nu alle drie gewone burgers, die geen wantrouwen zouden wekken, als ze op straat gezien werden. Snel werden ze in de auto geladen. Ze konden niet veiliger vervoerd worden dan in een politiewagen met meneer Jansonius in uniform achter het stuur. Maar nu wilden ze nog afscheid nemen van moeder, die zulke lekkere koffie voor hen had gezet en die werd even gehaald. John kuste haar de hand en de kleine Arthur omarmde haar. En alle drie nodigden ze haar en vader en Wim en Jan uit om na de oorlog in Engeland te komen logeren.
Jansonius startte de wagen. Juist kwam Frits aanfietsen.
'Good bye!' riepen de piloten. 'Till next time! God bless you! Good bye!'[36]
Die woorden verstond Frits en zijn mond zakte open van verbazing. Hij keek de auto na, gooide zijn fiets in de garage en barstte in tranen uit. Vader legde de arm om hem heen, maar Frits schudde die van zich af.
'Ga maar weg!' snikte hij. 'Ik snap het best, wie dat waren, maar jullie laten mij overal buiten! Vertrouwen jullie mij soms niet?'
'Mijn lieve jongen,' zei vader, 'ik vertrouw jou net zo goed als mijzelf, maar het is niet goed om meer mensen in te wijden dan absoluut nodig is. Wie niets weet, heeft niets te verantwoorden. Als Jan er niet toevallig bij geweest was, had hij ook niets geweten. Maar als ik je nodig heb, Frits, waarvoor dan ook, dan waarschuw ik je en dan weet ik dat ik op je aan kan. En hoor es...'
Hij trok Frits naar zich toe en fluisterde hem iets in het oor. Frits sloeg de armen om zijn nek en gaf hem een zoen. En uit schaamte over die spontaniteit ging hij toen maar een partijtje met zijn vader boksen. De lach van vader schalde door het huis. Je kon merken, dacht Jan, dat er een grote zorg van hem afgevallen was.
Die avond, toen de kleintjes sliepen, zaten de anderen in de voorkamer bij elkaar. Toen haalde vader een handvol sigaretten uit zijn zak en deelde rond, aan Frits ook. Het was Capstan, een beste Engelse, heel wat anders dan die flauwe oorlogssigaret, de Consi. De doosjes had vader veiligheidshalve vernietigd.
Terwijl ze smakelijk zaten te roken, vertelde Wim, wat de 'jonge hondjes' allemaal over de overkant hadden verteld. Van de geweldige voorbereidingen die daar gemaakt werden, van het reusachtige wapenarsenaal in

Amerika, van het tweede front, dat zeker dit jaar zou komen, omdat Engeland, Amerika en Rusland dat al een maand geleden hadden afgesproken.
Hun harten werden er warm bij, hun ogen gingen ervan schitteren. Het zou toch waar kunnen zijn dat de eindstrijd nog dit jaar zou plaatshebben! Zij hadden zelf het gevoel dat ze ook een kleine veldslag hadden gewonnen.
Moeder en Guusje waren in de keuken met de afwas bezig en ze zongen tweestemmig het lied van de scheidende zon. Moeder kon ook weer zingen. Ze hadden het in dagen niet gehoord.
'Stil es,' zei Wim, die het scherpst kon horen.
'Oe-eh, oe-eh, oe-eh...'
De bommenwerpers kwamen weer aandreunen.

HOOFDSTUK 7

NA DEZE GEBEURTENIS SCHEEN DE rust niet weer te willen keren in huize De Boer. Het was alsof men in heel de omtrek wist dat men hier terecht kon wanneer men in moeilijkheden zat. Misschien vormde ook de verborgen ligging van het huis een aantrekkingskracht: aan een stille weg buiten het dorp en van verschillende kanten langs eenzame zandwegen te bereiken.

Al maandenlang verschenen op geregelde tijden, een of twee dagen nadat vader een ritje met de kalkoenen had gemaakt, enkele mensen uit de omgeving: een boerenzoon, een onderwijzer, een paar meisjes, een oude gepensioneerde brugwachter. Die vervoegden zich meestal bij oom Gerrit in de garage, soms moesten ze vader even spreken en dan vertrokken ze weer met hun portie *Vrij Nederland* in de fietstas of tussen hun kleren om die te verspreiden in het dorp waar ze woonden. En soms kwam meneer Jansonius en een andere keer een meneer die Jan wel kende van het distributiekantoor. Dat was allemaal gewoon; aan die bezoeken waren ze gewend geraakt.

Maar nu stond daar op een avond de burgemeester van een aangrenzende gemeente op de stoep en vroeg of hij kon blijven slapen. Hij kende vader nauwelijks, hij had hem slechts één keer ontmoet op een vergadering; maar de dominee van zijn dorp had gezegd dat hij hier zeker welkom zou zijn. Hij had aan de Duitsers een opgave moeten verstrekken van al de joden, die in zijn gemeente woonden en dat had hij geweigerd. Nu vreesde hij dat hij 's nachts van zijn bed zou worden gelicht.

Natuurlijk mocht hij blijven. Moeder liet geen zwerver buiten staan, al was het dan ook een burgemeester, zei ze met een glimlach. En zo hadden ze er weer een onderduiker bij. Eerst kwam de burgemeester alleen maar slapen en fietste hij 's morgens in de vroegte weer naar zijn dorp, maar na een paar dagen ging hij niet meer weg. Hij kreeg de beste manchesterjas van oom Gerrit aan en de kinderen moesten hem oom Sieuwerd noemen, want niemand mocht weten wie hij was. Ze konden best een hulp gebruiken in de boomgaard, want het was druk met het plukken van de yellows.[37] Vader zelf hielp ook de hele dag. Hij was nu trouwens officieel fruitkweker van beroep; dat stond op zijn persoonsbewijs en zo stond hij ook op het gemeentehuis ingeschreven: daaraan had hij het te danken dat hij tot nu toe vrij gebleven was van een oproep voor tewerkstelling in Duitsland. Maar de burgemeester bracht van het werk niet veel terecht. Hij at meer dan hij plukte, vertelde oom Gerrit en nadat hij twee volle manden naar de schuur had gedragen, klaagde hij al over zijn schouder. Het speet de tuinman dan ook niet dat hij deze ongewone knecht na een week weer kwijtraakte: 'oom Sieuwerd' had bericht gekregen dat hij als burgemeester ontslagen was en dat de Duitsers bij hem thuis geweest waren om hem gevangen te nemen. Toen vervalste vader zijn persoonsbewijs – hij deed dat nu al zelf – en oom Gerrit stelde voor, om hem keurmeester op een fruitveiling te maken: want dan kwam er geen appel meer in Duitsland, zei hij, hij at ze allemaal op. Maar vader maakte hem controleur van de CCD en als zodanig vertrok hij naar een familielid in een andere hoek van het land.

Nauwelijks was dit achter de rug, of er kwam weer nieuwe onrust. Twee oudere schoolvrienden van Jan stonden voor de deur, Rein Mulder en Aart van Dijk, een paar weken geleden geslaagd voor het eindexamen, en vroegen om onderdak. Ze kwamen binnen, zoals indertijd Wim binnengekomen was, gejaagd en onrustig en met een verborgen angst in hun ogen en brachten het ontstellende bericht dat Cor van Bergen gevangengenomen was. Dat was dezelfde, die Jan een hele tijd geleden die mooie zelfgetekende platen gegeven had. Hij was een week geleden naar Den Helder gereisd om foto's en kaarten te maken van de verdedigingswerken, die langs de hele kust door de Duitsers werden aangelegd. De jongens vertelden dat Cor een weg wist om deze voor de bondgenoten zo belangrijke gegevens naar Engeland te smokkelen. Maar nu was er vanmiddag bij Rein een telefoontje gekomen van een onbekende uit Schoorl dat Cor ernstig ziek was. Dat kon niet anders betekenen, dan dat hij gevangengenomen was en nu voelden de jongens zich thuis niet meer veilig. Want ze hadden heel nauw met Cor samengewerkt en hij zou bij het verhoor eens iets los kunnen laten.

Kon je zulke jongens, die door hun verzetswerk in moeilijkheden waren gekomen, de deur wijzen? Ze bleven en sliepen bij Wim in de kampeerwagen. Maar toen ze over de eerste schrik heen waren, bleken ze onrustige logés te zijn. Ze zwierven rond in de omgeving en maakten ruzie met een NSB-boer. Ze vonden in de kampeerwagen het bordje 'Voor joden verbo-

den' en hingen dat op de deur van buurman Walinga en diezelfde avond staken ze bij het dorpsstationnetje een aantal spoorwagons met stropakken in brand, die klaarstonden voor vervoer naar Duitsland. Gelukkig stelde de politie vast dat het vuur veroorzaakt was door de vonken van een locomotief, die even voor het uitbreken van de brand gepasseerd was en werd het onderzoek dus niet voortgezet. Toen vader hun dat kwam meedelen, waren ze juist bezig om in het bos met hun revolvers op wilde konijnen te schieten. Hij nam de wapens boos in beslag en vertelde ze dat ze op staande voet konden vertrekken, als ze zich niet voorzichtiger gedroegen.
De volgende dagen hielpen ze met appels plukken en leerden Greetje, die bij hen rondscharrelde en het versje zong van 'Maantje tuurt', een ander versje op dezelfde wijs:

'Hitler tuurt, Hitler gluurt
Door de vensterruiten.
Weet je, wat hij nu zegt, dat zwijn?
Waar is mijn mooie stad Berlijn?
Zijn de Engelsen alweer weg?
Of kan ik nog niet naar buiten?'

En dat liep het kind een poosje later in de voortuin te zingen. Het was dan ook een hele rust, toen de jongens na een week vertrokken. Maar de reden waarom ze zich weer veilig konden voelen, was heel droevig. Er was namelijk een koerier uit Den Helder bij de Van Bergens thuis geweest met de tijding dat Cor niet gevangenzat, maar dat hij doodgeschoten was bij het fotograferen in het spergebied langs de kust. Hij had een persoonsbewijs onder een andere naam; de vijand wist niet, wie hij in werkelijkheid geweest was. Zijn lijk was door de Duitsers meegenomen; misschien zouden zijn ouders nooit weten waar hij begraven lag.
Van deze verschrikkelijke tijding was Jan dagenlang diep onder de indruk. Eens werd hij midden in de nacht wakker en zag in het donker van zijn kamertje de lachende kop van Cor van Bergen duidelijk voor zich. Die dappere Cor, met zijn krullenkop en zijn heldere ogen; hij was zo'n vrolijke jonge kerel geweest. Hij sprong altijd met een zwaai op zijn fiets en als hij je tegenkwam en je groette met een breed armgebaar, dan moest je tegen hem lachen, dan straalde zijn levenslust je tegemoet. Nu lag hij met een verbrijzeld hoofd of een gat in zijn borst ergens op een onbekende plaats begraven; het leek onmogelijk en toch was het waar. Een kogel had in een ogenblik een einde gemaakt aan dat jonge leven, en aan zijn

mooie talent. Wat had er van hem kunnen groeien, als hij zich niet met dat ondergrondse werk had beziggehouden...? Hij hoefde het immers niet te doen? Hij had nu nog rustig op zijn kamer aan zijn tekenwerk kunnen zitten... Was het werk dat hij gedaan had, dit grote offer wel waard?
Hoe oud was hij geworden? Twintig jaar misschien, hij was twee jaar ouder dan Jan; een jaar geleden had hij zijn eindexamen gedaan. Jan dacht terug aan die dag, toen Cor hem meegenomen had naar zijn kamer en hem de tekening had laten zien, die hij 'Huis van Holland' had gedoopt. Hoe warm en stevig was zijn handdruk geweest, toen Jan zich bereid verklaard had om die te verspreiden! Toen was hun vriendschap begonnen, met die handdruk, die eigenlijk een stille belofte van trouw was geweest. Aan elkaar en aan het land en aan de zaak van de vrijheid...
Nu was Cor dood. Híj leefde nog, maar was hij er zeker van dat het met hem beter zou aflopen? Hij wilde niet sterven, hij wilde lang leven en studeren en later architect worden als zijn vader of iets anders, misschien wel schrijver of dichter. En hij wilde veel reizen en vreemde landen zien en nog later wilde hij trouwen en zich ergens een huis laten bouwen en gelukkig zijn. Maar vanavond leek dat allemaal onmogelijk; hij kon zich niet meer voorstellen dat zo'n toekomst voor hem was weggelegd; hij kon over die oorlog niet meer heen kijken... Moest hij zich dan voornemen om zich met niets meer bezig te houden? Om te weigeren, als vader hem vroeg om de krantjes weg te brengen of de bonkaarten voor de onderduikers? En vader en moeder proberen te bewegen om Wim weg te sturen, en voortaan ieder die hulp nodig had, op de stoep laten staan? Dat kon toch niet? Dan zou je jezelf verachten en dan had je ook geen leven meer... Vader had gelijk. Die had eens gezegd: 'Het is zo gek met dat werk: je wilt het eigenlijk niet, je durft het niet, maar als je ervoor komt te staan, dan kun je niet anders; dan is het alsof God het je zelf gebiedt. En als we dat maar weten, dat we handelen in gehoorzaamheid aan God, dan hoeven we niet meer te denken en te rekenen en niet meer bang te zijn; dan is ons leven in Zijn hand.'
Toen Jan daaraan dacht, had hij rust. Meer nog: hij voelde zich plotseling heel gelukkig. En het was alsof Cor hem uit de duisternis goedkeurend toeknikte. Hij sprong uit bed, keek of het verduisteringsgordijn goed voor het raam hing en knipte de lamp aan. Hij ging voor zijn tafeltje zitten en begon te schrijven. Het was, alsof hij zo nog één keer tegen zijn vriend kon praten. En als vanzelf regen de woorden zich aaneen en kregen ritme en rijm en werden tot een eenvoudig gedicht:

Aan Cor van Bergen

Mijn vriend, jij hebt mij eens de weg gewezen
Om voor de vrijheid van het land een daad te doen, hoe klein.
Nu ben je dood en ik zit hier te vrezen
Dat eens jouw lot ook dat van mij zal zijn.

Maar één ding zou ik je nog willen zeggen,
En het spijt me dat ik het niet eerder heb gedaan:
Dat ik op de plaats, die God mij wel zal wijzen,
Steeds voor de goede zaak hoop pal te staan.
Wanneer het land mij roept, zal ik niet deserteren,
Maar klaarstaan voor mijn taak, naar ik hoop zo goed als jij.
En met de angst in 't hart standvastig voortmarcheren,
Tot heel het volk kan juichen: wij zijn vrij!

Hij zat er nog even over te denken, vooral over die op één na laatste regel. Standvastig met de angst in het hart, was dat eigenlijk niet gek? Maar hij liet het staan, want hij voelde het nu eenmaal zo. Ook de volgende morgen veranderde hij het niet. Hij schreef het gedicht over, ondertekende het met 'Jan' en zond het in een blanco envelop zonder afzender aan de ouders van Cor. Misschien zou het die mensen in hun verdriet, dat ze niet eens naar buiten mochten tonen, een beetje troost kunnen geven...
En sinds die dag was hij anders geworden. Hij was ernstiger en toch blijer; hij wist nu weer hoe hij leven moest.

De zomervakantie kwam, maar niemand van het gezin ging uit. Waar zou je het beter en rustiger kunnen hebben dan hier op het boerenland? Bovendien was het reizen moeilijk en er waren weer hardnekkige geruchten dat de invasie iedere dag kon komen. Maar de tantes uit Hillegersberg en de familie uit Scheveningen, oom Herman en tante Annie, kwamen over en ondanks al de nare verhalen die ze meebrachten over vervolging en onderdrukking en ook over het dreigende voedselgebrek, hadden ze tóch goede weken. Bij hun vertrek zagen die stadsmensen er heel wat beter uit dan toen ze kwamen.
Toen begon de school weer en wekenlang gebeurde er niets bijzonders. Maar op een dag kwam zuster Trijntje. Tegen de avond stapte ze vlak voor het huis uit de bus, juist toen Jan, na enkele uren studie, in de voortuin een luchtje stond te scheppen. En daar stond ze voor hem in haar

verpleegsterskostuum, lachend, fris en met die ondeugende twinkeling in haar ogen, net als twee jaar geleden in Rotterdam en ze zei: 'Dag Jan, daar ben ik dan!' alsof ze het gisteren beloofd had dat ze zou komen. En hij voelde dat hij een kleur kreeg van verrassing, want hij had veel aan haar gedacht en soms in het geheim een versje op haar proberen te maken. Maar ze scheen zijn verwarring niet te merken, ze gaf hem een stevige hand, duwde hem meteen haar koffer in handen en babbelde: 'Wat wonen jullie hier mooi, zeg! Wat een vrede, wat een rust! En wat ben jij een kerel geworden. Je steekt haast een hoofd boven mij uit! Zeg, zou ik hier vannacht bij jullie kunnen logeren? Wanneer je tenminste geen NSB'er geworden bent, want dan blijf ik hier niet!'
'NSB'er?' lachte hij. 'Dan zou je me eerst ander bloed moeten geven!' Hij liep met haar voor de ramen langs en Guusje zei tegen moeder: 'Dat is vast die verpleegster, die Jan twee jaar geleden in Rotterdam heeft ontmoet. Ik zie het aan zijn ogen.'
En toen ze dat werkelijk bleek te zijn, werd ze heel hartelijk ontvangen. De tafel stond gedekt en ze kon meteen mee aanschuiven. Vader kwam wat later en zijn begroeting was een grote verrassing voor Jan. Want hij bedankte zuster Trijntje voor de doktersverklaring, die ze hem zo vlug gestuurd had. En daar bleek die oude slimmerd, zonder dat Jan er iets van wist, met de zuster gecorrespondeerd te hebben, toen de papieren voor Wim klaargemaakt moesten worden.
'Daar zit de patiënt,' zei hij.
'Ik voel me vreselijk naar!' verzekerde Wim, terwijl hij een hap nam van zijn boterham met spek en lachend zijn rode kuif naar achteren gooide. 'Ik heb wel een verpleegster nodig, die me iedere dag een beetje vertroetelt.'
'Dank u wel, meneer,' zei de zuster. 'Ik heb wel wat beters te doen. Ik kom voor iemand anders.'
Voor mij? dacht Jan. Zou ze dat heus bedoelen?
Maar na het eten, in het atelier, bleek dat hij zich vergist had. Zij was hier in het noorden voor een vriendin, een joods verpleegstertje, met wie ze samen in het ziekenhuis had gewerkt. Dat meisje had al meer dan een jaar geleden ontslagen moeten worden. De Duitsers duldden geen joodse dokters en verpleegsters meer in de ziekenhuizen. Maar dat was natuurlijk niet gebeurd. Zij had een Arisch[38] persoonsbewijs gekregen en was rustig haar werk blijven doen. Omdat ze er nogal joods uitzag, ging ze bijna niet meer de stad in; alleen maar als ze haar familie ging bezoeken – oude weerloze mensen, schuw geworden door de steeds gemenere maatregelen, waarmee de Duitsers de joden het leven onmogelijk maakten.

Joden mochten niet meer in bioscopen en parken, ze mochten niet meer in de trams, ze moesten hun geld en hun bezit aangeven, hun radio's en fietsen inleveren, ze werden uit hun betrekkingen verwijderd, en ten slotte werden ze gedwongen in speciale jodenwijken te gaan wonen, afgezonderd van de andere Nederlanders. Ze mochten niet meer omgaan met niet-joden, na een bepaalde tijd mochten ze niet meer op straat, ze moesten hun inkopen doen op bepaalde uren en ze moesten de 'ster' dragen, een grote gele ster met het woord 'jood' erin, alsof het een schande was om jood te zijn. Het was géén schande, maar het was wel een zwaar lot om te behoren tot een groep weerloze mensen, vogelvrij verklaard door een gewetenloze bende die de macht in handen had.
Het zou nog erger worden. Maar velen konden het niet geloven. En als zuster Trijntje en zuster Esther bij Esthers familie kwamen en hen probeerden over te halen om onder te duiken, dan schudden die oude mensen het hoofd. Nee, ze wilden niet, ze durfden niet – want als ze dán ontdekt werden, zouden ze zeker weggevoerd worden, eerst naar het kamp bij Westerbork, in Drente, en later naar Duitsland, naar Mauthausen of een ander verschrikkelijk kamp, vanwaar ze misschien nooit terug zouden komen. Ze konden heus beter precies doen wat de Duitsers zeiden, dan zou het misschien nog meevallen. Zó wreed zouden de Duitsers toch niet zijn om al de joden in Nederland, de vrouwen en kinderen ook, gevangen te nemen? Die kindertjes hadden toch geen schuld aan de oorlog...? Wie zou die nu kwaad willen doen? Och, en misschien was de oorlog wel gauw afgelopen...
Maar nu was het dan toch gekomen. Nu werden de joden bij duizenden weggevoerd, bij treinen vol. Ze moesten zich melden en de meesten kwamen, want ze zagen geen andere weg. En een oude joodse vrouw, zo'n vriendelijk grootmoedertje, was bij de Duitsers gekomen en had in haar onschuld gevraagd: 'Ben ik hier bij de jodenvervolging?' En ze hadden haar meteen tegen de grond geslagen, de schoften!
Zuster Trijntjes wangen waren rood van verontwaardiging en haar ogen hard van boosheid, toen ze erover sprak en Jan zat haar vol bewondering aan te kijken. Hij was blij, toen hij hoorde dat zij en zuster Esther en anderen heel wat mensen hadden weten te redden uit de Duitse klauwen en die in gezinnen van goede vaderlanders hadden verborgen. Kinderen vooral hadden ze veel laten onderduiken. Wel moesten er veel adressen voor worden afgesjouwd, want er waren weinig mensen die wilden helpen, er waren zoveel lafaards onder de Nederlanders. En bonnen moesten er zijn voor de onderduikers en persoonsbewijzen. En als een kind eenmaal

op een adres was, dan moest het soms na een poosje weer ergens anders heen worden gebracht, omdat het daar te gevaarlijk was, of omdat de pleegouders niet langer durfden of omdat ze er geld voor wilden hebben, veel geld soms. Dag en nacht hadden de zusters gewerkt en zuster Esther was de dapperste en de ijverigste van allen geweest. En nu was zij opgepakt. Zij was verraden door een patiënt, die zij in het ziekenhuis verpleegd had en men had haar op straat gearresteerd. Dagenlang had men niets meer van haar gehoord, maar nu was er een briefje van haar gekomen dat zij uit het kamp bij Westerbork had weten te smokkelen. Een afscheidsbriefje was het, want zij had geen hoop meer. Zij was als zwaar geval in de strafbarak terechtgekomen en verwachtte dat zij met een van de eerste transporten naar Polen zou gaan; zij wist dat de dood haar daar wachtte. Maar dat mocht niet gebeuren. Je kon haar niet zomaar de dood laten ingaan. En dan iemand die zoveel voor anderen gedaan had! Zuster Trijntje had tranen in de ogen.
'Maar wat wil je dan?' vroeg vader. 'Wat denk je dan nu nog voor haar te kunnen doen?'
'Ik weet het niet,' zei ze. 'Ik dacht dat u misschien een mogelijkheid zou weten. U bent de enige die ik hier ken in het noorden...'
Vader zweeg, diep in gedachten. Opeens vroeg Jan: 'Zou er niet iets te proberen zijn, vader? Die Harm Peeks woont daar zo dichtbij. Weet u wel, die boer, die in 1940 soldaat was in Scheveningen en die toen burgerkleren van u heeft gekregen. Daar zijn we eens geweest...'
Hij wilde niets liever dan helpen, ook om die tranen in de ogen van zuster Trijntje. Wat zou het heerlijk zijn om haar weer blij te maken!
'Ja, daar zijn we geweest,' stemde vader toe. 'En toen hebben we iets van het kamp gehoord en gezien. Metershoog prikkeldraad eromheen met overal wachttorens, geregelde bewaking van SS'ers en marechaussee! Wat zou je daar kunnen beginnen?'
En na een poosje: 'Maar ik kan Van der Mey eens bellen...'
Hij zuchtte en ging naar de telefoon. Hij draaide een nummer en wachtte. Juist klonken er voetstappen buiten in het grind en een grote man in uniform stond in de schemering voor het raam en keek nieuwsgierig naar binnen.
'O, pas op, wie is dat?' vroeg zuster Trijntje verschrikt.
'Dat is Van der Mey warempel,' zei vader. 'Laat hem er even in, Wim. Dat bespaart mij een telefoontje.'
'Dát is vast een goed voorteken!' riep zuster Trijntje. En ze scheen gelijk te zullen krijgen. Toen de politieman het hele verhaal gehoord had, zei

hij: 'U hebt gelijk, zuster, dat meisje moet eruit! We zullen zien, wat we kunnen doen. In ieder geval zie ik wel een kans om contact met haar te krijgen. Ik ken een van de marechaussees die daar momenteel voor bewaking gedetacheerd is. Die man stuit het allang tegen de borst dat hij aangewezen is om joden te bewaken en als hij een kans ziet om er een te redden, laat hij het niet, al zou hij ervoor moeten onderduiken. Misschien kan ik hem duidelijk maken dat hier nu die kans voor hem ligt. De omstandigheden zijn gunstig: er zijn grote transporten aangekomen de laatste weken. Ik ben er gisteren nog geweest, het is er een grote warboel. De mensen liggen drie hoog boven elkaar in de barakken en honderden slapen gewoon op de grond. Ik zal er morgen naartoe gaan en tegen die marechaussee – laten we hem Nico noemen – zeggen dat hij Esther moet proberen te vinden...'
'Laat hij vooral mijn groeten vast overbrengen,' zei Trijntje haastig.
'Dat is best, dat zal haar goeddoen. Zou ze durven, als Nico haar een plan aan de hand doet om te ontsnappen?'
'Esther durft alles,' zei Trijntje.
'Goed zo. Maar ze moet buiten het kamp opgevangen worden. Zie je, dat zou nu net wat wezen voor deze twee jonge kerels! Ken jij de omgeving, Jan?'
'Heel slecht,' antwoordde Jan. 'Ik ben er maar één keer in de buurt geweest.'
'Maak er dan studie van. Ik heb thuis een plattegrond van het kamp; als je meefietst, kun je die krijgen. Zet die in je kop, maar neem die niet mee ernaartoe, want als je ermee gesnapt wordt, ben je erbij. En fiets daar dan morgen eens wat rond, zodat je weet hoe het kamp het beste te benaderen is. Let vooral op de zuidoostelijke kant, dat is de beste; daar hebben we er vorige week nog een uit gesmokkeld. Wacht eens, je moet een reden hebben om je daar in het veld op te houden... Kun je geen botaniseertrommel meenemen? Nee, daarvoor is het te laat in de herfst...'
'Als Guusje en zuster Trijntje ook eens meegingen,' stelde Wim voor. 'Dan waren we met twee paartjes.'
'Lijkt me niet gek,' zei Van der Mey. 'Heb je een fiets voor de zuster? Neem anders straks die van mijn vrouw mee, Jan. Kom, dan gaan we nu. Wat is er, meneer De Boer?'
'Ik zou liever de jongelui erbuiten laten,' zei vader. 'Het lijkt me beter dat ik zelf ga.'
'Niks ervan, bezorgde vader,' lachte de politieman. 'Dit plan is prachtig! Jij zou daar veel eerder in de gaten lopen. Bovendien, die jonge kerels

zijn vlugger en soms vindingrijker dan wij. Laat ze maar eens tonen wat ze kunnen!'

O, Jan wilde niets liever. Hij stond al te popelen om aan het werk te gaan.

'Kop op, zuster!' groette Van der Mey. 'We laten onze kameraden in Rotterdam niet in de steek. Ik geef u goede hoop dat het zal lukken.'

HOOFDSTUK 8

HET WEER WAS HUN WELGEZIND. De aardappelrooiers deden in hun boezeroen hun werk op de zonnige akkers, toen zij de volgende morgen in de richting van het kamp fietsten en toen zij na een heerlijke rit van twee uur bij dat zomerse najaarsweer in Hooghalen kwamen, het dorp waarlangs het kamp Westerbork het best te bereiken was, waren ze alle vier in opgewekte stemming. Maar aan die opgewektheid kwam hier een einde, want bij het stationnetje werd juist een transport joden uit Amsterdam uitgeladen en in rijen opgesteld, om onder bewaking van SS-soldaten en politie naar het kamp te worden gebracht. De eerste groep kwamen ze vlak bij de zijweg naar het kamp tegen en ze stapten af om deze treurige optocht aan te zien, maar een politieagent sommeerde hen om door te rijden. Toen fietsten ze het erf van een boerderij langs de weg op, waar meer mensen stonden te kijken.

Daar gingen ze, de joden van de hoofdstad, de rijke bankiers en de sinaasappelkooplui, de vrouw van de eigenaar van het zaakje in afgedragen kleren en de echtgenote van de directeur van het modepaleis. Mannen en vrouwen, allen met de jodenster op de borst, oude heertjes en flinke jonge kerels, moeders met kinderen aan de hand, een vrouw met een baby in een dekentje, een sjofele oude man die gesteund werd door twee andere mannen. Allen zwaarbeladen met koffers en pakken en opgerolde dekens, allen met grauwe gezichten, zo sloften ze langzaam voort onder een zacht gemurmel van stemmen, waarboven nu en dan het scherpe keelgeluid van een SS'er opklonk: 'Schnell, schnell, beeilen Sie sich dahinten!'[39]

'O Jan, is het niet verschrikkelijk?' zei Guusje ontroerd en kneep in de arm van haar broer.

Hij kon bijna geen antwoord geven; er zat een brok in zijn keel. Want het hield maar niet op met die stroom van mensen. Hoe lang was die trein toch wel geweest...? Steeds nieuwe groepen volgden de bochtige landweg, als een donkere slang, die langzaam voorwaarts kroop. Toen kwam eindelijk een boerenwagen, vol met pakken en koffers en kleren en daarop,

tussen twee lachende SS-soldaten die het zich hier gemakkelijk hadden gemaakt, zat een oud mummelend grootmoedertje, wier grijze hoofd heen en weer schudde met de bewegingen van de wagen.
Maar het verschrikkelijkste kwam achter die wagen: een jongen van een jaar of vijftien, een mooie donkere jodenjongen, wiens handen waren geboeid en die met een ketting aan de wagen was vastgebonden. En Jan moest plotseling aan Jozef denken, zoals die achter een kameel werd meegesleept, toen hij door zijn broeders als slaaf was verkocht. De jongen wilde niet mee, hij verzette zich wanhopig, hij liet zich slepen en schreeuwde. Van al die honderden mensen was hij de enige, die zijn smart durfde uit te schreeuwen. Maar de kar sleurde hem voort en de SS'ers lachten en geen mens durfde hem te hulp te komen.
'Als schapen ter slachting,' zei een meneer, die achter Jan stond. En de boer, naast zijn kruiwagen, begon plotseling hardop te vloeken. Zijn vrouw liep huilend naar hem toe om hem tot stilte te manen, maar hij wilde niet luisteren en terwijl hij de hevigste verwensingen tegen de soldaten schreeuwde, werd hij door een paar andere boeren met geweld in zijn schuur gebracht.
'Ja, dat helpt ook al niet,' zei iemand en toen Jan op het geluid van die stem omkeek, zag hij plotseling Schram staan, in datzelfde blauwe regenjasje, waarin hij enkele maanden geleden bij Hoving verschenen was. Hij pakte Wim bij de arm en nam hem mee naar de fietsen; daar wees hij hem de man aan.
'Die loopt natuurlijk weer te loeren, of hij iemand snappen kan, de verrader,' zei hij zacht.
Wim was bleek, zag hij, en hij keek zo fel naar Schram dat het Jan bijna speet dat hij over hem gesproken had.
'Kom mee, hij moet mij niet herkennen,' zei Jan.
Maar Wim wilde eerst het beeld van de vent beter in zich opnemen en wandelde met een bocht om hem heen, gelukkig zo onopvallend mogelijk.
'Zulke lui kun je niet te goed kennen,' zei hij, met iets dreigends in zijn stem, toen hij terugkwam.
Ze stapten op, de meisjes met behuilde gezichten. Bij het station lagen nog een paar mannen en een vrouw in het gras, onder bewaking van Duitsers. Een meisje knielde bij de vrouw en maakte met een zakdoek haar voorhoofd nat. Zieken, die wachtten tot ze met een wagen gehaald zouden worden.
Ze fietsten onwillekeurig sneller dan ze gedaan hadden. Het doel van hun tocht stond hun helder voor ogen en het had plotseling nog meer zin, om althans één mens te redden van het lot dat al deze anderen wachtte. Er

waren hier veel mensen bij de weg. Lui die gehoord hadden van de aankomst van het transport en hun nieuwsgierigheid wilden bevredigen? Of kennissen en vrienden van de weggevoerde joden?
Een boerenjongen, die hen tegemoet kwam fietsen, riep hun met gedempte stem toe: 'Pas op, controle!' Maar ze fietsten door. Hun persoonsbewijzen waren in orde. Wim was met het zijne ook al eens aangehouden; hij was er niet meer bang voor.
Het waren twee rechercheurs in burger, die hen aanhielden. Een had een Duits accent.
'Komt u uit Rotterdam?' vroeg hij aan Wim, met diens persoonsbewijs in de hand.
'Ja, dat ziet u toch?' zei Wim verwonderd.
'En had u belangstelling voor de joden, meneer?'
Twee scherpe ogen werden op Wim gericht, maar Wim doorstond hun blik prachtig.
'Niks hoor,' zei hij luchtig. 'Hoewel het een naar gezicht is, al die arme mensen, dat zult u mij moeten toegeven.'
'En waar woont u in Rotterdam?'
'Staat er ook op,' zei Wim, 'Zwartjanstraat 28.'
'Zo, en hoe gaat u van uw huis naar het station?'
Op die vraag had Wim niet gerekend. Hij kon toch moeilijk de hele plattegrond van Rotterdam in zijn hoofd hebben. Met die van het kamp Westerbork had hij al werk genoeg gehad. Maar hij wist zich te redden.
'O,' lachte hij, 'nu snap ik u pas: u gelooft natuurlijk niet dat ik in Rotterdam woon! Dus u wou van de Zwartjanstraat naar het station? Nou, dat zullen we hebben! Welk station bedoelt u eigenlijk, meneer?'
'Nou, het station dat het meeste in de nabijheid is,' zei de man.
'Hofplein dus,' stelde Wim vast. 'Goed, daar gaan we. Eerst de Zwartjanstraat uit, dan de Walenburgerweg op, bij de kerk linksom, lijn negen tot de Goudse singel, nou, en dan ben ik er al. Weet u wel, dan heb je het station links, dat zie je vanzelf...'
'Stimmt,' zei de vent. 'Doorrijden maar.' En hij gaf het persoonsbewijs terug.
'Gelukkig dat Wim Rotterdam zo goed kent,' dacht Jan ook nog.
Maar zuster Trijntje kon zich nauwelijks bedwingen tot ze buiten gehoor van de rechercheurs was. Ze zat te proesten op de fiets.
'O Wim, o Wim, wat ben je een brutale!' schaterde ze.
'De Walenburgerweg op tot de Goudse singel! Ha ha, er deugde geen biet van!'

‘Dat wist ik wel,’ lachte Wim. ‘Ik noemde maar wat namen op, die ik mij toevallig herinnerde. Als híj het maar geloofde, en dat deed hij! Eerst schrok ik even, maar toen die vent naar “het” station vroeg, had ik door dat hij Rotterdam net zo slecht kende als ik. Ik weet er vast nog veel meer van dan hij.’

De stemming was door dit voorval weer wat verbeterd en toen ze, na een heel eind langs het Oranjekanaal te hebben gefietst, het veld ingingen en in een zandkuil op de hei zaten te picknicken, had het toch wel iets weg van een vakantietochtje. Wim en Trijntje zaten elkaar voortdurend te plagen. Die twee waren tegen elkaar opgewassen! En Jan was bijna een beetje jaloers. Want hij vond zichzelf maar een stijve hark bij die vrolijke vlotte Wim vergeleken. Dat zou Trijntje zeker ook wel vinden, dacht hij. Hij keek op zijn armbandhorloge, dat hij enkele maanden geleden op zijn achttiende verjaardag had gekregen.

‘Jongens, luister es,’ zei hij. ‘Dat transport zal nu wel bij het kamp aangekomen zijn. Zou het nu geen geschikte tijd wezen om eens verder te kijken? Misschien dat alle aandacht nu bij de nieuwelingen is.’

‘Dat is een prachtidee,’ stemde Trijntje toe. ‘Kom mensen! Nemen we de fietsen nog verder mee?’

Na enig beraad lieten zij ze in de zandkuil liggen en trokken met z’n vieren langs veldpaadjes op het kamp af, waarvan ze de hoge pijp van de wasserij boven de barakken zagen uitsteken. Ze passeerden een groot geel bord, waar in het Duits op stond dat ze in de verboden zone kwamen, maar ze stoorden er zich alleen in zoverre aan dat ze nu zo veel mogelijk van bosje naar struikje liepen om niet vanuit het kamp gezien te worden. Hier en daar stond een braamstruik, vol met glanzend zwarte vruchten en ze plukten handenvol. Jan deelde de meeste aan de meisjes uit en hun tanden en lippen werden blauw.

Het paadje liep op grote veenplassen uit en verdeelde zich daar in tweeën.

‘Wij moeten elk langs een kant eromheen,’ zei Wim. ‘En let er dan op of je een pad vindt dat tot dicht bij het kamp loopt. Want als we bij donker dwars door die lange hei moeten, komen we misschien nog in de plassen terecht.’

‘Goed,’ zei Jan, en om zich groot te houden voegde hij eraan toe: ‘Wie van de meisjes neem jij mee?’

‘Kom nou,’ grinnikte Wim. ‘Dacht je dat ik mijn ogen in mijn zak heb? Kom Guus, volg je heer en meester!’

Zoveel mogelijk zich verbergend achter de bosjes gingen Jan en Trijntje verder. Ze zagen de wachttorens, opgetrokken van ruwe dennenstammen,

ze zagen de wachten erop staan met het geweer in de handen. Toen roken ze plotseling een vreemde bedorven lucht, die aan lysol en vuile kleren deed denken, de lucht van het overvolle kamp, waar duizenden mensen in een kleine ruimte bijeenleefden.
Jan greep Trijntjes arm en trok haar mee tussen de struiken.
'Niet verder!' fluisterde hij. 'Dat is niet nodig...'
Hij boog de takken opzij en gluurde naar het kamp.
'Het lijkt me hier niet zo goed,' zei hij zacht. 'Tot hier zouden we over dat paadje kunnen, maar dan moeten we door de hei langs het prikkeldraad en die hei is hier moerassig en vol met kuilen...'
Hij wilde zich omkeren voor een geluid – het was alsof er iemand hoestte – maar plotseling voelde hij tot zijn verbazing de armen van Trijntje om zijn hals en hij hoorde haar fluisteren: 'Geef me een zoen, Jan! Vlug, geef me een zoen!'
En toen hij nog aarzelde – want hij begreep die uitnodiging niet op deze gevaarlijke plaats – trok ze zelf zijn hoofd naar zich toe.
'Was machen Sie da?'[40] riep een stem achter hen.
En nóg eens drukte Trijntje haar zachte lippen op Jans wang. Toen, zonder hem los te laten, keerde zij zich om en riep lachend: 'Ai, is dat schrikken...? Wat is er, meneer?'
Er stond een Duitser achter hen, met een geweer op hen gericht, een dikke SS-soldaat. Hij probeerde streng te kijken, maar om zijn mond trilde een lachje.
'Sie dürfen sich hier nicht aufhalten!' zei hij. 'Wissen Sie das nicht? Können Sie nicht lesen?'[41]
Trijntje keek zoekend in het rond, of er ergens iets te lezen stond.
'Nein, da!' riep de soldaat. 'Sie haben doch wohl die Tafel gesehen?'[42]
'Wij hebben niets gezien,' zei Jan in het Duits. 'Wij hebben bramen gezocht... Hoe heten die dingen ook in het Duits? Brombeeren.'
'Nichts gesehen,' smaalde de man. 'Nein, nichts gesehen! Nur einander gesehen, was? Wenn Sie sich küssen wollen, meine Herrschaften, ganz gut, aber nicht hier. Dies ist ein Lager, ein Judenlager!'[43]
'O bah!' riep Trijntje. 'Een jodenkamp! Kom gauw, Jan...! Dank u wel, meneer!'
Zij legde met een vriendelijk gebaar even haar hand op de mouw van de Duitser en wipte hem voorbij het pad op, terwijl ze Jan meetrok. De mof liet hen gaan.
'Ich gratuliere,' zei hij lachend tegen Jan. 'Ein schönes Mädchen!'[44] En al kwam het van een mof, Jan was toch blij met het compliment.

'Danke schön!'[45] antwoordde hij beleefd.
Hij nam Trijntjes arm en drukte die stijf tegen zich aan. Hij voelde zich trillen, maar dat kwam niet van de schrik, maar van die andere, veel schokkender ervaring.
'Trijntje,' zei hij, 'ik hou zoveel van jou, weet je dat wel?'
'Ja, lieve jongen,' antwoordde ze. 'Ik hou ook van jou...'
Toen stonden ze stil en gaven elkaar nog een zoen. En Trijntje zwaaide jolig achterom naar de mof, die hun dreigend nariep dat ze moesten doorlopen.
Vrolijk kwamen ze terug bij de anderen, die al bij de fietsen zaten te wachten en Wim riep hun opgetogen toe dat hij en Guus een prachtig pad hadden gevonden dat op een vijftig meter langs het kamp liep.
'Prachtig,' zei Jan. 'Dan moeten we dat hebben. Want waar wij geweest zijn, was het niet pluis, hè Trijn?'
En veel meer vertelden ze niet, want ze hadden afgesproken dat ze hun geheim voorlopig zouden bewaren. Maar Guusje keek Jan nadenkend en met een geheimzinnig lachje aan. Zij kende haar broer te goed, dan dat hij voor haar iets kon verbergen.
Maar ze zweeg en hij was er haar dankbaar voor. Ze brachten nog een bezoekje bij Peeks, die in een klein boerderijtje aan het kanaal woonde, schuin tegenover het kamp. Jan had een gesprek met hem op het aardappelland, waar hij hem gedeeltelijk inlichtte en de boer zegde hem zonder aarzelen zijn medewerking toe en wees de jongens de weg om over zijn land de zandweg te bereiken, die oostelijk van de veenplassen naar het kamp liep, dezelfde die Wim had bedoeld.
Tegen donker waren ze thuis. Van der Mey was al geweest, vertelde vader, en met goede berichten. Die marechaussee, Nico, had zich bereid verklaard om heel erg zijn best te doen voor Esther. Hij zou een plan voorbereiden en zo spoedig mogelijk bericht sturen. Hij had gezegd dat er wel haast gemaakt moest worden: het kamp was overvol; iedere dag zou er een transport kunnen gaan en strafgevallen waren altijd het eerst aan de beurt. En zuster Trijntje beet zich bij die mededeling zenuwachtig op de lippen, want het zou toch al te verschrikkelijk zijn, wanneer ze, nu alles zo mooi leek, toch nog juist te laat zouden zijn.
Maar de volgende dag al, in de namiddag, reed de politieauto het erf op en Van der Mey kwam vergenoegd vertellen dat de zaak draaide. Nog in de komende nacht moest de poging gewaagd worden, want over een of twee dagen zou er een transport naar Auschwitz in Polen gaan. Nico had Esther zelf gesproken. Zij had geluk gehad: omdat er zoveel zieken waren

in het kamp, was zij uit de strafbarak gehaald en aan het verplegen gezet en daardoor genoot zij grotere vrijheid. Tussen één en twee uur zou Nico haar aan de zuidoostzijde van het kamp tussen de wachttorens VI en VII naar buiten smokkelen en haar onder het prikkeldraad door helpen. Hij zou proberen de bezetting van die torens door vertrouwde collega's te doen waarnemen en die in vertrouwen te nemen, zodat ze een gedeelte van de nacht behoorlijk slaperig zouden zijn. Zo dicht mogelijk bij het draad moest de vluchtelinge in ontvangst genomen worden, want Nico zelf bleef in het kamp en als het niet nodig was, wilde hij nog niet onderduiken. Wachtwoord: Trijntje. Antwoord: Esther.

'Goed begrepen?' vroeg Van der Mey. 'Herhaal het dan eens, Jan.'

Hoe kon hij denken dat de jongens er ook maar iets van gemist zouden hebben? Er mankeerde niets aan en ze spraken af dat ze Esther naar het huis van Peeks zouden brengen en dat ze daar vroeg in de morgen met de politieauto gehaald zou worden. Waar moest zij dan heen worden gebracht?

'Zij is hier welkom,' bood vader aan. 'Dan moet Wim maar bij oom Gerrit boven de garage slapen.'

Maar Trijntje wilde haar het liefst zo gauw mogelijk mee terugnemen naar Rotterdam. Daar had Esther al haar vrienden, bij wie ze overal terecht kon en misschien kon zij na een poosje wel terugkomen in het ziekenhuis.

'Maar zij heeft geen persoonsbewijs,' zei vader.

Nee, dat was waar!

'Heb je een foto van haar bij je?' vroeg Van der Mey.

Die had Trijntje. Een bruikbare pasfoto.

'Dan zijn we klaar,' besliste Van der Mey. 'Roep Guusje eens even. O, daar komt ze net; die heeft zeker achter de deur staan luisteren. Zeg Guusje, zou je je persoonsbewijs wel willen verliezen?'

'Als ik er u een plezier mee kan doen,' lachte Guusje.

'Afgesproken, laat gauw eens kijken dat ding... Zie je wel, heel goed bruikbaar, meneer De Boer. Haar foto eraf, die van Esther erop en het stempel even bijtekenen, dan is het in orde. Kunt u dat vandaag nog doen? Dank je wel, Guusje! Als jij morgen even naar de politie gaat en verklaart dat jij je persoonsbewijs kwijt bent, krijg je een verklaring van aangifte, waarmee je voorlopig over de straat kunt en na een poosje volgt vanzelf een nieuw persoonsbewijs...'

'U voedt mijn kinderen op tot liegen,' lachte vader. 'Na de oorlog zullen ze van voren af aan moeten beginnen om leugen en waarheid van elkaar te onderscheiden.'

'Daar geloof ik niets van,' zei Van der Mey. 'Guusje weet best dat zij een leugentje gaat vertellen om de waarheid te dienen, hè Guus?'
'Het is geen leugen, het is een krijgslist,' verklaarde Wim.
'Vooruit dan maar, een krijgslist,' zei Guusje. 'In ieder geval zal ik er het slapen niet om laten. Ik ben blij dat ik ook een beetje mee mag helpen om dat meisje te redden.'
Vader ging dadelijk met het persoonsbewijs aan het werk en Van der Mey bestudeerde met de jongens nog eens de plattegrond van het kamp. Hij scheen stilzwijgend van de gedachte uit te gaan dat zij met z'n beiden dit zaakje zouden opknappen. Vader protesteerde nog even, toen erover gesproken werd dat ze beiden een wapen zouden moeten meenemen, maar het eindigde ermee dat hij zich bij het besluit neerlegde, al was het dan met grote zorg in zijn ogen. Eén revolver had hij, de andere stelde Van der Mey beschikbaar. Hij haalde het blauwglanzende wapen uit de holster en legde de jongens uit, hoe ze ermee moesten omgaan.
'Pas op,' zei hij. 'Als je ermee gesnapt wordt, moet ik verdwijnen, want het ding is genummerd. Maar aarzel daarom niet om het te gebruiken als het nodig is. Laat Trijntje de dingen vervoeren tussen haar kleren tot je bij Peeks bent. En zorg voor regenkleding, want kijk eens naar buiten: de lucht trekt helemaal dicht.'
Om vier uur waren ze klaar om te vertrekken. Guusje hoefde niet mee en het speet haar echt. Zij zou trouwens niet eens kunnen zonder persoonsbewijs. Trijntjes koffer werd achter op een van de fietsen gegespt. Er zat een volledig stel kleren voor Esther in, dat moeder van Guusjes voorraad had afgestaan.
Het afscheid was moeilijk. Moeder kon zich nauwelijks goedhouden.
'Jongen, wees voorzichtig!' waarschuwde ze nog eens. 'Wim, zul je op hem letten?'
'Hij is best in staat om op zichzelf te passen, tante,' lachte Wim. 'Hij is geen kleine jongen meer.'
'Is het wel, Trijntje?' voegde hij er ondeugend aan toe.
Frits kwam uit het bos hollen om ze alle drie een hand te geven. Aan de ernst waarmee hij dat deed, was te merken dat hij iets begreep van het gevaar dat zij misschien tegemoet gingen.
Oom Gerrit harkte het blad weg in de oprijlaan. Die moest ook nog even afscheid nemen.
'Zuster,' zei hij, 'wat spijt het me dat je al weggaat. Ik loop er net over te denken, om je ten huwelijk te vragen. Ik ben een jonge kerel van tweeën-

zeuventig, niet al te lelijk en ik heb hier een beste positie. Kun je me een beetje hoop geven?'
Trijntje was meteen in haar rol.
'O meneer, wat een verrassing!' zei ze met een preuts mondje. 'Mag ik er een paar dagen over denken? Ik zal u mijn antwoord wel schrijven.'
Daarmee ging oom Gerrit akkoord. Hij nam zijn hark weer op. Maar toen Jan na een poosje nog eens omkeek, zag hij dat de oude man hen bij de ingang van het pad stond na te staren.

Nog vóór ze halverwege waren, begon het te regenen en het hield niet meer op. Wel een half uur eerder dan andere avonden daalde de schemering tussen de bossen en het was zo goed als donker, toen ze druipend bij Peeks het hek in reden. De gebraden bloedworst geurde hun tegemoet, toen ze het huis binnengingen en toen ze een poosje om de snorrende kachel zaten, elk met een bordje op hun schoot, sloeg de damp van hun kleren. Vrouw Peeks, een gezellig dikkerdje, stond erop dat ze hun doorweekte kousen en schoenen zouden uittrekken, en dat deden ze toen maar. Je hoefde je hier niet te generen, want de kinderen werden, toen het bedtijd was, in hun tegenwoordigheid bij de kachel uitgekleed en achter de bedsteedeuren gestopt. Daarna dronken ze koffie. Peeks vertelde, hoe hij het klaarspeelde om drie varkens per jaar te slachten, hoewel hij er maar één toegestaan kreeg en het had een heel gezellige avond kunnen worden, als de grote Friese staartklok maar een beetje vlugger de tijd had willen wegtikken.
Om elf uur hielden de jongens het niet meer uit. Ze trokken hun sokken en schoenen weer aan, en gingen vast eens buiten kijken. De regen stroomde nog steeds en het was aardedonker. Trijntje kwam bij hen in de schuur en gaf hun de revolvers, die warm waren van haar lichaam. Zij controleerden de veiligheidspal bij het lichtstraaltje van de verduisterde stallantaarn, maar staken de wapens haastig bij zich, toen vrouw Peeks geeuwend uit de kamer kwam. Die stelde Trijntje voor, om een poosje naar bed te gaan; ze kon wel naast haar op het plekje van de boer. Maar Trijntje beweerde dat ze toch niet slapen kon en dat zij liever in de grote leunstoel bleef zitten.
Toen ze weer binnenkwamen, lag de boerin ook achter de deurtjes. En eindelijk dan toch werd het tijd om te gaan. Ze trokken hun jassen aan, Peeks wurmde zijn voeten in de laarzen. Trijntje gaf ze beiden een zoen. Ze deed luchtig, alsof ze even om een boodschap gingen, maar de warme blik van haar ogen bleef Jan bij, terwijl hij achter de boer over het donkere

erf zijn weg zocht, en vervulde hem met blijdschap en vastberadenheid. Wát er ook gebeurde, zij zou zich over hem niet hoeven te schamen, dacht hij.
Tot het eind van zijn land ging Peeks mee. Toen waren ze aan het duister gewend en begonnen de donkere schaduwen van de struiken te onderscheiden.
'Hier sta ik, van één uur af,' zei de boer zacht. 'Als ik jullie hoor, roep ik: "Kievit!" Hoor, zo... Hij bootste het vogelgeluid meesterlijk na. Als je antwoordt, is alles veilig; dan breng ik je tussen de sloten door naar huis. Nou, hier is de zandweg, voel je hem...? Het beste dan maar, jongens, en praat niet hardop; het klinkt zo ver in het veld.'
De regen kletterde op hun kleren en ruiste op de grond, toen ze zwijgend hun weg zochten langs het doorweekte pad. Wim liep voorop en bleek de richting voortreffelijk in zijn hoofd te hebben. Wankelend soms door de diepe wagensporen vervolgde hij zeker zijn weg en stond maar eenmaal plotseling stil voor een geluid dat door een wegvluchtend konijntje veroorzaakt bleek te zijn. Toen rook Jan weer de lysollucht. Wim sloeg linksaf de hei in en samen slopen ze verder, tot ze stilstonden, omdat ze de omtrekken van een wachttoren zagen oprijzen tegen het zwakke licht dat door een raamkier van een van de barakken drong. Dat moest toren VI zijn...! Ze trokken zich een beetje terug, liepen voorzichtig vijftig meter naar rechts en slopen weer op het kamp aan, tot ze op enkele meters van het prikkeldraad stonden. Toen hurkten ze naast elkaar in de hoge hei; na een poosje gingen ze maar op de natte grond liggen en lieten de regen gelaten op zich neerstromen.
De lichtkier uit de barak was verdwenen. Er was niets dan stilte en duisternis. Was het waar dat ze straks op deze plaats het meisje zouden ontmoeten...? Het leek Jan haast onmogelijk dat de plek zo precies bepaald kon worden in deze donkere verlorenheid. Maar mocht hijzelf nog twijfelen, op Wim kon hij aan; die had geen ogenblik geaarzeld op de weg hiernaartoe. Hij hoorde zijn makker naast zich ademen en een warm gevoel van vriendschap vervulde hem; hij had graag even zijn hand op diens natte schouder gelegd. In plaats daarvan voelde hij naar zijn revolver; het ding zat voor het grijpen in de buitenzak van zijn overjas. Het gaf een merkwaardig gevoel, zo'n wapen in je hand te hebben: je moest er de tanden bij op elkaar bijten. Zou hij het durven gebruiken, als het nodig was...? Hij stelde zich voor dat er een Duitser op hen afkwam en hen aanriep. Ja, hij zou schieten, vóór hij de ander gelegenheid gaf...
Hoe laat zou het zijn? Hij stroopte zijn linkermouw op en keek op zijn

horloge. Fijn, die radiumwijzers. Ze stonden vlak bij elkaar, het moest nu ongeveer één uur zijn. Het kon dus ieder ogenblik gebeuren...
Stil, nu was er geluid. Er waren stemmen bij toren VI, een zaklantaarn flitste in het donker. Een man met een lantaarn in de hand kwam langs het prikkeldraad dichterbij, langs de binnenkant, want je zag de palen vóór het licht. Een andere man liep achter hem aan. Jan voelde een hand op zijn hoofd, die hem neerdrukte. Plat tegen de grond loerde hij door de heidestruiken, zijn hand aan de revolver. Nu liepen ze voorbij, hun voeten stampten zwaar door de plassen. Als die vent nu dat licht maar bij zich hield!
'Rotweer,' zei een stem. 'Ik ben blij dat ik eraf ben. Heb je nog koffie overgelaten?'
Ze waren voorbij en het drong tot Jan door dat hij niet bang geweest was. Het gaf hem een blij gevoel van voldoening. Nu werd er gepraat bij toren VII, daarna was alles weer stil. Op die toren beefde even het vlammetje van een lucifer. Ha, een sigaret, heerlijk, straks! De wacht was afgelost. Nu stonden daar links en rechts dus waarschijnlijk de mannen, die in vertrouwen genomen waren en die misschien wisten dat zij hier lagen te wachten. Het deed de spanning stijgen.
Hoor, daar was een luide stem in het kamp. Een man schreeuwde iets onverstaanbaars, het leek Duits! Een bewaker, die alarm sloeg...? Maar het bleef verder stil gelukkig. Een dor blaadje begon te ritselen aan een struik in de nabijheid; er kwam wat wind en de regen begon te minderen. De tijd kroop langzaam voorbij. Half twee. Zou er iets mis zijn daarbinnen? Als ze er om twee uur nog niet was? Niet weggaan natuurlijk, wachten, desnoods tot de morgen. Jan huiverde. Het kriebelde in zijn keel en hij duwde de kraag van zijn jas tegen zijn mond om het geluid van zijn hoest te dempen, maar het bezorgde hem toch een ribbenstoot van zijn vriend. Was daar geluid, een meter of tien naar rechts...? Hoor, een geluid als van een gespannen snaar dat zich voortplantte door het draad...
'Pas op!' fluisterde Wim. Hij richtte zich half op en kroop in de richting van het geluid. Jan volgde hem.
'Trijntje!' zei een mannenstem, nogal luid.
'Esther, ja Esther!' antwoordden ze tegelijk.
Ze sprongen op. Een donkere gestalte kwam op hen af. Daar was ze! En Jan voelde een brok van ontroering in zijn keel, want daar was ze, Esther, de vriendin van Trijntje, in een drukke straat in Rotterdam gevangengenomen en ten dode opgeschreven; hier in de donkere eenzaamheid van de Drentse hei aan het leven teruggegeven. Het was gelukt!

'Goeie reis,' zei een stem. 'Maak dat je wegkomt.'
Wim had het meisje al bij de hand genomen en trok haar mee de duisternis in. Jan merkte onder het lopen dat hij de revolver in de hand had. Hij keek achterom, alles bleef stil. Hij kon het wapen wel opbergen.
Daar was de zandweg.
'Neem haar over,' zei Wim. 'Dan loop ik vóór, om het beste pad te zoeken.'
Jan nam het meisje aan de arm. Wat had ze weinig kleren aan. Een jurk, een overall, wat was het? En wat rook ze naar het kamp! Ze maakte zachte geluidjes. Ze huilde.
'Het is een wonder, een wonder!' snikte ze plotseling.
'Stil!' gebood Wim. 'Hou je goed, je bent er nog niet!'
'Trijntje zit te wachten,' troostte Jan.
Hij had eigenlijk wel een beetje zin om mee te huilen. Grote dankbaarheid vervulde hem. Maar hij beheerste zich en volgde met het meisje zo snel mogelijk de donkere schaduw, die voor hen uit sprong. Dáár was de vogelroep al: 'Kie-wiet...! Kie-wiet...!' Zó echt dat je er haast aan twijfelde, of het Peeks wel was. Maar daar stond hij en zei zacht: 'Zo juffer, gefeliciteerd hoor!' En ging hun voor naar zijn huis.
Het mooiste ogenblik kwam, toen de meisjes elkaar op de drempel van het achterhuis in de armen vielen. De boerin lag over de bedsteeplank geleund en riep glunderend: 'Is ze daar...? Och, och, wat is ze nat; Harm, stook de kachel eens op!' En dat, terwijl het zweet de jongens uitbrak.
Nu konden ze dan eens zien, wie ze meegebracht hadden: een teer schepseltje met een jongenskop in een lelijke blauwe overall met de jodenster.
'Maar lieverd,' zei Trijntje snikkend, 'wat hebben ze met je gedaan, die schoften? Waar is je mooie haar gebleven...?' En meteen op een andere, luchtiger toon: 'Geeft niks hoor, dat groeit wel weer! En nu zullen wij je eerst eens iets anders aantrekken. Gooi uit die natte rommel. Waar is mijn koffer? Jongens, eruit, hier zijn sigaretten; ik zal je wel roepen als je weer mag komen.'
In het achterhuis, bij de stallantaarn, zaten ze behaaglijk te roken, maar Peeks wilde niet. 'Apenhaar,' zei die, 'ik neem wel een pijpje eigenbouw.' En Wim sloeg Jan plotseling hard op de schouder en ze stoeiden, tot er een revolver kletterend op de rode plavuizen viel. Toen kwam Trijntje zeggen dat de baan weer vrij was.
De dames zaten al aan de koffie; de boerin ook, in onderrok. Wat was die Esther opgeknapt, nu ze de kleren van Guusje aanhad. En wat had ze mooie donkere ogen! Ze gingen samen om de ronde tafel zitten, de boe-

rin sneed brood en Esther begon te vertellen van al de nare dingen in het kamp en dat bijna alles misgelopen was, omdat een van de Duitse wachten zich almaar in de buurt van de ziekenbarak bleef ophouden, terwijl Nico al stond te wachten. Maar het wond haar te veel op, ze rilde soms van ontzetting en Trijntje verbood haar om er nog meer over te praten.
Toen legden ze haar in de leunstoel van de boer bij de kachel, met een andere stoel onder de voeten. De boerin kwam met kussens en Trijntje werd aan de andere kant van de kachel op dezelfde manier geïnstalleerd. De boer en de boerin gingen naar bed, de lamp werd laag gedraaid, Wim ging bij de tafel zitten met het hoofd op de armen, Jan schoof stiekem zijn stoel dicht bij die van Trijntje.
Stilte, slechts verbroken door de rustige tik van de klok.
En toen een hand, die zijn haar streelde en een stem, die fluisterde, dicht bij zijn oor: 'Jongen, ik ben zo gelukkig...'
Het was een nacht om nooit te vergeten. Veel te vroeg klopte Van der Mey het V-teken op het raam. Een kwartier later was hij weer weg; met de meisjes, die hij in Zwolle op de ochtendtrein zou zetten met een koffer die zwaar was van boter en worst, en met zijn revolver.
Twee dagen later was er een kaart uit Rotterdam: Familie De Boer afz. Trijntje en Guusje, met hartelijke dank. Alles was dus in orde. En nog een dag later kwam er een kaart voor oom Gerrit: zo'n gekke met een aanstellerige juffrouw erop, die je vreselijk smachtend aankeek en daaronder de woorden: 'Voor altijd de uwe!' En toen de triomf, waarmee de oude slimmerd die kaart aan Jan liet zien!

HOOFDSTUK 9

Na deze gebeurtenis begon het werk pas goed.
Maandenlang al waren de jodenvervolgingen aan de gang met razzia's en transporten. In de kerk had de familie De Boer ertegen horen protesteren en in de ondergrondse krant hadden ze gelezen hoe erg het was, en toch leek het alsof al die ellende hun grotendeels was voorbijgegaan. Maar nu hadden ze voor Esther iets moeten doen. Ze waren er persoonlijk bij betrokken. En nog geen maand later hadden ze vier joodse onderduikers. Een meisje van negen jaar werd hun door zuster Trijntje gebracht en moeder had geen ogenblik geaarzeld om het in huis te nemen, toen zij die grote donkere ogen in dat bleke gezichtje had gezien. De mooie zwarte haren van het kind waren met een sterke oplossing van waterstofperoxyde veranderd in goudblonde krullen en nu ging ze door voor Marietje de Boer, het nichtje uit Scheveningen, dat door de evacuatie uit haar woonplaats was verdreven. Ze leefde gewoon met het gezin mee en ging zelfs met Hanneke naar school. Dat evacuatieverhaal klonk geloofwaardig, want iedereen wist dat uit de kuststreek duizenden gezinnen hadden moeten verhuizen, omdat de Duitsers daar grote verdedigingswerken gingen aanleggen tegen de invasie. In de omgeving waren al veel evacués aangekomen.
Zelfs Hanneke geloofde het verhaal en Greetje natuurlijk ook. Ze hadden er zich alleen even over verbaasd dat oom Herman en tante Annie een kindje bleken te hebben, want daar hadden ze nog nooit van gehoord. En het was een wonder, hoe goed Marietje haar rol speelde, die ze bij moeder had ingestudeerd. Ze scheen geheel vergeten te zijn dat ze Sarah Goudsmit had geheten en dat ze een van de drie dochtertjes was van een bankier in Hillegersberg. Als ernaar gevraagd werd, vertelde ze heel rustig dat ze in een straat bij de duinen had gewoond, Duinstraat 85. En dat vader onderwijzer was en dat ze geen broertjes en zusjes had, nee.
'En waar zijn je vader en moeder dan nu, Marietje?'
'O,' zei Marietje, 'vader kon een plaats krijgen als onderwijzer in

Amsterdam, maar hij heeft er nog geen huis en nu is hij met moeder in een pension. Maar dat was voor ons drieën te duur en ik moest ook naar buiten van de dokter, want ik heb een hele poos in het ziekenhuis gelegen. En daarom ben ik nu hier bij oom Evert en tante Gré...'

Alles met die grote, schuwe, fluweelzachte reeënogen recht op de vrager gericht. Ja, en ze vond het hier fijn en ze verlangde niet zo heel erg naar haar ouders en met Kerstmis mocht ze naar hen toe. En als dan het grapje gemaakt werd dat ze maar flink moest eten om als een dik boerinnetje bij hen te komen, dan lachte ze niet. Dat was zo naar met het kind, ze scheen niet meer te kunnen lachen. Ze probeerden thuis om de beurt om haar zover te krijgen, maar het lukte ze niet. Zelfs als oom Gerrit zijn kunstjes voor haar vertoonde, kwam er slechts een plichtmatig glimlachje op haar gezicht.

Twee weken na Marietje kwam meneer Liebstadt, een joodse leraar, met zijn vrouw en zijn volwassen dochter. Die bracht vader onverwachts mee uit Amsterdam. Liebstadt had op het punt gestaan om zich maar te melden, nadat hij drie maanden op verschillende adressen in de hoofdstad ondergedoken was geweest. Want op het eerste kregen ze bijna niet te eten, op het tweede moesten ze dag en nacht in een schuilplaats onder de vloer zitten en op het derde adres was de gastvrouw zo bang dat ze haar het leven niet langer lastig durfden te maken. Nu woonden ze met z'n drieën in het kampeerwagentje en hadden ze rust. De takkenbossenbarrière was ruimer gemaakt, zodat er overdag meer licht in de wagen kon komen en de ingang was door het aanplanten van grote jonge dennen zó prachtig gecamoufleerd dat je er vlak langs kon lopen zonder die te zien. Er stond een goede petroleumkachel en daarbij zat Liebstadt de hele dag economische aardrijkskunde te studeren, want daarin wilde hij promoveren als de oorlog afgelopen zou zijn. Z'n vrouw stopte de kousen voor het hele gezin en z'n dochter, die typiste was geweest, verrichtte alle voorkomende werkzaamheden, tot bonen doppen toe.

Wim, die nu bij oom Gerrit boven de garage sliep, verzorgde het gezin met eten en drinken, oom Gerrit kwam ze nu en dan eens opvrolijken met zijn grappen en Jan ruilde iedere week een paar keer dikke boeken in de leeszaal of liet andere komen uit de universiteitsbibliotheek. En als 's avonds de kust veilig was, kwam de familie Liebstadt op bezoek, luisterde naar de nieuwsberichten en verhuisde pas laat in de avond, terwijl de bommenwerpers in de donkere lucht hun geronk lieten horen, weer naar wat ze hun loofhut noemden. Vader had zich in het begin nogal eens bezorgd gemaakt voor buurman Walinga, die soms bij zijn erf over

de sloot sprong en dwars door het bos op zoek ging naar oom Gerrit, maar dat gevaar kon ook bezworen worden. Walinga klaagde op een dag tegen oom Gerrit zijn nood over de kalkoenen, die zijn mooie mesthoop ondersteboven kwamen krabben. Toen overwon vader zijn tegenzin, ging een praatje met de NSB'er maken en sprak met hem af dat er gaas gespannen zou worden langs de sloot. Vader liet het de volgende dag al in orde maken, hoog gaas, met prikkeldraad boven en onder voor steun. Als Walinga nu een boodschap had, moest hij de weg langs en het pad op naar het erf. Men kon hem tenminste zien aankomen.
Maar bij die vier onderduikers bleef het niet. Want toen Trijntje schreef dat de ouders van Marietje niet veilig waren op het adres waar ze zaten en dat zij in de stad geen ander adres voor ze wist, kon je die mensen toch niet aan hun lot overlaten. Wie Marietjes ogen had gezien, kon dat niet doen. Trijntje moest ze maar brengen.
Ze kwamen laat in de avond aan, toen Marietje al sliep. Ze zagen hun dochtertje niet en moeder had het er heel moeilijk mee, want het leek vreselijk wreed – maar het werd hun niet eens verteld dat hun kind hier was. Ze aten wat en dronken een kopje thee en werden daarna verder gebracht naar de boerderij van Hoving, waar ze een kamertje kregen in de nok van het huis met uitzicht over de velden. Daar ontvingen ze iedere week een briefje van Marietje, maar zonder afzendersadres. Mochten ze eens gearresteerd worden, dan konden ze beter niets weten.
Maar toen konden de zusjes van Marietje toch ook maar beter uit de stad worden gehaald, want het was hier veel veiliger en ze kregen op het platteland beter voedsel. En de broer van mevrouw Liebstadt, over wie mevrouw zo in de zorg zat, kon ook niet in Amsterdam blijven. Het was vader onmogelijk om nee te zeggen, wanneer er een beroep op hem gedaan werd om een mens te redden.
Hij zei ja, telkens weer. Tegen Peeks, toen die kwam vertellen dat hij twee ontsnapte joden in huis had, die zo dicht in de buurt van het kamp niet konden blijven. En tegen Van der Mey, die per telefoon meedeelde dat hij drie alleraardigste 'rashondjes' over had. En tegen de garagehouder bij Meppel, die vader indertijd aan nieuwe banden had geholpen, en die in dat NSB-dorp geen plaats kon vinden voor een joodse jongen.
Vader vond er wel een adres voor. Bij Hoving kon hij altijd terecht, die zei ook nooit nee. Maar mensen als Hoving waren er niet veel. Bij de meeste boeren hoefde je niet aan te kloppen. Die waren te bang, of ze waren te veel op hun gemak gesteld en dan vonden ze wel een uitvlucht.
Maar een enkele keer kwam er ongedachte hulp. Op de Achterweg woon-

den twee boeren naast elkaar, Freek Bouwman en Harm Barelds, die vijftien jaar lang niet tegen elkaar gepraat hadden, omdat er een vete was tussen hun families. Maar op de eerste oorlogsdag, 10 mei 1940, toen de Duitsers ons land binnenvielen, waren ze alles vergeten en waren vrienden geworden. Nu leek het alsof ze de verloren tijd wilden inhalen, want ze gingen als broers met elkaar om en deden alles samen. En toen Harm Barelds door vader was overgehaald om een onderduiker in huis te nemen, kwam Freek Bouwman zich twee dagen later bij vader beklagen, omdat hij er geen had gekregen. Of hij soms minder was dan zijn buurman, vroeg hij. Natuurlijk was hij niet minder; hij kreeg er zelfs twee. Toen wilde Harm er ook nog een hebben.

Op een avond stond Geert Reinders op de stoep, één van de weinige NSB'ers met wie vader nog weleens gesproken had, omdat Geert een oude schoolvriend van hem was en geen slechte kerel. Toen vader naar de deur ging en hem nogal koel vroeg, wat hij wenste, zei hij verlegen: 'Ik zou je graag even spreken, Evert Jan. Tenminste, als je me nog in huis wilt hebben...'
'Kom er dan maar even in,' zei vader. 'Ik hoop dat je kunt begrijpen waarom ik je niet eerder heb uitgenodigd.'
'Maar met de NSB is het afgelopen, als je dat soms bedoelt,' barstte de boer plotseling uit. 'Ik vertrap 't langer. Ik meende dat die Mussert het niet zo kwaad voorhad met de boeren en daarom ben ik erbij gegaan. Maar nou wordt het te bar. Die joden hebben me nooit een strohalm in de weg gelegd, die mogen niet als beesten worden behandeld. En nou hoorde ik dat de NSB bewapend zal worden en dat wil ik niet. Ik wil niet met een geweer in de hand tegenover mijn eigen landgenoten staan...'
'En waarom kom je mij dat vertellen?' vroeg vader.
'Omdat ik wel weet dat jij precies aan de andere kant staat,' zei Reinders. Evert, jij moet me helpen, ik heb een heleboel goed te maken.'
Vader stak hem de hand toe.
'Kerel, wat ben ik hier blij om!' zei hij. 'Ik kon het me van jou ook al haast niet voorstellen dat jij bij die bende kon horen. Maar nu moet je eens luisteren. Nu kun je het best weer iets goedmaken, door bij de NSB te blijven. Ik zal deze dag onthouden en later, als we vrij zijn, zal ik voor je getuigen. Doe juist alsof je een heel goed lid van de NSB bent, zodat ze geen wantrouwen tegen je krijgen. Maar leg intussen je oor te luisteren en kom het mij vertellen, als je iets bijzonders hoort...'
Dat spraken ze toen af. En Reinders begon opeens grimmig te lachen.

'Heb je de nieuwjaarsrede van Mussert gehoord?' vroeg hij. 'Nee natuurlijk, jij luistert niet naar de vent. Nou, hij heeft een beroep gedaan op het goedwillende deel van het Nederlandse volk – en daar bedoelt hij natuurlijk zijn kameraden mee – om niet langer afwachtend te blijven toezien, maar mee aan te pakken. Evert, ik beloof je, dát zal hij hebben, de leider!'
Na deze dag bezocht hij iedere NSB-vergadering en schreeuwde als een echte nationaal-socialist met de anderen mee. Maar bij hem thuis zaten al gauw drie joden ondergedoken en ze konden nergens veiliger zijn. Natuurlijk kon dit alles voor de grote kinderen niet verborgen blijven. Dat hoefde ook niet, want het was wel gebleken dat ze konden zwijgen. Hun hulp kon zelfs moeilijk worden gemist, want met het vinden van een kosthuis voor een onderduiker was je nog niet klaar. Er moesten bonkaarten zijn en een vals persoonsbewijs, de een wilde graag een boek hebben en de ander een handwerkje, soms moest er één plotseling verhuizen en anderen moesten eens worden opgezocht en getroost, want het leven van deze arme mensen bleef ook nu nog beheerst door angst en onzekerheid en de meesten zaten dag en nacht op een zolderkamertje opgesloten. Voor al die kleine boodschappen werden Guusje en Jan en Frits ingeschakeld en het was hun best toevertrouwd om die te doen. Wanneer een van hen ergens het erf op fietste, viel het bovendien minder op dan wanneer vader of Wim altijd kwamen. Guusje begon zelfs geheel zelfstandig hulp te bieden. Zij kwam op een avond thuis uit school met een joods meisje van een jaar of vijftien achter op de fiets. Dat had zij in de buurt van de stad zwervend aangetroffen. Het kind was van haar onderduikadres weggestuurd, omdat daar een huiszoeking werd verwacht en het wist niet waar het heen moest. Maar oom Gerrit wist een goed tehuis voor haar: bij een weduwe, die ergens achter het staatsbos heel eenzaam in een klein huisje woonde. Jan bracht haar er op een avond langs de smalle zandpaadjes achter op de fiets heen. Toen wilde Frits ook niet achterblijven en die veroverde een persoonsbewijs voor haar. Hij haalde dat van Greet Bouwman uit de zak van haar mantel, toen hij zich tijdens de les van Muys even mocht verwijderen. Die brutale Greet durfde bij de politie wel een nieuw te gaan vragen en ze kon nu naar waarheid verklaren dat zij niet wist waar het oude gebleven was.
Vader richtte wel een ernstige vermaning tot Frits om voorzichtig te zijn, maar die zag best het lachje in de ogen van zijn vader en vatte het dus als een complimentje op. Toen het persoonsbewijs van het onderduikstertje klaargemaakt was, zei vader: 'Hier, voor jullie beschermelinge,' alsof zijn

kinderen bijzondere rechten op het meisje hadden. Nou, zo voelden zij het dan ook.
Maar in de week daarop, toen Frits op een avond van een boodschap thuiskwam, waren de heer en mevrouw Muys op bezoek. Frits schrok ervan en vroeg zich al af hoe het nu toch mogelijk was dat er van zijn diefstal iets uitgelekt kon zijn. Maar hij bleek zich te vergissen, want zijn leraar en diens vrouw begroetten hem hartelijk en toen ze even later wegfietsten, hadden ze elk een kindje achterop, die zonder dat Frits het wist al een paar dagen op het kamertje van oom Gerrit gelogeerd hadden.
'Nu, wat heb ik je vroeger gezegd?' vroeg vader. 'Ik wist wel dat Wiebe Muys een rechtschapen kerel was.'
'O, hij is een reuzekerel!' riep Frits stralend. 'Ik zal… ik zal…'
'Jij zal niks,' zei vader, 'want jij weet niks. Denk erom dat je hem nou niet anders gaat behandelen dan je gedaan hebt.'
'Ik wou alleen zeggen dat ik het nooit zal vergeten,' antwoordde Frits beledigd. Moest je net hem hebben! Als het om de goede zaak ging, kon hij zwijgen als een mof en desnoods, ja desnoods zou hij ervoor liegen alsof het in een NSB-krant gedrukt stond.
Tussen al die bedrijven door kregen ze ook nog inkwartiering. De laatste tijd werd er weer veel met troepen gesleept en men fluisterde dat het kwam door de grote nederlaag die voor de Duitsers bij Stalingrad dreigde. Tot Stalingrad aan de Wolga waren ze in de herfst van het vorig jaar doorgedrongen en Hitler had in oktober bevel gegeven die belangrijke stad absoluut te nemen. Maar de hele winter was er in sneeuw en ijs om gevochten ten koste van duizenden soldaten en de Duitsers waren geen stap gevorderd, hoewel ze de stad bijna geheel hadden verwoest. Het ging er even goed als in Noord-Afrika. Daar was de vijand tot aan de grens van Egypte gekomen, maar eind oktober was de Engelse generaal Montgomery begonnen hen langzaam achteruit te drijven. Twee weken later waren de bondgenoten met een grote vloot voor de kust van Algiers verschenen en hadden daar Amerikaanse en Canadese en Engelse troepen aan land gezet. Nu zaten de Duitsers in Afrika tussen de twee scharen van een geweldige tang en waren niet meer te redden.
Het gebeurde op een zaterdagavond. Er hield een Duitse legerauto stil voor het huis en daaruit stapte een hoge officier, die aan de voordeur een briefje afgaf en bleef wachten. Intussen reed de chauffeur de auto het erf op tot voor de garage.
Op het briefje dat door Margje in de kamer werd gebracht, stond dat de Ortskommandant[46] van de gemeente aan Oberst Schwalbe dit huis

had toegewezen, om er twee dagen met zijn chauffeur ingekwartierd te worden.
Er was niet aan te ontkomen en daarom ging vader naar de deur om de man binnen te laten. De officier salueerde beleefd, stelde zich voor en maakte een gebaar alsof hij de hand wilde uitsteken, maar vader deed, alsof hij dat niet zag. Toen zei de man dat het hem speet dat hij de familie last moest bezorgen en dat hij genoegen wilde nemen met iedere kamer, die hem aangewezen zou worden. Vader gaf hem de beneden-voorkamer en moeder maakte op de divan een bed op. In de badkamer kon de man zijn toilet maken. Een andere mogelijkheid was er niet, want op de logeerkamer lag Mary Liebstadt met een flinke bronchitis; zij kon daarom tijdelijk niet in de kampeerwagen zijn. De chauffeur kreeg het bed van Wim boven de garage en Wim een kermisbed op de kamer bij Jan.
Ze waren er allemaal van onder de indruk dat ze nu de vijand in huis hadden en het werd een nare avond. De Liebstadts konden niet op bezoek komen, de radio kon niet aan en pianospelen ging ook niet, want de piano stond in de voorkamer bij de Duitser. Ze zaten stil bij elkaar en lazen wat, en luisterden naar ieder geluid achter de schuifdeuren, maar ze hoorden niet anders dan nu en dan een kuchje. De man scheen verkouden te zijn. Nou, daarvan zou hij aan 't oostfront bij een temperatuur van dertig graden onder nul niet lang last meer hebben, zei Wim. Maar moeder meende dat je zo niet mocht praten en wilde de Duitser een kop thee brengen. Vader vond het niet nodig. Ten slotte deed moeder het toch. Het was immers altijd goed om de man te vriend te houden. De officier zat een boek te lezen, vertelde ze, toen ze terugkwam. Hij was beleefd opgestaan, toen zij binnenkwam en had met een buiging bedankt.
'Ik geloof dat hij graag een praatje had gemaakt,' zei moeder.
Dat praatje maakte Greetje de volgende morgen. Die was het eerst beneden, deed het slot van de schuifdeuren en gluurde door een kiertje. Toen ze zag dat die meneer tegen haar glimlachte, stapte ze binnen en zei: 'Dag Duister! Ik heb een nieuwe jurk aan.'
Guusje hoorde het en wilde haar terughalen, maar de officier vroeg, of de kleine meid even mocht blijven. Greetje bleef er wel een kwartier en toen ze stralend terugkwam met een handvol suikerklontjes, wist ze te vertellen dat meneer Duister ook kindertjes had, één jongetje en twee meisjes. En niemand begreep hoe de man haar dat duidelijk kon hebben gemaakt.
Even later vertrok Oberst Schwalbe met zijn chauffeur in de auto en nu had oom Gerrit tenminste een poosje rust. Want die had zich verplicht gevoeld om met Heinrich aan te pappen en hem aldoor beziggehouden

om te verhinderen dat de vent op onderzoek in de omgeving zou uitgaan, want dan bestond het gevaar dat hij de kampeerwagen zou ontdekken. En voor Marietje was het ook een rust, want die was niet te bewegen geweest om naar beneden te komen, zolang die man in zijn grauwe uniform daar was.
Maar die middag, toen hij onverwacht terugkeerde, speelde ze met Hanneke en Greetje in de hal, waar ze in de hoek een poppenhuis hadden ingericht en ze kon zo gauw niet wegkomen, want de man stond plotseling voor haar. De angst lag zo duidelijk in haar ogen dat hij haar misschien daaraan als joods herkende. Mogelijk was het ook d'r haar dat nodig moest worden bijgewerkt dat haar verried. Hij legde haar even de hand op het hoofd, bracht de meisjes weer suikerklontjes en daarna riep hij vader.
'Behalten Sie das kleine Judenmädchen im Haus,' zei hij zacht. 'Mein Chauffeur ist nämlich nicht zu trauen.'[47]
Dat was al een bewijs dat deze officier nog zo kwaad niet was. Die avond had vader een gesprek met hem, waarvan hij niet alles aan de anderen vertelde, maar hij zei wel dat Oberst Schwalbe geen nationaal-socialist was en slechts gedwongen aan de oorlog meedeed.
'Duitsland moet deze oorlog verliezen,' had hij gezegd. 'Met Kerstmis is het afgelopen. Een derde Russische winter komen wij niet meer door.'
Het was zeer bemoedigend om dat uit Duitse mond te horen. En verheugend was ook, wat hij van de houding van de Nederlanders had gezegd.
'Ik ben in Frankrijk, Denemarken en Tsjecho-Slowakije geweest, maar nergens worden wij zo vijandig bejegend als hier. De meeste Hollanders zien ons niet eens. We zijn gewoon lucht voor hen.'
'Maar hoe kunt u meedoen aan deze oorlog?' had vader gewaagd te vragen. 'U steunt Hitler toch door voor hem te vechten?'
'Wacht maar, wacht maar,' had Schwalbe gezegd. 'U vecht voor de vrijheid van de geest en wij, officieren van de Weermacht, ook. U zult nog aan mij denken.'[48]
En meer wilde hij er niet van zeggen.
'Maar zwijg alstublieft,' verzocht hij. 'En pas op voor mijn chauffeur!'
De chauffeur, een dikke domme Pruis, zat die avond bij oom Gerrit op diens kamertje en kreeg les in Nederlands, met Wim als belangstellend toehoorder. Heinrich had erom gevraagd, want hij had een meisje in Haarlem en daar wilde hij, als hij terugkwam, wel eens een woordje Hollands mee praten.
'Zal wel niet veel bijzonders wezen, dat meisje,' meende oom Gerrit.

Dat was bijna te veel, want Heinrich kende al een mondjevol Nederlands. O ja, het was een 'hübsches Mädchen',[49] beweerde hij.
'Nou, zeg dan maar na,' zei oom Gerrit. 'Een man, een man, een woord, een woord...'
'Ein Mann, ein Mann, ein Wort, ein Wort,' herhaalde Heinrich.
'Het begint erop te lijken,' prees de leraar. 'Als jullie dat nu maar niet meer vergeten.'
'Nein, nicht vergessen,' beloofde Heinrich. 'Ein Mann, ein Mann, ein Wort, ein Wort...'
'Mooi zo, wij gaan verder: Er is een tijd van komen, er is een tijd van gaan. Zeg na.' Wim kon op zijn tanden bijten zoveel hij wou, maar hij hield het er niet bij uit.
De volgende morgen al moest Oberst Schwalbe vertrekken. Vader bracht hem naar de auto en drukte hem de hand. Aan de andere kant van de wagen nam oom Gerrit afscheid van zijn leerling.
'Zeg op,' zei oom Gerrit. 'Al is de leugen...'
En Heinrich, vulde aan: 'Noch so schnell, die Wahrheit... die Wahrheit...'
'Ja, daar komen jullie wel eens meer mee in de knel,' zei oom Gerrit. 'Nou, vooruit maar, dat zul je dan nog eens moeten leren.'
Toen de wagen weg zou rijden, boog de chauffeur zich nog even uit het portier en zei met een brede grijns: 'Da is ain taid von komen, da is ain taid van kaan.'
En toen ging hij. De Oberst wuifde nog vanaf de straat en de achterblijvenden wuifden terug. En buurman Walinga, die juist voorbijkwam, knikte de familie De Boer vriendelijk toe, want dat viel hem nu toch heus van die mensen mee.

HOOFDSTUK 10

Een week later werd Guusje opgepakt. Zij kwam met een paar vriendinnen uit school en liep nog even mee de stad in, want haar fiets was bij de fietsenmaker, omdat voor de zoveelste keer haar band was gesprongen. Nieuwe banden waren niet meer te krijgen en er waren wel massieve, maar dat reed zo zwaar dat Guus er nog niet veel voor voelde.

Het was in de dagen van de voorgeschreven rouw om Stalingrad, begin februari. De strijd om de puinhopen van de stad was uitgelopen op een ontzaglijke nederlaag voor de Duitsers. Hun leger onder generaal Von Paulus was door de Russen omsingeld, 45.000 man waren gevangengenomen en 146.000 gesneuveld. Nu had de Führer een rouw van drie dagen bevolen voor heel Duitsland, maar ook voor de bezette gebieden. Bioscopen en cafés moesten gesloten blijven, de Duitse vlaggen en de NSB-vlaggen hingen halfstok, muziek en dans en alle uitingen van luidruchtige vrolijkheid waren verboden.

De meisjes dachten helemaal niet aan Stalingrad en de rouwende Führer. Ze hadden een zware schooldag achter de rug met tot besluit een vreselijk taaie algebrales. Nu gedroegen ze zich als een troep veulens in de voorjaarswei en er was niets nodig om ze aan het lachen te maken. Een had het kunstje bedacht, om woorden om te keren en ze deden er allemaal aan mee. Ze spraken over de balgerales van meneer Brangloek en dat Guusje nodig een nieuwe fand om de biets moest hebben. Het was heel flauw en soms een beetje gewaagd, maar juist daardoor misschien waren ze soms slap van het lachen. En toen ze de schillenboer tegenkwamen en ook op hem hun kunstje probeerden, steeg de vrolijkheid zo hoog dat ze vlak voor het SD-gebouw op de Markt moesten blijven staan om op adem te komen. Toen werden ze plotseling beetgepakt door een paar Duitsers, die ze hardhandig de stoep op duwden. En zelfs toen ze voor het bureau van een dikke Duitser stonden, die hen met een rauwe keelstem begon aan te blaffen, durfde een van de meisjes tijdens een pauze te vragen: 'Meneer, wij zijn hier toch hoop ik niet bij de Essen-waf-waf...?'

Toen schoot zelfs de Nederlandse SD-er, die als tolk aanwezig was, in de lach en na een paar woorden tussen hem en de Duitser werd het verhoor beëindigd. De boosdoensters moesten een kwartier in de gang staan met de neus tegen de muur en de schooltas boven hun hoofd geheven. Daarna kregen ze ten afscheid nog een standje als een onweer van de dikke mof en ze hielden hun zakdoeken voor hun gezicht en deden alsof ze allemaal snikten, maar ze konden nog hun lachen niet bedwingen. Toen mochten ze dan eindelijk gaan. De fiets was klaar en Guusje reed snel naar huis, met het plan om ze daar eens heerlijk om haar verhaal te laten lachen.
Maar dat ging niet door, want zij trof moeder in de grootste zorg. Moeder was alleen met Frits en de kleintjes thuis en zij was bezig om met haastige bewegingen, terwijl Hansje aan haar rokken hing, vaders bureau op te ruimen. Een krantje dat zij tussen de brieven vond, frommelde zij in haar schortzak. Vader was niet thuis, vertelde ze, en hij zou voorlopig ook niet terugkomen. Al de anderen waren ook weg, behalve oom Gerrit. Verder moest Frits het haar maar vertellen...
'En neem dan alsjeblieft Hansje eens mee, want zo kan ik niet opschieten,' zei ze zenuwachtig.
Het kwam door het briefje dat die middag was gebracht, vertelde Frits. Dat briefje was in een blanco envelop afgegeven door een onbekend meisje, terwijl moeder lag te rusten en vader in de tuin bezig was. Margje had het zonder iets te zeggen op de schoorsteenmantel gezet. Daar had het gestaan tot een uur of vier, toen vader met oom Gerrit binnenkwam voor een kopje thee. Vader had het opengemaakt, was verschrikt opgesprongen en had gezegd dat elk ogenblik de Duitsers konden komen voor een huiszoeking. De onderduikers moesten dadelijk worden weggebracht en Frits moest eropuit om Jan en Wim op te vangen – die waren er namelijk met de krantjes opuit, – om te zeggen dat ze voorlopig niet thuis moesten komen; bij Hoving konden ze vader vinden. En het hele huis moest worden nagekeken, of alles wel in orde was.
'Maar wat stond er dan in dat briefje?' vroeg Guusje.
'Wacht even,' zei Frits, terwijl hij naar buiten keek. Op de weg klonk het geronk van een zware auto. Maar het bleek een vrachtauto met een gaspot te zijn, die langzaam en sterk rokend voorbijreed.
'Oto, oto!' riep Hansje en hij sprong op en neer op Guusjes arm.
'Dat briefje was een waarschuwing van Rein Mulder,' vertelde Frits. 'Weet je wel, die hier eens een paar dagen ondergedoken is geweest met die vriend van hem, Aart van Dijk. Nou, die is al een hele tijd helemaal

onder water en de laatste tijd werd hij zwaar gezocht. Jan spreekt hem nog wel eens, die is van alles op de hoogte. Nou heeft Rein gisteren weer van adres moeten veranderen en dat wou hij vanmorgen aan Aart schrijven. Hij gebruikte de schrijfmachine van zijn gastheer en hij had net getypt: 'Je kunt mij altijd bereiken via E. de B., je weet wel, aan de straatweg naar... En toen kwam er een overval van Duitsers en politie, die hadden zeker door dat hij daar zat, en Rein kon nog net door de achtertuin wegkomen. Maar de brief liet hij in de schrijfmachine zitten, de stommerd, en die heeft de politie meegenomen. Nou, nu begrijp je 't wel!'

Ja, Guusje begreep het en ze keek ook al bezorgd het raam uit.

'E. de B., aan de straatweg naar...' Gelukkig dat de naam van het dorp er net nog niet stond. Maar het was ook bijna niet uit te sluiten dat de speurders van de Duitse politie niet zouden weten uit te vinden, wie er met E. de B. werd bedoeld. De B., dat kon haast niet anders zijn dan De Boer en ze hoefden het adresboek maar even na te kijken, om te weten waar ze moesten zijn. Hoewel, vader heette eigenlijk E.J. de B. Zou dat nog van belang kunnen zijn...?

Moeder kwam binnen met wat papieren en stopte die in de kachel. Ze leek wat rustiger.

'Nee Hanneke,' zei ze, 'blijf jij eens even in de achterkamer. Jongens, luister eens, nu zit ik alleen nog een beetje over Marietje in. Dat kind schijnt gemerkt te hebben dat er iets gaande is; ze zit maar aldoor met grote bange ogen op het bankje naast het dressoir en is er niet vandaan te krijgen. Ze moest eigenlijk ook een poosje weg, want als er wat gebeurt, zou zij zich door haar angst kunnen verraden. Maar waar moeten we met haar naartoe? Weten jullie er niet wat op?'

'Jawel moeder,' zei Frits. 'Pak haar maar warm in, dan neem ik haar achter op de fiets. Bij meneer Van der Broek kan ze vast wel terecht.'

Hij liep naar buiten om zijn fiets klaar te zetten. Oom Gerrit gooide een kuil dicht achter de schuur; hij had zeker wat begraven. Het leek hem ook wel goed dat Marietje maar weggebracht werd.

'Blijft u in de buurt?' vroeg Frits.

'Ja, ga maar gerust,' zei oom Gerrit.

'Moet u dan niet oppassen als de Duitsers komen?'

'Ikke niet,' glimlachte oom Gerrit. 'Ik ben tweeënzeuventig geworden en al wat erbij komt, is winst. Nee hoor, ik ga voor niemand meer opzij.'

Frits wist dat niemand beter dan oom Gerrit moeder terzijde kon staan. Hij fietste snel naar de stad, en keek de hele weg uit, of hij de overvalwa-

gen nog niet tegenkwam. Marietje zat stil bij hem achterop. Alleen vroeg ze een keer: 'Frits, hoe heet ik nou, als ik bij die mensen kom?'
'Hoe je heet?' vroeg hij. 'Marietje natuurlijk. Marietje de Boer. Je bent toch een nichtje van mij, is het niet?'
'O,' zei ze en haalde haar neus op. 'Ik heb kouwe handen.'
'Stop ze maar in mijn zakken,' zei hij. En onder het rijden nam hij een van die smalle handjes en drukte die warm in de zijne. Voor dit kind zou hij zorgen en er moest eens iemand komen, die haar kwaad zou durven doen, dacht hij. Maar bij meneer Van der Broek zou ze ook veilig zijn, want dat was een held, die vol haat zat tegen de moffen en alles durfde te zeggen in de klas.
Het begon al donker te worden, toen hij er aanbelde; een dame liet juist de verduisteringsgordijnen neer. Meneer deed zelf open.
'Ha, die Frederik!' zei hij. 'Kom binnen, jongeman! Is dat je zusje? Zo, je nichtje, vind ik ook best. Wat kijk je sip? Toch geen oproep voor Duitsland of zo?'
'Ik wou u graag even spreken, meneer,' zei Frits. 'Graag even alleen, als het kan.' En hij keek naar een groot meisje dat achter in de gang stond te luisteren.
'Kom er dan maar in,' zei Van der Broek en hij liet Frits en Marietje in de voorkamer. 'Vrouw, doe de schuifdeuren eens even dicht. Dit schone paar heeft mij zielsgeheimen te openbaren. Zo, kom er maar mee voor de dag, jongeman, maak van je hart geen moordkuil.'
Hij begon met een nieuwsgierig en welwillend gezicht te luisteren. Maar zijn ogen versomberden, toen hij begreep waar het om ging.
'Zo, dus dat is je zusje niet,' zei hij. 'Dat is een eh... nou ja. Hé, je ziet het niet aan d'r. Ja jongen, maar dat gaat hier niet. Hier vlak naast woont een NSB'er, dus je begrijpt...'
'O, die merkt er niets van,' pleitte Frits.'Ze kan binnenblijven, meneer. Naast ons woont er ook één en een hele kwaje...'
'Ja, maar ik heb kinderen,' zei meneer. 'Die merken het natuurlijk. En als ze erover praten... Weet je wat er gebeurt, als de moffen haar hier vinden? Dan gaan mijn vrouw en ik ook naar Westerbork. 't Is pas afgekondigd: wie joden helpt, wordt als de joden behandeld! Nee, daar begin ik niet aan, en we hebben geen ruimte ook. We zitten er nu eenmaal onder, jong, en dat hebben we maar te nemen. Och, en het zal voor die mensen nog best een beetje meevallen.'
Hij stond op en ging naar de deur.
'Pas jij maar op,' zei hij. 'Ik begrijp jouw vader niet dat hij...'

Hij scheen nog meer te willen zeggen, maar Frits was hem al voorbijgelopen, de gang in, Marietje aan de hand. Hij was te verslagen om iets te zeggen.
Meneer opende de voordeur voor hen. Hij had nu weer zijn gewone opgewekte gezicht.
'O zo! zeggen we dan maar!' groette hij. 'Tot morgen, jongeman! En rouw je erg om Stalingrad...?'
Maar Frits kon geen woord zeggen en liep hem stil voorbij de donkere avond in. De deur ging achter hem dicht. Hij zuchtte. Nog even zag hij het gezicht van meneer Van der Broek achter het raampje in de voordeur en hij keek snel voor zich.
'Als die vent z'n mond nu maar houdt,' dacht hij. Hij twijfelde eraan. Hij twijfelde plotseling aan alles. Daar liep hij met Marietje en meneer Van der Broek wilde haar niet hebben. Hoe kon dat nu...? Waarom had hij altijd zoveel praatjes gehad...? Met zijn mond durfde hij wel, meer dan iemand anders...
Hij zette Marietje achter op de fiets en bleef er zelf naast lopen. Het kind was zo mogelijk nog stiller geworden. Alleen huiverde ze.
'Waar gaan we nou naartoe?' vroeg ze.
'Stil maar, hoor,' zei Frits. 'Ik vind wel een adres voor je...'
Maar hij wist niet, waar hij heen moest. Hij was zó zeker geweest van meneer Van der Broek dat hij aan een ander adres niet eens had gedacht.
'Muys,' dacht hij. Maar Muys had het huis al vol.
'Die moet absoluut niet meer hebben,' had vader gezegd. Greet Bouwman? Die woonde hier dicht in de buurt. Maar hij wist het nummer niet. En als hij op een verkeerd adres aanbelde...?
Op de hoek van de Parkstraat stond hij besluiteloos stil, de fiets aan de hand, een arm om het meisje. Het was nu donker. Nergens drong een straaltje licht uit de huizen en de straatlantaarns brandden natuurlijk niet. Wanneer zouden die weer branden? Een vliegtuig ging laag over de huizen, een mof natuurlijk. Wat was het stil in de stad 's avonds... Een paar vrouwen gingen pratend voorbij, ze hadden het over gebrande rogge, dat je daar heel goeie koffie van kon zetten. En aan de overkant op het trottoir liep een Duitse soldaat, plof, plof, met zijn zware laarzen. Je hoorde hem, maar je zag hem bijna niet. Moest hij nu Marietje weer mee terugnemen? Dat kon toch niet? Misschien waren de Duitsers er al! Dan toch maar naar Muys, er zat niets anders op.
Daar kwam een oud meneertje aan, je hoorde zijn stokje tikken. Er klonk een kuchje en dat kuchje kende Frits: meneer Biemolt, de tekenleraar.

Zou hij… Och nee, meneer Biemolt was zo'n stille, zo'n bangerd… Die duldde nooit een enkele toespeling in de klas.
En toch, toen de man dichtbij gekomen was, nam Frits in het donker zijn pet af en groette: 'Dag meneer!'
'Wie is dat?' vroeg de leraar. 'Ben jij het, Frits? Wat doe je hier nog zo laat? En wie heb je daar achter op je fiets?'
Frits wilde antwoorden, maar een snik drong naar zijn keel. Hij schaamde zich erg, maar hij kon er niets aan doen. De teleurstelling en de onzekerheid waren te veel voor hem, zijn stem begaf het.
'Kom eens mee,' zei Biemolt. 'Het is maar een paar straten. Er is wat met je, dat merk ik wel.'
Hij hield Frits bij de arm vast, alsof hij hem wilde leiden en nam bij de deur zelf Marietje van de fiets. Toen liet hij ze binnen bij zijn vrouw, een statige dame. Wat een grote vrouw had die kleine meneer Biemolt! Maar ze was wel lief. En toen kwam het wonder. Want een paar woorden waren hier voldoende om de hele zaak in orde te maken. Mevrouw liet Frits niet eens uitpraten.
'Och, dat schaap,' zei ze. 'Doe gauw je manteltje uit, lieverdje. Heb je al gegeten?'
En meneer Biemolt keek naar zijn vrouw en toen die knikte, was alles in orde.
'Natuurlijk, natuurlijk jongen,' zei hij. 'Zeg maar niks meer. Een nichtje van je, hè? Best hoor, laat haar maar een poosje hier.'
In de gang hield hij Frits nog even staande en zijn gezicht was plotseling weer dat van de bange meneer Biemolt, die zo schrikkerig naar de deur kon kijken, als een van de jongens in de klas iets gevaarlijks zei.
'Maar je zwijgt wel, hè?' vroeg hij. 'Jongen, je zwijgt wel, hè…? Nee, dan is het goed. Het beste thuis, hoor!'
Het was een wonderlijke avond en Frits raakte er niet op uitgedacht. Wie was nou bang en wie was moedig? Maar aan Biemolt was het te danken dat hij met een voldaan gevoel de stad uit fietste. Toen herinnerde hij zich met schrik de toestand thuis en zette al zijn kracht op de pedalen. Maar alles was er nog rustig. De kleintjes waren naar bed, zijn bordje met boterhammen stond klaar. Moeder en Guusje zaten op hun gewone plaats bij de tafel, oom Gerrit zat met de bril op in de stoel van vader en zocht in het telefoonboek. 'Ik heb hier een hele rij De Boers,' zei hij: 'A. de Boer, C.J. de Boer, F. de Boer… Als die E. er niet al te duidelijk heeft gestaan, kan het best een F. lijken. En hier, asjeblieft, E. de Braal aan de Friese Straatweg; E. de B. aan de straatweg naar Leeuwarden, zullen we

maar zeggen. Mensen, maak je niet te veel zorgen, hoor! Dat valt best mee, zul je zien!'

Het was een troost, maar het nam de spanning toch niet weg. Die verdween ook nog niet, toen het een paar dagen goed bleef gaan. Vader en de jongens kwamen overdag wel even thuis, maar ze waren voortdurend op hun hoede. Toen kwam vader op de gedachte om Van der Mey op te bellen. Die bracht een kort bezoek, kwam twee dagen later terug en toen was alle leed geleden. Ze konden gerust zijn: de brief was niet in handen van de SD gevallen. Een van de politieagenten, een goeie, die aan de overval had moeten deelnemen, had die bijna onder de ogen van de moffen uit de schrijfmachine genomen en in de zak gestoken.

'Je weet niet wat je aan hem te danken hebt,' zei Van der Mey. 'Want zelfs zonder onderzoek begreep hij dadelijk, wie er met E. de B. werd bedoeld.'

'Zulke kerels zijn hun gewicht in goud waard,' zei vader dankbaar.

De onderduikers kwamen terug. Ook Marietje werd weer teruggehaald en de Biemolts stonden haar slechts node af. Wim floot weer de Marseillaise in de garage bij het verzenden van pakjes met levensmiddelen, en Jan kon weer naar school: de eerste dag met een briefje van vader dat hij een paar dagen ziek was geweest. Wat moest je anders?

'Als er weer zoiets gebeurt,' zei hij tegen moeder, 'laat ik jou en de kinderen niet meer thuis. Die eerste nacht, ik moet er niet meer aan denken. Ik heb geen oog dicht kunnen doen van angst om jullie...'

Soms zat hij een poos in zijn atelier zorgelijk voor zich uit te staren en tegen Jan zei hij: 'Het wordt een rare tijd, jong. Tot voor kort wist ik nog waar het gevaar vandaan kon komen, en ik kon op mijn hoede zijn. Nu weet ik het niet meer. We zijn met zoveel mensen in aanraking geweest; er hoeft er maar één een stomme streek uit te halen, zoals nu is gebeurd, en je bent erbij. Het zou haast een rust wezen, als we maar moesten onderduiken met heel het gezin.'

'Het is nu toch ook goed gegaan,' troostte Jan.

'Ja,' zuchtte vader, 'dankzij... dankzij...'

Toen keek hij op, lachte en zei: 'Ja, ik weet het wel, hoor jongen: dankzij Hem, die de vijand met blindheid kan slaan. Maar ja, het blijft moeilijk.'

En na die tijd scheen hij 'zijn werk' toch niet meer met zo'n geestdrift te verrichten als tevoren; bijna als een last, die hij nu eenmaal op zich had genomen.

HOOFDSTUK 11

WAT ER ZICH EEN PAAR weken later afspeelde om meneer Muys, bleef voor de kinderen De Boer voorlopig geheim. Ze wisten dat hij gevangengenomen was; met die ontstellende tijding was Frits bleek van schrik uit school gekomen. Geen kwartier later was vader in de auto weggereden en pas de volgende dag kwam hij terug. Frits liep hem overal na, verlangend om iets naders te horen, maar vader liet niets los. Hij legde zijn zoon alleen even de hand op het hoofd en zei: 'Het is heel erg, Frits, maar wij geven de hoop nog niet op voor die dappere leraar van je. Dit mag je weten en het blijft onder ons: er wordt voor hem gewerkt. Zul je moed houden?'

En toen Frits zijn vader in de ogen keek, was het niet moeilijk om daar ja op te zeggen, want in die blauwe ogen was een uitdrukking van harde wilskracht, die voor geen enkele moeilijkheid opzij zou gaan. Frits wist natuurlijk wel beter, maar hij had het gevoel dat tegen zijn vader geen Duitser op zou kunnen.

Tegen donker vertrok vader weer, ditmaal op de fiets, en een week lang was hij meer uit dan thuis. Toen, op een late avond, nadat Frits en Guusje al naar bed waren gegaan, hoorden de anderen zijn fietsbanden in het grind en even later kwam hij de kamer in, moe en terneergeslagen, maar nog met diezelfde harde glans in zijn ogen en zei: 'Ziezo, dát hebben we ook weer gehad!' En liet zich met een zucht in zijn leunstoel vallen.

Moeder schonk zijn koffie in, Jan haalde zijn pantoffels, Wim rolde alvast een sigaret voor hem. Maar oom Gerrit liep even weg en kwam terug met één sigaar, zijn laatste vooroorlogse, die hij bij vaders schoteltje legde met de woorden: 'Hier baas, die heb je, geloof ik, wel verdiend.'

'Lieve mensen, wat zijn jullie goed voor me,' zei vader. 'Wat is het heerlijk dat wij mekaar nog hebben! Die arme Muys...'

En toen kwam het verhaal van alles wat er gebeurd was.

Midden in de nacht was het huis van meneer Muys overvallen door drie Duitse SS'ers en een Nederlandse rechercheur, Schram, de jodenjager, zoals hij bij de politie werd genoemd. Ze hadden aangebeld, maar terwijl Muys en diens vrouw nog bezig waren hun joodse onderduikers in een schuilplaats onder de vloer te verbergen, hadden de soldaten de keukendeur al ingetrapt en waren binnengestormd. De onderduikers, volwassenen, waren meteen ontdekt en de heer Muys was op zijn slaapkamer verhoord, waarbij het niet zachtzinnig was toegegaan. Wat de vijanden vooral wilden weten, was wie deze Amsterdamse joden bij hem in huis had gebracht, maar Muys had ondanks alle dreigementen geen woord losgelaten en evenals de anderen verklaard dat ze regelrecht naar hier gekomen waren.

Terwijl de Duitsers het huis doorzochten, was Schram bij de gevangenen gebleven. Muys was op een stoel vastgebonden, en van deze omstandigheid had de lafaard gebruik gemaakt om zijn weerloos slachtoffer te mishandelen. Dat was hem echter lelijk opgebroken, want Muys had in zijn drift zijn handen weten los te rukken, had zich woedend op zijn belager geworpen en zijn vrouw was hem met het ijzeren onderstuk van een schemerlamp te hulp gekomen. Ja, dat lieve zachtmoedige vrouwtje, zo ver had die ploert haar weten te brengen. De Duitsers hadden eraan te pas moeten komen om hun helper te ontzetten en ze hadden blijkbaar niet veel medelijden met hem gehad, want ze hadden hem nog lelijk de wind van voren gegeven.

'Een verrader is altijd veracht, zelfs bij hen, die gebruik maken van zijn diensten,' zei vader.

Door dit incident was er van de huiszoeking niet veel terechtgekomen, en dat was heel gelukkig, want er waren nog twee joodse kindertjes in huis, – dezelfde, die Muys en zijn vrouw hier gehaald hadden – en die waren niet gevonden. Ze waren op het lawaai al zelf in hun schuilplaats gekropen, ergens achter een betimmerde wand en daar werden ze de volgende morgen door de buren weggehaald. Toen zaten Muys en zijn vrouw met de onderduikers al in de gevangenis.

Vader had contact met hem gekregen door een bewaker en een plan op touw gezet om hem te bevrijden. Met de gevangenisarts was de afspraak gemaakt dat hij Muys iets in zou geven, waardoor deze flink ziek zou worden en al de verschijnselen zou kunnen vertonen van een acute blindedarmontsteking. Dat was gebeurd en als hij toen maar naar het ziekenhuis was gebracht, zou hij waarschijnlijk gered zijn geweest, want een paar flinke kerels hielden zich al gereed om hem daar met geweld te bevrijden. Maar de Duitsers hadden geen risico genomen. Zijn vrouw hadden ze vanmorgen weer vrijgelaten, maar hem hadden ze, zo ziek als hij was,

weggevoerd, waarschijnlijk naar het kamp Vught. En zo zat Wiebe Muys dan nu voor de tweede keer in zijn leven in een concentratiekamp...
'Die arme kerel,' zei vader. 'En het is de vraag, of hij er nu weer levend uit zal komen. Want het moet daar in Vught verschrikkelijk zijn.'
Wat was dit allemaal erg! Ze zaten stil en verdrietig bij elkaar.
'Wij moeten dit niet allemaal aan Frits vertellen,' zei vader. 'Dat van die mishandeling en zo moet hij maar niet weten.'
'Die ellendige Schram!' barstte Wim plotseling los. 'Die heeft wat op zijn geweten!'
'Nog veel meer dan je denkt,' zei vader. 'Van der Mey heeft zijn licht eens opgestoken over deze man. Het is gebleken dat hij geheel is vrijgesteld van de gewone dienst en door de Duitsers alleen gebruikt wordt voor het opsporen van joden. Hij krijgt boven zijn gewone salaris een beloning van dertig gulden per slachtoffer en men meent te weten dat hij de zeshonderd gulden al te boven is.'
'Dat is meer dan twintig mensenlevens!' riep Jan vol afschuw.
'Ja, je kunt gerust zeggen dat die man een twintigvoudige moordenaar is,' knikte vader ernstig.
'Maar oom Evert,' riep Wim, 'daar moet toch eigenlijk iets aan gebeuren! Zo'n kerel kun je toch maar niet zijn gang laten gaan!'
'Wat zou je eraan willen doen?' vroeg vader.
'Vraagt u dat nog?' riep Wim. 'Laat die schoft mij niet voor de voeten lopen, want dan heeft hij zijn leven verbeurd! Ik geloof dat je er een goede daad aan doet, als je wraak neemt op zo'n monster en hem naar de andere wereld helpt. Bent u dat niet met mij eens?'
'Nee Wim, niet helemaal,' zei vader. 'Niet uit wraak zou je mogen handelen, dat is altijd verkeerd, maar om andere mensen het leven te redden.'
'Dat blijft hier hetzelfde,' meende Wim.
'Nee jongen, dat is niet waar,' zei vader. 'De man, die deze verrader naar de andere wereld zal helpen, zoals jij het noemt, – die hem zal terechtstellen, kun je beter zeggen – moet van zijn daad verantwoording afleggen. Voor zijn eigen geweten allereerst en na de oorlog misschien voor de Nederlandse rechter, en dan moet hij volkomen vrijuit gaan. Zou jij de verantwoording voor de dood van die Schram op je durven nemen?'
'Gerust,' zei Wim zonder aarzelen. 'Maar laten we er maar niet meer over praten, oom, er zal toch wel niks gebeuren.'
'Nu je dat zegt, zal ik je meer vertellen,' zei vader. 'Morgen hebben we een bespreking over dit geval. We willen niet lichtvaardig een besluit nemen, als het om een mensenleven gaat, en daarom zal er een soort rechtbank

gevormd worden, die de verantwoording op zich neemt voor wat er gebeuren moet. En ik zou graag willen, oom Gerrit, dat jij als oude wijze man daar ook bij zou willen zijn.'
Oom Gerrit was stil vanavond. Het gebeuren met Muys had hem blijkbaar sterk aangegrepen. Nu glimlachte hij.
'Dat "wijs" kun je er wel aflaten,' zei hij. 'Maar overigens, akkoord, Evert!'
'En breng dan meteen die vent van hiernaast eens ter sprake, oom,' zei Wim. 'Die is in zijn hart geen haar beter. Liep hier vanmiddag op het erf rond te loeren! Ben je nu nog niet beter? zei hij tegen mij. Hoe lang ben je hier nou al? Toen heb ik hem maar verteld dat mijn school nu ook gebombardeerd was en dat ik al mijn best deed om ergens anders aan de slag te komen, maar hij geloofde het maar half, denk ik. Ik zal hier nog vandaan moeten alleen om die lelijke dwarskijker! Als die onschadelijk gemaakt kon worden...'
'Ik geloof dat de haat je parten speelt, Wim,' zei vader. 'Als je me goed begrepen hebt daarstraks, zul je moeten toegeven dat dit een heel ander geval is. Zou jij dit aandurven? Voor je geweten, bedoel ik?'
Wim keek voor zich en gaf geen antwoord. Hij scheen het met zichzelf niet eens te zijn. Maar de volgende dag stond hij al op de uitkijk, toen vader en oom Gerrit na een urenlange afwezigheid weer thuiskwamen.
'Is het besloten?' vroeg hij.
Vader knikte ernstig.
'En die vent van hiernaast?'
'Wim, Wim,' zei vader en anders niet.

In die dagen kregen ze ook weer een piloot in huis. Hij was al weken geleden bij een naburig dorp met zijn parachute naar beneden gekomen, toen zijn bommenwerper door een Duits jachtvliegtuig was neergehaald, maar hij had bij de landing zijn been gebroken. Een boer had hem in zijn hooischuur verborgen, maar pas enkele dagen later de dokter durven halen en misschien kwam het daardoor, dat het been niet wilde genezen. De voet was gezwollen en in de omgeving van de fractuur ernstig geïnfecteerd. David moest een betere verzorging hebben dan op de boerderij mogelijk was en daarom werd hij overgebracht naar het huis van de familie De Boer, waar het benedenkamertje naast de trap voor hem werd ingericht.
In een kruidenierswagen kwam hij aan en terwijl Jan en Wim op de uitkijk stonden, droegen vader en oom Gerrit hem snel op de brancard naar binnen. David bleek een jonge joodse Amerikaan te zijn, een alleraardigste

kerel, en moeder kon niet laten om even zijn smalle gezicht te strelen, nadat hij door haar was verzorgd. Toen verdween voor een ogenblik de verbeten trek om zijn mond en hij zei met een zucht van voldoening: 'Thank you, madam. You are just like my mother. I feel quite at home.'[50]
Een uur later, toen ze zijn kussen nog eens wilde opschudden, viel daar een revolver onderuit. Hij greep ernaar met een uitdrukking van angst in zijn donkere ogen en weigerde beslist om het wapen af te geven.
'The Germans won't catch me alive,' zei hij. 'I know too well what 'll become of me then!'[51]
Maar voortaan stopte hij het ding in zijn pyjamazak, als moeder binnenkwam om hem te verzorgen.
Vader was enkele dagen druk met de trap. Die was ingebouwd tussen het atelier en het kamertje van David en werd aan de achterzijde begrensd door een rommelkast, die in het atelier uitkwam. De deur van die kast werd vastgespijkerd, opnieuw behangen en met een boekenrek onzichtbaar gemaakt. Het onderste stuk van de trap, vijf treden hoog, werd losgezaagd en door scharnieren aan de bovenkant opklapbaar gemaakt. De vloer van de kast werd uitgezaagd en wanneer nu de trap werd opgeklapt, gaapte daar een donker gat. Daarin werd van goed geschaafde planken een soort glijbaan gemaakt, als een roetsjbaan in een speeltuin, die onder de vloer van het atelier uitkwam. Wanneer er een overval zou komen, zou David met matras en al op de glijbaan kunnen worden gelegd en binnen enkele seconden in zijn onderaardse schuilplaats verdwenen zijn.
Toen vader hem dat vertelde, lachte hij, maar scheen toch niet helemaal tevreden.
'And if the Jerries stay in the house?' vroeg hij. 'Then I 'm caught.'[52]
Dat gevaar was werkelijk niet denkbeeldig. Het was al vaker gebeurd dat de Duitse politie zich in een huis waar ze onderduikers hadden aangetroffen, had genesteld, met het doel om alles op te vangen, wat er in de eerstvolgende dagen aan de deur zou komen. Maar oom Gerrit wist raad en toen ging hij aan het werk. Hij dook in de donkere ruimte onder het atelier en honderden emmers vol zand werden in de eerstvolgende dagen door hem naar boven gereikt en door Wim in de tuin gegooid. Oom Gerrit groef een onderaardse gang, onder de fundamenten van het huis door in de richting van het bosje van jonge sparren, dat op een afstand van een meter of tien van de muur begon. Daar, een paar meter dat bosje in, kwam hij na vier dagen graven en zwoegen als een mol uit de grond kruipen, met het zand in zijn borstelige wenkbrauwen. De opening werd met een luik bedekt en dat werd met graszoden gecamoufleerd. Het gevaar

voor instorten van de vluchtgang was niet groot: het wortelgestel van de sparren vormde juist daar, waar de gang de oppervlakte naderde, een prachtige stevige zoldering.

Oom Gerrit wilde zelf mee naar David, om hem te vertellen dat hij zich nu volkomen veilig kon voelen. Vader zou zijn tolk zijn. Maar die moest naar de mening van oom Gerrit veel te lang naar woorden zoeken. De oude man was zo trots op zijn werk, hij brandde van ongeduld om David gerust te stellen.

'Ik zal het zelf wel doen,' zei hij ongeduldig. 'Zeg mij maar wat "konijn" is in 't Engels.'

'Rabbit,' wist vader.

'Nou, luister dan, David,' begon oom Gerrit. 'You is een rabbit, I is een rabbit. De moffen… wat is moffen, Evert?'

'Jerries.'

'Mooi. David, de Jerries hier bij de huis, wij – joeps, in de hol. De Jerries in de huis, wij, – floep-floep uit de hol, foetsie! When joe poot maar is better. Gesnapt…? Zie je wel, Evert, hij begrijpt mij veel beter dan jou!'

Het voorjaar verliep rustig. Van de fronten kwam weinig nieuws. In Noord-Afrika rukten de Amerikanen langzaam maar zeker op naar Tunis en in Rusland, waar de Duitse legers na de ramp van Stalingrad op verschillende plaatsen hadden moeten terugtrekken, werd het voorjaarsoffensief door Hitler voorbereid. De kranten deden er erg dik over, maar niemand had er meer veel geloof in. De hoop op de invasie begon, nu het mooie weer kwam, weer groter te worden en je hoorde telkens van NSB'ers, die hun lidmaatschap van de partij uit angst voor vergelding hadden opgezegd.

Het werk voor de onderduikers ging door en breidde zich zelfs van dag tot dag uit, maar wie daar niet aan meedeed, merkte op het platteland van de oorlog niet veel. Alles ging zijn gewone gang, de boeren waren druk op het land, de kinderen gingen als altijd naar school. Maar met de studie van Jan wilde het de laatste tijd niet al te best vlotten. Dat kwam door zijn briefwisseling met zuster Trijntje.

Hij was heel veel van het meisje gaan houden, maar hij had haar nu al in een paar maanden niet gezien. Het laatst was ze geweest in februari, om een jong echtpaar te brengen dat de volgende dag bij de weduwe Van Strien in haar huisje achter het staatsbos, waar ook het onderduikstertje van Guusje verblijf hield, was ondergebracht. Toen had Trijntje beloofd dat ze in het voorjaar nog eens terug zou komen. Nu was het april, de voortuin zag bont van de tulpen en het jongvee liep al in de wei, maar ze was er nog steeds niet geweest. In een brief had ze meegedeeld dat ze het te druk had, maar dat het erop begon te lijken dat ze zich binnenkort wel een poosje rustig zou moeten houden, en dat ze dan zeker in het huis van Jan haar toevlucht zou komen zoeken.

Meer stond er niet, maar voor Jan was het duidelijk genoeg: als zij erover dacht om zich rustig te houden, verkeerde ze op een of andere manier in gevaar. Hij was graag naar Rotterdam gereisd om meer te weten te komen dan per brief mogelijk was, maar dat zou vader niet goedvinden. En als nu een brief van haar te lang uitbleef, waren zijn gedachten voortdurend met haar bezig en zijn verlangen en zijn zorg maakten hem het werken bijna onmogelijk.

Op een mooie zomerse dag in het midden van april maakte hij met Wim een fietstocht. Vrouw Van Strien had een boodschap gestuurd dat zij moeite had met de jongeman, die bij haar in huis was. Die wilde zich maar niet aan het voorschrift houden om alleen 's avonds een wandelingetje te maken, maar trok ook op klaarlichte dag de velden in en de wegen langs tot bijna in het dorp.

'Zeg hem maar goed de waarheid,' had vader gezegd. 'Als hij niet ophoudt zijn eigen veiligheid en die van anderen in gevaar te brengen, zal hij moeten verhuizen naar een adres waar hij dag en nacht onder de vloer moet zitten.'

Het was geen prettige opdracht, maar Wim scheen er zich niet veel van aan te trekken. Hij, met zijn nuchtere onbezorgde natuur, wist van het ogenblik te genieten en toen hij voor Jan uit langs de smalle bospaadjes fietste, floot hij zo luid en schel van 'Holland, mijn Holland, ik vind je zo mooi!' dat Jan er zich bijna aan ergerde. Want hij was al een paar keer tevergeefs naar de bus gelopen voor een brief van Trijntje en was ongerust over haar. In zijn verbeelding zag hij haar bezig in het ziekenhuis, hij zag haar door de straten van het verwoeste Rotterdam fietsen en hij had het gevoel dat hij haar een beetje zou kunnen beschermen door haar voortdurend met zijn goede wensen en gedachten te omringen. Zou ze dat nu niet merken dat hij in gedachten bij haar was...?

Buiten het staatsbos moesten ze nog een kilometer een stille landweg langs, waaraan slechts hier en daar een huis stond. Het huisje van de weduwe Van Strien lag een eindje van die weg af in het veld. Een pruimenboom, die al in bloei stond, overschaduwde met zijn brede takken de ouderwetse put en toen ze er hun fietsen tegenaan zetten, sneeuwden de bloemblaadjes op hen neer. Vrouw Van Strien, een goedige, gebogen

vrouw, was op het akkertje naast het huis bezig om aardappels te poten en Ada, het onderduikstertje, hielp haar daarbij. Mevrouw Nathans zat met een boek in het zonnetje naast de deur. Meneer Nathans was uit. Dat trof prachtig: hadden ze hem meteen op heterdaad betrapt.
Ze gingen allemaal door het lage deurtje naar binnen en door het portaaltje de kamer in. Vrouw Van Strien zette thee, Wim gaf haar de bonkaarten voor de nieuwe periode en het kostgeld voor haar drie gasten. Dat werd door de LO, de geheime landelijke organisatie voor hulp aan onderduikers, bijeengebracht. Jan kwam met nieuwe boeken voor de dag en pakte de oude weer in zijn tas. Vrouw Van Strien babbelde over haar poes, die een konijn had gevangen, en het had in dit eenvoudige huisje heel gezellig kunnen zijn, als ze maar niet voor zo'n nare opdracht gekomen waren.
Na een halfuurtje zagen ze meneer Nathans aankomen van de kant van de landweg met een grote bos voorjaarsbloemen. Hij schrok er niet eens van, toen hij zijn verzorgers zag en de strenge woorden van Wim schenen weinig indruk op hem te maken.
'Wat kan mij overkomen?' vroeg hij. 'Ziet u hier een kip langs de weg?'
'En de boeren op het land dan?' zei Wim.
'Die hebben het veel te druk om op mij te letten,' verdedigde meneer Nathans zich. 'En ik ga altijd met een omweg naar huis terug, dat ze niet zullen weten waar ik in huis ben.'
'Maar als u 't nu maar begrepen hebt,' zei Wim. 'Dit is de laatste keer dat...'
'Daar komt iemand aan,' waarschuwde Ada. 'Hij is hier al naast het huis. Een meneer met een grijs pak aan.'
'Dat zal de man van het begrafenisfonds wezen,' zei vrouw Van Strien. 'Gaan jullie maar even in het opkamertje, want die loopt altijd zomaar de kamer in.'
De onderduikers trokken zich snel terug. Vrouw Van Strien ging naar de deur. Wim wilde blijven zitten, maar Jan greep hem plotseling bij de mouw en sleurde hem bijna mee het zijkamertje in. Hij had door het smalle zijraam even een glimp van de bezoeker opgevangen en het hart bonsde hem plotseling van opwinding in de keel.
'Schram, de jodenjager!' fluisterde hij.
'Is het waar?' vroeg Wim.
'Ik ben er zeker van,' antwoordde Jan.
Hij zag de ogen van Wim naar zich kijken met een heel bijzondere, harde blik, die diep in de zijne drong en hij begreep wat zijn vriend bedoelde: 'Dit is onze kans en die laten wij niet verloren gaan!' En toen voelde hij

zich plotseling naar worden, heel bedroefd en heel slap; het was alsof de kamer met hem ronddraaide en hij moest zich aan de deurpost vastgrijpen. Maar dat ging snel voorbij en hij zag het gezicht van Cor van Bergen, met die lachende ogen, die hem vragend aankeken. Hij hoorde zichzelf weer de gelofte afleggen:

> 'Wanneer het land mij roept, zal ik niet deserteren,
> maar met de angst in 't hart standvastig voorwaarts gaan...'

En toen was het, alsof er een nieuwe kracht in hem opstond, die alle twijfel en aarzeling uit hem wegjoeg. Hij dacht eraan dat Rein Mulder en Aart van Dijk al een paar keer tevergeefs op de kerel hadden geloerd, nadat het vonnis over hem was uitgesproken. Hij was hun telkens ontsnapt, misschien voelde hij zich al niet meer veilig. Maar nóg ging hij door met zijn verraderswerk. Wim had gelijk: dit was hun kans om misschien tientallen arme vervolgde mensen het leven te redden; die mochten ze niet verloren laten gaan...

Hij duwde de slaapkamerdeur op een kier en gluurde eromheen. Hij trok zijn vriend mee de kamer in, want Schram stapte juist weer voor het zijraam op zijn fiets. Ze keken hem na en zagen hem nog achterom loeren naar het huisje.

Vrouw Van Strien kwam weer binnen.

'Hij wou eieren hebben,' zei ze. 'Maar die kan ik wel beter gebruiken. Wat een rare vent is dat! Hij stond maar de kamer in te loeren. En hij vroeg van wie die fietsen waren bij de put. Van een paar arbeiders uit het staatsbos, heb ik gezegd. En toen nam hij zomaar het boek van mevrouw, dat nog op de stoel lag en dat bekeek hij aan alle kanten. Wat een brutale, hè?'

Ze gaven haar geen antwoord. Ze hadden al hun aandacht bij de verrader, die nu bijna de landweg genaderd was. Als hij rechtsaf sloeg, ging hij door het staatsbos naar de stad terug en op het eenzame bospad konden ze...

Ja, rechts! Ze waren tegelijk bij de buitendeur, maar daar hield Jan zijn vriend tegen. Hij had plotseling de leiding.

'Wacht even,' zei hij, 'hij kan ons nog zien tussen die bosjes door.'

'Wij laten hem gaan tot de driesprong,' fluisterde Wim. 'Dan fietsen we hem voorbij en laten hem afstappen.'

'Goed.'

'Maar we hebben geen wapen... En hij waarschijnlijk wel. Grijp jij hem? Jij kent jiujitsu...'

'Kom mee,' zei Jan kort.

Hij was het eerst bij de fietsen en vloog het paadje af. Bij de weg was Wim al een eind achter, maar daarna haalde hij snel in, want Jan fietste voorzichtig langs de kant van de weg over de grasberm en hield zijn ogen op Schram, die ver voor hem uit reed. Pas toen die linksaf geslagen was het bos in, zette hij alle kracht op de trappers. Wim riep hem, maar het drong nauwelijks tot hem door. Dertig gulden per jood kreeg de schoft, maar hij zou zijn laatste geld verdiend hebben...! Het moest gebeuren, nu! En wat kon het schelen, waar het gebeurde? Het was hier overal even eenzaam.

Hij nam met zo'n vaart de bocht het bospad in dat hij helemaal schuin hing en zijn knie schramde tegen een paaltje aan de kant van het pad. Maar hij bleef op de fiets en reed met dezelfde snelheid verder. Hij zag de man die zij achtervolgden niet meer en de angst begon hem te besluipen dat hij zich misschien in het bos verborgen kon hebben. Maar toen hij weer een bocht omsuisde, zag hij hem plotseling voor zich uit fietsen en hij hield zijn snelheid in.

Daar ging de verrader! Hij fietste met één hand en de andere zwaaide hij losjes heen en weer. Hij leek blij, hij floot misschien wel, hij wist niet dat de dood hem wachtte...

Begon nu toch de aarzeling weer te komen...? Meer dan twintig mensenlevens had die kerel op zijn geweten, voor een maand al, nu waarschijnlijk nog meer... En vijf rechters hadden het oordeel over hem uitgesproken, de dokter en de dominee en Van der Mey en vader en oom Gerrit, allemaal ernstige eerlijke mannen, die zelf hun leven waagden voor de mensen die deze gewetenloze schurk... En nu had hij de onderduikers in dat verborgen huisje op het oog, dáárom fietste hij daar misschien zo tevreden. Ada en het echtpaar Nathans, dat door Trijntje gebracht was, en bij een verhoor zouden ze haar naam misschien noemen...

Nu was er geen aarzeling meer, hij schoot vooruit; het plan was hij vergeten. De verrader keek om, schrok en begon plotseling uit alle macht te fietsen. Vluchten? Het zou hem niet helpen! Jan zat hem algauw op de hielen. Hij belde, driftig en schel, de man ging opzij en hij kwam naast hem rijden. En plotseling zag hij zijn kans en hij voelde dat die niet zou mislukken. Hij liet zich van de fiets af op de man vallen, rolde met hem op de grond, sprong weer op en wierp zich opnieuw op hem. Hij kreeg zijn armen te pakken en wrong die op zijn rug. Er viel iets op zijn voet, een revolver, die de kerel nog had weten te grijpen. Hij schopte het ding naar Wim, die heen en weer stond te springen en niet wist, wat hij doen moest. 'Pak hem dan!' riep hij. 'Daar ligt hij immers, vlak bij je!'

Waarom verstond hij het niet? O, die man schreeuwde zo... Maar nu zag Wim de revolver en even later klonk het schot.

Het was voorbij. Het lichaam lag op de grond en al handelde hij als in een droom, Jan wist precies wat hij doen moest. Eerst op de weg kijken. Er was niemand. Dan de fietsen tussen het kreupelhout. Drie fietsen, hoe kon dat nou? Ze waren toch maar met z'n tweeën? O ja, hij wist het. Het lichaam was al weg. Hij volgde het spoor waar het langs gesleept was, en schopte zonder erbij te denken de dennennaalden weer op hun plaats. Daar was Wim; gek zag hij eruit, zo wit als een doek. Hij sleepte met dode takken en gooide die in een greppel op de plaats waar het spoor eindigde. Jan hielp een poos mee, hij rukte ook grote plakken mos van de grond en smeet die erbij. Toen liepen ze terug naar de fietsen en hij hield zich vast aan een berkenstam, een witte stam met hier en daar een kleine donkere vlek...
'Wim,' zei hij.
'Kerel,' zei Wim, 'hou je goed, hoor!'
Hij hield zich goed, natuurlijk. Waarom zou hij zich niet goedhouden? Hij wist precies wat er gebeuren moest. De fiets namen ze mee tot het kanaal. Toen daar niemand te zien was, smeten ze hem over de leuning. Toch eigenlijk zonde, zo'n goeie fiets... Hij wist ook nog dat de weg naar huis zo verschrikkelijk lang was. En dat hij lachte, toen hij thuiskwam. Hij moest toch wel lachen voor de kinderen, dat die niets zouden merken. En Wim ging het aan vader vertellen, maar hij ging naar bed. Hij knielde neer, maar kon niet bidden. In zijn hoofd hamerden de woorden: 'Maar als een goed soldaat standvastig voorwaarts gaan...'
Dat was niet goed, maar hij kon die andere woorden niet meer vinden. Later herinnerde hij zich dat vader voor zijn bed gezeten had en zijn hand vasthield en dat hij vroeg: 'Vader, het is toch oorlog, hè?'
'Ja jongen, het is oorlog.'
'O gelukkig,' zei hij. 'En ik ben soldaat, hè? Zeg, dat ik een soldaat ben, een goed soldaat!'
'Je bent een dappere soldaat,' zei vader. 'En mijn lieve jongen.'
Mijn lieve jongen... Dat had hij nodig om te huilen.

HOOFDSTUK 12

Met David ging het heel voorspoedig, nu moeder hem dagelijks verzorgde. De infectie begon te genezen, de pijnlijke trek verdween van zijn gezicht, zijn wangen werden voller. En hoewel een verborgen angst nooit helemaal uit zijn weemoedige ogen verdween, hij was toch heel wat opgewekter dan toen hij kwam. Zijn leven was veel prettiger dan in zijn eerste kosthuis, nu hij met de mensen met wie hij samenwoonde, eens een praatje kon houden. Vooral met Jan hield David graag lange gesprekken.
Na de fietstocht met Wim bleef Jan een paar dagen thuis. Hij was niet ziek, maar hij voelde zich moe als na een zwaar examen en hij kon geen muziek horen en soms geen vogel horen zingen zonder tranen in de ogen te krijgen. Maar wanneer hij bij David zat en het gebaar zag, waarmee die keer op keer uit gewoonte naar zijn revolver tastte, kwam er iets hards in hem en hij kon aan het gebeurde in het bos denken zonder te huiveren. Hij had geen spijt van zijn daad. Op de avond van die dag waren vader en Van der Mey met Wim naar het bos gegaan om het lichaam beter te begraven. Toen hadden ze de portefeuille van de verrader meegebracht en daarin hadden ze aantekeningen gevonden over nog vijf adressen, waar hij onderduikers had vermoed en bovendien nog twee anonieme brieven, gericht aan de SD en aan Schram voor onderzoek doorgegeven, waarin klachten werden geuit tegen goede vaderlanders. Die mensen waren zo spoedig mogelijk gewaarschuwd dat ze op hun hoede moesten zijn.
Nu was een uitgebreid politie-onderzoek aan de gang naar de verdwenen rechercheur, maar Van der Mey wist dat elk spoor ontbrak, omdat het aan niemand bekend was waar Schram zich op de dag van zijn verdwijning had opgehouden. Hij was geheel vrij in zijn dienst geweest en werkte altijd zeer geheim zonder een van zijn collega's erin te kennen. Daar hoefde Jan zich dus ook geen zorgen over te maken.
Maar toch had hij behoefte om alles eens uit te praten bij iemand, die hij volledig in vertrouwen kon nemen en die toch van het begin af buiten de zaak had gestaan. Hij nam zich voor om dat bij Trijntje te doen. Hij wist

bij voorbaat wat zij zou zeggen, maar hij wilde het uit haar mond horen. Als zij hem zou verzekeren dat hij niet anders had mogen handelen, zou ook het laatste restje twijfel uit zijn hart verdwenen zijn. Lang hoefde hij niet meer te wachten. Zij had geschreven dat zij begin mei een week vakantie wilde nemen en die graag bij Jans ouders wilde doorbrengen. Vader en moeder vonden het goed en Jan had nog nooit zo naar de meimaand verlangd.

Eind april mocht David voor het eerst van de dokter een beetje door het huis hinken en toen de staking kwam, die vrijdag, de dertigste april, zat hij de hele dag voor het raam te kijken, verborgen achter het gordijn. Hij zag de melkwagen leeg voorbijrijden met een lachende voerman, breeduit staande op de bok. Arbeiders van de strokartonfabriek fietsten in grote luidruchtige troepen voorbij naar huis, schreeuwend tegen hun collega's op het land dat ook zij het werk erbij neer moesten gooien. En de kinderen kwamen terug uit school, want ook de onderwijzers wilden niet meer werken.

Dat alles was zomaar ineens gekomen, zonder dat iemand er het sein toe gegeven had. Het leek, alsof de wind het de mensen had ingeblazen: 'Als er dan toch geen hoop meer is, als jullie dan toch allemaal slaven moeten worden, gooi neer dat werk! Doe geen slag meer voor de moffen, die al onze mannen naar Duitsland willen slepen!'

Want dát was het begin geweest: de bekendmaking van de Duitsers, die donderdag 's morgens door de radio werd omgeroepen, dat het Nederlandse leger opnieuw in krijgsgevangenschap zou worden gevoerd. Het volk had al veel verdragen: de wrede behandeling van de joden – die nog dagelijks doorging, – het werken in Duitsland, waar nu vierhonderdduizend Nederlandse mannen waren, de arbeidsdienst en de voedselschaarste, maar dit kon er niet meer bij. Het was te veel. Ze namen het niet. En toen kwamen ze op veel plaatsen tegelijk tot deze spontane wanhoopsdaad. De arbeiders in de fabrieken viel de hamer uit de hand. De boeren spanden hun paarden uit, het werken moe, omdat het toch niets hielp, omdat alles toch voor de onderdrukkers was. De boekhouders legden de pen neer, de machinist in de zuivelfabriek zette de machines stil. En allemaal liepen ze de straat op. Ze schreeuwden het elkaar toe, dat ze het vertikten, er mocht van komen wat wilde. En toen ze anderen hetzelfde hoorden verzekeren met evenveel beslistheid, toen ze in troepen samenstroomden, toen kwam er toch ook iets van vreugde in hun ogen. Ze voelden zich vrij. Ze hadden het juk afgeschud dat hen zo lang had gekneld. Ze scholden en schreeuwden, ze durfden nu eens alles te zeggen,

zonder op verraders te letten. Waar waren die kerels, die vriendjes van de moffen, ze moesten maar komen!
Ze waren er niet. Ze zaten weggekropen, of ze hielden zich stil. En toen de stakers dat merkten, kwam er weer hoop in hun hart. Als zij, goede Nederlanders, zo één waren in hun weigering om te werken, één in verbittering, één in opstandigheid, wat zouden de moffen dan tegen hen kunnen beginnen? En als ze het aan de overkant hoorden, in Engeland, – daar wisten ze immers precies wat hier gebeurde – zou dan de invasie, de langverwachte invasie niet komen...?
Het vee loeide in de weide en in de stal, dat moest natuurlijk door de boeren verzorgd worden. Maar die kostelijke melk afleveren, ze dachten er niet meer aan. Het ging toch voor het grootste deel naar de Duitsers! Ze gingen zelf aan het karnen of voerden de melk aan de varkens. Zelfs sommige NSB'ers werden aangegrepen door de koorts van het verzet en weigerden ook om hun melk te leveren. En een voorbijganger trapte de bussen om, die boer Walinga bij de weg had klaargezet, zodat een witte stroom over de straat gutste. De boer kwam schreeuwend aandraven om te redden wat er te redden viel en bleef er de wacht bij houden tot de melkwagen langskwam. Maar de voerman weigerde om ze mee te nemen. 'Die van anderen niet, die van jou ook niet!' riep hij. 'Zuip ze zelf maar op! Ga maar op je kop in een van de bussen staan, misschien kom je er dan nooit meer uit, verrader!'
En zo moest Walinga zelf met paard en wagen zijn melk naar de fabriek rijden, want ook zijn arbeider was al weggelopen. Maar de fabriek staakte ook en het hele dorp lachte en jouwde hem uit, toen hij met zijn melk moest terugkeren. Hij schreeuwde terug, hij sloeg met zijn zweep naar een kleine jongen die op zijn wagen wilde klimmen. Toen sleurde een troep stakende arbeiders hem van de kar, goot de melk over hem uit en dreigde hem in het kanaal te gooien, als hij niet 'Leve de koningin!' wilde roepen. Walinga deed het, maar toen hij nat naar huis reed, zat hij te vloeken van woede. En toen hij het hele gezin De Boer met buurman Hoeks en de zoons van Hoving werkeloos bij huis zag staan, reed hij de oprijlaan in en begon zo'n lasterlijke taal uit te slaan dat vader zijn geduld verloor en hem boos het erf af joeg.
Die avond zaten ze weer in spanning bij de radio. Wat zou de regering in Engeland zeggen? Zou die oproepen tot staken of zelfs het bevel geven tot de algemene opstand? Het verstand zei dat het dwaasheid zou zijn, tenzij het invasieleger meteen te hulp zou komen. En toch, velen hoopten erop... Maar de rustige stem van de omroeper zei alleen dat er ernstige

berichten uit Nederland ontvangen waren. En toen werd namens de regering de raad gegeven dat de oud-militairen zich niet moesten aanmelden, maar desnoods moesten onderduiken. En dat het volk vooral rustig moest blijven.
Toen wisten ze genoeg. De dag van de bevrijding was nog niet in zicht. Och, en het was ook eigenlijk dwaasheid dat ze er in stilte op gehoopt hadden. Het was hun groot verlangen dat hen even in geestdrift had gebracht...
Teleurgesteld gingen ze naar bed. In de nacht reed een goederentrein puffend voorbij. De volgende morgen kwam de postbode met de brieven. De grote overheidsbedrijven deden niet mee aan de staking. Vader belde een paar vrienden in Utrecht en Zuid-Holland op. Daar werd al weer door bijna alle bedrijven gewerkt. Intussen hadden de Duitsers het politiestandrecht afgekondigd: iedere staker en ieder die meedeed aan een samenscholing, kon op straat worden doodgeschoten. En de overvalwagens reden al rond en brachten de gevangenen bij tientallen naar de stad. Op een uur afstand werden drie boeren op hun erf neergeknald.
Maar in de buurt weigerden de mensen nog steeds om te werken. De middagtrein werd bij de spoorbrug door een groep opgeschoten jongens met stenen bekogeld. En alleen boer Hoving was op het land bezig, maar die ploegde het koolzaad onder, dat hij voor de Duitsers moest verbouwen. Hij had goed kunnen verdienen aan het gewas, maar hij haatte het, omdat het een gedwongen teelt voor de bezetter was.
Er moest iets gedaan worden om de mensen tot bezinning te brengen, vóór ook hier ongelukken zouden gebeuren, meende vader. Hij stuurde de jongens en Guusje er op de fiets opuit en liet de mensen die met hem samenwerkten in het verzet, bij zich komen. Ze kwamen al snel opdagen, de meesten met ogen vol verwachting, want ze hoopten groot nieuws te horen. Ze wisten dat Evert de Boer altijd goed op de hoogte was.
Het werd een drukke vergadering. Het hele atelier zat vol en het ging er warm toe, dat bleek wel uit het geluid van de opgewonden stemmen, dat door de open ramen naar buiten drong. Jan, die met een boek in de zijtuin zat en meteen de straat in het oog hield, kon soms woordelijk verstaan, wat er gezegd werd.
'Het is dwaasheid! Wacht tot de tijd rijp is, tot het land jullie nodig heeft. We kunnen immers niets beginnen, we hebben geen wapens, geen leiders, geen plannen. We zijn zelfs niet één in ons verzet. In Holland staakt bijna niemand. Ga aan het werk, voor er slachtoffers vallen.' Dat was de stem van vader, die vlak bij het raam zat.

'Ophouden? Net nu het zo mooi gaat...? Ik denk er niet aan. Ik ga voor de moffen niet opzij. En als we dat geen van allen doen, zullen we het winnen. Ze kunnen toch het hele volk niet tegen de muur zetten? We hebben altijd veel te gemakkelijk toegegeven, dat heb je ons zelf vroeger voorgehouden!'
Dat was Hoving met zijn zware stem, die geen angst scheen te kennen.
Toen praatten ze allemaal door elkaar en opeens vloog de deur open en kwamen ze naar buiten met rode koppen, blijkbaar zonder dat ze het eens waren geworden. Hoving sprong het eerst op zijn fiets en reed bijna Geert Reinders ondersteboven, die van de andere kant in volle vaart het erf kwam opstuiven.
'Weg, weg!' riep de NSB'er. 'Allemaal weg! De Duitsers...' Hij snakte naar adem. 'De Duitsers komen eraan! Walinga is naar het dorp geweest en heeft ze opgebeld. Hij vertelde het mij daarnet. Hij had gemerkt dat hier zoveel mensen waren en hij was kwaad dat je hem van het erf had gejaagd...'
Hij had geen oog van de weg af, terwijl hij deze woorden uithijgde.
'Smeer hem maar gauw!' riep hij. 'Ze kunnen elk ogenblik hier zijn. Walinga, die schoft...'
Hij gunde zich de tijd niet om zijn zin af te maken en sprong weer op zijn fiets. Maar vader was al bezig zijn maatregelen te nemen. Zijn stem was hard, toen hij zijn huisgenoten bij zich riep en hun zijn bevelen gaf.
'Jan, neem Hanneke en Marietje, en maak dat je wegkomt. Het bos in en verder, naar de Achterweg. Frits erachteraan met Greetje. Guusje, blijf bij moeder en zorg voor Hansje. Nee, vraag niet meer, vooruit nou toch! Kleren, wat kunnen kleren schelen! Wim, naar de kampeerwagen en neem de onderduikers mee; je vindt wel een plek. Loop maar vast, moeder, ik kom je achterna. Oom Gerrit, oom Gerrit!'
Oom Gerrit kwam uit de schuur met in elke hand een revolver. Hij reikte er vader een toe.
'Blijf bij je vrouw,' zei hij. 'Ik zal wel voor David zorgen...'
'Oom Gerrit, ik kan je toch niet...'
'Schiet op!' riep oom Gerrit. 'Het gaat allereerst om jou, dat begrijp je toch! Het beste, jongen!'
Toen vader wegrende, de anderen achterna, haastte hij zich naar binnen en deed de deur achter zich op slot. De ramen van het atelier maakte hij dicht, de deur van de keuken ook.
'David!' riep hij en hij zette het onderstuk van de trap vast omhoog.
Toen hoorde hij remmen gieren voor het huis en hij liep hard de kamer

in. Daar had je ze al: een grote vrachtwagen, vol met soldaten, die juist de bocht nam de oprijlaan in en op het erf stopte. Hoe wisten ze zo precies, waar ze moesten zijn? Was dat Walinga, die bij de chauffeur gezeten had en nu uitstapte...?

De kerel stond het pad naar de boomgaard af te loeren. De vluchtelingen konden nauwelijks in het bos verdwenen zijn... Als de moffen niet opgehouden werden, zouden zij ze misschien achtervolgen...

Er was maar één manier om dat te voorkomen. Oom Gerrit stak zijn hand in de zak en terwijl de soldaten nog uit de wagen sprongen, richtte hij zijn revolver, kneep zijn ogen stijf dicht en trok af.

Pang! Dwars door de ruit. Zie je wel dat hij het wel kon? Pang! Nog een keer. Eigenlijk grappig, zoals die kerels nu uit elkaar stoven. Achter de wagen, tussen de struiken kropen ze weg. En die Walinga, die judas, stond daar met een dom gezicht naar het huis te staren. Had je niet verwacht hè, stommerd, dat we hier ook konden schieten! Wacht eens even, heb jij de dood nu niet evengoed verdiend...?

Beng...! O, dat was David, vlak naast hem, op de vloer, met zijn hoofd net boven de vensterbank, die deed ook zijn best...! Wat zag die kerel wit en wat stonden zijn ogen fel in zijn donkere kop...!

Pang! Dat ben ik. En... beng! Dat was David weer. Nou, die kon het beter, want daar ging Walinga. Hij sloeg zijn handen voor zijn borst en viel als een paal voorover...

Pas op, nu schoten ze aan de overkant ook. Mensen, alweer een ruit aan scherven! Wat floot zo'n kogel scherp. Zouden dat straks dan ook telkens kogels zijn geweest? Hij dacht dat buiten die hoofdman, of hoe die kerel heette, stond te fluiten. Pas op, nou rende er een Duitser langs die bloeiende heesters de hoek van het huis om. O drommel, de andere kant, als ze daar maar niet naar binnen probeerden te komen...!

'You blijf hier,' schreeuwde oom Gerrit. 'Ik wil gaan daar!'

Hij wees en hij rende al op zijn ouwe benen. Ja, toe maar, schiet maar... Die klok heeft toch zijn beste tijd gehad, die is nog van de oude De Boer, de vader van Evert, mijn baas, die nou vast al een heel eind weg is. En ik ben in eer en deugd tweeënzeuventig geworden, aan mij is ook zoveel eer niet meer te behalen. Als je me raakt, ben 'k alleen maar een beetje eerder in de hemel...

Zie je nou wel, dacht ik het niet, dat er een mof stond voor het raam van het atelier...? Pang! Jammer van die grote ruit, maar dat kon niet anders, Evert! Ha, waar bleef die kerel? Lag die soms dood?

Hoor es, wat een ontzettende knal in de voorkamer! Wat zou dat wezen,

een handgranaat...? Die mof kwam niet terug, die vent zou er heus wel dood kunnen liggen!
Maar nu werd het toch tijd dat ze wegkwamen... Hij moest David halen. Hij liep de kamer in, maar daar was de jongen niet meer. Even een schot door het kapotte raam, dat kon geen kwaad. Gek was dat, ze gaven van buiten meteen antwoord.
'David!'
Nee, hij was er niet. Maar wat was dat in de voorkamer voor een raar geknetter? Brandde het daar...? Kijk, een kop met een helm voor dat raam.
Pang! Weg die kop...
Nog een keer? Maar hij kon trekken, zoveel als hij wou, er kwam geen schot meer. Leeggeschoten natuurlijk. Ja, dan werd het tijd!
Wéér zo'n verschrikkelijke knal, nu in het atelier!
'David...! David...!'
Geen antwoord. Maar in de keuken, daar lag hij, achterover, met de benen onder zijn lijf. Zijn bloed was warm en het kleefde aan oom Gerrits hand, toen hij het hoofd wilde optillen. Dood. Die arme jongen, die prachtjongen...!
Oom Gerrit snikte. En hij slingerde woest zijn revolver door het kapotgeschoten raam naar een Duitser, die voorbijholde. Toen, op handen en voeten, kroop hij naar het trapgat, zag nog juist dat het nu ook brandde in het atelier, liet het onderstuk van de trap achter zich vallen en gleed naar beneden in het donker. Daar lag hij, in het zand, bijna zonder gedachten, tot het hem bewust werd dat hij pijn had, dat er vonken vielen op zijn hoofd en op zijn handen en dat er een stuk hout naast hem lag te branden. Hij kroop de vluchtgang in en lag daar weer een poos, tot de rook hem verder dreef en hij zijn hoofd stootte tegen het luik.
Toen drong het weer tot hem door, waar hij was. Hij tilde het luik op en loerde door de spleet. Het huis stond in lichtelaaie, het mooie huis van Evert Jan, dat hij voor zichzelf gebouwd had...

Deel III

Ochtendgloren

HOOFDSTUK 1

JAN ZAT AAN HET TAFELTJE voor het raam zoals iedere dag, half verborgen achter het gordijn, het hoofd in de hand, en gaapte. Oom Herman was naar school, tante Annie was de stad in om boodschappen te doen en het zou wel een paar uur duren voor ze terugkwam. Want aan de Middenweg, helemaal in Oost, was een groentewinkel, waarvan ze de eigenaar kende; die gaf haar weleens een paar kilo aardappelen zonder bon. En als ze daar geweest was, moest ze nog in de buurt van de Overtoom bij een kruidenier zijn om een nieuw soort koffiesurrogaat, dat je bijna niet van echte koffie kon onderscheiden, zoals ze gehoord had. Bij beide zaken zou ze wel een poos in de rij moeten staan voordat ze geholpen werd, en zo had Jan de hele middag het rijk alleen. Hij had eerst de vaat gewassen en de vloer geveegd. Toen had hij wat gymnastiek gedaan, maar heel voorzichtig, zodat de buren, die misschien oom en tante hadden zien weggaan, niet zouden merken dat er toch nog iemand in huis was. Daarna had hij op de kalender de maanstand bestudeerd. Alleen op donkere avonden mocht hij van oom Herman een poosje de straat op. Maar het was nog pas eerste kwartier; hij zou nog meer dan een week geduld moeten hebben. Je kon haast beter in de gevangenis zitten dan ondergedoken: dan werd je tenminste iedere dag gelucht...

Nu zat hij al een halfuur voor zijn boeken, maar met de studie wilde het weer niet vlotten. Het was zo doelloos, dat studeren zonder leiding, zomaar in het wilde weg. Hij haalde zijn shagdoos uit zijn zak, aarzelde even, schraapte toen de laatste tabakskruimels bij elkaar en rolde een sigaret. Als hij die half oprookte, had hij vanavond ook nog wat; over een paar dagen was de nieuwe bon weer geldig.

Peinzend keek hij de straat op. Kijk, daar had je die kwast van de overkant, die NSB'er in zijn mooie pakje; die kwam nu eindelijk ook eens de deur uit om naar zijn werk te gaan; hij zat op het hoofdbureau van de WA. Mooie splinternieuwe fiets had die verrader. Was hij vast ook niet eerlijk aan gekomen! Hij zette het blinkende geval tegen het huis en ging toen op

zijn gemak de deur sluiten. Op de stoep bleef hij nog even staan, overzag de straat met veldheersblik en keek met een glimlach naar een werkman in een gelapte overall, die voorbij kwam ratelen op een fiets met houten banden, zo'n hobbelpaard op wielen. Toen reed hij zijn kostbaar rijwiel over het trottoir en stapte plechtig op. Ja, loer maar rond, meneer, je ziet mij toch niet; anders zit ik hier morgen niet meer…
Hoe laat was het nu? Bijna drie uur? Dan zou die peukjesraper wel weer gauw komen, die sloeg deze straat geen dag over. Het scheen zo zijn vaste route te zijn… Ja, daar had je hem al! Een schandaal eigenlijk dat zo'n sterke kerel niet werkte; maar hij verdiende op deze manier misschien nog wel meer. Als hij 's avonds met een zak vol peukjes thuiskwam, ontdeed hij die van het papier, mengde de tabak natuurlijk met een flinke hoeveelheid turfmolm of gesneden kersenblad en bracht het mengsel onder de een of andere mooie naam op de zwarte markt. Tweemaal bukte hij zich en stopte iets in zijn jaszak. Wat een mens er toch al niet voor overhad om maar te kunnen roken! Oom Herman stopte soms een surrogaat in de pijp, waar het hele huis naar stonk, net of er ergens een lap lag te schroeien. Maar nu had hij zijn tuintje van tien vierkante meter volgezet met tabaksplanten en nooit had hij vroeger zijn bloemen met zoveel liefde verzorgd… Als de bevrijding kwam… Ja, zou die nog wel ooit komen…?
Hoe langer hij hier ondergedoken zat, hoe meer hij de moed begon te verliezen. Half mei al hadden de Duitsers en Italianen in Noord-Afrika zich overgegeven – maar dat was zover weg en na die tijd was er in die buurt niets van belang meer gebeurd. En in Rusland hadden de Duitsers van hun met veel ophef aangekondigde voorjaarsoffensief niet veel terechtgebracht; ze begonnen er zelfs terrein te verliezen; maar het ging zo langzaam. En waar bleef nu de invasie, die al zo lang werd voorbereid? Waarom kwamen de Engelsen en Amerikanen niet met hun geweldige macht van vliegtuigen, oorlogsschepen en landingstroepen, waar Radio Oranje telkens zo dik over deed…? Ze wachtten maar en stelden maar uit en gaven intussen de Duitsers de tijd om de hele kust, van Spanje af tot in Noorwegen toe, in staat van verdediging te brengen. De Westwal werd gebouwd, met zware betonnen bunkers en prikkeldraadversperringen. De pier in Scheveningen was afgebroken, de huizen langs de boulevards in de badplaatsen waren grotendeels vernield en duizenden mensen hadden moeten evacueren naar andere delen van het land, oom Herman en tante Annie ook. Er was hun een dorp in de veenkoloniën aangewezen; daar zouden ze bij een boer in de schuur moeten wonen. Maar oom Herman was zo gelukkig geweest

om een plaats als onderwijzer te krijgen in Amsterdam en na een paar maanden was hem hier zelfs dit huis toegewezen, waarin vroeger een joods gezin had gewoond, dat al bij de eerste deportaties naar Westerbork was gebracht. En hier zat hij, Jan, nu opgesloten. Voor hoe lang? Het einde was niet te zien...

Hij zuchtte, haalde zijn portefeuille uit de zak en nam er een foto uit. Een knap meisje in verpleegstersuniform keek hem met guitige ogen aan. Die Trijntje! Als hij diep in de put zat, hoefde hij maar naar die foto te kijken om weer moed te krijgen. Als hij lang keek, was het alsof ze begon te praten. 'Wees flink, jongen,' zei ze. 'Je hebt het nu moeilijk, maar het gaat allemaal voorbij. Ik houd van je. En eens...'

Hij nam een tweede foto: een wit landhuis tussen vruchtbomen met een heel gezin ervoor, vader, moeder, hijzelf en de andere kinderen en iets terzijde een oude man met een hark, oom Gerrit. Wat een heerlijk huis was dat geweest! Daar hadden ze gewoond tot voor een paar maanden. Ze hadden er nóg kunnen wonen, als... Ja, áls... Als vader, net als oom Herman, zich niet aan de oorlog had gestoord en rustig aan zijn werk was gebleven.

Maar dat was niets voor vader. Die kon geen onrecht zien zonder zich ermee te bemoeien. Die kon zijn deur niet sluiten voor mensen die in nood zaten. En toen was het verzetswerk vanzelf begonnen: krantjes verspreiden, een onderduiker in huis nemen, parachutisten verbergen, de joden helpen om uit de klauwen van de Duitsers te blijven... En het zou allemaal misschien nog wel goed zijn gegaan, als die verrader er niet geweest was, die schoft van een Walinga, hun buurman. Die had de Duitsers opgebeld, toen er bij hen in huis een geheime vergadering was, in de dagen van de meistaking. En als ze niet op het laatste ogenblik waren gewaarschuwd, zouden ze allemaal in handen van de vijand zijn gevallen...

Als hij de ogen sloot, doorleefde hij weer die verschrikkelijke gebeurtenis. Hij rende met zijn zusje Hanneke aan de ene en het kleine onderduikstertje Marietje aan de andere hand het pad tussen de boomgaarden op in de richting van het bos. Tussen de eerste sparren bleef hij wachten op de anderen. Hij was kalm, maar de angst zat als een stuk pijn in zijn borst. Wim, de ondergedoken student, stormde hem voorbij om de joden te waarschuwen, die in de kampeerwagen in het bos verborgen zaten. Guusje holde langs met Hansje op de arm; moeder met een armvol linnengoed, dat ze nog gauw van de lijn had gegrepen. Frits kwam in volle vaart voorbij met Greetje op de rug. Het laatst kwam vader met een revolver in de hand; hij nam Marietje van Jan over en joeg hem voort. Hij zag nog een grote grauwe overvalwagen het erf op rijden, toen was hij tussen de struiken en sprong met Hanneke in de armen voort langs het slingerende pad. Het kind begon plotseling hard te huilen, hij drukte haar stijf de hand op de mond. Toen haalde hij Wim in met de familie Liebstadt en wilde de oude man van hem overnemen, maar vader deed het al. Achter hen viel een schot, er werd geschreeuwd, daarna hield het schieten niet meer op. Oom Gerrit en David, een ondergedoken Amerikaanse piloot, waren een vuurgevecht tegen de moffen begonnen, om de aandacht van de vluchtelingen af te leiden. Dat was gelukt; ze waren allemaal, de een na de ander, sluipend langs boswalletjes en dwars door korenvelden, bij boer Hoving terechtgekomen en hadden zich daar in de schuur verborgen. Toen kwam in de verte de vuurgloed van hun brandend huis al boven de sparren uit. Ze voelden zich hier niet veilig: het was mogelijk om met een politiehond hun spoor te volgen. Nog diezelfde middag bracht Hoving ze op zijn wagen onder een lading stro naar een ander dorp, waar de dominee zich over hen ontfermde. Daar kwamen 's avonds de eerste berichten: het huis lag in puin; David was gesneuveld, men had gezien dat zijn lijk uit het brandende huis was gesleept. De Duitsers waren razend, want een van hun kameraden was dood, een ander zwaargewond en een derde had een schot in de schouder. Ook Walinga was dood; die had meteen voor zijn verraad moeten boeten. Er was versterking uit de stad gekomen, de wegen werden afgezet en een uur na het gevecht waren de Duitsers al bezig met huiszoekingen in de omgeving. Van oom Gerrit was niets bekend. Waarschijnlijk was de oude man in de brand omgekomen...

Maar midden in de nacht werd er zacht aan een raam van de pastorie geklopt, buiten werd de eerste regel van het Wilhelmus gefloten, en toen ze opendeden, stond daar oom Gerrit! Met brandwonden aan hoofd en handen, maar zielsgelukkig dat het hele gezin was gered. Hij had weten te ontkomen door de vluchtgang, die onder de vloer van het atelier uitkwam, en de volgende morgen keerde hij naar het verbrande huis terug, om de vruchtbomen te blijven verzorgen en te zien wat er van de huisdieren te redden viel. Niemand kon weten dat hij meegevochten had tegen de Duitsers en het was de listige oude man wel toevertrouwd om de vijand zo nodig om de tuin te leiden.

De anderen werden in de volgende dagen verdeeld over verschillende adressen. Ze waren zwervers geworden, die geen plekje meer het hunne konden noemen. Ze hadden velen gastvrijheid verleend, nu hing hun leven van de gastvrijheid van anderen af. Voor vader en Jan kwam de waarschuwing dat zij in het bijzonder zwaar werden gezocht. Hun foto's zouden in het politieblad worden geplaatst als die van voortvluchtige terroristen, misdadigers, wier opsporing en voorgeleiding dringend werd verzocht. Daarom konden ze in de buurt van hun vroegere woning, waar zovelen hen kenden, niet blijven. Jansonius, een bevriend politieman, bracht hen met de auto naar Zwolle. Wim reed mee tot Meppel, waar hij bij vrienden onderdak hoopte te vinden. De anderen namen de trein naar Amsterdam en kwamen veilig bij oom Herman aan. Die kon natuurlijk moeilijk weigeren om zijn neef in huis te nemen, maar hij stelde als voorwaarde dat die zich niet meer met 'dat ondergrondse gedoe' bezig zou houden en geen stap buiten de deur zou zetten. Daar had hij natuurlijk wel mee in moeten stemmen; hij had toen trouwens na alles wat er gebeurd was, voor een tijdje schoon genoeg van het verzet.

Dat was nu bijna twee maanden geleden en gedurende al die tijd had hij geen van zijn familieleden teruggezien. Trijntje had hem tweemaal vanuit Rotterdam een bezoek gebracht – dat waren heerlijke dagen geweest. Van moeder kwam nu en dan een briefje, verzonden door Jansonius en via hetzelfde adres kon hij haar terugschrijven. Zij was nog met de kleinste twee kinderen bij de dominee, maar wist niet waar hij zat, noch waar vader zich ophield. Als de Duitsers haar mochten vinden, zou ze naar waarheid kunnen verklaren dat de verblijfplaats van haar man en haar zoon haar niet bekend was.

Via hetzelfde tussenadres schreef Jan ook aan zijn vader, maar die schreef hem rechtstreeks terug, de ene keer uit Zwolle, de andere keer uit Utrecht. Vader had dus geen vast adres; die zou zeker alweer druk aan het werk zijn. Waarom vader eigenlijk wel en hij niet? Hij zat hier zijn tijd maar te verknoeien. Zijn eindexamen hbs, waar hij bijna klaar voor was, had hij niet kunnen afleggen. Nu probeerde hij uit liefhebberij wat geschiedenis te studeren; in dat vak had hij willen doorgaan. Maar hij schoot er niet mee op, het lukte hem bijna nooit om zich te concentreren. Wat konden hem de oude Grieken schelen en de Perzische oorlogen, nu de hele wereld in brand stond?

'Jij hebt genoeg gedaan,' zei oom Herman. Was het waar? Kon iemand ooit genoeg doen voor de grote zaak van de vrijheid...? Hij wist nauwelijks hoe het er met de oorlog voorstond. Toen na de meistaking de radio's ingeleverd moesten worden, had oom Herman dat wel niet gedaan, maar hij durfde ook niet meer te luisteren en had het toestel in de tuin begraven. In de krant stond alleen wat de Duitsers wilden dat de mensen zouden lezen, en dat waren meestal leugens. En de berichten die oom

Herman soms meebracht van school, wat moest je daarvan geloven? De mensen kletsten zoveel.
Maar de laatste tijd zat er soms een geheim blaadje in de brievenbus, een nieuw dat hij nog niet kende. *Trouw* heette het en dat had hij een paar keer veroverd en verborgen, vóór oom Herman het na een vluchtige lezing vernietigen kon. De krantjes lagen achter een balk in zijn schuilplaats op zolder en soms zonderde hij zich af om ze nog eens door te lezen. Dan voelde hij zich weer een poosje verbonden met de vrienden van het verzet, met het leger van naamloze strijders, die elkaar voor het grootste deel niet kenden, maar die allemaal hun beste krachten gaven voor hetzelfde doel. Helaas, hij was uitgeschakeld uit dat leger, misschien voor altijd. Hij was te vergelijken met een invalide soldaat, die niet meer mee kon doen...
Hij zuchtte en trok een boek naar zich toe. Het hielp niet, of hij daar weer over ging zitten denken. Er was voor hem toch geen kans...

Toen werd er gebeld. Ring-ring-ring-rinnng! Drie korte stootjes en één lang: de eerste maten van de vijfde symfonie van Beethoven, het V-teken! Hij schrok op en voelde zijn hart ervan bonzen. Dat was de eerste keer in die twee maanden dat hier zó werd gebeld. Wie kon dat zijn? Iemand die goed was natuurlijk! Of juist een verrader, die dit teken gebruikte om hem naar buiten te lokken...? Hij liet zich op de grond zakken, kroop onder het tafeltje door naar de andere kant van het raam en gluurde naar buiten, verborgen achter het overgordijn. Hoor, weer datzelfde belletje! Er stond een jongeman voor de deur met een tas onder de arm, de rug naar hem toegekeerd. Hij droeg een keurig grijs pak en had een grijze hoed op. Was er niet iets bekends in die rug en in die bleke nek, met dat kinderlijke rossige haarstreepje...? Ineens vloog hij overeind, stormde de gang in en rukte de deur open.
'Wim!' riep hij. 'Jij!'
'Jan, kerel!'
Ze grepen elkaar vast in de smalle gang, sloegen mekaar op de schouders, stompten elkaar in de ribben. Het was dan ook niet niks: zijn beste vriend, met wie hij zoveel samen beleefd had, die meer dan een broer voor hem was geworden, dat die nu plotseling voor hem stond na al die weken van eenzaamheid!
'Lelijke rooie schavuit, wat stomp jij nog altijd gemeen!' lachte hij. 'Je bent nog niks veranderd!'
'Maar jij wel,' zei Wim. 'Je bent zo mager als een lat geworden; ik sla mijn handen zeer op je! Ben je ziek geweest?'

'Resultaat van het stadsrantsoen,' grinnikte Jan. 'Kom gauw mee naar binnen, kerel. En een beetje zacht voor de buren alsjeblieft, anders denken ze nog dat hier een onderduiker zit. Vooruit, ga zitten. Ik kan je helaas geen sigaret aanbieden, maar misschien...'
Ja, Wim was nog dezelfde, een beetje dik deed hij nog graag. Met een gezicht als een miljonair maakte hij zijn tas open, stalde zes pakjes Consi uit op de tafel en schoof er Jan drie van toe.
'Alsjeblieft, samen delen,' zei hij. 'Zullen we voortaan toch moeten doen. Wacht eens, ik moet nog wat beters hebben...'
En uit zijn borstzak legde hij nog twee losse sigaretten naast de pakjes. Player, warempel!
'Wim, hoe kom je daaraan?'
'Moet je nooit vragen,' zei Wim. Met een elegante zwaai knipte hij voor Jan zijn aansteker aan. 'Hier, op de ontmoeting! Hoe heb je 't hier? Beetje beter dan beroerd zeker, hè? Dacht ik wel. Maar nu is 't afgelopen. Ik kom je halen.'
De kleur sloeg Jan uit van verrassing.
'Halen, mij?'
'Ja, waarom niet?'
'Maar, maar ik kan immers niet over de straat?'
'Onzin, je bent hier toch ook gekomen?'
'Ik word gezocht, Wim, dat weet je toch? Ik sta in 't politieblad!'
'Ik word ook gezocht en ik sta er ook in, al veel langer dan jij, met mijn rooie kop en al. Denk je dat iedere agent met je foto in de hand loopt? Er worden er zoveel gezocht, ze kunnen er geen oog meer op houden. Alleen als je gesnapt wordt, heb je kans dat ze je herkennen en dat je er wat dieper in draait. Maar zo stom moet je niet zijn. Je hebt toch een goed persoonsbewijs, hoop ik? Wat ben je op het ogenblik, van je vak bedoel ik?'
'Onderwijzer. Kijk, hier is het...'
'Mijn baantje overgenomen dus? Ik ben nu controleur van de spoorwegen, bevalt me nog beter. Gratis abonnement voor 't hele land. Geloof je 't niet? Alsjeblieft, kijk maar. Vergeet je sigaret niet, die ligt maar te roken. Aan welke school ben je?'
'Hè?'
'Als je onderwijzer bent, dan ben je toch aan een school?'
'O, bedoel je dat? Nou, laten we zeggen, aan de... de Colijnschool...'
'Nee, niet laten we zeggen! Je bent aan die school of je bent er niet. En je staat voor de derde klas en je hoofd heet Jansen en je hebt het lokaal achter in de gang. En straks, als je met mij in de trein zit, heb je een dag

vrij gekregen omdat je moeder morgen jarig is. Dat prachtige persoonsbewijs heeft alleen waarde als je er zelf in gelooft, dat weet je toch? Nou, pak je koffer.'
'Ja, maar eh… ik mag er niet uit van mijn oom!'
Daar moest Wim hartelijk om lachen.
'Hij mag er niet uit van z'n ome! Maar Jan…'
'Ja, ik heb het hem moeten beloven.'
'Wát heb jij moeten beloven?'
'Dat ik me nergens meer mee zou bemoeien en dat ik geen stap buiten de deur zou doen.'
'Hoe lang zit jij hier dan al opgesloten?'
'Nou, van de dag af dat ik hier kwam.'
'Geen wonder, dat je er zo beroerd uitziet! Ben je al die tijd niet naar buiten geweest?'
'Bijna niet.'
'Jij bent gek!' zei Wim met overtuiging. 'Dus dat heb je beloofd. En ben je van plan om je daaraan te houden?'
Jan zweeg.
'Wat gebeurt er, als je 't niet doet?'
'Dan hoef ik hier niet meer terug te komen.'
'Nou man, dat is toch ook de bedoeling? Luister, wij hebben je nodig.'
'Waarvoor?'
'Voor een kraakje.'
'Een kraakje?'
'Ja, op een distributiekantoor. We moeten bonnen hebben. Er is weinig gevaar bij; de hele zaak wordt prachtig geregeld. Kerel, we hebben zo'n fijne ploeg. En een schat van een kostjuffrouw, al is ze dicht bij de zeventig. Maar nu kwamen we één man te kort en toen ik de chef over jou vertelde, zei hij: dat is onze man, die moeten we hebben. Nou, en hier zit ik om je mee te nemen.'
'Waarheen?'
'Zul je wel zien. Voorlopig naar de buurt van Amersfoort.'
'Hoe heb je me gevonden, Wim?' Jan nam een nieuwe sigaret. Zijn handen beefden van opwinding.
'Ook een kunst!' lachte Wim. 'Er is ergens een jongedame, die alles van je weet…'
'Trijntje?'
'Nogal wiedes. Je moest de groeten hebben.'
'Dus je bent helemaal over Rotterdam hiernaartoe gereisd?'

'Wat zou dat?'
'Dat je dat durft!'
'Zeg es, Jan, het wordt tijd dat je hiervandaan komt, als je niet laf wilt worden. Ik begrijp het wel, hoor, zo gaat het als je weggekropen zit en de hele dag alleen maar over jezelf nadenkt. Jij moet aan het werk, kerel! Vooruit, ga je scheren, je ziet eruit als een landloper. Je haar is ook veel te lang, maar dat zullen we morgen wel laten knippen. Heb je hier iets voor me te drinken?'
'Er is theesurrogaat.'
'Dan neem ik liever water. Nou, wat doe je?'
'Laat me even denken,' zei Jan zuchtend.
Hij stond op en ging naar het keukentje om zich te scheren. Hij hoopte dat Wim hem alleen zou laten. De blijdschap wilde telkens omhoog komen in zijn hart, maar werd door een zwaar gevoel weer neergedrukt. Hij stond voor de glazen deur en keek uit over de tuintjes met tabak en zonnebloemen en stokboontjes en omhoog naar de daken met het woud van antennepalen. Grote wolken dreven de hemel langs en onderschepten het zonlicht. Het was hier toch eigenlijk erg goed en vertrouwd, hij kon vrij zeker zijn dat hij hier rustig het eind van de oorlog zou halen...
Hij zeepte zich in voor de spiegel. Twee ogen keken hem bezorgd aan: 'Je weet, wat het betekent, als je met Wim meegaat,' zei een stem. 'Wie eenmaal ja gezegd heeft, kan niet meer terug. Je zult weer diep in het verzetswerk komen te zitten, dieper dan ooit tevoren waarschijnlijk... Je zet alles op het spel, je toekomst, Trijntje, je leven... Iedere dag zal je leven in gevaar zijn...'
'Maar ik zal me weer vrij voelen,' wierp hij tegen. 'Ik zal me niet meer hoeven te schamen als ik aan al die anderen denk. Hier is het een doelloos bestaan, van mijn studie komt toch niets terecht...'
'Omdat je niet aanpakt,' zei de ander. 'Als je maar niet zo zat te piekeren iedere dag en wat meer aan je eigen belang dacht...'
'Bah, mispunt!' schold hij uitdagend, stak de kwast vooruit en duwde een grote lik schuim op de spiegel. Toen liep hij de kamer in en zette daar een nieuw mesje in het apparaat. Wim lag languit op de divan met de handen onder het hoofd.
'Wim,' zei hij, 'wat doe je met al die bonnen, als het lukt?'
'Het lukt zeker,' antwoordde Wim. 'Die bonnen? Ze gaan 't hele land door naar de plaatsen waar ze nodig zijn voor de onderduikers. Waarom?'
'Zomaar. Hier betalen ze honderd gulden voor een bonkaart op de zwarte markt.'

'Ze moesten ze villen, al die zwarthandelaars! Nou, wat doe je?'
'Ik weet het niet,' zei hij en ging terug om voor de spiegel zijn wangen schoon te krabben. Wim kwam bij hem op het aanrecht zitten.
'Elk lid van de ploeg krijgt een dubbele bonkaart,' vertelde hij, 'en die hebben we nodig ook, omdat we vaak een paar bonnetjes moeten offeren als we bij iemand eten. Tabaksbonnen krijgen we meer natuurlijk, daar doen we niemand kwaad mee en we geven ook wel eens wat weg. Maar er is er niet één die er geld voor zal vragen. Dacht je soms dat we er handel in dreven?'
'Nee,' zei Jan. 'Kon ik Trijntje maar eens om raad vragen...'
'Hoeft niet meer, dat heb ik al gedaan. Weet je wat ze zei? Haal hem eruit, zei ze, hij kniest zich dood; ik merk het aan zijn brieven. Die jongen kan niet opgesloten zitten.'
'Zei ze dat, Wim?'
'Ik zal er toch niet om liegen? Nou, wat doe je nou?'
En nóg durfde hij het antwoord niet te geven. Zo wás hij nu eenmaal, een aarzelaar, een twijfelaar, die moeilijk tot een besluit kon komen.
Maar als hij gekozen had, dan was hij ook moeilijk van zijn weg af te brengen. Dat wist Wim en daarom wachtte hij geduldig en hij keek toe hoe Jan thee zette en de tafel dekte als een volleerd dienstmeisje. Toen werd een sleutel in het slot van de voordeur gestoken; oom en tante kwamen tegelijk thuis. Tante begroette Wim hartelijk, ooms gezicht verstrakte meteen. Ze kenden hem beiden; ze hadden in Drente gelogeerd, toen hij daar ondergedoken was.
'Ik ben uw neef maar eens komen opzoeken,' zei Wim.
'Ja, juist, hm,' antwoordde oom. En toen vuurde hij meteen een hele rij vragen af. Hoe Wim aan het adres kwam, hoe laat hij gekomen was, en of de buurman, de WA-man, hem niet gezien had. En terwijl Wim dat alles glimlachend beantwoordde, stond Jan zich te ergeren aan de bangheid van zijn oom.
'Ja,' zei oom tenslotte, 'hoor es, meneer...'
'O, zeg maar Wim, hoor. Hier, steekt u eens een sigaret op!'
'Graag, dank je... Ja Wim, ik moet het je toch maar zeggen... Kijk es, ik hoop dat je het zult begrijpen: ik stel er geen prijs op dat je hier al te vaak komt. Je moet het me niet kwalijk nemen, maar we hebben al zoveel meegemaakt met die evacuatie en zo. Het valt me moeilijk om het te zeggen, maar eh...' En hij hulde zich in een wolk van sigarettenrook.
Wim stond al op.
'Wel meneer,' zei hij, 'als u al zoveel meegemaakt hebt, dan wil ik u geen last meer bezorgen. Dan ga ik maar.'

Hij ging naar de deur. En toen wist Jan plotseling, wat hij zou doen. Hij liep naar zijn vriend en zei: 'Ik ga mee. Oom, ik zeg mijn belofte aan u op. U zult van mij ook geen last meer hebben.'
Ze schrokken ervan.
'Dat gaat zomaar niet,' zei oom. 'Ik heb je vader beloofd dat ik zou zorgen dat je veilig was.'
'Vader zal het goedvinden,' zei Jan. 'Hij zal het in ieder geval begrijpen. Wim heeft mij nodig.'
'Wim kan toch wel een ander vinden,' wierp oom nog tegen.
'Er zijn al mensen genoeg die een ander de kastanjes uit het vuur laten halen,' zei Wim.
Dat was duidelijk genoeg. En lang hoefden ze toen niet meer te praten. Al bleef oom Herman zich verweren, Jan merkte aan hem dat hij het in zijn hart wel prettig vond om die gevaarlijke neef kwijt te raken. Hij zou vannacht voor het eerst weer rustig kunnen slapen. Ten slotte nam hij genoegen met de belofte dat ze heel voorzichtig zouden zijn – alsof ze kleine jongens waren, die voor het eerst op het ijs mochten. En dan wilde hij ook graag dat ze niet voor het invallen van de schemering het huis zouden verlaten. Dat vond Wim goed, ze konden dan net de laatste trein nog halen.
Na het eten, toen Jans tas al gepakt was – een koffer had hij niet nodig voor het weinige dat hij na de brand nog bezat – bleven ze dus nog een poosje en het was moeilijk om de tijd door te komen. Ten slotte nam oom een stapel schriften en begon die te corrigeren. Wim vond dat Jan, omdat hij volgens zijn persoonsbewijs ook onderwijzer was, een deel van de stapel in zijn tas moest hebben en met enige moeite kregen ze die van oom los. Het afscheid viel Jan niet moeilijk, al schudde oom hem lang en ontroerd de hand. Alleen tantes tranen waren echt en zij stond voor het raam te wuiven, tot oom haar terugtrok.
'Waar woont die NSB'er, over wie je oom het had?' vroeg Wim.
Jan wees hem het huis.
'Waar die fiets staat?'
'Ja,' zei Jan. Hij haalde diep adem en voelde zich bevrijd van een drukkende last.
Hij was geen gevangene meer, hij begon een nieuw leven.
En hij had zin om van louter vreugde een eind te rennen of om zijn vriend, zijn beste vriend, die naast hem liep, een flinke opstopper te geven.
Maar Wim bleef plotseling staan.
'Loop jij maar door,' zei hij. 'Ik kom je zo weer achterop.'

'Wat wil je dan?'
'Ik ben iets vergeten; hier, houd mijn tas even vast.'
Hij liep met grote stappen terug en verdween in de schemering. Wat had hij nou weer? Wat kon hij vergeten zijn...? Jan drentelde verder, maar voelde zich plotseling minder veilig en ten slotte bleef hij staan en tuurde achterom over het trottoir, of zijn vriend nog niet terugkwam. Toen klonk naast hem op de straat een fietsbelletje.
'Spring achterop!' zei Wim. 'We hebben onze tijd hard nodig!'
Wát een vent, die stond toch ook voor niets! Want daar reden ze samen de stad door naar het station op de mooie blinkende fiets van een WA-man!

HOOFDSTUK 2

Wim kocht een kaartje voor Jan, bevrachtte de fiets en keek erop toe dat het rijwiel meekwam. Jan benijdde zijn vriend om de zekerheid waarmee die optrad. Hij liep schuw over de donkere perrons, waar slechts hier en daar een afgeschermd lichtje brandde, en hij loerde naar iedere donkere gedaante of die niet op hem af zou komen, maar Wim gedroeg zich alsof hem niets gebeuren kon.

De trein stond te wachten, klaar voor vertrek. Wim koos een tweedeklas coupé, de laatste van een wagen, trok de deur open en liet Jan voorgaan. Er brandde een lampje als een gloeiende spijker. Je kon de andere reizigers nauwelijks zien.

Jan zat stil in zijn hoekje en nam bijna geen deel aan het gesprek, maar hij voelde zich gelukkig, omdat hij er weer bij hoorde. Intussen rolde de trein puffend en krakend – het beste materiaal was naar Duitsland gesleept – door het donkere land. Vliegtuigen bromden boven hun hoofd toen ze uitstapten, en Wim had nu grote haast, want hij wilde graag vóór spertijd binnen zijn en ze hadden nog een flink eind te fietsen. Zijn fiets stond hier in bewaring; Jan kreeg de nieuwe aanwinst. Het was een prachtkar en de gedachte dat de protserige eigenaar er nu misschien half Amsterdam naar liep af te zoeken, vergalde zijn genot niet in het minst. Ze trapten snel naast elkaar voort langs de donkere wegen, en toen de bossen hun tegengeurden in de zoele zomeravond, kon Jan het niet laten om even zijn vriend bij de schouder te grijpen en te zeggen: 'Wim, je bent een reuzekerel!'

'Waarom?' vroeg Wim.

'Zeg ik niet,' grinnikte Jan.

'Dan geloof ik er ook niks van,' zei de ander. 'Kalm aan, hier moeten we links. Fiets achter me aan, zet je lantaarn uit en maak geen lawaai; we naderen het hoofdkwartier.'

Jan had er geen idee van, waar ze zich ergens bevonden. Ze fietsten geruisloos langs de lanen van een groot villadorp, het dak van een kerk glom in

het maanlicht, huis rijde zich aan huis, een hond blafte in een donkere tuin. Eindelijk sloeg Wim een smal paadje in tussen twee heggen, stapte af, maakte een hekje open en ze kwamen in een tuin. De fietsen werden op de tast in een schuurtje gezet, een hond bromde, maar hield zich stil toen Wim hem gedempt toesprak en kwam onderzoekend aan Jans benen snuffelen. Een grote zwarte bouvier was het. Geen straaltje licht drong door de ramen; het leek alsof alles in het huis in diepe rust was. Maar toen Wim het V-teken klopte op een deur, werd een grendel weggeschoven en ze stapten in het donker een keuken binnen. Een heerlijke etensgeur kwam hen tegemoet, er werd licht aangedraaid en Jan stond oogknipperend tegenover een oud spichtig dametje, dat eerst Wim omarmde en toen hem.
'Zo jongen,' zei ze, 'ben je daar dan...? Och, wat zie je er slecht uit, maar dat zal wel veranderen, hoor! Ja, snuif maar, je ruikt het al, hè? Ik heb een lekker prakkie voor je warm gehouden. Hou je van tuinboontjes...? Zeg maar geen mevrouw, hoor, dat zijn we hier niet gewend...'
'Zeg maar tante Truus, dat heeft ze het liefst,' zei Wim. 'Hè tante? Maar als je "oma" tegen haar zegt, wordt ze kwaad.'
'Nou, heb ik gelijk?' vroeg de vrouw. Ze streek een paar grijze krulletjes achter de oren en draaide als een jong meisje voor de jongens heen en weer. 'Zie ik eruit als een oma? Nee toch...? Ach Wim, praatjesmaker, wat hou je me weer op! Vooruit, neem die jongen mee naar binnen, geef hem een makkelijke stoel en dek een hoekje van de tafel, dan kunnen jullie eten...'
De kamer stond blauw van de rook. Twee jonge mannen zaten bij een tafel een kaart te bestuderen, een derde zat tegenover hen een brief te schrijven. En terwijl Jan op hen toe liep, zag hij nog een andere, die van een divan opstond en met afgewend hoofd achter hem langs de deur uit ging.
'Doe dat nou niet!' riep de briefschrijver hem na.
'Zeur niet,' zei een stem op de gang. 'Denk erom, vijf minuten.'
'Wat voert die in zijn schild?' vroeg Wim.
'Och, niks,' zei de een.
'Zul je wel zien,' antwoordde een ander met een verlegen lachje.
Bij het voorstellen keken ze Jan scherp aan. Eén, die van de brief, een lange donkere jongeman, met goedige openhartige ogen, scheen op het eerste gezicht vriendschap voor hem te voelen en kneep zijn hand zo stevig dat Jan bijna 'au' zei. Terwijl die met hem praatte en Wim een laken over de helft van de tafel spreidde, zaten de twee anderen te fluisteren, en Jan

kon niet ontkomen aan de gedachte dat het over hem ging, ook al wezen ze telkens met een potlood op de kaart. Eén was een tengere kleine man met een meisjesgezicht en felle donkere ogen; de ander iemand van tegen de dertig met een bleke gelaatskleur en al een beetje kaal. Die keek op zijn horloge, stond op, nam Jan bij de arm en zei: 'Kom eens even mee, als je wilt.'

'Wat ga je doen?' vroeg Wim.

Er kwam geen antwoord. De man nam Jan mee de gang op, opende een deur en zei: 'Ga naar binnen.'

De deur werd achter Jan gesloten. Hij stond in een lege kamer, waar een lamp brandde boven een salontafeltje met een vaas half verdorde klaprozen en korenbloemen. Hij keek verwonderd om zich heen en besloot juist om maar weer terug te gaan, toen het overgordijn bewoog. En voor hem stond met opgeheven revolver een Duitse officier. Hij hield de blik dreigend op Jan gevestigd en brulde met een keelstem: 'Hände hoch...!'[53]

Het was Jan, alsof de kamer met hem ronddraaide. Maar dat duurde maar een ogenblik. Hijgend van schrik stond hij zich af te vragen, hoe dit mogelijk was. Allerlei gedachten vlogen hem door het hoofd. Wim een verrader? Onmogelijk, die was er ook ingevlogen. Het huis bezet tijdens Wims afwezigheid? Maar die hartelijke handdruk dan en die lieve oude dame in de keuken? Och, dit kon niet, dit was een droom, dit was...

Maar het blauwglanzende staal was te overtuigend en de dreigende ogen daarboven logen niet. Toen de kerel weer zijn 'Hände hoch!' brulde, gingen Jans handen de lucht in. Maar alle spieren in zijn lichaam spanden zich en er was maar één gedachte: Hoe kom ik hier weg...?

'Was machen Sie hier?'[54] vroeg de Duitser en hij kwam een paar stappen dichterbij. Er was geluid bij de deur en de man keek even opzij. Dat was genoeg: een sprong, een harde klap tegen het wapen, een greep in de borst van de vijand, de rechtervoet als een haak om zijn benen, de heup onder zijn lijf en daar zwaaide het zware lichaam door de lucht en smakte dwars over een fauteuil. Jan vloog tegen de deur op, rukte die open en stortte zich de gang op. Daar grepen vele handen hem vast.

'Laat me los!' schreeuwde hij, en bijna had hij er nog een gevloerd, maar toen begreep hij aan de lachende gezichten dat er geen gevaar bestond. Men had hem ertussen genomen. Slap leunde hij tegen de muur, terwijl de anderen allemaal tegelijk op hem inpraatten. Hierom was het dus geweest, dat gefluister in de kamer en dat stiekem verdwijnen van die ene vent bij zijn binnenkomst, bedacht hij. Die ene had zich gauw in een moffenpakje gestoken om hem op de proef te stellen... Nou, die had dan

zijn verdiende loon. De namaakofficier kwam kreunend de kamer uit, hinkend, een hand in zijn zij gedrukt. En nóg, onwillekeurig, balden zich Jans vuisten, toen hij dat gehate uniform zag. Toen lachte hij maar met de anderen mee, maar het ging niet van harte.
'Ja manneke, dat risico moet ge nemen bij dit soort grappen!' lachte de jongeman, die Jan zo stevig de hand gedrukt had.
'Ik had je toch verteld dat hij aan jiujitsu deed?' vroeg Wim. 'Was je dat vergeten, jochie?'
Het slachtoffer stak Jan een grote vlezige hand toe.
'Neem me niet kwalijk,' zei hij. 'Ik wou eens kijken, of je durf in je lijf had en waard was om in onze ploeg te komen. Kerel, kun je mij die kunst niet leren, dan ben ik voor geen mof meer bang... O mensenkinderen, ik geloof dat ik een paar ribben gebroken heb...!'
Ze hadden geen medelijden met hem, behalve de KP-moeder, die, nadat ze het eten op tafel had gebracht, een smeerseltje haalde en daarna op de divan de ribben van de jongen masseerde. De anderen konden Jan bijna niet rustig laten eten; ze stelden plotseling allemaal veel belang in hem, vroegen bijzonderheden uit zijn leven, vertelden over hun eigen lotgevallen en het drong tot hem door dat hij een beste entree had gemaakt en meteen als volwaardig lid in de club was opgenomen. Toen tante Truus hen ver over twaalven naar boven joeg en hij zich uitstrekte op een kermisbed in de hoek van de zolder, voelde hij zich blij en dankbaar, en veiliger dan ooit bij oom Herman.
In de volgende dagen leerde Jan de hele ploeg kennen en al gauw wist hij, wat hij aan elk van de leden had. Want deze zeven jonge mensen, van alle kanten door de nood van de tijd samengebracht, hadden geen geheimen voor elkaar en het leek wel, dat ze er behoefte aan hadden om elkaar zo veel mogelijk uit hun leven te vertellen. Ze waren meer dan broers en veel vertrouwelijker dan gewone vrienden. Ieder van hen wist dat zijn leven van de anderen afhing en dat ze tot in de dood op elkaar moesten kunnen rekenen. En misschien praatten ze daarom wel zo graag: om steeds meer één te worden in denken en willen, totdat er niets en niemand meer tussen hen kon komen.
'Elk op onszelf zijn we niets,' was oom Hein, de leider, gewoon te zeggen, 'maar samen vormen we een vuist, die de vijand onder de neus gedouwd kan worden.' En als hij daarbij zijn zware behaarde smidsvuist op tafel legde, met de huid wit gespannen over de sterke knokkels, leek dat een symbool van eerlijke kracht.
Oom Hein was een korte breedgeschouderde man van bijna veertig jaar,

met een blozende boerenkop en een paar helderblauwe intelligente ogen, waar de onverzettelijkheid uitstraalde. Op de avond van Jans komst was hij uit voor een bespreking, maar toen hij de volgende morgen, terwijl de anderen nog aan het ontbijt zaten, thuiskwam, nam hij Jan meteen apart en had een gesprek van anderhalf uur met hem. Dat vormde een heel wat betere test dan de grap van de vorige avond: daarna wist hij alles van de jongen. Het gekste was dat Jan zich niet eens bewust was zoveel gepraat te hebben. Het was allemaal vanzelf gegaan en oom Hein had minstens zoveel verteld. Dat hij als jongen zo graag naar zee had gewild, waarbij hem het voorbeeld van Michiel de Ruyter voor ogen had gestaan en dat hij op veertienjarige leeftijd van huis was weggelopen om een schip te vinden, maar door zijn vader teruggehaald was en gedwongen om in de smederij te werken. Dat hij toen al zijn hoop op het soldatenleven had gesteld, maar vrijgeloot was. Hij wilde toen vrijwillig dienst nemen, maar zijn vader was ertegen. Steeds weer had hij zich gehoorzaam onderworpen aan diens wil, omdat het zijn vader was, die het voor het zeggen had en ten slotte had hij de smederij van de oude man overgenomen.

Toen de oorlog kwam, was hij van het begin af in het verzet. Al het geheime werk dat Jan van zijn vader kende, had ook oom Hein verricht op zijn dorp in Zuid-Holland. De beslissing kwam, toen hij de namen van zijn personeel moest opgeven voor tewerkstelling in Duitsland, iets wat hij ronduit weigerde. Toen was hij gevangengenomen, maar ontvlucht en ondergedoken. Met een paar oude knechten dreef zijn vrouw nu de zaak en hij zwierf rond als een zeeman op de wilde vaart. Hij was soldaat in het geheime leger van het verzet en nu had hij een kleine patrouille gevormd, waarvan hij de kapitein was.

De jongen die voor Duitser gespeeld had, heette Leo Keizer en was een slagerszoon uit Groningen. Hij was de enige van de ploeg die nog met zijn eigen persoonsbewijs rondliep en die niet door de vijand gezocht werd. Hij kreeg een oproep voor Duitsland en zijn ouders beslisten dat hij maar moest gaan. Maar hij deed het niet; hij dook onder bij een vriend in het dorp waar oom Hein toen nog smid was. Die hielp hij bij het verzetswerk en op het eerste teken volgde hij hem naar het huis van tante Truus.

Dan was daar Joop: Josephus Maria van de Mortel, de jongen met de donkere ogen en de stevige handdruk. Die was agent van politie in een groot Brabants dorp en kreeg de opdracht om twee NSB-rechercheurs te begeleiden, die op zoek waren naar een joods kind dat op een boerderij ondergedoken moest zijn. Bij de huiszoeking vond hij het kind, verborgen in een klerenkast. Hij deed, alsof hij het niet gezien had, draaide de deur op slot en gaf de sleutel stiekem aan de boerin. Even later eiste een van de rechercheurs dat die kast geopend zou worden en toen de vrouw zei dat ze er geen sleutel van had, brak hij die met een beitel open. Nóg wist Joop niet wat hij zou doen, maar toen hij zag hoe de kerel het kind, een jongetje van een jaar of drie, aan een been te voorschijn trok en het om de oren sloeg om zijn geschreeuw te doen ophouden, was het alsof er een ander voor hem handelde. Hij ging voor de rechercheur staan en vroeg: 'Wilde dat kind vrijlaten…? Nee? Dan zijt ge dood!' En schoot hem neer. De andere NSB'er nam de vlucht, Joop schoot hem na, maar miste. Hij sprong op zijn fiets, reed naar het dichtstbijzijnde station en nam de trein naar het noorden. Onderweg had hij het vreselijk met zichzelf te kwaad over de vraag of hij dit had mogen doen. Tevergeefs hield hij zich voor dat het toch beter was dat die slechte kerel het leven verloor, dan dat het onschuldige kind naar de gaskamer in Polen werd gebracht. Toen hij bij een station een toren zag met een kruis, sprong hij uit de trein en liep naar de pastoor om te biechten.

'Wat is er van die andere rechercheur geworden?' vroeg de priester.

'Die heb ik niet geraakt,' zei Joop.

'Jammer,' zei de pastoor en schonk hem absolutie.

Toen reisde Joop opgelucht verder en na veel omzwervingen dook hij onder bij tante Truus.

Piet Lagerhuis, de bleke jongeman die Jan op de avond van zijn aankomst naar de kamer gebracht had, waar Leo hem in Duits uniform opwachtte, was eigenlijk maar een bang mannetje; althans dat zei hij zelf. 'Alles wat ik gedaan heb, heb ik uit angst gedaan,' zei hij. Hij was leider geweest van een distributiekantoor ergens in Overijssel en verstrekte clandestien bonnen aan de verzetsbeweging. 'Ik durfde bijna niet,' vertelde hij, 'maar ik deed het, want ik durfde ook niet nee te zeggen tegen die kerels; misschien hebben ze daar wel eens misbruik van gemaakt. Er kwamen hoe langer hoe meer onderduikers, er moesten ook hoe langer hoe meer bonnen zijn en toen ben ik te ver gegaan. Ik wist dat ik controle zou krijgen en ik durfde die niet af te wachten, want dan was ik erbij. Toen ben ik er uit angst vandoor gegaan, maar de bonnenvoorraad heb ik meegenomen; ik durfde die doodgewoon niet te laten liggen: wat zouden de vrienden wel van mij zeggen?'

Soms zat Piet lang voor zich uit te staren en hoorde hij niet wat de anderen bespraken. Dan dacht hij aan zijn vrouw en aan zijn vierjarig dochtertje, op wie hij dol was en dat hij nu al in bijna een halfjaar niet had gezien. 'Ik ben bang dat ze beiden helemaal van mij vervreemden,' zei hij tegen Jan. 'Ik durf ze haast niet zolang alleen te laten…'

Het nauwst had Piet zich aangesloten bij Koos Brand, misschien wel, omdat die verklaard had, nog nooit bang geweest te zijn, gewoonweg niet te weten, wat angst was. Je zou het niet zeggen aan zijn meisjesgezicht. Maar als zijn donkere ogen gingen gloeien, wanneer hij het over de nazileer had, dan begreep je wat voor vuur van haat er brandde in deze tengere jongen. Hij was student in Delft en vanaf het ontslag van de joodse professoren in de herfst van 't eerste oorlogsjaar stond hij vooraan in het verzet en deed geestdriftig mee aan de staking van de studenten, die de sluiting van de hogeschool ten gevolge had. Daarna werkte hij voor het geheime studentenblad *De Geus*, trok een poos met een toneelgroep het land rond en later verspreidde hij *De Waarheid*, het geheime communistische blad. Maar hij vervalste ook persoonsbewijzen, hielp piloten verder en gooide een paar keer een bom in een Duitse vrachtauto.
Eens, toen hij ergens een bespreking had, werd het huis door de SD omsingeld; het was speciaal om hem te doen: de rechercheurs liepen met zijn foto in de hand, vertelde hij. Er was geen schuilplaats in dat huis; hij vluchtte op de kamer van het dienstmeisje, maar begreep wel dat hij daar gevonden zou worden. Toen trok hij de kleren van dat meisje aan, nam haar tasje en haar persoonsbewijs, zette een modern hoedje op en wandelde met kleine pasjes, volkomen zeker van zichzelf, tussen de vijanden door de deur uit. Sinds die dag was hij verzot op deze vermomming en liet een persoonsbewijs maken op de naam van Wiesje Langmaat.
Wanneer de oorlog niet gekomen was, zouden deze jonge mensen elkaar misschien nooit hebben ontmoet. Nu vormden ze als het ware één gezin, waarin oom Hein de vaderlijke leiding had en waarvan tante Truus de moeder was.
Tante Truus scheen ook nooit bang te zijn en als het moest, speelde ze prachtig toneel. Ze nam Jan mee het dorp in om kleren te kopen, want zijn voorraad moest nodig worden aangevuld. Gearmd gingen ze over de straat; hij ging door voor een zoon van haar overleden zuster, die een weekje bij haar logeerde. Onderweg kwam ze een vriendin tegen, die een praatje met haar maakte.
'Moet je horen,' zei die oude dame, 'nou wilden ze mij gisteren toch een onderduiker in huis brengen!'
'O lieve mensen!' riep tante Truus, 'en neem je die? Nee toch?'
'Ik heb het gedaan,' zei de vriendin. 'Vind je het zo erg? Bijna iedereen heeft tegenwoordig een onderduiker. Maar ik heb gezegd: hij mag zich nergens mee bemoeien!'

'Dat lijkt me wel het verstandigste,' zei tante Truus ernstig, terwijl ze stijf de arm van Jan tegen zich aan drukte. 'Een onderduiker, nou ja... Maar als ik jou was, zou ik geen ogenblik rust meer hebben en er met niemand over praten, zelfs met mijn beste vriendin niet...'
Die eerste dagen was er geen werk. De jongens hingen wat om in huis, praatten veel, lazen wat, hielpen tante Truus in de keuken en keken allemaal uit naar de distributiekraak. Het wachten was op een seintje dat de nieuwe bonnen voor twee perioden aangekomen waren en op het kantoor in de safe lagen. Dat konden er zeven of achtduizend stuks zijn en dat aantal loonde de moeite en het gevaar.
Er was natuurlijk wel veel meer verzetswerk, maar je moest het weten te vinden en het moeilijke voor de jonge ploeg was dat alle leden in deze omgeving vreemd waren en er bijna geen contacten hadden. Maar oom Hein ging er elke dag opuit en eens, toen Wim en Leo niet thuis waren, kwam hij terug met wat hij noemde 'een aardig klusje' dat de jongens mooi even konden opknappen in afwachting van de kraak.
In een groot dorp op een paar uur afstand was een politieman, die nodig eens een lesje moest hebben. De man was niet uitgesproken verkeerd en hij was geen lid van de NSB, maar wel een echte dienstklopper, die meende de bevelen van de Duitse instanties blindelings te moeten opvolgen. Een waarschuwing van de verzetsbeweging in de vorm van een anonieme brief had niet geholpen; hij moest dus nu maar een beetje hardhandiger aangepakt worden. Als ze hem nu eens konden overvallen en zijn uniform en wapen konden afnemen?
De jongens waren het dadelijk met oom Hein eens dat dit een zeer geschikte straf voor de man zou zijn; terwijl ze bovendien dat kanariepietje[55] best konden gebruiken. Want met de bewapening van hun ploeg was het treurig gesteld: die bestond uit één goede revolver – die van Joop –, een oud ruiterpistool en een boksbeugel.
Daar moesten Joop en Jan dan maar eens op af, besliste oom Hein. Joop, omdat hij ook bij de politie geweest was, en Jan, omdat de man misschien met een paar handige grepen overmeesterd moest worden. Intussen zou hij zelf nog eens naar het dorp van het distributiekantoor rijden voor een bespreking met hun contactman en om zich de weg door dat dorp nog beter in het hoofd te prenten.
'En ik dan?' vroeg Koos, alias Wiesje, met een hoog stemmetje. 'Wordt de dame maar weer thuisgelaten?' En hij zette zo'n kinderlijk pruilmondje dat ze allemaal in de lach schoten.
'Ik had jou in je mooiste jurk willen meenemen om mijn papieren te

dragen,' zei oom Hein. 'De plattegrond en zo; die zijn bij jou als meisje veiliger dan bij mij. Maar desnoods red ik me wel. Zeg dan maar zelf, wat je wilt.'

'Wel,' koos Wiesje, 'dan ga ik dunkt me maar eens met deze twee leuke jongens op stap om die smeris aan het schrikken te maken. Want zo'n dienstklopper kon nog weleens wat last geven.'

'En als Piet dan eens thuisbleef om eventuele boodschappen in ontvangst te nemen,' stelde oom Hein voor. 'Wat vind je, Piet?'

'Da's goed,' zei Piet met een zucht, bijna zonder op te kijken.

De anderen waren zichtbaar opgefleurd door het vooruitzicht dat er iets te doen viel. Ook Jan, hoewel een vreemde beklemming hem bevangen had. Joop wilde meteen vertrekken, ze konden voor de avond het dorp nog bereiken.

'Breng ook wat zangzaad mee voor die kanarie,' zei oom Hein.

Joop salueerde.

'Ge hebt maar te bestellen, meneer!'

HOOFDSTUK 3

Het dreigde te gaan regenen, toen ze het dorp naderden. De jongens stapten af om hun jassen aan te trekken, die Wiesje in een koffer op de bagagedrager had en zijzelf sloeg een hoofddoekje om. Turend in het spiegeltje van haar poederdoos, werkte ze daarna haar lippen even bij.

'Ge zult nog al de boerenjongens achter u aan krijgen,' lachte Joop.

Wiesje keek hem van onder haar hoofddoekje zo beledigd aan dat de jongens in lachen uitbarstten.

'Maar meneer!' zei ze uit de hoogte, 'wie zegt er nu zoiets banaals?'

En ze sloeg behendig een been voor het zadel langs over de stang van haar fiets en reed verder. Dat ze als 'dame' een herenfiets bereed, was geen bezwaar. Dat zag je de laatste tijd wel meer. Je mocht al blij zijn als je iets had waar je op rijden kon.

Bij de wegwijzer, waar twee wegen samenkwamen, schoten een paar politieagenten vanachter de bomen te voorschijn en sommeerden hen af te stappen. Een oude met een Bismarckkop vroeg de persoonsbewijzen.

Jans hart klopte toch wat sneller toen hij het zijne aanreikte, want het was de eerste keer in zijn onderduiktijd dat hij aangehouden werd. Maar hij beheerste zich en hield zijn hand uitgestoken om het papier weer in ontvangst te nemen. Zijn vader had het gemaakt, er kon niets aan mankeren. Zie je wel, daar was het al terug. Ook op de andere twee was blijkbaar niets aan te merken. Ze konden doorrijden.

'Snapt ge zo nogal eens iemand?' vroeg Joop joviaal.

De jonge agent keek de oude aan. Die vroeg strak: 'Waarom wou u dat weten?'

'Och, uit pure belangstelling,' antwoordde Joop.

'U vraagt te veel, meneer,' zei Bismarck.

'O pardon,' verontschuldigde Joop zich, 'het was niet de bedoeling om onbeleefd te zijn. Sigaret, heren?'

De jongste stak er een bij zich, de oude bedankte. Toch werd hij nu wat vriendelijker.

'Vakantiegangers?' vroeg hij.
'Ja,' zei Joop.
'Zalig!' zei Wiesje, 'twee weken vrij van kantoor!'
'En waar is de reis naartoe?' wilde de man weten.
'Nu vraagt ge ook te veel,' pareerde Joop. 'Maar ik ben niet haatdragend, hoor! We weten het zelf nog niet, we zwerven maar zo'n beetje door dit mooie land.'
'Hij praat te veel,' dacht Jan. En Wiesje zei het ronduit, toen ze het dorp in fietsten: 'Hoe meer jij je mond dichthoudt, jij met je Brabants accent, hoe beter het is. Die kerels vergeten ons niet meer, ons signalement is al bekend.'
Joop haalde de schouders op.
'Ik had zo'n vermoeden dat die dikke met zijn snor weleens degene kon zijn, om wie we deze reis gemaakt hebben,' zei hij. 'Een dienstklopper is het in ieder geval.'
Ze reden nu door een brede straat recht op een prachtige oude kerk aan. En in de Kerkstraat moesten ze zijn, op nummer twaalf, bij een ambtenaar van het gemeentehuis. Afspraak was dat ze niet alle drie tegelijk naar binnen zouden gaan, maar dat één om de fietspomp zou vragen. Joop en Wiesje reden verder, Jan stapte af. Even was hij in twijfel, of hij wel op het juiste adres was. Het huisje leek hem te klein en te armoedig voor een ambtenaar. Maar dit was toch nummer twaalf en dit moest de Kerkstraat zijn. Hoewel, hadden de anderen de straatnaam gezien? Hij niet...
Hij belde toch maar aan. Een slonzige vrouw deed open.
'Dag mevrouw,' zei Jan. 'Mag ik de fietspomp even lenen?'
'De fietspomp? Gerust, hoor!' zei ze.
Jan schrok ervan. Het antwoord had moeten luiden: 'Kom je van oom Hein?' Dat was het wachtwoord dat oom Hein had afgesproken. Ze zou het toch niet vergeten zijn...?
Joop kwam terug fietsen, terwijl hij op de stoep stond te wachten.
'Verkeerd,' zei hij gedempt. 'Kom mee!'
Maar het zou stom zijn om nu weg te lopen. De vrouw kwam juist terug en reikte hem een oud pompje aan. Het piepte vreselijk bij iedere slag.
'Mijn man moet het ding eens smeren,' zei de vrouw. 'Maar hoe gaat dat...? Je hebt een mooie fiets, zeg. Waar kom je vandaan?'
'Ja, de fiets is goed, dank u wel,' antwoordde Jan, reikte haar de pomp over en maakte dat hij wegkwam. Dat was misschien ook weer niet goed; ze bleef hem nieuwsgierig nakijken. Had hij haar niet beter maar wat op

de mouw kunnen spelden...? Joop stond bij de kerk te wachten. Wiesje was al weg naar het goede adres: de Kerkstraat was juist aan de andere kant van het plein. Toen ze kwamen aanfietsen, stond ze al in de voorkamer voor het raam en wees dat ze achterom moesten gaan. Daar werden ze door een meneer ontvangen, die Boonstra heette, een echte Fries, met een smal gezicht, grijze ogen en strogeel haar, een aardige pittige kerel. Ze vertelden hem eerlijk dat ze eerst op een verkeerd adres waren geweest en Jan stelde voor dat ze op een andere dag terug zouden komen, maar meneer Boonstra vond dat niet nodig. 'Ik ken die mensen,' zei hij. 'Ze zijn wel goed, ofschoon een beetje praterig. Desnoods moet ik ze even de pin op de neus zetten. Hebben jullie nog niet gegeten? Dan kun je meteen mee aanschikken.'
Jan vond het prettig om weer eens in een echt gezin te zijn, met een kring van kinderen om de grote ronde tafel. Ze leken niet verwonderd over het onverwachte bezoek; zoiets gebeurde hier zeker weleens vaker. Maar het jongste kind, een jongetje van een jaar of vier, bleef Wiesje aankijken, die tegenover hem zat, en keek haar de happen uit de mond. Misschien om de geverfde lippen? Die zou hij hier wel niet veel zien in het dorp.
'Mammie,' zei het kereltje ineens, met het vingertje vooruitgestoken, 'die... die mevrouw heeft net zo'n keel als pappie. Met zo'n bult erop!'
De hele tafel schoot in de lach, maar de jongens verbaasden zich. Kinderen namen toch soms scherper waar dan heel wat volwassenen, want die adamsappel was het zwakke punt in Wiesjes vermomming. Ze zou eigenlijk een hoogsluitende blouse moeten dragen.
Na het eten zonderden de mannen zich in de voorkamer af om de zaak te bespreken die hen samen had gebracht, en meneer Boonstra kwam met een plan voor de dag. De man om wie het ging, woonde in een huis waarin ook evacués waren ondergebracht, zodat hij het veiligst naar buiten gelokt kon worden. Jan en Wiesje zouden dat kunnen doen met het voorwendsel dat ze in de buurt lastiggevallen waren door een dronken kerel. Ze zouden hem dan kunnen meetronen naar de stille weg aan de zuidkant van het dorp; dat was niet ver, twee straten maar en dan het spoor over, en daar moest Joop dan zogenaamd dronken rondlopen. Wanneer de man hem wilde opbrengen, konden ze hem met z'n drieën overmeesteren en met chloroform buiten westen brengen – de dokter, die in het complot zat, was bereid om chloroform te leveren. De meest geschikte tijd was om een uur of tien, dan sliep bijna het hele dorp.
Dit plan werd van alle kanten bekeken en daarna goedgekeurd. De dokter

kreeg een telefoontje dat Bobby de mazelen had, en toen hij kwam, bracht hij een flesje en een pak watten mee.
'Ha, daar hebben we dan de ondergrondse!' zei hij en hij zat de drie met zulk een eerbiedige bewondering aan te kijken dat ze zich helemaal niet lekker voelden.
'Dit is zeker maar een heel onbetekenend karweitje voor u, is het niet?' vroeg hij.
Het was het beste om er maar eerlijk voor uit te komen en Joop bekende hem dat zij nog maar 'jonkies' waren van de ondergrondse, leerlingen, die voor de eerste keer samen op stap waren en zich nog niet erg zeker voelden.'
'Behalve hij,' zei hij, op Wiesje wijzend, 'hij heeft al eerder...'
'Hij?' vroeg de dokter verbaasd en hoewel Joop zijn vergissing nog probeerde te herstellen, het was al te laat, het geheim was verraden. En toen kwam er toch iets van bewondering terug in de ogen van de dokter. Het plan werd nog eens tot in onderdelen doorgepraat. Wiesje had bezwaar tegen het optreden van een dronken man: er was immers bijna geen wijn of sterke drank meer te krijgen in de cafés. Maar de dokter stelde hem op dat punt gerust. Wanneer er bij de boeren iets te doen was, een bruiloft of een ander familiefeest, hadden ze nog volop in huis. In ruil tegen boter en spek kregen ze alles wat ze wilden en er werd meer gedronken dan ooit tevoren. Nee, dat zou bij de politieman geen wantrouwen wekken.
Meneer Boonstra kwam met een ontwerp voor een verklaring, die het slachtoffer op de borst moest worden gespeld. Na enkele wijzigingen werd het door Wiesje in keurige blokletters overgeschreven op een blad uit een van Jans schoolschriften. De inhoud was als volgt:

'In opdracht van de regering te Londen zijn u uw wapenen en uniform ontnomen, omdat u, door u herhaaldelijk in dienst van de vijand te stellen, de naam van Nederlands politieman niet meer waard bent. U kunt na de oorlog in uw eer hersteld worden, indien u zich voortaan als een goed vaderlander zult gedragen. Doet u dat niet en gaat u voort als tot nu toe, dan hebt u ook uw leven verbeurd en zal het doodvonnis over u uitgesproken worden. Al uw daden worden gerapporteerd. Weet wat u doet!

Namens de regering,
De ondergrondse.'

'Mogen wij dat zeggen?' weifelde Jan. 'Namens de regering...?'
'Natuurlijk!' riep Wiesje. 'Heb je niet gehoord wat oom Hein vanmorgen nog zei? Wij vertegenwoordigen het recht hier in Nederland en wij hebben de plicht dat recht, zolang het de regering onmogelijk is, te handhaven. Zo is het. Nee, wees daar maar gerust op, jochie!'
'Jochie,' zei hij en de glimlach van de dokter zei hetzelfde. Die had zich van het begin af meer tot Wiesje en Joop dan tot hem gericht.
Misschien lag het wel op zijn gezicht, hoe hij zich voelde: aarzelend en bang... Zo was hij nu eenmaal, dat had hij altijd van tevoren. Straks zou het wel overgaan, als hij maar niet iets hoefde te doen wat tegen zijn geweten was. In stilte zat hij te bidden om kracht.
Hoe moesten ze na de daad hun aftocht regelen, dat kwam nu aan de orde. De dokter bood aan dat ze bij hem zouden overnachten, maar dat weigerden ze beslist, alle drie. Nee, dat zou de grofste fout zijn die ze konden maken: hoe eerder uit de voeten hoe beter. Ze bestudeerden een kaart van de omgeving, die meneer Boonstra erbij haalde, en kwamen tot de ontdekking dat dicht bij de plaats waar de overval zou worden verricht, een fietspad van de ANWB de bossen in liep en dat ze bijna helemaal langs bospaden en een eind langs de spoorbaan weer thuis konden komen. Dan zou het allang na spertijd zijn, maar dat moesten ze er maar op wagen. Het was volle maan en al gaf die niet veel licht met die zware bewolking, helemaal donker zou het niet worden en dus zouden ze de weg wel vinden. Meneer Boonstra kwam bovendien met een knijpkat voor de dag, een elektrisch zaklantaarntje met een kleine dynamo dat licht gaf als je regelmatig het hefboompje inkneep. Dan gaf het een benauwd piepend geluid en daarom noemde de dokter het 'het hijgend hert'.
Bij een kopje thee zaten ze toen te wachten tot de avond om was, en het zou heel gezellig hebben kunnen zijn, als alles maar achter de rug was geweest. Nu zat Jan almaar te vechten tegen het zware gevoel van beklemming dat hem bevangen had.
Hij was blij toen het tegen tienen liep en Wiesje het sein gaf om te vertrekken. De dokter nam afscheid. Wiesje schudde hij lang de hand, Jan groette hij het laatst en slechts kort. Kom, wat deed het ertoe, het ging hem toch niet om waardering van mensen...?
Het regende zacht, het weer was buitengewoon gunstig; er was geen mens meer op straat. Meneer Boonstra, met een grote cape om, liep mee het dorp uit, het spoor over, een eind de straatweg op. Hij wees ze de plaats waar het fietspad begon, juist bij een bocht van de weg, en een paar honderd meter dichter bij het dorp de plek waar Joop het best kon wachten.

Daar lieten ze de fietsen achter en Jan en Wiesje liepen met hem terug naar het huis van de politieman.
'Waar het hekje openstaat,' fluisterde meneer Boonstra. 'Good luck!'
Een snelle handdruk en hij was verdwenen. Nu stonden ze er dus voor... Die beroerde angst, die omhoogkroop naar de keel...! Konden ze nog terug...?
'Kom,' zei Wiesje en trok Jan mee het hekje binnen. Ze tastte langs de deurpost en rukte hard aan de bel, zo'n ouderwetse klingel, net een winkelbel. Toen gaf ze Jan een arm en begon al haar spel te spelen: ze hijgde, alsof ze hard gelopen had en kreunde zacht als van hevige schrik.
Er waren voetstappen in de gang; een raampje in de deur werd opengedraaid.
'Wie is daar?' vroeg een niet al te vriendelijke mannenstem.
'O meneer,' jammerde Wiesje, en daar kwam het verhaal. Dat zij en haar verloofde een eindje gewandeld hadden en dat er toen ineens zo'n nare griezel van een man op hen afgekomen was...
'Wacht even,' zei de stem. De deur ging open, ze stapten binnen, het ganglicht werd aangeknipt en ze stonden tegenover een man in een blauwe politiebroek en een wit overhemd... Bismarck! Hij herkende hen dadelijk.
'Hé!' zei hij verrast, 'de vakantiegangers, niet?'
'Hoe is 't mogelijk dat wij hier nu bij u terecht moeten komen!' riep Jan.
'Ja, we vonden 't hier zo aardig dat we hier maar gebleven zijn in het dorp. En nu gingen we nog even een eindje om...'
'En waar logeren jullie?' viel de man hem in de rede.
'In het hotel,' zei Wiesje snel. 'Een aardig hotel, hoor, en goed eten. Dat krijgen we zo niet in de stad. Maar meneer, ik durf niet meer naar buiten, als u die vreselijke vent niet...'
'Hotel Landzicht?' vroeg Bismarck.
'Ja, zo heet het, geloof ik,' zei Jan. Zijn angst was als bij toverslag van hem af gevallen. Ongedwongen vervolgde hij Wiesjes verhaal: dat die kerel hen niet voorbij had willen laten gaan en stomdronken was. En dat hij nog een heel eind meegelopen was, maar toen bij een boom was gaan liggen slapen.
''t Is mogelijk dat hij daar vannacht blijft liggen,' besloot hij, 'maar hij kan misschien ook nog andere mensen lastigvallen. U moet het natuurlijk weten, maar als u wilt, kunnen wij u de plaats wel even wijzen.'
'Hoe hebben jullie mij gevonden, als jullie hier vreemd zijn?' vroeg de man.

Hij heeft wantrouwen, dacht Jan. Als dat maar goed gaat...!
'Nou, wij hebben de weg gevraagd naar de politie,' antwoordde hij.
'Ja,' zei Wiesje, 'aan een boerenvrouw.'
'Die had hij ook al lastiggevallen,' vervolgde Jan. 'Ze zei: Bel daar maar aan, dat is er een, daar kom je nooit tevergeefs.'
'Zei ze dat?' glimlachte de man. Hij ging naar de kapstok en trok zijn jas aan. Een gummistok en een revolver aan een leren riem hingen er naast elkaar. De gummistok ging in de broekzak, de revolver bleef hangen.
Jan en Wiesje keken elkaar aan, een ogenblik slechts, maar de politieman had het al gezien.
'Wat is er?' vroeg hij. 'Is er iets?'
'Ja, mijn verloofde wil mij mee hebben, maar ikzelf zou liever hier blijven,' zei Wiesje en haar stem trilde heus een beetje. 'Ik ben zo bang voor die vent, ik durf er niet bij te zijn. Mag ik hier niet een poosje blijven, meneer?'
'We kunnen er ook beter geen vrouwen bij hebben,' bromde Bismarck. 'Kom maar mee dan.' En hij liet Wiesje in de achterkamer, waar zijn vrouw en dochter erwtjes voor de weck zaten te doppen en een jongen van een jaar of vijftien bijna ingeslapen was boven zijn boek. Zij kreeg een stoel, maar hield haar mantel aan en begon meteen maar weer het verhaal van de dronken man af te draaien en hoe ze was geschrokken. Intussen hoorde ze de voordeur dichtslaan en toen vond ze dat het haar tijd werd. Ze zuchtte zwaar, draaide met haar ogen en klaagde: 'Ik ben er naar van! Mag ik even naar het toilet, mevrouw?'
De vrouw wees haar een deur in de gang, maar zodra zij haar hielen gelicht had, kwam Wiesje weer te voorschijn, sloop naar de kapstok, wipte de revolver van de haak en was met een paar stappen bij de voordeur. Een geluid liet haar omkijken: de vrouw stond op de drempel van de kamer, de handen tegen de borst gedrukt, verstard van schrik.
'Ik ga toch maar even kijken,' probeerde Wiesje de situatie nog te redden, terwijl zij het wapen tevergeefs in haar te kleine mantelzak trachtte te frommelen, maar nauwelijks was ze op straat, of ze hoorde de vrouw al schreeuwen dat het huizen ver hoorbaar was...
Intussen was Jan met de politieman weggewandeld in het donker en hoewel hij er nu alleen voor stond, zijn vastberadenheid verliet hem niet meer. Hij herinnerde zich, wat oom Hein gezegd had, voor ze weggingen: 'Je moet natuurlijk een plan maken en dat tot in onderdelen uitdenken. Maar denk eraan: je kunt het zo mooi berekenen als je wilt, het komt toch altijd anders uit en dan moet je je niet in de war laten brengen, maar naar

omstandigheden handelen.' Wel, hij zou het met Joop samen ook wel klaarspelen om de kerel te overmeesteren, en dan moesten ze maar terug om Wiesje te halen.
Intussen liep Bismarck gezellig te praten: over het nieuwe gemeentehuis dat gebouwd werd, maar dat niet afgemaakt kon worden door gebrek aan materiaal. En over de mooie omstreken van het dorp en de uitkijktoren in het bos, die Jan toch vooral moest gaan zien. Hij bleek in zijn soort geen onaardige kerel te zijn en Jan begon het haast een beetje zielig te vinden dat hij over een paar minuten aan de kant van de weg zou liggen. De man scheen er overigens geen haast mee te hebben; hij wandelde rustig verder. Maar toen bij het stationnetje een belsignaal klonk en in de verte het gerommel van een naderende trein hoorbaar werd, verhaastte hij toch zijn stap. De bomen daalden al, toen ze bij de overgang waren. Ze kwamen er nog net onderdoor. Aan de overkant moest een motor met zijspan ervoor stoppen. Natte helmen blonken op, een lichtstraal uit een zaklantaarn werd even op hen gericht – Duitsers waren het!
'Heil Hitler!' groette Bismarck, met zijn hand volgens voorschrift gestrekt, en toen had Jan plotseling weer een erge hekel aan de man. Wie zich niet schaamde om die groet te brengen, deugde niet, die hoorde bij de vijand.
Snelle stappen klonken achter hen, iemand sloot zich hijgend bij hen aan. Daar was Wiesje warempel, zeker ook nog net achter hen aan onder de bomen doorgeslipt. Ze ging aan de andere kant van de politieman lopen.
'Wat is dat nou?' bromde Bismarck. 'Ben je daar nou toch, juffrouw? Wat is dat nou met jou?'
'Ik kon het niet uithouden,' klaagde Wiesje. 'Ik was zo bang dat mijn verloofde... O meneer, kijk meneer...'
Zij wees voor zich uit en klemde zich daarna angstig aan de arm van de politieman vast.
'Juffrouw, doe niet zo kinderachtig!'
De man schudde haar ruw van zich af. Een donkere gestalte maakte zich los van een boom en wankelde de weg over, een dronkemansversje lalde op in het donker. 'O, Japie is getrouwd, hij zit in de misère...'
Bismarck schoot eropaf.
'Kom es hier, jij!' riep hij.
Het ogenblik was daar! Alle aandacht was gespannen. Jan hield zijn handen gereed. Wiesje greep de arm opnieuw.
'O meneer, meneer, wees toch voorzichtig!' riep zij huilerig. Joop kwam op hen af. Toen greep Jan ook toe.
Bismarck schreeuwde om hulp, maar juist donderde de trein door de over-

weg. Hij wist zijn rechterarm vrij te krijgen en de gummistok te grijpen, waarmee hij wild om zich heen sloeg, maar Jan draaide hem de linkerarm op de rug, waardoor hij zich steunend achterover boog en Joop gelegenheid kreeg om de dot watten op zijn gezicht te drukken. Toen lag na een paar seconden de zware man slap in Jans handen. Ze sleepten hem naar de kant van de weg. Joop kwam al met de koffer, Wiesje rukte de knopen los. De trein rolde weg in de verte.
Met een paar woorden begrepen ze elkaar.
'De revolver!'
'Heb ik al.'
'De gummistok ook?'
'Moet op de weg liggen, laat maar... We moeten opschieten.'
'Het papier!'
Uit de richting van het dorp klonken luide stemmen. Een motor werd aangetrapt.
'Weg jongens, ze komen ons achterna!'
Jan gunde zich geen tijd om het papier op te spelden, frommelde het maar haastig tussen het overhemd. Nu was er plotseling weer de angst. Zijn fiets, waar was die...? Joop reed al. O, Wiesje hield zijn fiets al voor hem klaar. 'Alsjeblieft,' zei ze ook nog...
Opspringen, racen, Joop achterna. Achter hem klonk een slag, alsof er iemand op de straat viel. Waar bleef Wiesje? Hij hield even zijn vaart in en keek achterom... Daar was ze al en vloog hem voorbij.
'Schiet op!' riep ze. En daar kwam het licht van een knetterende motor en nog een andere lichtbundel, die zoekend over de weg werd bewogen... De Duitsers! Achter elkaar, Jan als laatste, schoten ze het paadje in. Geen tien seconden later daverde achter hen de motor voorbij. Die waren ze kwijt...! Ze hoorden remmen gieren, er waren harde stemmen, maar ze waren al honderden meters ver, toen de achtervolgers hun vergissing hersteld hadden en een felle lichtbundel hen nascheen over het bospad. Toch floot hun nog een kogel over het hoofd en andere kletterden door de takken van de dennen naast het pad. Gebogen over hun fietsen reden ze door met dezelfde snelheid, hoewel ze wisten dat de Duitsers hen niet konden volgen, omdat het fietspad te smal was en de zandweg daarnaast vol modderkuilen. Konden ze het zijspan niet afkoppelen? Hoe lang zou dat duren...?
'Pas op, jongens,' riep Joop. Daar was de kruising, daar moesten ze rechts. Bijna in volle vaart namen ze de bocht. Van Wiesje was er plotseling een snikkend geluid, ze kon niet meer fietsen van het lachen. Even konden ze nu wel afstappen.

'Moet je horen,' schaterde Wiesje. 'Weet je wat nog het gekste van alles was? Dat ik bij het opstappen daarnet helemaal mijn rokken vergat! Ik sloeg mijn been achter over het zadel en lag meteen op mijn gezicht. En wat grijp ik terwijl ik daar over de straat rol? De gummistok! Hier, stop hem even in de koffer, Joop! En neem jij die kanariepiet, die slingert bij het rijden steeds tegen mijn been... Kerel, wat heb jij een doktersluchie bij je!'

'Geeft niet,' zei Joop, 'goed tegen de muggen.'

Bij het licht van de knijpkat bekeken ze even hun belangrijkste verovering: een gewone dienstrevolver, goed onderhouden, een F.N. 7.65. Joop maakte de kamer los.

'Nog helemaal vol met patronen,' zei hij tevreden. 'En ik zie wel een kans om er meer bij te krijgen. Even een sigaretje, jongens? Ja natuurlijk, dat kan nu wel – een paar trekjes maar. Als er wat aankomt, smeren we hem het bos in...'

Wat was er heerlijker dan een sigaret na zo'n spanning? Ze kwamen erdoor tot rust, maar natuurlijk hielden ze ogen en oren goed open. Er was echter geen ander geluid dan het ruisen van de wind in de boomtoppen. De regen was opgehouden, de witte kiezel van het fietspad glansde in het licht van de nacht. Jan begon zijn been te voelen, waar Bismarck hem getrapt had. Joop bestudeerde bij het licht van de knijpkat nog even de kaart.

'Nou weet ik het precies,' zei hij. 'Kom jongens, we gaan. Niet weggooien die sigaret; uitmaken en in je zak stoppen. Monden dicht en uitkijken als we de straatweg kruisen en vooral straks in het dorp. Ze kunnen opgebeld hebben...'

In een kalm gangetje reden ze verder, Jan achteraan. Hij zag de ruggen van zijn vrienden, hoorde soms een zachte waarschuwing of een onderdrukt kuchje, rook ook nu nog de chloroform en voelde dat hij veel van hen hield...

Even na middernacht kwamen ze thuis en deponeerden, met z'n drieën op een rij, in een onbedwingbare lust om gek te doen, met een plechtig gebaar elk een van de trofeeën van hun veldtocht – revolver, gummiknuppel en politiepet – op de tafel voor oom Hein, die meteen in zijn rol was en met een buiging en een toespraakje bedankte. Daarna wees hij ze de ereplaatsen, aan zijn linker- en zijn rechterhand, en de derde, Jan, naast tante Truus. Natuurlijk, Jantje weer dicht bij zijn moesje, plaagden de anderen.

De hele troep was nog op. Er was koffie en gebak – eigen fabrikaat – er was het weldadige besef van weer veilig bij elkaar te zijn.
Joop deed verslag, de anderen vulden aan. Joop trok een dot watten en een leeg flesje uit zijn zak en de kamer rook meteen als een apotheek.
Gauw in de vuilnisbak die rommel. Daar kreeg hij een pluimpje voor van oom Hein, dat hij die dingen niet bij de weg had laten liggen – nooit sporen nalaten, jongens! Oom Hein was niet ontevreden; alleen zat hij wat in zorg over meneer Boonstra, die volgens hem een grote kans liep om last te krijgen, want Kerkstraat en Hoofdstraat zouden daar weleens vaker verwisseld worden en de praatzucht van de mensen kon onnoemelijk veel kwaad doen. Boonstra mocht wel zorgen dat zijn huis schoon was. En wat die Duitsers betreft hadden ze zeldzaam geluk gehad, vond oom Hein, waar ze God wel op hun blote knieën voor mochten danken.
Zo dachten ze er zelf ook over. Zelfs Wiesje, die aan geloof niet deed, zoals zij zelf zei, knikte ernstig.
'Verder niets bijzonders?' vroeg oom Hein. 'Wat zit jij een lelijk gezicht te trekken, Jan?'
'Ik geloof dat ik een klein souvenir aan onze Bismarck heb overgehouden,' zei Jan. Hij stroopte zijn rechterbroekspijp op. De knie was opgezwollen en daarboven vertoonde het been alle kleuren van de regenboog; een flinke bloeduitstorting.
'Mm, die vent trapt niet slecht,' zei oom Hein. Maar tante Truus sloeg de handen ineen en ijlde naar boven voor kompressen en verband.
Intussen vertelde oom Hein dat hij ook niet ongelukkig geweest was die dag. Hij was een paar mogelijkheden voor een kraak op het spoor: een gemeentehuis en een distributiekantoor, één op de Veluwe, één in de Achterhoek; daar ging hij de volgende dag weer op af en daarna zouden ze dat nog wel bepraten. Voorlopig, beloofde hij, zouden de jongens zich niet meer vervelen.
'Heeft iemand nog iets belangrijks voor deze vergadering?' vroeg hij deftig, met de revolver van Bismarck als voorzittershamer in de hand. 'Anders sluiten we.'
Piet stak zijn vinger op.
'Ik weet niet of jullie het belangrijk vinden,' zei hij langzaam, 'maar de radio vertelde vanavond dat de geallieerde legers in Europa staan. Ze zijn vandaag op Sicilië geland...'
Zou je die slome vent niet...? Dat had hij de hele avond geweten en nu kwam hij er pas mee voor de dag!

'Ik dacht dat het niet zoveel bijzonders was,' zei Piet. 'Sicilië is nog geen Nederland.'
Nee, maar het begin was er! Ze wisten weer dat ze niet alleen vochten. Van buitenaf en van binnenuit werden de Duitsers bedreigd en van beide kanten zou erop geslagen worden, tot de moffen het eindelijk zouden opgeven. Wie weet hoe gauw al!
'Kom jongens, daar zingen we samen het Wilhelmus op!'
Ze deden het, in een kring om de tafel staande, niet al te hard, om de buren niet te wekken, met tante Truus haar onvaste beverige stemmetje omhoog en omlaag tussen de forse mannenstemmen door. De klok sloeg er twee heldere slagen doorheen.

HOOFDSTUK 4

De volgende morgen, toen Joop en Wim juist naar Utrecht waren vertrokken voor een bespreking met een verzetsvriend, kwam via een vertrouwd tussenadres in de omgeving het lang verwachte telefoontje omtrent de distributiekraak: 'Opa viert vanavond zijn tachtigste verjaardag. De familie wordt verzocht om uiterlijk zes uur aanwezig te zijn.'

Oom Hein kon nauwelijks een lelijk woord onderdrukken, toen hij die boodschap had aangenomen, want de beide jongens waren niet meer te achterhalen. Nu stonden ze er dus met z'n vijven voor en dat terwijl oom Hein indertijd zes al te weinig gevonden had en daarom Jan in de ploeg had laten halen. Uit de boodschap was bovendien af te leiden dat er een grote buit verwacht mocht worden – anders zou er volgens afspraak van de zeventigste of zestigste verjaardag gesproken zijn. En dan zou er waarschijnlijk ook nog een wijziging in het oorspronkelijke plan noodzakelijk zijn, waarvoor dus een bespreking vooraf nodig was, want oom Hein was met zijn contactadres overeengekomen dat ze pas om acht uur zouden verschijnen.

'Wat doen we, jongens?' vroeg oom Hein.

'Eropaf,' zeiden drie van de vier. 'We zullen wel zien, hoever we komen.'

'En wat zeg jij, Piet?'

Piet zat net een brief aan zijn vrouw te schrijven. Hij zoog met een zorgelijk gezicht op het achtereind van zijn vulpen.

'Ja, wat zal ik zeggen?' aarzelde hij. 'Ik geloof, ik zou die mensen niet voor niets durven laten wachten...'

'Dan denken we er dus gelijk over,' constateerde oom Hein. 'We gaan, en als we allemaal voor twee werken en vechten, dan hebben we nog mensen te veel.'

Alles stond plotseling in het teken van de grote dingen die zouden komen. Piets brief bleef half afgeschreven liggen. Jans been was ineens minder stijf en pijnlijk. De spanning was er, de tinteling in hun bloed, die maakte dat ze nauwelijks meer stil konden zitten en almaar trek hadden in een

sigaret. De angst, die soms in Jans borst naar boven wilde kruipen, verdween, wanneer hij in de heldere rustige ogen van oom Hein keek. Hij merkte nu pas goed, wat een merkwaardige invloed er uitging van deze eenvoudige man. Het was alsof je niets zou kunnen gebeuren, zolang hij maar bij je was. Hoe kwam dat? Door zijn sterke wil...? Door zijn moed en zijn vastberadenheid...?
Ze spraken nog eens het oorspronkelijke plan tot in bijzonderheden door, bestudeerden opnieuw de kaart en de plattegronden van de plaats en het distributiekantoor en gingen na het eten een poosje rusten, maar van slapen kwam natuurlijk niets. Om half vier stonden ze klaar om te vertrekken. Wiesje dit keer in een keurig grijs mantelpakje met hoogsluitende blouse en allen met een tas of een koffertje, waarin een jutezak, riemen en bij enkelen touw en handdoeken. De zakken moesten terugkomen, gevuld met bonkaarten; de riemen moesten dienen om ze achter op de fietsen te snoeren; het touw en de doeken zouden misschien achterblijven om de polsen en de monden van de bewakers. Wiesje zou de revolvers vervoeren, verborgen onder haar kleren; daar waren ze het veiligst bij een controle: een dame werd niet snel gefouilleerd. Waren ze misschien nog iets vergeten?
'Ja,' zei oom Hein, 'het voornaamste nog. Kom hier en ga zitten, jongens, we zullen een zegen vragen op ons werk. Wij vechten voor recht en gerechtigheid en dat hoeven we niet te doen in eigen kracht.'
Het werd stil. Ook Wiesje zat eerbiedig met de handen in haar schoot. De stem van oom Hein klonk rustig en vol vertrouwen.
'Heer,' zei hij. 'U weet alle dingen, U weet wat wij gaan doen. Aan U die ons dit werk hebt opgelegd, vertrouwen wij ons toe. Bewaar ons voor de vijand, maar ook voor alles wat verkeerd is in Uw ogen. Leid ons en maak ons sterk.'
Toen wist Jan wat de geheimzinnige kracht was, die van oom Hein uitstraalde: zijn zeldzaam groot vertrouwen in God. Het scheen nu allen te bezielen. Ze namen afscheid van tante Truus, alsof ze een fietstochtje gingen maken. Piet glimlachte, toen hij haar een hand gaf. Maar zij trok hem naar zich toe en zoende hem op beide wangen en daarna kregen al haar andere kinderen eenzelfde beurt.
'Probeer vóór elven thuis te zijn,' zei ze. 'Dan staat een lekker maaltje voor je klaar. Je hebt vanmiddag zo weinig gegeten, ik ben van plan om je vol te stoppen.'
De plaats waar ze moesten zijn, lag op een afstand van veertig kilometer en vanavond op de terugweg zouden ze die er in twee uur door moeten

jassen, maar nu moesten ze hun krachten sparen, vond oom Hein en daarom gingen ze met de trein. Ze fietsten naar het dorp vlakbij, namen daar elk voor zich een kaartje en een biljet voor de fiets en kuierden op het perronnetje heen en weer, tot het het lokaaltreintje zou believen om te komen aanpuffen. Het was er druk; dit pensiondorp zat vol met vakantiegangers. Oom Hein had Piet bij zich genomen, Jan wandelde gearmd met Wiesje, Leo liep alleen. Wanneer ze elkaar passeerden, deden ze, alsof ze elkaar niet kenden. Maar de stemming zat erin. Leo nam zijn hoed af voor oom Hein en vroeg: 'Pardon meneer, kunt u mij misschien aan een beetje vuur helpen?'
'Natuurlijk,' antwoordde oom Hein beleefd. 'Letterlijk of figuurlijk, wat wenst u?'
'Alleen een vlammetje alstublieft,' zei Leo. 'Voor het andere heb ik al een adres.' En hij wees op een groot plakkaat aan de muur van het stationsgebouw, een oproep van de NSB om als vrijwilliger naar het oostfront te gaan.
'Met Mussert voor een vrij Europa!' stond erop.
'O juist,' antwoordde oom Hein ernstig. 'Dat betekent zoiets als: "Met Lucas Bols voor geheelonthouding", is het niet?'
En toen liep Leo maar gauw verder, want hij had moeite om zich goed te houden.
Ze reisden in verschillende coupés en stapten niet op dezelfde plaats uit: de één een stationnetje te vroeg, de ander een halte te ver. Maar om een uur of zes ontmoetten ze elkaar in het villaatje van meneer Müller, een ambtenaar van het distributiebureau, die ondanks zijn Duits klinkende naam een goed Nederlands hart bezat en zijn leven op het spel zette om de goede zaak te dienen. Hij was maar een kleine man met een knijpbril en hangwangetjes, maar hij had de zaak uitstekend voor elkaar. De bonnen waren gisteravond laat onder politiegeleide aangekomen, vertelde meneer Müller en morgenvroeg al zou de uitdeling beginnen, daarom was er geen uitstel mogelijk. Het was gewoonte geweest dat de sleutel van de kluis iedere avond na het sluiten van het kantoor op het politiebureau werd ingeleverd en daar de volgende morgen door de chef weer werd gehaald. De agenten waren op één uitzondering na allemaal goede vaderlanders en met een van hen was al de afspraak gemaakt dat hij die sleutel eenvoudig even zou lenen en na de overval weer op zijn plaats zou hangen. Maar de nieuwe burgemeester, die een paar maanden geleden gekomen was – een NSB'er, zó van de spoedcursus, die Mussert had gesticht – had zeker gemerkt, hoe de geest bij de politie was en de sleutel daar niet veilig geacht, want vandaag had hij plot-

seling bevolen dat die sleutel voortaan bij hem moest worden ingeleverd en dat was vanavond voor het eerst gebeurd.
'En hij zal ons die waarschijnlijk niet even willen lenen, hè?' veronderstelde oom Hein.
'Vermoedelijk niet, althans niet vrijwillig,' glimlachte meneer Müller. 'Maar ik heb erover nagedacht, hoe jullie hem daartoe kunnen dwingen. Tot nu toe zonder resultaat, maar nu ik die dame bij u zie, heb ik wel een idee, hoe u het best bij hem binnen kunt komen...'
'Als er toch eens geen vrouwen waren!' zuchtte Wiesje voldaan.
'De vorige week heeft de burgemeestersvrouw een advertentie voor een dienstbode geplaatst,' ging de gastheer verder, 'en vermoedelijk zal ze nog wel niet geslaagd zijn, want NSB-dienstmeisjes hebben we hier geloof ik niet veel. Als de juffrouw zich daar eens voor ging aanmelden?'
'Niks voor mij,' zei Wiesje, met een hooghartig gezicht. 'Ik ben altijd kinderjuffrouw geweest en ik wens me niet te verminderen, meneer!'
Zij was vanavond in een bui om van alles een grap te maken. Maar natuurlijk ging zij met het voorstel akkoord en Jan moest haar maar weer als verloofde begeleiden, vond oom Hein. Ze hadden al eerder bewezen dat ze samen een betrouwbaar uitziend paar vormden.
'Hoe groot is het gezin?' vroeg Jan.
'Man, vrouw en twee dochters,' antwoordde meneer. 'En dan logeerde er de laatste tijd een jongere broer van de burgemeester; een van de Waffen-SS, die op het punt staat, naar Rusland te vertrekken. Gisteren was hij er nog, maar vandaag heeft niemand hem meer gezien. We weten dat hij niet met de trein is vertrokken, maar hij kan natuurlijk met een auto zijn gehaald.'
'En de wacht op het bureau, hoe staat het daarmee?' wilde oom Hein graag weten.
Meneer Müller was uitnemend op de hoogte.
'Twee agenten,' zei hij. 'Eén goeie, dezelfde die jullie de sleutel zou geven en die nieuwe NSB-agent, een felle nationaal-socialist, die zich zeker zal verzetten. Wees voorzichtig met hem; als hij een kans ziet, schiet hij erop los.'
'Dan schieten wij ook,' beloofde oom Hein. 'Maar daarmee is dan ook de hele actie mislukt, want na zo'n lawaai zullen wij zo snel mogelijk onze biezen moeten pakken. Enfin, we zullen proberen om hem te vlug af te zijn. Dat moet jij maar voor je rekening nemen, Jan!'
'Die andere heeft verzocht om hem niet al te vriendelijk te behandelen,' deelde meneer Müller nog mee. 'De NSB'er mag geen wantrouwen krij-

gen. Er wordt vermoed dat die kerel als spion in het korps is geschoven en het spreekt vanzelf dat zijn collega's zich voor hem in acht nemen.'
'Best, we zullen die goeie ook een beetje toetakelen. Hoe laat kunnen we daar terecht? Zoals we afspraken, om een uur of half negen?'
'Ja,' zei Müller, 'dan begint het wel te schemeren met die bedekte lucht. En om acht uur wordt de vorige wacht afgelost, dan komen deze beide mannen in functie. Als jullie werk stil verloopt, heb je kans dat er voor de morgen geen haan naar kraait. Denkt u eraan dat wij hier ook wat kaarten houden? Een honderd of zes is genoeg. Een van de plaatselijke medewerkers zal ze achter het bureau in ontvangst nemen – wachtwoord "Sicilië". Wij zijn toch niet te onbescheiden?'
'Kom nou,' lachte oom Hein. 'U onbescheiden? Al vroeg u de helft, meneer Müller!'
'Denk om die beer en om het verdelen van zijn huid,' waarschuwde Wiesje.
'O nee,' zei oom Hein beslist. 'Die beer ligt praktisch al op sterven, wij maken hem alleen maar af en verslepen de buit. Dáár is de jager op groot wild, die het stuk heeft opgejaagd en ingesloten. Zonder mensen als hij konden we niet veel beginnen.'
En hij wees op meneer Müller, die met knipperende oogjes zijn bril zat te poetsen.

Om kwart over acht stonden Wiesje en Jan op de stoep van het burgemeestershuis en ditmaal was ook Jan zonder de minste angst. Alleen voelde hij de spanning bijna trillen in zijn lichaam en hij verlangde ernaar om in actie te komen. De revolver van Bismarck lag zwaar in zijn rechterjaszak; hij kon er bijna niet afblijven. Die van Wiesje stak boven haar kleine mantelzak uit – zij moest de hand erop houden om de kolf te verbergen. Een meisje van een jaar of achttien deed open en Wiesje bleek weer geheel in haar rol.
'Dag juffrouw,' zei ze met een boers accent. 'Ik kom op de avvertensie voor een dienstmeissie. Of is mevrauw al verzien...? Ja, dit is de jongen, met wie ik verkering heb, die heb ik maar effies meegebracht...'
'Ik zal even vragen,' zei het kind en liep de gang in. Maar nauwelijks was zij door een deur verdwenen, of de jongens slopen haar na, lieten de buitendeur op een kier staan en stapten achter haar de kamer binnen. Daar was de hele burgemeestersfamilie bij elkaar. Meneer lag languit met een krant in een fauteuil, mevrouw stond bij de theetafel, de tweede dochter lag met een boek op de divan.

'Ik kan ook zelf de boodschap wel even afgeven,' zei Wiesje. 'In naam van de koningin, de handen omhoog allemaal!'
'En vlug alstublieft!' snauwde Jan tegen de burgemeester. 'Pas op, als u schreeuwt, schiet ik dwars door u heen!'
De man hikte van de schrik, maar zijn handen gingen omhoog, de ene met de krant er nog in. *Volk en Vaderland*, zag Jan. Hij rukte het blad weg en gooide het achter zich om beter ook het oog op de anderen te kunnen houden. Die stonden al op een rij met de handen in de lucht. Mevrouw kreunde zacht. De jongste dochter giechelde, alsof ze het een leuk grapje vond. Toen kwamen plotseling de tranen.
'En nu allemaal daar in die hoek bij elkaar,' zei Wiesje. 'Ja, jij ook, zus, wat dacht je? Huil maar niet; als je zoet bent, mag je zo weer gaan lezen, maar je beleeft nu vast een veel mooiere roman. Zo, daar staan we dan...! Zie je die meneer daar, met dat gekke ding in zijn hand? Die meneer is een scherpschutter, hoor, denk erom dat je stilstaat. Neem me niet kwalijk, meneer de surrogaat-burgemeester, ik mag u zeker wel even fouilleren om te zien of u wapens hebt... Kunt u tegen kietelen? Nee? Ik ook niet. O, hebt u geen wapen? Nou, dan is het goed. Nee, handjes omhoog, hoor! Mooi zitten en pootjes geven, dat heb je toch zeker wel geleerd op die prachtige Duitse burgemeesterscursus...?'
Jan beet op zijn tanden om zich goed te houden bij die toespraak. Was Wiesje zich wel genoeg de ernst van de zaak bewust, vroeg hij zich af. Als er een van het gezelschap zou proberen te vluchten, was alles bedorven, want op de vrouw of een van de meisjes zou hij zeker niet schieten. Maar de schrik scheen er wel in te zitten. De burgemeester had moeite om uit zijn woorden te komen.
'Wa – wa – wat wilt u eigenlijk?' vroeg hij.
'Dat zal deze meneer u wel vertellen,' antwoordde Wiesje en zij maakte een handbeweging naar oom Hein, die met het oude pistooltje in de hand de kamer in kwam. Leo en Piet doorzochten al het huis. Wiesje sloot zich bij hen aan. Jan bleef het gezelschap met zijn revolver bedreigen.
'De sleutel van de distributiekluis,' zei oom Hein. 'Dat is wat we willen en dadelijk. Als u die bereidwillig afgeeft, gebeurt er niets met u, maar als u weigert, dan zijn de gevolgen voor uw rekening. Wel, wat zegt u? Spreek toch duidelijk, man!'
'Die is op het politiebureau,' zei de burgemeester, met een zijdelingse blik naar zijn vrouw. Maar zijn echtgenote liet hem lelijk in de steek.
'O man, zeg het nou maar eerlijk,' drong ze bevend aan.
'Ja pa, toe maar, pa!' kermden de meisjes.

'U staat dus te liegen,' constateerde oom Hein. 'Dus nu voor het laatst: wáár is die sleutel?'
'Stil maar, ik heb hem al,' klonk bij de deur de langzame rustige stem van Piet. 'Hij lag hiernaast open en bloot op het bureau. Kijk eens, met een kartonnetje eraan: kluis distributiekantoor. Het kan niet missen.'
Hij gaf de sleutel af aan oom Hein en verdween weer.
'Nou, daar had je weleens beter op mogen passen, vader!' zei oom Hein vermanend. 'Als de Duitsers dat straks horen, krijg je vast een lelijk standje... Ja, leg uw handen maar in uw nek, mevrouw, dat is gemakkelijker.'
In de gang werd luid gelachen. Daar kwamen Wiesje en Leo de kamer binnen met een kwaad kijkende meneer in pyjama.
'Dat wil naar het oostfront,' lachte Wiesje, 'en dat is nou al verkouden van een regenbuitje! Wat moet dat nog met je worden, man, bij dertig graden vorst! Juist, daar maar tegen de muur, je weet het al. Bibber maar niet, we zijn geen Russen, hoor, die zouden je anders aanpakken! En bedankt voor je revolver, meneer!'
Zij liet oom Hein een zwaar negen millimeter pistool zien.
'Dat lag naast hem op zijn nachtkastje,' vertelde zij. 'Jammer voor hem lag hij er zelf naast te snurken en dan helpt zo'n ding niet veel...'
'Prachtig!' prees oom Hein. 'Goed gedaan, jongens. En nou moeten we deze lieden nog op een mooi plaatsje opbergen. Waar zal dat zijn?'
En weer was het Piet, die de oplossing bracht. Hij zei: 'Ik heb een pracht van een schuilkelder gevonden, met een geblindeerd venster en een ijzeren deur. Zou dat niet wat voor ze zijn?'
Op dat ogenblik werd er gebeld. Ze keken elkaar aan, oom Hein en zijn jongens, de burgemeester en zijn familie ook, de eersten met zorg, de anderen met hoop in hun ogen. Wie kon dat zijn...? Stel je voor dat het Duitsers waren die van buitenaf toch iets gemerkt hadden, of die door de een of andere verrader gewaarschuwd waren...
De stem van oom Hein was rustig en beheerst: 'Wiesje, jij doet open; geef Piet je revolver. Achter die kapstok, Piet. Leo om de deur van de zijkamer. Jan, pas op, hoor!'
Zelf ging hij ook met Wiesje de gang in. Jan hield met zijn revolver de troep in bedwang.
'Omhoog die handen,' beet hij de SS-er toe. 'Man, ik zie wat je van plan bent, maar als je 't waagt om te roepen, ben je er geweest!'
Hij hoorde de deur opengaan.
'Goedenavond,' hoorde hij Wiesje zeggen. 'Komt u binnen, alstublieft. Ik ben het nieuwe dienstmeisje. Wie kan ik aandienen?'

'Willemse,' zei een stem. 'Zo, ben jij het dienstmeisje? Nou, wij zijn vrienden van de burgemeester.'
En toen Wiesje weer: 'O, maar loopt u dan toch door! Als u toch vrienden bent...!' Met een half oog zag Jan een heer en een dame de kamer binnenkomen met Wiesje er lachend achteraan. Daar kwamen ook de jongens. De dame schreeuwde het uit, toen ze al die gewapende kerels zag en de burgemeestersfamilie in een zielig troepje tegen de muur, maar Wiesje ging door: 'Schrikt u maar niet, hoor! Het is niet zo erg als het lijkt. Ga er maar gauw bij staan. Waar je mee omgaat, daar word je mee gerekend. Eh, mee ingerekend, bedoel ik...'
Vijf minuten later lag het hele gezelschap netjes naast elkaar op de rug in de schuilkelder, met gebonden handen en voeten en gekneveld met de handdoeken van tante Truus. De dames kregen dekens, die oom Hein van de slaapkamers liet halen, de heren moesten het maar zonder doen. Voor de SS-er was het wel goed om een beetje te wennen aan de kou van het oostfront. Wiesje zou achterblijven om de wacht te houden. Zij had zich gauw een kop thee ingeschonken en installeerde zich daarmee en met haar grote, pas veroverde revolver op de bovenste tree van de keldertrap.
'Ga je gang maar, hoor,' zei ze. 'Ik zal het hier best gezellig hebben. Als jullie er maar om denken dat ik straks graag met je mee wil...'
Toen Jan als laatste vertrok, hoorde hij haar een boetpredikatie houden tegen de burgemeestersvrouw over het hamsteren van al de voorraden die in de kelder te zien waren.

Het was kwart voor negen op Jans horloge, toen ze met hun vieren op de tenen het steegje naast het distributiekantoor in slopen en de fietsen zacht tegen de muur zetten. Nog was het niet donker. Een merel floot nog een paar heldere tonen achter de schutting, ergens in de grote tuin van de notaris. In de straat ging een troep meisjes lachend en pratend voorbij. 'En toen zei ik, meid, zei ik...' Het gedender van een voorbijrijdende auto overstemde de woorden. Een vrachtwagen? Weermacht...? In het oude grauwe gebouw was niet het minste geluid. Ze slopen de muur langs naar de achterzijde. Daar was een wc-raampje, een rechthoekig tuimelraam, draaiend op twee pinnen in de zijsponningen. Een vriendelijke hand had de ene pin bijna doorgevijld. Oom Hein kon het raam zonder veel moeite loswrikken en naar buiten tillen.
Jan trok zijn jas en schoenen uit. Vier handen pakten hem op en tilden hem met de benen vooruit door de opening. Hij schaafde zijn heup op de

scherpe onderkant, toen vonden zijn voeten steun. Iemand gaf hem een revolver aan – hij was binnen.
Stilte. Duisternis. En even toch weer de angst, die zijn keel wilde dichtsnoeren. Toen hoorde hij in gedachten de rustige stem van oom Hein: 'Aan U die ons dit werk hebt opgelegd, vertrouwen wij ons toe...' Dat was genoeg, hij werd beschermd. Zacht opende hij de deur. Hoe was het op de plattegrond? Een meter of tien rechtuit de gang door, dan linksaf op de voordeur aan. Hier was het volkomen donker. De stenen vloer was koud aan zijn voeten. Maar toen hij bij de hoek kwam, scheen een straal licht door een deur, die op een kier stond. Daarachter zaten de wachten. Op zijn tenen sloop hij er voorbij, de revolver klaar in de hand...
'Schiet nou toch op,' zei een stem achter de deur. 'Hoe lang zit je nou al te denken...?'
Daar was de voordeur. Twee grendels en een sleutel; die zat in het slot en knarste. Het ging hem zelf door merg en been. Maar toen hij de deurklink aanraakte, voelde hij dat die van de buitenkant al werd neergeduwd. Oom Hein kwam het eerst binnen, kneep hem zacht in de arm en hij had moeite om niet te lachen dat alles zo prachtig verliep. Samen slopen ze terug en stonden stil voor de lichtkier. Achter hen kwamen Leo en Piet...
Jan loerde naar binnen. Bij een tafel zaten twee agenten te dammen. Wie was de verkeerde, die moest hij in het oog houden... Die met zijn pet op zeker; de ander had een veel te vrolijk en te prettig gezicht. Hij lachte en zijn ogen waren langs de ander heen op de deur gevestigd. Hij wist natuurlijk wat er komen zou...
Oom Hein stootte plotseling de deur open en bijna tegelijk sprongen ze naar binnen.
'Handen omhoog!' riep oom Hein. 'Jan, grijp vast!'
Maar Jan hing al aan de arm van die ene agent, wiens hand naar de revolvertas op zijn heup was gegaan, en Leo, vlak achter hem binnenstormend, liet de gummiknuppel met een doffe slag neerdalen op diens schedel. De man zakte zonder geluid in elkaar.
'Knap gedaan,' zei de andere agent. 'Alle respect, heren! Die klap had het varken vijfentwintig jaar eerder moeten hebben, dan hadden wij nu niet zoveel last van hem gehad!'
Oom Hein schudde hem de hand en nam hem zijn revolver af. Toen pakte hij met beide handen de uniformjas van de man en trok die met geweld open, zodat de knopen over de vloer spatten.
'Ziezo,' zei hij lachend, 'zo kun je straks tenminste aannemelijk maken dat je je tot het uiterste hebt verzet. En nu opschieten, jongens!'

De zakken lagen al klaar. Jan trok zijn schoenen en jas weer aan. Oom Hein stak de sleutel in het slot van de kluis en terwijl ze allen in spanning toekeken, draaide hij die om, trok, en de zware deur zoefde open. Daar lagen de bonkaarten, juist vandaag uitgepakt en netjes gesorteerd, in pakjes van vijftig met een plakbandje eromheen: distributiekaart vijfde periode, zesde periode, melk-, boter- en vleesrantsoenen, stapels textielkaarten in allerlei kleuren, schoenenbonnen, benzinebonnen, inlegvellen...
'Niet kijken, jongens! Gooi er maar in, we zoeken ze later wel uit. Zeshonderd van beide perioden in deze zak apart, je weet wel waarvoor. Doe er nog een stapeltje bij... Ook wat van dat bijzondere spul. Zo, breng weg, Jan!'
Jan sleepte de zak op de tast de donkere gang door, deed zacht de achterdeur open en stak zijn hoofd naar buiten. Hij wist wat er komen zou en toch schrok hij nog even, toen een stem vlak bij hem 'Sicilië' fluisterde. Iemand nam hem de zak uit handen – Jan zag slechts onduidelijk zijn gestalte.
'Gaat het goed?' vroeg een stem zacht.
'Prima,' zei Jan. 'Smeer hem maar gauw.'
Een onbekende vriend, wiens naam hij zelfs niet wist en nooit zou weten, een van de vele ondergrondse strijders in het verzet...
Toen hij binnenkwam, was alles klaar. De laatste touwen werden om de zakken gesnoerd. De NSB'er was bijgekomen en zat met de hand aan zijn hoofd lodderig rond te kijken. Oom Hein stond bij de telefoon, draaide wat aan de schijf en praatte: 'Hallo, ben jij daar, Ludwig...? Ja, de auto kan komen, hoor...! Wat zeg je...? Op de hoek bij de school, dat is goed, dan slepen we daar de boel wel heen... Nee, alles is in orde, hoor! Adieu...!'
Daarna nam hij de telefoon in beide handen en scheurde met een ruk het snoer los van de muur. Piet en Leo namen de NSB-agent elk bij een arm en sleepten hem de kluis in. Oom Hein joeg de andere agent er met de revolver in de hand achteraan.
'Vooruit, schooier die je bent,' schold hij, alsof hij woedend was. 'Ik zou je de kogel moeten geven! Ons van achteren aan te vallen...'
De deur ging dicht en werd op slot gedraaid, maar de sleutel werd er niet uitgenomen en het licht bleef branden. Ze droegen vijf zakken de achterdeur uit en waren in alle stilte bezig om die op de fietsen te binden. Oom Hein reed vooruit om de omgeving te verkennen en meteen Wiesje te waarschuwen. De anderen volgden, Leo met nog een fiets aan de hand. Ze reden op enige afstand achter elkaar met naar voorschrift afgeschermde lantaarns de dorpsstraat langs en kwamen nu en dan een voorbijganger

tegen, maar die schonk geen aandacht aan hen. Voor het burgemeestershuis ontmoetten ze elkaar.
'Zo, lelijke dieven,' zei Wiesje. 'Ben je daar eindelijk?'

Nog net vóór spertijd, klokslag elf uur, waren ze thuis, na een rit van nog geen twee uur over veertig kilometer en kregen ze van tante Truus te horen dat ze brave jongens waren, die nog eens weer samen op stap mochten. Haar ogen glansden van blijdschap dat ze weer veilig terug waren en dat het gelukt was, dat ze het maar weer eens gelapt hadden om de vijand te slim en te sterk af te zijn. Die blijdschap kwam ook uit in het dankgebed van oom Hein voor de nachtelijke maaltijd.
Leo beweerde dat hij nog nooit zo'n honger had gehad als op de terugweg. 'En dan moet je samen zevenduizend broodkaarten achter op de fiets hebben,' zei hij, 'en nog geen korstje om op te kauwen!'
Daar moest Piet zo om lachen dat hij zich verslikte in zijn huzarenslaatje en door tante Truus in de keuken bijgebracht moest worden met een glaasje water en klopjes op zijn rug. Het was niets voor Piet om zo gek te doen. Het avontuur had hem blijkbaar geheel uit zijn zorgen gehaald.
Na het eten bleven ze nog gezellig een beetje nakaarten en dit bleek het leukste te zijn van de hele kraak. Want nu doorleefden ze nog eens alles wat er gebeurd was, maar zonder angst en zonder spanning, alsof ze het anderen zagen doen. Ze bewonderden nog eens het oude kantoorklerkje, dat met dezelfde preciesheid waarmee hij zijn leven lang gewerkt had, de kraak tot in de kleinste onderdelen had voorbereid en eigenhandig de pin in het raam had doorgevijld. Ze hadden schik om het domme gezicht van de burgemeester, toen hij plotseling die revolver boven zijn lijfblad zag verschijnen. En ze stonden lang stil bij dat spannende moment toen er gebeld werd.
'Ik begrijp het zelf niet,' zei Piet. 'Ik werd ineens zo hard als ijzer van binnen. Ik lag daar in die gang achter de kapstok en ik dacht aan geen gevaar. Ik was alleen maar van plan om zo veel mogelijk moffen overhoop te schieten. Verdraaid, ik durf het haast niet te zeggen, maar het was bijna een teleurstelling voor me, toen ik alleen die paar doodgewone mensen zag binnenkomen...'
'Stil maar,' zei oom Hein, 'je zult heus ook nog weleens wat te schieten krijgen, als wij een poosje zo doorgaan.'
'Hou maar op,' mopperde tante Truus. 'Als je zo griezelig begint te doen!'
'Hè ja,' hielp Wiesje. 'Bah, ik word er koud van!' Maar intussen zat ze met een bijna verliefd gezicht de zware revolver te bekijken die ze op de SS-man veroverd had.

'Dit kanonnetje mag ik voortaan wel gebruiken, hè oom Hein, ouwe dief?' vroeg ze.
'Maar nou zou ik toch best nog eens willen zien, waar wij ons zo druk voor gemaakt hebben,' zei Leo. 'Laten we die zakken eens leeg gooien. Wat zal dat een mooi gezicht zijn, al die kleurtjes bij elkaar!' Dat deden ze op de vliering, want daar konden zij de volgende dag de kaarten het best sorteren. Het werd een hele hoop en ze moesten allemaal even een stapeltje in handen hebben en strelen met hun vingers.
'Zijn er ook rokerskaarten bij?' vroeg Wiesje.
'Nou en óf,' zei Piet. 'En een snoepkaart voor jou, meisje!'
'En wat is dat?'
Wiesje haalde van tussen de kaarten een grote bruine envelop tevoorschijn, van boven dubbel omgevouwen, die rammelde van het geld. 'Salarispot personeel' stond erop met grote schoolmeesterachtige letters. En daar hadden ze me toch tegen wil en dank een bedrag van meer dan honderdvijftig gulden meegenomen, dat blijkens een afrekening die ook in de envelop zat, overgebleven was bij de laatste uitbetaling van de salarissen.
'Wat moeten we daarmee?' vroeg Wiesje.
'Ja,' zei oom Hein. 'Wat moeten we ermee? Nou voel ik me toch een dief, jongens...'
'Breng het terug,' stelde Piet voor. Maar hoe was dat mogelijk? Vóór het bij Müller was, zou de kraak ontdekt zijn en dan was het niet verantwoord om het bedrag nog naar binnen te smokkelen. Maar ten slotte vonden ze toch een oplossing. Ze zouden het geld per postwissel terugsturen aan de NSB-burgemeester, natuurlijk vanuit een andere plaats dan waar ze woonden. Een van de jongens moest er dan maar even voor naar Amersfoort of Hilversum. Toen ze al in pyjama liepen, verzonnen ze nog een leuk afzendersadres: 'KP Oranje – Vrijheidsstraat – Wilhelminadorp'.
'Stalinstraat,' stelde Wiesje als wijziging voor.
'Best hoor, jouw afgod mag er ook in. Kunnen ze daarginds met enig recht spreken van de Oranje-bolsjewisten. Als ze maar weten, waar het ons om gaat.'
'Laten we dat op het strookje voor mededelingen zetten, jongens: niet om geld, maar om recht!'
Zo werd besloten. Toen deponeerden ze hun revolvers – en ze hadden nu elk een goeie – op het nachtkastje of onder het kussen en enkele minuten later sliepen ze de slaap der gerusten.

HOOFDSTUK 5

In de volgende dagen verliet een groot deel van de distributiekaarten het huis. Een meisje uit Nunspeet vervoerde er zeshonderd onder haar kleren; zij kwam als een slanke jongedame en vertrok als een statige vrouw van meer dan gewone omvang. Een kennis uit het naaste dorp verscheen met een bakkerskar en verborg enkele honderden onder de broodjes. Een auto van de posterijen uit de buurt van Amersfoort kwam op klaarlichte dag tweeduizend stuks halen; de gevulde postzakken werden slordig tussen de postpakketten gesmeten. Toen gingen er nog twintig hierheen en vijftig daarnaartoe en Wiesje reisde met duizend in een koffer naar vrienden in Leiden, van wie ze vermoedde dat die er behoefte aan zouden hebben, maar kwam er diezelfde dag mee terug, omdat ze daar inmiddels al uit andere bron voorzien bleken te zijn. Zij was erg uit haar humeur, omdat ze nu alle risico voor niets genomen had. Bij de uitgang van het station in Leiden was zij zelfs aangehouden door lui van de CCD, die wilden weten, wat ze in die zware koffer had.

'Papierwaren,' had Wiesje gezegd. 'Monsters van een kaartsysteem voor fabriekskantoren. Ik ben reizigster van een firma in Amsterdam... En ze had zelf brutaalweg de koffer opengeklapt en haar duim langs de keurige pakjes laten ritsen, die gelukkig nog stevig tegen elkaar met de zijkant naar boven in de koffer gestuwd zaten.

'In orde, juffrouw, doorlopen,' hadden de kerels gezegd en ze hadden alweer naar een nieuw slachtoffer uitgekeken.

'Dat was dan toch wel op het nippertje!' zei oom Hein. 'En was je nou niet bang?'

'Nou, bang? Wat is bang? Mijn hart klopte natuurlijk een beetje sneller,' gaf Wiesje toe. 'Maar ik had al gezien in welke richting ik ervandoor moest als het misging. Aan de voorkant van het station stond een fiets voor me klaar... Maar oom Hein, hier klopt iets niet. Nou zitten we nog met meer dan drieduizend bonkaarten, die we niet kwijt kunnen. Dáár hebben we ze toch niet voor veroverd!'

Ze had gelijk. De nieuwe periode was al ingegaan en overal in het land zaten onderduikers zonder kaart. Maar hoe die te vinden?
Er was maar één middel: contact zoeken met de grote landelijke organisatie tot hulp aan onderduikers, de LO, en die alle buit voortaan afgeven. Oom Hein had er tot nu toe niet van willen weten; hij was nogal op zichzelf en wilde graag alleen de leiding houden over zijn troepje. Bovendien vond hij het gevaarlijk als mensen in Amsterdam of Den Haag zouden weten van hun bestaan. Er moest maar eens één verrader onder schuilen...
Maar nu zag hij toch ook in dat aansluiting noodzakelijk was en diezelfde avond nog had hij een bespreking met een medewerker van de LO in de buurt, die de boodschap zo spoedig mogelijk zou doorgeven.
Toen het eenmaal gebeurd was, had hij er zelf schik in. Aan de voorbereiding voor hun tweede distributiekraak, die in de Achterhoek, had hij de laatste dagen niets meer gedaan. Waarom zouden ze zich inspannen, als ze straks toch met de buit geen raad wisten? Maar nu trok hij er de volgende morgen weer op af en koos Joop uit om mee te gaan.
Toen ze 's avonds terugkwamen, bleek dat ze geen beste dag hadden gehad. Het distributiekantoor in de Achterhoek was in de afgelopen nacht al overvallen door een andere KP, die er ongeveer tienduizend bonkaarten buitgemaakt had, maar bij de aftocht een schietpartij had geleverd met een stel Duitsers en er één had neergeknald, een officier nog wel. Het hele dorp was in rep en roer geweest, de SD was met een onderzoek bezig en iedereen werd op straat aangehouden. Toch was oom Hein, terwijl Joop buiten het dorp op hem wachtte, tot zijn contactman doorgedrongen om die rekenschap te vragen, maar de man had hem niet eens binnen durven laten en had plechtig verzekerd dat deze overval buiten hem om was gebeurd. Van twee kanten was daar dus gewerkt voor eenzelfde doel en oom Hein had achter het net gevist en al het voorbereidende werk voor niets gedaan. Alweer een bewijs hoe nodig het was dat iedere verzetsgroep zich aansloot bij de landelijke organisatie.
'Wat hebben wij nu dan nog op 't programma?' vroeg Wiesje, die in een groen truitje en een trainingsbroek op de divan lag.
'Voorlopig niet veel bijzonders,' antwoordde oom Hein somber.
'Wel,' zei Wiesje, 'als we dan toch de eerste dagen niets te doen hebben, dan wil ik er graag een poosje tussenuit om me een nieuw stel papieren te laten aanmeten. 't Is hard nodig, kijk dit maar eens in.'
Ze deed een greep onder haar truitje en gooide het laatste nummer van het politieblad op tafel dat die middag door een medewerker was gebracht. Tussen de berichten over tientallen overvallen door heel het land stonden

ook die op de politieman en het distributiekantoor. In beide berichten werd Wiesje ten voeten uit getekend en bij het laatste stond zelfs haar naam genoemd. Een van de andere jongens moest zich die tijdens de overval hebben laten ontvallen.

'Vrouwspersoon in grijs mantelpak, middelmatige lengte, leeftijd ongeveer vijfentwintig jaar, slank postuur, met lage altstem, mogelijk verklede man... Nou, die burgemeestersfamilie in de kelder heeft je goed opgenomen, Wiesje!'

De jongens rukten elkaar het blad opgewonden uit handen, tot oom Hein er beslag op legde.

'Moordaanslag op politieman,' begon hij.

'Ik protesteer!' riep Joop. 'Als wij die vent hadden willen vermoorden, dan was hij zo dood als een pierke geweest. 't Zou vrij wat gemakkelijker geweest zijn!'

'Hou je snuit nou! Lees verder, oom Hein!'

De signalementen klopten verdraaid goed. Joop met zijn Brabants accent, Jan met zijn lichte kuif, blozende gelaatskleur en bruin kostuum, ze waren uit de beschrijving te herkennen. Zelfs werd het vermoeden uitgesproken dat aan beide 'misdrijven' dezelfde personen hadden meegewerkt.

'De geroofde distributiebescheiden zijn met een auto vervoerd,' las oom Hein, 'waarschijnlijk met een vierdeurs Chevrolet.'

'Prachtig!' riepen ze. 'Die list van jou is geslaagd, oom Hein! En ze geven je nog een goed merk ook. Waar halen ze dat vandaan?'

'Aanhouding en voorgeleiding van de bovenbeschreven individuen wordt dringend verzocht. De burgemeester stelt een beloning van duizend gulden beschikbaar voor ieder die inlichtingen kan geven, die tot ontdekking van de daders leiden.'

Daar hadden ze nog de meeste schik om. Dat laffe burgemeestertje toch, wat deed hij zijn best om bij zijn Duitse chefs weer in een goed blaadje te komen! Maar duizend gulden, dat was nog geen tweehonderd 'per individu'. Wie zou daarvoor judas willen zijn?

'Ik vind het gewoon een belediging,' riep Leo. 'Als we in de buurt komen, moeten we dat kereltje toch eens aan zijn verstand brengen dat we meer waard zijn!'

'Jullie zullen het met me eens zijn dat mijn dagen als vrouw hiermee zijn geteld,' zei Wiesje. 'Ik moet een nieuw PB hebben.'

'Dat kun je toch hier in de buurt ook wel krijgen,' meende oom Hein.

'Ja, maar ik ben niet zo gauw tevreden,' zei Wiesje. 'Het halve land loopt met valse persoonsbewijzen en is van beroep CCD-ambtenaar of hulpprediker. Ik wou 't een beetje hogerop zoeken. In Leiden ken ik iemand die me aan officiële papieren van de SD kan helpen. Als ik die in mijn zak heb, klop ik zo'n Duitse speurhond in de trein vriendschappelijk op de schouder en zeg: "Heil Hitler, kameraad!" En wat ik bij me heb, wapens of wat dan ook, dat heb ik dan net ergens in beslag genomen. Kunnen jullie ook nog plezier van hebben, als je met mij op stap bent. In drie dagen heb ik het hele spul voor mekaar, zul je zien.'

'Nou, als jij ertussenuit trekt, dan wil ik ook wel een paar dagen weg,' zei Leo. 'Als er toch niets te doen valt. Dan ga ik in het noorden een paar vrienden opzoeken.'

'En ik...' begon Jan.

'Jij ook al?' vroeg oom Hein. 'Waar wou jij naartoe?'

'Een paar dagen met vakantie,' ontweek Jan.

Hij voelde dat hij een kleur kreeg, toen de anderen naar hem keken. Zouden ze het door hebben dat hij naar zijn meisje in Rotterdam wilde? Hij had Trijntje nou al in een week of zes niet gezien...

'Jongeman in bruin kostuum, met blozende gelaatskleur,' repeteerde Wim lachend.

'Nou, als jullie dan toch allemaal weggaan,' zei Piet langzaam en als diep in gedachten, 'dan zou ik zo zeggen dat...'

'Ja, jij wilt naar je vrouw,' viel oom Hein hem in de rede, 'maar dat zou het stomste wezen wat je doen kunt, Piet! Je bent daar veel te bekend. Eén seintje van een verrader en je bent voorgoed de sigaar. Je mag natuurlijk gaan waar je wilt, maar uit dat dorp blijf je weg, begrepen?'

'Ik denk dat ik het niet eens zou durven,' antwoordde Piet op zijn lijzige toon.

'Is je geraden ook. Luister, jongens, ik stel voor dat we allemaal een week vakantie nemen, dan kan ieder zijn particuliere zaakjes opknappen. Maar precies over een week allemaal hier terug, begrepen? Woensdagavond, klokslag tien. Ik heb dan intussen zeker die vergadering gehad en dan zal er wel weer werk aan de winkel wezen. Hou intussen allemaal je ogen open, of je ergens een mooie kans ziet voor een klusje. Blijf eraan denken dat het onze plicht is om de vijand zo veel mogelijk afbreuk te doen.'

'Onverschillig waar?' vroeg er één.

'Natuurlijk,' zei oom Hein. 'We hebben een moderne zaak, we bedienen door heel het land. En dan nog iets: als jullie ergens een flinke koerierster op de kop kunnen tikken, breng die dan mee, want die zullen we nodig hebben, nu Wiesje weer heer wordt.'

'Althans haar best zal doen om een heer te zijn,' verbeterde Wim.

'En dit keer geen verklede manspersoon,' zei Leo.
'Nee, één met een lief snoeteke,' adviseerde Joop. 'Lief en onschuldig, dat loopt het minst in de gaten.'
'Wou je soms beweren dat ik geen lief onschuldig snoetje had?' vroeg Wiesje verontwaardigd.
'Hoe kan dat nou, met zoveel verf erop? Denk eraan jongens, lippenstift verboden.'
Luidruchtiger dan anders maakten ze aanstalten om naar bed te gaan. Alleen tante Truus was stil en pinkte warempel een traan weg, toen ze hoorde dat ze een hele week haar kinderen zou moeten missen.
'En nou had ik nog wel net zo'n mooie biefstuk van een boer gekregen,' zei ze verdrietig. 'Wat moet ik daar nou mee?'
'O, maar die maken we nog op,' zeiden ze. 'Jongens, we kunnen tante Truus toch niet met die biefstuk laten zitten...! Vooruit Joop, jij kunt hem wel bakken, zet de pan maar vast op met een flink stuk boter erin. Boterbonnen liggen er nog genoeg op zolder. Mag het, tante Truus? En krijgen we er ook nog een kopje koffie bij?'
Tante Truus holde alweer. En zo zaten ze om elf uur in de avond nog brood met biefstuk te eten. Eetlust hadden ze altijd. En tante Truus lachte weer en beloofde net zoiets lekkers als welkomstmaal, precies over een week, als ze allemaal weer terug zouden zijn. Zo'n lieve ouwe schat als dat was!
De volgende morgen vertrokken ze, de een na de ander. Maar toen Jan klaarstond om met Wim, die een eind met hem mee zou reizen, de deur uit te gaan, kwam de plaatselijke medewerker, een meubelmaker uit het dorp, met een spoedbericht voor oom Hein.
'Vanmiddag om drie uur aanwezig zijn in café Monopole in Amsterdam, voor de bespreking met de LO,' zei hij.
'Dat is gauw,' verwonderde oom Hein zich. 'Hoe heb je zo gauw contact gekregen?'
'Heel eenvoudig,' lachte de ander. 'Ze waren al een paar dagen naar jou aan het zoeken; zodra ze van die distributie-overval hoorden, zijn ze begonnen. Dus goed verstaan: drie uur, café Monopole, wachten op een meneer met een opgerold nummer van *Volk en Vaderland* in de hand. Die aanspreken met de woorden: 'Kunt u mij de weg naar het Rijksmuseum wijzen?' Als het antwoord luidt: 'Wilt u de Nachtwacht zien,' dan is het de koerier, die je naar de vergaderplaats zal brengen. En of u niet alleen wilde komen, moest ik zeggen, maar een onderwijzer meebrengen, een zekere Jan van der Sloot.'
Nieuwe verwondering.
'Hoe kan dat?' vroeg oom Hein.

'Hoe kennen ze daarginds je naam, Jan?'
'Nou,' zei Wim bewonderend, 'jij bent bekend in de hoogste kringen, jochie!'
Jan begreep het ook niet dadelijk. Maar toen Wim alleen vertrokken was en hij teleurgesteld met oom Hein in de kamer zat, kreeg hij een vermoeden, waardoor hem het hart plotseling sneller klopte van blijdschap. Want wie anders kon de naam weten van zijn valse persoonsbewijs, dan de man die hem dat ding zelf had bezorgd?
Café-Restaurant Monopole zat vol met kerels in allerlei uniform en alleen zou Jan het misschien niet gewaagd hebben om hier binnen te gaan. Maar toen hij achter de brede rug van oom Hein tussen de tafeltjes doorgescharreld was naar een paar lege stoelen bij het raam, begreep hij dat het nog zo gek niet was, om deze plaats uit te kiezen voor een ontmoeting, want niemand zou in dit gezelschap van Duitsers en hun aanhang verzetslui verwachten. Alleen moest je een gezicht weten te zetten dat bij de omgeving paste en dat lukte oom Hein beter dan hem. Die zat met de duim in zijn vest en zijn onderlip vooruit rond te kijken, alsof hij pas helemaal alleen een veldslag had gewonnen en roerde bijna plechtig met een houten lepeltje in zijn koffie. Maar toen hij er een slok van genomen had, verloor hij even zijn waardigheid, trok een lelijk gezicht en bromde: 'Bah, wat een gootwater! Geef mij de koffie van tante Truus maar!' En raakte verder het vocht niet meer aan. Zo waren er dus toch nog dingen die zij beter hadden dan de machthebbers in het land.
Een paar minuten voor drie kwam een kleine, keurig geklede jongeman het café binnen met een opgerolde krant in de hand. Hij stond er nadenkend mee tegen zijn schouder te tikken, terwijl hij de zaal rondkeek. Toen bleven zijn ogen op oom Hein rusten en hij kwam langzaam in diens richting. Jan zag dat hij een NSB-speldje op zijn jas droeg.
Het was een prettige verschijning met een openhartige jongensachtige kop.
'Is deze stoel vrij?' vroeg hij.
'Als u ons eerst het Rijksmuseum even wijst,' antwoordde oom Hein met zijn ogen vast in die van de ander.
'De Nachtwacht is er niet meer,' lachte de jongeman. 'Zullen we dan maar gaan? Freek is mijn naam.'
Oom Hein rekende af, een portier in admiraalsuniform hielp ze in hun jassen en gromde wat, toen oom Hein hem een dubbeltje in de hand duwde. Hij was het van de andere klanten zeker beter gewend.
Jan liep achter de anderen aan over het drukke Leidseplein en langs de singel en genoot van de wandeling, al was het een donkere regenachtige dag. Nog niet zolang geleden zat hij hier vlak in de buurt opgesloten en durfde zijn neus nauwelijks buiten de deur te steken; nu liep hij frank en

vrij tussen de mensen. En de gedachte dat hij gezocht werd, dat elke politieagent hem eigenlijk arresteren moest, maakte het gevoel van vrij te zijn nog sterker en prikkelender. Hij zette zijn borst uit en haalde diep adem. In gedachten trok hij een gezicht tegen ieder uniform dat hij tegenkwam. Zo'n overmoedige bui had hij de laatste tijd wel eens vaker; dan leek het alsof hem niets zou kunnen gebeuren.

Op een bovenhuis ergens in een stille straat in Zuid moesten ze zijn. Freek belde en ging hun voor de trap op. Het was schemerdonker op de overloop, maar Jan herkende meteen de gestalte die hem daarboven stond op te wachten. Hij sprong Freek voorbij en sloeg zijn armen om die man heen.

'Wat ben ik blij dat je er bent,' zei die. 'Kun je een paar dagen blijven? Fijn, dan praten we straks wel...'

'Ha ha,' zei oom Hein, 'nu gaat me een lichtje op! Nee, stil maar, ik zie het al: uit één hout gesneden, meneer Van der Sloot...'

'Van Kampen,' verbeterde vader.

'Vooruit dan maar, alles is mogelijk in deze gekke tijd; zelfs dat vader en zoon verschillende namen dragen. Waar wilt u ons hebben?'

In de kamer aan de straatkant zaten een stuk of tien heren om de tafel en het zag er blauw van de rook. Jan kreeg een plaatsje bij het raam en volgde vandaar de besprekingen. Er waren mannen van allerlei slag: een boerenman met een kromme pijp in de mond, een heer met een zwart puntbaardje – het leek wel een professor – een jonge kerel met beenkappen en een manchesterjasje. Aan het hoofd van de tafel zat een meneer met blonde krullen, die de ene keer met dominee werd aangesproken en dan weer met Frits. Dat moest dus Frits de Zwerver zijn, een van de oprichters van de LO, die het hele land had rondgetrokken om het verzet te prediken. Dit waren dus de kopstukken van de ondergrondse, de generaals van het geheime leger, waarvan hij ook een soldaat mocht zijn... En daartussen zat zijn vader, een beetje magerder dan vroeger en met een witte stekelsnor, die hem heel goed stond, en hij liet tussen de besprekingen door soms even de ogen op Jan rusten of wierp hem stilletjes een knipoogje toe. Maar was er niet meer aan hem veranderd dan die snor? Jan wist niet wat het was, maar het gaf hem een vaag gevoel van bezorgdheid.

Met oom Hein was alles gauw in orde. Hij werd gecomplimenteerd met het succes van zijn groep. De overgebleven bonnen zouden door koeriers gehaald worden en voortaan zou hij de vergaderingen bijwonen en de leiding op de hoogte houden van zijn plannen. Als dat eerder gebeurd was, zou de teleurstelling in de Achterhoek voorkomen zijn; de buit van die overval was al in handen van de LO. En verder werd afgesproken dat

de LO oom Hein aan het geld zou helpen voor het onderhoud van zijn groep: twintig gulden per week en per man.
Een mevrouw kwam de kamer in met een blad vol theekopjes; daarna ging de bespreking weer door.
Jan luisterde en dronk zijn thee en keek uit het raam. Een jonge moeder van de overkant ging nog even uit met de kinderwagen, nu de zon was doorgebroken. Een lummelige kerel van een jaar of dertig met een bruin alpinootje en een bril kwam naast de wagen lopen. Hoorde die erbij? Nee, natuurlijk niet, hij raakte al voor. Kijk, hij gluurde omhoog naar het raam, alsof hij gevoeld had dat iemand naar hem keek... Jan kreeg het laatste nummer van *Vrij Nederland* en was ermee bezig tot aan het einde van de vergadering. Toen gaf hij het blad aan de meneer met de baard en stond voor het raam te wachten, tot vader, die met enkele mensen nog een napraatje hield, klaar zou zijn. Het moedertje aan de overkant trok haar kinderwagen achteruit een stoep op – de baby was gelucht. En daar had je ook dat ventje weer met zijn blinkende brillenglazen, zijn alpinootje en zijn sporthemd. Dat woonde toch zeker hier in de buurt. Of zou hij ergens op wachten, hij keek zo zoekend rond...
Vader was klaar. Samen met oom Hein gingen ze naar beneden; toen namen ze afscheid, want oom Hein moest een andere kant op. Jan moest hem nog eens beloven, op tijd terug te zijn.
'We gaan maar wandelen,' zei vader. 'De trams puilen natuurlijk weer uit en het is prachtig weer.'
Het was heerlijk om samen met je vader te wandelen door de vredige zomeravondstemming van de hoofdstad. Op een brug bleven ze staan en keken naar een schuit, die door twee mannen werd voortgeboomd. De druppels die van de vaarstok vielen, waren als glinsterende diamanten. Een jongen en een meisje liepen gearmd langs de kant. Ergens koerde een duif en het klonk als een verzekering dat hier alles veilig was. Toen de schuit allang onder hen doorgevaren was, stonden ze er nog. Jan had het gevoel dat je nergens beter kon zijn dan in deze stad, waar je je vrij kon bewegen, omdat niemand op je lette, waar je ondergedoken was tussen de duizenden. Een rust als nu had hem in lange tijd niet vervuld...
Toen hij opkeek, schrok hij, omdat zijn vader de tranen in de ogen had. En weer kreeg hij het gevoel dat er iets met hem niet in orde was.
'Vader, wat is er?' vroeg hij bezorgd.
'Niets hoor,' lachte vader. 'Kerel, ik ben zo blij dat je er bent! Hoe laat is 't eigenlijk? Bij zevenen...? Dan moeten we ons haasten, want om half acht komt er iemand voor me. Kom.'
En met de arm om Jans schouders nam hij hem verder mee de stad in.

HOOFDSTUK 6

In een nauwe stille straat, die twee grachten verbond, stond een ouderwets kruidenierswinkeltje scheefgezakt te leunen tegen een nog ouder, maar sterker en hoger pakhuis en in de overigens lege etalagekast hing alleen een reclameplaat voor Indische thee met een mooie Javaanse vrouw in een pracht van een sarong.

'Zolang die plaat daar hangt, is alles veilig,' zei vader. 'Let daar dus op, als je uit geweest bent. De winkeldeur is altijd op slot, want er wordt al sinds een jaar niets meer verkocht. De ingang is hiernaast op nummer 17.

Hij belde het V-teken en bijna op hetzelfde ogenblik werd de deur opengetrokken. Een vriendelijke eenvoudige vrouw van middelbare leeftijd ontving hen boven aan de trap.

'Dag, tante Fie,' zei vader. 'Hier is mijn zoon dan. Zeg maar Jan, hoor! Zullen we meteen maar even naar boven gaan?'

Ze kwamen op een kleine slaapkamer met bloemetjesbehang en een tweepersoons opklapbed achter een gordijn. Het rook er muf. Vader schoof het raam op en terwijl hij bij de wastafel bezig was, boog Jan zich over de vensterbank en zag in de diepte een bruin alpinootje voortzweven over het trottoir. Twee brillenglazen fonkelden even op. Liep daar nu datzelfde mannetje weer dat hij vandaag al twee keer had gezien? Dat zou ook toevallig zijn in zo'n grote stad! Het was natuurlijk niet waar; er waren meer van die bruine baretjes...

'Je bent al een echte onderduiker,' zei vader met een glimlach. 'Je kijkt meteen hoe je weg kunt komen, als er iets gebeurt. Dat is het enige bezwaar van dit huis, dat het maar één ingang heeft. De huizen hiernaast zijn een verdieping hoger: over de daken kun je dus ook niet vluchten. Maar gelukkig zijn er een paar heel goeie schuilplaatsen; die zal ik je zo even wijzen.'

Toen ze zich beiden wat verfrist hadden, nam hij Jan mee naar een van de achterkamers. Een vrouw, die sprekend leek op de vrouw die hen

binnengelaten had, maar erg bleek en met wit haar, was in bed met een handwerkje bezig.
'Tante Stien,' zei vader, 'dit is mijn zoon. Mag ik hem even ons hol laten zien?'
Hij opende een kast, die vol met kleren hing, en klapte de bodem als een luik omhoog.
'Het voordeel van die achttiende-eeuwse huizen is dat ze zoveel dode ruimte hebben,' zei hij. 'Hier duiken we in, als het nodig is. Aan de onderkant van 't luik is een houten grendel – als je die ervoor schuift, kan het van boven niet meer opgetild worden. Er is een luchtkoker, er ligt een matras en er staat een bus biscuits. Op de zijkamer hiernaast is een soortgelijke schuilplaats. We zijn op alles voorbereid hè, tante Stien?'
De vrouw knikte en lachte, alsof die maatregelen maar voor de grap genomen waren. Jan maakte een praatje met haar en hoorde dat zij al tien jaar ziek lag. Toch zag zij er niet ongelukkig uit; integendeel, haar ogen keken geestig en vergenoegd over haar brillenglazen. Naast haar bed hingen drie teksten op een rijtje, geborduurd met verschillende kleuren zijde en voorzien van een paars vogeltje of een groen slingertje bloemen: 'God is mij een helper', 'Werpt al uwe bekommernissen op Hem' en 'Looft den Here, mijne ziel'. Nu was zij bezig aan: 'Bid en u zal gegeven worden'. De B met al zijn tierelantijntjes had zij bijna klaar.
'Hoe vind je mijn werk?' vroeg ze, met haar hoofd als een klein meisje opzij. En Jan zei natuurlijk dat hij het prachtig vond, erg kunstig, dat hij niet begreep hoe ze het voor elkaar kreeg. Daar kleurde zij van en zij vertelde dat zij nooit borduren geleerd had, maar dat zij nu al veertig teksten had verkocht voor een gulden per stuk. Het geld was voor de verzetsmensen. Zo probeerde zij op haar bed ook nog iets nuttigs te doen voor de goede zaak.
Een grote oude man ontving hen in de huiskamer. Opa Meyer. Hij zat al te wachten aan het hoofdeinde van de tafel, een zwart kalotje op zijn dunne zilverwitte haren, de handen gevouwen over de grote zilveren horlogeketting op zijn buik. De tafel was gedekt voor negen personen en uit alle hoeken kwamen de huisgenoten, toen tante Fie op de gong had geslagen: een joods echtpaar van bij de zestig, twee joodse meisjes, zusjes van zestien en zeventien en een grote blonde jongen van Jans leeftijd, die zich als Roel voorstelde.
Opa Meyer ging met vaste stem voor in gebed; hij sprak met God zo vertrouwelijk, alsof de Heer naast hem aan tafel zat. Boven zijn grijze hoofd, aan de wand, hing een tekst van tante Stien: 'Jezus zal overwinnen', met

een zingende vogel op een tak. En boven de schoorsteen hing groot het portret van koningin Wilhelmina met een Oranjestrik op de gouden lijst. Opa Meyer was nog erg kras voor zijn tweeëntachtig jaar. Na het eten reikte tante Fie hem de Bijbel, die op een taboeretje tussen de ramen lag, en hij las Jesaja vierenvijftig. Hij deed het prachtig, een beetje hoogdravend, hij leek zelf wel een profeet. Hij sprak tot de aanwezigen alsof het zijn eigen woorden waren. Bij de laatste verzen hield hij even op en keek de kring rond, zijn ogen bleven een poosje op Jan gevestigd, en het leek alsof hij iets vragen wilde. Toen ging hij verder:

'Alle wapen, tegen u gesmeed, zal vruchteloos zijn;
Elke tong, die tegen u zich verheft, zult gij vonnissen.
Dit is het erfdeel van de knechten des Heren
En hun heil van Mijnentwege, spreekt de Here...'

En Jesaja zelf kon die woorden niet met meer zekerheid en blijdschap uitgesproken hebben tegen zijn door vijanden omringde volk Israël, dan deze eerbiedwaardige grijsaard het deed in de kamer boven zijn kruideniersWinkeltje te midden van zijn onderduikers.
Jan was ervan onder de indruk en sprak met vader over de oude man, toen ze zich na het eten op het bovenkamertje teruggetrokken hadden. Die vertelde dat opa dit hoofdstuk iedere week een keer las, vooral als er weer een nieuwe gast gekomen was.
'Ik heb nog nooit een man met zo'n groot godsvertrouwen ontmoet,' zei vader. 'Het is alsof hij zich onkwetsbaar voelt. Al zou je de hele illegaliteit hier willen samenbrengen, hij vindt het goed. Alles kan hier en iedereen is hier welkom. Om je de waarheid te zeggen, het is mij weleens een beetje te bar. Maar hij en zijn twee dochters geloven dat engelen het huis beschermen en wie weet, misschien hebben ze wel gelijk...'
Beneden klonk het belletje: Ring-ring-ring-rrinnng! Het V-teken.
'Dat zal voor mij zijn,' zei vader. 'Als jij nu eens aan een brief voor moeder begint, dan schrijf ik er straks een stukje bij. Vindt ze vast leuk, om een brief van ons samen te krijgen. Denk erom, geen adres...'
Jan schreef vier kantjes, daarna zes kantjes aan Trijntje en toen nog een lettertje aan oom Gerrit. In die tijd was vader driemaal boven geweest en telkens na enkele minuten door het bekende belletje weer naar beneden geroepen. De torenklok in de buurt had al tien geslagen, toen hij met een zucht van verlichting voorgoed boven kwam.
'Maar morgen trekken we er lekker tussenuit, jong,' zei hij. 'Ik weet een

fijn plekje in het Gooi, waar geen van de medewerkers mij vinden kan. Dan zullen we eens helemaal van elkaar zijn. Nog één sigaret, voor we naar bed gaan?'

Hij deed de lamp uit, trok het verduisteringsgordijn op en ze zaten te roken voor het open raam, terwijl hoog en ver in de donkere nacht de Amerikaanse luchteskaders voorbijtrokken naar de Duitse industriesteden en de zoeklichten als met vurige vingers in grote zwaaien hun machteloosheid aan de hemel schreven. Intussen hoorden ze opa naar boven stommelen en enkel door een dunne wand van hen gescheiden hardop zijn avondgebed uitspreken. Toen lieten ze ook de gordijnen maar neer, knipten het licht aan en maakten zich klaar om naar bed te gaan. Jan zag dat zijn vader grauw zag van moeheid, en dat hij wankelde, toen hij zijn hoofd achteroverboog om een poeder op zijn tong te schudden.

'Gebruikt u medicijnen?' vroeg hij ongerust.

Vader nam gauw een slok water, trok een lelijk gezicht en antwoordde lachend: 'Welnee, een slaappoedertje, anders niet.'

'U hebt het veel te druk.'

'Misschien... Kruip jij achteraan, dan hinder ik je niet, als ik er nog eens uit ga. Ik zit wel eens een poosje in de vensterbank, als de slaap niet komen wil.'

Ze lagen nog een poos zacht te praten, dicht naast elkaar in het donker. Over moeder en de kinderen, vooral over Frits, die moeder zorgen scheen te geven, omdat hij zo jong als hij was ook al aan verzetswerk begon mee te doen en veel te roekeloos was. Over het leven in de troep van oom Hein en over de tijd na de oorlog, als ze weer rustig bij elkaar zouden zijn. Dan zouden ze hun huis in Drente weer opbouwen en daar rustig leven als vroeger, zonder angst en zonder gevaar. Je zou weer kunnen gaan waar je wilde en hardop zeggen wat je dacht. Je zou weer vrij zijn, vrij... Je wist haast niet meer wat het was, maar het zou in ieder geval onbegrijpelijk heerlijk zijn... Je kreeg het er bijna benauwd van, als je probeerde je de vrijheid voor te stellen.

'Maar heb je er weleens aan gedacht dat het ook anders kan zijn?' vroeg vader na een lange stilte. 'Het is ook mogelijk dat wij het eind van de oorlog niet halen, Jan. Niet ieder die voor de vrijheid vecht, zal de vrijheid zien. Juist die niet...'

Jan zweeg. Het was alsof zijn hart werd samengeknepen, als hij aan de mogelijkheid dacht dat vader er niet bij zou zijn.

'Daarom had ik je graag bij oom Herman gehouden,' ging vaders stem verder. 'Ik weet het wel, hoor, dat was daar niets voor jou. Maar als ik je

nou eens ergens anders onderbracht, waar je voldoende afleiding had, op een boerderij of zo. Hoor je mij, Jan?'
'Ja,' zei Jan. En na een poosje: 'Maar uw leven is voor moeder meer waard dan het mijne; houdt u ermee op! U hebt het veel te druk, ik heb het best gemerkt. In elk geval zou u er een tijd tussenuit moeten om weer tot rust te komen.'
Zwijgen. Een zucht van vader.
'Nou, geeft u nou eens antwoord. Heb ik gelijk?'
'Misschien wel,' zei vader. 'Dit leven is mij werkelijk weleens te zwaar. Het is niet alleen het werk dat mij voortjaagt van de morgen tot de avond, het is ook de angst en onzekerheid die erbij komen, en dan nog de zorg over moeder en de anderen. En het angstige is dat het werk almaar groeit en dat je zo moeilijk nee kunt zeggen, omdat het altijd weer om het leven van mensen gaat. Ermee ophouden...? Nee, dat gaat niet, Jan. Dat kan ik niet en dat wil ik niet. Dat kan niemand, die eenmaal door dit werk gegrepen is. Ik zou geen rustig ogenblik meer hebben, als ik ergens weg zou kruipen. Begrijp je me?'
'Het ging mij net zo, toen ik bij oom Herman zat,' antwoordde Jan.
'Daar ben ik blij om,' zei vader. En hij herstelde meteen: 'Daar moest ik blij om zijn, maar ik ben het niet. Want dat betekent dat ik jou misschien zal moeten afstaan... En dat kan ik niet, jongen, dat kán ik niet... Jij bent zo jong, het hele leven ligt nog voor je...'
Het klonk zo wanhopig en Jan wist, hoe vaders gezicht er nu uit moest zien: juist als vanavond op de brug. Hij legde de arm om zijn vader heen en hij liet niet merken dat hij al zijn best moest doen om zich te beheersen.
'U maakt zich veel te veel zorgen,' zei hij. 'Laten we nou eens afspreken dat we niet meer om elkaar in de put zullen zitten, maar alleen goed op onszelf zullen passen. Is dat niet veel beter, ouwe piekeraar?'
Dat was een van de namen die moeder haar man soms gaf. Vader schoot ervan in de lach. Hij was over zijn wanhoop heen. 'Deze strijd is waard om er het leven voor te geven,' zei hij nog, 'want het gaat om het hoogste goed: de vrijheid van geweten. Maar een van ons tweeën moet overblijven, Jan! Voor moeder en de kleintjes.'
'Een van ons tweeën moet overblijven...' Aan die woorden lag Jan nog te denken, toen de torenklok twaalf heldere slagen door de stille nacht had doen klinken...
Het leek alsof hij nog maar even geslapen had, toen vaders hand hem wakker schudde. Ergens werd hard gebonsd, een rauwe stem schreeuw-

de onverstaanbare woorden en de bel klonk schril en zonder ophouden daardoorheen.
'Een inval!' zei vader. 'De Duitsers zijn er! Kom er dan toch uit, jongen! Vlug!'
Hij klapte het bed op en trok het gordijn ervoor. Toen deed hij iets aan een revolver en stak die in zijn pyjamazak.
'Pak je tas en je kleren en kom mee!'
Op de overloop was het een gedraaf van mensen door elkaar. De meisjes, wankelend van de slaap, voortgetrokken door Roel en tante Fie; het echtpaar arm in arm, de vrouw zacht kermend; opa, die in zijn kamerjas naar beneden ging. Tante Stien strompelde in haar nachtpon door de kamer. 'Bid en u zal gegeven worden,' zei ze. De kast stond al open, het luik omhoog. Maar hoe kregen ze nu die oude vrouw door het luik? Ze zat er al half in, maar durfde zich niet te laten zakken, omdat ze geen grond voelde. Vader moest haar handen met geweld losmaken van de rand; ze gilde het uit van angst. Met de oude heer ging het gemakkelijker. Jan gooide zijn kleren en zijn tas naar beneden en dook er ook in, vader viel boven op hem, sprong weer op en sloot het luik. Als tante Stien de kast nu maar dichtdeed. Jan voelde een matras, een blik, de benen van de vrouw. Ze kermde nog steeds. 'Druk haar de hand op de mond,' fluisterde vader. 'Ik blijf hier, bij het luik...' Maar de man was al bij haar. 'Hou je mond!' zei hij zacht. 'Hou je mond...! O, Here Zebaoth...' Jan duwde hem opzij en legde de vrouw languit op de matras. Hij voelde een kussen en hield het klaar om het op haar hoofd te drukken. Maar ze zweeg nu. Ze hoorde zeker ook dat de Duitsers al binnen waren...
Zware laarzen stampten door het huis. Er klonk een bons en geluid van brekend glas.
'Sie lügen, Sie lügen!' schreeuwde een rauwe stem. Het klonk als een gehuil. Deuren sloegen open en dicht, een paar kerels vlogen de trap op, Jan voelde de planken onder zich trillen. Hij was niet bang. Zijn enige angst was dat de vrouw weer zou gaan kermen. Hij hield het kussen al klaar boven haar hoofd...
Nu waren ze op de kamer, ze stonden misschien op geen twee meter afstand. Ze bonsden met hun geweren op de vloer en tegen de wanden.
'Wer sind Sie?' schreeuwde er een.
Van tante Stiens zachte antwoord was alleen het woord 'krank' te verstaan, zo stampten de laarzen op de kamers rond. En daar kraakte de kastdeur, handen tastten langs de planken, een vreselijke bons boven hun hoofd deed hen ineenkrimpen, toen werd het stil. Hoe was het mogelijk,

ze waren niet ontdekt! De voetstappen verwijderden zich, tante Stien werd de kamer afgesleurd en naar beneden gebracht. Maar er waren nog soldaten boven, Jan hoorde ze praten op een andere kamer.
'Hier hat einer geschlafen, das Bett ist warm!'[56]
En een andere stem: 'Wacht maar, wij zullen ze wel vinden, die schurken!' Een Nederlander, een verrader, die naar zijn eigen landgenoten liep te zoeken om ze uit te leveren aan de vijand... En hij vond ze, in de andere schuilplaats, hij snauwde ze toe, om voor de dag te komen. Luid klonk zijn smerige lach, toen hij de jammerende meisjes naar beneden dreef. Toen vloekte hij hard, er was een hevig lawaai. Roel verzette zich, maar werd geslagen en geschopt en de trap afgesmeten. Het was alles duidelijk aan de geluiden te volgen en Jan beet zijn tanden op elkaar om zich te beheersen. Ze konden niets doen, met één revolver tegen al die kerels waren ze machteloos. Het zou gekkenwerk zijn om voor de dag te komen en de anderen te helpen. Stil zijn en afwachten, dat was het enige. Het ergste gevaar was misschien voorbij. Dat er nóg een schuilplaats kon zijn, scheen niet in de hoofden van de kerels op te komen. Lachend en schreeuwend stampten ze de trap af naar beneden.
Jan zweette over zijn hele lichaam, zijn haar zelfs was nat. Angst? Hij had geen angst gevoeld, alleen een rauwe pijn in zijn borst, alsof daar iets op springen stond. Van beneden drongen nu minder duidelijk de geluiden door, een schreeuw, een bons, een daverend gelach. Toen een stem, die hoog opkermde: 'Hou op, hou op, ik weet het immers niet!'
'De schoften!' zei vader zachtjes. En de vrouw begon plotseling weer zacht te jammeren, maar het geluid werd door het kussen gesmoord. Toen was het een hele poos stil beneden. In de straat gromde de zware motor van een auto, die stopte voor het huis. Uit de geluiden was op te maken dat de slachtoffers werden ingeladen en weggevoerd. Die arme zieke tante Stien ook...? Ze hoorden een deur dichtslaan en de motor aanzetten. Waren de moffen weg? Konden ze te voorschijn komen...?
Ze zaten met ingehouden adem te luisteren. Er waren nog geluiden in huis: een stoel die verschoven werd, het gekraak van een kastdeur. Iemand haalde hard zijn neus op. Met ontstellende zekerheid drong het tot hen door, dat ze nog niet veilig waren, dat het huis bezet was gebleven. Hoe lang kon dat duren? Het was benauwd warm in de kleine ruimte en de lucht begon al onfris te worden. De luchtkoker zat misschien verstopt. Jan tastte de wand langs om die te zoeken. Hij vond hem bij zijn vader, die stond er met de rug tegenaan. Het was maar een nauwe opening, een kachelpijp leek het wel. Er zat een prop papier in, zeker tegen de regen.

Hij trok die eruit en ademde even diep de koele nachtlucht in met zijn mond voor het gat. Toen tastte hij naar zijn kleren, trok zacht zijn broek aan over zijn pyjama en ging aan de voeten van de vrouw op de matras zitten. Zij was nu heel stil, misschien sliep zij. De oude man naast haar murmelde zacht een joods gebed...

'Alle wapen, tegen u gesmeed, zal vruchteloos zijn...' Hoe zeker, hoe triomferend bijna had opa die woorden gesproken. Nu zat hij ergens op een bureau en werd misschien wel mishandeld of hij was al opgesloten in een cel van de Weteringschans. Waar waren de engelen, die het huis zouden beschermen...? Waren ze er niet? Wat betekenden die woorden uit Jesaja dan...?

Hij strekte zijn been uit om een gemakkelijker houding aan te nemen en trapte met zijn voet tegen de schuine wand – de schuilplaats was hoogstens een meter breed. 'Ssst!' waarschuwde vader, maar de bons ging hem zelf door merg en been. Hij luisterde met ingehouden adem, en was bang niets te kunnen horen door het bonzen van zijn hart. Hij had ook zo'n raar gevoel in zijn hoofd, alsof het in watten was verpakt. Toen hij een paar keer diep zuchtte, werd het iets beter. Hij sloot zijn ogen en leunde tegen de wand. De hele schuilplaats ging met hem op en neer, alsof hij in een deinend schip zat.

Misschien had hij geslapen, toen hij opschrok door de bel. De torenklok sloeg vier. Beneden klonken stemmen en gelach, toen kwamen voetstappen de trap op. Vader kroop zacht overeind en ging weer bij het luik staan; Jan wist dat hij de revolver klaar hield. Twee mannen liepen het huis rond. Onderzochten ze opnieuw de bovenverdieping...?

'Goeie sigaren heeft die ouwe hamsteraar,' zei de een. 'We kunnen ze gerust opmaken, hij zal er de kans wel niet meer voor krijgen. Ik wou dat we ook ergens een borrel vonden...'

'Beneden in de winkel of in de kelder misschien,' antwoordde de ander. 'Kijk, hier zaten ze, twee jodenmeiden en een lummel van een jaar of twintig, die ondergedoken was voor de Arbeitseinsatz; daar heb ik die bloedneus aan te danken, hij sloeg er ineens als een gek op los. Maar ik heb hem getrakteerd, dat verzeker ik je. Het was ons begonnen om een andere, een ouwere met een snor, maar die was gevlogen. Hij moet hier geweest zijn, hij is gisteravond gesignaleerd, toen hij hier binnenging. Een gladde vent, heeft er misschien de lucht van gehad...'

De ander schraapte zijn keel en spuugde op de vloer.

'Die stommerds,' zei hij, 'daar moest je ze toch vinden! Waar houden ze ons eigenlijk voor? Een kinderachtig luikje gemaakt van de kastbodem,

het lijkt wel verstoppertje spelen! Ik zeg gister nog tegen mijn kameraad, ik zeg, het is haast onmogelijk om je in een huis te verbergen, maar de meeste agenten zoeken niet goed. Beklop de wanden en je hoort meteen waar het hol klinkt. Heb je dat gedaan, het hele huis door?'
'Natuurlijk, wat dacht je? Ik loop ook niet voor de eerste keer mee... Wou je soms nóg een keer rond?'
'Nee kerel, ben je gek, ik wil je werk niet controleren! Ik weet wel, dat jij een ervaren speurder bent; alleen zit je veel te gauw op de kast. Zeg, snap jij nou dat zo'n ouwe gek zijn leven waagt voor die vuile jodenbende?'
'Ikke niet. Weet je wat hij zei, toen de Feldwebel hem de revolver op de borst zette? "Ga je gang," zei hij, "het is mij een eer om voor Gods volk te sterven"... Met een rust, man, alsof hij vertelde hoe laat het was...'
'Hij zal nou al wel weten hoe laat het is,' zei de ander met een lach. 'En die eer om dood te gaan, zal hij ook krijgen. Dit kost hem vast de kop. Die Weber is een duivel!'
'Veel verliest hij er niet mee. Hij is over de tachtig... Kom, we gaan de borrel zoeken.'
Ze bonkten de trap weer af. Vader ging zachtjes zitten.
'De engelen,' dacht Jan. 'Misschien heeft er toch één voor onze deur gestaan...'
Beneden was geloop, geroep van stemmen, daarna gerinkel van kopjes of glazen in de keuken, vlak onder hun schuilplaats. Als ze straks in de huiskamer zaten te drinken, zou je op kousenvoeten de gang door kunnen sluipen en de voordeur uit vluchten, als er tenminste geen wacht stond voor het huis. Jan wilde dat vader toefluisteren, maar die legde hem al na een paar woorden het zwijgen op. Hij leunde tegen de wand. De oude vrouw sliep, uitgeput van angst, misschien had ze de kerels niet eens horen bovenkomen. De man fluisterde eentonige gebeden en steunde soms. Toen Jan hem tegen zijn voet stootte, werd hij stil. Het ruiste in Jans hoofd, alsof het zacht regende, zijn adem ging moeilijk; de nauwe luchtkoker werkte lang niet voldoende. Hij zakte weg in een soort verdoving, waaruit hij soms plotseling opschrok, bang dat hij hardop gepraat zou hebben. Intussen hoorde hij elke slag van de torenklok, vijf uur, half zes... Buiten moest het nu licht zijn, de zon scheen over de stad, een tram reed ergens in de buurt knarsend door een bocht. Er kwamen meer geluiden: het rinkelen van een fietsbel, een fabrieksfluit, auto's en karren, kinderstemmen... De stad was ontwaakt en ging haar gewone gang. Niemand was zich zeker bewust hoe heerlijk het was om gewoon zijn gang te kunnen gaan. Hier bleef het donker en benauwd. Jan veegde zijn zweet af met

de mouw van zijn pyjama, die al helemaal doorweekt was. Hij had een brandende dorst, maar er was geen water in de schuilplaats. Biscuit was er, maar hij zou geen biscuit door zijn keel kunnen krijgen.
Om acht uur werd de wacht afgelost. Weer kwamen een paar kerels het huis rond en wezen elkaar de ontdekte schuilplaats. Nu liepen ze ook de andere kamers op en klopten hier en daar tegen de wanden en op de vloer. Vader en Jan stonden met de rug tegen de kastwand, om het minder hol te doen klinken, indien ook daar de proef werd genomen. Maar de mannen kwamen op alle kamers, behalve op die van tante Stien. De engel stond er nog...
En weer was het wachten, wachten, zweten en dorst lijden. Hoe lang kon dit duren? Wanneer zouden ze eindelijk het huis verlaten...?
Daar ging weer de bel! Ring-ring-ring-rrinnng...! Ring-ring-ring-rrinnng...! Het V-teken!
Het V-teken? Een medewerker dus, die niet wist wat er in de nacht gebeurd was en die argeloos in de val zou lopen! Dan moesten opa en zijn dochters dus geen gelegenheid hebben gehad om de plaat te verwijderen uit de etalagekast! Jan voelde vaders hand, die pijnlijk zijn arm omklemde – vader kon zich nauwelijks beheersen. Ze hoorden de voordeur opengaan, een schreeuw, de geluiden van een worsteling en toen begrepen ze: de vijand had zijn vangst gedaan. En later verhoorden ze iemand met luid geschreeuw beneden in de kamer.
'Ik hou het niet uit!' fluisterde vader. 'Ik moet naar beneden, die plaat moet weg...!'
Een wurgende angst greep Jan bij de keel. Hij pakte zijn vader met trillende handen vast en trok hem naar zich toe.
'Het kan niet!' fluisterde hij, met de mond bij zijn oor. 'Ik laat u niet gaan. Naar de winkel moet je door de huiskamer en daar zitten ze, zeker met zijn drieën. U haalt het niet!'
'Ik moet het proberen! Anders gaat alles eraan!'
Vader probeerde zich los te wringen, maar Jan greep hem beter vast.
'Het is gekkenwerk,' fluisterde hij in de grootste opwinding. 'Ze grijpen u zeker en dan zult u moeten wijzen, waar u gezeten hebt. Dan zijn wij er ook bij! Blijf hier!'
'Ik wijs het ze niet. Jullie kunnen de grendel er weer op doen...'
Vaders weerstand verminderde toch. Ze hijgden beiden.
'Denk eraan, u weet wat we afgesproken hebben,' zei Jan nog. 'Een van ons tweeën moet overblijven. Voor moeder en...'
Toen zakte vaders lichaam slap naast hem in elkaar op het voeteneind van

de matras en Jan hoorde hem op een vreemde manier snuiven. Huilde hij? Toe maar, dat kon geen kwaad. Zijn hand gleed strelend over vaders rug, die nat was van het zweet.
'Ik moet bij hem blijven,' dacht hij. 'Ik moet niet naar oom Hein terug. Hij is soms net als Frits, dan zou hij met een dolle kop recht in zijn ongeluk lopen... Als ik bij hem blijf, kan ik meteen zorgen dat hij zich niet overwerkt. Misschien kan ik een deel van het werk van hem overnemen...
Hij praatte al met zichzelf alsof hij zeker was dat ze hier uit zouden komen. En ineens, diep in zijn hart, wist hij dat ook met een onfeilbare zekerheid. Het duurde slechts een ogenblik, toen kwam de twijfel weer en de angst, maar hij dacht er telkens aan terug en dan versterkte het hem weer: hij had vader en zichzelf naast elkaar over de straat zien lopen en ergens een huis zien binnengaan. Een herinnering aan gisteravond...? Of een boodschap van boven, van die engel, die hen bewaarde...?
De uren kropen langzaam voorbij en telkens weer ging het bekende belletje, was er een worsteling bij de deur, werd weer een van de vrienden met vloeken en schreeuwen verhoord, maar vader leek niet meer te denken aan een poging om uit te breken – hij lag doodstil naast Jan; alleen hoorde die hem soms zwaar zuchten. Maar even nadat voor de zesde keer de bel was gegaan – viermaal het V-teken en tweemaal gewoon – richtten ze zich beiden plotseling op. Beneden klonk een hevig lawaai met gerinkel van brekend glas, geloop en geschreeuw en ineens de scherpe knal van een revolverschot.
Ze fluisterden elkaar hun vermoedens toe. Een ontvluchtingspoging van de gevangenen? Verzetsvrienden, die hun kameraden kwamen ontzetten? Of een poging om die ellendige plaat uit de etalage weg te krijgen...? Op het laatste leek het nog het meest, want het werd weer stil en even later reed opnieuw een auto voor om de gevangenen weg te brengen. Nu had het toch geen zin meer dat de politie nog bleef, als die plaat weg was. Tenminste, als ze gesnapt hadden, wat die betekende...
Maar ze waren er nog, er klonken hamerslagen en even later was er één fluitend in de keuken bezig met borden of schalen.
Het moest al ver na de middag zijn en de lucht was nu zo bedorven dat ze om beurten een poosje met de mond voor de luchtkoker gingen staan; alleen de vrouw niet, die lag te slapen of was bewusteloos. Toen de torenklok drie had geslagen, zette vader het luik open – dat hielp ook even, Jan voelde dat hij vrijer ademen kon. Maar niet lang daarna werd de wacht weer afgelost en moest het luik haastig gesloten worden. De grendel knars-

te, toen Jan die ervoor schoof. Kwam dat van het vocht? Het hout was overal nat van hun adem...
Ze luisterden gespannen, hoorden voetstappen de trap opkomen, weer liepen mannen de kamers door, praatten, lachten, maar angst voelde Jan niet meer. Het hamerde in zijn hoofd, zijn armen en benen voelden zwaar als lood – ineens betrapte hij zich op de gedachte dat hij het niet meer zo erg zou vinden, als ze ontdekt werden. Hij had dan in ieder geval weer frisse lucht en misschien kreeg hij water...
Hij schrok van die gedachte en bestrafte zichzelf: 'Wees niet gek, je houdt het best uit! Er zijn wel ergere dingen gebeurd! Denk eens aan oom Gerrit, die onder de vloer van ons brandende huis zat! Die zal het ook zo lekker niet gehad hebben...!'
Zacht zette hij het luik omhoog, toen de mannen de trap afgingen, en stak begerig zijn hoofd in de kast, maar het maakte geen verschil meer. De kastdeur zat dicht en kon alleen van buiten met een sleutel geopend worden. Die deur zouden ze moeten openrammen, als de politie weg was. Als die weg was... Wanneer?
Vader trok hem naar zich toe en duwde hem voor de opening van de luchtkoker. 'Hier, jouw beurt...!' Hij hield het maar een paar minuten uit; toen kon hij onmogelijk langer staan en liet zich langs de vochtige wand zakken. De vrouw was wakker geworden, vader en de oude heer sjorden haar overeind en brachten haar samen voor de luchtkoker. Dat merkte hij nog, toen zonk hij weg in een halve bewusteloosheid.
'De bel is niet meer gegaan...' Wie zei dat? Hij deed zijn best om wakker te worden, hij wilde het vader vertellen, dat de bel niet meer was gegaan, nadat... nadat... Hij kon het niet meer. Prachtige beelden wisselden elkaar af voor zijn ogen: hij liep met zijn broertje Frits in een zonnig weiland en liet een vlieger op. De grond was nat, het water liep in zijn voetstappen. Toen zat hij ineens met Trijntje in een café in Rotterdam. Ze hief een glas limonade naar hem op en zei 'proost!' Maar toen hij wilde drinken, was hij in de kamer bij tante Truus; hij stond met de hele troep om de tafel en zong het Wilhelmus en vóór hem stond een kop koffie naast een bordje met brood en biefstuk, maar hij mocht natuurlijk niet drinken zolang ze het volkslied zongen en dat hield maar niet op. En die vervelende plagerige Leo stond met een boek de maat te timmeren op zijn hoofd...
Dat gedaver in zijn hoofd bleef aanhouden, toen iemand hem wakker schudde. 'Hou je stil,' zei vader, 'wie gaat er nou zingen? Jan, hoor je me?'
'Ja,' zei Jan en het drong pas langzaam tot hem door waar hij was.
'Heb ik geslapen?' vroeg hij zacht.

'Uren, maar wees nu stil...! De wacht wordt weer afgelost...'
Vader hijgde die woorden eruit. Jan merkte, dat ook zijn adem met stoten ging. Lang houden we het niet meer uit, dacht hij, er moet gauw wat gebeuren. Hij hoorde stemmen en gelach beneden; het was alsof alle geluiden hol weerklonken binnen in zijn hoofd, hij hield het met beide handen vast. Vader trok hem overeind en zette hem voor de luchtkoker. Hij stond een poos en liet zich weer zakken. Juist toen hij opnieuw in slaap zou vallen, hoorde hij voetstappen de trap opkomen. Vader sloot haastig het luik. Iemand sloop zacht over de overloop en kwam toen de kamer op. Ze hoorden het licht aanknippen en de kastdeur opengaan en ineens was Jan helder, hij kroop snel overeind en ging naast zijn vader staan.
Er is er maar één, dacht hij. We kunnen hem samen wel hebben. Als vader nu maar niet dadelijk schiet, dan komen die van beneden erbij...
Toen werd zacht het V-teken geklopt op de bodem van de kast. Het V-teken! Redding of verraad...? Een listige poging om hen naar buiten te lokken...?
'Is hier iemand?' vroeg een gedempte stem. 'Geef antwoord...! Hier Hermans, agent Hermans, ik kom je halen...!'
'Goddank!' zei vader en opende het luik. Jan zag het hoofd van een man met een uniformpet, maar dat trok zich meteen terug.
'Kom er gauw uit!' zei een stem zacht. 'Voorzichtig, dat ze beneden niets horen. Mensen, hoe hebben jullie het uitgehouden? Wat een stank!'
Ze moesten de vrouw met z'n allen naar boven sjorren. Ze viel op het bed en begon te huilen. Jan was de laatste die uit de schuilplaats klom. Hij wankelde en steunde tegen de wand, maar de lucht was als koel water, hij dronk die in. Slechts een paar minuten kregen ze om op verhaal te komen en hun vochtige kleren aan te trekken, toen volgden ze met hun schoenen in de hand de agent naar de overloop en de trap af. Er zat nog een Duitser in de kamer, maar de andere agent hield die bezig. Ze hoorden hem luid en druk praten, toen ze op hun tenen door de gang slopen, op een rijtje achter elkaar, vader met zijn revolver in de hand. Hoe begeerlijk was nu de vrijheid, hoe groot de angst dat het mis zou gaan! Maar de voordeur draaide zacht open, de agent duwde ze naar buiten, het donker in, en gaf ze allemaal een klapje op de schouder mee. Daarbuiten liepen mensen die hen bij de arm pakten en meevoerden, een meisje was er ook bij.
'Daar ben je nog goed afgekomen,' zei ze tegen Jan.
'Ja,' zei Jan, 'gelukkig wel.' Wat waren woorden arm...!
'Opa en de tantes zitten in de gevangenis aan de Amstelveense weg,' vertelde ze, 'en die beide meisjes en die onderduiker ook. Die zijn verloren.

En vier jongens hebben ze gepakt vanmorgen, maar toen stuurde tante Fie een boodschap met een goeie agent en toen heeft Freek de etalage ingeramd met een baksteen en de plaat weggehaald... Ze hebben hem nog nageschoten.'

'Die kleine Freek?' vroeg hij. 'We dachten het wel...'

Toen riep hij ineens: 'Vader!'

'Ja jongen, ik ben er wel,' zei vader vlak achter hem. 'Het is in orde, loop maar door. En praat niet meer op straat, Jeannet! Wacht tot we thuis zijn...'

Het was in orde, ze gingen weer samen over de straat. Ze waren er allebei nog. Nu en dan kwamen ze iemand tegen, soms botsten ze haast tegen een voorbijganger op. Een meneer had een lichtgevend speldje op zijn jas. Of was het een vrouw...? Je kon het niet zien, zo donker was 't. De maan kwam een uur later op dan gisteren...

De oude vrouw, die voor Jan liep, begon ineens te giechelen, ze hield maar niet op. Toen ze ergens een huis waren binnengegaan, lachte ze nog. Maar toen ze haar in een stoel zetten en een glas water gaven, veranderde het in huilen. Ze was totaal overstuur.

Dat eerste glas water. En toen nog een glas. En koffie en boterhammen. En het gezicht van vader, bleek en met een baard, maar met die blijde ogen, als ze elkaar aankeken. En de felle oogjes van Freek, die held, die het toch maar gewaagd had om die plaat weg te halen. Alleen de onderste helft had hij veroverd; een andere jongen liet die zien. Hij hield die met gestrekte arm omhoog als een trofee. De plaat was op de hals van de vrouw afgescheurd. Daar werden grapjes over gemaakt. Die Freek, die een meisje zonder hoofd had geschaakt!

Maar Freek lachte niet mee.

'Hou toch op,' zei hij. 'Ik zit me idioot te denken, de hele dag al, hoe dat huis in de gaten kon lopen. Vooral, nou u zegt dat ze speciaal om u zijn gekomen. Snapt u er wat van?'

'Ik niet,' zei vader.

Maar Jan zag ineens weer dat alpinopetje en het geflikker van die bril en hij wist nu, dat het hem in de schuilplaats duidelijk was geworden dat dat kereltje hen gevolgd moest zijn. Hij had het toch niet gedroomd? Het was nog zo raar in zijn hoofd, hij kon zo moeilijk denken... Hij vertelde het toch maar en Freek sloeg ineens met de vuist op de tafel en bezwoer dat hij die ellendeling zou krijgen.

'Zou je hem herkennen, als je hem zag?' vroeg hij.

'Ik denk het wel,' antwoordde Jan.

'Dan ga jij morgen met mij de stad in,' besliste Freek. 'En desnoods overmorgen weer. Wie weet of we niet het geluk hebben dat we hem tegenkomen. Het kan geen toeval geweest zijn dat die knul eerst in Zuid en dan voor het huis van opa Meyer liep te loeren!'
'Zou dat zin hebben?' vroeg vader weifelend en keek Jan aan.
Hij is alweer bezorgd over mij, dacht Jan. Hij zei: 'Zin? Nou én of! Hij kent u nou, u bent geen ogenblik veilig voor die vent.'
'En wie weet welke adressen hij nog meer in zijn kop heeft,' voegde Freek eraan toe.
'Hij kan u al dagenlang gevolgd zijn. Om acht uur ben ik hier om je te halen, Jan! Jij hoeft me die vrijer alleen maar te wijzen, dan kan ik het verder wel alleen af.'
Ze sliepen die nacht weer bij elkaar, maar nu in een lekker verend lits-jumeaux en op een kamer met een kristallen kroon en een dubbele wastafel, waarvoor vader meteen zijn snor stond af te scheren, de kamer van meneer en mevrouw, die voor hun gasten zelf naar de kinderkamer verhuisd waren. Wat hadden de verzetsmensen moeten beginnen zonder de hartelijke gastvrijheid van duizenden goede vaderlanders door heel het land? Maar opa en zijn dochters lagen daardoor op harde britsen aan de Amstelveense weg...
Om acht uur stond Freek op de stoep en begon met Jan zijn speurtocht door de stad. Hij liep op zwarte gymnastiekschoentjes, waardoor hij nog kleiner leek. Die hele dag slenterden ze de straten door met hun ogen op de mensen en Jan wist niet dat er zoveel bruine alpinootjes gedragen werden. Ze zochten tussen de rijen voor de bioscopen, op de zwarte markt in de Jordaan, op de deftige singels en in achterbuurten. Jan leerde Amsterdam kennen als geen andere Drentse jongen, maar toen Freek hem 's avonds doodmoe afleverde aan zijn kosthuis, hadden ze niet gevonden wie ze zochten.
De volgende dag begon hij bang te worden dat hij de verrader niet meer zou herkennen, dat hij hem misschien al voorbijgelopen was. Hoe was nou eigenlijk de kleur van het sporthemd dat hij gedragen had, bruin of beige? En was het heus maar zo'n min ventje, als hij gedacht had? Hoe had hij zijn lengte kunnen schatten, hij had hem immers alleen maar van boven gezien...? En dat brilletje kon wel bij de vermomming van die smeerkees horen. Waarom zou hij vandaag ook niet ter afwisseling met een hoed of een pet rondscharrelen...? Hij deelde Freek zijn twijfel mee, terwijl ze in een kroeg aan de Vijzelstraat achter een glas bier zaten of liever achter iets, wat daar bier werd genoemd, maar Freek zei dat het onzin was.

'Geef de moed nou niet op,' zei hij, 'we moeten hem hebben! Hij mag aantrekken wat hij wil, maar jij herkent hem, daar ben ik zeker van, aan zijn houding, aan zijn loop, aan zijn hele gemene persoonlijkheid! Je voelt het, als hij in je buurt komt, omdat je hem haat, – zul je zien. Ik heb dit werk meer bij de hand gehad.'

En dus liepen ze even later weer straat in, straat uit, kwamen in Zuid en wandelden voor het huis langs, waar de vergadering was gehouden. Freek wist dat ook daar een overval had plaatsgevonden, maar er was niets gevonden en de mensen waren met rust gelaten. Toen hun gevraagd werd, waarom er de vorige dag zoveel mensen bij hen aan huis waren geweest, hadden ze gezegd dat ze een familiefeestje hadden gehad en ze konden dat aannemelijk maken, doordat de man juist op die dag jarig was geweest.

Die avond rekende Jan op zijn bed uit dat ze twintig dagen werk zouden hebben om al de inwoners van Amsterdam aan zich te laten passeren, iedere seconde één, telkens weer een ander en dat twaalf uur per dag en hij liep nog wel met Freek mee en keek uit, maar hij had geen hoop meer. Ze aten deze keer bij Freek thuis, in een arbeidersgezin in Oost en zelfs toen zette Freek hem voor het raam en gaf hem zijn bord op schoot.

Tegen de avond waagden ze zich door het straatje waar de winkel van opa Meyer stond, in een dwaze hoop dat ook de misdadiger die ze zochten, de behoefte zou hebben om naar de plaats van zijn misdrijf terug te keren. Het winkelraam was nu met planken dichtgespijkerd en alle ramen waren gesloten. Toen Jan omhoog keek, moest hij nog eens in stilte danken dat hij levend uit dat huis gekomen was.

Ze dwaalden Zuid weer in. Het avondrood stond aan de hemel; mistnevels dreven over de singelgracht. Het zou weer erg donker worden vanavond. Een groen gecamoufleerde auto reed hen langzaam voorbij en sloeg de Euterpestraat in. Ze volgden die en zagen hem stoppen voor het SD-gebouw. Twee kerels in uniform stapten uit, trokken een man in burger uit de wagen en sleepten hem naar binnen. De auto reed weer weg, nu met de rode achterlichten op.

'Weer een slachtoffer,' zei Freek.

'Stil,' zei Jan. 'Blijf hier!'

Want daar kwam, vlak nadat de SD'ers waren binnengegaan, een schraal figuurtje de deur uit, bleef nog even op de stoep staan, schudde een Duitser op de drempel de hand, bracht de Hitlergroet en liep toen met snelle pas voor hen uit.

'Daar gaat-ie!' fluisterde Jan opgewonden.

'Weet je het zeker?' vroeg Freek.

'Ongetwijfeld...! Kijk maar, hetzelfde alpinootje, een bruin hemd of hoe heet zo'n ding? En ik heb zijn bril ook gezien. Kijk nou zelf, hij draait zijn hoofd net om...'
Intussen volgden ze de vent op een twintig meter afstand, het SD-gebouw voorbij, aan het eind van de straat de hoek om, richting Centrum. Ze spraken rustig, zonder gebaren, zonder elkaar zelfs aan te kijken, binnensmonds soms om de voorbijgangers.
'Wat een miezerig ponem,' zei Freek. 'Hij heeft een hoge rug ook! Zeker te zwakkies voor het oostfront en nou speelt hij verradertje. Dus je weet het zeker? Zweer het me dan.'
'Ik zweer dat het die vent was die ik drie keer heb gezien,' zei Jan.
'Dat is genoeg,' bromde Freek.
'In ieder geval is het een schoft, die zijn leven heeft verbeurd, omdat hij zulke dikke vrienden is met de SD. Nou, jij vindt het wel, hè? Welbedankt.'
'Ik blijf bij je,' zei Jan.
'Nee.'
'Ja Freek, ik kan je nou toch niet in de steek laten!'
Toen zei Freek een erg lelijk woord en snauwde: 'Bederf me nou toch niet alles, stommerd! Denk je dat ik hulp nodig heb voor die kinderachtige knul? Blijf achter, zeg ik je!'
Hij versnelde zijn pas en Jan gehoorzaamde. Maar op een afstand bleef hij volgen, een hoek om naar rechts, oversteken, een hoek naar links, een straat in die op de singel aan liep. Het was nu bijna donker; hij moest de afstand tussen hem en Freek verkleinen om hem tussen de mensen in het oog te kunnen houden. Op de hoek bij de singel was hij weer dicht achter hem. Daar bleef hij staan. Hij voelde dat het hier zou gebeuren... Er liepen bijna geen mensen. De nevel steeg uit het water op en begon in grijze waden de bomen in te sluiten. De verrader stak de rijweg schuin over en liep langs de kant in de richting van de brug. Freek volgde hem onhoorbaar op zijn gymnastiekschoentjes. Twee kleine figuren verdwenen in de mist.
Jan had plotseling haast om weg te komen in tegenovergestelde richting. Nog vóór hij de straat was overgestoken, viel het schot.

HOOFDSTUK 7

Toen hij 's woensdagsavonds de achtertuin van tante Truus binnenkwam, kon hij uit het geroezemoes van stemmen dat door een openstaand bovenraampje naar buiten drong, opmaken dat de troep al voor het grootste deel aanwezig moest zijn. Zijn hart werd warm, toen hij de stemmen van zijn vrienden herkende. Het was hem in de laatste dagen pas goed duidelijk geworden, hoe hij aan hen gehecht was geraakt.

Hij haastte zich naar binnen. De hond sprong blij tegen hem op, toen hij over de drempel stapte. Tante Truus, die in de keuken bezig was, omarmde hem als een moeder. De beloofde biefstuk stond klaar op het aanrecht met de pan en de boter ernaast.

'Gelukkig dat je er bent, jongen,' zei ze. 'Is alles goed? Je bent er niet dikker op geworden. Nu alleen Piet nog en dan is mijn hele troepje weer compleet. Gauw je jas uit. Ben je moe? We hebben al naar je uitgekeken…'

In de kamer werd hij met een hoeraatje verwelkomd.

'Ha, die Jan! Dáár hebben we Jan! Waar is je koerierster, Jan?'

'Mijn koerierster?'

'Ja, je zou toch je best doen om een koerierster mee te brengen? Heb je er een?'

'Als het nodig is, wil Trijntje komen,' zei Jan. 'Oom Hein moet maar beslissen.'

Een gejuich ging op.

'Da's vier, oom Hein!' riepen ze. 'Zou je er maar geen meisjes-KP van maken? Oom Hein, je hebt succes met je opdracht aan ons!'

'Vier?' vroeg Jan.

'Ja,' lichtte Joop hem in, 'ik kan er ook één laten komen, net als jij, maar Leo en Wiesje – of liever Koos, zoals we hem nu maar zullen noemen – hebben er elk al één meegebracht. De dames zijn boven om toilet te maken voor ons feestmaal. Oom Hein wil ze allebei houden. Hij zal wel werk voor ze hebben, zegt hij, en anders heeft tante Truus een vertrouwde hulp in de huishouding aan een van de twee... O, daar heb je ze net! Even voorstellen: Jan van der Sloot, onderwijzer op non-actief, althans volgens zijn persoonsbewijs... Sylvia en Anje, onze nieuwe clubgenoten...'

Jan gaf de meisjes een hand. Die van Anje sloot zich warm om de zijne; zij leek een lief gezellig boerenmeisje en was een beetje verlegen. Sylvia gaf een nonchalant handje van bovenaf, keek hem even aan en liet toen haar lange zwarte wimpers als gordijntjes over haar ogen zakken. Jan kon zijn ogen haast niet van haar afhouden, want hij had nog zelden zo'n knap meisje gezien. Haar gezichtje was als dat van een pop, zo regelmatig gevormd, zo teer en blank van huid. Haar wenkbrauwen waren zwarte streepjes, haar lippen van een rood waarvan niet viel te zeggen of het echt was of niet. Jan zat de meisjes op te nemen, toen ze hun plaatsen in de kring hadden ingenomen, en merkte dat ook de andere jongens de meeste aandacht voor Sylvia hadden. Ze scheen op allen, ook op oom Hein, de meeste indruk te hebben gemaakt.

Jan verwonderde zich daar niet over, vooral niet toen hij hoorde dat zij haar sporen in het verzetswerk al had verdiend. Zelfs was ze eens uit de gevangenis gevlucht. Het was Koos die daarop zinspeelde. Hij leek er behoefte aan te hebben om te laten uitkomen dat hij haar niet alleen had meegebracht om haar knap gezichtje.

'Toe Syl,' drong hij aan, 'vertel de jongens eens hoe dat ging. Daar kunnen we allemaal nog iets van leren...'

'Wel,' zei Sylvia, 'het was eigenlijk doodeenvoudig. Ieder van jullie had het ook kunnen doen.' Haar stem was laag en beheerst, haar ogen keken dromerig de kring rond. 'Ik zat in een werkgroep, die in dienst stond van een geheime zender: die hadden we "De stem van de vrijheid" genoemd. We zonden twee keer per week uit, 's woensdags- en 's zaterdagsavonds, vlak na Radio Oranje, om het Nederlandse volk op de hoogte te brengen van de feitelijke toestanden in het land en het op te wekken tot verzet.'

'De stem van de vrijheid? Dan heb ik jullie weleens gehoord!' riep Joop verrast. 'Alle mensen, meiske, maar wat waart ge soms fel!'

'Hoe feller hoe beter,' zei Sylvia rustig. 'Er is heel wat nodig om het volk wakker te schudden, dat zul je ook wel weten. Eerst zaten we met die zender in een huis in Amstelveen, later in een oud woonschip dat ergens bij een eilandje in de Loosdrechtse plassen gemeerd lag. Maar daar moesten we weg, omdat de moffen onze zender gepeild hadden. We zagen de patrouilles, die naar ons op zoek waren, aan de rand van de plas, maar we wisten er met ons schip tussenuit te knijpen naar de buurt van Vinkeveen. Daar dachten we weer een poosje veilig te zijn, maar ze hadden ons zeker

gezien toen wij wegvoeren, óf er moet verraad in het spel geweest zijn, want bij de eerste de beste uitzending kwam er een overval en ik werd gearresteerd achter de microfoon. Ik zat er diep in, maar ik liet de moed niet zakken en bij het verhoor in Amsterdam liet ik natuurlijk niet meer los dan ik kwijt wilde zijn...'
'Mishandelden ze je?' wilde Koos weten.
'Ze hebben me met geen vinger aangeraakt,' zei Sylvia. 'Maar ze verhoorden mij een keer twintig uur achtereen, met een felle lamp op mijn ogen gericht. De ene ondervrager loste de andere af. Ik weet niet of jullie dat mishandelen willen noemen...'
'Om gek van te worden,' riep Wim verontwaardigd. 'Die geraffineerde schoften!' En de anderen vielen hem bij. Hoe konden er mensen bestaan die een meisje zo'n marteling durfden aan te doen!
'En je hebt niets losgelaten?' vroeg oom Hein.
'Niets belangrijks,' antwoordde Sylvia, terwijl ze haar gepolitoerde nageltjes bekeek. Toen sloeg ze haar wimpers op en ging verder: 'Maar ik had geluk. In mijn tasje was een brief gevonden, ondertekend met "Bob", waarin stond dat ik vrijdags om half vijf een ontmoeting zou hebben op het eerste perron Staatsspoor in Den Haag. Het was een oude brief, ongedateerd gelukkig en die ontmoeting had al plaatsgehad, maar op die gedachte kwamen de heren niet. Ik liet mij ontvallen dat het een bespreking gold met de leider van onze groep en dat dit iemand was, die vanuit Engeland naar hier was gezonden en boven ons land geparachuteerd. Zij wild om die man te pakken natuurlijk! Die afspraak moest doorgaan, zeiden ze, maar onder hun toezicht, en ze bedreigden me met allerlei verschrikkelijkheden, als ik het zou wagen om die meneer te waarschuwen, zodra ik hem zag. Twee SD'ers reden met mij in een pracht van een auto naar Den Haag, parkeerden die naast het station en gingen met mij het perron op. Ik moest daar heen en weer lopen en zij bleven in mijn buurt met de hand aan de revolver. Het werd half vijf, maar er kwam natuurlijk niemand. Ik zag dat ze mij begonnen te wantrouwen, en ik wist nog steeds niet wat ik zou doen. Maar toen zag ik op het perron ernaast een meneer lopen met een lichtbruine tas onder de arm, die juist in een gereedstaande trein wilde stappen. Ik kende hem niet, maar ik deed alsof hij die meneer was, die ik zou ontmoeten.
"Hallo!" riep ik. "Bob, hallo, hier ben ik!"
Mijn bewakers sprongen meteen de rails over, recht op die man af, en laat die het nu op een lopen zetten! Dat was mijn geluk, want toen had ik alle tijd om weg te komen, omdat ze hem beiden almaar schietende

achternagingen. Ik wandelde kalmpjes naar buiten en hier zit ik nou...'
'Maar die auto, je hebt toch een auto meegepikt?' zei Koos.
'Hè, moet ik dat nu ook nog vertellen?' wierp het meisje tegen. 'Ik wil niet aldoor aan 't woord zijn. Wat zullen je vrienden wel van me denken?'
Maar ze drongen natuurlijk allemaal aan dat ze haar verhaal helemaal zou afmaken en toen vervolgde ze: 'Nou, dat was eigenlijk ook niets bijzonders. Ik zag die auto staan waarin we naar Den Haag gereden waren en ik dacht: Och, waarom zal ik die eigenlijk niet meenemen? Het was een merk, waar ik wel vaker in gereden had. Nou, dat heb ik toen maar gedaan...'
'Hadden ze de contactsleutel erin laten zitten?' vroeg Jan.
'Wat zeg je?' zei Sylvia langzaam.
'Ja natuurlijk, hoe kon ze er anders mee weg,' legde Koos ongeduldig uit. 'Verder, Syl!'
'Nou, verder niets. Ik ben ermee naar Rotterdam gereden, waar een vriendin van me woont, en omdat ik er toen geen raad mee wist, heb ik de wagen maar in de Vliet laten lopen. En als ze hem er niet uitgehaald hebben, dan ligt hij daar nog...'
'Ai, hoe lapte je hem dat?' informeerde Jan geestdriftig en hij keek naar de kleine handjes, die dat waagstuk hadden volbracht. 'Neem me niet kwalijk, Sylvia, maar ik rij zelf en dan interesseer je je voor die dingen. Zette je hem in de eerste versnelling en zat er een gasknop op het dashboard? Of liep de bodem daar af?'
'Wel, hoe rij je een auto het water in?' zei Sylvia. 'Ik ben technisch niet zo goed ontwikkeld, maar dat wist ik nog wel. Je rijdt eropaan en op het laatste ogenblik spring je uit de wagen, that's all!'
'Ja natuurlijk, maar...'
'Hoor eens, dat knobbelen jullie, vaklui, later maar eens uit,' zei Koos ongeduldig. 'En toen dook ze onder bij die vriendin en daar vond ik haar een kleine week geleden, toen ze net een afspraak zou maken om daar in een groep te komen. Maar ik dacht: Dat is er nou net eentje die wij gebruiken kunnen en ik zei: Niks daarvan meisje, jij gaat met mij mee; het is veel beter voor je dat je eens een poosje in een andere hoek van het land werkt. Zo'n koelbloedige vrouw is bij ons op haar plaats, niet, oom Hein?'
'Dat zou ik denken,' zei oom Hein afwezig met een blik op de klok.
Ze heeft haar verhaal een beetje versierd, dacht Jan. Zo eenvoudig is het niet om een auto in het water te rijden. Maar dat is niet zo erg; het is een geweldig handige meid...
Even ontmoetten zijn ogen die van haar en hij verwonderde zich over de

koele uitdrukking die daarin lag. Dacht ze misschien dat hij aan de waarheid van haar verhaal twijfelde...?
'En jij, Anje, vertel jij ook es wat!' nodigde Leo uit.
'Ikke?' vroeg Anje verschrikt. 'Dâ's ja de moeite niet waard om daarover te praten, man...!' Je kon best horen dat Anje uit Groningen kwam.
'Mijn leven is nooit in gevaar geweest,' zei ze. 'Ik heb alleen maar wat krantjes rondgebracht en bonkaarten en zo. En onderduikers verstopt en joden. Maar één onderduiker, die is door de Duitsers gepakt en die heeft een heleboel verraden en toen vond vader het beter als ik een poosje wegging. Nou, en toen kwam hij – ze wees naar Leo – en die heeft hem bepraat dat ik met hem mee mocht...'
'En we zullen wel werk voor jullie hebben, want ik heb een paar aardige plannetjes,' beloofde oom Hein.
'Ik weet een distributiekantoor, waar we een prachtige slag kunnen slaan,' zei Wim.
'En ik een kringhuis van de NSB, waar de wapens van de bende opgeslagen worden,' riep Leo. 'Als wij die eens konden inpikken? Moet je horen...'
Met het bespreken van deze plannen vloog de tijd om. Maar oom Hein zat er maar stil bij en ook de anderen begonnen verstolen naar de klok te kijken, tot ze zich ten slotte ervan bewust werden dat er iets niet in orde was. Het was kwart voor elf, tante Truus en Anje begonnen de tafel te dekken en nóg was Piet niet gekomen.
'Als hij er om elf uur niet is, komt hij niet meer,' zei Leo.
'En dan kun je er drommel op zeggen dat het mis is met hem,' verzekerde oom Hein. 'Trouwens, daar twijfel ik nou eigenlijk al niet meer aan.'
'Kom, kom, niet zo somber, kapitein,' praatte Koos. 'Piet is wel een slome duikelaar, maar hij loopt niet in zeven sloten tegelijk. Zou hij niet eens durven...'
'Misschien is zijn dochtertje verkouden of zijn vrouw kan hem nog niet afstaan,' veronderstelde Joop, 'en terwijl hij lekker in bed ligt, zitten wij ons bezorgd te maken...'
'Dus jij denkt ook dat hij toch naar huis gegaan is?' vroeg oom Hein.
'Daar twijfel ik geen seconde aan,' antwoordde Joop. 'Zijn gedachten waren er altijd. Hij kon er eenvoudig niet wegblijven.'
Er kwamen bloemen op tafel, er kwam een glas bij elk bord. Het bleef niet bij biefstuk alleen. Die goeie tante Truus had zo haar best gedaan! Maar ook haar gezicht was niet opgewekt. Het gezin was niet volledig en zo voelden ze het allemaal. Ze konden er niet één van missen. Tijdens de maaltijd kwam het gesprek telkens weer op Piet terug.

'We zullen morgenvroeg de eerste trein afwachten,' besliste oom Hein. 'Als hij er dan niet is, gaan we er met z'n allen op af. Het mag dan zijn eigen stomme schuld wezen, we laten hem niet in de steek. Afgesproken, jongens?'
Prachtig, daar fleurden ze toch een beetje van op! 'Vooruit jongens, we laten het hoofd niet hangen! Misschien zit onze Piet in de bajes, maar als er maar een klein kansje is, halen wij hem eruit. We zijn tot heel wat in staat nu we vakantie gehad hebben.'
Koos liet zijn SD-papieren rondgaan, waarvan bijna niet te geloven was dat ze vals waren, want ze vertoonden de stempels van de hoogste Duitse instanties en op één prijkte zelfs de handtekening van Lages, hoofd van de SD te Amsterdam. Een blik op deze papieren zou iedere mof de hielen tegen elkaar doen klappen.
Jan wilde vertellen wat hij in Amsterdam had beleefd, maar hij kon er niet toe komen. Er was iets wat hem weerhield, hij wist niet wat. De prettige openhartige sfeer van anders was er nog niet, misschien door de zorg over Piet of door de aanwezigheid van twee nieuwe leden in hun midden. Wat zou het leuk geweest zijn, als Trijntje er nu was geweest...
Op bed lag hij aan haar te denken. Twee heerlijke dagen hadden ze samen gehad. Hij had in het ziekenhuis geslapen; in een rommelkamertje hadden de zusters zijn bed verstopt. Als hij er meer op aangedrongen had, zou Trijntje meegegaan zijn; ze had het graag gewild. Maar ze vond dat ze haar werk – dat in het ziekenhuis en dat voor de onderduikers in haar vrije uren – niet in de steek mocht laten, als het niet absoluut noodzakelijk was. Maar goed dat zij het niet gedaan had, nu er al twee koeriersters waren.
Anje en Sylvia, je kon je geen twee meisjes denken, die meer van elkaar verschilden. Het zou hem benieuwen of die twee met elkaar konden opschieten. Maar ze zouden beiden goed zijn voor het werk, dat hadden ze trouwens al bewezen...
Merkwaardig type, die Sylvia. Het was alsof ze aldoor aan iets anders dacht; alsof ze er maar half bij was, zelfs als ze iets vertelde. Zou ze misschien van die onmenselijk zware verhoren toch iets overgehouden hebben? Het zou jammer zijn van zo'n meisje... De club moest maar echt goed en hartelijk voor haar zijn, om haar de doorstane ellende te doen vergeten.
Enfin, ze mocht dan mooi zijn, hij zou haar niet willen ruilen voor zijn lieve hartelijke Trijntje... Hij zou gauw terugkomen, had hij beloofd; hij kon het rustig doen: niemand kende hem daar. Maar zou hij wegblijven, als het anders was? Hij zou misschien net zo stom zijn als Piet. Als je dat tenminste stom wilde noemen...

De volgende morgen stapte een boerenjongetje van een jaar of vijftien, in een korte manchesterbroek, het hek binnen, belde aan en vroeg oom Hein te spreken. De jongens verdrongen elkaar voor de kier tussen de schuifdeuren, terwijl oom Hein hem in de voorkamer te woord stond en toen ze merkten dat het werkelijk over Piet ging, kwamen ze binnen en vormden een kring om hem heen. Ze hoorden hem vertellen dat Piet gevangengenomen was. Terwijl hij bij zijn vrouw en kind logeerde, was daar 's nachts een overval van Duitsers en politie gekomen. Piet had een poging gedaan om door de achterdeur te vluchten, maar het huis was al omsingeld en van alle kanten was er op hem geschoten. Met twee kogels in zijn rechterbeen had hij dwars door heggen en tuinen heen een hooiberg bij een boerderij weten te bereiken, waar hij uitgeput door bloedverlies was neergevallen. Daar hadden de moffen hem tegen de morgen gevonden, doordat de heemhond van de boer zo tekeer was gegaan, en het scheen dat ze nogal prijs stelden op zijn leven, want ze hadden hem bewusteloos via het politiebureau naar het ziekenhuis in de dichtstbijzijnde stad gebracht, waar zelfs bloedtransfusie was toegepast. Dat had Piet er weer aardig bovenop geholpen en nu stuurde hij de volgende boodschap, die de jongen woordelijk moest overbrengen: 'Hartelijke groeten en ga door met het werk. Wij zullen elkaar niet weerzien. Doe geen moeite voor mij, want ik ben het niet waard.'
Joop snoof door zijn neus. Oom Hein knarste hoorbaar op zijn tanden. Het jongetje keek met verstandige blauwe ogen de kring rond en zei: 'Maar als jullie met zoveel zijn, is er best wat aan te doen, hoor! Want er is wel aldoor een wacht bij zijn bed, maar mijn zuster zegt dat die de halve tijd zit te slapen, en ik weet wel een deur om stilletjes het ziekenhuis binnen te komen.'
'Wie is je zuster?' vroeg oom Hein.
'Dat is de verpleegster van die meneer.'
'En hoe heet jij?'
'Ruurd, meneer. Ruurd Hoekstra.'
Toen legde oom Hein zijn zware hand op het hoofd van de jongen en zei: 'Ruurd, jij bent een reuzekerel. Wij gaan meteen met je mee en jij wijst ons de weg. Afgesproken?'
'Graag meneer.'
Een uur later zaten ze in de trein, met z'n allen in één coupé, de revolvers op zak.
'Komt er controle,' zei oom Hein grimmig, 'dan schieten we de kerels in de trein neer, trekken aan de noodrem en smeren hem.'

'Nu zul je zien dat er niets gebeurt,' verzekerde Sylvia. 'Als je het gevaar tart, dan verschijnt het niet.'
En werkelijk kwamen ze ongehinderd op de plaats van bestemming aan. Daar verdeelden ze zich in groepjes en wandelden meteen achter de jongen naar diens huis, een kleine boerderij aan de rand van de stad, waar ze een beetje zenuwachtig, maar toch wel hartelijk door zijn ouders werden ontvangen. Ruurd sprong meteen op de fiets om zijn zuster te halen. Die kwam niet lang daarna en was vergezeld van de dokter die Piet in behandeling had. Samen met hem werd in de mooie kamer van de boerderij een plan voor Piets bevrijding besproken. Er was haast bij, want de Duitsers hadden al geïnformeerd of hun arrestant nog niet vervoerd kon worden. Ze schenen verlangend te zijn om met het verhoor te beginnen. Langer dan twee dagen zou de dokter hem niet meer kunnen vasthouden.
'Maar denk erom,' zei hij, 'de man moet onder behandeling blijven en eigenlijk in een ziekenhuis.'
Dat was geen bezwaar, want oom Hein kende de directeur van een sanatorium in de buurt van hun hoofdkwartier, die zeker bereid zou zijn om Piet clandestien als patiënt op te nemen. Hoe kregen ze Piet eruit, dát was de hoofdzaak. Na een uur was een plan opgesteld en de uitvoering werd bepaald op de volgende avond om vijf minuten over zeven, wanneer het bezoekuur juist begonnen zou zijn en enige drukte het minst zou opvallen. Dan zouden ze met een auto de tuin van het ziekenhuis binnenrijden en die parkeren achter de heesters in de buurt van de zijdeur. Een van de jongens zou erbij op wacht blijven, twee anderen zouden zich bij de voordeur opstellen om de agent in het oog te houden, die daar bij de portiersloge zat. De drie die nog over waren, zouden in witte jassen naar de zaal lopen waar Piet lag, de wacht die daar zat onschadelijk maken en Piet meenemen naar de auto, desnoods op een brancard die in de gang klaar zou staan. Dan ging het er nog om de IJsselbrug over te zijn vóór de moffen de ontvoering hadden ontdekt en de wacht bij die brug telefonisch hadden kunnen alarmeren. Hoe sneller de wagen dus zou zijn, hoe beter. En dát was nu juist het moeilijkste punt: hoe kwamen ze in zo'n korte tijd aan die auto?
Op die vraag wist niemand dadelijk een antwoord. De dokter kon ook niet helpen. Die reed in een karretje met een houtvergasser, dat hoogstens vijftig kilometer per uur kon halen.
'Had jij die van jou nu maar niet in het water gemikt!' zei Koos tegen Sylvia.
'Niet nakaarten,' vermaande oom Hein. 'Vooruit jongens, wie?'

'Ik zou er in Brabant misschien één op de kop kunnen tikken,' deelde Joop mee. 'Maar niet in de korte tijd...'
'Hebben we ook niks aan. Wie meer?'
Ineens dacht Jan aan de garagehouder bij Meppel, waar hij vroeger wel eens met zijn vader kwam. Bij die man was hij later nog wel enkele keren geweest in verband met onderduikerswerk... Had die toen niet eens verteld dat hij wagens kocht om die voor de Duitsers te verbergen...? En als het daar niet lukte, zou Jansonius misschien kunnen helpen, de politieman die vroeger altijd als het nodig was met zijn wagen klaarstond...
Hij zag de anderen opfleuren, toen hij met de mededeling voor de dag kwam dat hij er vrij zeker van was in de loop van de volgende dag een goede auto voor te kunnen rijden.
'Maar ik wil graag iemand mee hebben die ook kan rijden,' zei hij. 'Jij Joop?'
'Ik zou ook mee kunnen,' zei Sylvia terloops.
'Voor jou heb ik ander werk,' besliste oom Hein. 'Jij gaat met de dokter mee om de situatie in het ziekenhuis precies te leren kennen. Maak er een schetsje van, als je daar kans voor ziet. Zuster Hoekstra, u zorgt wel dat Piet een boodschap krijgt dat er voor hem gewerkt wordt? Vergeet niet hem van ons te groeten. Anje, jij gaat met mij mee terug. Je moet bij tante Truus in een grote koffer het Duitse uniform van Leo en de beide politie-uniformen halen, die we hebben. Vergeet de petten en de koppelriemen niet. Ik maak alles klaar voor de ontvangst van Piet in dat andere ziekenhuis. De dokter kan voor witte jassen zorgen?'
'Niet meer dan twee,' zei de dokter. 'Maar dat is genoeg, je kunt de derde man als patiënt tussen je in nemen. Een verpleegstersuniform voor deze jongedame – hij wees op Sylvia – heb ik ook; lijkt me niet gek voor onderweg.'
'En ik?' vroeg Ruurd ineens. 'Wat kan ik doen, oom Hein?'
Ze hadden niet eens gemerkt dat hij in een hoekje van de kamer de hele bespreking had bijgewoond. Hij rekende zich al bij de troep en brandde van verlangen om zijn goede wil en zijn moed te tonen.
'Jij?' vroeg oom Hein vertederd. 'Jij hebt al genoeg gedaan, beste jongen. Maar als je nog meer wilt doen, ga dan met deze heren op stap en leer ze de weg van hier naar het ziekenhuis en vooral die van het ziekenhuis de stad uit in de richting van de IJssel op hun duimpje kennen. Afgesproken?'
Ruurd deed niets dan knikken en glom van genoegen.

De garagehouder stond zich achter zijn huis bij de pomp te wassen, toen Jan als vanouds achterom zijn erf op stapte.

'Jij?' vroeg hij verbaasd, nadat hij zich de zeep uit de ogen had gewreven. 'Ik dacht dat jij met je vader in Engeland zat!'
'Hoe komt u dáárbij?' lachte Jan.
'Wel, dat praatje is hier rondverteld en die ouwe tuinman van jullie – hoe heet hij ook weer? – heeft me een goeie maand geleden nog verzekerd dat het waar was! In ieder geval ben je er geweest, want je naam is voor de radio genoemd, in de Engelse uitzending voor België. "Jan is behouden met zijn gezelschap aangekomen." Wel een week lang is die boodschap iedere avond uitgezonden. Ik was maar niet teruggekomen, als ik jou was...'
'Die boodschap zal wel een code geweest zijn,' zei Jan. 'Dan betekende het heel iets anders: dat er een lading wapens gedropt zou worden of zo. Maar in ieder geval, Berendse, spreek dat gerucht over vader en mij maar niet tegen. Het lijkt me wel veilig, als iedereen dat van ons denkt, dan zoeken ze ons hier tenminste niet!'
'Ik zou maar oppassen als ik jullie was. Het zou me spijten als ze jullie in hun klauwen kregen, die roofkevers! Nog altijd voor de goeie zaak bezig?'
'Daarvoor kom ik hier, ik wou graag even met u praten. Ik heb een vriend bij me; die wacht voor het huis. Zal ik hem maar even halen?'
'Had hem meteen meegebracht!' zei Berendse. 'Jouw vrienden zijn mijn vrienden, dat weet je toch nog wel?'
Dat begin leek niet slecht en Joop met zijn prettige gezicht en zijn gulle lach had ook meteen het vertrouwen van de man gewonnen. Ze werden uitgenodigd om te blijven eten, maar eerst nam Berendse ze mee naar de voorkamer.
'Vertel me nou maar gauw waar 't om gaat,' zei hij. 'Benzine, auto-onderdelen, banden? Jullie lui van de ondergrondse zijn de slechtste klanten die ik heb. 't Gaat altijd om vooroorlogs materiaal en betalen, daar komt meestal niets van. Maar als ik je helpen kan, zal ik 't niet laten. Voor de draad ermee.'
Hij trok een erg lelijk gezicht, toen hij hoorde dat het ditmaal om een hele auto ging.
'Jongens,' zei hij, 'ik heb zowat mijn hele kapitaaltje in die ondergedoken wagens gestoken en ik snap wel: voor dit karweitje moet je het beste hebben wat ik in voorraad heb, de zescilinder Citroën, die mij vijfduizend gulden heeft gekost... Dat is te bar, jongens, dat is te bar...'
Hij sprong op en liep met dreunende stappen de kamer op en neer.
'Maar een mensenleven is meer waard,' praatte hij en het was alsof hij hardop liep te denken. 'Het leven van een goeie vaderlander is niet te

betalen in deze tijd – daarom zijn de moffen er zo gek op... Je zult hem hebben, jongens, anders kan ik toch niet slapen vannacht. Maar zeg er niks van tegen mijn vrouw, want dan krijg ik in geen week een goed woord van haar. Afgesproken?'

'Uitstekend,' zei Jan blij. 'Als ik dan nou even mag telefoneren, dan zijn mijn vrienden gerust.'

Hij belde de dokter op, die hij die morgen had leren kennen en verzocht hem aan oom Hein mee te delen dat Jantje en Jopie geslaagd waren voor hun examen.

'Dat is prachtig,' zei de stem aan de andere kant van de lijn. 'Dan heb ik voor Pietje ook wel hoop. We zullen de boodschap overbrengen, hoor!'

Die avond stond Jan voor het raam van het zolderkamertje in het huis van Berendse, waar hij mocht logeren, en zag de Poolster helder aan de nachtelijke hemel staan. Die kant op, niet ver meer, lag de plek, waar hij met zijn vader en moeder gewoond had. Het huis was een puinhoop en toch trok hem die plaats met een geheimzinnige kracht, zodat hij er zelfs over dacht om er morgen met een grote omweg even langs te rijden. Maar dat mocht niet. Hij moest geduld hebben. Eens zou de tijd komen dat ze daar weer zouden wonen...

En plotseling doorstroomde hem weer dat vreemde gevoel dat hem ook enkele ogenblikken in de schuilplaats bij opa Meyer had beheerst en werd hij vervuld met een onberedeneerde zekerheid dat het ongetwijfeld gebeuren zou! Hij lachte er in stilte om, toen hij ging slapen, maar diep in zijn hart geloofde hij er toch in en was er dankbaar voor.

Het was nog donker toen Berendse hen wekte en hen na een vlug ontbijt meenam naar een boerderij in de omgeving, waar de auto onder het stro verborgen zat. Met de schuurdeuren op slot en de boerin op de uitkijk waren ze tot de middag bezig om de wagen rijklaar te maken. Op een stille landweg achter de boerderij maakten ze een proefrit en de motor liep als een lier; de auto was trouwens nog maar enkele maanden verborgen geweest. In de schuur werden de banden op spanning gebracht, Berendse haalde op de fiets nog een paar blikken benzine, verwisselde de oorspronkelijke Groningse nummerborden voor een paar Zuid-Hollandse, plakte een verlopen rijvergunning op de voorruit en toen konden ze weg.

'U krijgt hem terug,' beloofde Jan bij het afscheid. 'En als dat niet mogelijk is, zullen we ons best doen om u de schade te vergoeden.'

'Aan mijn laars,' zei Berendse. 'Jaag die moffen maar weg, dat is vergoeding genoeg. Laat me nog eens horen, hoe 't afgelopen is. En als je aan-

gehouden wordt onderweg, waag het erop en race door, want als je stopt, ben je de sigaar, zo helemaal zonder papieren.'
Hij liep vooruit om de weg te verkennen en gaf het teken van 'smeer hem maar'.
'De zegen,' zei hij nog, toen ze langs hem reden, en in die paar woorden lag zijn hele goede ruwe hart.
Ze snorden de wegen langs en Jans hart sprong in hem op van blijdschap, toen hij merkte wat voor prachtwagen hij reed. Wanneer hij vol gas gaf, trok de auto op als een paard dat in galop wordt gezet; dan drukte de leuning van de bank voelbaar in zijn rug. De remmen werkten uitstekend, het stuur was met een vinger te regeren; in de bochten kleefde de wagen aan de weg. Jan probeerde eruit te halen wat erin zat en een half uur eerder dan ze berekend hadden, reden ze bij Ruurds ouders het erf op, waar de schuurdeuren al wijd voor hen opengingen.

Om half zeven zaten ze bij elkaar in de kamer, keken hun revolvers na en repeteerden het plan tot in de kleinste onderdelen. Daarna ging oom Hein voor in gebed.
Om tien minuten voor zeven startte Jan de motor en liet die warmlopen. In de schuur namen ze afscheid van de Hoekstra's. Ruurd was diep teleurgesteld dat hij niet mee mocht. Voor het argument van zijn vader dat het veel te gevaarlijk was, haalde hij de schouders op. Hij kon zich zeker niet voorstellen dat hem tussen deze troep mannen iets gebeuren kon.
Vijf minuten voor zeven.
'Rijden, Jan!'
In een kalm gangetje ging het de stad door. Sylvia, in verpleegstersuniform, zat dicht tegen Jan aan gedrongen. Daarnaast zat Joop als agent van politie. Achterin Koos in Duits uniform, Wim als agent, oom Hein met twee witte jassen op schoot. Leo en Anje waren al een uur geleden vooruitgegaan om in de buurt van het ziekenhuis een oogje in het zeil te houden. De straten lagen in de stilte van de eerste schemering. Er was niemand die sprak. Er viel niets meer te zeggen, er viel nu alleen nog te handelen. Nog niet eerder waren ze in zo'n spanning een avontuur tegemoet gegaan. Niet omdat er nu meer gevaar bij zou zijn; – het leek een betrekkelijk eenvoudig karweitje – maar omdat het om het leven en de vrijheid van een van hun vrienden ging.
In de straat naar het ziekenhuis liepen groepjes mensen met bloemen en pakjes. Bij de poort stonden Leo en Anje.
'Doorrijden,' zei Leo. 'Alles in orde. Bezoekuur juist begonnen.'

Langzaam reed de wagen de poort binnen. De wielen knersten in het grind. Sylvia wees de weg. De wagen reed een perk om aan de zijkant van het ziekenhuis en stopte onder een hoge kastanje, waarvan een enkel blad in het licht van de lampen naar beneden dwarrelde. Koos en Wim sprongen uit de wagen en liepen in de richting van de voordeur. Joop bleef bij de auto. Oom Hein en Leo schoten de witte jassen aan en namen Jan bij de armen; Sylvia liep voor hen uit de zijgang in. Anje ging mee naar binnen, maar bleef op het kruispunt van de gangen heen en weer drentelen, om naar beide kanten te kunnen waarschuwen, als er onverhoopt iets bijzonders mocht gebeuren.
In de buurt van dat kruispunt stond de agent van de wacht een sigaretje te rollen en de bezoekers op te nemen, die door de voordeur binnenkwamen. Voor de groep, die op geringe afstand door de dwarsgang voorbijging, had hij nauwelijks oog gehad. Twee dokters, die met een patiënt van de ene kamer naar de andere gingen; geen bezoekers, had hij niks mee te maken. Maar met die aardige blozende juffrouw kon hij wel eens een praatje maken.
'Kunt u de weg niet vinden?' vroeg hij. 'Waar moet u eigenlijk wezen?'
'Ik wacht op mijn broer,' zei Anje. 'Die moet hier onderzocht worden. O, o, ik ben bang dat hij geopereerd moet worden, meneer!'
'Komt u hier maar rustig even bij mijn tafeltje zitten,' zei de agent. 'Het zal misschien nog wel een beetje meevallen, juffrouw.'
'Nee, nee, ik ben veel te zenuwachtig om stil te zitten,' zuchtte Anje. 'Ik blijf liever wat heen en weer lopen... Wat zit er nou achter al deze deuren, meneer?'
En terwijl de agent haar ijverig uitlegde dat dit de spreekkamer was van de directeur en dat de röntgenkamer, maakte Anje achter zijn rug een kalmerend gebaar naar de voordeur, waar Koos al ongerust door de ruit kwam loeren.
Intussen waren de anderen de trap naar de bovenverdieping al op en liepen, door Sylvia voorafgegaan, in de richting van de kamer waar Piet moest liggen. Ze kwamen een paar bezoekers tegen, die niet de minste argwaan hadden, en een oude verpleegster, die hen met open mond bleef nastaren. Vooruit maar, vóór ze van haar verbazing bekomen was, konden zij haast weer weg zijn. Een andere verpleegster, het zusje van Ruurd, dook uit een zijgang op met een lange overjas voor Piet over de arm en gaf die zwijgend aan Sylvia – daarna wees ze op een deur. Sylvia opende die en schreed als een koningin naar binnen, op de voet gevolgd door de drie mannen. In één ogenblik overzag Jan de situatie. Piet lag in het voorste

van de drie bedden, richtte zich op en vreemde trekkingen liepen over zijn gezicht. De agent zat naast hem, aan het hoofdeinde, en voor hij kon opspringen, waren drie revolvers op hem gericht.
'Handen op, alsjeblieft!'
'Gaat het om Lagerhuis?' vroeg de man rustig. 'Neem hem dan maar mee, heren! Van mij zul je geen last hebben.'
'Dank je wel,' antwoordde oom Hein. 'Mag ik dit schietdingetje dan maar nemen?'
'Jongens, jongens!' stamelde Piet bewogen. 'Jullie zijn veel te... veel te...'
'Stil,' zei Sylvia. 'Hier, trek aan.'
Jan hielp haar om Piet z'n overjas aan te trekken. Intussen zag hij dat oom Hein de agent met het gezicht naar de muur plaatste en hem met de revolver bewusteloos sloeg. Het moest. Tijd om de man te binden en te knevelen, was er niet. Maar de patiënt in het bed naast dat van Piet brak los in een luid hulpgeroep en kermde dat hij niks gedaan had. Jan probeerde de man te sussen, maar het lukte hem niet. En toen gebeurde er iets verbazingwekkends. Sylvia nam de waterkaraf, die op het nachtkastje stond, sloeg de schreeuwende man met één klap buiten westen en plaatste de karaf doodkalm weer op het kastje. Jan merkte op dat de uitdrukking van haar gezicht er bijna niet bij veranderd was. Ze klopte rustig de waterdruppels van haar mouw en keek naar de patiënt niet meer om.
De brancard was overbodig. Tussen de dokters in kwam Piet zelfs vrij vlug op één been de trap af. Sylvia nam Jans arm en wandelde rustig met hem achter de drie aan.
'Ik heb zin in een sigaret,' zei ze, met een onderdrukte geeuw. Hield ze zich nu maar zo of was die kalmte echt...?
Oom Hein en Leo stapten zonder opzien de zijgang voorbij, alsof ze alle aandacht hadden bij hun patiënt. Jans ogen ontmoetten die van Anje, die nog met de agent stond te praten. Ze lachte, hij kon gerust zijn.
'Ik moet eens even buiten kijken, want daar staat een vriendin van mij te wachten,' hoorde hij haar zeggen.
Joop hield het portier al open. Piet werd achter in de wagen geholpen, Jan dook achter het stuur. Sylvia schikte naast hem, Koos en Wim kwamen snel aanlopen en sprongen op hun plaatsen. Oom Hein zat ook, de portieren klapten dicht. Rijden. In het licht van de koplampen zagen ze Leo en Anje gearmd de poort uit wandelen; die zouden morgen met de trein naar huis komen. En wie was die kleine man, die aan de andere kant bij de poort stond en gedempt 'hoera' riep? Ruurd, die kwajongen! Hij had er toch bij willen zijn...!

'Zo'n rakker!' zei oom Hein vrolijk. 'Rijden, Jan!'
Ze suisden snel de straten door. Het was nu helemaal donker. Koos wist de weg en gaf aanwijzingen. Sylvia stak een sigaret op met haar hand beschermend om de vlam, en reikte hem daarna Jan aan.
'Je bent lief,' zei Jan. Het is niet waar, dacht hij. Ze is niet lief. Ze is alleen maar flink. Ze is ontzettend flink!
Sylvia lachte, een hoog en helder geluidje dat Jan nog niet van haar gehoord had.
Achter hen barstte Wim plotseling uit in een soort triomfgeschreeuw: 'We hebben hem, we hebben hem! Ha, die Piet, die ouwe rakker!'
Maar Piet huilde: 'Oom Hein, ik durfde, ik kon...'
'Ja, stil maar, kerel, we praten nergens meer over!'
'Hier rechtsaf,' zei Koos. 'Je bent op de grote weg. Rijden maar.'
'Stoor je niet aan die lui achter ons,' zei Sylvia. 'We moeten de telefoon vóór zijn...'
De banden joelden over de klinkerstraat. Weg die halve sigaret, die kon nu alleen maar hinderen. Er was geen verkeer, Jan kon rustig de binnenbochten nemen; gierend stoof de lange zwarte auto door de krommingen van de weg. Op de rechte einden liep de snelheidsmeter op tot ver boven de honderd.
'Wat zeg je van die kar, oom Hein?'
'Prachtig,' zei oom Hein. 'Maar wil je er wel om denken dat je de beste KP van ons land in je wagen hebt?'
Jan grinnikte. Hij voelde zich zeker. De wagen gehoorzaamde aan de minste druk van zijn hand. Het was een heerlijke rit! Alleen, die brug, als ze die brug maar over waren...
Een dorp. Een beetje kalmer nu. Aan de kant van de straat stond een agent, die warempel salueerde! Zo lafaard, was je er zo zeker van dat er moffen in die snelle wagen moesten zitten...? Daar was de grote weg weer, het gaspedaal maar ingedrukt. En het gezoem van de banden werd tot een lied: 'Wij hebben onze vriend! Wij hebben de vijand zijn buit ontrukt...'
Ze naderden de brug. De revolvers werden tevoorschijn gehaald.
'Denk erom, langzaam rijden, maar niet stoppen. Doen alsof. Als het mis is, meteen gas geven en ervandoor. Begrepen?'
'In orde, oom Hein!'
Een rood licht werd voor hen in het donker op en neer bewogen. De weg begon te stijgen. Voor een wachthuis, waaruit een zwakke lichtschijn naar buiten viel, stonden twee Duitsers, een met een karabijn. Ze gingen aan de kant, toen de wagen vaart minderde. Koos boog zich uit het portier.

'Polizei!' schreeuwde hij met een Duitse keelstem. 'Wir haben Eile, kommen sofort zurück!'[57]
'Weiter,'[58] riep een stem en ze waren voorbij. Dat was goed afgelopen. Nu de volgende post nog. Hoe lang was die brug wel...? Daar was het licht, het tartende rode lampje dat op en neer danste in het donker als het dreigende oog van een spook. Drie kerels waren er nu; twee gingen terug naar de kant, één bleef midden op de weg staan zwaaien. Wat wilde die gek...?
'Rij over hem heen!' zei Sylvia. Maar Jan stopte, schakelde meteen in de eerste versnelling, hield de voet op het gaspedaal en wachtte in de hoogste spanning.
'Polizei, wir haben Eile!'[59] had Koos al geschreeuwd met zijn diepste keelgeluid. Maar de lichtstraal van een elektrische lantaarn gleed door de wagen en een stem in het donker daarachter zei met harde onverbiddelijkheid: 'Fahrbefehl, bitte!'[60]
'Moment,' antwoordde Koos en stak de hand in zijn binnenzak. De Duitser voor de wagen belichtte met zijn lantaarn het nummerbord, richtte zich op en schreeuwde wat.
'Rijden!' riep oom Hein plotseling.
De wagen sprong vooruit. Een geschreeuw, een bons en meteen barstten de revolvers los. Een kogel sloeg met een hoog, jankend geluid op de kap van de wagen.
'Harder!' schreeuwde oom Hein. Maar waarom moest hij Jan bij die woorden zo hard en pijnlijk in de rug stompen...? Het kon immers niet harder? De wagen vloog al over de weg; de banden waren nog heel. Het gevaar was voorbij.
'Alles goed, jongens?' vroeg oom Hein bezorgd. 'Jij ook, Jan? Waarom zeg je niks?'
'Ja, 't is goed, oom Hein!' antwoordde Jan. Maar je had me niet zo moeten stompen, dacht hij. Ik voel het nog...
Pas op, daar zat hij bijna op het fietspad, aan de kant van de weg. Al dat gepraat ook achter hem! Had de schrik hem een beetje te pakken? Hij beet zijn tanden op elkaar om zich te beheersen, hij voelde zich misselijk en even trok er een waas voor zijn ogen dat hij driftig met zijn linkerhand wegveegde. Stel je voor, dat hij het moest opgeven! Hij zou zich altijd schamen voor Sylvia, die alweer doodkalm naast hem een sigaret opstak.
'Geef mij hem!' zei hij gretig en ze stak hem de sigaret tussen de lippen. Maar na een paar trekjes moest hij het ding weggooien, omdat het roken hem plotseling tegenstond. Intussen vloog de wagen met grote snelheid over de weg, week plotseling uit voor een vrachtauto, die zonder licht

aan de kant van de weg stond, schoot een bocht om, minderde vaart bij de wegwijzer en boog keurig de zijweg in, die naar de grote betonweg voerde. Maar Jan deed alles als in een droom en hij hoorde niets van wat er naast en achter hem gesproken werd, want hij had al zijn aandacht, al zijn kracht nodig voor de wagen. En hij voelde zich heel verdrietig, want hij wist nu dat hij maar een lafbek was, een kinderachtige knul, die van spanning bij de brug, van de schrik door die paar revolverschoten haast van zijn stokje gegaan was achter het stuur en die nu nog moeite had om het trillen van zijn armen te bedwingen en dat zware gevoel in zijn hoofd. Hij had het warm ook, het zweet liep langs zijn rug. Maar hij zou en hij moest het volhouden! Hij was de baas en niet zijn lichaam. De geest is het die overwint, stond er in de Bijbel. En niemand hoefde te weten dat hij zo met zichzelf had zitten vechten achter het stuur...

'Gaat het goed, Jan? Je bent zo stil!' vroeg Wim, die hem nog altijd het best van allemaal kende.

Hij slaagde erin om te zeggen dat het best ging en het klonk nog opgewekt ook. Niemand merkte iets, zelfs Sylvia niet. Vooral Sylvia mocht niets merken. Hij hield het vol, hoe groot de marteling ook was, hoe sterk de verleiding om de ogen dicht te doen en het hoofd op de borst te laten zakken. Volgens aanwijzingen van oom Hein stuurde hij de wagen een dorp door, daarna de oprijlaan in van het sanatorium en keurig om het gebouw naar de achterkant, waar een klein afgeschermd lichtje brandde boven een deur.

'Is het hier?' vroeg hij en hij hijgde de woorden eruit.

'Ja, stop maar,' antwoordde oom Hein ergens in de verte.

Toen verloor hij de macht over het stuur en liet de wagen in een bloemperk lopen.

HOOFDSTUK 8

Hij werd wakker, doordat een vreemde stem luid en dwingend op hem inpraatte.

'Luister eens goed,' zei de stem. 'Ja, doe je ogen maar open, je hoort me toch wel? Vertel me eens, heb je eerder een seruminjectie gehad...? Een seruminjectie, je weet toch wel wat dat is? Ben je eerder in een ziekenhuis geweest? Ooit een ernstige verwonding gehad...?'

De man scheen een ontkennend antwoord te willen hebben en dat gaf hij toen maar om van hem af te zijn. Hij vond hem lastig. De stem daverde door zijn hoofd.

'Antitetanus,' hoorde hij nog en daarna was hij weer weg.

Toen hij de ogen opende, zag hij Piet, naast hem in een bed, in een kamer waar alles wit was. Piet lag ernstig naar hem te kijken en stak een hand naar hem uit. Hij wilde die grijpen, maar had er de macht niet toe.

'Waar ben ik?' fluisterde hij en het was alsof ieder woord een vracht was op zijn tong.

'In het sanatorium,' zei Piet. 'Je mag niet te veel praten. Je hebt een kogel in je long.'

Wat er verder kwam, hoorde hij niet meer. Hij lag stil in zichzelf te grinniken.

Wat gek, dacht hij. Een kogel in mijn long. Hoe kom ik aan een kogel in mijn long? Die heeft daar toch niet altijd gezeten?

Meteen zag hij een rood licht dat voor zijn ogen op en neer danste en hij voelde zijn handen krampachtig het stuur van een auto omknellen. Een golf van blijdschap sloeg door hem heen. Hij deed zijn ogen open en keek Piet aan.

'Dan was ik... dan ben ik...' stamelde hij.

'Geen lafaard,' wilde hij zeggen. 'Dan was het niet van de schrik dat ik mij zo ellendig voelde op dat laatste stuk achter het stuur. Ha-ha, ik had een kogel in mijn long...!'

Maar de kamer begon met hem op en neer te golven en hij deed zijn ogen

dicht. Hij dreef weg op die golven naar een wijd en zonnig land en hij hoorde iemand lachen, hoog en helder, met het lachje van Sylvia.
Die stille blijdschap bleef nog dagenlang in hem, zelfs als de koorts hem martelde en ook als de dokters bezig waren met de pijnlijke verzorging van zijn wond. Een blijdschap, die door geen pijn en geen narigheid was weg te nemen. Hij kreunde soms, maar als hij de ogen opende en iemand aan zijn bed zag, glimlachte hij. Hij zag als in een droom de ernstige kop van oom Hein, het gezicht van tante Truus en van sommige vrienden en later boog zijn vader zich over hem heen en hij merkte ook dat ze vreesden voor zijn leven, maar zelf voelde hij geen angst. Hij dacht er niet aan dat hij sterven kon en hij zou het niet geloofd hebben, als ze het hem hadden gezegd. Hij voelde zich alleen maar dankbaar, dat hij geen lafaard was en dat hij zijn taak goed had volbracht tot het einde toe, ondanks die kogel in zijn long.
Pas toen hij beter werd, kwam hij tot het besef, hoe gevaarlijk zijn toestand was geweest. De dokter legde het hem uit. De kogel van een karabijn was door de zware rugleuning heen in zijn borstkas gedrongen, vlak onder het rechterschouderblad, en in het weefsel blijven steken, na een rib gebroken te hebben. Die kogel was zo gevaarlijk niet; die kon daar rustig blijven zitten als een souveniertje aan de oorlog en met die rib kwam het ook wel weer in orde. Maar door de rugleuning of door zijn kleren was er vuil mee naarbinnen gekomen en nu woedde in zijn long een kwaadaardige infectie. De wond was door de dokter uitgesneden en werd nog opengehouden om de kwade stoffen gelegenheid te geven af te vloeien. Daarom moest hij aldoor op zijn linkerzij of op zijn buik liggen.
'Snap je?' vroeg de dokter. 'Om het in de taal van deze tijd te zeggen: het was een plotselinge invasie van vijandelijke troepen in je body, maar de eerste aanval is, al was het dan op het nippertje, afgeslagen. De vijand is ingesloten en wordt door een leger van leucocythen dat nog dagelijks versterkt wordt, langzaam maar zeker vernietigd, hoewel het nog wel een poosje kan duren voordat de totale overwinning is bevochten. Jij ligt hier dus eigenlijk op je eentje een beetje oorlog te spelen, jongeman!'
Jan lachte.
'Ik houd er niet van om slagveld te zijn,' zei hij. 'Ik help liever een beetje.'
'Dat kun je, door je heel kalm en rustig te houden en door je vooral geen zorgen te maken,' antwoordde de dokter. 'Dan is het altijd mooi weer op het slagveld.'
Maar zoals elke oorlog duurde ook deze langer dan ze verwachtten. Het laatste blad was van de beuken rond het sanatorium, toen hij voor het

eerst even uit bed mocht en enkele stapjes deed aan de arm van de zuster. Toen was Piet allang weer weg. Die was maar een paar weken gebleven, had bij tante Truus nog wat nagekuurd en deed nu al weer mee aan het werk met de anderen.

De vrienden vergaten hem niet. Toen hij regelmatig bezoek mocht hebben, ging er bijna geen dag voorbij, of een van hen kwam een poosje aan zijn bed zitten; altijd zorgden ze voor bloemen en elk op zijn manier deden ze hem verslag van wat de troep gepresteerd had. Zo bleef hij precies op de hoogte van hun daden: de overval op het gemeentehuis, die nu eindelijk doorgegaan was en waarbij ze het hele kaartsysteem van de bevolking hadden gestolen en verbrand; de kraak van hun tweede distributiebureau, waarbij ze maar eventjes twaalfduizend bonkaarten hadden veroverd, en de manier waarop ze een zwarthandelaar hadden bestraft, die fietsbanden voor honderd gulden per stuk verkocht en die ze zijn hele voorraad tegen afgifte van bandenbonnen en betaling van de vastgestelde prijs hadden afgenomen, om die onder illegale werkers te verdelen.

Bij de distributiekraak hadden ze de auto van Berendse gebruikt met Sylvia achter het stuur – ze hadden er nu prima papieren bij, daar had Koos voor gezorgd – en die meid had gereden, het was verbluffend; met een sigaret onverschillig in haar mond, alsof het een pleziertochtje was. Ze ging er ook wel mee uit om oom Hein naar een vergadering te brengen; als Koos erbij was met zijn SD-papieren, kon dat geen kwaad.

Hij hoorde alles aan en verheugde zich over het succes van zijn vrienden, maar veel spijt dat hij niet mee kon doen, had hij nog niet: hij was er te zwak en te moe voor. Soms maakte hij zich bezorgd over hen, het ging allemaal zo mooi en voorspoedig – hij voelde dat dit niet altijd zo blijven kon. En gretig volgde hij de oorlogsberichten of het einde van deze vreselijke tijd nog niet in zicht wilde komen. De vrienden brachten hem geheime krantjes, soms *Vrij Nederland*, dan weer *Trouw* en Koos nam weleens *De Waarheid* voor hem mee. Hij gaf die door aan de dokter en als tegenprestatie nam die hem 's avonds mee naar zijn kamer, waar een radiotoestel verborgen stond. In Rusland werden de Duitsers in deze winter steeds verder achteruitgedrongen en in Italië ook, maar het ging allemaal zo langzaam, er zat geen schot in. Stuk voor stuk schenen de meeste Duitsers opgeruimd te moeten worden, voordat de rest aan overgave dacht. Ook de nationaal-socialistische infectie was slechts met de grootste inspanning te overwinnen. En soms had je er moeite mee om niet te denken dat de grote Dokter deze zieke wereld maar aan haar lot leek over te laten…

Een heel enkele keer kwam ook Sylvia op bezoek, mooi en zelfbewust als altijd. Ze had het steeds druk en ze bleef meestal maar kort. Ze scheen het grootste deel van het koeriersterswerk voor haar rekening te nemen; Anje bleef meer en meer bij tante Truus. Oom Hein nam Sylvia mee naar alle besprekingen; dan droeg zij de geheime stukken voor hem. Toen het een keer erg veel was, zodat zij niet alles onder haar kleren verbergen kon, was zij er doodleuk mee in de Wehrmachtscoupé gestapt; daar voelde zij zich nog het veiligst, had zij gezegd. Een Duitse officier had haar bij het uitstappen beleefd het koffertje met bonkaarten en persoonsbewijzen aangereikt. Jan moest dat van de anderen horen, zelf praatte zij er niet over. Sylvia vertelde maar zelden iets en Jan voelde zich altijd wat onrustig, als ze aan zijn bed zat met die mooie koele ogen zwijgend op hem gericht, die ogen die nooit knipperden, die alleen maar nu en dan door de zwarte wimpers versluierd werden. Vanzelf kwam hij er dan toe om veel te praten; je kon toch geen stommetje gaan spelen met elkaar! Maar wat er achter die ogen aan gedachten leefde, bleef een raadsel. Hij probeerde het soms uit te vinden en haar door vragen los te krijgen. Het lukte niet. Ze antwoordde met een enkel woord, met een wedervraag of ook wel met een lachje, een beetje spottend soms, alsof ze dacht: Je wilt me vangen, maar je krijgt me niet! Hij keek ontzaglijk tegen haar op, maar meestal was hij blij als ze weer weg was: ze irriteerde hem. Het mocht dan waar zijn, wat Leo weleens zei: dat de jongens van de KP zich de dingen te veel aantrokken, deze koele houding, alsof de strijd je van binnen helemaal niet beroerde, stond hem tegen.

Trijntje kwam een keer, toen Sylvia er al zat. Jan stelde de meisjes aan elkaar voor en elk aan een kant van zijn bed zaten ze elkaar op te nemen, Trijntje verstolen, met zijdelingse blikken, Sylvia brutaalweg, op het onbeleefde af. Jan probeerde een gesprek gaande te houden, maar het lukte niet. Trijntje zat met een strak gezicht en deed erg stijf. Hij dacht dat ze jaloers was en Sylvia leek dat ook te vermoeden, want er was een spotlachje om haar mond, toen ze afscheid nam.

'U woont in Rotterdam?' vroeg ze.

'Ja,' zei Trijntje.

'U bent in de verpleging?'

'Geweest.'

'O, waar woont u ergens in de stad?'

Toen gaf Trijntje een verkeerd adres op en hij had op de tong om verbaasd te zeggen: 'Ben je verhuisd, Trijn? En waarom ben je niet meer in het ziekenhuis?' Maar een blik van haar deed hem zwijgen.

'Jan,' zei ze heftig, toen de deur achter Sylvia dichtgegaan was, 'wat is dat voor een meid?'
'Dat is onze koerierster,' antwoordde hij. 'Mag je haar niet?'
'Bah, nee!' zei Trijntje uit de grond van haar hart. 'Ik moet dat type niet, ik heb een hekel aan dat soort. En wat had ze met mijn adres te maken? Dat vraag je toch niet in deze tijd? Jan, denk eraan, ik wil niet dat die meid iets van mij weet, hoor!'
'Ze is ontzettend flink,' verdedigde hij, 'en absoluut betrouwbaar. Ik zou je sterke verhaaltjes van haar kunnen vertellen...'
'Vind je haar mooi?' vroeg Trijntje.
Toen moest hij lachen. Ze was dus toch jaloers!
'Ja, ik vind haar erg mooi,' zei hij. 'Maar maak je niet ongerust, hoor, want ik vind haar niet lief. Kom eens gauw wat dichterbij, voordat de zuster er is...'
'Ik vind haar lelijk,' zei Trijntje. 'Net een slang...!'

Een paar dagen later kwam de grote verrassing. Hij zat te kuren in een gemakkelijke stoel op het terras van het sanatorium tussen de andere longpatiënten – bij hen ging hij ook voor een tbc-patiënt door – en daar kwamen ze aanwandelen in het winterzonnetje: zijn vader en moeder, arm in arm! De ontroering steeg hem naar de keel, want het was net als vroeger; toen had hij ze vaak zo zien aankomen in de tuin. Ze keken rond, maar ze merkten hem niet op tussen de andere patiënten en hij kon er niet dadelijk toe komen om te roepen. Hij moest eerst nog even van dit beeld genieten; het leek net alsof het al vrede was. Maar toen ze het pad naar de voordeur op gingen, gooide hij de deken van zich af en haastte zich naar hen toe. Het mocht niet, en de zuster zat natuurlijk meteen achter hem aan, maar hij kon het niet laten. Hij wilde moeder direct geruststellen en niet te veel patiënt lijken, want ze had zo bezorgd gekeken. Voor straf werd hij meteen in bed gestopt, maar toen waren ze dan ook fijn onder elkaar.
'Je ligt hier best,' zei vader tevreden. 'Ziek maar goed uit; het hindert niet of dat wat langer duurt dan we dachten.'
En Jan begreep wel wat hij bedoelde. Niet alleen: je wordt hier goed verzorgd, maar ook: zolang je hier ligt, ben je veilig voor de vijand. Nu het zo goed begon te gaan met hem, was vader eigenlijk blij om dat longschot. Jan had het al eerder gemerkt. Zelf zat hij na een halfuur al op zijn horloge te kijken en over een afspraak te praten, waar hij niet vanaf kon. Zelfs voor vandaag had hij zich niet helemaal vrij kunnen maken. Maar de volgen-

de dag kwam hij terug, opnieuw met moeder. Die logeerde in de buurt – oom Hein had voor een adres gezorgd – en ze bleef bijna een week. Nu konden ze alles eens doorpraten, over Frits en Hansje en de zusjes, en al die goede dingen ophalen van vroeger, toen ze nog allemaal samen waren. Moeder zag er zo gelukkig uit, als ze zich daarin verdiepte.
Bij het laatste bezoek, dat ze alleen bracht, vertelde hij haar van het droombeeld dat hij had gehad, eerst in Amsterdam en later bij Berendse. Hij vertelde er natuurlijk niet bij dat hij die eerste keer in een schuilplaats opgesloten had gezeten en bijna het leven erbij ingeschoten had. Dat had vader ook verzwegen. 'We liepen samen in de tuin,' zei hij. 'Alles was weer net als vanouds. En het was alsof een stem tegen me zei dat het zo weer zou worden. Over een paar maanden misschien al, moekie! Zelfs de NSB'ers beginnen over de invasie te praten. Die kan nu niet lang meer uitblijven!'
'Ik hoop het,' zei ze met een zucht. 'Het huis is kapot en ons geld zijn we bijna kwijt, maar al komen we straatarm de oorlog uit, als we mekaar nog maar hebben...!'

Op een dag kwam Anje en haar oude goede hartelijkheid was versluierd onder een waas van zorg. Ze zat met een probleem dat ze het best met hem kon bepraten, vertelde ze.
Een paar dagen tevoren was ze samen met Sylvia naar Amsterdam geweest om een hoeveelheid bonkaarten te brengen en bij het inpakken had ze wel gemerkt dat Sylvia een pakje van vijftig apart had gehouden en die in haar tas had gestopt, maar ze had daar verder niet bij nagedacht. Ze moesten op verschillende adressen zijn en hadden afgesproken elkaar te ontmoeten op de Keizersgracht in de buurt van de Spiegelgracht. Anje was er het eerst en was voor de regen in een portiek gaan staan. Toen had ze Sylvia zien aankomen in gezelschap van een man, een raar type, met een pet en een leren jas, en dichtbij gekomen, had ze het pakje zien verhuizen van Sylvia's tas naar de binnenzak van die vent en een handvol papiergeld in omgekeerde richting. Al eerder was het voorgekomen dat Sylvia ergens twintig bonkaarten minder had afgeleverd dan afgesproken was en daar was toen over geklaagd, maar Sylvia had gezegd dat ze zich zeker verteld had bij het inpakken. Maar nu had Anje begrepen, hoe ze altijd zo ruim in haar geld kon zitten en zwarte sigaretten kon kopen en dure kleren. Ze had er niet over gepraat met Sylvia. Ze durfde niet. Ze was bang voor haar. Maar ze begreep wel dat ze dit niet zomaar voorbij kon laten gaan.
'Vind je 't niet erg?' vroeg ze.

'Ja, heel erg,' zei Jan. Hij kon het haast niet geloven. Was dat dus het geheim achter die mooie ogen? Zoiets laagbijdegronds, zoiets gemeens...? 'Vertel het aan oom Hein,' zei hij. 'Of nee, doe dat ook liever nog niet, Anje. Praat er toch maar eerst met haarzelf over. Misschien heeft ze erg in geldnood gezeten, in verband met haar familie. Of misschien weet die man iets van haar en heeft hij chantage op haar gepleegd... Iets dergelijks moet het zijn. Moet zij niet een oude moeder onderhouden? Ik meende dat Koos zoiets heeft verteld...'
'Ik weet het niet,' zei Anje. 'Zo is ze immers: ze weet alles van mij, maar ik weet niets van haar... Nee, ik praat er niet over. Oom Hein gelooft het toch niet en Koos kijkt me nooit meer aan als hij hoort dat ik haar verdenk. Die is zo gek op haar!'
Ten slotte kwamen ze overeen dat Jan er met haar over zou praten. Als ze haar daad verklaren kon en beloofde dat het nooit meer zou gebeuren, zouden ze zwijgen. Anders moest er werk van gemaakt worden bij oom Hein. 'Stuur haar maar gauw,' zei hij. 'Hoe eerder het achter de rug is, hoe liever.'
'Dank je lekker,' antwoordde Anje. 'Dan heeft ze meteen al argwaan, want zij is zo listig als een slang. Maar ik zal proberen een boodschapje te bedenken.'
Een slang... Wie had dat woord ook eerder gebruikt? Het leek er toch wel op dat juist meisjes een hekel aan Sylvia hadden. En daarom had hij nog hoop dat Anje overdreven zou hebben.
Er gingen een paar dagen voorbij en Sylvia verscheen niet. Toen kwam ze, maar in gezelschap van oom Hein en toen ze naast zijn bed zaten, dacht hij aan de hele kwestie niet meer, want ze brachten het vreselijke bericht van Joops dood. Bij een nieuwe overval op een distributiekantoor had hij de wacht gehouden bij de voordeur en ineens was de landwacht[61], die zeker onraad had gemerkt, versterkt met politie, op het gebouw afgekomen. Joop had dadelijk de anderen gewaarschuwd en terwijl die nog een deel van de buit in veiligheid probeerden te brengen, had hij hun aftocht gedekt met zijn revolver, maar was na een kort gevecht zelf neergeschoten. De vrienden hadden hem moeten achterlaten om het eigen leven te redden.
Jan was er diep van onder de indruk dat Joop, juist Joop, de vrolijkste en meest levenslustige van de hele troep, het eerst had moeten sterven. Hij was blij dat oom Hein en Sylvia algauw weggingen, zodat hij zich vrij aan zijn verdriet kon overgeven; zijn zenuwen waren nog niet sterk. Maar toen hij tot kalmte kwam, dacht hij eraan dat Joop het offer van zijn leven had

gebracht voor een paar bonkaarten; dezelfde bonkaarten die Sylvia zwart verhandeld had om dure sigaretten en manteltjes te kunnen kopen! Hij liep naar de spreekkamer van de dokter, waar toevallig niemand was, belde het huis van tante Truus op en vroeg aan Anje, die de telefoon aannam, om zo gauw mogelijk Sylvia bij hem te sturen; het kon hem niet schelen wat zij ervan zou denken.

Ze kwam de volgende dag. De wimpers lagen als gordijntjes over haar ogen, zolang hij sprak. Toen zij ze opsloeg, schrok hij bijna van de harde uitdrukking op haar gezicht.

'Ik kan kort zijn,' zei ze. 'Dit is van a tot z gelogen. Er zijn andere bronnen waar ik geld uit krijg, waar Anje niet van weet en waar jullie niets mee te maken hebben, omdat het mijn particuliere zaken zijn. En ik waarschuw jou, om dit kletspraatje niet verder te verspreiden!'

Onder het praten was ze al opgestaan en vóór hij iets kon antwoorden, was ze bij de deur en sloeg die hard achter zich dicht. Hij bleef een beetje verbijsterd achter, geneigd om haar te geloven, terwijl dat toch zo moeilijk was. Haar laatste blik bij de deur voelde hij nog lang – daar was bijna iets van haat in geweest. En die waarschuwing klonk als een bedreiging. Waarmee wilde ze hem bedreigen? Het ergste wat ze kon doen, was bij de KP weg te lopen en ergens anders werk te zoeken. Dat zouden de jongens en vooral oom Hein wel erg vinden, want ze was bijna niet te vervangen... Maar moest oom Hein dit toch niet weten?

Hij kreeg niet lang de tijd om over de oplossing van dit vraagstuk na te denken, want in deze dagen leek alles mis te zullen lopen. Er kwam een bericht dat al het andere verdrong. Diezelfde dag nog werd hij in de kamer van de directeur geroepen en daar zag hij Freek zitten, Freek uit Amsterdam, ernstig en met die felle blik in zijn ogen, die er altijd was als de Duitsers in zijn omgeving hun slag hadden geslagen. Hij begreep meteen dat er iets mis was met vader en verwonderde zich dat hij de boodschap dat zijn vader gevangengenomen was, zo kalm opnam. Het was alsof hij het altijd geweten had dat dit zou gebeuren.

Freek probeerde de boodschap zo veel mogelijk te verzachten door te zeggen dat de zaak van vader er niet slecht voorstond, maar Jan geloofde het niet; hij had al dadelijk geen hoop meer.

'Hij is bij een gewone straatcontrole aangehouden,' vertelde Freek, 'en er zou niets gebeurd zijn, als hij niet een pakje met een paar honderd valse controlezegeltjes voor persoonsbewijzen in zijn tas had gehad. Je weet toch wat dat zijn, of ben je er daarvoor te lang uit geweest? Alle mensen krijgen binnenkort een oproep om op het gemeentehuis te komen – in

Amsterdam is het al begonnen. Daar moeten ze hun persoonsbewijs tonen en hun distributie-stamkaart, waar ze tot nu toe de bonnen op konden halen. Dan krijgen ze een nieuwe stamkaart en een klein zegeltje op hun persoonsbewijs, als teken dat ze geregistreerd zijn. Voor de onderduikers zou deze maatregel, als er niets tegen gebeurde, verschrikkelijk zijn, want zij kunnen dat zegeltje en die stamkaart natuurlijk niet gaan halen en hun persoonsbewijzen zouden dus bij controle meteen als vals te herkennen zijn. Maar wij hebben er wel wat op gevonden! Wij drukken die zegeltjes na of wij gappen ze en delen ze aan de onderduikers uit...'

'En noem je dat niet ernstig, als je met zulke zegeltjes gesnapt wordt?' vroeg Jan bitter.

'Luister eerst. Je vader had het geluk dat het papier waar die dingen in zaten, erg vuil was. Je weet hoe dat gaat tegenwoordig, je kunt haast geen stuk pakpapier bemachtigen. Daarom wordt hetzelfde stuk telkens weer gebruikt. Toen heeft hij bij het verhoor gezegd dat hij dat pakje op straat gevonden had en juist op weg was om het bij de politie in te leveren. En daar zijn ze blijkbaar ingetrapt, want hij wordt niet zwaar verhoord en zit bij een stuk of drie andere mannen in een cel aan de Amstelveense weg. Maar ja, je hebt natuurlijk de kans dat ze meer over hem gewaarworden en die moffen laten tegenwoordig niet zo gauw iemand weer los. Daarom...'

'Ja, daarom! Wat zou er dan nog voor hoop zijn?'

'Meer dan je denkt,' zei Freek beslist. 'We hebben geregeld contact met hem door een SS-bewaker, die tegen beloning stiekem briefjes overbrengt en hij geeft zelf ook de moed niet op, dat moest ik jou speciaal nog zeggen. Eén dezer dagen wordt er een poging gedaan om hem los te kopen. Zijn vrienden hebben contact met een hoge officier van de SD, een fuifnummer, die veel geld nodig heeft, en met die kerel is wel wat te beginnen. Nu hebben ze twintigduizend gulden bij elkaar gebracht en die willen ze hem aanbieden, op voorwaarde dat hij je vader loslaat. Kop op Jan, met een paar dagen heb je hem terug! Ik twijfel er eigenlijk niet aan, zo waar ik Freek heet! En ik beloof je dat ik je dadelijk zal opbellen.'

Hij wachtte drie dagen; toen hield hij het niet langer uit. Hij had een gesprek met de dokter, die hem niet wilde laten gaan, omdat hij nog lang niet op krachten was, maar het eindigde ermee dat die hem een warme overjas afstond en een uur later zat hij in de trein. Het was heel vreemd na al die maanden om in de trein te zitten en door de stad te lopen in de pittige koude decemberlucht, maar hij genoot er niet van. Eerst moest hij weten hoe het met zijn vader was, voor hij weer van iets genieten kon.

Freek wist nog niets. Die bracht hem bij een verzetsvriend van vader, een

leraar aan een van de grachten en die wist ook nog niets. Maar die avond kwam er bericht.
Het was mis. Het was hopeloos mis. De poging om vader vrij te kopen, had averechts gewerkt, want de Duitsers hadden blijkbaar door dat hoge bedrag begrepen, wat voor belangrijke vangst ze hadden gedaan. Ze hadden hun arrestant overgebracht naar de Weteringschans en hem daar in verscherpt verhoor genomen.
Jan bleef in Amsterdam en dagenlang was hij met Freek op stap om een bewaker te vinden die een kans zag om tot vader door te dringen. Ze vonden er één, een hoofdbewaker, die van goede wil was, een uitstekend vaderlander, die al dikwijls zijn leven voor de gevangenen had gewaagd. Maar ook van hem kregen ze de volgende dag te horen dat hij voorlopig geen mogelijkheid zag om iets voor vader te doen. Vader zat in de Duitse afdeling en werd buitengewoon streng bewaakt; dat was alles wat hij te weten had kunnen komen.
Toen wist Jan niet meer wat hij zou doen. Hij dwaalde alleen de stad in en koos als vanzelf de richting van de gevangenis. Hij liep langs de singelgracht en keek over het water naar de zware muren met de kleine getraliede vensters, maar hij voelde dat hij dat niet te lang moest doen om niet zijn zelfbeheersing te verliezen. Het was zoals oom Hein gezegd had na de dood van Joop: je moest je gevoel niet laten gaan, je moest hard zijn en aan je plicht denken. Dóórwerken, met een bloedend hart, met de tanden op elkaar! Het was oorlog, het ging om de overwinning, om de vrijheid van het volk en niet om het geluk van de enkeling...
Hij nam afscheid van Freek en stapte op de trein naar het noorden, naar moeder, die in smartelijke onzekerheid zou leven omdat ze al een paar weken lang geen bericht had gehad. Nu vooral moest hij sterk zijn, om haar te kunnen troosten, voor wie dit ongeluk nog het allerergst was.
Onderweg bedacht hij wat hij moest zeggen. Er gingen hem mooie zinnen door het hoofd, een bijbeltekst en een woord van de koningin, dat hij door de radio had gehoord.
Maar toen hij haar vond in de kale keukenkamer van een afgelegen Drentse boerderij en het zielige verdriet in haar ogen zag, toen het hem duidelijk werd, wat voor arme eenzame vrouw ze voor heel haar verdere leven zou zijn, als vader niet terugkwam, toen brak plotseling al zijn kracht en toen was hij het, die bij haar uithuilde, met het hoofd tegen haar borst...

HOOFDSTUK 9

In deze tijd werd de strijd tussen de verzetsgroepen en de nazi's met de grootste verbetenheid gevoerd; er was van weerskanten geen pardon meer. Op oudejaarsavond bracht Jan zijn moeder met Hans en Greetje, de jongste twee kinderen, naar vrienden in Groningen, waar zij beter verzorgd zou worden en meer afleiding zou hebben dan op die eenzame boerderij. Hij bleef de nacht in de stad over en 's avonds laat knalden de revolvers in de straten. De volgende morgen hoorden ze dat enkele vooraanstaande burgers, die als anti-Duits bekendstonden, uit hun huis waren gehaald en voor hun deur neergeschoten, uit wraak voor de dood van een politieman, een gevaarlijke SD-handlanger, die de dag tevoren door een verzetsgroep onschadelijk was gemaakt. Een represaillemaatregel heette dat. De vijand verstond de kunst om mooie woorden te bedenken voor zijn beestachtige praktijken.

Een paar weken later, toen Jan bij oom Gerrit logeerde in zijn kleine huisje aan het kanaal, werd de boerderij van Hoving in de nacht door Duitsers en landwacht overvallen. De boer en zijn zoon werden na een kort gevecht overmeesterd, naar het kamp Westerbork gebracht, en daar al de volgende dag gefusilleerd. Vier ondergedoken joden werden eveneens gevangengenomen en voor straf met het eerste het beste transport naar de vernietigingskampen in Duitsland gevoerd. Daar waren de ouders van Marietje bij, het kleine meisje dat zo lang bij Jans ouders in huis was geweest en dat nu bij de tekenleraar Biemolt ondergedoken zat. Het kind zou het pas na de oorlog te weten komen.

Vrouw Hoving en haar dochter werden eenvoudig het huis uitgejaagd, de meubels, een deel van het gereedschap en de meeste voorraden werden geroofd, en het beste deel van het vee werd langs de weg voortgedreven in de richting van het beruchte kamp. De mensen zagen het geschrokken aan vanachter hun gordijntjes en sommigen, die ook onderduikers in huis hadden, vroegen zich angstig af wanneer het hun beurt zou zijn. Maar het wonder was dat niemand er zijn koppige verzetshouding om opgaf.

Integendeel, de haat nam nog toe tegen ieder die met de vijand heulde. Een paar dagen later was een van de landwachters die aan de overval hadden meegewerkt, spoorloos verdwenen. Een schipper vond hem drijven in het kanaal en waarschuwde oom Gerrit. Die legde de schipper het zwijgen op en samen met Jan verzwaarde hij het lijk met zandzakken en stenen, zodat het niet ontdekt zou worden. Op de verlaten boerderij kwam een berooide NSB'er wonen, die door huichelachtige vriendelijkheid zijn buren voor zich trachtte te winnen, maar niemand keek de vent aan en werkvolk kon hij niet krijgen. Hij leefde met zijn gezin van de voorraden die in het huis waren achtergebleven.
De landwachters in het bijzonder waren erg gevaarlijk voor Jan bij zijn omzwervingen. Het waren NSB-boeren uit de omgeving, van wie velen hem kenden... Ze patrouilleerden dagelijks langs de wegen, gewapend met jachtgeweren, en daarom waagde hij zich bij daglicht niet meer op straat in de buurt van zijn vroegere huis. Maar ook 's avonds moest hij voorzichtig zijn. Er kwam iets loerends in zijn ogen in deze tijd. Hij kon het niet verdragen dat er iemand achter hem fietste, en als hij ergens binnenkwam, ging hij als vanzelf zo zitten dat hij in de rug gedekt was en deur en ramen in het oog kon houden. Intussen ging zijn gezondheid vooruit en hij kreeg nu snel zijn vroegere krachten terug. Oom Gerrit was van mening dat het van de gezonde Drentse lucht kwam en de degelijke boerenkost. Zelf begon oom Gerrit snel te verouderen, hij liep soms krom van de reumatiek, maar hij verzorgde trouw de bezitting van zijn baas, de boomgaard en de bijen, dreef een handeltje in fruit en honing, en legde de winst apart voor het nieuwe huis. De stenen van het oude stonden al op stapels, netjes door hem gebikt, het puin was weggeruimd en zodra de vorst uit de grond was, wilde hij beginnen met het uitgraven van de fundamenten. Hij was nog steeds de oude optimist. In de zomer zouden ze kunnen beginnen met bouwen, verzekerde hij met een gezicht, alsof Churchill het hem persoonlijk had bericht, want in het voorjaar zou de invasie komen, uiterlijk mei of juni. Zelfs Mussert had er in zijn nieuwjaarsrede op gezinspeeld en in de kranten werden aanwijzingen gegeven, hoe de bevolking zich bij een invasie te gedragen had. Al het NSB-tuig liep rond met invasie-koorts. De humor had de oude man nog steeds niet verlaten en onlangs had hij er een staaltje van weggegeven dat hem onsterfelijk beroemd had gemaakt in de wijde omtrek. Hij had met andere bijenhouders bericht ontvangen dat op de eerstvolgende vergadering van hun vereniging het woord gevoerd zou worden door een leider van de landstand, de NSB-organisatie die alle boerenverenigingen overkoepelen

wilde. De imkers hadden besloten om te gaan en eens te horen, wat die NSB-bons uit Den Haag van bijen afwist. Hij wist er natuurlijk heel weinig van, zijn voordracht werd een propaganda-rede voor het nationaal-socialisme, dat volgens de spreker in de staat van de bijenkorf zo'n prachtige weerspiegeling vond, omdat ook daar heel streng het belang van het algemeen vóór het belang van de enkeling ging en die enkeling desnoods aan het belang van het hele volk werd opgeofferd. De man werd zwijgend aangehoord en van de gelegenheid om vragen te stellen, maakte niemand gebruik. Tot eindelijk midden in de zaal oom Gerrit zijn kromme lichaam met moeite omhoog werkte en met zijn luide kraakstem zei: 'Volk, wij hebben nou de gelegenheid om wat te leren en daar moet men zich nooit te oud voor voelen. Daarom wil ik wel eens wat vragen. Kiek es, meneer, as nou een volk de koningin kwijt is en een ander volk komt er op roof uit, hoe moet je daar dan mee an?'
De toespeling was duidelijk, het werd doodstil in de zaal. De spreker overlegde fluisterend met een van de heren aan de bestuurstafel, ook een NSB'er, en die nam als praktisch imker de beantwoording over. Hij meende het best zakelijk op de vraag te kunnen ingaan.
'Daar is niets aan te doen,' zei hij. 'Dat volk is verloren, dat kun je maar beter opruimen. Volgende vraag.'
'Nog even,' zei oom Gerrit. 'Zo denkt u erover, dat dacht ik wel. Maar wij zeggen: Geef dat volk z'n koningin weerom en alles komt in orde.' En toen barstte er zo'n juichend applaus los dat de geachte spreker woedend het podium verliet. Maar oom Gerrit keek met een onschuldig gezicht rond en haalde dom zijn schouders op. Hij werd die avond door een paar jonge sterke imkers thuisgebracht, maar zelf was hij niet bang dat hij van zijn vrijmoedigheid last zou ondervinden.
'Ik heb toch niks kwaads gezegd?' zei hij. 'Wat kunnen ze me maken?'
Over zijn baas zat hij, als je hem geloven wilde, het minst van allemaal in de zorg. Van Freek in Amsterdam was bericht gekomen dat vader op transport was gesteld naar een of ander kamp, waarschijnlijk naar Dachau in Zuid-Duitsland, en toen oom Gerrit dat hoorde, zette hij een gezicht alsof hij dat nog wel een goede boodschap vond.
'Hij heeft het er voorlopig levend van afgebracht,' zei hij. 'Nou weet ik zeker dat we hem aan het eind van de oorlog terug zullen zien.'
'Weet je hoe het in die kampen toegaat?' vroeg Jan.
'Ja, het is heel erg,' antwoordde oom Gerrit. 'Maar er zit iets in jouw vader, jongen, wat niet gauw klein te krijgen is. Ik ken Evert Jan van de geboorte af en je kunt me geloven: hij doet niet onder voor die meneer

Muys, die Afrikaan. Daar kan Frits jou meer van vertellen. Dat mannetje heeft bijna een jaar in het kamp Vught gezeten en hij heeft het er niet best gehad, want hij kwam terug als een geraamte. Maar hij loopt er weer! En jouw vader hoeft geen jaar te wachten op de bevrijding. Dan zullen we hem ook wel weer op krachten helpen; als we hem eerst maar terug hebben...'

Guusje en Frits waren bij de oude tuinman op bezoek toen hij dit zei, en het meisje fleurde er helemaal van op; daarom ging Jan maar niet verder op de zaak in. Guusje zat nu voor haar eindexamen, zoals Jan vorig jaar. Zij was bij een leraar in huis, werkte hard en bracht de zondagen bij moeder door. Frits' laatste mulo-rapport zag er slecht uit. Hij kon niet studeren in deze tijd, beweerde hij. Wat kon hem al die onzin uit de boeken schelen, nu hun hele gezin uit mekaar lag? Hij had geen zin om zich nu met die flauwe dingen te bemoeien; dat kwam later wel weer. Maar hij wist al het nieuws uit de omgeving, was precies op de hoogte van de stand van de oorlog en kwam bij zijn kostbaas, een bevriende bakker in de stad, alleen thuis om te eten en te slapen. Voor meneer Muys had hij tassen vol voedsel aangesleept; hij vereerde zijn leraar geweldig. Al een week na zijn terugkomst was de man op een stok leunend weer naar school gekomen. Het was hem verboden om te spreken over wat hij in het kamp ondervonden had, maar zo vormde hij een levende reclame, zei hijzelf.

Die andere leraar, die Van der Broek, die altijd zoveel praatjes had maar geen joods kindje in huis durfde te nemen, was ook gevangengenomen, vertelde Frits. Nee, niet om verzetswerk, maar omdat hij 'o zo!' gezegd had op straat; dat woord lag hem in de mond bestorven. Eén nacht had hij op het politiebureau gezeten en door een agent was bekend geworden dat hij zo jammerlijk had lopen huilen en kermen in de cel dat ze hem tegen de morgen maar vrijgelaten hadden om van het lawaai af te zijn. Maar nu stak hij natuurlijk zijn borst vooruit, alsof hij nog meer doorgemaakt had dan Muys. En bij zo'n vent zou je in de klas moeten zitten! Frits niet gezien, hij verzuimde de lessen van die opschepper en de directeur zei er niets van.

'Dat is toch niet goed van je,' zei Jan.

'O nee?' vroeg Frits. 'Moet je dan alles maar slikken van zo'n kerel? Dat gebeurt al veel te veel. En je zult eens zien, straks na de oorlog staat dit soort met zijn grote mond vooraan en dan hebben zij het voor het zeggen. Maar Muys heeft hem getrakteerd, nee zeg, daar had je bij moeten zijn. Die zei tegen hem, in de pauze, toen hij het weer beter wist dan ieder ander: "Hoor eens, meneer, het is ieders goed recht om een lafaard te zijn,

als hij daar nou eenmaal aanleg voor heeft. Maar als hij dan de rol van held wil spelen, kan hij beter bij de landwacht gaan lopen; die doet dat ook. En dan weten wij tenminste wat wij aan hem hebben…"'
Op de landwacht was Frits gebeten als geen ander. Jan Hagel noemde hij de kerels en hij wist allerlei voorbeelden aan te halen van hun stommiteit. Het mooiste was dat hij een keer door hen was aangehouden en gefouilleerd. Toen vonden ze een blaadje in zijn zak, waarop een paar grote algebrasommen uitgewerkt stonden. 'Is dat soms geheimschrift?' had een van die halve analfabeten gevraagd. Het was een beruchte stroper die voor de landwacht blijkbaar nog goed genoeg was.
'Voor jou wel,' had Frits geantwoord.
'En wat betekent dat dan?'
'Ik zie geen kans om jou dat duidelijk te maken,' zei de jongen.
'Mee,' commandeerde de vent en Frits had zich rustig laten opbrengen naar het politiebureau, waar de agenten zich haast een bult hadden gelachen.
'Moet je nog geheimschrift?' vroeg Frits voortaan, als hij die slimmerd tegenkwam.
'Pas maar op!' waarschuwde Jan.
'Ik ben niet bang voor die verraders,' zei Frits. 'Laatst op een keer, midden in de nacht…'
Hij hield geschrokken op.
'Ga door,' zei Jan.
'Nee,' antwoordde Frits, 'ik heb beloofd dat ik daar niet over praten zal.'
'Frits, jongen, jij moet ophouden met dat werk; je bent nog te jong,' zei Jan bezorgd.
Frits voelde voor zijn oudere broer, die gewond uit de strijd gekomen was, bijna een even grote verering als voor Muys, maar nu kwam er een koppig verzet in zijn ogen.
'O ja?' vroeg hij. 'Hoe oud was jij toen de oorlog begon en toen je eropuit trok met vader en oom Gerrit om wapens op te duiken in het kanaal en mij stiekem thuis liet? Reken maar na; net zo oud als ik nu.'
'Maar het is nu veel gevaarlijker,' probeerde Jan hem te overreden. 'De moffen zijn kwaadaardiger en ze weten veel meer.'
'Wij weten ook veel meer,' antwoordde Frits. 'Wij zijn niet meer zo stom als jullie vroeger dat wij er ongewapend op uit gaan of een geheime vergadering houden met een gevaarlijke NSB'er ernaast op de loer!'
'Ik geloof dat vader het niet goed zou vinden.' Meer wist Jan niet te bedenken.

'Die moet je nodig noemen,' zei Frits fel. 'Terwijl vader daar ligt te verhongeren in het kamp, zal ik hier zoete broodjes bakken, wou je dat soms…? Ik zal jullie één ding zeggen: als ik hoor dat vader dood is, schiet ik er drie van die ploerten voor neer!'

'Zestien jaar,' zei Jan in gedachten.

'Ja, zestien jaar,' herhaalde Frits. 'Bijna zeventien trouwens! Heb je de nieuwe bezettingstroepen al gezien die de laatste tijd hier komen, omdat de Führer de andere aan het oostfront nodig heeft? Daar zijn jongens van de Hitlerjugend bij en wat denk je, hoe oud ze zijn? Zestien jaar! Maar ik denk dat ze 't net zo goed kunnen als een heleboel van die suffe ouwe kerels!'

'Da's op mij, verdikkeme,' zei oom Gerrit, maar niemand lachte. En Jan liet het maar zo. Hij had geen moed meer om er tegenin te gaan. In gedachten zag hij zijn broer weer hangen aan de kabel van de sperballon en hij hoorde oom Gerrit zeggen: 'Wat die vast heeft, laat hij niet meer los…' Hij had de neiging om zijn ogen dicht te doen en alles maar te laten komen zoals het wilde. Het kon hem zo moe maken, deze strijd en deze ellende, iedere dag weer, dat hij geen moed meer had om er tegenop te tornen. Misschien was hij toch nog niet helemaal genezen van zijn ziekte.

Die vreemde vermoeidheid was ook de reden dat hij nog niet had kunnen besluiten om naar zijn club terug te keren, hoewel hij nu toch wel weer mee had kunnen doen. Hij had twee brieven gehad van de vrienden, die hem beide via Jansonius, een bevriend politieman in de omgeving, bereikt hadden. Het ging goed met ze en ze werkten hard. Naast kleinere acties hadden ze een arbeidsbureau overvallen en de hele administratie verbrand, zodat er in die gemeente de eerste tijd geen man voor Duitsland kon worden opgeroepen. Nu waren ze bezig met de voorbereidingen voor een nieuwe distributiekraak. Na de dood van Joop waren er twee nieuwe leden aangeworven. Maar zijn plaats bleef open, schreef oom Hein. En ze misten hem allemaal erg. En onder de tweede brief stonden de handtekeningen van al de leden, met van elk een hartelijk woordje erbij.

'My heart is longing for you!'[62] schreef Sylvia, in een sierlijk slank handschrift met een paar geweldige uithalen van de pen, die het hele blad vulden. Dat waren de woorden van een filmliedje dat ze soms zong. Zo was ze: als ze hartelijk wilde zijn, deed ze gek; nog steeds toonde ze niet graag haar hart. Maar hun woordenwisseling, een paar dagen voor zijn vertrek uit het sanatorium, scheen ze toch vergeten te zijn en ook naar haar kon hij soms verlangen. Na die brief kwam hij tot de conclusie dat hij het

aan zijn eer verplicht was om weer mee te doen en hij besloot meteen de volgende morgen te vertrekken. Maar toen hij in zijn portefeuille naar het papiertje zocht, waarop hij de vertrektijden van de treinen naar het zuiden had opgeschreven, kwam hem een oud portret van zijn vader in handen en hij hoorde hem weer zeggen, met iets van wanhoop in zijn stem: 'Een van ons tweeën moet overblijven, Jan...!' Die avond in Amsterdam... Toen hij zich die weer indacht, ontzonk hem de moed.
Het was weer Wim die hem moest opschrikken uit zijn wankelmoedigheid. Op een mistige februaridag kwam hij bij oom Gerrit binnenvallen; verwilderd en nerveus en met een stem die oversloeg van drift en radeloosheid, vertelde hij dat de club kapot was. Oom Hein en Piet waren dood. De twee nieuwe leden, Louis en Theo, zaten gevangen, tante Truus en Anje ook. Allemaal het werk van Sylvia, die vuile verraadster, die slang, met haar uitgestreken blanke tronie, dat serpent...!
Wim kon geen woorden vinden om aan zijn haat en ellende voldoende lucht te geven. Nu hij voor het eerst rustig vertellen moest wat er gebeurd was, kon hij nog nauwelijks geloven dat het waar was.
Het ging juist allemaal zo prachtig. De distributiekraak was volkomen geslaagd, Sylvia had gereden en op de terugweg waren ze aangehouden met de hele buit achterin, maar de papieren van Koos waren zo denderend dat ze meteen door mochten. Misschien was het evengoed de hooghartige blik van Sylvia geweest, die de Duitsers op een afstand had gehouden. Man, je had die snuit moeten zien! En met datzelfde harde onbewogen gezicht was ze nu waarschijnlijk bezig om de hele zaak op te rollen! O, die judas, dat ellendige stuk verraad!
De vorige dag was het gebeurd. Ze waren allemaal thuis geweest, behalve Koos, die een bespreking had in Utrecht, maar in de loop van de avond terug zou komen. Sylvia en Anje waren samen in de voorkamer en kregen plotseling een hevige woordenwisseling. Sylvia had Anje in het gezicht geslagen en toen had Anje beschuldigingen geroepen, waarover ze allemaal verbaasd gestaan hadden. Het ging over tweehonderd bonkaarten van de laatste kraak, die Sylvia stiekem in de zwarte handel gebracht zou hebben. Oom Hein had er zich mee bemoeid en de meisjes ondervraagd en toen was de schuld van Sylvia welhaast vast komen te staan.
Oom Hein was razend geweest, ook omdat de meid geen boe of ba verkoos te zeggen en hem alleen maar stond aan te kijken met die grote gemene ogen. Hij had haar naar boven gestuurd en bevolen om op haar kamer te blijven, tot Koos thuisgekomen was. Daarna zou ze haar vonnis horen.

'Je vonnis,' zei hij en misschien had dat dreigende woord haar bang gemaakt. Toen Koos om een uur of tien thuiskwam, geloofde hij geen woord van Anjes verhaal, had een daverende ruzie met oom Hein en holde naar boven, maar Sylvia's kamer was leeg en nergens in het huis was zij te vinden. Hij schoot meteen zijn jas weer aan om haar in het dorp te zoeken.

'Als zij niet terugkomt, zul je mij ook niet meer zien!' schreeuwde hij nog tegen oom Hein. Toen sloeg de deur achter hem dicht.

'Leo en ik gingen hem na om hem te kalmeren,' vertelde Wim, 'en dat is ons geluk geweest. We liepen een paar adressen met hem af, waar Sylvia zou kunnen zijn en op het laatste adres toen het al over elven was, kwamen we tot de conclusie dat ze natuurlijk al thuis moest zijn. Dat was bij de LO-man, je kent hem wel, die van bijna al ons doen en laten op de hoogte is. Daar kregen we Koos zover dat hij beloofde de zaak kalm te onderzoeken en ons fijne kringetje niet onnodig kapot te maken. Om half twaalf slopen we de straten langs naar huis, en toen we aankwamen, was het al gebeurd: de overvalwagen stond voor en de gevangenen werden erin gesleept. Die meid moet meteen naar de SD zijn gelopen!

Op dat ogenblik dachten we daar nog niet aan, maar op het politiebureau, waar de gevangenen eerst heengebracht waren, had een van de moffen zich versproken en een goeie agent had dat opgevangen en daarna kans gezien om enkele woorden met tante Truus te wisselen. Ze waren plotseling in huis geweest, zelfs zonder dat de hond gewaarschuwd had en het is ons nu wel duidelijk hoe dat mogelijk was. Tante Truus legde 's avonds als er nog jongens thuis moesten komen, de huissleutel onder het putdekseltje naast de voordeur; die hebben de Duitsers alleen kunnen vinden doordat Sylvia het verraden had. Misschien is ze er zelf wel bij geweest om ze binnen te laten! Louis en Theo werden van hun bed gelicht, oom Hein en Piet, die bij mekaar op één kamer sliepen, hebben zich doodgevochten. Het hele huis werd doorzocht en de kerels wisten precies waar ze moesten zijn: één haalde lachend de wapens uit de stoel van tante Truus. Alles zijn we kwijt, Jan, alles! Zelfs de auto! Die heeft dat loeder 's avonds al voor negen uur gehaald bij de wachter van de begraafplaats, waar we hem in een ongebruikt lijkenhuisje onder dak gebracht hadden... De man had natuurlijk geen argwaan; het was altijd Sylvia die de wagen haalde en bracht... Wie weet waar ze er nou mee rondtoert...'

Wim zweeg en zat met het hoofd in de handen bij de tafel. Zijn gezicht was bleek en vertrokken. Oom Gerrit stond op, nam een fles uit de kast en schonk iets in een glas.

'Drink dit op,' zei hij. 'Dat is goed voor je zenuwen.' Maar Wim scheen het niet te horen.

'Wij waren allemaal eenvoudige jongens,' zei hij voor zich uit. 'Wij kenden dat geraffineerde schepsel niet. Alleen Koos, die had haar door kunnen hebben, maar die is totaal verblind geweest. Ik geloof dat hij verliefd op haar was...'

Een gevoel van schuld begon Jan te besluipen. Hij had haar ook door kunnen hebben, twee maanden geleden in het sanatorium al...'

'Ik waarschuw je...' Nu wist hij waarvoor ze hem gewaarschuwd had! Dát was dus het geheim geweest achter die mooie ogen: vuil eigenbelang, zucht naar avontuur misschien ook en ten slotte het gemeenste verraad toen ze zich gedwarsboomd zag. Of had ze misschien van het begin af met de SD in contact gestaan...? En hij was in zijn schulp gekropen voor haar bedreiging en had oom Hein niet op de hoogte gebracht, had later bijna niet eens meer aan de hele zaak gedacht...

'Wat moet ik doen, wat moet ik doen?' vroeg hij zich in wanhoop af.

'Helpen te redden wat er te redden valt,' zei Wim. 'Daarom ben ik hier; zij weet het adres van die Jansonius, die moet dadelijk gewaarschuwd worden. De laatste brief aan jou heeft ze zelf gepost; geloof maar niet dat ze jou vergeten is. Maar dat wil oom Gerrit wel doen. Jij moet mee, dadelijk, jij weet adressen in Amsterdam waar oom Hein weleens kwam. Neem zoveel mogelijk geld mee, ik heb bijna geen cent meer op zak. Dát komt er ook nog bij, man, dat zij alle troeven in handen heeft; ze reisde overal met oom Hein naartoe. Vannacht hebben we in het dorp en de omgeving nog gewaarschuwd waar we konden en vanmorgen hebben Leo en ik zoveel mogelijk mensen opgebeld. Koos heeft ons de adressen gegeven die hij kende en verder hebben wij niets aan hem. Hij is net gek, hij is alleen maar bezeten van die ene gedachte: haar terugvinden. Ik geef hem een goeie kans: hij kent haar vriendinnen in Rotterdam en in Leiden en met zijn SD-papieren loopt hij overal binnen. Als het hem maar gauw lukt, want denk je eens in, hoe zij tegen de jongens en tegen tante Truus en Anje uitgespeeld zal worden: zij weet letterlijk alles van hen! Misschien kunnen we nog wat voor hen doen. Ik heb met Koos een adres afgesproken, waar we mekaar morgenavond zullen ontmoeten. We zijn nog met z'n vieren, ze krijgen ons nog niet klein...! Maar ik heb niet eens meer een wapen...'

'Daar kan ik je aan helpen,' zei oom Gerrit. 'Er zit een goeie revolver verborgen in een van mijn bijenkasten. Haal hem er zelf maar uit, de derde van links. Kogels liggen erbij in een lapje vet. Dan ga ik nou binnendoor op Jansonius aan...'

Hij trok steunend zijn duffel aan en kwam bij de tafel terug. Zijn tandeloze mond was een smalle streep in zijn oude verweerde kop.
'Ik heb nooit om de dood van een mens gebeden,' zei hij. 'Maar nou doe ik het!'

Ze haalden Amsterdam niet meer. Achter Meppel werd de trein beschoten door Engelse jachtvliegtuigen. De doorboorde locomotief stond in een wolk van stoom te sissen, de reizigers kropen gillend in de spoorsloot over elkaar, in de voorste wagen waren slachtoffers.
De jongens gunden zich geen tijd om te helpen; zij liepen door de weilanden naar de weg en liftten op een vrachtauto met gaspot naar Zwolle. Ze overnachtten bij de vrachtrijder en haalden hem over om de volgende morgen om vier uur met hen naar Amersfoort te vertrekken. Het kostte hun Wims gouden zegelring, Jans horloge en vijftig gulden. Wat kon het hun schelen? Meer dan ooit was tijd nu geld.
Ze lagen een paar uur op een slecht bed in een ijskoud zolderkamertje te woelen. Jans gedachten wilden telkens terug naar oom Hein en de anderen. Maar het mocht niet, want hoe heette die radiohandelaar in Utrecht, bij wie oom Hein wel eens kwam? En hoe vond hij het huis in Amsterdam-Zuid terug, waar die vergadering met vader was geweest; daar kwamen ze later ook weer bij elkaar... Er was geen tijd om te rouwen. Je gedachten wilden stilstaan bij herinneringen, maar ze moesten verder. Je ogen mochten geen tranen hebben, ze moesten openblijven voor nieuw gevaar.
Ze hobbelden Amersfoort binnen bij het eerste licht. De vrachtrijder wilde ze nog een tientje extra afzetten, maar Wim viel plotseling driftig uit en zei dat hij een klap op zijn hersens kon krijgen. Op het perron gingen ze uit elkaar. Wim moest naar Utrecht en vandaar naar Den Haag, Jan liep anderhalf uur later in Amsterdam. Freek was niet thuis en zijn moeder beweerde niet te weten waar ze hem kon vinden. Jan begreep dat hij ondergedoken was, maar hij kreeg de vrouw eindelijk zover dat ze, zoals ze zei, in de buurt zou informeren, of iemand daar iets van hem wist. Vijf minuten later kwam ze met Freek terug. Die noemde hem het adres in Zuid en een paar andere, waar oom Hein mogelijk ook geweest kon zijn. Terloops vertelde hij dat opa Meyer dood was en tante Stien ook – tante Fie zat in Vught. Toe maar, er kon nog meer bij. Je hoorde het aan en je voelde er weinig meer van. Je werd zo hard als een spijker...
Hij ging naar Zuid en kreeg daar nóg een ander adres. De mevrouw, die hem herkende van de vergadering, bood hem een kop koffie aan, maar

hij weigerde; het was voor haar ook beter dat ze maar gauw maakte dat ze wegkwam. Hij werkte de andere adressen af en kocht toen in een groentewinkel een wortel, want broodbonnen had hij niet bij zich en zelfs die halfbevroren wortel kreeg hij alleen los door er de dubbele prijs voor te betalen. Terwijl hij op straat liep te kauwen, dacht hij aan de leraar Van Loon op de Prinsengracht, die hem indertijd over zijn vader had ingelicht; die bleek toen oom Hein ook te kennen. Hij liep erheen en was er eerder dan hij dacht. Hij moest zich haasten om zijn mond leeg te eten. Toen hij de hand uitstrekte naar de bel, werd hij plotseling bevangen door zo'n ellendig angstgevoel dat hij snel doorliep. Hij probeerde zich te vermannen; het was immers dwaasheid, op de vorige adressen was hij ook niet bang geweest. Toen bedacht hij dat deze man telefoon moest hebben, Freek had hem indertijd opgebeld om een afspraak te maken. In een klein café belde hij hem op.

'Hallo, mit Von Loon,' zei een stem. 'Met wie?'

Toen wist hij het en legde de haak zonder een woord neer. De Duitsers zaten er al in huis!

Het drong nauwelijks tot hem door, door wat voor wonder hij was bewaard, want in het café begon een oude valse grammofoon een wijsje te spelen dat onweerstaanbaar zijn aandacht trok. De Duitse woorden kende hij niet, hij had het in het Engels gehoord... 'My heart is longing for you, my dear...!' Dat had ze hem geschreven: 'Mijn hart verlangt naar jou!'

Voor het eerst, na dit telefoongesprek, verlangde hij ook naar haar en voelde, hoe hij haar haatte. Intussen haastte hij zich de stad door om de trein naar Leiden te halen.

's Avonds zaten ze met z'n vieren op een verlaten studentenkamer en spraken af dat Leo en Wim naar Utrecht zouden gaan, waar tante Truus en de anderen gevangenzaten, om zo mogelijk contact met hen te maken en uit te zoeken of er iets voor hen te doen viel. Jan zou met Koos teruggaan naar Amsterdam, want Koos had gegronde vermoedens dat ze daar de meeste kans hadden om Sylvia te vinden. Hij wist nu dat ze bevriend was met een SD-officier die daar werkte, en dat ze 's avonds Amsterdam had opgebeld om haar verraad te plegen. Vandaaruit was de SD in Utrecht aan het werk gezet. Koos vertelde niet hoe hij aan die feiten kwam, zei geen woord meer dan nodig was en sprak de naam Sylvia niet uit. Hij zag er heel gewoon uit, maar in zijn ogen was iets vreemds, alsof iets in de verte aldoor zijn aandacht trok.

Drie dagen zochten ze tevergeefs. Toen stond Jan op een middag op de Overtoom voor een winkel en hoorde achter zich het geluid van een Citroën, die overgeschakeld werd en optrok door een bocht.
'Dat is ze,' dacht hij, 'niet omkijken!' En hij deed het toch. Toen zag hij Sylvia achter het stuur, in een grijze bontmantel, een sigaret tussen de lippen. Een vent in burgerkleren zat naast haar. Ze nam haar sigaret uit de mond en lachte. Even voelde Jan haar blik over zich heen glijden, toen keek ze weer voor zich, schakelde over en reed snel de Overtoom af in de richting van de stad. Ze had hem niet herkend. Had ze hem niet herkend? Het was alsof hij haar ogen nog voelde.
Hij rende al, dicht langs de huizen. Als hij de hoek op tijd haalde, kon hij zien welke richting ze koos bij het Leidsebosje. Dat hij nou geen fiets had, dat er geen taxi's meer waren! Wat hielp het hem zo dat hij dagenlang geloerd had? Ja, de mensen mochten denken wat ze wilden; hij zou Koos niet meer in de ogen durven te kijken, als hij haar nu niet vond...
Natuurlijk kwam hij te laat. Het asfalt lag nat en verlaten te glimmen in het avondlicht en de sporen waren niet te volgen. Hij koos de richting van het centrum en vroeg zich wanhopig af, waar ze gebleven kon zijn. Tot hij op het Leidseplein met een schok bleef staan, want daar onder de bomen zag hij de wagen. Daar stond de auto van Berendse geduldig te wachten als een trouw dier dat het ook niet helpen kon dat het in de macht van het kwade werd gebruikt... En je hoefde niet te vragen of hij het was, al droeg hij nu een Duits legernummer, want de damp sloeg van de motorkap.
Rennen naar een adres in de Kerkstraat om op te bellen. Bidden dat Koos thuis mocht zijn. Het zou een wonder zijn. En het wonder gebeurde. Koos nam zelf de telefoon aan. Drie woorden waren genoeg. Geen tien minuten later ontmoetten ze elkaar op de hoek bij de Schouwburg.
De auto stond er nog. De schemering was ingevallen. Uit de dure cafés in de buurt klonk muziek.
Nu was er tijd genoeg. Toch hijgden ze. Maar de stem van Koos klonk rustig en bijna opgewekt.
'Je kunt zeggen wat je wilt,' zei hij, 'maar je zult moeten toegeven dat ik meer recht heb dan jij. Bovendien is het mijn revolver. Wat jij doet kan me niet schelen, ik blijf bij de auto en misschien kruip ik erin. Vroeg of laat zal ze hier terug moeten komen.'
Jan kon niet weggaan, al had hij geen wapen. Hij liep met een bocht het plein om en naderde langzaam de cafés. Misschien kon hij uitzoeken, waar ze zat. 'My heart is longing for you, my dear...!'

Hij was geen jongen voor cafés, hij zag er altijd tegenop om zo'n ding binnen te stappen. Maar een portier sprak hem aan en nodigde hem uit om naar binnen te gaan, zijn galons glommen in de schemering. Hij liep zwijgend door, keerde opeens terug en vroeg naar een dame in een grijze bontmantel. Of de man die ook gezien had…

'Stom,' dacht hij. En hij ging niet in op de uitnodiging van de vent om even binnen te kijken, maar bedankte hem en liep door. Hij deed drie stappen. Toen was er iemand achter hem, een hard ding porde hem onder in de rug en een hese stem zei zacht: 'Wenn Sie sich umdrehen, schiesse ich! Sie sind verhaftet!'[63]

Iemand greep zijn arm. Terwijl hij nog stond te duizelen, klikten de boeien om zijn polsen.

HOOFDSTUK 10

Een merkwaardig licht gevoel beving hem na de eerste schrik. Een soort voldaanheid: het wás zover! Wat hij maandenlang gevreesd had, was gebeurd. Nu was er geen reden meer voor die vrees...

Ze sleurden hem mee voor de donkere huizen langs. Even had hij hoop op Koos. Toen dacht hij eraan dat Koos hem niet zou helpen, ook al zag die hem gaan; die zou zich om hem zijn kans niet laten ontnemen. Hij weerstond de lust om in de richting van de auto te kijken. Het moest lukken... Hem hadden ze, hem had Sylvia natuurlijk herkend op de Overtoom en hier hadden ze hem gemakkelijk in de val laten lopen. Nu zou ze misschien geen wantrouwen meer hebben. Ze zou gewoon naar de auto gaan. Haar lot was beslist!

En als zij dood was, wat konden ze hem dan maken? Hij liep op straat, had niks bij zich, zijn persoonsbewijs was in orde! Mocht hij daar soms niet lopen voor die cafés...?

Hij richtte zich hoger op en keek naar de mannen die hem meetrokken. De man die de ketting vasthield, was in uniform en kleiner dan hij; de ander stonk naar odeur. Dat was die met de hese stem, die hield hem slechts licht bij de arm. Als hij de boeien niet aanhad...

Nu waren ze bij de hoek, daar was de singelgracht. Een meisje bleef staan om naar hem te kijken, het leek Guusje wel, maar hij kon haar gezicht niet zien in het donker.

De kleine man gaf een ruk aan de boeien.

'Ja, wat wilt u nou eigenlijk van me?' vroeg Jan. 'Denkt u soms...'

'Maul halten!'[64] grauwde de ander en trapte van opzij tegen Jans been.

Een gangetje, hun voetstappen klonken hol. Een deur, de kleine belde aan. Een beambte in uniform liet hen binnen in een gang waar een gore bedompte lucht hing. Hij ging hen voor naar een groot ijzeren hek, maakte dat open, liet hen door en sloot het weer. Zijn sleutelbos rammelde. Het was benauwend om als een dier achter zo'n hek gesloten te worden... Hier moest vader ook doorgegaan zijn, een paar maanden

geleden. Het gaf hem een vreemde voldoening dat hij nu hetzelfde beleefde...
In een kaal vertrek met hard licht werden zijn boeien afgedaan. Hij wreef zijn polsen. Een beambte, ouder dan die hem binnengelaten had, stond achter een tafel. De hese Duitser greep Jan plotseling in de borst en duwde hem tegen de muur. Hij herkende de man die in de auto naast Sylvia zat.
'Na, was wollen Sie denn jetzt, was? Sind Sie jetzt zufrieden, was?'[65] Bij ieder 'was' werd hij ruw tegen de muur gebonsd.
De drift sloeg heet door Jan heen. Hij moest zich beheersen. Het zou stom zijn om de vent aan te grijpen.
'Komt er nog antwoord, hm?' Een nieuwe stoot.
'Ik begrijp niet wat u bedoelt!' zei hij en hij was nijdig, omdat hij zijn stem niet beheerste. 'Mocht ik daar niet lopen?'
'Er versteht nicht! Hij begrijpt het niet!' spotte de man. 'Wat moest je daar, vraag ik!'
'Ik wou een biertje drinken, ik had dorst,' zei hij, nu rustiger. 'Mag dat soms niet?'
'So, und die Dame...? Wat moest je met die dame?'
'O,' antwoordde Jan, en hij begreep niet waar hij de leugen zo gauw vandaan haalde, 'ik zocht naar mijn zuster. Daarom vroeg ik aan die portier...'
'Ah, je zuster...! Zo, mijn waarde, is dat je zuster? Die met die grijze bontmantel, hm? Nou, je zult je zuster straks zien, hoor! Met die grijze bontmantel, ja. Wacht maar even...'
Dat hangt van Koos af, dacht Jan.
'Berg hem op,' zei de man. 'Wij komen terug.'
De beambte salueerde. De Duitsers wilden gaan. Nu moest hij in zijn rol blijven...
'Ja, hoor es even,' zei hij, 'ik wil ook weg. Mag dat maar, dat jullie iemand die niets gedaan heeft, zomaar opsluiten?'
De grootste kwam terug.
'Je zult nog leren wat hier mag,' zei hij, met zijn gezicht vlak voor dat van Jan. 'Hier, dát mag ook, du Schwein!'[66]
Jan kreeg een vuistslag onder zijn kin, die hem tegen de muur deed vallen. De kerels liepen lachend de gang in.
'Kijk niet zo,' zei de beambte. 'Dan slaan ze nog meer. Kom hier, geef maar gauw je spullen af. Kom je van buiten?'
Hij gaf trillend zijn portefeuille, zijn mes, zijn persoonsbewijs dat hij los in zijn binnenzak had, en legde alles naast elkaar op de tafel. Zijn zak-

doek kreeg hij terug. Een half pakje sigaretten stopte hij eronder in zijn broekzak.
De man keek het persoonsbewijs in en haalde toen de portefeuille leeg. Hij keek de papieren en foto's na. Jan schrok, want tussen al die rommel lag nóg een persoonsbewijs. Hij had er twee, beide op de naam Jan van der Sloot, maar op het ene stond als woonplaats Meppel, op het andere Amsterdam. Omdat er in Drente een verblijfsverbod gold voor mensen uit het westen. De man had borstelige wenkbrauwen; zijn ogen waren in de schaduw.
Hij stond met het tweede persoonsbewijs in de hand en keek Jan even aan.
'Waar woont u ook weer?'
'In Meppel.'
'Dat weet u zeker?'
'Ja meneer.'
Eén persoonsbewijs ging in de portefeuille. Het andere was verdwenen. Hij begreep dat hij niet moest bedanken.
De man keek een lijst in en drukte op een knop. Een jonge beambte met rood haar kwam binnen.
'Nummer 83,' zei de oudere. 'Denk om de etenslijst.'
'Jawel meneer.'
De man nam Jan mee in een kleiner vertrek en fouilleerde hem door tegen zijn zakken te kloppen. Er rammelde een doosje lucifers. Dat nam hij in beslag.
'Mee,' zei hij.
Ze gingen een gang door, twee trappen op; toen kwam er weer een gang. Aan beide kanten waren celdeuren. Een bewaker stond door een gaatje in een van die cellen te gluren en ging er rustig mee door toen ze langskwamen. Ergens klonk een vreselijk luide geeuw. De deur met nummer 83 erop werd opengemaakt. Jans bewaker maakte een geluid als tegen een hond, die in zijn hok moest. Jan deed een stap en de deur viel achter hem dicht. Het ging niet hard en toch bonsde het door zijn lijf. Dit was het einde. Nu zat hij opgesloten. Hij leunde slap tegen de muur.
Pas na een paar seconden merkte hij dat er een man in de cel was. Hij zat op een soort bed en was bezig om van een touwtje dat hij op zijn vingers had gespannen, figuren te maken, een spelletje zoals kleine meisjes graag doen.
'Kijk eens,' zei hij, 'varken op de ladder!'
Hij stopte het touwtje in zijn zak en stond op.

'Ik zal niet zeggen: welkom,' zei hij met een glimlach. 'Maar ik vind het natuurlijk wel leuk om gezelschap te krijgen. Even voorstellen: Pijnenburg...'
'Jan van der Sloot,' zei Jan. 'Volgens persoonsbewijs.'
'Pijnenburg volgens persoonsbewijs, geboorteakte, trouwakte en diploma zendingsschool,' zei de ander. 'Ik ben zendeling, maar ik kon niet weg om de oorlog. Zeg maar Dirk. Wat heb jij op je geweten?'
'Ik word zometeen gehaald voor het verhoor,' zei Jan onrustig. Hij wist niet of het goed was om de ander nu alles al te vertellen.
'Ga dan hier zitten,' zei Dirk, 'en bedenk je verhaaltje. Pas op: wat je de eerste keer zegt, moet je volhouden tot het einde. Als je met iets zit, wil ik je wel helpen. Beetje water?'
'Graag.'
'Heb je nog wat in je zakken? Geef het me dan. Straks ben je het kwijt. Wacht even, ik ga met de rug tegen dat loergat staan.'
Hij maakte een malle sprong van blijdschap, toen hij de sigaretten zag.
'Ik heb geen lucifers,' zei Jan spijtig. 'Die flauwe kerel...'
'De rooie zeker? Dat is geen beste. Maar ik heb lekker twee lucifers! Vanavond elk een saffie, joh! Je bent een reuzekerel. Nou, ga zitten. Doe je best!'
Jan zat een half uur met het hoofd in de handen op een krukje voor een muurtafeltje. Toen waren er voetstappen in de gang. Het luik in de deur klapte open. Een hand schoof een blikje eten naar binnen.
'Twee,' zei Dirk. 'Ik heb visite vandaag. Wou je soms dat ik mijn gast op een houtje liet bijten? Geef me dan dat houtje, want dat heb ik ook niet. En breng straks even een matras, de vloer is een beetje hard.'
'Meneer heit maar te commanderen,' zei de bewaker, maar het klonk niet onvriendelijk. Het luik ging weer dicht.
'Koolraap,' zei Dirk. 'Hou ik van.'
Jan at twee hapjes, toen kon hij niet meer. De onfrisse reuk van het eten stond hem tegen. Dirk nam zijn portie er graag bij en likte de blikjes schoon met zijn vinger.
'Ben je klaar met je verhaaltje?' vroeg hij.
'Jawel,' zei Jan lusteloos. Wat hielp het hem? Alles hing van Koos af. Als Koos niet slaagde hielp niets meer. Dan zouden ze alles van hem weten door Sylvia...
De tijd ging voorbij. Er kwam niemand dan een bewaker die een matras op het bed gooide.
Ineens drong het tot Jan door dat dit lange wachten een gunstig teken

was. Ze zouden met haar terugkomen. Waarom kwamen ze niet? Omdat ze nog zaten te drinken? Of... omdat het niet meer kon?
In de cel naast die van hen werd geklopt. Rom-pom-pom-pómm! Het V-teken. Dirk klopte terug. Even later lag hij op de vloer en praatte zacht met zijn mond tegen de verwarmingsbuis.
'Een jonge kerel,' zei hij. 'Ik weet het niet, ik neem hier geen verhoren af... Heb je anders nog wat...? Invasie? Je bent gek... Ik zeg dat je gek bent...! Stop!'
Een bons op de deur.
'Licht uit,' zei een stem.
'Kinderbedtijd,' zei Dirk. 'Wees gerust, ze zullen niet meer komen. Geneer je niet, we zijn jongens onder elkaar.'
Jan moest het bed nemen, zelf strekte hij zich uit op de matras. De deken stonk naar lysol. Waar had Jan die lucht het laatst geroken? Een jaar geleden op de hei bij het kamp Westerbork? Och, die wijde Drentse hei... Niet aan denken.
In het donker lagen ze zacht te praten. Toen de bewaker langsgekomen was voor controle, probeerde Dirk een lucifer aan te strijken op de muur. Het mislukte. De tweede, onder zijn schoen, vlamde op. Ze rookten. Het smaakte Jan niet.
Op de gang klonk gebonk van zware laarzen. Twee of drie mensen gingen voorbij. Een eind verderop sloeg een grendel op een deur.
'Een arrestant,' zei Dirk. 'Zul je aan moeten wennen, gebeurt wel eens vaker. Soms midden in de nacht.'
In de buurcel werd zacht geklopt. Dirk reageerde er niet op. Hij vertelde zacht over zijn vrouw en kinderen. Twee kinderen had hij, een jongen en een meisje. Het laatste kende hij niet, dat was geboren toen hij al zat. Na de oorlog zou hij het zien. Hij hoopte dat hij maar gauw naar een kamp zou gaan, dan zou hij het eind wel halen, dacht hij. Zijn grootste angst was dat hij doodgeschoten zou worden bij een represaille. Niet lang geleden hadden ze nog twintig man tegen de muur gezet, omdat er ergens een soldaat in de gracht was gesmeten...
'Wat heb je eigenlijk gedaan?' vroeg Jan.
'Och,' zei Dirk, 'wat moet je doen om hier te komen? Krantje geredigeerd, joden geholpen... In 't algemeen: mijn best gedaan om God lief te hebben boven alles en mijn naaste als mezelf. Ver vanaf gebleven, hoor, van dat ideaal!'
En toen op een heel andere toon: 'Nou kerel, welterusten hoor! Maak je geen zorgen, deur en ramen zitten goed dicht: inbrekers komen hier niet. Dag Jan.'

'Tot morgen, Dirk.'
Een vriend, een broer, hoewel ze elkaar slechts een paar uur kenden. Maar hij moest niet zo snurken... Enfin, hij deed het zelf ook. Ik kan vast niet slapen, dacht Jan. En even later dommelde hij in. In de nacht werd hij wakker, zag een bleke lichtstreep door het venster vallen en dacht aan Koos, of die nu nog bij die auto zou staan. Hij dacht aan al de mensen, die net als hij door haar schuld in een cel lagen en bad voor hen. Later sliep hij weer in.
Toen ze zich 's morgens stonden te wassen, klapte het luik open en de kop van een bewaker kwam ervoor.
'Een nieuwe?' zei de kop. Het leek net een levend portret in een lijstje. 'Vertel eens, ben jij het die die meid heeft neergeschoten hier vlakbij?'
'Nee,' zei hij. 'Is ze dood?'
'Mors,' zei de kop. 'Drie schoten, zeggen ze. Dan zal die gannef[67] verderop zitten.'
Het luik klapte dicht. Jan greep Dirk bij de blote arm en schudde hem opgewonden heen en weer.
'Ze is dood,' fluisterde hij. 'Dirk, ze is dood!'
'Een verraadster?' vroeg Dirk.
'Ja! Alles hing hiervan af voor tientallen mensen!'
'Dan ben ik er blij om,' zei Dirk.
'Maar die jongen die het gedaan heeft, hebben ze gepakt, Dirk! Koos hebben ze gepakt. Hij zit hier bij ons!'
'God zij hem genadig,' zei Dirk ernstig.

Om tien uur werd hij gehaald. Dirk had hem geïnstrueerd: 'Lieg gerust, je dient er de waarheid mee, maar doe het goed. Zweer desnoods, als ze het eisen. Ontken niet te heftig, alles op dezelfde toon. Zo mogelijk, beken een kleinigheid, dan zijn ze tevreden. En wees niet bang voor een klap, na een poosje voel je er niks meer van...'
Drie Duitsers zaten achter een tafel. Een oude dikke middenin, de hese links van hem. Wat een naar gezicht had die vent. En wat keek hij fel.
De bewaker kon weggaan. Een soldaat kwam binnen en ging naast Jan staan, een zware jonge kerel met een stierennek.
Jan moest zijn naam opgeven. Toen zijn woonplaats. Meppel. Nee, hij sprak geen Duits, verstond het wel een beetje.
'Als je in Meppel woont, wat deed je dan in Amsterdam?' vroeg de oude in het Duits.
Hij herhaalde wat hij de vorige avond had gezegd. Hij zocht zijn zuster.

'De waarheid!' schreeuwde de man. De hese, naast hem, gaf de soldaat een wenk. Ineens lag Jan op de grond, kreeg een trap, een vuistslag en werd weer overeind gesleurd.
'Weet je 't nou beter? Wát moest je in Amsterdam?'
'Mijn zuster,' zei hij en verwachtte de volgende klap. Als hij die kerel maar niet aangreep... Alles trilde in hem. Als hij wilde, smeet hij hem over de tafel...
'Wat moest je met je zuster?'
'Ik wou haar halen. Ze is van huis weggelopen.'
'Zo, zo! En waarom is ze weggelopen?'
'Ze is met een Duitser meegegaan. Ze moet in Amsterdam zijn. Ik meende dat ik haar in de Leidsestraat zag lopen.'
'Hoe heet ze?'
'Guusje,' zei hij. 'Guusje van der Sloot.'
'Vergis je je niet?'
'Nee.'
'Heette ze niet... Sylvia?'
'Heette,' zei die vent. Nieuw bewijs dat ze dood was!
'Nee, Guusje. Mijn zuster heet Guusje.'
De man zuchtte zwaar, haalde de schouders op, keek de hese aan en begon opnieuw.
'Je was lid van een KP?'
'KP? Wat is dat?'
Ze grijnsden alle drie. De soldaat lachte hardop.
'Knokploeg,' zei hij. 'Zo!'
Hij stompte Jan onverwacht in het gezicht.
Nóg beheerste die zich.
'Nu moet u eens goed luisteren,' zei hij, toen hij duizelend weer voor de tafel stond. Hij hoorde zelf dat zijn stem rustig klonk en hard. 'Als ik hier nu nog één keer geslagen word, dan hoort u geen woord meer van me, dat verzeker ik u. Ik heb altijd gedacht dat de Duitsers fatsoenlijke mensen waren. Ik heb niets gedaan, u zult me morgen weer vrij moeten laten en u kunt erop rekenen dat ik dan weet waar ik mij moet beklagen!'
Het sloeg in, hij merkte het met voldoening. De oude keek onzeker de anderen aan, hij fluisterde wat tegen de hese. Toen zei hij tegen de soldaat: 'Haal 594.'
De man verdween. De kerels achter de tafel staken sigaretten op. Jan stond stil te wachten. Zijn lichaam gloeide op vele plaatsen, het bonsde in zijn hoofd; hij voelde het bloed langs zijn kin lopen, maar hij wiste

het niet af. Een weldadige rust begon hem te vervullen, een verheven rust bijna. Hij dacht aan de tekst die opa Meyer gelezen had en die hij nooit helemaal begrepen had: 'Alle wapen, tegen u gesmeed, zal vruchteloos zijn...' God, wat een woord, wat een heerlijk woord...! Ze mochten doen wat ze wilden, ze kregen hem niet! Aan hemzelf, aan zijn diepste zelf, raakten ze niet. Deze rust konden ze hem niet ontnemen!
Een snik van dankbaarheid welde op in zijn keel, een snik die overging in een lach.
'Was gibt 's?'[68] vroeg de oude verwonderd.
Hij antwoordde niet. Dit kon hij toch niet uitleggen, misschien aan niemand, maar in ieder geval aan een Duitser niet.
De deur ging open. Tussen twee Duitsers werd iemand naar binnen gesleept. Confrontatie...? Jan merkte dat de hese scherp naar hem keek. Gezicht in de plooi houden dus, niemand kennen. En het wás ook moeilijk om Koos te herkennen in de zwaar mishandelde stakker die voor hem werd gezet. Maar Koos stond rechtop, trots, ongenaakbaar, en zijn ogen keken hard en koel in die van Jan, als de ogen van Sylvia.
'Kijk mekaar aan,' zei de oude, totaal overbodig. 'Ken je die man?'
'Nee,' zei Koos. 'Nooit gezien.'
'En jij?'
'Wat bedoelt u?'
'Of je die kent? Je hoort het toch?'
'Waar zou ik hem van moeten kennen? Ik zie hem voor het eerst.'
'Breng weg,' zei de Duitser.
'Fortbringen!' schreeuwde hij ineens, met overslaande stem. 'Die Schweine, die Lügner!'[69]
Haastig werden ze, elk door een Duitser, de gang op gesleurd. Achter elkaar werden ze meegevoerd naar de trap. Hij kon vlugger, Koos sleepte zich met moeite voort. Even keek hij opzij, de ogen van Koos gleden rustig over hem heen, toen staarde hij weer voor zich. Nee, ze kenden elkaar niet. Maar hun harten hadden elkaar begroet.
Dirk stond te wachten, legde Jan op het bed en waste zijn gezicht. Jan lachte en huilde.
'Is het goed gegaan?' vroeg Dirk.
'Best,' zei hij. 'Zeg, hoe is die tekst: Alle wapen, tegen u gesmeed...'
'Zal niets uitrichten...'
'Verder!'
'Elke tong, die zich tegen u keert, zult gij in het ongelijk stellen. Jesaja vierenvijftig, nieuwe vertaling. We zullen het straks samen lezen.'

Drie dagen lieten ze hem met rust. Toen werd hij weer gehaald. Deze keer zag hij er gruwelijk tegenop en biddend liep hij mee. De hese was er niet. Op zijn plaats zat een typiste in uniform achter een schrijfmachine, een echte Duitse Gretchen, blond en dik, veel te dik voor mooi, en met de harde ogen van een man. Maar de sfeer was toch anders, minder vijandig.
Ze gooiden hem een foto voor.
'Kennen Sie den?'[70]
Oom Hein.
'Nee,' zei hij, 'nooit gezien.'
'Kennen Sie den?' Piet.
'Nee, ook niet.'
Anje, een vreemde, tante Truus, weer een vreemde. Nee, hij kende er geen van. Het ging hem goed af.
Toen was er een grote foto van Sylvia. Zo had ze hem aan zijn bed dikwijls aan zitten kijken, koel, hooghartig, met die opgezette glimlach, waaraan haar ogen niet meededen.
Hij wachtte te lang.
'Ha, die kennen Sie!'
'Nee,' zei hij rustig, 'maar wat een mooi meisje is dat! Mag ik nog even kijken?'
'Ist es nicht... Ihre Schwester?'[71]
'O nee,' praatte hij, 'mijn zuster ziet er heel anders uit. Dat is maar een gewoon boerenmeisje. Maar ze is wel lief, hoor! 't Is jammer dat ze weg is. Mijn moeder...'
De man waaide zijn woorden met een nieuwe foto weg.
'Passen Sie auf! Den kennen Sie!'[72] Met een grijnslach, alsof hij zeker wist dat hij Jan te pakken had, gooide hij de foto voor hem neer.
'Kennen Sie den?'
'Nee,' wilde hij al zeggen. Toen zag hij zijn eigen foto, zoals het indertijd in het politieblad gestaan had.
'Hoe is 't mogelijk? Dat ben ik!' riep hij verrast. Want bliksemsnel had hij zich twee dingen gerealiseerd: dat hij dit niet ontkennen kon en dat het nóg zo erg niet was. Het leidde in elk geval van de hoofdzaak af.
De twee heren hadden de grootste schik.
'Daar hebben we de leugenaar!' zei de bijzitter. Het was voor het eerst dat Jan zijn stem hoorde. Een piepstemmetje was het. Misschien zei hij daarom zo weinig.
'Heet jij Jan van der Sloot?'

'Nee, Jan de Boer.'
Toen werd de hele geschiedenis uit de dagen van de meistaking opgehaald, met het politieblad erbij, maar ze konden er geen beschuldiging tegen hem uithalen. Hij beweerde dat hij niet begreep waarom ze hem in het blad gezet hadden; zijn vader had een vergadering in huis gehad, ja, en dat was toen verboden. En zijn vader had een piloot verzorgd en die was een vuurgevecht begonnen, toen zij al gevlucht waren. En hij had zich natuurlijk niet gemeld, dat durfde hij niet, omdat hij ondergedoken was voor de arbeidsdienst – ziezo, daar hadden ze wat, de bloedhonden, een heel klein kluifje... Verder wierp hij alle schuld op zijn vader, hijzelf was minderjarig. Het was een truc die alle gevangenen toepasten: wie eenmaal veroordeeld was, mocht je de schuld geven, op een eenmaal uitgesproken vonnis kwamen ze nooit terug. Vader zat toch in Dachau...
'Waar is je vader?'
'Ik weet het niet,' zei hij. 'We denken dat hij doodgeschoten is.'
Hij mocht gaan. Deze keer was hij niet geslagen.
'594,' hoorde hij nog zeggen.

Op de gang kwam hij een hoofdbewaker tegen met een stapel papieren onder de arm. Die keek hem vluchtig aan, keek toen beter en liep door. Het was de man die hij indertijd had gezocht om berichten over zijn vader te krijgen.
Toen hij in de cel gekomen was, wilde hij het Dirk vertellen, maar hij kreeg er de gelegenheid niet voor. Op de gangen brak een hevig lawaai los. Er was gedraaf en geschreeuw, een Duitser vloekte en een ander verzekerde heftig dat hij het niet kon helpen. Ze stonden met het oor tegen de deur. In alle cellen heerste een doodse stilte. Ze begrepen het niet. De buurman wist het ook niet. En de bewaker die rondkwam om te controleren of de cel schoon was, haalde de schouders op toen Dirk ernaar vroeg. Maar tegen de avond kwam langs de buizen het bericht: 'Gevangene zelfmoord gepleegd. Van de derde verdieping langs de trap naar beneden gesprongen. Die van de meid op het Leidseplein...' Dit werd de eerste nacht in de gevangenis dat hij niet slapen kon.
'Koos, Koos, arme kerel!' fluisterde hij in het donker.
Dirk richtte zich op naast zijn bed.
'Niet hij heeft het gedaan,' zei hij. 'Zij hebben hem vermoord, die schoften. Zij zullen er rekenschap van moeten geven. Het was zijn laatste verdedigingsmiddel. Wees blij dat hij uit zijn lijden is...'

De volgende dag stapte de hoofdbewaker bij hen binnen, deed zorgvuldig de deur achter zich dicht en stak Jan de hand toe. Dirk bleek hij ook te kennen.
'Kerel, jij!' zei hij zacht tegen Jan. 'Ik wist niet wat ik zag. Je vader zit in Duitsland, heb je het bericht gekregen? Hij was vol moed toen hij wegging. Maak een briefje klaar, ik kom met een kwartier terug. Geen adres erop, dat onthou ik wel.'
Jan schreef met een stompje potlood van Dirk op een wc-papiertje. Hij deelde mee hoe hij ervoor stond en dat Koos dood was, meer niet. Groeten aan allemaal, vooral ook aan moeder. Hij liet het bezorgen bij Freek, die wel zou weten hoe hij Wim bereiken moest en een week later was er bericht terug. Wim schreef dat tante Truus vrij was. Dankzij de dood van Sylvia had zij vol kunnen houden dat ze pensionhoudster was geweest en eigenlijk niets van de troep in haar huis geweten had. Anje zat in Vught, maar ook daar werd er voor haar gewerkt. Leo en hij hadden zich aangesloten bij een andere club; het werk ging door. Als Jan een kans zag om in het ziekenhuis te komen, was er misschien iets voor hem te doen. Dan moest hij Freek berichten.
Hij had die mogelijkheid allang overwogen. Hij wist dat sommige gevangenen daarvoor een lepel inslikten of zich van de trap lieten vallen. Hij kon het niet riskeren om door een dokter onderzocht te worden, zijn litteken was te herkennen als van een kogelwond. Bovendien wilde hij niet dat de jongens voor hem hun leven zouden wagen. Hij stond er immers niet slecht voor. Dirk meende dat hij na een poos wel vrijgelaten zou worden.

Op een dag werd hij weer gehaald en tot zijn verwondering naar een ander vertrek gebracht. Daar zat alleen een jonge Duitser met in de hoek de dikke typiste. Hij had geen onsympathiek gezicht.
'Ich bin Ihr Sachbearbeiter,'[73] zei hij. 'Ohlhoff. Angenehm. Zigarette?'
Wel ja, waarom niet? Hebben was hebben. Het was nog een goeie ook!
De man was buitengewoon vriendelijk. Hij sprak over vaderlandsliefde en zijn eerbied voor het verzet. Maar eens was het spel uit en dan moest er ook ridderlijk bekend worden. Ze waren geen vijanden, maar slechts tegenstanders en ze moesten tonen sportief te kunnen zijn. Of Jan dat niet met hem eens was. Ja natuurlijk, volkomen.
Hij liet zich niet vangen, ook met vriendelijkheid niet, en hield alles vol wat hij al eerder gezegd had. De man was slecht van zijn zaak op de hoogte, hij zette zijn bril op en af om in een dossier te lezen. Dat dossier legde hij ten slotte met een zucht in een la van het bureau.

'Ik wil u niet te veel vermoeien,' zei hij huichelachtig. 'We praten morgen wel verder. Maar dan moet er iets veranderen, jonge vriend, u moet morgen de waarheid spreken. Wat moet het Fräulein wel van u denken? Tegen mij kunt u absoluut eerlijk zijn, dat is uw enige redding. Auf Wiedersehen.'
Hij had intussen gebeld, een bewaker kwam binnen en bracht Jan terug naar zijn cel. De volgende dag zat hij uit te kijken; hij vond het niet eens onplezierig om weer zo'n gemoedelijk praatje te houden en een goede sigaret te roken. Dirk waarschuwde hem met een bezorgd gezicht.
'Pas op, pas op,' zei hij, 'deze vent is gevaarlijker dan die beulen! Als hij eenmaal ingewerkt is aan de hand van het dossier, vangt hij je op een woord, op de klemtoon van een zin!'
Pas drie dagen later werd het verhoor vervolgd. Ohlhoff verontschuldigde zich beleefd dat hij zo lang gewacht had. Hij was uit geweest, hij had een gelegenheid gehad om met een auto mee te rijden naar Duitsland, naar Osnabrück, waar hij woonde. Of Jan daar wel eens geweest was. Nee, nog nooit. Moest hij eens heen gaan na de oorlog, zou hem bevallen. En toen hadden ze een lang gesprek over Drente en de streek om Osnabrück en even was Jan bijna vergeten, waar het de vent om te doen was. Dirks waarschuwende vinger redde hem nog net. Oppassen! Had hij nog niets verkeerds gezegd...?
'Nou, en nu zullen we nog even over uw zaak praten,' zei de man met een glimlach. 'Die roodharige jongen, die Wim... heet hij zo niet...?'
Hij vloog er niet in. Hij kende geen roodharige Wim. Nee, er was nooit een Wim bij hen ondergedoken geweest, alleen een piloot, die bij de brand was omgekomen, zoals ze later gehoord hadden.
Een uur lang werd hij doorgezaagd over Wim, over Piet en Anje en Sylvia en hij verborg zijn vreugde toen hij de wanhoop in de ogen van zijn vijand zag groeien. Ik kan hem hebben, dacht hij.
De deur ging open en een andere officier stak zijn hoofd naar binnen.
'Ben je nog bezig?' vroeg hij. 'Kerel, hoe kun je de afspraak vergeten? De champagne staat in de koeler!'
Ohlhoff stond gehaast op, smeet het dossier in een bureaula en ging naar de deur.
'De juffrouw zal bellen als ze klaar is,' zei hij. 'Dan wordt u wel gehaald. Wiedersehen!'
Hij was weg. Het Fräulein deed precies wat haar baas gezegd had: eerst haar boel opruimen, dan pas bellen. Haar blauwe ogen keken Jan uitdagend aan, toen ze wegging. Ze wilde tonen dat ze niet bang geweest was om met hem alleen te zijn. Nee, wat een wonder...!

Hij had het niet overdacht, hij deed het zomaar. Nauwelijks was de deur achter haar dicht, of hij dook onder het bureau door, trok de tweede la van boven open en greep het dossier. Het zat al onder zijn kleren toen hij weer op zijn stoel gleed. Toen pas begon zijn hart te kloppen. Maar de Führer op het portret aan de wand kon hem niet verklappen. En het duurde nog wel tien seconden, voor de deur openging. Schijnbaar lusteloos stond hij op en volgde de bewaker, maar hij had zin om te proberen of hij nog op zijn handen kon lopen.
In de cel omarmde hij Dirk. Die stelde zich op voor het loergat en hij kon rustig alles lezen, Ohlhoff zat toch aan de champagne. Wat Sylvia van hem verteld had en wat de anderen hadden bekend. Anje zo goed als niets. Louis alles wat hij wist. Het gevecht op de IJsselbrug stond er niet op. Dacht hij trouwens wel, hoewel het een raadsel was, hoe Sylvia dat had kunnen vergeten.
Hoe raakten ze het papier nu kwijt?
'Opeten,' zei Dirk. 'Geef maar hier een stuk. Lekker, net roomtaart!'
'Nee,' zei hij, 'jij niet, mijn maag is sterker. Laten we eerst zien, hoever ik kom!'
Het was geen roomtaart. Maar alles wat beschreven was, wurgde hij door zijn keel. Het andere ging regelrecht in de emmer. 's Nachts had hij buikpijn, maar dat had hij ervoor over.

Na die dag werd hij niet meer gehaald. De moffen werkten systematisch, ze hadden alles in dossiers en kaartsystemen. Wat op papier stond, kwam in aanmerking, anders niets. Ohlhoff was hem zeker vergeten. Kon je eens zien wat al die vriendelijkheid betekend had...
Buiten was het nu volop voorjaar. De zon scheen soms warm door het raam. Dan gingen ze met ontbloot bovenlijf in de zonnestreep staan, om de beurt, om sterk te blijven. Daar deed Dirk alles voor, hij wilde het volhouden. Daarvoor at hij tandpasta en aambeipillen, om de olie en de cacaoboter die erin zat. En nooit verzuimde hij zijn ochtendgymnastiek.
Begin mei werd hij plotseling weggehaald. Er ging een transport naar Duitsland. Hij was vol goede moed en gaf Jan al zijn bezittingen: het potloodje; een scheermesje dat je gebruiken kon als je het tussen de tanden van een etensvork klemde; het touwtje met een stuk papier waarop hij al de figuren getekend had die je ermee maken kon; een halve sigaret. Ze waren aan elkaar gehecht geraakt, ze hadden het beiden te kwaad, maar lieten het natuurlijk niet merken. Na de oorlog, spraken ze af, zouden ze elkaar opzoeken. Hun leven lang zouden ze vrienden blijven.

's Avonds kwamen er toch nog twee porties eten door het luik, Dirk was blijkbaar nog niet van de lijst afgevoerd. Hij zei natuurlijk niets en at de beide blikjes leeg. Koolraap, hij lustte het nu best, likte ook als een kat de blikjes schoon.
Hij miste Dirk erg. Ze hadden samen gedamd, gebeden en elkaars ruggen gewassen. Je kon bijna niet intiemer samenleven dan in de cel noodzakelijk was. Maar hij kon zich nu alleen redden, hij was al een ouwe gevangenisrot. Hij hield ook gesprekken met de buurman, – die allang een andere was – en wist wat hij van de geruchten moest denken die langs de buisleidingen gingen. Het was altijd weer invasie. Ook in de gevangenis heerste de invasiekoorts. Hij boorde met zijn vork een gaatje naast het luik, zodat hij op de gang kon kijken, en had daardoor wat afleiding. Hij wist een lucifer af te strijken die hij in de luchtkooi had gevonden en rookte voldaan zijn halve sigaret, met een dankbaar gevoel voor Dirk. En de angst van Dirk was nu de zijne: de angst voor een represaille. Hij stond nog altijd in het kaartsysteem. Misschien ging ook hij gauw naar een kamp. Of zou die invasie nu toch eindelijk eens komen?
Een mezenpaar was zijn nest gaan bouwen in een boom op het gevangenisplein. Hij kon het nest niet zien, maar de vogels vlogen voor zijn raam heen en weer, vele keren per dag, met veertjes en strootjes.
'Als er jongen zijn,' dacht hij, 'dán is de invasie er!'
Hij zag de vogels na een paar weken voorbijkomen met wurmpjes en vliegjes. De jongen waren er, maar de invasie was er niet. In die tijd had hij een zwarthandelaar als celgenoot, een nare man, die de hele cel voor zich opeiste. Maar toen die weg was, kwam er een jonge illegale werker, die hij op zijn beurt troosten en helpen kon.
De vogeltjes vlogen niet meer. De jongen waren uitgevlogen. Het was de zesde of de zevende juni, – hij wist het niet meer – toen langs de buizen het bericht kwam dat de geallieerden in Rome stonden. En 's avonds een ander bericht: dat de invasie er nu toch eindelijk was. Het eerste zou wel waar zijn, dat werd trouwens tijd. Het tweede was natuurlijk fantasie.

's Nachts ging zijn deur open, het licht werd aangeknipt. Een vreemde Duitser met een handgranaat in de koppelriem stond op de drempel. Een SS-'er! Hij had een lijst in de hand.
'De Boer?'
'Ja?'
'Mitkommen. Alle Kleider mitnehmen. Schnell!'[74]
'Transport?' vroeg hij.

‘Schnell,’ zei de soldaat nog een keer. ‘Sie haben fünf Minuten.’[75]
In een ogenblik was hij in de kleren.
Transport. Het kamp. Het was angstig en ook opwindend van hoop en verwachting. Hij zou de frisse lucht voelen, buiten zijn, de hemel zien; mensen op straat misschien. Hij keek naar zijn celgenoot; de jongen sliep door alles heen, een vreselijke slaapkop was dat! Toch een goeie knul en hij zat niet zo zwaar, het zou ook met hem wel loslopen. Hij maakte hem niet wakker, maar legde het potloodje en het touwtje op het tafeltje tegen de muur. Ook een beetje sigarettentabak dat hij van een bewaker gekregen had.
Het scheermesje was gebroken, een paar dagen geleden nog maar.
Nou, dag cel! Gek dat je toch aan zo’n kleine ruimte gehecht was geraakt.
De Duitser kwam hem al halen. Op de gang stond een grauwe troep mannen bij elkaar, twintig stuks misschien. Een zacht gemurmel ging door de rijen.
‘Schweigen!’[76]
Hij kwam achteraan, naast een oude man, die een vuil verband om het hoofd had en een pet erbovenop. Zot gezicht was dat! Voor de deur van de gevangenis stond een vrachtwagen met een huif erover, daar moesten ze in. Het ging niet zachtzinnig, ze werden gestompt en geslagen als ze niet gauw genoeg in de hoge bak konden klimmen. Jan gaf de oude man een zetje, kreeg een schop en nam zijn sprong. Hij zat, de achterste van de rij, het dichtst bij de buitenlucht. Een Duitser klom naar binnen, draaide zijn dikke lichaam naast hem en duwde hem tegen de oude man. De rij schikte zacht mopperend op. Op de rij tegenover Jan kwam ook een Duitser aan het eind. Toen kroop er nog een vloekend naar binnen en zocht dieper in de wagen een plaats, tussen de gevangenen. Vijf moffen waren er zonet. Twee zaten er dus bij de chauffeur.
Ze reden Amsterdam uit. Hij kende de stad, wist iedere bocht. Stadhouderskade, toen de Amstel langs, Berlagebrug over, het Gooi in. Dat werd dus het kamp Amersfoort. Amersfoort was niet best. Vught ging voor beter door.
De Duitser naast hem hoestte en spuugde naar buiten. Hoe laat was het? Het was net alsof het al een beetje licht begon te worden… Zouden ze de zon zien opkomen straks? Dat zou heerlijk zijn!
Ze reden hard en de weg was slecht. Het lichaam van de Duitser schommelde bij iedere beweging van de wagen heen en weer. Hij steunde op zijn geweer dat tussen zijn knieën stond. De wind tochtte in vlagen naar binnen. Het was koud zo vroeg in de morgen. Jan huiverde.

Toen ze door Amersfoort reden, was het nog bijna donker. Ze joegen in bijna dezelfde vaart door de stad. In de wagen ontstond een zacht gemompel: ze gingen niet de weg naar het kamp!
'Schweigen!' riep de mof die tussen de gevangenen zat en stampte met zijn geweer. Toen werd het weer stil.
Ze reden Amersfoort uit, de Veluwe op. Waar gingen ze naartoe? Het kon toch niet dat ze met een auto naar Duitsland werden gebracht...? Wat wilden ze met hen hier op de Veluwe? Fusilleren...?
De angst kneep ineens zijn hart samen. Maar dat kon niet, dat mocht niet, hij was niet eens veroordeeld! Hij was geen zwaar geval; Dirk had zelfs gezegd dat hij vrij zou komen...!
Hij hijgde en probeerde de rij gevangenen langs te kijken, wat die ervan dachten. Hij zag ze niet eens, zo donker was het nog. Hij voelde dat ze hetzelfde dachten als hij...
'Een van ons tweeën moet overblijven...' Vader zat in het kamp, misschien kwam hij niet terug. Het zou een wonder zijn als hij terugkwam. Hij, Jan, moest overblijven, hij had zijn taak, voor moeder en de kleintjes. Was er een kans? Hij gluurde opzij naar de Duitser die naast hem zat. Die hing voorover op zijn geweer, hij leek te slapen. Die daartegenover kon hij nauwelijks zien, die leunde tegen de kant. Hoe hard reed de wagen? Veertig, vijftig kilometer...? Stil nou, hart, waar maak je je bezorgd over...? Die sprong? Dit kunnen je laatste slagen zijn, maar wagen we 't niet, dan houd je over een uur toch op met kloppen. Wat is een uur op de eeuwigheid...?
Al zijn spieren waren nu gespannen. Hij loerde naar buiten en onderscheidde in de eerste schemering de silhouetten van bomen en daarachter een donkere massa, een bos. Waar wachtte hij op, waarom sprong hij nog niet? Met de wagen mee en oppassen voor je kop dat die niet op de grond sloeg... Hij kon toch springen? En vallen ook? Had hij toch op jiujitsu geleerd...? In de sprong moest hij zich omgooien dat hij met zijn gezicht naar voren kwam...
Wat was er nog dat hem deed aarzelen? God, geef mij toch de kracht, geef mij de durf... Laat een van ons tweeën... Toen nam hij de sprong, vóór de Duitser langs en hij voelde dat hij het goed deed. Hij sloeg neer, rolde een eind met de auto mee en lag stil. Hij voelde dat zijn lichaam gekneusd was, maar hij kwam overeind – hij had niets gebroken. Hij rende, viel in een sloot, kroop eruit en was in het bos, een dennenbos. En toen pas schreeuwden ze en viel er een schot. De remmen knarsten.
Te laat! Hij was al midden in het bos, de bomen namen hem op in hun

barmhartige duisternis. Weer vielen er schoten, ze deerden hem niet. Hij werkte zich door een hakhoutbos dat hem plagend vastgreep, maar hij kende het uit zijn jeugd, en kroop er op handen en voeten doorheen. Zijn kleren mocht hij scheuren, moeder zou er niet kwaad om zijn! Achter hem, ver achter hem was geschreeuw, misschien gingen er nog meer vandoor...

Het bos hield plotseling op. Hij strompelde een akker over, waar hij diep in wegzakte. Mensen, wat was hij moe...! Die sloot kon hij niet meer over, hij liet zich erin glijden en plonsde erdoor – het water was niet koud. Hij liep, de ene akker na de andere, klom over prikkeldraad, zwoegde dwars door een korenveld. Tot hij ergens aan een slootkant neerzakte, met een hart dat bonsde alsof het op barsten stond, en hij geen stap meer kon doen.

Maar de geur van de aarde, van het gras en van het koren vervulde hem met een vreugde, als hij in lang niet had gekend. Hij plukte een handvol gras en rook eraan. Er zat zuringblad tussen dat stak hij in zijn mond en hij kauwde erop, zoals hij vroeger als kleine jongen in Drente had gedaan. Drente! Moeder! Hij was er nog, het was gelukt, hij was weer vrij! Een van de twee was er nog!

Drie koeien waren door het weiland komen lopen en stonden met de koppen boven de sloot nieuwsgierig naar hem te kijken. In het weiland liep een man. Wie was dat? Jan kroop door de sloot, maar de koeien volgden en snoven naar hem. De man riep ze aan: 'Kôjo, kôjo...!' vriendelijk en zangerig, zoals iedere Saksische boer zijn koeien roept. Hij kwam tussen het vee bij de sloot staan en keek op Jan neer.

'Wie ben je?' vroeg hij. 'Wat doe je op mijn land?'

Het klonk niet onvriendelijk.

Jan probeerde tegen de wal op te klauteren, maar hij had bijna geen kracht meer. De man greep zijn hand en trok hem naar zich toe.

'Ik zie 't al,' zei hij. 'Onderduiker? Maar kerel, wat is er met je gebeurd? Je zit ja onder 't bloed!'

'De auto,' zei Jan. 'Ik ben eruit gesprongen. Ze wilden me doodschieten...'

'Wel, kerel toch!' riep de man. 'Ik zei al tegen de vrouw: ik hoor geloof ik schieten! De vrouw zal je wel opknappen, kom maar gauw mee. Dan moeten de koeien maar een beetje wachten.'

Hij voerde Jan aan de arm het weiland door, de koeien liepen mee tot het hek. Ze gingen samen over een zandweg die langs een bosrand liep. Vogels riepen in het veld, een wulp steeg jubelend op en de man praatte. Wat

was het goed om weer een gewoon mens te horen praten over onschuldige, onbetekenende dingen... Maar over de oorlog sprak hij ook.
'Ja,' zei hij, 'ik zal ook blij wezen, as die ellendige oorlog afgelopen is. Maar ik zeg straks nog tegen de vrouw, ik zeg: het zal nou niet lang meer duren, nou de invasie d'r is...'
'Wat zegt u?' vroeg Jan. Hij bleef staan. 'Waar? Wanneer? Hoe weet u dat?'
'O, voor een dag of wat al,' zei de boer. 'Waar? Ja, in Frankrijk, hoe heet het daar ook? Normandië of zo. De meester zegt dat het in Frankrijk ligt. Ze moeten er hard tegen vechten, maar ze spelen 't klaar, zegt hij.'
Ze speelden 't klaar, natuurlijk speelden ze 't klaar! Ze hadden lang genoeg de tijd gehad om zich voor te bereiden. Nu was gauw alle leed geleden. Dit was het begin van een nieuwe tijd...
Ze liepen het bos voorbij. De boer bleef staan.
'Daar ligt mijn boerderij,' zei hij. 'En kijk daar nou es!'
Hij wees naar de horizon. De hemel was oranje, bijna van noord tot zuid, met een vurige kern in het midden, waar straks de zon zou verschijnen. Zij was er nog niet, maar zij zou komen en het land hield er de adem voor in. Niemand kon de zon tegenhouden in haar loop. Evenmin kon iemand de loop van de gerechtigheid tegenhouden. Hitler? Het was belachelijk! Ochtendgloren...!
'Kom,' zei de boer. En hij trok zijn beschermeling mee naar de boerderij, waar een kleine dikke vrouw met een poes op de arm in de deur stond te wachten.

Deel IV

De nieuwe dag

HOOFDSTUK 1

Toen Jan wakker begon te worden, dacht hij dat hij nog in de gevangenis was en hij hield zijn ogen dicht en probeerde weer terug te keren in zijn droom. Want dat was een heerlijke droom, waarin hij vrij met zijn vader door het Drentse land liep, terwijl om hen heen de boeren in het hooiland bezig waren. Maar toen hij zich uitrekte, dwong een trekkende pijn in zijn knieën en zijn armen hem om tot bewustzijn te komen. Hij sloeg steunend zijn ogen op en zocht het celraam. Meteen zat hij verbaasd overeind, want hij zag een rond, houten dak op vier palen, waar zonneglanzen overheen speelden en de lucht was inderdaad vol met hooigeur. Zijn handen grepen in het hooi! Hij begon zenuwachtig te lachen, want nu wist hij alles weer: hij was vrij! En de invasie was er en de oorlog zou misschien gauw afgelopen zijn! Hij lag ergens op de Veluwe in een hooischelf en hij had geslapen...! Nee, dat was geen slapen meer. Hij had een gevoel, alsof hij bewusteloos geweest was.

Hij kroop naar de rand van de schelf. Daar wás de vrijheid: een zonnig landschap met akkers en weiden, een bos met allerlei tinten groen, een koerende duif dichtbij op de dode tak van een den.

Het overweldigde hem en hij zuchtte van dankbaarheid. Lieve Heer, geef dat ze me nu nooit meer te pakken krijgen, dacht hij. En toen was er meteen de angst, of hij hier wel veilig was. Hij speurde het land naar alle kanten af, maar er was niets te zien dat op gevaar wees. De rook steeg vredig uit de schoorsteen van een kleine, witte boerderij met rieten dak, een vrouw in een ouderwets jak liep op het erf en riep de kippen. Verder weg reed een boer met paard en wagen langs een zandweggetje. De zon stond hoog aan de hemel, het was een warme junidag. Midden juni moest het zijn. Negentienhonderd-vierenveertig, het laatste jaar van de oorlog...

Stond de zon ook niet hoog toen hij hier gebracht werd? Dan moest hij bijna de klok rond geslapen hebben! Hij was ook zo ontzettend moe geweest, toen eenmaal alle zorgen voorbij waren – hij kon de ladder naar

zijn hoge schuilplaats haast niet meer op komen... Hij legde het hoofd op de armen en zag alles weer gebeuren: het aantreden op de gang in de gevangenis, de tocht in de vrachtauto door het donkere land, het Gooi door, Amersfoort door, de Veluwe op. Toen was het tot hem doorgedrongen dat het om zijn leven ging.
Wat een geluk dat hij achteraan gezeten had, vlak naast die Duitse bewaker. En dat hij het gedurfd had, die sprong, bij zo'n snelheid! Hij hád het ook niet gedurfd – het was nu, alsof een ander het voor hem gedaan had... En toen die ren door het bos en over de bouwlanden. En die boer die hem vond toen hij uitgeput in een sloot zat. Als die boer verkeerd geweest was... Maar hij was goed en had hem zonder veel vragen meegenomen naar zijn huis.
Daar was hem niet veel tijd gegund om tot zichzelf te komen. Hij had zich net wat gewassen en een kom koffie gedronken, toen de boswachter verscheen. Die was goed bevriend met de boer, er was geen reden om de vluchteling voor hem te verbergen.
'Dadelijk hiervandaan,' had die gezegd. 'Denk je soms dat ze je hier met rust zullen laten? Zodra ze de andere gevangenen weggebracht hebben, komen ze je zoeken óf ze schakelen de politie daarvoor in.'
Hij kreeg kleren van de boer, een manchesterbroek en een blauwe kiel, maar zijn schoenen, die nog naar de lysol van de gevangenis roken, hield hij aan. Hij moest wat op het erf heen en weer lopen en daarna tegenover de boerderij het bos ingaan, om een eventuele speurhond op een dwaalspoor te brengen. Op de eerste dwarsweg stond de boswachter met twee fietsen op hem te wachten. Die had hem langs allerlei achterweggetjes in deze afgelegen boerderij gebracht, bijna een uur fietsen verder.
Er was geen woord van protest gevallen, toen de boswachter met de onverwachte gast aan kwam zetten. Alsof het vanzelf sprak, was hij opgenomen en verzorgd door de oude boer en diens vrouw. Ze hadden hem laten eten zoveel hij wilde en daarna de dokter voor hem gehaald, want het vel hing los bij zijn armen en zijn linkerknie begon lelijk op te zetten. Zelfs in zijn buikwand had hij een paar smerige wondjes, zeker van prikkeldraad, waar hij in volle vaart tegenop gerend was in het donker – hij wist het zelf niet meer.
Na de behandeling had de boer hem hier gebracht, omdat het huis al vol zat met onderduikers. Met maagkrampen van het ongewone zware eten was hij in slaap gevallen, maar nu had hij alweer honger. Zijn been was nog wat stijf en al zijn gewrichten deden pijn, maar hij voelde dat het geen kwaad kon. Hij was er best afgekomen...

Stil, was er geluid bij de schelf? Er kuchte iemand, er gromde ook een hond. Toen zwaaide het boveneind van een ladder naar de rand van de hooiberg en iemand begon die te beklimmen.
Hij kroop erheen en loerde naar beneden. Als het een vijand was, moest hij de ladder proberen om te gooien, zodra de kerel bijna boven was en dan langs de andere kant snel proberen weg te komen. Maar toen hij een zwart-zijden petje zag dat met schokjes omhoogkwam, was hij gerust. Hij lag stil te wachten, tot het bruine gezicht van de boer op zijn hoogte was. Twee grijze ogen keken hem een beetje spottend aan.
'Zo, daar ben je!' zei de man grinnikend. 'Nou, nou, jij kunt slapen, zeg! Maar nou moet je meekomen, want de politie is er voor je.'
'De politie?'
'Ja, schrik maar niet, een goeie vriend, hoor! Hij zal voor een persoonsbewijs zorgen. Die krijgen we hier regelrecht van de politie, zie je? En een beetje eten zul je nu langzamerhand ook wel weer lusten. Hoe is 't met je knie en met je armen? Kom er maar gauw af, er is nergens iemand te zien.'
Een grote herdershond stond met rechtopstaande nekharen bij de ladder te wachten en begon Jan wantrouwend te besnuffelen, zodra hij een voet op de grond zette.
'Goed volk,' zei de boer. 'Niet aaien, daar kan hij niet tegen.'
De ladder werd in een greppel verborgen. De boer nam zijn pijp, die op een kruiwagen lag, en stak die opnieuw aan. Kersenblad, rook Jan. Hij reed de kruiwagen naar de boerderij en deed zijn best om niet te hinken. Zijn been kon er al weer aardig tegen.
Door de staldeur gingen ze binnen. Een man die daarachter aan het vegen was, verdween schichtig in een donker zijgangetje. Een jood.
'Die is ter dood veroordeeld,' zei de boer.
'Wat, wie?'
'Dit varken. Kijk eens, wat een beste! Dat wordt het derde van 't jaar dat in de weck gaat. Er is heel wat nodig in deze tijd. Maar dit zal het laatste wel wezen, nou de Duitsers zo op hun kop krijgen. Hè, baasje?'
Hij krauwde het varken tussen de oren en het dier knorde vriendelijk. De boerin, met een witte muts op vanwege de visite, deed de kamerdeur open. De ramen waren klein en de vensterbanken stonden vol met planten. Een grote, hoekige gestalte in uniform richtte zich op in de schemering, stak een hand uit en kneep die van Jan dat het pijn deed.
'Gefeliciteerd,' zei de agent. 'Van harte! Jij hebt geluk gehad, zeg! Jan heet je, geloof ik, hè? Zeg maar Van Buren. Vertel me eens, met hoeveel man zijn jullie ervandoor gegaan gistermorgen?'

'Ik weet het niet, ik was de eerste. Later hoorde ik schreeuwen. Toen dacht ik: misschien gaan er nog meer...'
'Zeker nog twee zijn er gegaan,' zei de man. 'Een daarvan hebben we al, die is ook veilig. Een andere, een ouwe, hebben de moffen gevonden, toen ze met een speurhond kwamen. Die lag met een kogel in zijn rug in het bos. Maar misschien hebben er nog meer de benen genomen en die zouden dan nog ergens rond moeten zwerven.'
'Zijn ze dus toch met een speurhond geweest?'
'Vóór tien uur waren ze er al en jouw spoor hadden ze dadelijk te pakken. Dat hebben ze gevolgd tot de boerderij waar je geweest bent en daar wilden ze toen huiszoeking doen. Maar die vrouw daar is niet op haar mondje gevallen. Je komt er niet in, zei ze, ik heb net de boel schoon. Gaat het soms om die schooier die hier aan de deur geweest is? Dan moet je hier niet wezen, die hebben we vortgejaagd. Ik kan je wijzen, waar hij het bos ingegaan is. En omdat de hond over de drempel geen lucht had, geloofden ze haar. Zij had trouwens het achterhuis en de kamer net een goeie beurt met sterk zeepsop gegeven – haar laatste zeep had ze ervoor opgemaakt. Ze gingen dus weer weg en inderdaad kreeg de hond op de weg het spoor weer te pakken, maar in het bos verloor hij het. Een goed idee van de schut, om je pas een eind van huis op de fiets te zetten. Na wat gezoek zijn ze naar het punt van uitgang teruggekeerd. Toen vonden ze die ander. Nou, vertel eens, hoe voel je je nu?'
'Best,' zei Jan. Hij slikte. Terwijl zijn gedachten nog bezig waren met die oude gevangene die minder gelukkig geweest was dan hij, keken zijn ogen al begerig naar het brood dat de boerin op tafel zette. Een bord pannenkoeken kwam er ook bij. En wat geurde die koffie!
'Schik maar gauw an,' zei de vrouw hartelijk. 'Hou even je mond, Van Buren, de jongen wil bidden... Zo, nou, doe je best maar, hoor, er is nog meer.'
Onder het eten vertelde Jan van de beruchte Amsterdamse gevangenis, waar hij meer dan vier maanden gezeten had; van zijn vader, die naar een Duits kamp gebracht was en van wie hij niet eens wist, of hij nog leefde; en van zijn moeder en zijn jongere zusjes en broers, die waarschijnlijk nog ergens in Drente ondergedoken zaten. Daar wilde hij graag zo gauw mogelijk naartoe.
'Kom je uit Drente? Hoe kwam je dan in Amsterdam terecht?'
Jan aarzelde. Hij had geleerd dat je niet meer moest vertellen dan nodig was, ook aan vrienden niet.
'Luister eens,' zei de agent, 'van praters houden wij hier ook niet. Zeg me maar alleen: zat je in het werk?'

'Ja, allicht...'
'Kan ik je kop in het politieblad gezien hebben?'
'Daar stond ik al voor meer dan een jaar in.'
'Zul je een best persoonsbewijs moeten hebben. In welk soort werk zat je? KP?'
'Ja.'
'Blijf dan hier. We kunnen je goed gebruiken.'
Jan zuchtte hoorbaar. Nauwelijks was hij op vrije voeten, of er werd alweer een beroep op hem gedaan. Hij was er nog niet aan toe. Hij had nog maar aan één ding gedacht: ze zullen me niet meer te pakken krijgen...
'Als je goed uitgerust bent, praten we wel eens weer,' zei Van Buren. 'Heb je genoeg gegeten? Steek dan een sigaret op.'
De boer was weer aan het werk gegaan. De boerin was in de keuken bezig. Van Buren ruimde een vensterbank leeg, schoof de gordijntjes opzij en nam drie foto's van Jan. Daarna haalde hij zijn notitieboekje te voorschijn.
'Vertel me nu maar eens, hoe je heten wilt,' zei hij. 'Van Buren, net als ik? Kuiper, Smit, noem maar wat.'
'De Jong. Jan de Jong.'
'Waarom juist zo?'
'Dat is een veel voorkomende naam. Lijkt me veiliger.'
'Goed zo. Beroep? Een baantje bij de spoorwegen is erg in trek tegenwoordig, maar daar lijk je me nog een beetje te jong voor.'
'Ik ben zogenaamd onderwijzer geweest, maar daar heb ik genoeg van. Maak me maar doodgewoon landbouwer.'
'Daar zie je niet naar uit. Vooral nu niet, met je bleke gevangenissnoet.'
'Bakker dan? Of arbeider op een zuivelfabriek? Beiden onmisbaar voor de voedselvoorziening.'
'Heel goed; bakker. Een goeie Ausweis, een vrijstelling voor Duitsland, zullen we je erbij leveren. En waar wil je wonen? Zullen we Kesteren nemen? Daar is door de ondergrondse het hele bevolkingsregister uit het gemeentehuis gehaald. Kunnen ze nooit controleren, of je daar werkelijk woont.'
'Neem dan Oosterhesselen, daar is 't vorig jaar de gemeentesecretaris er met het bevolkingsregister vandoor gegaan.'
Van Buren schoot in de lach.
'Dus tóch Drente!' zei hij. 'Nou vooruit, als het mogelijk is, zul je je zin hebben. Wacht es, een week of wat geleden is geloof ik het gemeentehuis van Assen ook gekraakt. 't Zou niet gek zijn, als we Assen namen: daar wonen meer bakkers dan in een boerendorp als Oosterhesselen. Heb je

verder nog wensen, zeg het dan gauw, want ik wil nog bij de schut langs om te vertellen dat jij 't ook niet weet, of we nog naar meer lui moeten zoeken.'

'Een ander stel kleren zou ik wel graag willen hebben,' zei Jan. 'Zo kan ik straks moeilijk op reis...'

'Je hebt natuurlijk niets meer? Goed, voor je vertrek zullen we je volledig uitrusten.'

Toen ze buiten kwamen, schoten juist drie Engelse jagers met gierend lawaai over de boerderij en verdwenen enkele seconden later over de bosrand in de verte.

'Die zijn er nu dag aan dag,' zei de agent. 'Ze bestoken alle verbindingswegen van de Duitsers. Geen trein, geen auto is meer veilig en soms schieten ze zelfs op bakkerskarren. De Engelsen en Amerikanen beheersen de lucht volkomen. Duitse vliegtuigen zie je bijna niet meer. Die durven alleen nog maar 's nachts de lucht in. Heb je dat mopje al gehoord van Hitler en Göring, die zo'n vreselijke ruzie hadden? Göring wou de Duitse luchtmacht naar Engeland sturen in drie formaties van twee en Hitler in twee formaties van drie. Goed, hè...? Nou, groet boer Versteeg van me en hou je een beetje weg, zolang je geen papieren hebt. Met een paar dagen zal 't misschien wel in orde zijn.'

Maar het duurde langer dan een paar dagen en het wachten viel Jan erg moeilijk. Hij vond wel wat bezigheid in de schuur en in de hof – hij maalde tarwe voor de pap, mestte het varkenshok uit of schilde de aardappels voor de boerin, maar onder al dat werk groeide het verlangen naar zijn familie, vooral naar zijn moeder, en ook naar Trijntje, zijn meisje. Die dachten natuurlijk dat hij nog in de gevangenis zat en ze twijfelden er misschien wel aan, of hij nog in leven was. Kon hij ze schrijven...? Woonden ze nog wel op hetzelfde adres als vier maanden geleden? Er kon zoveel gebeurd zijn in die tijd. Nee, het was misschien beter om ze voorlopig nog maar in onzekerheid te laten, des te groter zou de verrassing zijn als hij plotseling voor hen stond. Maar het moest niet te lang meer duren, anders hield hij het niet uit...

Op een dag, toen hij half verborgen achter de heg langs de zandweg stond te turen, of hij Van Buren nog niet zag komen, tikte de boerin tegen het raam en wenkte hem.

'Ik heb nog een lekker bakje koffie voor je bewaard,' zei ze, toen hij binnenkwam. 'Ga er eens rustig bij zitten, zo, en drink dat eens lekker op. Heb je 't hier niet naar je zin, hè? Bennen wij niet goed voor je? Maar zou jij het ons dan ook niet een beetje makkelijker maken en niet zo onrustig

zijn? Onder 't eten zit je almaar naar buiten te kijken en je zegt haast geen woord en de halve dag sta je bij de weg te hunkeren. Je bent nou zo prachtig geholpen en nou bederf je je leven met je ongeduld. Aan Van Buren hoef je niet te twijfelen, die man heeft een hart van goud, die doet zijn best wel voor je. Ja, ik weet het wel, je verlangt naar je moeder en je maakt je bezorgd, of het wel goed met haar is. Maar denk je er dan niet aan dat je met bezorgd te zijn haar niet helpen kunt? Moet je niet een beetje meer vertrouwen hebben? Kijk eens, wat daar staat, onder de klok...'
Er hing een tekst aan de wand – vergulde letters, verdoft door de jaren, op zwart fluweel: 'Werpt al uw bekommernissen op Hem, Hij zal het maken.'
'Dacht je dat ik dit leven met al zijn onrust en gevaar door die onderduikers vol kon houden, als ik daar niet aan dacht?' vroeg de vrouw. 'Nee, zeg maar niks meer. Wij begrijpen mekaar wel, zie ik. Ga nou maar gauw wat hout voor me zagen, want ik moet de was aan de kook brengen. En als je 't weer te pakken hebt, laat mij dan maar een beetje je moeder zijn.'
Hij zaagde het hout en stookte het vuur, hij hielp zelfs met een schort van de boerin voor om de zwaarste stukken te wringen en hij deed het neuriënd. En sinds die dag ging het beter met hem. Het lesje van die oude, wijze vrouw had geholpen.
Intussen leerde hij ook de andere onderduikers kennen. Twee joodse echtparen huisden in een kamer van stropakken op de hooizolder onder een klein dakraam, voor een student in de rechten uit Amsterdam was een hokje getimmerd boven de paardenstal en een fabrieksarbeider uit Enschede sliep in het opkamertje. Die laatste werkte gewoon bij de boer op het land en ging door voor diens knecht. Hij was ondergedoken omdat hij een oproep voor tewerkstelling in Duitsland had gekregen; de student, omdat hij geen verklaring had willen ondertekenen waarin hij trouw aan het Duitse bestuur beloofde. De meeste studenten hadden dat niet willen doen en de hogescholen waren bijna alle gesloten.
Overdag zag Jan meestal alleen de arbeider. De student, een bleke jongen, zat te werken voor zijn examens, die hij hoopte af te leggen, zodra de oorlog afgelopen zou zijn. De joodse dames hielden zich bezig met lezen of handwerken, een van de mannen studeerde handschriftkunde, de ander vlocht mandjes van twijgen of knutselde wat op de zolder of in de schuur. Maar 's avonds tegen kwart voor negen verzamelden ze zich allen in de paardenstal. Daar zat achter een luik onder de krib de radio verborgen. Het paard werd zolang in de schuur gezet, de mensen verdrongen zich

om het toestel en luisterden gretig, soms met ingehouden adem, naar de nieuwsberichten van de Engelse zender. Door de tsjilpgeluiden van de Duitse stoorzenders heen waren die meestal nog wel te verstaan.
De invasie, daar ging het om. Ja, dat de Duitsers in Italië op de terugtocht waren en dat Rome bijna onbeschadigd in handen van de Amerikanen gevallen was, dat was natuurlijk prachtig. En dat de Russen na een tijd van rust weer een grote aanval voorbereidden, die elke dag los kon breken, was natuurlijk ook goed. Maar dat was allemaal zo ver weg! Normandië was in de buurt, op de kaart leek het maar een eindje. Een van de joodse echtparen had er vroeger zijn vakantie wel eens doorgebracht en in het begin hadden ze gedacht dat het nu in een vloek en een zucht met de oorlog gedaan zou zijn. Maar dat viel tegen. Er moest ontzettend hard door de bondgenoten gevochten worden om een paar kilometer verder het land in te dringen. Duizenden schepen voerden echter dag en nacht steeds maar nieuwe troepen en tanks en kanonnen aan en wolken vliegtuigen bestookten de Duitse legers. Spoedig zou de dag komen dat de Engelsen en Amerikanen sterk genoeg zouden zijn om door te breken en dan zou je eens wat zien! In een paar weken zouden ze optrekken naar Parijs en naar Brussel en dán was Nederland aan de beurt! Nog voor de winter zou de oorlog uit zijn! Dan was alle leed geleden!
Daar praatten ze in de kamer nog een poosje over na, bij een klein olielampje, de luiken gesloten en de hond als wachter op het erf. De gezichten van de joden glansden als ze aan de vrede dachten en ze beraamden al plannen om weer met hun zaken te beginnen. Maar de boer was nuchterder. De Duitsers hadden een nieuw wapen uitgevonden, een raket, waarmee ze van Nederland en België uit de Engelse steden konden bestoken en die ze de V-1 noemden.
'Zo'n kanon waarmee ze de hele Noordzee over kunnen schieten, daar heb ik het niet op,' zei Versteeg. 'Jongen, ze zijn toch nog wel wat mans, die moffen!' En Jan vond ook dat dit toch maar een geweldige uitvinding was. Maar Bob, de student, was er zeker van dat ze daar helemaal geen zorgen over hoefden te hebben.
'Ja, de Duitsers doen er natuurlijk erg dik over,' zei hij, 'maar ze moeten toch wát hebben om de moed erin te houden? Toen de invasie kwam, hebben ze gejuicht. Nu zouden ze eens laten zien, hoe gauw ze de vijand weer in zee geworpen hadden! Wat is ervan terechtgekomen? Ze durven het nu niet meer te zeggen. En wat die V-1 betreft, een deel ervan komt inderdaad op Londen terecht en zo'n ding verwoest daar een paar huizen, misschien een hele straat, en doodt tientallen mensen, vrouwen en kinde-

ren vooral. Het is verschrikkelijk, maar daar win je de oorlog niet mee! En dat weten de Duitsers zelf ook wel. Nee, er is een ander wapen en als de Duitsers dat gebruiken, is de oorlog meteen afgelopen…'
'Wat is dat dan?'
'Ik heb het boven,' zei Bob. 'Als je kunt zwijgen, wil ik het je wel laten zien.'
Hij verliet de kamer en kwam even later terug met een rolletje papier. Het was een tekening. Jan zag een Duitser, die zijn geweer omhoog hief met aan de bajonet een witte vlag. 'Die einzige neue Waffe', stond eronder. Het enige nieuwe wapen.
'Knap werk,' zei hij. 'Wat doe je ermee?'
'Begrijp je dat niet? Morgen wordt deze gehaald en over een week hangen de afdrukken misschien in de buurt van de Duitse kazernes. Om de Hitlerjongens moed in te spreken, snap je? Kijk, hier heb je nog zoiets, maar dat is voor onze arbeiders bestemd. Voor hen die er misschien tegen opzien om onder te duiken. Je weet immers dat de Duitsers ze gouden bergen beloven, als ze maar naar Duitsland gaan?'
Er stond een aangeklede ezel voor een arbeidsbureau. Onder de tekening stond wat hij zei: 'Ik ga ook naar Duitsland; ze zeggen dat het gras daar veel beter is…' En de kop van dat beest was zo dom dat je er niet naar kon kijken zonder te lachen. Eshuis, de arbeider, verslikte zich in de rook van zijn sigaret.
Jan keek de student plotseling met andere ogen aan. Het leek maar een min kereltje, maar in de eenzaamheid van zijn hokje boven de stal verrichtte hij toch maar belangrijk werk voor het vaderland.
'En jij, Eshuis, wat zeg jij van de oorlog?'
'Ik?' vroeg de arbeider, terwijl hij een nieuwe sigaret rolde, 'ik zeg maar zo: PTT. En daar heb ik genoeg aan.'
'PTT? Post, telegraaf…'
'Nee, poepen trekken terug. Als ze dat maar blijven doen, dan komt het wel goed.'
Lachend gingen ze uit elkaar. Bob en de beide echtparen maakten nog een wandeling in de schemering van de zomernacht en de hond namen ze mee om ze te waarschuwen als er onraad mocht zijn. Jan trok zich terug in de hooiberg. Boven zijn hoofd trok met dreigend gegrom de ene formatie bommenwerpers na de andere naar het oosten om de Duitse steden nog meer in de as te leggen. De volgende morgen om een uur of elf waren ze er alweer: vluchten van twintig, dertig grote, blinkende vogels op grote hoogte, waar snelle jachtvliegtuigen omheen zwermden. Het was een

prachtig gezicht en Jan stond er vol bewondering met de boer en vrouw Versteeg naar te kijken. Toen waarschuwde de hond en van de zandweg af draaide een aardig, licht wagentje met twee bonte pony's bespannen het erf op.
'De freule!' zei Versteeg en hij nam zijn petje af.
Een kleine, grijze dame legde de teugels op de ruggen van de paardjes, steeg met hulp van de boer uit de wagen en wenkte Jan om een paar tassen en een koffer te dragen. Jan had al van haar gehoord en begreep wat ze kwam doen. Ze had in de wijde omtrek de verzorging van de onderduikers op zich genomen. Ze bracht nieuwe distributiekaarten, had een stapel boeken voor de joodse dames bij zich en de laatste nummers van *Vrij Nederland* en *Trouw*. Vandaag had ze ook een boodschap voor Jan. Van Buren liet hem zeggen dat hij nog een paar dagen geduld moest hebben. Er was iets met een stempel op zijn papieren dat moeilijk te krijgen was.
'En in die koffer zit een kostuum voor je,' zei ze. 'Pas het eens gauw aan, dan ga ik intussen een praatje maken bij die stakkers die daarboven opgesloten zitten.'
In het opkamertje maakte Jan de koffer open. Er kwam een aardig grijs pak uit, niet nieuw, maar toch nog heel goed, dat hem een beetje te wijd was. Verder een paar keurige overhemden, twee stel onderkleren, een blauwe das, een hoed, – ook iets te wijd – een portemonnee met twintig gulden, zes zakdoeken, een scheerapparaat, een zakmes en een leuke sigarettenkoker, vol met Consi, de enige sigaret die je in deze tijd op je tabaksbon krijgen kon. Zo'n lief, oud dametje toch!
Ze bekeek hem van alle kanten, toen ze weer beneden kwam en wilde van dank niet weten.
'Ik begreep toch, toen de boswachter mij van je vertelde, dat je niets meer had,' zei ze. 'Draai je eens om... Die broek moet een beetje korter. Dat kun jij wel in orde maken, vrouw Versteeg, hè? En geef die hoed eens hier. Daar moet je een krant invouwen, kijk zo, dan past hij precies.'
De koffie was klaar en de freule bleef een poosje praten. Zij had groot nieuws. Ruim een week geleden, op een zondagmiddag, had de ondergrondse het huis van bewaring in Arnhem overvallen en meer dan vijftig gevangenen bevrijd. Denk eens aan, op klaarlichte dag, en meer dan vijftig mannen, allemaal verzetslieden, van wie sommigen al ter dood veroordeeld waren! Door de directeurswoning waren de deelnemers aan de overval binnengedrongen, ze hadden de bewakers de revolver onder de neus gehouden en ze zelf in de cel gestopt. Heel rustig, in kleine groepjes, waren de gevangenen naar buiten gekomen en ze hadden zich meteen in

de stad verspreid. De meesten waren meteen met de trein naar alle kanten weggereisd.
'Wat dat voor die mensen geweest is,' zei de freule. 'Dat zul jij het best van ons allen kunnen begrijpen, jongeman! O, ik was toch zo blij toen ik het hoorde, ik heb alle kinderen in de buurt op aardbeien getrakteerd. Maar die Duitsers, wat zullen die op hun neus gekeken hebben! Ze zijn toch al niet in zo'n beste stemming, nu het met de invasie zo goed gaat! Ze treden brutaler op dan ooit tevoren en die Nederlandse verraderskliek, de landwachters, ook. Moet je horen, daar staat me straks die Geurtsen, het hoofd van de landwacht, met een Duitser op de weg, en die houden me aan. Wat wil je? vroeg ik. Ze wilden nota bene mijn wagen onderzoeken! Geurtsen, zei ik, luister eens goed. Jouw moeder is vroeger dienstmeisje bij ons op het kasteel geweest en toen is ze eens erg ziek geworden, weet je dat? Wel, als ik haar toen niet had verpleegd, dan was jij nooit geboren en dan had ik nu geen last van je gehad. Maak dat je wegkomt, als je niet het achtereind van de zweep op je brutale gezicht wilt voelen. En waag het eens om me weer aan te houden, want dan zal ik over een paar maanden eens met je afrekenen, als de oorlog afgelopen is. Begrepen...? Nou, toen ging hij natuurlijk opzij...'
'Maar dat was dan toch op het nippertje, freule,' zei de boer. 'Past u maar op! Als ze doorgezet hadden...'
'O, maar ze waren er niet in gekomen,' verzekerde de oude dame en haar ogen schitterden achter haar bril. 'Als het nodig is, heb ik ook nog iets anders dan mijn zweep!' Ze knipte haar zwarte tas open, voelde er even in en sloot hem weer.
'Het werk moet doorgaan,' zei ze beslist, 'vooral nu het om de laatste loodjes gaat. Jij zult er toch ook wel naar verlangen om weer mee te helpen, nietwaar jongeman?'
'Ja zeker, freule,' zei Jan spontaan.
En over dat antwoord liep hij nog na te denken, toen het ponywagentje allang weer achter de bocht van de zandweg verdwenen was. Verlangde hij...? Ja, bij de verhalen van de freule had zijn hart even getrild van blijdschap, omdat het werk doorging, omdat rijk en arm, jong en oud nog altijd samenwerkten om de vijand te bestrijden. En die overval op de gevangenis, wat zou hij daar achteraf graag bij hebben willen zijn! Achteraf, ja... Maar als je ervoor stond, huiverde je terug voor het gevaar. Zou dat nu met anderen ook zo zijn, of was hij alleen maar zo'n bangerd? Hij had vroeger meegedaan omdat het moest, omdat het zijn plicht was, omdat het niet anders kon. En dat zou in de toekomst ook wel weer zo

zijn. Hij zou wel weer mee moeten doen, hij voelde nu al dat het weer komen zou. Maar hij zou in ieder geval heel voorzichtig zijn. Vader was misschien al omgekomen. Hij moest overblijven om voor moeder en de kleintjes te zorgen... Verlangen? Ja, naar zijn moeder verlangde hij en nu ineens weer heel erg...
Een paar dagen later werd het varken geslacht en 's avonds na de nieuwsberichten waren ze met man en macht bezig om het vlees te verwerken. De weckketel stond op het fornuis, Eshuis maakte darmen schoon, de vrouwen sneden vlees voor de worst, Jan was met de boer bezig om het spek in te zouten. De stemming was best, want de Amerikanen hadden de havenstad Cherbourg veroverd en de Russen waren hun grote offensief begonnen en dreven de Duitsers langs het hele front voor zich uit.
'Het duurt niet lang meer,' zei Eshuis, 'dan kunnen we Hitler en zijn hele bende door de worstmolen draaien!'
'Bah, schei uit!' riep de boerin, maar ze moest toch lachen.
Toen sloeg de hond aan en er waren stemmen op het erf. De joden vlogen naar de deur, maar de boer riep ze terug. Hij hoorde aan het geblaf dat het goed volk moest zijn. Even later stapten Van Buren en de boswachter de kamer in. Ze snoven begerig.
'Ha, we komen net op tijd,' zei de agent. 'Geen wonder dat jij hier zo aangekomen bent, Jan! Je hebt hier maar een best kosthuis gehad! Kijk es, dat is voor jou.'
Terwijl de gasten van een plak bloedworst smulden, bekeek Jan nauwkeurig zijn papieren: een persoonsbewijs met het stempel van de gemeente Assen, een Ausweis met de officiële Duitse stempels, een distributie-stamkaart met zegel, de levensmiddelenkaart van de laatste periode.
'Naar je zin?' vroeg Van Buren. 'Maak er dan meteen een paar vetvlekken op en krul de hoekjes wat om, anders zien ze er veel te nieuw uit. Als je wilt, kun je morgen al weg. We hebben reisgelegenheid voor je tot Zwolle, er moet een auto met een patiënt naar het ziekenhuis.'
'Ik kom je om acht uur halen,' zei de boswachter.
'Of bedenk je je nog?' glimlachte de agent. 'Je weet dat je hier ook blijven kunt. Nietwaar, vrouw Versteeg?'
'Hou maar op,' zei de boerin. 'Ik ken die jongen beter dan jullie. Die is met geen zeven touwen te houden.'
Ze had gelijk. Hij kon die nacht niet slapen van spanning en ver voor achten stond hij al op de uitkijk met het rieten koffertje van de freule in de hand. Maar dat moest nog weer open voor een hutspotje dat de boerin voor zijn moeder had klaargemaakt: twee worsten en een stukje spek.

Die schat! Het afscheid viel niet mee en hij kwam niet weg zonder te beloven dat hij na de oorlog terug zou komen. Zo lang ze kon stond ze hem met haar man bij het hekje na te wuiven, toen hij met de boswachter wegreed.
Lieve, dappere mensen, dacht hij. Wat moesten wij in het verzet beginnen zonder de gastvrijheid van jullie en van alle andere, goede vaderlanders?
En toen schrok hij, want toen hij aan het verzet dacht, had hij zichzelf er toch al weer bij gerekend...

HOOFDSTUK 2

Het was een auto met een gasgenerator, waarmee Jan de reis naar Zwolle maakte, de enige wagen die de garagehouder uit het dorp had overgehouden. Achterop was een zware, cilindervormige ijzeren pot bevestigd, waarin uit houtblokjes een soort gas gestookt werd. Op dat houtgas dat naar de motor gevoerd werd, liep de wagen op z'n hoogst veertig kilometer per uur.

De patiënte lag achterin met de verpleegster naast zich. De echtgenoot van de zieke vrouw kreeg de plaats naast de chauffeur en Jan moest voor op de wagen op het spatbord zitten om als uitkijk te dienen. Want het was een stralende zomerdag, de jachtvliegtuigen zouden van ver de wagen al op kunnen merken. Hij zat daar best en heerlijk koel. Hij kon zich aan de koplamp vasthouden en terwijl hij zijn hoofd naar alle kanten draaide om de strakblauwe hemel af te zoeken, vond zijn lichaam steun tegen de motorkap van de oude Ford. Bijna om het kwartier mocht hij zich even vertreden, als de chauffeur moest stoppen om de gaspot op te stoken.

Ergens langs de weg was een lange rij mannen bezig om op regelmatige afstanden een aantal flinke, diepe gaten te graven, schuilgaten, waarin Duitse soldaten zich zouden kunnen verbergen, als het hier tot vechten zou komen. Een enkele spitte, de meesten leunden op de schop of maakten een praatje met elkaar. Ze werkten met tegenzin, want ze waren dwangarbeiders en ze wisten dat ze de vijand hielpen om de oorlog langer vol te houden. Een van hen kwam bij de auto staan en vertelde dat er vijfhonderd mannen opgeroepen waren in die gemeente, maar dat er eerst maar dertig verschenen waren. 'Toen hebben de moffen een paar huizen van weigeraars in brand gestoken,' zei hij, 'en nu zijn we met driehonderd. Wat moet je? Maar onze dag komt ook, wacht maar!'

De reis verliep zonder ongelukken. Eén keer maar hoorden ze het geraas van jachtvliegtuigen, maar toen reden ze juist op een zwaar beschaduwde laan en toen ze onder de bomen uit kwamen, was nergens meer een toestel te ontdekken. Bij het ziekenhuis nam Jan afscheid en liep met zijn koffertje de stad door naar het station. Voor het eerst sinds vele maanden kon hij zich weer als vrij man tussen de mensen bewegen en al was het nog een beetje onwennig, hij genoot er toch van. Er was wel iets veranderd in de tijd dat hij vastgezeten had. Fietsen met goede luchtbanden schenen er niet veel meer te zijn; de meeste mensen trapten moeizaam op surrogaatbanden voort, één had een stuk tuinslang om zijn wielen gelegd en een ander ratelde zomaar op de ijzeren velgen door de stad. De etalages waren bijna leeg. Een schoenwinkel verkocht niet anders dan houten sandalen met kunstleren bandjes en een kleermaker had een papier voor zijn raam met het opschrift: 'Hebt u stof? Wij maken er een pet van.'

Bij een slager stond het trottoir vol met een dicht opeengepakte mensenmassa. Een agent wandelde erbij heen en weer om toezicht te houden. 'Hedenmiddag vlees zonder bon! Noodslachting!' stond op een bord voor het winkelraam en een open vrachtauto met een dood paard erop werd juist de gang naast de winkel ingereden.

'Daar gaat-ie!' klonk het uit de wachtende mensen. 'Schiet er een beetje mee op!'

'Ja, anders is de oorlog afgelopen, als wij aan de beurt zijn!' riep een vrouw. En toen klonk er luid gelach.

Jan kocht een kaartje naar Assen en hoorde aan het loket dat er over een half uur een trein zou gaan. Toen hij door de controle ging, zag hij twee Duitse soldaten op het perron lopen en even kreeg hij een beklemd gevoel. Waarom? Zijn papieren waren toch in orde? Bovendien was dit weermacht en die stoorde zich niet aan onderduikers.

Om zichzelf te bewijzen dat hij niet bang was, volgde hij de soldaten in de wachtkamer en bestelde een kop koffie. Maar dat was zo'n smakeloos brouwsel dat hij de kop maar half leegdronk. Hij ging maar liever naar buiten, want hij zag dat het perron al vol liep met mensen. Toch duurde het nog meer dan een uur, voor de trein het station kwam binnenrollen. Een kleine, hijgende locomotief kon hem nauwelijks trekken. Ook bij de spoorwegen was het beste materiaal naar Duitsland gevoerd.

De voorste wagen was bijna leeg, omdat men daarin het meeste gevaar liep bij een beschieting, die altijd op de locomotief gericht was. De volgende wagens waren propvol. Dan kwam weer een lege wagen, maar die was voor gewone reizigers verboden. 'Alleen voor weermacht' stond op de ramen. Daarachter kwamen goederen-wagons, waaruit ook mensen naar buiten keken.

Nog maar nauwelijks stond de trein stil, of hij werd al bestormd. Voor hij het wist, zat Jan midden in de worsteling. Hij werd geduwd en gestompt van alle kanten, hij werd boos afgesnauwd door een man die zich aan zijn koffer stootte en door een ander met klompen op zijn tenen getrapt en hij kwam tot zichzelf, toen hij in een benauwde coupé tussen de zwetende mensen geperst stond met de koffer in beide handen boven zijn hoofd. Dat was geen uithouden, hij stikte nu al haast. Met veel moeite wrong hij zich weer naar buiten, liep de trein langs en stapte in de voorste wagon. Zo erg gevreesd scheen die niet meer te zijn, want pas na veel zoeken lukte het hem om nog een plaatsje te vinden. Hij hing zijn jasje aan de haak, droogde zijn voorhoofd af en haalde de boterhammen die vrouw Versteeg hem meegegeven had, uit de koffer. Het was eigengebakken brood, met spek en worst belegd, en terwijl hij zat te eten, merkte hij ineens dat de ogen van bijna alle medereizigers begerig op hem waren gericht. Hij werd er verlegen van.

'Nou, nou,' zei een vrouw, die met een mager kind van een jaar of vijf op schoot tegenover hem zat, 'dat zien we niet meer in Amsterdam. Daar waar u vandaan komt, daar schijnen ze nog wel wat te hebben!'

'Ik ben bij familie geweest,' zei Jan. 'Ze hadden daar pas geslacht. Kan ik u een plezier doen met een sneetje?' En toen hij eenmaal begon met uitdelen, was het moeilijk om ermee op te houden. De hele coupé wou wel even proeven. Hij hield zelf alleen de boterham over waaraan hij begonnen was. Vooruit, wat deed het ertoe? Hij was goed doorvoed geraakt in de laatste weken.

'Ik kreeg een enkele keer nog wel eens een broodje extra,' zei de vrouw. 'Maar de laatste tijd vroeg de vent er vijf gulden voor. Wie kan dat betalen? Nou breng ik dit kind naar mijn zuster in Meppel en als het daar beter is dan bij ons, blijf ik er misschien zelf ook.'

En verder liep het gesprek over de schaarste aan levensmiddelen en over de prijzen in de zwarte handel. Een man had een half ons thee gekocht voor tachtig gulden en een ander twee fietsbanden voor tweehonderd. De eerste dag dat hij ze gebruikte, was zijn fiets door de Duitsers gevorderd.

'De sleepkevers!' zei hij.

In Meppel stapten de vrouw en het kind uit en er leek geen andere passagier voor in de plaats te zullen komen. Maar toen de trein al begon te rijden, kwam er een kleine, dikke man aanhollen. Die rukte het portier open en sprong naar binnen. Hij had een kaal hoofd, maar een jong beweeglijk gezicht en kleine, slimme oogjes. Jan schatte hem op een jaar of veertig.

'Nog net op tijd,' lachte hij. 'Ik heb het geluk mee vandaag!'

Toen sprong hij in de houding, bracht met geheven hand de nazigroet en riep met een rare keelstem: 'Houzee, kameraden!'

De gezichten verstrakten. Niemand antwoordde.
'Geen lid van de NSB aanwezig?' vroeg de man. 'Nou, dan weten we, wat we aan elkaar hebben, hè? Ik ben het namelijk ook niet. Maar ik wou graag weten, wat voor vlees ik in de kuip heb. Vos is mijn naam. De V van het V-teken, de o van oorlog, de s van: wie niet sterk is moet maar slim zijn. Aangenaam.'
Hij gooide een bruine aktetas in het net en ging op de lege plaats schuin tegenover Jan zitten.
'Hebben jullie die leuke huwelijksadvertentie gelezen?' vroeg hij, met één oog dichtgeknepen. 'Luister, net iets voor deze tijd: Heer, in het bezit van een half pond koffie, zoekt kennismaking met dame, in het bezit van twee pond suiker, om samen een gelukkig huwelijk aan te gaan. Hoe is-tie?'
De hele coupé schaterde.
'En van die ontslagen krankzinnige, kennen jullie die? Nou, die vent had vijf jaar vastgezeten, maar nu was hij genezen verklaard. Hij liep door de stad en dacht: Ik ga eerst eens lekker eten. Want hij had nog een gouden tientje bij zich, waarmee hij het gesticht ingegaan was. Hij een restaurant binnen. Breng me eerst een borrel, zei hij. Die hebben we alleen maar zwart, meneer, zei de ober. Er is zeker een ander soort gekomen, dacht de man. Maar toen de borrel kwam, was die net zo wit als vroeger. Hij snapte er niks van, maar de borrel smaakte hem best en hij bestelde een biefstuk. Hebt u bonnen? vroeg de ober. Nee, die had hij niet. Zal ik dan maar een zwarte biefstuk brengen? Ja, dat moest dan maar. Maar de biefstuk zag er heel gewoon uit. Die ober is gek of ik ben het nog, dacht de man. Hij vroeg de rekening en schrok: dertig gulden! Ik heb alleen maar een gouden tientje, zei hij. O, da's in orde, meneer, zei de ober en hij gaf de man nog twintig gulden terug. Nou, toen heeft hij zich maar weer bij het gesticht aangemeld... Hoe kon hij ook weten dat een gouden tientje tegenwoordig meer dan vijftig gulden waard is?'
Er kwam een vrolijke stemming in de coupé. Meneer Vos zat vol met mopjes en voor men het wist, stopte de trein in Hoogeveen. Daar kwam de hoekplaats tegenover Jan vrij en meneer Vos schoof op en keek door het raam naar buiten. Uit de wachtkamer kwamen twee kerels het perron op, één in Duits uniform, met een bruine aktetas onder de arm, de ander in burger. Ze liepen langs de wagen en klommen een paar deuren verder naar binnen.
'Wat doen die hier?' vroeg een van de passagiers. 'Die horen toch zeker in de weermachtscoupé?'
Maar Vos bleek beter op de hoogte.

'SD-controle,' zei hij. Hij leek zich niet helemaal rustig te voelen. Hij pakte zijn tas uit het net, ging voor het portier staan en stak zijn hoofd uit het raampje. Het leek erop dat hij de trein nog wilde verlaten, maar toen bedacht hij zich en ging weer zitten. Maar zijn tas legde hij achter zijn voeten onder de bank. Daarna haalde hij een krant voor de dag en kroop daarachter weg.

Volk en Vaderland, zag Jan, de krant van de NSB, en hij ving ongeruste blikken op van zijn medereizigers. Was die man toch fout? Had hij hier gezeten om hen te verraden? Wat hadden ze gezegd...?

De trein zwoegde voort door het wijde Drentse land en Jan begon hier en daar plekjes te herkennen, waar hij met zijn broer Frits of met zijn vader had rondgezworven. Hij genoot ervan en was de controleurs bijna vergeten, toen ze opeens binnenkwamen. Er ging even een rilling langs zijn ruggengraat. Daar waren ze! Hij zat weer tegenover de vijand! Nu zou het moeten blijken of Van Buren zijn papieren goed had verzorgd...

'Persoonsbewijzen,' zei de een.

Jan haalde het ding te voorschijn en hield ook zijn Ausweis gereed. Hij wachtte. Er kwam iets hards in hem, iets rustigs, alsof niets hem deren kon. Dat had hij altijd in ogenblikken van gevaar. Wat een scherpe, loerende ogen had die ene... Nu strekte hij zijn hand uit, Jan gaf zijn persoonsbewijs, de kerel bekeek het aan alle kanten, keek Jan strak aan en gaf het papiertje zwijgend terug. Daarna was Jans overbuurman aan de beurt.

Maar die was warempel in slaap gevallen. Hij lag achterover in de hoek van de coupé en snurkte hoorbaar. *Volk en Vaderland* hing in zijn slappe hand, met de frontpagina naar voren, en in zijn revers zag Jan het zwartrode NSB-speldje. Dus toch NSB'er...?

In ieder geval redde dat hem niet van controle. De SD'er schudde hem wakker en beval hem, zijn persoonsbewijs te geven. Geeuwend deed hij het en hij hield zijn hand al op om het weer in ontvangst te nemen.

Maar de controleur bekeek het bewijs met bijzondere belangstelling, fluisterde iets tegen de Duitser, liet hem ook kijken en kwam toen weer bij meneer Vos staan.

'Dit persoonsbewijs is vervalst,' zei hij streng.

'Laat me niet lachen,' zei Vos. 'Dan bent u ook vervalst.' Maar Jan zag aan zijn ogen dat hij bang was.

'Bent u lid van de NSB?'

'Zoals u ziet.'

'Uw lidmaatschapskaart?'

'Heb ik toevallig niet bij me. Moest even opgestuurd worden voor een kleine correctie.'
'Zal wel. Hebt u bagage?'
'Nee.'
'Van wie is die tas dan?' De SD'er wees met zijn voet naar de akte-tas, die half onder de bank uitgegleden was.
'Een tas...?' Vos bukte zich en keek heel verwonderd weer op. 'Die merk ik nou pas,' zei hij.
'Is die tas van u?' vroeg de kerel aan Jan.
Jan aarzelde even. Hij begreep wel dat zijn overbuurman in nood was, maar hij kon die tas toch niet voor zijn rekening nemen zonder te weten wat erin zat?
'Mijn koffer ligt hierboven in het net,' antwoordde hij.
De SD'er greep de tas en opende die. Hij rommelde er even in en haalde toen triomfantelijk een dik pak distributiekaarten voor de dag.
'Merkwaardig,' zei hij honend. 'Een vervalst persoonsbewijs, de lidmaatschapskaart van de partij toevallig niet aanwezig en een tas met deze inhoud toevallig onder je bank! Buitengewoon merkwaardig, vind je ook niet, meneertje?'
Meneer Vos was doodsbleek geworden en van zijn slimheid en handigheid was niets overgebleven. De SD'er in burger greep zijn polsen, de Duitser legde de boeien erom. Jans adem ging snel. Het leven van die man stond wellicht op het spel. Was er niets voor hem te doen...?
'Mitkommen!' zei de Duitser.
'Uw koffer,' snauwde de ander tegen Jan. 'Openmaken!'
Op dat ogenblik begon de trein zo plotseling te remmen dat alle passagiers door elkaar vlogen. De stoomfluit van de locomotief gilde, de remmen knarsten en gierden en het geraas van vliegtuigen klonk boven alles uit.
'Luchtaanval! De Engelsen! Eruit! Eruit!' werd er geschreeuwd. De portieren vlogen open en nog voor de trein stilstond, sprongen en vielen de mensen al naar buiten. De Duitsers waren het eerst van allemaal weg.
'Naar de andere kant!' schreeuwde Jan. Hij rukte meneer Vos overeind en stootte hem voor zich uit. Hij greep zijn koffer, hij trapte op een tas – een bruine aktetas – en greep die ook. Een vrouw viel over hem heen, zij gilde en trapte, maar hij kwam vrij en hij had de koffer en tas nog. Hij zag Vos met geboeide handen draaien aan de portiersluiting, gooide zich tegen hem aan en ze rolden samen naar buiten, de spoordijk af. Op hetzelfde ogenblik barstte het mitrailleurvuur van de vliegtuigen los op de locomotief. Het was, alsof stukken vuur in het rond vlogen. Mensen gilden en kermden, de

vliegtuigen gierden vlak over hen heen en Vosje lag in de sloot te huilen. De tranen rolden hem over de wangen. Maar Jan trok hem overeind.
'Lopen!' riep hij. 'Rennen, zo hard als je kunt! Vooruit dan toch, sufferd! Je bent vrij!'
Hij hielp hem tegen de wal op en ze renden het land in, in de richting van een boswalletje dat haaks op de spoorlijn stond. Achter hen, als een dier in doodsnood, gilde de locomotief. Weer scheerden de vliegtuigen over hen heen voor een nieuwe aanval en meteen barstte die al los.
Er was een opening in het walletje, daar renden ze door. Achter hen was een luid gesis – de locomotief was kapotgeschoten en verloor zijn stoom. Verder holden ze, langs de rand van een aardappelakker. Weer een walletje – ze kropen erdoor. Nu kwam een weiland met koeien, die met de staarten omhoog door elkaar galoppeerden. Aan het eind van dat weiland bleef Vos vastzitten aan het prikkeldraad en in een verwrongen houding was hij zwaar hijgend bezig om zijn broek voorzichtig los te maken.
'Scheur los!' riep Jan. 'Schiet op!'
'Ik kan niet meer,' kreunde de man. Hij begon weer te huilen. Maar Jan rukte hem mee en duwde hem voor zich uit, een bochtig landweggetje langs, tussen elzenstruiken.
'Vooruit, volhouden! Het gaat om je leven!'
Hij joeg de man voort, tot die achter een bosje bij een veenplas in elkaar zakte. Toen ging hij ook zitten, droogde zijn zweet af en rustte een poosje uit. Achter hen was het stil geworden. De vliegtuigen waren weg. Hoe zou het bij de trein zijn? De Duitsers liepen natuurlijk naar hun slachtoffer te zoeken. Hoe ver waren ze weg? Twee kilometer...?
Mijn hoed, dacht Jan. De hoed van de freule, die ben ik vergeten! Nou ja, wat moet ik ermee bij dit mooie weer? Hij was mij toch te ruim... Deze man heb ik toch maar gered, dat is meer waard!
'Nou meneer Vos, dat had u niet gedacht, hè?' zei hij vrolijk. 'Bent u nou niet blij? Dat zag er daarnet raar voor u uit!'
De ander kon nog bijna niet praten.
'Maar wat moet ik nou hiermee?' klaagde hij. Hij stak zijn geboeide handen vooruit. 'Zo kan ik mij toch nergens vertonen?'
Het is toch eigenlijk maar een zielig ventje, dacht Jan. En wat ziet hij eruit met zijn bezweet en behuild gezicht. Ze hebben er toch ook van alles bij in de ondergrondse...
'Zal ik je gezicht eens even afvegen?' vroeg hij. 'Kom hier, waar zit je zakdoek?'
Hij haalde hem voor de man uit diens broekzak.

'U moet nu de moed niet verliezen,' troostte hij. 'Het is tot zover prachtig gegaan, laat het nou verder ook maar aan mij over. Ik ben hier bekend in deze buurt.'
Maar hoe het moest met die boeien wist hij zelf ook niet.
'Je tas heb ik ook nog meegepikt,' zei hij. 'Zouden de bonkaarten er nog in zitten?'
'Dat is mijn tas niet.'
'Wát zeg je?'
'Die van mij heeft die vent meegenomen.'
'Welke vent, die Duitser?'
'Nee, die andere, die om het persoonsbewijs vroeg.'
Jan begon te grinniken. Had die Duitser ook geen bruine aktetas onder de arm gehad? En die had hij natuurlijk neer moeten leggen, toen hij de boeien te voorschijn haalde...
Snel knipte hij de sluiting open en hij sloeg zich op zijn been van plezier. Want het wás de tas van de Duitser! Hij pakte uit.
'Allemaal SD-rommel,' zei hij. 'Papieren met het hakenkruis, formulieren... Wat hebben we daar? Dossier van Overman – Karel... Het verslag van een verhoor? Zullen we later weleens lezen. Een krant, *Deutsche Zeitung in den Niederlanden*... Daar, een boekje met aantekeningen! Kan van pas komen. Een pakje boterhammen, een stuk worst... En wat hebben we daar? Asjeblieft!'
Hij haalde een zware dienstrevolver te voorschijn, een prachtig wapen, dat zag hij dadelijk. Zijn handen beefden een beetje van spanning, toen hij controleerde of het geladen was. Het hele magazijn zat nog vol met kogels. Toen hij de grote, verschrikte ogen van meneer Vos zag, schaterde hij het uit. Hij sprong op. Hij had wel willen dansen, dat ze die mof zo lekker te pakken hadden.
'Ha, die Vosje!' riep hij. 'Dat is in ieder geval een beste ruil geweest! Daar voel ik me een stuk beter van.'
Hij liet het wapen in zijn broekzak glijden, maakte zijn koffer open en deed de tas erin.
'Kom mee,' zei hij. 'Kijk maar niet achterom, ze vinden ons toch niet meer. Bovendien, we zijn nu niet meer weerloos!'
Ze wandelden verder langs de rand van de plas, door veenpluis en heide. Wat een heerlijke dag was het! En wat fijn dat hij weer in Drente was! De dopheide bloeide al en de blauwe gentiaan en het wilgenroosje... Kattenstaarten, zei oom Gerrit. Verdraaid, die oude, lieve oom Gerrit, in zijn huisje aan het kanaal, daar kon hij niet eens zo verschrikkelijk ver

vandaan zijn. Als dit mannetje naast hem geholpen was, zou hij dadelijk verder zien te komen... Waarom liep het nu zo somber te kijken...?
'Die bonkaarten, da's wel jammer,' zei Jan. 'Zitten ze er erg om verlegen?'
'Wie?'
'Nou, de mensen waar ze naartoe moesten. Je zit toch zeker in een of andere groep die voor onderduikers zorgt?'
'O ja, ja... natuurlijk,' zei Vos. 'Ja, ik had er nog meer moeten hebben. Maar ze moeten zich nu maar redden in Groningen. Als ik eerst die pestdingen maar kwijt ben...'
Hij liet zijn boeien rammelen en zuchtte diep.
'En een persoonsbewijs heb ik ook niet meer...'
'Wat was er eigenlijk met je persoonsbewijs?'
'Och, ik ben achtendertig jaar, geboortejaar 1906. Daar had ik 1896 van gemaakt. Boven de veertig ben je veiliger voor tewerkstelling, zeiden ze.'
'Had je dat zelf gedaan?'
'Ja, maar je kon er bijna niks van zien...'
'Stom,' zei Jan. 'Waarom laat je dat niet doen, door iemand die er zijn werk van gemaakt heeft? Had je nog gevaarlijke dingen in je tas? Aantekeningen of zo?'
'Aantekeningen?'
'Ja, adressen van medewerkers bijvoorbeeld. Of schrijf je nooit wat op?'
'Ik niet,' zei Vos. 'Ik weet al mijn adresjes zo wel.'
'Dat is ook het beste,' zei Jan. 'Nooit wat opschrijven.'
Hij zit vast nog niet lang in het werk, dacht hij. Hij praat er zo vreemd over...
Ze kwamen weer op een landweggetje. In de verte stak het rode dak van een huis boven de struiken uit.
'Stil! Luister...'
Ze hoorden het schokken van een kar door de kuilen van de weg. Een paard brieste.
'Kruip in die sloot!' zei Jan. 'Vlug!'
Vosje verdween en Jan liep de kar tegemoet. Het was een blauwe boerenwipkar en er zat een jonge boer op, in zijn boezeroen, met een oude strohoed achter op het hoofd.
'Wel, wel,' riep hij, 'hoe komt zo'n meneer met een koffer hier midden in 't veld?'
Jan praatte dialect, evenals hij.
'Wat je een meneer wilt noemen,' lachte hij. 'Ja, als de trein mij in de steek laat...'

'O, kom je uut de trein? Ik hoorde schieten en ik zeg al tegen de vrouw, ik zeg: wat die onder schot nemen...'
'Ja, die trein is er geweest. En zal ik jou ook eens wat zeggen? Jij bent geen NSB'er!'
'Een NSB'er? Man, waar kiek je mij voor an?'
'Goed zo,' zei Jan. 'Wel, dan is het nu de tijd voor je om een goeie daad te doen. Moet je eens kijken, wat ik meegebracht heb uit de trein. Niet schrikken, hoor! Hij bijt niet.'
Hij riep Vosje en vertelde wat er gebeurd was, maar de boer viel hem in de rede.
'Moet ik die vent helpen?' zei hij met een vies gezicht. 'Kijk eens op zijn jas!'
Ja, daar prijkte nog altijd het NSB-speldje. Jan had er niet meer aan gedacht. Hij haalde het eraf.
'Dat betekent niks,' zei hij. 'Daar heeft hij de Duitsers mee voor de gek willen houden, maar dat is hem niet gelukt. Hij is gepakt met een voorraad bonkaarten voor onderduikers in zijn tas. Hier, je mag dat speldje hebben. Misschien moet een van je varkens nog een kram op de neus.'
'Ik zou er geen spek meer van lusten, als dat ding erop gezeten had,' zei de boer. 'Maar jij mag God wel danken, man, dat je er zo afgekomen bent.'
Ineens moest hij lachen. 'Het bennen anders een paar mooie, glimmende armbandjes,' zei hij. 'Ja, en nou moeten die dingen eraf zeker. Daar zal de smid aan te pas moeten komen. Maar hoe krijgen wij jou bij de smid?'
'Is die smid goed?' vroeg Jan.
'Laat dat nou maar aan mij over. Als jij er maar voor instaat dat deze man goed is.'
'Absoluut! Anders zou hij toch niet...'
'Best, jou geloof ik. Kom maar mee. Op de kar allebei. Het komt mij eigenlijk slecht uit, maar dit moet voorgaan.'
Hij reed nog wat verder het veld in, tot waar een grote hoop takkenbossen stond. Daar ging Vosje languit in de kar liggen en samen bouwden ze een vracht takkenbossen over hem heen. Ook de koffer van Jan kwam eronder.
Ze reden samen naar het dorp, dat op een halfuur afstand lag. Het was heel rustig bij de weg. De school ging uit en de meeste kinderen liepen met een kleine sinaasappel.
'Dag vader!' riepen een paar kleine meisjes. 'Waar gaat vader naartoe?'
'Even naar de bakker,' zei de boer. 'Ga maar gauw naar huis. Zeg maar tegen moeder dat ze vast begint met melken.'

‘Die sinaasappels krijgen ze nu en dan van de meester,’ vertelde hij. ‘De NSB-burgemeester laat ze komen. En soms ook van die pillen. Viezemientjes heten die geloof ik.’
‘Vitamientjes?’ raadde Jan.
‘Ja, zo is het. Nou, wat moeten ze met die rommel? ’t Is voor de gezondheid, zegt de meester. Daar zullen we zelf wel voor zorgen, dat onze kinderen gezond eten krijgen, we hebben nog genoeg. ’t Kan wel vergif zijn. Ik zeg: gooi ze maar bij de burgemeester over het hek. Laat hij ze zelf maar opeten, als ze zo gezond zijn. Hij zal ze gauw nodig hebben, als hij achter de tralies zit!’
Jan had schik. Dát was Drente! Feller dan hier konden de boeren nergens zijn.
De smid was een vrolijke man met een stekelsnor. Hij was bezig om uit een oud stuk rail hoefijzers te smeden. Nieuw ijzer kwam hij niet meer aan. Hij was zichtbaar blij dat hij eens wat anders mocht doen en een paar woorden van de boer waren voldoende om hem aan het werk te zetten. De kar werd in de smederij gereden, de deuren gingen dicht. Een ogenblik later kwam meneer Vos bestoven te voorschijn en werd in een berghok achter de smederij gebracht. Het kostte de smid twee vijlen, voordat hij verlost was. De boer reed de takkenbossen naar de bakker.
‘Zie ik je nog eens?’ zei hij tegen Jan. ‘Je komt hier uit de buurt, dat hoor ik wel. O, uit Assen? Nou, als je nog eens wat hebt, bij Job Eising kun je altijd terecht.’
De vrouw van de smid had de koffie klaar. Vos zat nog een poosje zijn polsen te wrijven, maar hij kwam nu algauw weer helemaal op zijn gemak. Hij vertelde in geuren en kleuren wat er in de trein gebeurd was en het leek wel, alsof hij geen angst had gekend. Daarna kwam hij weer met zijn mopjes voor de dag. De smid had veel schik om hem en bood spontaan aan om hem verder te verzorgen. Een persoonsbewijs wist hij ook wel voor hem te krijgen, hij kende de weg, zei hij. Jan mocht eveneens blijven logeren als hij wilde.
‘Ik wou graag vanavond nog verder,’ zei Jan.
‘Waar moet je naartoe? Naar Assen? Een bus gaat er niet meer.’
‘Zou ik hier ergens geen fiets kunnen lenen?’
‘Krijg je van mij mee,’ beloofde de smid gul. ‘Die van mijn vrouw, dus hou hem niet te lang. Maar eerst blijf je eten.’
In de kamer zat Jan een poosje met meneer Vos alleen en zei: ‘Hoor eens, u praat niet over die tas en die revolver, hè? Daarstraks scheelde het al niet veel, of u begon erover. Afgesproken?’

‘Waarom niet?’ vroeg de man met een dom gezicht.
‘Daarom niet,’ zei Jan kort. ‘Omdat het niet nodig is. Kent u dat versje niet: Klets niet, plaats een wacht bij uw mond, de verrader loert overal rond...’
‘Nou, ’t is al goed,’ zei de ander. ‘Je hoeft mij de les niet te lezen. Als het moet, kan ik zwijgen als een mof. Jullie van de ondergrondse zijn altijd zo eigenwijs...’
‘Jullie? Daar hoort u toch ook bij?’
‘Ja, maar nog niet zo lang,’ grinnikte Vos. ‘Ik moet er nog wel wat aan wennen.’
‘Dat heb ik vandaag al meer gemerkt,’ zei Jan scherp. Toen kwam de smidsvrouw binnen om de tafel te dekken.
De zon stond al laag, toen Jan zijn koffer op de damesfiets bond. Er zaten nog luchtbanden om warempel.
‘Als er een band knapt, rij je er maar op door, want veel bijzonders is het niet meer,’ zei de smid. ‘Nou, goeie reis. ’t Is rechtsaf naar Assen.’
‘Hartelijk dank voor uw prachtige hulp,’ zei Jan. ‘De fiets komt zo gauw mogelijk terug.’
Toen hij wegreed, stond Vos voor het raam en maakte het V-teken bij wijze van groet. Maar hij trok er een raar, scheef gezicht bij. ’t Was toch eigenlijk maar een naar ventje...
Jan keek om. De smid stond hem na te kijken. Daarom sloeg hij rechtsaf, reed om de kerk heen en achter de smederij terug. Buiten het dorp vond hij gemakkelijk het fietspad dat door de bossen langs het huisje van vrouw Van Strien naar het kanaal leidde. Toen zette hij al zijn kracht op de trappers, want het leek hem ineens een ramp, als hij niet nog vanavond bij oom Gerrit zou komen.

HOOFDSTUK 3

Een zware schemering lag over de velden, toen Jan bij het kanaal kwam. Daar knapte zijn achterband. Hij reed er niet op door, zoals de smid gezegd had, daarvoor was de man te hartelijk en gastvrij voor hem geweest. Zo mogelijk wilde hij de fiets weer in goede staat afleveren. Hij kon voor tien uur nog gemakkelijk zijn doel bereiken. Dan was het spertijd en mocht niemand meer op straat zijn, tenzij hij een bijzondere vergunning had.
Met zijn fiets aan de hand liep hij verder. Een bleke maan stond aan de hemel en glansde op het water van het kanaal. Veel donkerder dan nu zou het niet worden in de korte zomernacht. In de verte begonnen de bommenwerpers weer met hun sonoor gegrom. Het maakte de stilte nog dieper.
Wat was het hier eenzaam! Al van verre hoorde hij de wielrijder die hem achterop kwam rijden. Zijn ketting knarste een beetje. Licht had hij niet op, dat hoefde niet meer in deze tijd. Hoor, hij neuriede... Maar nu zweeg hij, hij had Jan ontdekt. Langzaam fietste hij voorbij en zijn groet was een vraag: 'Goeienavond...?'
'Goeienavond,' antwoordde Jan. Die stem... Die korte, brede gestalte... Frits?
De manier waarop de fietser van zijn rijwiel sprong, gaf zekerheid: hij gooide de fiets naar voren onder zich uit en greep hem bij het zadel. Toen wachtte hij, tot Jan bij hem was. Hij kwam dicht naast hem lopen.
'Bandenpech?' vroeg hij.
'Ja Frits,' zei Jan met trillende stem. 'Hoe gaat het, kerel?'
'Nee!' riep Frits met een schorre stem. En nog eens: 'Nee...! Dát kan toch niet...!' Zijn fiets viel op de grond. Erg gevoelig had Frits zich nooit getoond, maar nu sloeg hij de armen om zijn broer heen en snikte op diens schouder. Toen schudde hij hem door elkaar, stompte hem in de ribben, pakte met beide handen zijn gezicht, trok hem aan het haar.
'Jan, Jan, ben je 't heus?'
'Nog wel,' zei Jan. 'Als je tenminste een beetje van mij overlaat.'

Nóg een snik, een paar diepe zuchten en toen was Frits weer de oude. Hij zette zijn fiets overeind.

'We dachten dat je dood was,' zei hij. 'Wim is hier geweest, nog geen week geleden. Hij had het van een bewaker in Amsterdam gehoord. Je was weggevoerd met een groep gevangenen die gefusilleerd zouden worden...'

'Heb je dat aan moeder verteld?'

'Nee, alleen aan oom Gerrit. Ik durfde niet. Ze is zo... ze heeft zo... ze zit nu op een boerderij dicht bij Assen.'

'Frits, zeg op, wat is er met moeder?'

'O niks, alles is best. Maar ze is er zo zeker van dat je terugkomt. Ze heeft het iedere keer over je... Maar hoe...'

'Ik ben ontvlucht, Frits. Het scheelde niet veel, ik vertel het je later. Stil, niet zo hard praten. Vertel me alleen: hoe is het met... de anderen?'

Met Trijntje, had hij willen zeggen, maar haar naam bleef in zijn keel steken. Stel je voor, dat er iets met haar was...

'O, alles is best. Guusje hadden ze haast te pakken laatst, maar die meid is zo handig, die redt zich altijd. En oom Gerrit wordt iedere dag jonger nu het zo goed gaat. Ik ben net op weg naar hem toe, hij weet dat we komen...'

'We?'

'Ja, er komen nog meer jongens, zul je wel zien. Zal ik je achterop nemen? Geef mij je fiets er maar bij.'

'Zal ik fietsen?'

'Ja, da's goed. Gek, ik sta te trillen op mijn benen. Snertvent, om me zo te laten schrikken!'

Jan lachte. Dat was zijn broertje weer. Broertje? Een kerel als een boom was het geworden! Een hele vracht achterop. En nou zat die vent hem nog te knijpen en te stompen ook!

'Schei uit, Frits, anders gaan we het kanaal in!'

'Kan mij dat schelen! Ik vind alles goed, nou jij er weer bent. Man, ik was er zo beroerd van!'

Van puur geluk zette Jan al zijn kracht op de trappers en ze stoven de weg langs, maar bij het pad dat het donkere veld inging naar het huisje van oom Gerrit, stapten ze af. Daar dacht Jan weer aan Trijntje. Hij zuchtte.

'Frits, voor we verder gaan, één vraag...'

'Ja, Jan?'

'Je begrijpt me wel...'

'Ik begrijp niks, Jan.' Stond die vent nou te giechelen...?

'Nou, Trijntje... Weten jullie iets van haar? Vertel het mij dan.'
Nu lachte Frits hardop.
'Wat ben je toch een stoethaspel, om daar zo geheimzinnig over te doen,' zei hij. 'Ik heb ook een meisje, maar dat weet iedereen en dat kan me niks schelen. Je zult haar zien binnenkort. Een fijne meid, jong! En dapper!'
'Frits, toe nou...'
'O, maak je geen zorgen, hoor! Ze zit in Friesland tegenwoordig, oom Gerrit weet waar. Ze is hier al twee keer geweest...'
'Wie? Trijntje?'
'Ja, over wie hebben we 't anders? Het is best met haar.'
Een last viel van hem af. Daar had hij nu wekenlang over in zorgen gezeten, daar had hij het slapen om gelaten, om moeder en Trijntje. Die tekst was goed, die zou hij nooit meer vergeten: 'Werpt al uw bekommernissen op Hem...'
Achter elkaar liepen ze het paadje op, maar Frits had zoveel te vertellen, het was Jan voor en Jan na. Het scheen een genot voor hem te zijn om die naam weer te kunnen zeggen. Maar onder de eiken, dicht bij het huisje, legde Jan hem het zwijgen op.
'Wat zullen we nu doen?' vroeg hij gedempt.
'Wat bedoel je?'
'Gaan we samen naar binnen? Of ga jij eerst alleen?'
'Waarom?'
'Hij zal zo schrikken, de oude man...'
Toen kwam een stem dichtbij uit het donker. 'Die oude man schrikt zo gauw niet, jongens! Je hebt hem trouwens wel aardig voorbereid. Toen jullie halverwege het pad waren, begon ik het al door te krijgen!'
'Oom Gerrit!' riep Jan.
'Jan, mijn jongen,' zei oom Gerrit. Toen werd het hem ook even te machtig. Hij snoof, kuchte en deed alsof hem iets in 't verkeerde keelgat geschoten was.
'Mijn hart heeft me niet bedrogen,' zei hij met een rare stem. 'Ik kon het niet geloven dat jij er niet meer zou zijn. Ik had God zo vurig gebeden, voor jou en je vader...'
'Hebt u iets gehoord van vader?'
'Vertel ik je straks. Ze schijnen hem van 't ene kamp naar 't andere te slepen. Kom er eerst in.'
'Is er al iemand?' vroeg Frits.
'Alleen Steven. Die zullen we naar buiten sturen om de wacht te houden. Hoe zullen we je noemen? Jan?'

‘Ja, zo heet ik. Jan de Jong.’

In de kamer brandde de petroleumlamp en een grote pot koffie stond te pruttelen op het fornuis. Een jongen met een dik, rood gezicht zat bij de tafel.

‘Hallo,’ zei hij.

‘Dit is Jan de Jong,’ stelde oom Gerrit voor. ‘Frits ken je. Wil jij nou een poosje naar buiten gaan, Steven? Als er iemand aan komt, roep je: Wie is daar? Je weet het wachtwoord: Ik kom de koffiepot leegmaken. Zegt iemand iets anders, schreeuw er dan flink op los om ons te waarschuwen. Begrepen?’

‘Ja oom Gerrit.’

‘Is de koffie klaar?’ vroeg Frits.

‘Even wachten, ouwe lebber!’

Oom Gerrit wachtte, tot de deur achter Steven dichtgevallen was.

‘Even overleggen,’ zei hij. ‘De hele troep kan zo komen. Mij dunkt, je moet ze niet vertellen wie je bent en wat je overkomen is, Jan. We kennen ze nog maar kort, er hoeft maar één prater bij te zijn. Ben je het ermee eens?’

‘Best, oom Gerrit. Op mijn persoonsbewijs staat dat ik bakker ben in Assen.’

‘Dat laten we dan maar zo. En laat mij je nou eerst eens even bekijken! Je ziet er goed uit, kerel!’

‘Maar u bent veranderd. U ziet zo wit…’

‘Da’s jouw schuld. Ik heb het een beetje te pakken dat je nou ineens weer in levenden lijve voor me zit. Stil, daar komt wat. Frits, vergis je niet, je hebt die vent nooit eerder gezien. Alleen Van der Mey zullen we even moeten inlichten. Kom binnen, heren!’

Drie jongens in boerenkleren kwamen de kamer in, knipperend tegen het lamplicht. Ze stelden zich voor. Sjoerd, Jaap en Arend. Ze keken Jan onderzoekend aan en Jan merkte dat Sjoerd, de kleinste, een jongen met een smal gezicht en verstandige, grijze ogen, vergelijkend van hem naar Frits keek. Zelf had Jan altijd gevonden dat hij niet op Frits leek, maar een vreemde zag misschien toch overeenkomst.

‘Nu is ’t wachten nog op Van der Mey,’ zei oom Gerrit. ‘Jan de Jong, als jij Steven nu eens afloste. Je weet het wachtwoord.’

Natuurlijk, dat was de oplossing. Jan verdween. Steven lag languit in het gras onder de eik.

‘Je moet binnenkomen,’ zei Jan. ‘Ik los je af.’

‘’t Is goeie,’ zei de ander. Hij verdween.

Een slome, dacht Jan. Hij liep een klein eindje het paadje op en ging aan de slootkant zitten. Het gras begon vochtig te worden, maar de lucht was zoel. Wijd stond de sterrenhemel boven hem gespannen. Als het nu vrede was, dan zou hij volmaakt gelukkig zijn…

Kwam daar niet iemand het paadje op? Je voelde het meer dan je 't zag… Hoor, het geruis van fietsbanden, een donkere gestalte. Jan sprong op.

'Wie is daar?' riep hij.

'Hè, is dat schrikken?' antwoordde een zware stem. 'Een koffiedrinker natuurlijk, Van der Mey. En wie ben jij?'

'Dat mag u raden.'

'Als ik niet beter wist…'

'Weet het dan maar niet beter,' lachte Jan. 'Ik ben het echt. Luister, meneer Van der Mey, u kent mij niet, u hebt mij nooit eerder gezien. Later vertel ik u hoe ik vrijgekomen ben. Ik heet Jan de Jong.'

'Waarom is dat nodig?'

'Oom Gerrit vond het beter.'

'Dan is 't goed, als de ouwe het zegt… Kerel, hoe is 't mogelijk?'

'Later, meneer Van der Mey.'

'Geen gemeneer meer. Ik ben nou ook onderduiker, net als jij. Zeg maar Jos. Zijn ze er allemaal?'

'Ik geloof het wel.'

'Mooi, dan kunnen we beginnen. Man, je valt met de neus in de boter! Ik heb opdracht om hier een groep te vormen. Het wordt tijd, er zijn grote dingen op komst. Waar laat ik mijn fiets?'

'Hier, in 't stookhok,' zei Jan. En hij dacht: Zal ik weer meedoen? Nu meteen al…?

Binnen schonk oom Gerrit juist de koffie in. Hij zette ook een bord met grote stukken koek op tafel.

'Speciaal voor deze gelegenheid gebakken,' zei hij. 'Ga maar in mijn stoel zitten, Jos.'

'En u dan?' vroeg Van der Mey.

'Moet er buiten geen wachtpost zijn?'

'In ieder geval willen wij u erbij houden, oom Gerrit. Ja, en een van de anderen kan ik eigenlijk ook niet missen…'

Jan stond op, hij zag zijn kans.

'Nee, jij in geen geval! Jij niet!' zeiden Jos en oom Gerrit tegelijk.

'Wie heeft een wapen, jongens?' vroeg Jos. 'Vingers op: Frits, Jan, Sjoerd… En ikzelf dat is… O, daar komt Steven ook nog. Genoeg, we wagen 't erop.'

'Maar dan ga ik toch even weg,' zei oom Gerrit. 'Want ik wil het wel graag van tevoren weten, als we vuurwerk krijgen.'
Hij ging naar buiten. De anderen dronken hun koffie. Steven slurpte. Sjoerd knipoogde naar Jan. Hij keek even naar Steven en stak zijn duim omhoog. Zó is hij, betekende dat, geweldig! Jan kon het zich haast niet voorstellen van die slome.
Daar was oom Gerrit al terug. Hij grijnsde.
'Wat hebt u gedaan, oom Gerrit?'
'Dat zal ik je vertellen,' zei de oude man. 'Ik heb even twee palen losjes in de grond gestoken aan weerszijden van het pad. Boven op elke paal heb ik een melkemmer gezet en ertussen een dun touwtje gespannen. Als er iemand het pad opkomt, moet hij dat touwtje raken en dat zal dan een leven geven als een oordeel. Misschien krijgt hij ook nog een van die zware palen op zijn kop.'
Toen ze bijna klaar waren met lachen, begon Steven te hinniken en van de weeromstuit barstten ook de anderen weer los. Maar Van der Mey riep ze tot de orde. Hij wachtte nog even tot oom Gerrit de kopjes weer gevuld en zich in de hoek bij het fornuis teruggetrokken had. Toen begon hij uiteen te zetten, waarom ze hier bij elkaar gekomen waren.
Het kwam hierop neer. Voor iemand die niet beter wist, leek het met de invasie niet erg op te schieten, maar in werkelijkheid ging het boven verwachting. Grote voorraden en troepen werden in Normandië opgehoopt en het kon niet lang meer duren, dan zouden de geallieerden met ontzaglijke kracht doorstoten, tot misschien in deze streken. Zodra dat gebeurde, moest het verzet klaarstaan om een leger te vormen achter het front, met het doel om het de vijand zo lastig mogelijk te maken. Tegen die tijd zouden de verzetsstrijders waarschijnlijk uniformen krijgen en zeker ook wapens. Die zouden op eenzame plaatsen aan parachutes worden neergelaten. Het zou wel goed zijn om nu al uit te kijken naar geschikte terreinen, waar dat gebeuren kon.
'Ik zie jullie ogen al schitteren,' zei Van der Mey, 'en ik kan me voorstellen, hoe je ernaar verlangt dat het zover zal zijn. Ik hunker er ook naar. Maar pas nu op en denk eraan dat alles wat we hier bespreken, strikt vertrouwelijk is. De verleiding is natuurlijk groot, om van deze goede berichten iets los te laten bij vrienden of familie. Bijt liever je tong af, jongens, dan dat te doen. Het is heel ernstig wat wij hier beginnen en heel gevaarlijk. Er komt een grote verantwoordelijkheid op jullie schouders te rusten, tegenover elkaar en tegenover het vaderland. Is er iemand die dat niet aandurft, laat hij het dan nu zeggen. Hij kan nu nog terug...'

Niemand verroerde zich. Allen keken hun aanvoerder ernstig aan.
'Wij zullen natuurlijk maatregelen nemen voor onze veiligheid en zo voorzichtig mogelijk zijn,' ging Van der Mey voort. 'Voorlopig komen we hier alleen iedere zaterdagavond bij elkaar. Zaterdagsavonds en zondagsmorgens is er de minste kans op controle bij de weg, de landwacht wil ook wel eens vrij zijn. Is het eerder nodig, dan krijgen jullie een boodschap via oom Gerrit. Hij moet dus jullie adres weten, hij alleen, de anderen hebben er niks mee te maken. Vraag mekaar ook niet naar bijzonderheden over je familie of vrienden. Waag je niet aan wilde avonturen op eigen houtje, je moet voor onze groep behouden blijven. En nog eens: zwijg in alle talen. Zwijg tegen je moeder en tegen je meisje. Zwijg als het goed gaat en als het verkeerd gaat. Zwijg ook als je gevangengenomen mocht worden zo lang mogelijk, minstens tweemaal vierentwintig uur. Meer zal ik niet vragen, want we weten allemaal, welke verschrikkelijke middelen de Duitsers soms toepassen om uit een gevangene iets los te krijgen. Tweemaal vierentwintig uur is genoeg, dan hebben de anderen de tijd om zich in veiligheid te stellen. Afgesproken?'
Een bevestigend gemompel ging door de kring.
'Ik wil niet gewichtig doen,' zei Van der Mey, 'maar deze belofte wil ik toch graag van ieder van jullie persoonlijk horen. Geef mekaar de hand, vrienden. Oom Gerrit, kom er ook bij...'
De kring was gesloten. Oom Gerrit kwam erachter staan en legde zijn handen op de schouders van Jan en Frits.
'Antwoord mij nu als je naam genoemd wordt,' zei Van der Mey. 'Uit naam van onze geëerbiedigde koningin vraag ik jullie: Beloof je dat je je zult houden aan alles wat hier afgesproken is? Mijn antwoord is: ja. En het jouwe, Frits?'
'Ja,' zei Frits.
'Jan?'
'Ja,' zei Jan vast. Hij twijfelde niet meer. Zou hij zo laf zijn om zich terug te trekken, nu het om het eind van de strijd ging?
'Steven?'
'Ja!' Het klonk als een klok.
Na Sjoerd, Jaap en Arend was de beurt aan oom Gerrit.
'Ja,' zei oom Gerrit. 'En God zegene jullie én jullie werk, jongens. Denk eraan, we vechten voor waarheid en recht, dus voor God zelf en we mogen dus altijd zijn hulp verwachten.' Hij had zijn oude, verweerde handen opgeheven, alsof hij de hele kring wilde zegenen. Hij stond daar als een beschermengel, als een priester, en ze kwamen er allen van onder de indruk.

Dit ogenblik zal ik nooit vergeten, dacht Jan. Goeie, grote oom Gerrit... O, dat hij toch gespaard moge blijven, hij vooral...
De kelen waren droog geworden van deze plechtigheid en oom Gerrit schonk nog eens in uit zijn onuitputtelijke koffiepot en zette daarna een grote schaal boterhammen op tafel. Intussen ging de bespreking door.
'Voorlopig is het dus afwachten,' zei Jos. 'Maar we hoeven niet helemaal stil te zitten. We zouden weleens hier en daar op kunnen treden om het volk te beschermen tegen de vijand. Zo heb ik een paar gevalletjes die ik jullie voor wil leggen en dan moeten jullie je mening er maar eens over zeggen. In de eerste plaats, is het niet gewenst dat wij sommige NSB'ers eens een waarschuwing doen toekomen? Je weet hoe het met ze staat: ze zien allemaal de bui hangen, ze weten evengoed als wij dat deze oorlog voor hun Duitse vrienden verloren is. En een deel kruipt dan ook al in zijn schulp. Zo ken ik een landwachter die zijn geweer al heeft ingeleverd – hij wil niks meer met de failliete boedel te maken hebben. Maar er zijn anderen, die worden nu juist feller, die zitten vol met haat, en geloof maar: dat soort zal er blijven tot het laatste toe. Maar als we nu eens een goed stuk opstelden en ze dat thuis stuurden, dan zouden we sommigen misschien toch tot bezinning kunnen brengen...'
'Niet gek,' zei oom Gerrit. 'Volgens mij zal dat zeker helpen. En dan vooral ook een aanplakbiljet met dezelfde inhoud op plaatsen waar die kerels vaak komen. Op de deur van hun kringhuis bijvoorbeeld.'
Er werd besloten dat Jos het stuk op zou stellen en het met oom Gerrit zou bespreken. Hij wist wel een adres waar hij het kon laten stencillen. Volgende week zou het klaar zijn.
'Verder,' zei Jos. 'Jullie weten dat er op verschillende plaatsen in de provincie iedere dag honderden kerels aan het werk zijn om voor de Duitsers verdedigingswerken aan te leggen. Dat kunnen wij natuurlijk niet verhinderen. Maar als onze bondgenoten straks komen, moeten ze precies weten, waar die versterkingen liggen. We zullen dus kaarten moeten zien te krijgen van al die tankgrachten en bunkers. Hoe komen we daaraan?'
'Mijn vader en ik hebben net een oproep gekregen om er ook aan te werken. Maandagmorgen zouden we naar de Smildervaart moeten,' zei Jaap.
'En wat doet je vader?'
'Hij wil natuurlijk niet. Ik denk dat we met het hele gezin onder zullen duiken.'
'Kunnen jullie tekenen?'
'Mijn vader is timmerman-aannemer. En ik heb de ambachtsschool gehad.'

'Dan moeten jullie dat voor mekaar maken. Spreek met je vader af dat je samen gaat. Ogenschijnlijk om te werken, maar in werkelijkheid – je weet het. Zou je vader willen?'
'O, vast wel. Alleen, wat zullen de mensen zeggen? Mijn vader heeft anderen afgeraden om te gaan.'
'Ja, dat is vervelend, en toch zul je moeten zwijgen. Maak het in orde, Jaap!'
'Ik ken in Assen wel iemand, die daar hetzelfde zou willen doen,' zei Frits. 'Hij werkt al, hij heeft niet durven weigeren, omdat hij joden in huis heeft, maar hij voelt er zich erg ongelukkig bij. Dit zal hij fijn vinden.'
'Prachtig, maak dat ook in orde. Waarschijnlijk is daar al iemand bezig, maar beter twee kaarten dan helemaal niks. Nog iemand iets?'
'Ja, een heel gekke geschiedenis,' zei Sjoerd. 'Bij ons in 't dorp is een hulppostkantoor en de kantoorhouder is een heel goed vaderlander. Nu vond hij de laatste tijd in de bus een paar keer een brief die gericht was aan de SD in Assen. Hij verzond die natuurlijk niet, hij maakte de enveloppen stiekem open en dan bleek er telkens een anoniem briefje in te zitten. Een heel vuil briefje meestal: Meneer, bij Evers zit de hele boerderij vol onderduikers. Of: Meneer, bij die en die boer hebben ze een koe geslacht en die zwart verkocht. Dat laatste was nog gelogen ook. Ze hadden daar wel geslacht, maar voor zichzelf en voor familie en vrienden. De kantoorhouder had er eerst geen idee van, wie die briefjes geschreven kon hebben, maar hij bewaarde ze natuurlijk en op een keer vond hij een brief in de bus met hetzelfde handschrift en dáár stond een afzendersadres op: van een kleermaker bij ons in het dorp, een oude vrijgezel, die helemaal alleen woont. Dat was een gewone, onschuldige brief, waarin hij stoffen bestelde. Een paar dagen later kwam die vent aan het loket om tien postzegels te kopen en om volkomen zekerheid te krijgen, gaf de kantoorhouder hem zegels die hij met een klein, rood stipje gemerkt had. En jawel hoor, een poosje later was er weer een brief aan de SD, weer een aangifte, weer anoniem, maar met een van die gemerkte postzegels erop. Wat moet je nou met zo'n man?'
'Meteen doodschieten,' zei Steven rustig.
'Ho, ho, ho!' protesteerde oom Gerrit. ''t Is een mens!'
'Niks hoor, 't is een hond, een verrader, een lafaard...'
'Waarom doet die man dat?' vroeg Jos. 'Is 't een NSB'er?'
'Nee, iedereen denkt dat hij goed is. Daarom weet hij ook zoveel. Maar weet je, wat ik denk? 't Is een klein mismaakt ventje dat veel geplaagd en uitgelachen wordt, door kwajongens en ook wel door sommige volwasse-

nen. Dan staat hij te spugen en te razen van kwaadheid en daarom hebben ze er lol in. Ik denk dat hij daar zo kwaadaardig van geworden is. Hij haat de mensen en nou probeert hij op deze manier stiekem wraak te nemen...'
'Wat een stakker,' zei oom Gerrit. 'Maar wat een gevaarlijk mannetje!'
'Zo denkt de posthouder er ook over.'
'Maar dan is er ook een geneesmiddel,' zei Jos. 'Dan moeten we hem leren om de Duitsers nog meer te haten.'
'Hoe wou je dat doen, Jos?'
'Wel, als een paar van ons hem nou eens in Duits uniform een bezoek brengen en hem dan flink de pin op de neus zetten. Zo op de manier van: Du Schwein, je stuurt ons maar valse aangiften! Denk je dat wij onze tijd niet beter kunnen gebruiken? Als het weer gebeurt, hangen wij je op aan de hoogste boom in het dorp, enzovoort. En geef hem dan desnoods een pak op zijn broek en sla wat van zijn boeltje kapot, dat hij een aardig aandenken overhoudt. Ik denk dat het dan wel uit zal zijn met zijn kunsten. Nou jongens, wie voelt er wat voor? Uniformen hebben we immers? Steven, is dat niet wat voor jou? En als Jan dan eens meeging... Sjoerd kan natuurlijk niet als Duitser optreden in zijn eigen dorp.'
'Ik spreek geen woord Duits,' zei Steven.
'Geeft niks. Jan zal het woord wel doen. Jij doet het werk. Of had je de eerste dagen nog voor jezelf willen houden, Jan?'
'Eigenlijk wel graag... Je weet, Jos...'
Frits begon te lachen.
'Ga mee, Jan,' zei hij. 'Dan heeft Guusje ook niet gelogen.'
'Wat bedoel je?'
'Wel, Guusje heeft een van die uniformen vervoerd, achter op haar fiets. Onderweg werd ze aangehouden door de landwacht. Wat zit er in die koffer, vroegen de kerels. Kleren, zei Guusje. Nou, dat wilden ze dan weleens zien. De koffer moest open. En Guusje hem knijpen, denk je? Niks hoor, die had haar praatje wel klaar. Dat uniform is van mijn broer, zei ze. Die is bij de SS en voor een paar dagen is hij met verlof gekomen. Nu heb ik zijn pak eens netjes laten ontvlekken en oppersen... En toen fluisterend, achter haar hand: Er zaten nog bloedvlekken op uit Rusland! Man, die kerels sprongen gewoon voor haar in de houding en ze riepen houzee, toen ze verder reed... Au, zit me toch niet zo van achteren te knijpen, oom Gerrit! Waarom doe je dat?'
'Omdat je nog zo'n kalf bent,' zei oom Gerrit.
Sjoerd schaterde.
'Ik had het toch al door,' zei hij. 'Wie jullie tweeën goed aankijkt, kan zich

niet vergissen. Uit één stuk hout gesneden, man, dat zie je zo. Waarom zit je me zo te knijpen, vraagt hij ook nog! O Frits, wat kijk je nu onnozel! Maar nou heb je je verpraat, jochie!'
'Wat is dat ook voor gekheid,' zei Frits beschaamd. 'Als je bij vreemden zit, moet je natuurlijk op je woorden letten. Maar hier, onder goede vrienden, als je hier ook nog geheimen moet hebben...'
'Nee, geen geheimen,' riep Steven. 'Vertel eens, wat is er?'
'Maar ik dacht toch, Frits, dat je broer...' begon Jaap.
'Praat dat nou later maar eens uit,' sneed Jos af met een knipoogje naar Jan. 'Eerst de zaken. Steven, ik ga met je mee naar die kleermaker, je hoort nog wanneer. Wie heeft nog iets voor de vergadering? Steven, jij?'
Steven woonde in een afgelegen dorp, dat met auto's alleen over de verharde weg, die langs het kanaal en het huis van oom Gerrit liep, te bereiken was. Het dorp zat vol met onderduikers en men had er iets op bedacht om de inwoners te waarschuwen, als er verdacht volk in aantocht was. Dan zette de molenaar, die aan het begin van het dorp woonde, de wieken van zijn molen in de vorm van een plusteken, met een kapotte wiek naar boven. Maar onlangs waren de landwachters al midden in het dorp, voor de mensen gemerkt hadden dat de wieken op onraad stonden. Ze moesten eerder gewaarschuwd worden. Woonde er hier in de buurt niet iemand die de molenaar kon opbellen? Die had nog telefoon, omdat hij zo belangrijk was voor de voedselvoorziening.
Oom Gerrit wist er wat op. Een NSB'er in de buurt, maar een goeie, die in werkelijkheid het vaderland diende en zelfs onderduikers in huis had, zou daarvoor gevraagd worden. Die had ook nog telefoon, omdat hij van de partij was.
Geert Reinders, dacht Jan.
'Een van zijn onderduikers moet dan maar de hele dag op de uitkijk zitten,' zei oom Gerrit. 'Wacht eens, wat zullen we afspreken dat er gezegd zal worden? Als er vier Duitsers of landwachters voorbijgaan, is hij in aantocht met vier zakken koolzaad. Zeg dat maar aan de molenaar.'
Met het bespreken van deze en dergelijke zaken ging de nacht voorbij. De een na de ander begon te gapen en Steven legde het hoofd op de armen. De oude Friese klok van oom Gerrit maakte een krakend geluid en sloeg daarna half vier.
Toen vlogen ze ineens tegelijk overeind, want buiten klonk het gerinkel van melkemmers en daarna was er gestamp van zware voeten om het huis. 'Jan, Sjoerd, jullie bij de achterdeur!' riep Van der Mey. Zijn stem was gedempt, maar hard als ijzer. 'Jij hier bij de zijdeur, Frits, ik blijf bij je.

Oom Gerrit, de lamp uit! Waar kunnen ze nog meer binnenkomen? Door 't varkenshok? Dan jij daar, Steven! Denk erom, niet schieten zonder doel...'
Met bonzende harten stonden ze te wachten. Het bleef stil. Schemerig licht drong door de kleine raampjes van de schuur en door de kieren van het dak. Kraakte daar het deurtje van het varkenshok...?
'Steven!'
Geen antwoord. Maar nu liep er toch iemand om het huis... Weer dat gestamp...! Daarna een harde bons op de deur en een bulderend gelach...
Oom Gerrit trok plotseling de zijdeur wijd open en wie stond daar? Steven, die stil het deurtje van het varkenshok uit was geslopen om de vijand in de rug aan te vallen. En naast hem stond de koe van oom Gerrit, die losgebroken was uit het weiland en op eigen gelegenheid de stal had gevonden.
'Handen omhoog!' brulde Steven.
Na de vermoeiende nacht en de schrik was dit voor de jongens te veel om zich te kunnen beheersen. Ze hingen slap van het lachen tegen de muur en zelfs oom Gerrit liepen de tranen over de wangen.
Maar hoe weldadig was de frisse morgenlucht met zijn geur van hooi en bloemen! Oom Gerrit zette zijn koe vast, haalde de palen en de emmers en de anderen waren stoeiend bij de pomp bezig om zich te wassen en zetten daarna hun fietsen klaar. De een na de ander namen ze afscheid en fietsten in de schemering het paadje af. Het was vier uur. De spertijd was voorbij.
Toen de zon opkwam, zaten Jan en Frits met oom Gerrit en Van der Mey zich te koesteren in haar stralen op de bank aan de zijkant van het huis en daar vertelde Jan het verhaal van zijn ontsnapping. Toen dacht hij ook aan zijn belevenissen in de trein en aan de tas van de Duitser en hij haalde die meteen uit de koffer. Samen met de anderen nam hij de papieren van de SD-er door. Het procesverbaal van het verhoor was nog maar twee dagen oud. Die Overman had bekend dat hij piloten in huis had gehad en hij had zowel naam als adres genoemd van de man die ze hem gebracht had en van degene die ze van hem had overgenomen. De eerste woonde in de buurt van Groningen, de ander op een klein dorpje in Friesland.
'Die moeten vandaag nog gewaarschuwd worden,' zei Jos. 'Die ene heeft een zaak, dus die zal wel telefoon hebben. Die neem ik voor mijn rekening. Maar die ander, daar zul jij op af moeten, Frits. Wees voorzichtig, dat adres kan natuurlijk al besmet zijn. Laat er je band leeglopen en vraag om de fietspomp.'
Frits zuchtte.

'En nou had ik me zo verheugd op een rustige dag met mijn broer,' zei hij. 'Afijn, zaken gaan voor. Maak maar een paar boterhammen voor me klaar, oom Gerrit, dan stap ik meteen op. Hoe heet dat gat waar ik heen moet...? Maar man, dat is niet eens zover van Trijntje vandaan!'
'Zal ik gaan?' stelde Jan gretig voor.
'Hoor hem, nou wil hij ook wel! Ga mee, joh, gezellig!'
'Niet doen,' zei oom Gerrit. 'Frits is veilig bij de weg door zijn leeftijd. Breng haar mee voor een paar dagen. In dat sanatorium waar ze werkt, zou je toch niet veel aan haar hebben, Jan. Bind een vishengel op je fiets, Frits, dan heeft niemand wantrouwen. Moet je niet eerst een paar uur slapen, jongen?'
'Ik zou 't niet kunnen, oom Gerrit. Stel je voor, dat die man intussen opgepakt wordt!'
'Je bent een reuzekerel!' zei Jan.
'Leg het daar maar neer,' grinnikte Frits. 'En leg er maar een tabaksbon bij, daar heb ik meer aan.'
Maar hij kleurde toch van genoegen bij die lof van zijn grote broer. Hij gaf hem een stomp, hij kreeg er een terug, ze raakten aan het stoeien en het scheelde niet veel, of Jan werd gevloerd. Hij was nog niet helemaal op adem, toen Frits vrolijk wegreed.
'Ik heb die jongen in weken niet zo vrolijk gezien,' zei oom Gerrit.

HOOFDSTUK 4

Toen ook Jos vertrokken was, bleef Jan met oom Gerrit zitten praten, tot hem de ogen bijna dichtvielen. De oude man bood hem zijn bed aan, maar hij zocht liever ook hier een plekje in de hooiberg en toen hij daar een paar uur later wakker werd, doordat een haan verwonderd naast hem stond te kraaien, had hij maar één verlangen: moeder!

Hij stond de oude fiets van de smid te bekijken, toen oom Gerrit naar buiten kwam.

'Hebt u spullen om een band te repareren?' vroeg hij.

Oom Gerrit lachte. 'Waarom zou je dat nu al doen? Kom eens mee, je moet me eerst met iets helpen.'

'Ja maar...'

'Als jij mij niet helpt, help ik jou niet,' zei oom Gerrit.

Ze wandelden samen het veld in naar een veenmoerasje, enkele honderden meters achter het huis. Daar stond een grote hoop turf, met plaggen afgedekt. In de wijde omtrek was geen mens te zien.

'Het is wel zondag, maar als je naar je moeder wilt, zul je mij moeten helpen om een gat in die bult te breken,' zei de oude baas. 'De grootste turf is voor jou.'

Binnen een paar minuten stuitten Jans vingers op het zadel van een fiets. Er kwam een beste herenfiets voor de dag met nog zo goed als nieuwe banden.

'Oom Gerrit!' riep hij. 'Hoe komt u daaraan?'

'Moet je eens kijken,' zei oom Gerrit. 'Geen roestvlekje op het stuur! Er is geen betere plaats om een fiets te bewaren, jongen. De turf zuigt alle vocht op. Hoe ik eraan kom? Ja, wat zal ik zeggen? Hoe komt een arm mens aan vlooien? Help me maar gauw om die bult weer op te bouwen.'

Op weg naar huis kreeg Jan het verhaal te horen.

'Dit is de eerste keer in mijn leven dat ik gestolen heb,' zei oom Gerrit. 'Of zou je die fiets oorlogsbuit kunnen noemen? Daar kan ik het nog niet met mijzelf over eens worden. Het was in februari, een dag nadat we gehoord

hadden dat jij opgepakt was. Ik was die hele nacht met je bezig geweest en 's morgens kon ik het in huis niet uithouden van benauwdheid. Dat je vader terugkomt, daar was ik toen al zeker van, maar jou wou ik ook niet missen. Ik liep het veld in om tot rust te komen, en toen ik daar op een boomstam zat te rusten, kreeg ik een boodschap, ik kan 't niet anders noemen. Ik zag jou het paadje opkomen, met je broer Frits, zo duidelijk als ik je nou zie en net zoals gisteravond gebeurd is. Ik heb er God voor bedankt en toen ik naar huis liep, was het net, alsof ik twintig jaar jonger geworden was. Nou, toen kwam ik daar het kanaal langs en daar is een stel landwachters aan het jagen. In februari, stel je voor, de hazen hadden al jongen! Alle fatsoenlijke jagers hebben hun geweren moeten inleveren, maar zij knalden er lustig op los in een andermans veld. Hun fietsen hadden ze bij de weg tegen een boom gezet. Ik keek dat eens aan en ja, hoe is dat met mij? Als ik tevreden of dankbaar ben, dan komt de kwajongen weer in mij boven. Vroeger stond ik ook voor niks. Ik dacht: jullie je zin, ik ook mijn zin en ik zoek er de beste fiets uit en plomp die het kanaal in. En je kunt mij geloven of niet, maar toen had ik hem al voor jou bestemd. Een paar dagen later, in het donker, heb ik hem weer opgevist en thuis gepoetst en overgelakt – een knappe kerel, die hem nog herkent. Asjeblief, pomp de banden op en wees er gelukkig mee. We moeten alleen nog zorgen dat je er een goeie Ausweis bij krijgt, anders pikken de Duitsers hem in als ze je aanhouden. Daar moeten we maar eens met Jos over praten.'
'U bent een bovenste beste,' zei Jan dankbaar. 'Als we u niet hadden, oom Gerrit...'
Oom Gerrit knikte ijverig.
'Zo is het. Als je mij niet had en je beide ogen niet, dan was je stekeblind,' stemde hij toe. 'Vooruit lummel, neem een boterham en ga je familie in Assen blij maken. Maar geef mij dat dingetje dat je in je broekzak hebt, want daar kun je onderweg alleen maar last mee krijgen.'
Het liep tegen de middag, toen Jan in de buurt van zijn moeder kwam. Niemeyer heette de boer bij wie ze in huis was en het was het veiligst om zonder vragen uit te zoeken, waar die woonde. Jan fietste langzaam, sloeg een bocht om en wie kwamen daar aanwandelen! Zijn zusje Hanneke met de kleine Hansje aan de hand! Zijn hart werd warm, toen hij ze herkende. Hij stapte af en deed alsof hij iets aan zijn kettingkast in orde moest maken. Toen hij opkeek, waren de ogen van zijn zusje op hem gericht. Hij lachte tegen haar. Ze werd vuurrood en keek waakzaam om zich heen, voor ze naar hem toe kwam. Hansje babbelde. Hij herkende die vreemde meneer niet meer.

Op een paar meter afstand bleef Hanneke staan.
'Jan,' zei ze zacht. 'O Jan!'
En toen tegen Hansje: 'Loop maar door, jongetje. Hanneke komt zo, hoor!'
Jan wilde naar haar toe komen, maar ze liep een paar stappen achteruit.
'Rij door,' zei ze. 'Deze lui zijn niet goed...'
Ze wees met haar ogen naar het huis waar ze voor stonden en waar nieuwsgierige gezichten voor het raam kwamen.
Hij verbaasde zich dat dit tienjarige kind al zo goed wist wat ze moest doen.
'Waar vind ik moeder?' vroeg hij.
'Derde huis rechts, met dat rieten dak. O Jan, wat zal ze blij zijn!'
'Lieverd,' zei hij. 'Kom je gauw?'
Ze knikte en keek naar een vrouw die juist voorbijfietste.
'Dag meneer,' zei ze hardop en holde Hansje na.
Hij fietste de voortuin van de boerderij met het rieten dak binnen en toen hij door de ramen keek, zag hij zijn moeder al snel door de kamer lopen. Op de deur was een groot papier vastgemaakt: Besmettelijke ziekte – ROODVONK. Daar dacht hij pas weer aan, toen hij in het donkere achterhuis zijn moeder voor de zoveelste keer omhelsd had en zijn tranen afveegde.
'Moeder,' vroeg hij, 'heeft Greetje soms roodvonk? Nee toch?'
'Een beetje rode hond heeft ze,' zei moeder. 'Aan dat papier heeft de dokter ons geholpen. Er waren hier nogal wat huiszoekingen de laatste tijd. Nu zijn we veilig. Geen Duitser waagt zich in een huis waar een besmettelijke ziekte heerst. Kom gauw binnen, jongen. Ik kon mijn ogen niet geloven, toen ik je zag...'
Bij de deur naar de kamer bleef ze nog even staan.
'Je kunt alles vertellen,' zei ze zacht. 'Het zijn beste mensen hier. Ik heb geen geheimen voor ze.'
Het waren inderdaad beste mensen, de oude Niemeyer en zijn vrouw. Ze waren zo blij, alsof een eigen zoon van hen thuisgekomen was. Maar Jan vertelde niet alles. Hij kon het niet, toen hij naar zijn moeder keek. Ze zag er verouderd en afgetobd uit. Ze had zo lang in zorg gezeten over hem. Ze hoefde niet te weten dat hij slechts op het nippertje ontsnapt was aan de dood. Hij deed het voorkomen, alsof hij gewoon was vrijgelaten en alsof hij het nog niet zo slecht had gehad in de gevangenis.
Hij kon bovendien niet veel vertellen, want opeens stormde Hanneke de kamer in en vloog hem snikkend om de hals. Hansje klauterde op zijn

knie – die scheen hem nu toch ook te herkennen. En even later piepte de kamerdeur open en kwam Greetje in haar pyjama de kamer in. Die had boven gemerkt dat er iets bijzonders was. Toen was er nieuwe vreugde.

De meisjes begrepen het dadelijk, toen hun duidelijk werd gemaakt dat ze aan niemand mochten vertellen dat hun broer hier geweest was. Die meneer heette Jan de Jong en hij was bakker in Assen. De oude boer speelde het spelletje dadelijk mee: 'Bij bakker Jansen werk je zeker, hè? Ja dat dacht ik al, dan heb ik je weleens gezien met je kar. Nou, als je eens een broodje over hebt waar je geen raad mee weet...'

Toen hij 's middags met moeder alleen zat, vertelde ze wat ze van vader wist. Een half jaar geleden, in het begin van het jaar, had ze een briefje van hem gehad dat hij uit het kamp had weten te smokkelen, ergens in de buurt van Wolfenbüttel zeker, want in die plaats was de brief gestempeld. Ze haalde hem uit haar tas en liet hem Jan lezen. De brief was heel voorzichtig gesteld en dat moest ook, want alle brieven naar het buitenland werden in Duitsland door de lui van de censuur nagelezen. Vader deed het voorkomen, alsof hij als vrij arbeider in een fabriek werkte. 'Het gaat heel goed met mij,' schreef hij. 'Maak je geen zorgen, al zal ik wel niet met verlof komen voor het eind van de oorlog.' En in een postscriptum: 'Hartelijke groeten en zeg tegen Jan dat hij heel voorzichtig moet zijn met zijn gezondheid.'

Dat was duidelijk genoeg. Laat Jan oppassen dat zijn leven geen gevaar loopt, betekende het.

Maar moeder wist nog meer. Ruim een maand geleden had ze bezoek gehad van een jongeman uit Emmen, een verzetsman, die ontvlucht was uit een kamp in de buurt van Hamburg. Daar had hij vader ontmoet en die was zijn beste vriend geworden. Toen hij een kans zag om te vluchten, doordat hij bij een buitencommando werkte, had hij alleen vader in vertrouwen durven nemen en die had hem aangespoord om het te proberen en hem aan extra brood en een goede kaart van dat deel van Duitsland geholpen en ook aan kleren zonder de kentekenen van politieke gevangene. 'Zonder hem had ik het niet klaargespeeld,' had die man gezegd. 'Uw man houdt zich prachtig, mevrouw, hij is een steun voor al de andere gevangenen. O, ze krijgen hém vast niet klein, hoor! Hij komt straks zeker bij u terug!'

Maar later had hij zoveel verteld over het zware werk in het kamp en over de mishandelingen en vooral ook over de honger en de kleine rantsoenen dat de bemoedigende indruk van zijn eerste woorden weer helemaal was weggenomen.

'Nu wij weten waar vader zit, sturen wij hem postpakketten met levensmiddelen,' zei moeder, 'twee in de week. Oom Gerrit doet het ook en nog meer vrienden van vader. Maar zullen die pakjes hem ooit bereiken...? Als ik 's nachts wakker lig, zie ik hem voor mij, zwak en vermagerd. En dan denk ik aan jou en aan Frits, die niet eens meer naar school gaat, en aan Guusje, van wie ik soms ook niet weet wat ze uitvoert en dan wordt het me bijna te veel. En dan wordt het weer dag en ik zit hier in de kamer en telkens als er iemand het erf opkomt, ben ik bang dat er weer iets met een van de kinderen gebeurd zal zijn. Jou heb ik nu terug, Jan! O jongen, beloof mij nu dat jij je rustig zult houden en niet meer mee zult doen aan dat werk! Heus, ik kan er niet meer tegen om over jullie allemaal in angst te moeten zitten. De Amerikanen winnen immers zonder jullie de oorlog ook wel... Jij hebt nu genoeg gedaan...'
Het was niets voor moeder om zo onberedeneerd angstig te zijn. De voortdurende zorg om haar man en haar kinderen had haar van alle moed beroofd.
'U prakkiseert veel te veel,' zei Jan. 'U moet er eens uit, moeder! Ga eens een paar dagen naar tante Annie of kom een poosje bij mij, ik vind wel een huis voor u in de buurt van oom Gerrit, dan gaan we fijn door het veld zwerven! Over mij hoeft u geen zorg meer te hebben, hoor! Ze krijgen mij heus niet voor de tweede keer te pakken, daar zal ik wel voor oppassen! En over vader moet u ook niet meer zo in angst zitten. Heus, die man had gelijk: vader redt zich altijd, die komt erdoor! Dat zegt oom Gerrit ook en die kent hem goed. Wat helpt het u dat u zich zoveel zorgen maakt?'
En toen vertelde hij haar van zijn gesprek met de boerin op de Veluwe en van de troostvolle tekst die daar aan de muur hing. Hij zag met blijdschap haar glimlach weer komen. Hij sloeg de arm om haar heen en zei vrolijk: 'U zult eens zien, moedertje, binnenkort is de oorlog afgelopen en weet u wat wij dan doen? Dan rijden wij met een auto naar Duitsland om vader te halen! Hij zal er geen dag langer zitten dan nodig is! Hè, wat zegt u daarvan?'
Hij zei het zomaar, om haar blij te maken, maar toen hij die woorden had uitgesproken, schoot het ineens door hem heen dat het misschien heus mogelijk zou zijn, wie weet hoe gauw al. Het was die dag niet meer uit zijn gedachten en hij nam zich voor om alvast naar een geschikte auto uit te kijken.
Niemeyer en zijn vrouw gingen naar de kerk. Moeder bleef vandaag natuurlijk bij Jan thuis. Hij kon niet mee, al had hij het graag gewild: in de kerk zouden te veel mensen zijn die hem kenden. Hij ging een spelletje

doen met de kinderen. En wie kwamen daar toen ineens het erf op fietsen? Frits met twee meisjes. Guusje en Trijntje! Jan vloog naar de deur en het duurde lang voor hij weer binnenkwam. Het huis was te klein voor de vreugde.
Nu had moeder weer eens al haar kinderen om zich heen en het werd een avond, zoals ze in lang niet beleefd hadden, al zaten ze het laatste uur bij een olielampje, omdat het kleine rantsoen stroom al verbruikt was. Guusje had eindexamen HBS gedaan en was met mooie cijfers geslaagd. Ze had haar oudere broer ingehaald.
'Maar volgend jaar slaag jij, Jan!' zei ze. 'Zou je nu al niet een beetje kunnen beginnen met de stof te repeteren? Je mag mijn boeken natuurlijk gebruiken.'
Moeder viel haar meteen bij.
'Doe dat, Jan! Nu je daar zo rustig bij oom Gerrit zit en aan het werk niet meer meedoet, heb je er alle tijd voor!'
'Hè?' vroeg Frits verontrust.
Maar Jan stootte hem met zijn knie aan en beloofde het, om moeder helemaal gerust te stellen.
Voor elven moesten de jongelui op hun slaapadressen zijn, Guusje bij de leraar waar ze in huis was en waar Trijntje ook zou logeren, Frits bij bakker Jansen. Maar de volgende morgen kwam Trijntje terug. Ze had een paar dagen vakantie kunnen krijgen. Ze zag er goed uit en was vrolijk als altijd. Een paar maanden geleden had ze uit Rotterdam moeten vluchten, omdat het daar na al haar werk voor de joden te gevaarlijk voor haar werd. De Duitsers waren in het ziekenhuis gekomen om haar te arresteren, maar een collega had haar gauw met haar uniform nog aan op een zaal voor zware patiënten in bed gestopt en een groot verband om haar hoofd gelegd. Daar lag ze te kreunen met de deken tot haar kin, toen de Duitsers bij haar langsliepen en een vrouw met een gebroken been, die naast haar lag, had zich nauwelijks goed kunnen houden.
Jan bracht een bezoek bij bakker Jansen en kreeg er een wit bakkersjasje, een bagagedrager en een oude mand, die hij voor op zijn fiets kon zetten. Zo, helemaal als bakker vermomd, bracht hij Trijntje terug naar het sanatorium, en fietste vandaar weer naar oom Gerrit. Onderweg werd hij twee keer door Duitsers en landwacht aangehouden, maar ze hadden niet de minste argwaan. Eenmaal werd hij gefouilleerd en toen was hij toch erg blij dat oom Gerrit zijn revolver in bewaring had genomen.
Oom Gerrit had inmiddels een kosthuis voor hem gevonden. Hij kwam bij Geert Reinders, de pseudo-NSB'er, in huis en kreeg er een kamertje op

zolder, met uitzicht op de weg. Nergens kon hij veiliger zijn. Hij ordende er zijn boeken en keek ze hier en daar even in. Maar hij voelde wel dat van studie voorlopig niet veel zou komen.

De geleende fiets stond gerepareerd bij oom Gerrit in de schuur en op een regenachtige middag bracht Jan die terug naar de smid. De man was blij, toen hij Jan zag, want hij had heel wat te vertellen.

'Die Vos,' zei hij, 'wat een vreemde vent is dat! Ik was eerst nogal met hem ingenomen, maar dat duurde niet lang. Als je 't mij vraagt, ik ben er niet eens zeker van, of die kerel wel deugt. Hij kletst me veel te veel. En dat is niet het enige. De man die hier de persoonsbewijzen verzorgt, is ambtenaar op het distributiekantoor en die meende meteen een levensmiddelenkaart voor hem mee te moeten nemen. Vraagt me die vent warempel wat hij ervoor betalen moest en of hij er nog meer kon krijgen! Hij bood een tientje per stuk! Toen dat natuurlijk niet lukte, deed hij net, alsof hij de man op de proef had willen stellen en hij nam een houding aan, alsof hij een van de hoge omes van de ondergrondse was. Later bood hij ons wapens aan, als we maar betalen wilden. Jij had ook een revolver van hem gekocht, zei hij, voor honderd gulden. Hij liet ons het bankbiljet zien...'

'De leugenaar!' stoof Jan op. 'U hebt gelijk, die man is voor geen cent te vertrouwen! Ik had trouwens al zo'n vreemde indruk van hem, maar dat het zo erg was...'

'Dan had je me dat wel eens mogen zeggen,' verweet de smid. 'Nou zitten wij ermee! Als die vent wil, kan hij ons verraden!'

Jan moest beschaamd toestemmen dat hij te goed van vertrouwen was geweest.

'Geef me dan nu het adres, waar ik je bereiken kan,' vroeg de smid. 'Als hij weer mocht komen opdagen, waarschuwen wij je. Dan moet jij maar zorgen – hoe dat moet jezelf weten – dat hij geen kwaad kan doen.'

Jan gaf hem het telefoonnummer van Geert Reinders en maakte de afspraak dat hij dadelijk zou komen, als de boodschap zou worden doorgegeven dat smid Havinga de ploeg klaar had.

'En dan heb ik een aardig ijzertje voor hem in 't vuur,' zei Jan wraakzuchtig. 'Wacht maar... We kunnen misschien alvast naar hem informeren. Hij woont in Groningen, dat weet ik.'

'Ik heb zijn volledige adres. Hij wou een persoonsbewijs hebben op zijn eigen naam. Alleen zijn leeftijd hebben we veranderd.'

'Dan is er geen kou aan de lucht,' stelde Jan gerust. 'Wees maar gerust, Havinga, ik neem dat ventje voor mijn rekening!'

Zaterdagsavonds, op de vergadering van de groep bij oom Gerrit, bracht hij het geval ter sprake. Jos bleek het vrij ernstig te vinden.
'Het is natuurlijk een zwarthandelaar,' zei hij. 'Daar heb je allerlei tuig onder en dit is er een van de ergste soort, die tot alles in staat is, als er maar mee te verdienen valt. Dat zie je aan die wapens die hij aanbood. We moeten hem goed onder toezicht houden. En als dat telefoontje komt, waarschuw me dan. Dan ga ik met je mee.'
Hij en Frits hadden beiden vertrouwde vrienden in Groningen en Frits werd aangewezen om op onderzoek uit te gaan. Doordat hij nog zo jong was, kon hij zich het veiligst bewegen.
De vergadering was even gezellig als de vorige keer. Jaap kwam met een paar mooie, duidelijke kaarten van de verdedigingswerken langs de Smildervaart voor de dag en Frits wist te vertellen dat soortgelijke van de omgeving van Assen in de maak waren. Jos had honderd exemplaren van de gestencilde waarschuwing aan NSB'ers meegenomen en een lijst van adressen. Jan zou de enveloppen schrijven – 'In drukletters, denk erom, Jan!' – en Frits zou het zaakje in Groningen posten. Hij had een aardig middel gevonden om zulk gevaarlijk spul veilig te kunnen vervoeren. Hij stopte het in een oude harmonica, die hij aan een zeel over zijn schouder kon hangen. Dat ding had zijn bruikbaarheid bewezen, want hij was er verschillende keren mee aangehouden en nooit was een landwachter op het idee gekomen dat zo'n instrument open kon.
Steven deed op zijn tergend langzame manier verslag van het bezoek dat hij met Jos aan het kleermakertje had gebracht. Ze hadden dat vieze verradertje zo bang gemaakt dat hij onder de kast was gekropen en vandaar had hij jammerend aangezien, hoe een deel van zijn boeltje kort en klein was geslagen.
'En nou moet je me nooit meer vragen voor zulk werk,' zei Steven. 'Ik knok liever met een heel stel Duitsers.'
Maar Sjoerd wist al te vertellen dat de kleermaker nu de held van het dorp was geworden. Alle mensen hadden medelijden met hem, omdat de moffen zo bij hem huisgehouden hadden en van alle kanten hadden ze hem iets van hun huisraad gebracht.
'Prachtig!' riep Jos. 'Vurige kolen op zijn hoofd! Nu zal hij wel genezen zijn!'
In de volgende weken gebeurde er weinig bijzonders en Jan had een rustig leven. Hij begon met de studie en toen hij eenmaal bezig was, beviel het hem best. Verder deed hij een paar kleine werkjes in opdracht van Jos of oom Gerrit. Hij haalde een hoogleraar van de trein en bracht die naar het

dorp van Sjoerd, waar de professor in de pronkkamer van een boerderij college gaf aan een stuk of wat ondergedoken studenten. Hij bracht de man ook een week later weer naar het station, met een zware koffer vol spek en worst. Verder bracht hij wat bonkaarten rond voor onderduikers en hij fietste ook nog een keer naar smid Havinga. Daar kon hij de boodschap brengen dat Vosje onder voortdurende controle stond. Hij was inderdaad bekend als zwarthandelaar – met dat bericht was Frits teruggekomen – en de verzetsbeweging in Groningen had hem tot voor kort als een ongevaarlijk mannetje beschouwd, maar van nu af aan zouden ze hem daar in de gaten houden. Dat was niet zo moeilijk, doordat hij toevallig naast een goede verzetsman woonde.

Jan bleef die nacht bij Job Eising slapen, doorkruiste het grote heideveld in de omgeving en tekende de ligging ervan heel precies aan op een kaart van de provincie, want het leek hem geschikt als terrein waar wapens neergelaten zouden kunnen worden, een dropping-terrein, zoals dat heette. Er woonden geen NSB'ers in de omgeving en het veld was van alle kanten langs bospaden te bereiken. Jos was blij met de kaart, hij ging zelf op verkenning uit en was het met Jans keuze helemaal eens. De ligging van het terrein werd doorgegeven aan een adres dat alleen Jos maar wist en zou draadloos overgeseind worden naar Engeland. Als slagzin werd opgegeven: 'Jan heeft een goede vangst gedaan.' Zodra die zin zou worden uitgezonden door de Engelse radio, 's avonds na het kwartiertje van Radio Oranje, zou in een van de volgende nachten een wapendropping verwacht kunnen worden.

Als die nu maar niet te lang uitbleef, want de oorlogsberichten werden hoe langer hoe spannender. Aan het oostelijk front joegen de Russen de Duitsers voor zich uit en naderden de Poolse grens. In Frankrijk hadden de bondgenoten bijna heel Normandië veroverd. Daar vocht nu ook een Nederlands legertje, dat in Engeland was gevormd: de Prinses Irenebrigade.

En toen kwam daar op een juli-avond het adembenemende bericht van de aanslag op Hitler! De Duitsers maakten het zelf door de radio bekend: in zijn hoofdkwartier, waar hij juist besprekingen met Mussolini voerde, was een tijdbom geplaatst. Bij de ontploffing waren enkele hoge officieren gedood, maar de Führer was als door een wonder slechts licht gewond geraakt. En voor de radio werd de Voorzienigheid gedankt, die de Führer beschermd zou hebben, maar de mensen fluisterden teleurgesteld dat het de duivel was geweest.

Toch hadden sommigen hoop dat het nu ineens afgelopen zou kunnen zijn met de oorlog. Want als dit mogelijk geweest was, dan broeide het in Duitsland, dan had Hitler ook in zijn eigen land machtige vijanden! Maar er gebeurde verder niets. Alleen raakte bekend dat er hoe langer hoe meer Duitse officieren gevangengenomen en ter dood veroordeeld werden. De geliefde Führer woedde onder zijn eigen volk als een verscheurend dier. Strenger dan ooit begonnen de moffen nu ook in Nederland op te treden. De avondklok werd vervroegd tot tien uur. Wie na die tijd nog op straat was, maakte een kans om doodgeschoten te worden. Sommige landwachters begonnen zich op de weg te gedragen als bijterige honden. Maar andere NSB'ers, die de bui zagen hangen, vonden het verstandiger om zoete broodjes te bakken. Daar wist Arend een aardig voorbeeld van. Zijn vader woonde naast een felle NSB'er, de boerenleider van het dorp. Die kwam op een dag over de heg een gemoedelijk praatje maken met zijn buurman en zei: 'Hoor es, ik wou u even waarschuwen, u hebt onderduikers...'

'Wie zegt dat?' stoof Arends vader op.

'Stil maar, ik zal er heus geen werk van maken,' zei de man. 'Maar u loopt allang in de gaten en het zou wel eens kunnen zijn dat er binnenkort een huiszoeking bij u kwam. Daar zal ik dan zelf bij zijn en ik zal uw achterdeur onbewaakt laten. Laat ze dan daar ontvluchten en bij mij in het hooi kruipen, tot het gevaar geweken is. Daar zal niemand ze zoeken. En ik hoop, buurman, dat je het later niet zult vergeten, dat ik je geholpen heb...'

En inderdaad, nog geen week later werd de boerderij van Arends vader midden in de nacht door de landwacht overvallen en met Arend voorop slopen de onderduikers door de heg naar het erf van de buurman en kwamen er allemaal goed af.

'Maar ik ben er niet helemaal zeker van, of die vent niet zelf de huiszoeking bij ons op touw heeft gezet, om zo een goeie beurt te kunnen maken,' zei Arend. 'Enfin, dat zoeken we nog wel uit...'

Hij vertelde dit op een zaterdagavond bij oom Gerrit, toen ze daar met z'n allen op Frits zaten te wachten. Frits was anders nooit te laat en daardoor steeg hun onrust met iedere minuut.

'Weet iemand soms, waar hij vandaag geweest is?' vroeg Jos. 'Ik heb hem gisteren bij moeder getroffen,' zei Jan. 'Hij zou met Guusje naar Groningen, ik weet niet waarvoor. Het was een boodschap voor de vrienden in Assen.'

'Dan ben ik bang dat er iets met hem gebeurd is,' zei Jos.

Maar meteen hoorden ze buiten een fietsbelletje. Er werd gepraat... Nee, dat was Frits niet. Het was Guusje, die door Jaap bij haar arm in de kamer

werd gebracht. Aan haar gezicht was al te zien dat ze niet veel goeds kwam vertellen.
'Deze dame zegt dat ze hier moet zijn en dat ze voor Frits komt,' meldde Jaap. 'Maar ze wist het wachtwoord niet...'
'Ja, 't is goed,' riepen Jos en Jan tegelijk. 'Guusje, wat is er? Waar is Frits?'
'Frits zit bij de landwacht,' zei Guusje en ze beet op haar lippen.
'Gevangengenomen?'
'Nee, vrijwillig meegegaan. Maar nu zal hij wel in de cel zitten.'
'Hoe kan dat? Waar? Bij welke landwacht?'
Guusje noemde de naam van een dorp op de weg naar Groningen. Jan sprong al op.
'Gaan we erheen, Jos? Met z'n allen?'
'Wacht even,' zei Jos. 'We laten hem natuurlijk niet in de steek, maar we moeten eerst meer weten. Vertel op, Guusje. Van voren af aan.'
Oom Gerrit stond met een beker melk klaar. Het meisje dronk gretig.
'Och, hij was de hele dag al zo baldadig,' zei ze. 'In Groningen is hij met opzet tegen een Duitser op gelopen, die met een paar flessen onder de arm uit een wijnhandel kwam. Die flessen kapot en die vent natuurlijk razend. Het scheelde niet veel, of hij had Frits meegenomen. Later zaten we in een café wat te drinken – ik wou er eerst niet in, want het zat er vol met moffen, maar dat vond hij juist leuk, geloof ik – en toen we net weg wilden, kwam er een officier binnen met een dame aan de arm. "Kijk eens, wat een leuk sjaaltje heeft die juffrouw om," zei ik. En ik had er meteen spijt van, want hij volgde ze met de ogen en vroeg: "Wil jij 't hebben?" En wat ik ook zei, hij hield vol: ik zou dat sjaaltje hebben; die Duitser had het toch ook gestolen. Ten slotte zei hij: "Nou vooruit, dan niet."
Hij betaalde en we gingen naar de deur. Maar daar draaide hij zich om. "Wacht buiten maar even," zei hij. "Ik ga nog even naar het toilet." Nou, toen is hij langs de kapstok gelopen waar die lui hun kleren hadden opgehangen en op straat stopte hij mij het sjaaltje in handen. Kijk, hier is het!'
Sjoerd lachte bewonderend en de anderen begonnen mee te doen. Het was toch een brutale, die Frits! Maar Jos bleef ernstig en Jan drong aan: 'Vooruit Guus, wat is er toen gebeurd? Is die Duitser hem achternagekomen?'
'Nee, dat niet...'
'Maar wat dan? Schiet dan op, we moeten hem helpen!'
'Nou, op de terugweg werden we aangehouden door een landwachter, één maar, een jong ventje nog. Ik liet mijn persoonsbewijs zien, maar Frits weigerde.'

'Iedereen kan wel zeggen dat hij bij de landwacht is,' zei hij. 'Laat eerst je aanstelling maar eens zien.'
Dat wou die vent niet, of hij had het ding niet bij zich. Hij stond een poos op te spelen, maar Frits bleef weigeren.
'Dan ga je mee naar de commandant,' zei de landwachter.
'Vooruit maar,' zei Frits. 'Het is toch dezelfde kant op.' En zo zijn we toen met z'n drieën naar dat dorp gefietst, Frits met zijn harmonica op de rug naast die landwacht...'
'Zat er wat in, in die harmonica?'
'Ja, een paar krantjes, die we onderweg uit een vliegtuig hadden zien vallen. *De vliegende Hollander*, je weet wel. En zijn revolver natuurlijk. Daarom, ik snap die Frits niet... "Wacht maar even," zei hij bij het bureau van de landwacht, "ik ben zo terug." Ik heb een kwartier gewacht. Toen kwam Frits voor het raam en wenkte dat ik maar weg moest gaan. En hij lachte tegen me, maar dat lachen zal hem nu wel vergaan zijn... O Jan, ik vind het voor moeder zo erg! Ik heb haar natuurlijk niets gezegd, ik ben alleen even in mijn kosthuis geweest om te zeggen dat ik vannacht niet thuis zou komen en toen ben ik hierheen gefietst. Misschien dat jullie raad voor hem weten...'
Guusje begon te huilen.
'Jongens, wat doen we?' vroeg Jos.
'Eropaf!' riepen ze allemaal.
'Vooruit dan! Roep Jaap even, die staat nog buiten. Guusje, hou je flink! Als we er iets aan kunnen doen...'
Hij zweeg even, want er was geluid bij de deur. Toen ging die deur langzaam open en wie stond daar? Frits! Nat van het zweet, maar stralend over zijn hele gezicht.
'Ha, die jongens!' riep hij. 'Dag ome Gerrit! Hé Guusje, wat moet jij hier? Dag Jos, waarom kijk je zo lelijk? Is het zo erg dat ik een beetje te laat ben? Dat ging nu eenmaal niet anders, hoor!'
'Kom jij maar eens hier zitten, vadertje,' zei Jos streng. 'En vertel eens, waar ben je geweest?'
'Is dat een verhoor?' vroeg Frits. 'Dan zeg ik geen woord.'
'Frits, doe nou niet zo vervelend!' riep Jan. 'Je begrijpt toch dat wij over je in angst gezeten hebben! We stonden al klaar om je te gaan bevrijden. Guusje is ons komen waarschuwen. Vooruit, vertel op. Begin maar bij het bureau van de landwacht. Tot zover weten we het al.'
'O, over mij hoef je niet in angst te zitten, hoor!' zei Frits. 'Om die kereltjes van de landwacht zeker! Man, ik heb een schik met ze gehad! Moet je horen:

de commandant was er niet, wel een stuk of wat andere landwachters en die wilden me niet laten gaan, voor hun chef gekomen was. Ik heb een kwartier gewacht en toen heb ik Guusje gewenkt dat ze maar alleen verder moest gaan. Had ik 't maar niet gedaan, want even later kwam de commandant binnen. Ik liet hem mijn persoonsbewijs zien en toen mocht ik vertrekken. "Waarom liet je nu je persoonsbewijs wél zien?" vroeg die kerel.

"Nou," zei ik, "ik kan hier wel zien dat ik bij de officiële landwacht ben. Die man van daarnet leek er helemaal niet op, die had zo'n fatsoenlijk gezicht."

Ze snapten 't niet eens allemaal, joh! De commandant wel, maar die lachte. Het was een geschikte vent. Hij vroeg of ik een kopje koffie wou en Guusje was toch weg, dus zei ik: "Alsjeblieft." Had ik toen geweten dat die meid meteen hierheen zou draven...'

'Toe nou maar, ga verder.'

'Ja, wat verder? Ik heb nog wat zitten praten. "Wat moet je met die harmonica?" vroegen ze.

Ik zei: "Naar een bruiloft."

"Speel eens een stukkie", zeiden ze.

Ik zei: "Nee, ik kan alleen het Wilhelmus en dat willen jullie toch niet horen." Maar de koffie was lekker. Beter dan die van u, oom Gerrit.'

'Als ik hier en daar es huiszoeking mocht doen, wist ik ook nog wel aan goeie koffie te komen,' zei oom Gerrit. 'Je hebt daar vast gestolen boel zitten drinken, jongetje!'

'Wat je krijgen kunt, moet je nemen,' vond Frits. 'Ik heb het in ieder geval uit het hol van de leeuw gehaald. Ik vond het wel leuk om daar eens rond te kijken. Ze boden me nog een kopje aan en ik zei weer alsjeblieft.

"Jij vindt het hier geloof ik wel gezellig, hè?" zei de commandant.

"Ja," zei ik, "dat gaat wel. Alleen dat portret daar achter u aan de muur, dat hoort daar niet." Daar hing een groot portret van Hitler natuurlijk.

"Waar hoort dat dan?" vroeg de commandant.

Ik zei: "Nou, daar zouden we nog eens over moeten praten. Maar daar, op die plaats, daar hoort het portret van onze koningin te hangen."

Nee, toen had je ze moeten horen, jongens!

"Nou krijg je ook geen koffie!" schreeuwde de commandant. "Eruit!"

Nou, toen leek het me maar het beste om te maken dat ik wegkwam. En hier ben ik. Wat heb ik misdaan? Dat ik te laat ben, is Guusje d'r schuld, want ik heb heel Assen naar haar afgezocht.'

'En toch ben je een lelijke aap, een onverantwoordelijke waaghals,' bestrafte Jos. 'Dat moet ophouden, Frits!'

'Geef me dan ook wat te doen!' schreeuwde Frits nijdig. 'Je belooft ons van alles en we lopen maar rond en we wachten maar af en er gebeurt niks! Man, ik brand van verlangen om aan de slag te gaan, snap je dat dan niet?'
'En toch zul je nog even geduld moeten hebben.' Iets anders kon Jos niet beloven.
'Maar niet lang meer, daar ben ik zeker van,' troostte hij.
En dit keer kreeg hij gelijk. Want een paar weken later volgden de gebeurtenissen elkaar zo snel op en kwam er zoveel werk voor de groep dat het haast niet meer bij te houden was.

HOOFDSTUK 5

Omstreeks half augustus kwam eindelijk de lang verwachte doorbraak in Frankrijk. De Duitsers moesten daar hun verbeten tegenstand opgeven; zij werden door de geweldige macht die van overzee gekomen was, uiteengeslagen. In wanorde trokken ze terug, dag en nacht bestookt door zwermen jagers en bommenwerpers.

De legers van de bondgenoten – Amerikanen, Engelsen en Canadezen – lieten de vijand geen tijd om zich weer te verzamelen. Van Normandië uit trokken ze met grote snelheid naar alle kanten het land in, de vluchtende Duitsers achterna. Nieuwe landingen werden uitgevoerd in Zuid-Frankrijk en ook daar viel de ene stad na de andere de Amerikanen in handen.

Grote voorraden aan tanks, kanonnen en voertuigen werden door de vijand achtergelaten, meer dan een half miljoen Duitse soldaten werden gevangengenomen en een dubbel zo groot aantal sneuvelde. Parijs bevrijdde zichzelf: de verzetsstrijders kwamen uit hun schuilhoeken, namen openlijk de wapens tegen de bezetters op en joegen ze na woeste gevechten de stad uit. Enkele dagen later was op een paar kuststeden na heel Frankrijk veroverd, de Duitse generaal die het bevel voerde, pleegde van wanhoop zelfmoord en de legers van de bondgenoten trokken de Belgische grens over.

Het ging allemaal zo snel dat de berichten door de feiten achterhaald werden. Toen de radio nog bekendmaakte dat de Amerikanen in België waren, hadden ze Brussel al veroverd en toen de radiospreker over Brussel sprak, waren ze hier en daar de Nederlandse grens al genaderd.

'Nog een korte tijd, landgenoten, en uw lijden zal voorbij zijn,' zei minister-president Gerbrandy in de uitzending van Radio Oranje.

Toen begonnen de wildste geruchten de ronde te doen. In Rotterdam werd verteld dat Breda al veroverd was. De Hagenaars meenden dat de Amerikanen al in Rotterdam waren. Ze stroomden opgetogen de stad uit en gingen met vlaggetjes in de hand bij de weg staan om de bevrijders te verwelkomen.

De NSB'ers vooral, maar de Duitsers ook, sloeg de schrik om het hart. Ze raakten in de grootste verwarring, nu het hele land juichte om de overwinning. Iedere dag kon het machtige leger van de Amerikanen er zijn en dat betekende voor hen het einde! Er was zo lang met bijltjesdag gedreigd, nu was het haast zover. De onderdrukte landgenoten, zo lang door hen getergd, zouden hun leven niet sparen!
En op die eerste dinsdag in september – 'Dolle dinsdag' werd die later genoemd – hielden ze het niet langer uit. In grote haast vluchtten ze weg naar het noorden, met vrouw en kinderen, met een paar koffers vol bezittingen. De een maakte de ander bang, het werd een grote uittocht van Duitsers en NSB'ers door elkaar, in overvolle treinen, in auto's, op fietsen, en sommigen zelfs lopende, achter handkarretjes en kinderwagens. En waar ze langskwamen, daar stonden de mensen voor de huizen of gluurden voorzichtig achter de gordijntjes en zagen het met blijde verbazing aan: zouden ze nu zomaar ineens en zo gemakkelijk van de vijand worden verlost?
De jongens van de groep van Jan waren na een haast-boodschap van Jos in vrolijke opwinding bij elkaar in het huisje van oom Gerrit. Ze popelden van verlangen om net als in Parijs gebeurd was de vijand te lijf te gaan. Maar waar bleven nu de beloofde wapens? Jos had alleen bericht gehad dat het afwerpterrein was goedgekeurd en dat de slagzin 'Jan heeft een goede vangst gedaan' binnenkort zou worden uitgezonden. 'Stand by!' was de laatste boodschap geweest: 'Hou je gereed!' Hij had al voor grote zaklantaarns gezorgd, om het vliegtuig dat de wapens zou brengen, te kunnen seinen waar het moest zijn en met Job Eising was de afspraak gemaakt dat de jongens daar terecht konden, zodra het nodig zou zijn. Maar tevergeefs werd iedere avond de radio beluisterd – de uitzending van Radio Oranje van kwart voor negen en het kwartiertje van de uitzending voor België daarna – het daverde van goede berichten, maar de slagzin bleef uit. Dus hadden ze nog niets anders dan die paar revolvers, waarmee ze weinig zouden kunnen uitrichten tegen de goed bewapende Duitsers.
En toch was het nu de tijd om op te treden, meenden ze. Frits wist te vertellen dat in Meppel en Hoogeveen, waar hij die morgen geweest was, de Duitsers alles klaar hadden staan om weg te trekken en dat er nergens meer controle was bij de weg. De landwachters waren hier zeker hun koffers ook al aan 't pakken. Moest je die kerels nu zomaar laten gaan? Er was toch altijd gezegd dat ze hun straf zouden ontvangen op de plaats van hun misdaden?

‘Hoe eerder ze weg zijn, hoe liever het mij is,’ zei oom Gerrit. ‘Opgeruimd staat netjes. Wat zeg jij, Jos?’
‘Ik geloof, als ik dat zo hoor, dat het goed is dat we de wapens nog niet hebben,’ meende Jos. ‘Jullie zouden er in ’t wilde weg mee aan de slag willen. Dat heeft geen nut.’
‘Wat heeft dan wél nut? Dat we hier bij elkaar zitten om niks te doen?’ Dat was Frits natuurlijk, de ongeduldigste van allemaal.
‘Dat we handelen op bevel,’ zei Jos. ‘Vergeet niet dat we niet meer op onszelf staan. Ik heb veel besprekingen gehad de laatste weken en we zijn nu een deel van het ondergrondse Nederlandse leger, van de BS, de Binnenlandse Strijdkrachten. We krijgen onze bevelen van bovenaf, draadloos van de overkant en verder door koeriers. Die bevelen krijg ik en jullie hebben zonder mopperen mij te gehoorzamen, ook al zou je hier een maand moeten zitten wachten. Maar dat is niet nodig, er is werk. Wat nu nut heeft dat is het verbreken van de verbindingslijnen, zodat de Duitsers geen materiaal en geen berichten meer naar het zuiden kunnen sturen. Het treinverkeer en het telefoonverkeer moeten gesaboteerd worden; het bevel daartoe is al gekomen. Om een trein te laten ontsporen, daarvoor moeten we eerst materiaal hebben. Maar de telefoonlijn kunnen we wel op een paar plaatsen doorsnijden en daarvoor heb ik jullie bijeengeroepen. Kijk eens, hier is de kaart, en op deze twee punten gaan we vannacht aan het werk. Dat zijn beide heel belangrijke lijnen, waarlangs een druk telefoonverkeer van de Duitsers gaat.’
‘Dat is een heel eind weg,’ zei Jan. ‘Waarom zo ver van huis, Jos?’
‘In de eerste plaats, omdat je nooit je eigen nest moet bevuilen. Hier in de buurt moet het zo rustig mogelijk blijven, dan zoeken ze ons hier niet. En verder, je weet misschien nog wel dat de Duitsers afgekondigd hebben, dat ze overal waar sabotage langs de weg gepleegd zou worden, de naburige huizen zullen afbranden. Dat moeten we, als het even kan, voorkomen. Welnu, op deze beide plaatsen staat kilometers ver geen huis en voor alle zekerheid zullen we de mensen aan weerskanten nog even waarschuwen als het gebeurd is. Vooruit jongens, maak alles klaar. Vóór acht uur moeten we in de buurt zijn, dan komen we veilig langs de weg.’
Ja, om acht uur was het nu spertijd geworden. Daarna mochten alleen Duitsers en landwachters nog buitenshuis zijn.
‘Vier schoppen en twee bijlen moeten we hebben. Waar kunt u ons aan helpen, oom Gerrit?’
Oom Gerrit had twee schoppen en een bijl. De andere kwamen uit Jans kosthuis.

'En ik maar weer thuisblijven!' mopperde oom Gerrit. 'Koffie zetten en boterhammen klaarmaken...! Dat ik ook geen vijftig jaar jonger ben! Maar als dat met een trein doorgaat, wil ik er bij zijn, hoor Jos! Jongen, wat een mooi gezicht zal dat wezen, als zo'n locomotief uit de rails huppelt! Stel je voor, dat het een munitietrein is!'
Ze leken wel dwangarbeiders die van de verdedigingswerken kwamen, zoals ze even later in groepjes de weg langs reden. Er was inderdaad geen controle. Wel kwamen ze veel mensen met strakke, bezorgde gezichten tegen, beladen met koffers en pakken – vluchtende NSB'ers natuurlijk – en soms een Duitse legerwagen. Frits kon een keer niet nalaten om een schampere opmerking te roepen, maar Jos verbood het hem.
Vroeg in de avond bereikten ze het eerste punt dat ze hadden uitgekozen. Daar liep de weg door een bos en het was er niet druk. Ze konden zich rustig even verzamelen.
'Jij blijft hier, Jan, met Sjoerd en Steven,' zei Jos. 'Ik ben van plan om jou tot ondercommandant te benoemen; je kunt nu meteen tonen wat je waard bent.'
'Ik?' schrok Jan. 'Neem liever een ander, Jos!'
'Ik denk er niet aan,' zei Jos. 'Jij hebt de langste staat van dienst, jij voert hier het bevel. Luister, dat ene gezin, aan die kant, moet je van tevoren even waarschuwen. Dat is een goede vaderlander. Zeg maar dat je van Jos komt, dan begrijpt hij het wel. Verder: iedere groep gaat op eigen gelegenheid naar huis terug, na vier uur, als de spertijd voorbij is. Opdracht correct uitvoeren. Begrepen?'
'Begrepen, Jos,' zei Jan. Hij voelde zich een beetje verlegen door zijn benoeming, maar de anderen schenen het heel gewoon te vinden. Jan gaf Sjoerd de kaart en verzocht hem om samen met Steven de meest geschikte plaats voor het werk dat hun te wachten stond, op te zoeken en in het bos te wachten. Zelf fietste hij naar de kleine boerderij die Jos aangeduid had. Hij trof het gezin aan de maaltijd. De man zat met vier kinderen om de ronde tafel. In de bedstee, waarvan de deuren openstonden, lag de vrouw een baby te voeden. De kinderen lachten, toen Jan binnenkwam. Vader had blijkbaar juist een grapje verteld. Jans hart werd zwaar van verdriet om de boodschap die hij moest brengen.
'Ik wou de boer wel even spreken,' zei hij.
'Dat kan,' zei de man. 'Wat heb je op je hart?'
'Ik wou u wel even alleen hebben...'
De boer ging mee naar de schuur. In het achterhuis, bij de melkbussen, stonden ze tegenover elkaar.

'Ik heb een boodschap van Jos voor u,' zei Jan.
'Jos?' vroeg de boer. 'Ik ken geen Jos.'
'Natuurlijk niet, want u kent mij niet. Maar het is geen beste boodschap. Jos laat u zeggen dat vannacht de telefoonkabel tussen uw huis en het volgende doorgesneden wordt en u weet wat daarvan voor uw huis het gevolg kan zijn...'
De boer werd eerst rood tot in zijn haarwortels en daarna wit. Hij hield zich aan de deurpost vast.
'Is dat de dank van Jos dat ik altijd voor hem klaargestaan heb?' vroeg hij hijgend.
'Deze plaats is de beste,' antwoordde Jan. 'En ik zou u willen aanraden om ervandoor te gaan met uw gezin.'
'Ervandoor gaan? Hoe wil jij ervandoor gaan met een kind van drie dagen en een zieke vrouw?' vroeg de boer kwaad. Hij had tranen in zijn ogen.
'Het is een schandaal!' riep hij. 'Waarom ga je niet ergens anders? Waarom zoek je geen plek bij NSB'ers uit? Hè, vertel mij dat eens!'
Jan zuchtte. Hij zat ermee. Opdracht correct uitvoeren... Maar hierop had Jos waarschijnlijk niet gerekend...
'Luister,' zei hij. 'Als u mij een andere plaats kunt wijzen, waar het even veilig is, zullen we daar aan het werk gaan. Anders gaat het hier door.'
'Dat kan ik,' zei de man opgelucht. 'Weet je waar de weg het kanaal kruist?'
'Ik weet hier niks.'
'Ik zal het je straks uitleggen. Daar wonen twee NSB'ers, aan weerskanten van de brug één, en smerige ook.'
'Hoe moet je daar komen? De weg langs?'
'Nee, je kunt er door het veld naartoe. En ik weet wel ongeveer waar de kabel ligt. Ik herinner me nog dat die gelegd werd...'
'Dan gaat u met ons mee. Aangenomen?'
'Best. De kinderen moeten zich dan maar redden.' Een kwartier later waren ze op pad. Sjoerd en Steven keurden Jans handelwijze goed. Met de boer voorop zochten ze hun weg door de schemer van het bos en bereikten langs landwegen het kanaal. Daar verborgen ze de fietsen en slopen langs het water naar de brug. Het was donker, toen ze daar kwamen. Ze gingen tussen wat struiken in hinderlaag liggen en rookten achter de hand een sigaretje. Een fiets op massieve banden denderde over de brug, even later een zware auto. Duitsers...? Daarna bleef het stil.
Na een uur gaf Jan het teken om te beginnen. Sjoerd sloop over de brug en betrok daar de wacht. Jan stelde zich op bij het huis aan deze kant.

De boer zocht met een zaklantaarn de kant van het kanaal af en begon te spitten. Steven hielp hem.
Het duurde lang. Toen Jan eens kwam kijken, waren er al twee gaten voor niets gegraven. Steven stond tot zijn schouders in de grond.
'Hou op,' zei Jan. 'Zo diep ligt de kabel niet.'
Hij dook in het gat en bekeek daar bij het licht van de lantaarn de kaart.
Een zacht gefluit van de overkant liet hen opschrikken. Ze doken neer. Twee fietsers kwamen eraan. Het geluid van hun stemmen klonk ver in de stille avond.'
'En ik zeg je, ze houden 't niet, kameraad...!'
'Nee, kameraad, ik geloof het ook niet...! Vóór de winter is 't afgelopen...'
'Ja, met ons misschien ook. Die ondergrondse...'
Steven grinnikte zacht en begon verwoed weer te spitten, op de plaats die Jan had aangegeven.
'Daar heb ik hem,' zei hij even later. Hij liet horen dat zijn schop op iets hards stootte en nam de bijl.
'Kan het de kabel van de elektriciteit niet zijn?' vroeg de boer.
'Dat merk ik dan vanzelf,' zei Steven en hij hakte erop los.
Het was de telefoonkabel, want er sprongen geen vonken af, maar het ding was erg taai. Opeens schoot de bijl erdoorheen. 'Hallo, hallo!' zei Steven zacht. 'Hoor je ze roepen aan weerskanten van de lijn?'
De gaten werden weer netjes dichtgewerkt, de graszoden kwamen weer op de vastgestampte grond.
'Nu nog aan de overkant,' zei Jan, 'en daar zo netjes dat de plek niet meer te vinden is.'
Ze werden niet meer gestoord en vóór middernacht zaten ze bij de boer aan de koffie. Hij sneed al het brood op en haalde een dikke worst van de balk. De vrouw lag tevreden vanuit de bedstee aan te zien, hoe de jongens zich te goed deden. Voor het bed stond de wieg met de slapende baby. Jan wist dat hij goed gehandeld had.
Om vier uur namen ze afscheid en fietsten zonder problemen terug naar huis. Jos was er nog niet. Sjoerd en Steven kropen bij oom Gerrit in de hooiberg, Jan ging naar zijn kosthuis. De schuur was er vol met gevluchte NSB'ers, die daar de nacht hadden doorgebracht. Twee vrouwen hadden hooggaande ruzie over de vraag wie de schuld was van hun ellende.
'Jouw man heeft mijn man verleid om lid te worden!' riep de een.
'En mijn man wou er allang bij weg, maar jouw man heeft gezegd dat hij lid moest blijven!' schreeuwde de ander.

'Maar dames toch!' suste Geert Reinders. 'Is dat nu een houding voor de vrouwen van dappere nationaal-socialisten?' En hij knipoogde tegen Jan, toen die bij hem langs liep om naar boven te gaan.
Jan was moe en hij viel in slaap, zodra hij zijn bed voelde. Maar om negen uur werd hij wakker gemaakt door zijn broer, die alweer een poos in de buurt had rondgezworven.
'Jan, luister!' zei Frits. 'Op een boerenerf, hier een kwartiertje vandaan, staat een Duitse legerauto en vier soldaten liggen in de schuur te slapen. Zei je een tijdje geleden niet dat we een auto moeten hebben? Deze pikken we zo mee als we willen. De contactsleutel zit erin, de tank is nog halfvol benzine. Ik heb er al in gezeten. Als ik had kunnen rijden, was hij al hier! Ga je mee? Gauw dan, vóór ze wakker worden!'
'Waar is Jos?' vroeg Jan.
'Wat kan dat schelen? Jos vindt het vast wel goed!'
'Ik doe niets zonder Jos.'
'Goed, dan fiets ik vast naar hem toe. Hij is bij oom Gerrit. Kom dan zo gauw als je kunt!'
Toen Jan in snelle vaart het paadje op kwam fietsen, stond Jos met oom Gerrit en Frits voor het huis.
'Het lijkt me niet gek,' zei Jos. 'Maar waar laten we het ding?'
Daar wist oom Gerrit raad op. Er was een schuur in het staatsbos, waar nooit iemand kwam behalve de boswachter.
'Ga dan vooruit, oom Gerrit, en wacht bij de ingang van het bos om ons straks de weg te wijzen. Ik ga met je mee, Jan. Laten we de Duitse uniformen aantrekken. Liggen die niet bij Geert Reinders?'
'En ik?' vroeg Frits begerig.
'Jij?' vroeg Jos. 'Jij kunt hier blijven. Welbedankt voor de tip.'
'Och Jos...'
Frits keek zo ongelukkig dat Jan voor zijn broer in de bres sprong.
'Hij zou vooruit kunnen fietsen om te kijken, of de Duitsers nog slapen,' zei hij.
'Vooruit,' besliste Jos. 'Hier, zet mijn pet op. Als je die op hebt, als we komen, is alles in orde. Als je ermee in je hand staat, is het oppassen. Begrepen?'
'Ja Jos! Natuurlijk Jos!'
Frits zwaaide zich met een wilde sprong op zijn fiets. Jos en Jan reden hem kalmer achterna. Als burgers gingen ze de boerderij van Reinders binnen, als Duitsers kwamen ze er weer uit. Geert hielp een paar NSB'ers om hun spulletjes op te laden en bracht met een knipoogje de Hitlergroet.

Op de weg was het net zo vol als de vorige dag. De vlucht naar het noorden ging nog onverminderd door.
'Vertel me even,' zei Jos, terwijl ze snel door de drukte fietsten, 'opdracht uitgevoerd?'
'Ja Jos, maar anders dan je gezegd had...'
'Anders? Waarom anders?' Jos was ineens alleen maar de strenge commandant. Maar toen Jan kort vertelde van de zieke vrouw en het kindje, klaarde zijn gezicht op. Hij sloeg Jan op de schouder.
'Ik heb me niet in je vergist,' zei hij. 'De Duitsers zeggen: Bevel is bevel. Maar wij behoren na te denken bij wat wij doen. Van nu af ben jij mijn ondercommandant. Wacht even, daar zullen we 't hebben!'
De auto stond bij een grote, nieuwe boerderij. Hij had een groene huif en zag er best uit. Jan zag tot zijn geruststelling dat hij niet meer gekeerd hoefde te worden. Frits stond erbij en nam voortdurend zijn pet af, alsof hij heel beleefd stond te groeten. Wat betekende dat? Veilig – onveilig... Weifelachtig? Een boerenmeid stond bij de zijkant van het huis op een melkbus te poetsen en keek de beide Duitsers, die het erf op kwamen fietsen, nieuwsgierig aan. Verder was er niemand te zien.
Het was weer net als altijd: Jan had de hele weg een brok in zijn keel gehad van angst, maar toen hij bij de auto stond, werd hij kalm. Jos nam zijn fiets over, om die achter in de wagen te gooien, Jan ging achter het stuur zitten. Het sleuteltje, ja, het zat er. Hij draaide het om, de benzinewijzer sprong vooruit. Maar waar zat de starter? Dat knopje... Nee, dat was de choke... Rustig nu, rustig... Dit moest het zijn! Ja, de motor sloeg even aan.
Gas geven en nog eens starten. Daar was Jos. Hij had zijn revolver in de hand.
'Schiet op!' zei hij hard.
De motor brulde. Eerste versnelling... Waarom trok die wagen nou niet...? O, de handrem! Los dat ding! Daar schoot de wagen vooruit. Wie schreeuwde daar zo...? Een Duitser kwam met zijn handen omhoog de schuurdeur uitstormen. Jan zag hem in een flits, hij draaide juist de weg op.
'Heil Hitler!' schreeuwde Jos en hij lachte.
Tweede versnelling, derde... De motor had een kracht als een olifant.
'Kalm aan maar!' zei Jos. 'Er is geen kou aan de lucht. Pas op die mensen daar!'
'Frits...! Waar is Frits?' schrok Jan.
'Hier!' toeterde Frits hem in zijn oor. Hij was achter in de wagen gesprongen, toen die begon te rijden, en zat nu vlak achter zijn broer gehurkt. 'Joh, wat een karretje, niet? Zet hem op, Jan!'

'Ben jij daar?' vroeg Jos. 'Ik dacht dat je op de fiets zou komen!'
'Ik ben nogal gek,' lachte Frits. 'Nee Jos, als ik rijden kan, ga ik niet fietsen. Zeg, hier ligt een heleboel rommel, kisten en zakken en flessen en ook een paar geweren... Zijn wij even goed af.'
'Mooi, zoeken we straks wel uit. Stil nou, joh, ik moet er mijn aandacht bij hebben. Dit is ons ouwe DKW'tje niet!'
Dicht bij het bos kwamen ze oom Gerrit achterop. Er was niemand in de buurt. Ze stopten en hesen hem in de wagen, naast Jos. Toen reden ze verder.
'Tjonge, meneer Hitler heeft nog goeie spullen ook, geloof ik,' zei oom Gerrit. 'Zullen we niet even doorrijden naar Berlijn om hem te bedanken? Kunnen we meteen je vader mee terugnemen, jongens! Hier rechtsaf, Jan. Ja, die weg is niet te best...'
'Later, oom Gerrit,' zei Jan, toen hij de bocht genomen had. 'O mensen, wie weet hoe gauw we al naar Duitsland kunnen! Hou je vast, jongens...'
De auto wroette zich koppig door de mulle zandweg. Links, rechts en dan een smal laantje op, waar de takken tegen de wagen zwiepten. Daar lag de schuur, prachtig verborgen in het diepst van het bos.
Jan stopte. Oom Gerrit liet zich op de grond glijden en zwaaide de deuren open. Ineens stond hij stil te kijken en holde toen de schuur om naar de achterkant. Maar hij kwam al gauw terug.
'Rij hem er maar in,' zei hij.
Toen Jan in de schuur uit de wagen stapte, stond Jos met oom Gerrit in een donkere hoek. Daar lag tussen palen en brandhout een hoop stro, bedekt met een paar oude zakken. Op die zakken lag een blauw kindermutsje.
'Ik dacht al dat ik de achterdeur hoorde dichtslaan, toen ik de grote deuren opendeed,' zei oom Gerrit. 'Voel maar, hier heeft iemand gelegen, het is nog warm. Ik zag haar nog net even op het laantje hierachter...'
'Een vrouw?' vroeg Jan verwonderd.
'Een vrouw met een kind, waarschijnlijk vluchtelingen uit het jodenkamp. Weet je wat, ga maar naar huis. Ik zal haar wel zoeken. Nee, jullie niet! Je zou haar de doodsschrik op het lijf jagen in die uniformen. Kom jij maar met mij mee, Frits!'
Ze verdwenen door de achterdeur. Jan haalde de fietsen uit de auto.
'Ik ben benieuwd wat hier allemaal opgestapeld ligt,' zei hij. 'Zullen we dat niet even nakijken, Jos?'
De buit viel niet tegen. Vier Duitse geweren, munitie, meer dan twintig handgranaten, twee kisten wijn, sigaretten, chocola, een paar flessen dure Franse cognac, een koffer vol met mooie dameskleren en nylonkousen.

'Wie weet waar de heren dat gestolen hebben,' zei Jos. 'Zeker voor hun vrouwen in de Heimat. Maar die kunnen ernaar fluiten. De auto leegmaken, Jan. Hier onder het hout is wel plaats voor de rommel. Geef die sigaretten maar hier voor de jongens. De chocola ook. En als oom Gerrit dat jodinnetje vindt, heeft die meteen een hele garderobe!'

Toen ze klaar waren en nog even naast elkaar op de palen zaten, elk met een reep chocola, hoorden ze stemmen. De achterdeur ging open. Oom Gerrit kwam binnen met een klein meisje op de arm. Daarachter kwam Frits met een magere, donkere vrouw. In de schemering van de schuur zag de vrouw Jos en Jan pas, toen ze al vlak voor ze stond. Ze deinsde schreeuwend achteruit.

'U hebt me bedrogen!' riep ze tegen oom Gerrit. Ze greep hem het kind uit de armen en holde terug naar de deur. Daar hield Frits haar tegen.

'Maar mens, het zijn goede vrienden!' riep oom Gerrit. 'Toe jongens, zeg dan eens wat tegen haar, dat ze hoort dat je geen moffen bent! Wist ik dat jullie hier nog waren?'

Het duurde lang voor de vrouw gerustgesteld was. Maar met de chocola wonnen ze de vriendschap van het kind. Het wist niet, hoe gauw het een reep in haar mondje moest proppen en ook de vrouw greep er begerig naar. Toen ze daarna de koffer met kleren zag, leek ze alle wantrouwen te vergeten.

'Eerlijk voor jou gestolen,' zei oom Gerrit. 'Ze mag het allemaal hebben, niet jongens? Of wou jij er wat van houden, Jos? Zo'n soepjurk staat je allicht zo goed als dat smerige pak dat je nu aan hebt...'

Maar Jos stond haar de inhoud van de koffer graag af. Oom Gerrit vertelde dat ze mevrouw Behr heette en het kamp had weten te ontvluchten, toen ze hoorde dat ze met haar kind op transport moest naar Duitsland. Dat was vier dagen geleden en al die tijd hadden ze niet anders gegeten dan een paar sneetjes brood, die ze uit het kamp mee had kunnen smokkelen. Waar moest ze naartoe? Eerst maar naar het huis van oom Gerrit. Jan stelde voor om haar even met de auto te brengen, maar Jos vond het beter om zich voorlopig niet meer met de wagen in de buurt te vertonen, vooral niet nu de Duitsers er misschien nog naar liepen te zoeken. Achter op de fiets ging het ook. Een uur later zaten de twee bij oom Gerrit aan de maaltijd en tegen de avond werden ze weggebracht naar het dorp van Steven, waar die een goed adres voor ze wist. Er waren veel meer adressen, want heel wat onderduikers waren, nu de oorlog op een eind scheen te lopen, al teruggekeerd naar huis, maar dat van Steven leek het best, omdat mevrouw Behr zich daar het meest vrij zou kunnen bewegen.

Die middag moest Jos weg naar een bespreking, vanwaar hij pas de volgende dag zou terugkeren. Oom Gerrit bracht een bezoek bij de boswachter om hem in te lichten over het gebruik van de schuur en te zorgen dat de deuren afgesloten konden worden. Frits ging naar Groningen, waar hij benzinebonnen dacht te kunnen krijgen en keerde inderdaad de volgende morgen met een vergunning voor tweehonderd liter terug. Hij wist te vertellen dat Vosje in Groningen gevangengenomen was – die zwarthandelaar was dus voorlopig van de kaart – en dat het bij de weg veel rustiger begon te worden. De grote verwarring leek voorbij te zijn, de NSB'ers begonnen weer moed te krijgen. Frits was zelfs al weer aangehouden, nota bene door dezelfde vent die hem een paar weken geleden opgebracht had.
Die avond zaten de jongens tevergeefs op Jos te wachten en hoe later het werd, hoe meer hun de angst bekroop dat er iets met hem gebeurd zou zijn. Als oom Gerrit ze niet gewaarschuwd had, zouden ze er de radio door vergeten zijn.
De uitzending gaf nog steeds niet de boodschap door waarop ze wachtten. Het oorlogsnieuws was goed, de Amerikanen maakten nog steeds flinke vorderingen, in Antwerpen scheen om het bezit van de haven gevochten te worden. Breda werd niet genoemd. Waren de legers van de bondgenoten wel in Nederland of waren dat maar loze geruchten geweest? Misschien werd het geheimgehouden om de vijand te misleiden...?
Terwijl ze daar nog over zaten te praten, klonk buiten een fietsbelletje en even later stond Jos, moe en bezweet, maar ongedeerd in de kamer en aan zijn gezicht was te zien dat hij belangrijk nieuws meebracht. Hij gooide een zware tas op de tafel.
'Kijk eens wat daar in zit!'
Er kwamen twee stukken ijzer uit. Het leken wel stukjes rail. Maar aan één kant waren ze naar links omgebogen en het ene stuk was hoger dan het andere. Van onderen konden die dingen ergens op vastgeschroefd worden.
'Wie weet het?' vroeg Jos.
'Ik,' zei Jan. 'Die zijn dunkt me gemaakt om op de rails te schroeven, tegenover elkaar, op elke rail één. Kijk, een trein wordt dan naar links van de rails afgedrongen...'
'Juist! En aan de rechterkant wordt de locomotief meteen omhoog getild, doordat dit stuk ijzer naar voren oploopt. Hij kantelt dus en komt links van de lijn te liggen, zodat bij dubbelspoor beide lijnen versperd zijn. Een derailleur heet zo'n ding. En daar gaan we morgen mee aan het werk, jongens!'

'Waar? Waar, Jos?'
'Ver weg,' zei Jos. 'We gaan er met de auto naartoe. De vrienden in Overijssel hebben om hulp gevraagd. De lijnen daar, die oostwestverbindingen, schijnen buitengewoon belangrijk te zijn voor de Duitsers. Daar gaat heel wat oorlogstuig langs naar het front. Laten we niet vergeten, die handgranaten ook mee te nemen, jongens! Ze dachten dat die misschien ook wel te gebruiken zouden zijn...'
'Wanneer vertrekken we?' vroeg Jan.
'Morgen in alle vroegte. Maar jij gaat niet mee.'
Het was Jan, alsof hij een klap kreeg en het deed hem goed dat al de anderen het voor hem opnamen.
'Wát zeg je, Jos? Jan niet mee? Wie moet dan rijden?'
'Ik rij ook,' zei Jos. 'En Arend is zelfs in 't autovak geweest. Zeur niet, jongens! Jan, als ondercommandant, neemt hier mijn plaats in. Wij weten niet, wanneer wij terug zullen komen. Jij regelt hier de lopende zaken, Jan, en als de wapens mochten komen, zorg jij dat je een stel flinke kerels bij elkaar trommelt, zodat je je kunt redden...'
'Je zult ook mijn koe moeten melken,' zei oom Gerrit. 'Ik ga ook mee.'
Meende hij het? Hij keek heel ernstig, maar Jos schudde het hoofd.
'Nee, beste oom Gerrit, je hart is jong genoeg, maar je benen niet,' zei hij.
'Vijf man is genoeg: twee om te werken, twee schildwachten en één bij de auto. Een van jullie kan hier nog blijven, als hulp voor Jan en als koerier, om ons een boodschap te brengen als het nodig mocht zijn. Wie biedt zich daarvoor aan? Vrijwilligers vóór.'
Niemand verroerde zich.
'Dan zullen we loten,' zei Jos.
Hij sneed vijf stukjes papier van een blaadje uit zijn zakboek. Hij nummerde ze met de cijfers één tot vier. Het vijfde bleef blank. Toen vouwde hij ze op en rommelde ze door elkaar in zijn pet.
'Neem maar,' zei hij.
De hand van Frits trilde zo dat hij misgreep. Hij maakte een luchtsprong, toen hij nummer één bleek te hebben. Sjoerd trof blanco.
'Blijf jij dan ook maar bij opa,' zei oom Gerrit. 'Je zult het goed bij mij hebben...'

HOOFDSTUK 6

Zo zaten Jan en Sjoerd dan de volgende morgen, nadat de troep bij het eerste licht vertrokken was, een beetje stil bij oom Gerrit aan het ontbijt. Daarna fietsten ze naar Job Eising, om daar alles voor een eventuele dropping voor te bereiden. Maar eerst brachten ze een bezoek aan de smid, om die van het nieuws omtrent Vosje op de hoogte te brengen.

'Daar heb je 't gegooi in de glazen al!' zei Havinga verwijtend. 'Als ze die vent onderhanden nemen over zijn valse persoonsbewijs, valt hij zeker door de mand en dan heb ik de moffen hier voor de deur staan. Weet je ook hoe lang het geleden is dat ze dat mormel in de nek gegrepen hebben?'

Jan kon uitrekenen dat het drie of vier dagen geleden gebeurd moest zijn.

'Dan hadden ze er dunkt me al moeten zijn,' zei de smid. 'Je bent wel wat laat met je waarschuwing. Afijn, misschien krijgen ze nou de kans niet meer om nog meer kwaad te doen. In ieder geval zal ik me voorlopig een beetje weghouden. Veel werk is er toch niet.'

'Maar wij moeten u wel kunnen bereiken,' zei Jan.

'Waarom?'

Jan vertelde hem van de wapendropping die binnenkort verwacht kon worden.

'Wij zouden graag willen dat u meedeed als het nodig is,' zei hij.

Havinga was van harte bereid. 'Als je er dan tenminste alleen vertrouwde lui bij hebt,' waarschuwde hij.

Jan glimlachte een beetje zuur. De smid had niet veel vertrouwen meer in zijn mensenkennis. Maar hij had het verdiend. Met die Vos was hij nu eenmaal te goed van vertrouwen geweest.

'U mag de andere medewerkers zelf uitzoeken,' zei hij.

Havinga kende een paar flinke onderduikers die ingeschakeld zouden kunnen worden en ze besloten dat ze die pas zouden inlichten als het inderdaad nodig zou zijn. Zo werd ook afgesproken met Job Eising, die eveneens een paar geschikte kerels kende.

Jan en Sjoerd bleven op de boerderij logeren. Die middag verkenden ze het veld en ze doorkruisten het ook nog eens bij avond, om zeker te zijn dat ze er in het donker de weg zouden kunnen vinden. De volgende morgen fietsten ze terug. Sjoerd bleef bij oom Gerrit, maar Jan trok zijn bakkersjasje aan, zette zijn mand op de fiets en reed door naar zijn moeder. Ze ontving hem blij en Jan merkte tot zijn vreugde dat ze er beter uitzag. De hoop op een spoedige vrede had haar van een groot deel van haar zorgen bevrijd.

'Hoe lang zou het nog duren, Jan?' vroeg ze. 'Niemeyer denkt: een paar weken. Wij hebben de vlag al klaarliggen! O jongen, en als we dan vader eens gezond terug mochten krijgen! Wij zijn alles kwijt, maar dat geeft niet, als ik jullie allemaal maar houden mag! Zit je daar heus wel veilig bij die boer? En pas je goed op Frits in deze laatste dagen van de oorlog?'

Deze laatste dagen van de oorlog... Hij durfde haar de hoop niet te ontnemen, maar hij was er zelf, toen hij door de stad terugfietste, niet meer gerust op. Want het wonder van Dolle Dinsdag was voorbij. De NSB'ers hadden weer moed gekregen. Sommige vluchtelingen trokken naar het zuiden terug en een wachtbataljon van zwaar bewapende landwachters marcheerde zingend door de straten. Uit de Engelse radioberichten, die ze natuurlijk ook stiekem beluisterden, viel duidelijk af te leiden dat er nog geen Amerikaanse soldaat in Nederland was. Dicht bij de grens, langs het Albertkanaal, hadden de bondgenoten zware tegenstand te overwinnen en de haven van Antwerpen konden ze niet gebruiken, want op Walcheren waren de Duitsers heer en meester en vandaar konden ze met hun zware kanonnen ieder schip dat de Schelde op wilde varen, in de grond schieten. Het leek er veel op dat de snelle opmars tot staan was gebracht. Maar een paar dagen later scheen het dat moeder toch nog gelijk zou krijgen. Ruim een week na Dolle Dinsdag werd Maastricht door de Amerikanen veroverd: de eerste Nederlandse stad was dan toch bevrijd! En drie dagen daarna, op zondag 17 september, raakte het hele land in blijde opwinding door de berichten over grote luchtlandingen van de Engelsen en Amerikanen bij Eindhoven, Nijmegen en Arnhem. Op diezelfde dag, in de Nederlandse uitzending van de Engelse radio van 's avonds kwart voor zes, gaf minister-president Gerbrandy het bevel tot de spoorwegstaking. Alle mannen die in dienst waren van de Nederlandse Spoorwegen, moesten op staande voet het werk neerleggen, zodat er geen trein meer rijden zou en de Duitsers geen troepen en voorraden meer naar het front konden sturen.

Oom Gerrit was naar de middagkerk geweest. Na een kop thee had hij een oude broek aangetrokken en hij zat in het weiland zijn koe te melken, toen Jan naar buiten rende om het grote nieuws te vertellen. De ogen van de oude man begonnen te schitteren.
'Nu gaat het erop of eronder!' riep hij. 'En je zult zien dat het lukt, Jan! Die spoormensen willen er wel graag mee ophouden: er zijn er al heel wat gesneuveld bij die beschietingen door Engelse vliegtuigen. Maar wij moeten de kerels helpen, dat ze allemaal een veilig adres vinden voor zichzelf en hun gezinnen!'
Hij maakte haastig zijn werk af, gaf de koe van pure vreugde een klap op de schoft dat ze in volle galop de wei inholde, en even later was hij op weg naar een bevriende spoorwegarbeider. Hij nam de man meteen mee, diens vrouw en kinderen werden door Jan en Sjoerd op de fiets overgebracht en het huis zou in de nacht door buren en vrienden worden leeggehaald, zodat de Duitsers niets meer zouden vinden, als ze mochten komen om de stakende spoorwegman te arresteren. De volgende morgen bleken er nog een paar gezinnen te zijn die geholpen moesten worden, maar de meesten hadden zelf al een onderduikadres gevonden. Dat was niet moeilijk voor hen geweest, want iedere goede vaderlander die nog ruimte over had, zette zijn deur wijd voor de stakers open. In één dag verdwenen in heel Nederland alle machinisten, stokers, overwegwachters, wisselwachters en alle anderen die iets met de spoorwegen te maken hadden. Het stakingsbevel was op een paar uitzonderingen na volledig uitgevoerd.
Een van die uitzonderingen betrof een oude stationschef in de omgeving. Oom Gerrit kwam thuis met het nieuws dat de man weigerde om zijn kantoor te verlaten.
'Kom mee Sjoerd, daar gaan we op af,' zei Jan. 'We zullen dat mannetje dwingen om te gehoorzamen.'
Ze staken voor deze gelegenheid hun revolvers bij zich en fietsten langs veldpaden naar het dorp waar de chef woonde. Juist toen ze op de grote weg gekomen waren, kwam hun luid toeterend een Duitse legerwagen achterop, die hen bijna van de weg drong en zo plotseling vóór hen stopte dat ze af moesten stappen. Ze schrokken even heel erg en Sjoerd greep al naar zijn revolver, maar toen zagen ze de glundere kop van Frits onder het zeil vandaan komen en Jos sprong uit de cabine en kwam lachend op hen af. Daar waren ook Steven en Arend en Jaap. De hele troep was terug. Natuurlijk, nu hoefden ze geen treinen meer te laten ontsporen, het hele spoorwegverkeer lag toch al stil!
Frits sprong van boven uit de auto zijn broer om de nek. De anderen

grepen de handen van Sjoerd en Jan, sloegen hen op de schouders en ze praatten allemaal door elkaar. Jan voelde hoeveel hij van zijn kameraden hield, nu hij ze allemaal behouden terugzag.
Maar ze mochten niet te lang blijven staan, want een paar aardappelrooiers op de akker naast de weg keken verbaasd naar die vrolijke troep, waar twee Duitsers bij waren.
'We zullen jullie thuis alles vertellen,' zei Jos. 'Vertel gauw, waar wilden jullie naartoe?'
En toen hij hoorde van de onwillige chef zei hij: 'Stap in, gooi die fietsen in de wagen, jongens! Daar gaan we met z'n allen even naartoe. Rijden maar, Arend!'
Het stationsgebouw lag stil en verlaten in de middagzon. Jaap en Steven bleven in de auto, Arend zat in Duits uniform achter het stuur, de anderen gingen naar binnen. Ja, daar zat de oude chef moederziel alleen in zijn kantoor.
'Twee van jullie over het perron naar binnen,' fluisterde Jos. Toen klopte hij tegen het loket. Sjoerd stond achter hem.
De chef keek op en kwam langzaam aanlopen. Jos salueerde.
'Eén derde retour Amsterdam alstublieft,' zei hij ernstig.
De chef keek hem verwonderd aan.
'Het spijt me, meneer,' zei hij. 'Ik denk niet dat er vandaag nog een trein naar Amsterdam zal gaan.'
'Wat doet u dan nog hier?' vroeg Jos.
'Wat ik hier doe? En dat vraagt u, als Duitser? Ik hoor hier toch? Ik heb hier twintig jaar gezeten, meneer! Ik laat mijn werk niet zomaar in de steek. Wou u soms dat ik ook aan die malle staking mee ging doen?'
'Ja, dat wou ik,' zei Jos. 'Want ik ben helemaal geen Duitser. Kom uw kantoor uit, en vlug! Anders ziet het er niet best voor u uit!' En hij stak zijn revolver door het loket.
De man deinsde verschrikt achteruit en viel Jan en Frits in de armen. Die grepen hem vast.
'Zet hem maar in de auto,' beval Jos.
'Maar mijn vrouw!' jammerde de chef.
'Waar is uw vrouw?'
'Boven! Wij wonen hier boven het station!'
'Dan gaan we samen naar haar toe. U krijgt vijf minuten om uw koffers te pakken. Het andere kan later worden gehaald.'
Aan de voorkant van het gebouw was de deur naar de bovenverdieping. De chef zocht met trillende handen zijn sleutel. Samen gingen ze de trap

op. Daar werden ze door een lief, grijs dametje ontvangen en dat schrok helemaal niet.
'Bent u heus van de echte ondergrondse?' vroeg ze. 'O, wat leuk...! Zie je nu wel, man, ik heb al gezegd dat ze zouden komen!'
'Mevrouw, u moet opschieten! U hebt maar vijf minuten om uw koffer te pakken!' zei Jan.
'O, die heb ik allang klaarstaan, hoor!' lachte de vrouw. 'En mijn poes zit al in het mandje. Hier, die kun jij wel dragen en daar staan de koffers. Toe man, gooi die pet weg en neem je jas mee, je bent altijd zo gauw verkouden...'
'Weet u al, waar u heen wilt?' vroeg Jos.
'Natuurlijk,' zei ze. 'Naar mijn nicht in Assen. U brengt ons toch even, hè ondergrondse?'
Zo'n lieve vrouw konden ze moeilijk iets weigeren en het werd een vrolijk tochtje. Zij zat tussen Arend en Jos in de cabine en had de grootste schik, toen een paar landwachters, die bij de weg stonden te controleren, bij het naderen van de auto eerbiedig de Hitlergroet brachten. Bij het afscheid kreeg Jan een zoen, omdat hij de koffers voor haar droeg.
'Hij kleurt ervan!' zei ze. 'Hartelijk dank, jongens! En voorzichtig zijn, hoor!'
Op de terugweg werden vijf jongens in de buurt van oom Gerrit uit de auto gezet. Jos en Arend brachten de auto weg en kwamen een uur later. De hele avond werd gevuld met de verhalen van hun avonturen. Drie treinen hadden ze laten ontsporen: één met de derailleur, een andere door een spoorbrug een beetje af te draaien en ten slotte nog één met de handgranaten. Die hadden ze in een bundel bij elkaar gebonden en in een gat onder de rails gelegd. Aan één hadden ze een touw gebonden en hem zo gesteld dat hij zou ontploffen als aan dat touw getrokken werd. Dan gingen ook de andere granaten wel mee de lucht in, had Jos verzekerd, en het zou een enorme explosie geven. Hij was met honderd en vijftig meter touw maar half tevreden, ze knoopten er nog schoenveters en zakdoeken aan en groeven een diep gat in een weiland om zich in te verschuilen. En toen maar wachten of er een trein wilde komen.
Frits en Steven lagen tegen de spoordijk verborgen om op de railwacht te letten. Als die de sabotage zou ontdekken, moesten ze hem gevangennemen. Er kwam werkelijk een wachter voorbij, maar die liep op het andere spoor en hij zag niets. Toen lieten ze hem gaan, zoals Jos bevolen had.
Het duurde uren en ze waren al bang dat ze de spoordijk zonder trein zouden moeten vernielen, toen ze een dof gerommel hoorden dat steeds lui-

der werd. Het begon toen al licht te worden en ze zagen hem komen, een bijna onafzienbare goederentrein, die langzaam naderde. Frits en Steven kwamen aanrennen en doken in het gat. Jos hield met beide handen het touw en trok, toen de locomotief vlak bij de handgranaten was.
'Dat had je moeten zien, oom Gerrit!' vertelde Jaap. 'Ik had er eigenlijk helemaal geen fiducie in en ik lag met mijn hoofd boven de rand. Eerst kwam er een vlam zodat je ieder struikje kon zien, en toen een klap dat ik er een hele tijd doof van was! Het was verbluffend! Ik dook naar beneden, zand en stenen vlogen ons om de oren, maar ik had de locomotief nog zien vallen. Hij werd gewoon van de rails getild en toen wij weer durfden opkijken, lag hij opzij gesmakt en drie, vier wagens erachter ook! Er moet wel een enorme krater in de spoordijk geslagen zijn...!'
'En de machinist?' vroeg oom Gerrit. 'Want dat was waarschijnlijk een Nederlander!'
Daar wist niemand iets van. Ze hadden er haastig vandoor moeten gaan, want uit de nog overeind staande wagens waren tientallen Duitse soldaten gesprongen. Er werden zeker ook troepen met die trein vervoerd. Jos zei: 'Ik wil wel bekennen, oom Gerrit, ik heb het er moeilijk mee gehad dat we bij dit werk ook enkele landgenoten in gevaar hebben gebracht en daarom ben ik erg blij dat dat nu niet meer nodig is.'
Maar het mooiste avontuur beleefde de troep op de terugreis. Ze hadden de kortste weg genomen, over Ommen, langs het beruchte Duitse kamp. Een paar kilometer daarvoor passeerden ze een Duitse legerwagen, die aan de kant stond, haast net zo'n auto als ze zelf gebruikten. Een Duitse officier die erbij stond, riep ze aan, maar ze reden natuurlijk door. Toen kwam die wagen ze achterna en met grote snelheid; ze hadden ten slotte bij het kamp geen vijftig meter voorsprong meer. Opeens, na een bocht, zagen ze vier Duitsers op de weg, die het stopteken gaven.
Jos reed ook hier natuurlijk door. Hij boog zich alleen uit het portier en schreeuwde: 'Mensch, kann nicht halten, habe die Bremse kaputt!'[77]
De Duitsers hadden de geweren al opgeheven, nu lieten zij ze zakken. Maar toen ze de auto van achteren zagen, ontdekten ze onder de huif een paar jongens in burger, met revolvers in de hand, en één schoot er toen toch nog. De anderen richtten hun vuur op de tweede wagen, want die zou er ook wel bijhoren, dachten ze zeker. Het eerste schot was mis; de kogel ging Frits vlak langs het hoofd en sloeg een gat in de huif. De volgende waren beter gericht, want de jongens zagen de wagen van hun achtervolgers de berm in rijden en tegen een boom slaan. Ze raakten er nóg door in opwinding en Steven zat weer te bulderen van het lachen,

toen hij eraan dacht, hoe die kerels op hun neus gekeken moesten hebben, toen ze tot de ontdekking kwamen dat ze hun eigen kameraden onder vuur genomen hadden!

'Maar dan hebben jullie wel zeldzaam geluk gehad!' zei Jan. Hij keek bezorgd naar Frits en dacht aan zijn moeder. Stel je voor dat hij haar de boodschap had moeten brengen... Hij huiverde even.

'Laten we liever zeggen dat jullie wonderlijk bewaard zijn, jongens, en dat je er God voor mag danken,' zei oom Gerrit ernstig. 'En vergeet niet dat zo'n wonder misschien maar één keer gebeurt. Laat je nu niet verleiden tot onvoorzichtigheden. Jan, het is tijd voor de radio!'

De nieuwsberichten waren gunstig. Een Amerikaans leger was van België uit naar het noorden opgerukt en had al contact gemaakt met de luchtlandingstroepen bij Eindhoven. Nu drong het verder op in de richting Nijmegen en dreef een wig tussen de Duitse troepen in Brabant. Het was duidelijk wat de bedoeling was van generaal Montgomery, die het bevel voerde: door de luchtlandingen en een snelle gewaagde opmars de bruggen over de grote rivieren in handen te krijgen! O, als dat lukte! Dan lag Duitsland voor de zegevierende legers open en zou werkelijk de bevrijding voor de deur staan!

De volgende morgen stuurde Jos zijn jongens voor een paar dagen met vakantie. Ze hadden het nodig en ze zouden binnenkort misschien voor grote inspanningen komen te staan. Wie weet, als de wapens gekomen waren, of ze niet het bevel zouden krijgen om met alle andere BS-groepen uit het hele land op te rukken naar het front! Zelf bleef Jos bij Jan in de boerderij van Geert Reinders logeren. Toen kwam daar op een van die dagen een telefoontje van smid Havinga dat de ploeg klaar was. Jan moest erover denken, wat ze indertijd met die boodschap bedoeld hadden. Vosje...? Maar die zat immers gevangen?

'In ieder geval moet je erheen,' zei Jos. 'Ik ga mee. De smid zou niet gebeld hebben, als hij je niet nodig had.'

Het liep tegen de avond, toen ze in het dorp kwamen. Jos fietste het huis van Havinga eerst een paar keer voorbij, maar er was niets bijzonders te zien. Toen naderden ze het voorzichtig van de achterkant en zetten hun fietsen tegen de smederij. Meteen deed de smid de achterdeur al voor ze open. Hij had zeker op de loer gestaan.

'De kerel zit binnen,' zei hij. 'En ik vertrouw hem voor geen cent.'

'Wie? Vosje?'

'Ja, wie anders? Je hebt het zeker mis gehad, toen je zei dat hij opgepakt was.'

'Hebt u het hem gevraagd?'
'Ik niet! Ik heb net gedaan, alsof mijn neus bloedde. Maar hij is mij veel te nieuwsgierig. Hij vroeg naar jouw adres en naar dat van de ambtenaar die hem aan een persoonsbewijs geholpen heeft. Hij wilde je spreken, vertelde hij, want hij heeft besloten om ook in het verzet te gaan. Een mooie verzetsman, die praatjesmaker! Nou, toen heb ik gezegd dat je waarschijnlijk vandaag nog zou komen en daar zit hij nu op te wachten. Wat moet ik nou met die vent?'
'Laat dat maar aan ons over,' zei Jos. 'Kom mee, Jan, ik heb zin om die meneer eens onder handen te nemen. Denk erom, eerst een poosje met hem meepraten!'
Vos sprong blij overeind, toen ze de kamer binnenkwamen en kwam met uitgestoken handen op Jan af. Het leek bijna, alsof hij hem omhelzen wou.
'Dat doet me goed, dat ik mijn levensredder nog eens terugzie!' riep hij. 'En dat is zeker een vriend van je? Ook een verzetsman?'
'Karel,' zei Jos.
'Vos,' zei Vos. 'De V van het V-teken, de o van overwinning...'
Het oude grapje. Jan liet hem niet uitpraten.
'Dat levensredder kun je wel weglaten,' zei hij, 'zo gauw hadden die moffen je niet doodgeschoten!'
'O nee?' riep Vos. 'Dan ben jij er zeker nog nooit mee in aanraking geweest! Het zijn smeerkezen! Als die je eenmaal in handen hebben!'
'Hebben ze u in handen gehad?' vroeg Jos.
'Welnee, waarom denkt u dat?'
'O, zomaar, omdat u zei, dat dat niet meeviel...'
'Nee meneer! Mij krijgen ze zo gauw niet!' schepte Vosje op.
Hij heeft toch gevangengezeten, dacht Jan. Zijn vrouw heeft het volgens Frits immers zelf aan de buren verteld... Maar waarom is hij zo gauw weer vrijgekomen? En waarom wil hij het niet weten dat ze hem gepakt hebben...? Gelukkig dat Jos erbij is! Die zal als oud-politieman wel achter de waarheid komen...
Waar hadden ze 't nu over? O, Vosje zat te informeren, of Jos ondergedoken was, omdat hij alleen zijn voornaam, Karel, had genoemd. Ja, vertelde Jos, en hij was ook in 't verzet. Hij had zelfs een speciale taak in 't verzet.
'O ja? Welke taak dan?' informeerde Vosje begerig.
'Dat zal ik u straks vertellen, als we u wat beter kennen,' antwoordde Jos. 'Wou u soms meedoen met ons?'
'Hoe raadt u het zo!' riep Vosje. 'Dat was nu net mijn bedoeling!'

'Maar waarom juist met ons?' vroeg Jos vriendelijk.
'Nou... ja, omdat ik hier al een paar mensen kende, ziet u? Het valt niet mee om erin te komen.'
'Nee, dat zal u zeker niet meevallen,' zei Jos. 'En vertel eens, waarom probeert u het niet in Groningen? Daar komt u toch vandaan, niet? Dan kent u daar toch zeker nog veel meer mensen? Neem me niet kwalijk, meneer Vos dat ik een beetje nieuwsgierig ben, maar we zijn natuurlijk voorzichtig als we een nieuweling ontmoeten. U begrijpt, we moeten oppassen dat we geen verraders in onze gelederen halen... Dus, waarom niet in Groningen?'
'Ja, daar eh... daar kennen de mensen me juist te goed en dat is ook gevaarlijk,' zei Vos.
'En wat wou u doen voor werk?'
'Nou, alles wat u ook doet.'
'En wat denkt u dan dat we doen?'
Vosje begon hard te lachen.
'Het lijkt wel een verhoor!' schaterde hij.
'Dat is het ook,' zei Jos en hij wenkte de smidsvrouw, die koffie had gebracht dat ze weg moest gaan. 'We moeten alles van u weten, voor we met u in zee kunnen gaan, meneer Vos! Hebt u een wapen?'
'Ja, een revolver.'
'Laat eens kijken.'
Vos tastte in zijn broekzak en legde een oud, verroest pistooltje op tafel. Jos pakte het, keek het na – het was geladen – en stak het in zijn broekzak.
'Hebt u nog meer?'
'Nee,' zei Vos. 'Maar... maar...'
'Ja, wat is er?'
'Geef mij die revolver terug alstublieft! Die is van mij.'
'Straks, hoor! En pak nu uw zakken eens leeg. Helemaal leeg alstublieft.'
Jos bleef de vriendelijkheid zelf. Vosje werd onrustig. Hij zweette. Jan zag de druppeltjes op zijn voorhoofd komen. Zijn koffie bleef onaangeroerd.
'Toe, zeur nou niet, meneer Vos. We mógen toch alles van u weten?'
Vos legde van alles op tafel: sigaretten, een mes, een zakdoek, een krant, een sleutelbos, een portemonnee, toen, een beetje aarzelend, een portefeuille.
'Voel meneer Vos even na, Jan,' zei Jos.
'Niet kietelen, hoor!' lachte Vos zenuwachtig.
Jan voelde de zakken van Vos na. Hij vond nog een zakboekje. Jos keek op zijn gemak alles na, maar scheen niets bijzonders te ontdekken. Vos

greep naar zijn zakdoek en veegde zich over zijn voorhoofd en zijn halfkale schedel.
'Hebt u 't warm?' vroeg Jos. 'Zo warm is 't hier toch niet…? Nou, alles is in orde, hoor! Alleen dat nummer hier, is dat een telefoonnummer? Kijk, hier in uw boekje? Er staat een huisje bij getekend…'
'Mag ik het eens zien?'
'Natuurlijk, alstublieft.'
Vos nam het boekje aan, keek naar het nummer en begon te lachen. 'O, dat betekent niets, hoor!' zei hij. Hij slikte. 'Ik heb daar zomaar eens een keer wat op zitten schrijven. Waardeloos, meneer, waardeloos!' Hij scheurde het blaadje los, frommelde het in elkaar en liep ermee naar de kachel. Jos keek Jan scherp aan.
'Nee meneer,' zei Vos, 'vertrouwt u mij maar gerust, hoor! Ik kan het best begrijpen dat u eerst wat huiverig bent, maar vraag deze meneer maar, die kent me beter! Is het niet zo, Jan?'
Jan kreeg een knipoogje, maar hij deed, alsof hij het niet merkte.
'Ja,' zei hij. 'Ik weet inderdaad een heleboel meer van je. Ik weet bijvoorbeeld dat je pas gevangengezeten hebt. Hoe ben je zo gauw weer vrijgekomen? Vertel dát eens.'
Het was, alsof Vos flauw zou vallen. Hij sloot even de ogen en zuchtte diep. Maar hij herstelde zich snel.
'Gevangen…? Ik…? Hoe weet u… waarom denkt u…'
'Wacht even,' zei Jos. 'Bekijk dat eens, meneer Vos.'
Hij had zijn portefeuille uit zijn zak gehaald, nam er een papier uit en stak dat Vos toe. Het was een valse aanstelling als rechercheur bij de SD.
'Ik heb u gezegd dat ik een speciale taak had in het verzet,' zei hij, 'maar dat betekende wat anders dan u misschien dacht. Hebt u 't gelezen?'
Nu begreep Vos er niets meer van. Hij keek wanhopig van de een naar de ander.
'U bent dus bij de SD?' vroeg hij.
'Zoals u ziet.'
'En hij?' Met een hoofdbeweging naar Jan.
'Hij ook, sinds kort. Eerst was hij zo dwaas om voor een verloren zaak te willen vechten, net als u. Maar toen hebben we hem gevangengenomen en het kostte niet veel moeite om hem over te halen, met ons mee te doen. En nu arresteren we u, meneer Vos, en we brengen u op naar Groningen. Want u hebt in ieder geval met het verzet mee willen doen! Had u niet gedacht, hè, dat we u er zo in zouden laten vliegen!'
Vos keek nog even weifelend van de een naar de ander en toen begon hij

te lachen, te lachen, hij kon bijna niet meer ophouden. Maar nu klonk het werkelijk opgelucht.

'Erin gevlogen!' schaterde hij. 'Ja, u hebt gelijk! Maar u ook, mijne heren, u ook...! Want het is mij net zo gegaan als hem,' – hij wees naar Jan – 'en nu werk ik ook voor de SD! Wat een bak, vrienden, wat een... ha ha ha!'

Jos lachte hartelijk mee en toen probeerde Jan het ook, maar het lukte hem slecht.

'Maar u zult dat toch moeten bewijzen,' zei Jos. 'Kunt u dat?'

'Ik heb geen aanstelling, zoals u,' zei Vos. 'Maar wacht, dat telefoonnummer... Dat kende u zeker dat u er zo naar vroeg.'

'Ja, dat was het nummer van de SD in Groningen.'

'Juist, nou, belt u dat maar op, dan zullen ze 't u daar wel bevestigen! Kijk, ik zal u vertellen, hoe 't gegaan is...'

Van een valse SD-aanstelling had Vos zeker nog nooit gehoord en door het ondoorgrondelijke gezicht van Jos had hij helemaal geen wantrouwen. Hij nam haastig een slok van zijn koffie en toen kwam zijn verhaal. Hij was in Groningen in een café herkend en gearresteerd door de SD-man die hem vroeger in de trein de boeien omgedaan had. Omdat hij weer bonkaarten bij zich had en ook dat oude revolvertje – dat hij hier of daar hoopte te kunnen verkopen – hadden ze hem in de gevangenis stevig onder handen genomen, maar toen ze doorkregen dat hij een ongevaarlijk mannetje was, had diezelfde SD-man hem ten slotte het voorstel gedaan om voor de Duitsers te werken.

Jos bleef zijn rol nog even doorspelen.

'Maar je moet toch leven,' zei hij. 'Wat voor salaris krijg jij nou, Vos? Ik heb zowat driehonderd gulden per maand.'

'Ik werk op provisie,' grijnsde Vos. 'Honderd gulden per stuk hebben ze mij beloofd.'

'Dus aan ons tweeën had je tweehonderd gulden kunnen verdienen! Hoor je 't, Jan? En dat noemen ze bij de SD een ongevaarlijk mannetje!'

Jan kon zich bijna niet meer goedhouden. Hij dacht aan zijn vader, aan Frits, aan Cor van Bergen, aan oom Hein en aan Koos, aan allen die hun leven in de waagschaal hadden gesteld en het nog deden voor de goede zaak van vrijheid en recht en hij gruwde van de verrader. Het liefst had hij hem in de nek gepakt... Hij kon niet meer meedoen aan het gesprek.

'Maar nu kunnen we misschien samendoen,' stelde Vos voor. 'Als jullie mij de gevallen dan aan laten brengen... Die vent die mij een vals persoonsbewijs geleverd heeft, krijg ik zelf wel. En die boer die mij hier

gebracht heeft, of heb je die al laten oppakken? Die deugde ook niet... En hier, onze gastheer...'
Dat laatste fluisterde hij bijna, met een voorzichtige blik naar de deur.
'Heb je dit adres al genoemd bij de SD?' vroeg Jos. Hij was bleek, zag Jan. Het werd hem blijkbaar ook te veel.
'Ben je helemaal?' giechelde Vos. 'Dat was me te onvoordelig! Dan hadden zij hem al opgepakt...'
'Mooi,' zei Jos. 'Dat was goed, Vosje, slim Vosje! Nou Jan, zeg het maar, wat moeten we met hem?'
Jan had moeite om te spreken. Hij trilde van drift en afschuw.
'Ik denk dat er maar één mogelijkheid is,' zei hij schor.
'Ik ben er ook bang voor,' zei Jos. 'Haal de smid even en laat hem een paar flinke stukken touw meebrengen.'
Vosje begreep eerst niet eens dat het over hem ging. Hij begon pas van zijn verbazing te bekomen, toen hij aan handen en voeten gebonden en met een prop in zijn mond in het berghok achter de smederij was gelegd. Die prop was nodig geweest om aan zijn luid gejammer een eind te maken.
De smid was voor korte metten, diezelfde avond nog, en hij bood zichzelf aan voor de uitvoering van het vonnis. Dat zou natuurlijk het veiligst zijn met zo'n onbetrouwbaar individu, maar Jos weigerde toch. Op voorstel van Jan werd besloten dat ze oom Gerrit om raad zouden vragen. Jos fietste in de schemering weg en kwam de volgende morgen in alle vroegte met de oude man naast zich in de legerwagen terug. Voor deze gelegenheid had ook oom Gerrit een Duits uniform aangetrokken en dat was zo'n grappig gezicht dat Jan ondanks alles in de lach schoot. Er waren, nu Hitler zijn laatste reserves had opgeroepen, wel veel oude soldaten, maar zó oud had hij er toch nog nooit één gezien.
Oom Gerrit was tegen de doodstraf.
'Wij moeten alles wat we doen voor God en later voor de Nederlandse rechter kunnen verantwoorden,' zei hij, 'en daar zou ik in dit geval niet gerust op zijn. De kerel heeft nog geen verraad gepleegd, althans, er valt waarschijnlijk niets te bewijzen. Hij zál het evenwel doen, zodra hij de kans krijgt. Welnu, dat zullen we hem onmogelijk maken. Als niet alle tekenen ons bedriegen, is de oorlog binnenkort afgelopen en tot zo lang zullen we hem veilig opbergen.'
'Als je 't dan maar goed doet,' zei de smid somber.
Een paar uur later zat Vosje opgesloten in een gierkelder, onder een hoop stropakken, bij een afgelegen boerderij. Hij zou er goed verzorgd worden en iedere avond gelucht, en een joodse onderduiker, die uit het kamp

Westerbork ontsnapt was, zou samen met een grote Duitse herdershond op hem passen. Bij de eerste poging om te ontvluchten mocht Samuel de gevangene neerschieten. Hij kreeg Vosjes oude revolver om die bedreiging kracht bij te zetten.
'Denk erom,' zei Jos, 'als jij je werk niet goed doet, hangt het leven van een hele rij mensen aan een zijden draadje!'
'Zou ik niets geleerd hebben in het kamp?' vroeg Samuel. 'Zou ik niet aan mijn vrouw en kinderen denken, die in Polen zijn vergast? Zolang de oorlog duurt, al is het nog een jaar, komt dat reptiel hier niet levend vandaan.'
'Het is gauw vrede,' verzekerde Jos.
'Ach,' zei Samuel mistroostig, 'hebben we mekaar daarmee al niet jarenlang zoet gehouden?'

HOOFDSTUK 7

De berichten bleven nog een paar dagen gunstig. Nijmegen werd bevrijd en de brug over de Waal viel de Amerikanen als door een wonder onbeschadigd in handen. Het gerucht ging dat een moedige Nijmeegse jongen, Jan van Hoof, het klaargespeeld had om de dynamietladingen aan de pijlers onschadelijk te maken. De weg lag vrij voor de opmars naar Arnhem, waar de Engelse luchtlandingstroepen in zware gevechten gewikkeld waren met een sterke vijandelijke overmacht. Om het bezit van de brug bij Arnhem ging nu de strijd en die zou beslissend zijn voor heel de verdere oorlog. Kregen de bondgenoten die brug in handen, dan was er niets meer wat hen nog tegen kon houden. Kregen ze die niet, dan was er voorlopig nog geen eind aan de oorlog. Iedere dag zaten de jongens in grote spanning bij de radio, elke uitzending uit Engeland werd beluisterd. Maar het duurde lang, te lang!

Het werd langzaam duidelijk dat het bericht waarnaar heel het land hunkerde, niet zou komen. Half Arnhem was door de gevechten verwoest, alle inwoners waren door de Duitsers de stad uit gejaagd, maar al die ellende was vergeefs geweest. Tien dagen na de luchtlandingen kwam vast te staan dat de strijd bij Arnhem verloren was. De Amerikanen konden niet tot de stad doordringen en de meeste Engelsen waren gevangengenomen of gesneuveld. Een deel vluchtte bij nacht terug over de Rijn.

Het was bijna niet te geloven, maar de vijand maakte het de bevolking wel duidelijk dat hij nog heer en meester was in het land en zich weer heel zeker voelde. De huiszoekingen naar joden en andere onderduikers begonnen weer en overal werden mensen die zich de laatste tijd te veel blootgegeven hadden, gearresteerd. De Duitsers probeerden ook de ondergedoken spoorwegmannen weer terug te lokken: zij beloofden ze dubbel loon en extra voedsel, als ze maar weer aan het werk wilden gaan, maar slechts enkele slappelingen lieten zich verleiden. Toen dreigden de Duitsers dat er geen voedsel naar de grote steden in het westen van het land zou kunnen gaan, zolang er geen treinen zouden rijden, maar

dat hielp ook niet. En dus reed er maar een enkele trein met Duits personeel.
De landwachters waren ook weer op de weg verschenen, brutaler dan ooit. Je kon geen uur rijden zonder aangehouden te worden. Maar de jongens moesten eropuit, het verzetswerk moest doorgaan, er waren nu meer onderduikers dan vroeger die op hun geld en hun bonkaarten zaten te wachten. Frits was bijna iedere dag op stap met zijn harmonica en of het door zijn jeugd kwam of door zijn vrolijke, brutale snuit, hij rolde overal door. Toen hij eens zijn revolver mee moest nemen, verstopte hij die in een bloempot met een fris bloeiende geranium erbovenop. Als je hem wilde geloven, was hij weer op weg naar een bruiloft en de bloem was zijn geschenk voor het bruidspaar. Steven trok een blauwe kiel aan, nam een mestvork onder de arm en zette zo'n dom gezicht dat hij niet eens hoefde af te stappen en Jan, in zijn bakkersjasje en met een handvol meel in zijn haren gesmeerd, was ook wel veilig. Maar Sjoerd kwam er op een dag maar op het nippertje goed af. Sjoerd was op weg naar oom Gerrit met een tas vol bezwarende papieren: bonkaarten, verboden krantjes en een aantal valse persoonsbewijzen en daarom kon hij een aanhouding niet riskeren. Toen hij twee landwachters zag staan, van wie één met een jachtgeweer, deed hij alsof hij wilde stoppen, maar plotseling haalde hij uit en gaf een van de mannen – die met het geweer – een vuistslag dat hem de sterretjes wel uit de ogen moesten springen. Meteen zette Sjoerd alle kracht op de trappers en hij was al een heel eind weg, toen het schot viel. Hij voelde iets steken in zijn nek en een halfuur later peuterde oom Gerrit er vijf hagelkorrels uit. Hij legde ze netjes op een schoteltje.
'Misschien wil je ze bewaren als een aandenken,' zei hij.
'Natuurlijk,' zei Sjoerd, terwijl hij zijn nek wreef, die nog een beetje najeukte. 'En als ik de vent nog eens tegenkom, krijgt hij ze eerlijk van mij terug. Ik wens geen cadeautje van een landwachter aan te nemen.'
'Doe nou niet zo uit de hoogte,' grinnikte oom Gerrit. ''t Was toch hartelijk van de man! Je had hém toch ook een aandenken gegeven?'
Zo konden ze praten, als ze na zo'n gebeurtenis weer veilig bij elkaar zaten. Maar een andere dag, als ze niets te doen hadden of als de berichten erg somber waren, had oom Gerrit moeite om de moed er bij hen in te houden.
Begin oktober werd bij Putten een kleine, Duitse auto door een verzetsgroep aangevallen. Een Duitse officier werd gedood, een andere licht gewond, twee soldaten wisten te ontkomen. De volgende dag, een zondag, werd het hele dorp door Duitsers omsingeld, de vrouwen en kinderen

werden in de kerk samengedreven, de mannen in de school, bijna honderd huizen werden afgebrand, en nog een dag later werden meer dan zeshonderd mannen in veewagens weggevoerd, eerst naar Amersfoort, toen naar de Duitse kampen. Er was bijna geen man in Putten overgebleven.[78]

Was het verzet zulke ontzettende offers waard? Was het niet het beste, nu de vijand zo wreed begon op te treden, om er maar mee op te houden en hem niet langer te tergen...? Toen de jongens daarover spraken, kwam Frits op het plan om naar het zuiden te fietsen, in de nacht de Rijn over te zwemmen en zich in het bevrijde gebied bij de Amerikanen en Engelsen aan te sluiten. Als Jos hem toestemming gegeven had, zou hij zeker nog diezelfde dag op weg zijn gegaan. Maar Jos was wel wijzer.

'Ze hebben ons daar heus niet nodig,' zei hij. 'Wij horen hier. Alle gevechtsgroepen hebben het bevel om in hun omgeving te blijven. We zullen nog voorzichtiger zijn en de vijand zo mogelijk geen enkele aanleiding geven tot wreedheden. Pas als we de wapens hebben en de bevrijdingslegers in aantocht zijn, mogen we openlijk optreden.'

'De wapens? Reken je daar nog op?' vroeg Frits.

Maar die avond, om kwart voor negen, zat ook hij weer naar de radio te luisteren. Brabant werd stap voor stap op de Duitsers veroverd. Op Walcheren hadden Engelse vliegtuigen met zware bommen de dijken op verscheidene plaatsen kapotgegooid, om de vijand door het water te verdrijven. Bijna het hele eiland was overstroomd, maar toch moest er nog verschrikkelijk gevochten worden om Vlissingen in handen te krijgen. Intussen lagen de mijnenvegers klaar om de Schelde schoon te maken, zodat nieuwe troepen en voorraden straks in Antwerpen ontscheept zouden kunnen worden.

Bob, de spreker van Radio Oranje, sprak de luisteraars moed in.

'Volhouden!' zei hij. 'Niet versagen! Er is maar één nieuwe orde, de orde van het verzet!'

Ja, toe maar, hij had goed praten daar aan de overkant...!

Daarna kwam de uitzending voor België met Jan Moedwil als spreker en het interesseerde de jongens weinig, wat hij voor zijn reeds bevrijde land te zeggen had, maar ze moesten het aanhoren, want daarna kwamen de bijzondere mededelingen. Daar waren ze al, negen stuks maar liefst vanavond: 'Napoleon deed het ook altijd zo... Ik 'erzeg: Napoleon deed het ook altijd zo... De rekening is nog niet betaald... Het is niet prettig op bed te liggen...' Onzinnige boodschappen leken het, maar voor de ingewijden waren ze vol betekenis. En daar klonk het door het kamertje van oom Gerrit: 'Jan 'eeft een goeie vangst gedaan...! Ik 'erzeg...'

Ze sprongen allemaal tegelijk overeind. Ze grepen elkaar vast, Frits omarmde oom Gerrit en Sjoerd danste met Jaap om de tafel. Zelfs Steven had zijn kalmte verloren, sprong op een stoel en declameerde: 'Er is maar één nieuwe orde, de orde van het verzet!' Ja, Bob had toch gelijk: volhouden zouden ze!
Nu moesten ze er zo spoedig mogelijk op uit! Koffie...? Nee, oom Gerrit, geen koffie meer. Morgenochtend, als we terug zijn! Wat voor weer was het? Ruw, stormachtig bijna, met zo nu en dan een flinke regenbui. De jassen aan dus en een oud zeil achter op de fiets om straks onder te kruipen. De laarzen aan en de revolver in de buitenzak. Mochten ze onderweg worden aangehouden door de landwacht, dan moesten ze zich er maar door schieten!
Tien minuten later fietsten ze weg, op een rij achter elkaar. Jan voorop, omdat hij de weg langs de bospaden het best kende. De lucht was bewolkt, het regende niet, maar het was bijna aardedonker, ze konden de rug van hun voorman maar juist onderscheiden. Natuurlijk raakte er wel eens iemand van het smalle paadje af en kwam in de modderige zandweg terecht en Steven reed de greppel in, viel dwars over het pad en kreeg Jaap en Sjoerd boven op zich. Maar toch fietsten ze een uur later het erf van Job Eising op en klopten de boer uit bed. Hij kwam in zijn onderbroek aan de deur en wilde zich aankleden om mee te gaan. Maar dat was niet nodig. Als hij maar wist dat hij klaar moest staan, zodra de wapens neergekomen zouden zijn. Een halfuur daarna stonden ze aan de rand van het veld, schoven hun fietsen tussen de struiken en Jos hield eerst repetitie. Jaap, Sjoerd, Arend en Frits zouden de seinlampen bedienen.
'Kom jongens, aantreden, het is al over elven, het vliegtuig kan zó komen! Waar zit de wind? Dáár, noordwest! Jaap, dan jij hier, met het rode licht, Sjoerd honderd meter verder met het witte, Arend weer honderd meter verder met de tweede rode lantaarn. Zorg dat je in een rechte lijn blijft! En jij, Frits, zestig meter terzijde tegenover het middelste licht en jij seint de codeletter: Stip-stip-streep! Stip-stip-streep... Doe het eens, hier onder het zeil... Ja, zo is het goed. Dus, zó stel je je op, als het vliegtuig komt en dan begin je pas te seinen, als je mij hoort roepen als een uil: Oe-e-oe...! Oe-e-oe! Hou de lantaarn bij je en knoei er niet mee. Kom nu allemaal hier achter de boswal en probeer je zo gauw mogelijk op te stellen...'
Hij oefende met ze, tot er niets meer aan mankeerde. Toen was het wachten. Ze stonden bij elkaar en hoorden het zware gebrom van de bommenwerpers, die ver in het noorden voorbijtrokken. Het was helder geworden. Een onnozel klein maansikkeltje stond aan de hemel en wol-

kenflarden joegen er snel voorbij. In het noordoosten wierpen zoeklichten hun flitsende banen langs de horizon. Daar bliksemde het ook: van afweergeschut. Jan beweerde dat het Bremen moest zijn en Sjoerd zei dat het Emden was.
'Bremen ligt veel meer rechts,' zei hij. 'En dáár ligt Hamburg en dáár...'
Een plof en een kreun in de nabijheid.
'... dáár ligt Jos!' grinnikte Sjoerd.
Ja, het was Jos, die nog in zijn eentje het veld aan het verkennen was en die gestruikeld was over een grote Drentse kei.
'Als ik nog eens wat in Drente te zeggen krijg, laat ik al die smerige dingen bij elkaar zoeken,' zei hij. 'Deze heb ik alvast meegenomen!'
Hij plofte de steen achter het walletje en ging erop zitten. De anderen vonden ook wel wat: een paar plaggen, een bos hei, het zeil, en gingen bij hem zitten. Het werd stil. Hier in de luwte hadden ze geen last van de kou. Jammer dat ze niet mochten roken... Ze tuurden in het donker, ze hoorden de nachtwind fluisteren in een struik en hoog boven hen stonden de sterren te stralen. Wat een rust, wat een vrede...! Je zou niet zeggen dat er oorlog was.
De eerste paar uur zaten ze ingespannen te luisteren, of ze het vliegtuig hoorden. Maar toen het maansikkeltje achter de bosrand zonk, zonder dat er iets gebeurd was, verdween de spanning. Steven zat over zijn knieen gebogen te slapen. Jan stond geeuwend op en liep wat heen en weer. Hu, je werd toch rillerig, als je zo lang stilzat. Jaap begon een mopje te vertellen.
'Als je hem kent, moet je 't zeggen, jongens! Heb je die gehoord van die arbeider, die naar Duitsland moest? Zijn vrouw had hem gevraagd om haar eerlijk te schrijven hoe het er was. Maar dat kon natuurlijk niet, slechte berichten zouden de Duitsers nooit doorlaten. Toen spraken ze af: alles wat hij met zwarte inkt zou schrijven, was waar, bij alles met rode inkt moest zij zich precies het omgekeerde denken. Nou, de eerste brief komt. Met zwarte inkt geschreven. En goed, man! Makkelijk werk, best eten, helemaal geen bombardementen. En die vrouw blij, dat snap je! Maar toen kwam ze aan het eind van de brief en daar stond een P.S.: Lieve vrouw, er is hier maar één tegenvaller. Rode inkt is nergens te krijgen!'
Sjoerd wist ook een mop. Een spotverhaal op de zinken munten die de Duitsers in omloop hadden gebracht.
'Er liep een NSB'er in de Jordaan te collecteren voor winterhulp. Tante Bet van drie hoog schoof het raam op en gooide hem een stuk dakgoot op zijn kop. Hou er maar een kwartje af, riep ze.'

Ten slotte kwam Frits met een raadsel: 'Het was vrede, er landde een vliegtuig op Schiphol en daar stapte een oude grijze dame uit. Ra ra, wie was dat?'
'Wat een vraag! Koningin Wilhelmina natuurlijk!'
'Nee,' zei Frits. 'Prinses Beatrix!'
Dat vonden ze maar een naar, cynisch grapje! 'Nee Frits, dacht je dat de Rijn, dat riviertje, dat slootje, de Amerikanen zestig jaar tegen zou houden? Zestig dagen op z'n hoogst! In 't voorjaar zijn we zeker vrij. En dan, wat doen we dan?'
'Als we er dan nog zijn,' zei er een.
'Niet zo somber! Natuurlijk zijn we er! Wat doen we dan?'
Ze hadden allemaal hun wensen. Sjoerd wilde gaan trouwen, Jan wou zijn studie afmaken – hij had gehoord dat er dan aparte, lichte examens zouden komen voor de lui die door de oorlog achterop gekomen waren. Steven wilde naar Indië, om daar de Japanners weg te jagen en Frits wilde mee om oom Nico en tante Herma uit het kamp te bevrijden. Maar wát ze ook wilden, ze stelden zich allemaal de toekomst vol geluk voor. Een leven zonder angst en zorg, eten en drinken in overvloed voor iedereen, verlichte etalages, reizen waarheen je wilde...
'Pas op,' zei Jos. 'Zal ik eens wat noemen? Een totaal verarmd land, alles nog jaren op de bon, zware belastingen en al die slappe hoge omes die nu weggekropen zitten, weer op het kussen...'
'Dan jagen wij ze er met de revolver weer af!' riep Frits.
'O nee,' zei Jos. 'Als straks de regering terug is en het hele land vrij, dan leveren wij allemaal de wapens in en worden weer rustige, gehoorzame burgers. En als ons iets niet naar de zin is, dan proberen we elkaar te overtuigen dat het anders moet.'
Ze praatten er nog lang over en ze waren het erover eens: het zou ook straks nog geen paradijs zijn op aarde, maar toch bleef het de moeite waard om ervoor te vechten, al was het alleen maar om weer vrij te zijn. Vrij om te doen en te laten, vrij om te geloven en te zeggen wat je wilt! Was het maar zover!
Maar ze zaten nog in het veld, het was over drieën, het begon kouder te worden en het vliegtuig was nog niet gekomen.
'Als ik mijn meisje zo lang liet wachten, kon ik wel ophoepelen,' zuchtte Sjoerd. 'Wat jij, Jan?'
'Ja,' zei Jan. Meer niet. Hij dacht aan Trijntje. Het was al weer weken geleden dat hij haar gezien had. Ze was toen even bij oom Gerrit geweest, een uurtje maar, ze was op stap voor een jodenkind. Ze zat daar in

Friesland ook al weer diep in het werk. Als het maar goed ging. Als ze de oorlog maar doorkwamen... Stel je voor, dat ze... Nee, hij moest er niet aan denken! Altijd maar het beste hopen, ook waar het vader betrof... Moeder zat weer diep in de put, omdat er geen pakjes meer naar hem toe konden, nu er geen treinen meer liepen. Hopen maar, dat hij het vol zou houden én... bidden! Ja, dát kon ook!
Hij keek op naar de sterren, in de wijde oneindigheid.
O God, spaar hem en spaar ons allemaal voor elkaar, dacht hij, en hij hield dat zo lang vol, tot hij heel het gezin weer bijeen zag, met Trijntje erbij. Denkend aan haar viel hij op zijn plaggenbultje in slaap en toen Jos hem wakker schudde, schemerde het eerste geel van de morgen aan de einder. Verkleumd tot in zijn botten strompelde hij achter de anderen aan naar het huis van Job Eising en daar geurden de pannenkoeken en de koffie hen tegemoet. De Engelsen hadden hen vergeten, maar vrouw Eising niet! Na een goed maal ging Jos door naar oom Gerrit, waar misschien een boodschap voor hem gekomen was. De anderen kropen in het hooi en sliepen tot de avond. Toen was Jos terug, de slagzin kwam opnieuw door en ze trokken weer het veld in. De wind was gaan liggen en het regende de hele nacht. Druipend kwamen ze 's morgens terug bij hun gastvrouw en deze keer werden ze na het eten in de bedsteden gestopt, waar juist het echtpaar en de kinderen uitgekropen waren. Intussen werden hun kleren gedroogd bij de kachel.
De derde nacht was prachtig. Het was stil en niet koud en de hemel was ongewoon helder, maar om vier uur was er nog niets gekomen. Toen gaven ze de moed op en ze hadden net hun fietsen uit de struiken geschoven, toen Jos schreeuwde: 'Jongens, de seinlampen! Dáár is het vliegtuig!' Ja, daar kwam een vliegtuig laag over het bos ronken! Ze renden het veld op en intussen seinden ze al. Het toestel gierde laag over hen heen en verdween in het donker, maar ze bleven het horen, het keerde, het kwam terug! Toen stonden de lampen al keurig op afstand, rood – wit – rood en daarnaast de witte seinlamp die het morseteken gaf. Het vliegtuig naderde met donderende motoren, het vloog op hoogstens een paar honderd meter, het geluid dreunde door hun lichamen. Weg was het weer... Maar hoor, wat was dat nu voor een vreemd gedruis boven hen en een gekletter als van metaal op metaal? Jan zag tegen de heldere nachthemel drie parachutes over zich heen zweven, lager, al lager, en op het donkere land verdwijnen. Hij holde er met Steven naartoe. 'Seinen, blijf seinen!' hoorde hij Jos roepen. En daar was het vliegtuig alweer en opnieuw zag hij drie parachutes laag over zich heen zweven en hij hoorde ze met een dreun

op de grond komen. Toen vond hij het toch maar beter om naar de kant van het veld terug te hollen, want stel je voor, dat hij zo'n zware vracht op zijn hoofd zou krijgen! Nog vóór hij daar was, kwam het vliegtuig voor de derde keer over, daarna verdween het in westelijke richting.
Jos riep wat, maar niemand luisterde, ze renden allemaal het veld in en overal klonken verrukte kreten bij het vinden van de buit. Jan vond twee manden, die naast elkaar in de hei stonden, met de parachutes er half overheen gezakt. Manden...? Wat moesten ze met manden? Frits kwam er ook bij en belichtte ze van alle kanten. Er zat een rood bord op met het getal 38. Jan maakte een parachute los en begon die netjes op te vouwen. Maar opeens gaf Frits hem een duw en wees naar de bosrand. Daar knipperden twee lichtjes: stip – stip – streep, stip – stip – streep... En toen hoorden ze een stem, een vreemde stem, die riep: 'Jan heeft een goeie vangst gedaan!'
Daar was Jos. Die begreep er ook niets van. Met de revolver in de hand gingen ze er samen opaf.
'Wie is daar?' riep Jos.
'Good friends,' antwoordde een stem. 'Come here, boys!'[79]
Het Engels nam alle wantrouwen weg. Van alle kanten kwamen de jongens aanstormen. En daar vonden ze aan de bosrand twee parachutisten, die met de lading neergekomen waren. Nou, of die Jan een goeie vangst had gedaan! Want de een, captain Mac Baf, was de instructeur, die de jongens met de nieuwe wapens zou leren omgaan. En de andere, Rudi, een alleraardigste Hollandse jongen, was meegekomen om dienst te doen als tolk en tevens als radiomarconist. Er werden handen geschud en schouders beklopt. Allemaal moesten ze de twee vrienden, die een paar uur geleden nog in Engeland waren, even aanraken. Er kwamen sigaretten voor de dag en chocola. Engelse sigaretten en echte chocola! Heerlijk!
'En wat zit er in die manden?' vroeg Frits kauwend.
'Mijn zendtoestel,' antwoordde Rudi. 'En voorraden.'
'Voorraden? Dus nog meer sigaretten en nog meer chocola? Mensen, wat een tijd zal dat worden!'
'Maar hier niet roken asjeblieft!' zei Jos. 'En niet zo hard praten! Careful, captain, careful![80] Jan, breng jij de heren vast naar de boerderij en waarschuw Job Eising dat hij met paard en wagen komt. Neem je fiets mee en kom gauw terug, dan kun je ons helpen om de boel bij elkaar te slepen. Wij beginnen vast!'
Toen Jan terugkwam, waren ze nog druk bezig. Aan één mand hadden ze met z'n vieren een sjouw. De wapens zaten verpakt in containers, grote

langwerpige, metalen bussen. Steunend en zwetend sleepten ze die met man en macht bij de manden. Job Eising moest tweemaal rijden met zijn wagen, omdat de wielen anders wegzakten in de modder van de landweg. Het begon al licht te worden, toen ze alles op zijn plaats hadden: een onderaardse aardappelbergplaats achter de boerderij, die Job ervoor vrijgehouden had.

Na het ontbijt dacht niemand aan slapen. De sigaretten waren zo goed en er was zoveel te praten met Rudi en de captain. Maar Jos trok met Jan en Steven opnieuw het veld in om het hele terrein nog eens af te zoeken. Ze vonden een lamp en een handschoen en in het bos nog een hele container, die tegen een boom losgeslagen was. Handgranaten en onderdelen van wapens lagen overal verspreid. Ze zochten de zaak bij elkaar en verborgen alles voorlopig onder takken en blad. De volgende keer, nam Jos zich voor, zouden ze zich verder het veld in opstellen.

Toen ze thuiskwamen, liep de captain in boerenkleren met Job Eising rond over het erf. Hij had in Schotland ook een boerderij en toonde voor alles belangstelling. In het hele huis hing de scherpe geur van de Engelse sigaretten en op zolder werkte de zender al, voorlopig alleen voor een berichtje dat alles goed was overgekomen en dat het veld en de omgeving heel geschikt waren voor een nieuwe dropping.

HOOFDSTUK 8

Nu kwamen er weken vol drukte en afwisseling. Op de dag van de dropping, tegen de avond, bracht het hoofd van de geheime inlichtingendienst, door Jos gewaarschuwd, een bezoek aan de boerderij. Hij heette Harmsen en hij leek maar een heel eenvoudig mannetje, maar hij werd 'De Spin' genoemd, omdat bij hem alle draden van het verzet samenkwamen. Hij leek ook op een spin, met zijn grote neus en zijn kleine felle oogjes, die dwars door je heen leken te kijken.
Meneer Harmsen was erg blij met de komst van Rudi, want zijn marconist was een week geleden gevangengenomen. Hij had een paar belangrijke berichten, die nog diezelfde nacht overgeseind werden, maar de volgende morgen nam hij Rudi mee naar Assen, want die moest ergens wonen waar hij beter bereikbaar was. En of Jos maar zorgen wou dat daar nog diezelfde dag het zendtoestel werd gebracht.
'En dat zegt die spinnenkop, alsof het over een broodje gaat,' mopperde Jos lachend. 'Hoe krijgen we dat gevaarlijke ding langs de weg?'
'Als een broodje,' zei Jan. 'In de bakkersmand!'
Dát was een idee! De mand werd bij oom Gerrit gehaald en de hele zaak bleek er mooi in te kunnen. De bakker uit het dorp leverde zoveel broden dat de mand er tot over de rand mee aangevuld kon worden en Jan fietste ermee naar Assen. Hij kwam er gemakkelijk, want hij had de wind in de rug, maar toen hij de straat inreed waar hij moest zijn, stonden er Duitsers en landwachters te controleren, vlak voor het huis waar hij de zender moest afleveren. Hij kon het niet wagen om daar nu naar binnen te gaan. Teruggaan was ook niet meer mogelijk, ze hadden hem al gezien – dat zou juist wantrouwen wekken. Maar hij was toch bakker, hij kon hier toch een klant hebben...? Hij sprong van de fiets, zette die tegen een hek, en sloeg het deksel van de mand omhoog en nam er twee broodjes uit. Hij liep naar een deur en belde aan. Wachtend en een deuntje fluitend keek hij rond. Hij zag dat de kerels hem in het oog hielden. De deur ging open. Een vrouw met een klein kind op de arm.

'Alstublieft mevrouw, twee broden!'
'Maar... maar...' stamelde de vrouw verrast.
'Ja, 't is goed hoor,' zei Jan. 'Ze zijn voor u besteld. Bonnen en geld is al in orde. Dag mevrouw!'
Hij duwde haar de broden in de arm, tikte tegen zijn pet en keerde fluitend terug naar zijn fiets. Nu heel gewoon doen, niet kijken... Keren en dan met een luchtig sprongetje op het zadel... Hij fietste weer en ze riepen niet. Het was gelukt. Dag moffengebroed, auf nimmer Wiedersehen!
Pas toen hij de hoek van de straat om was, zakte de schrik zwaar in zijn benen. Hij reed naar zijn moeder, zette de fiets in de schuur en kwam opgewekt bij haar binnen.
'Ik zag je aankomen,' zei ze. 'Je had een mandvol brood bij je. Help je bakker Jansen tegenwoordig?'
Wat moest hij? Ze zou geen rustig ogenblik meer hebben, als ze wist, wat hij deed.
'Vindt u het niet goed?' vroeg hij lachend.
'O ja, natuurlijk,' zei ze. 'Maar je moet ook aan je studie denken. Heb je Frits de laatste tijd nog gezien?'
'Ik zie hem bijna iedere dag,' antwoordde hij. 'Hij zit bij een boer in de buurt van oom Gerrit. Hij heeft het er best naar de zin, moeder! Maak u vooral geen zorgen over Frits...'
Zelfs tegen je moeder kon je niet oprecht zijn. Wat een vreselijke tijd was het toch!
Toen hij na een goed uur weer vertrok, begon het donker te worden. Onderweg kwam hij Guusje tegen en die was natuurlijk dadelijk bereid om vooruit te fietsen en hem te waarschuwen, als de straat nog niet vrij mocht zijn. Maar alles was er nu rustig en veilig leverde hij zijn vrachtje af. Het brood kon hij er ook wel kwijt.
Rudi ontving hem lachend. Hij had met de Spin voor het zolderraam gestaan, toen Jan schuin aan de overkant de broodjes afleverde en die had Jan dadelijk herkend.
'Mijn compliment,' had hij gezegd. 'Dat is een handige jongen!'
'Dus dat weet je,' zei Rudi. 'Blijf je slapen? Ik heb nog chocola ook!'
Het speet Jan dat hij weer weg moest, al was het niet om de chocola. Hij mocht Rudi graag. Wat een zacht meisjesachtig gezicht had die jongen! Maar bang leek hij niet te zijn.
Jan kreeg twee repen chocola en een pakje sigaretten mee. De repen gaf hij aan Guusje, die om de hoek stond te wachten. Een sigaret stak hij op, toen hij buiten de stad was, en dat was eigenlijk nog te vroeg, want een

boer die voor zijn huis bij de weg stond, snoof hoorbaar de vooroorlogse geur op en keek hem oplettend na.
Jan bleef die nacht bij oom Gerrit slapen en fietste de volgende morgen naar Job Eising. Daar stond de captain juist klaar om weer met zijn instructies te beginnen. Hij had de vorige dag al wat theorie onderwezen en nu wilde hij de jongens met de nieuwe wapens laten oefenen. Hij dacht daar een laan van het staatsbos voor te nemen en het was hem bijna niet aan zijn verstand te brengen dat het daar veel te onveilig was. Er was trouwens wel meer wat hij niet begreep: hij weigerde ook hardnekkig om zijn snorretje af te scheren, een smal, zwart, dandy-achtig kneveltje dat zijn hele vermomming als boer tot een bespotting maakte.
Jos besliste dat ze de gierkelder waarin Vosje zat opgesloten, zouden gebruiken. Het geluid van de schoten zou daar buiten nauwelijks gehoord worden. De gevangene moest dan maar zolang ergens anders naartoe.
Maar het bleek niet meer nodig om Vosje te laten verhuizen. Hij was er niet meer. Ze zouden geen last meer van hem hebben. Diep in het bos dat zich achter de boerderij uitstrekte, lag de man begraven.
Samuel vertelde wat er gebeurd was. Hij had zich de eerste dagen veel met Vosje beziggehouden en hij was hem ten slotte wel een aardig mannetje gaan vinden, vol met grapjes en altijd goed gehumeurd.
'Ik kan haast niet geloven dat jij een verrader bent,' had hij eens gezegd.
'O, maar dat ben ik ook niet,' verzekerde Vosje. 'Alleen om vrij te komen heb ik de SD beloofd dat ik mee zou helpen om verzetsmensen te arresteren. Zou u dat soms niet gedaan hebben, meneer Levi? Ik had alleen niet zo stom moeten zijn om het daar bij die smid te vertellen, want toen zagen ze me meteen voor een verrader aan.'
Hij bezwoer onder tranen dat het zo was en niet anders, maar hij beloofde toch op zijn erewoord dat hij nooit zou proberen te ontvluchten. En diezelfde avond, toen hij in het donker gelucht werd, en ze wat verder van de boerderij waren afgedwaald dan gewoonlijk, stootte hij Samuel onverwachts in een sloot en nam de benen. De hond was juist weggelopen, die zat op het bouwland achter een haas aan. Maar toen hij terugkwam, wist hij het spoor te volgen en na bijna een uur kregen ze de vluchteling in het bos te pakken.
'En toen?' vroeg Jos.
'En toen?' herhaalde Samuel. 'Was het niet genoeg? Wat heb je me gezegd en waarom heb je me die revolver gegeven?'
'Het is goed, Sam,' zei Jos ernstig. En Jan moest in stilte toestemmen: het had niet anders gekund. Hij drukte Samuel, die bleek en trillend voor

hen stond, stevig de hand om hem gerust te stellen. Maar 's nachts kon hij er niet van slapen. Schram, Sylvia, Vosje... wisten ze wat ze deden? Waren ze geen slachtoffers van de oorlog...? In gewone tijd zouden ze misschien heel fatsoenlijke mensen geweest zijn... Hij voelde behoefte om voor Vosje te bidden en in ieder geval voor diens vrouw, die wel erg in angst zou zitten en iedere dag vergeefs naar haar man uit zou kijken. En dat deed hij toen.

De gierkelder bleek heel geschikt voor de oefeningen. Het was een grote ruimte met wanden van beton, die nog niet gebruikt was voor zijn eigenlijke doel. De achterwand werd met stropakken bekleed, er werden een paar stallantaarns opgehangen en toen schoten ze er met de colt, een zwaar Amerikaans pistool, zoals de cowboys gebruiken, en met de stengun. Dat was een kleine handmitrailleur en het ding zag er zo eenvoudig uit dat de jongens eerst dachten met een afdankertje van de Engelsen van doen te hebben. Maar het bleek een uitstekend wapen te zijn. Als je even de trekker aanraakte, kwam er een vuurstoot van tientallen kogels en met zo'n kracht dat de stropakken stonden te waggelen.

De brengun was een groter machinegeweer dat op een voetstuk moest worden opgesteld. Verder waren er handgranaten en brandbommen en allerlei explosiemiddelen: zware tijdbommen, om bunkers en spoorlijnen op te blazen, en lichte bommetjes – 'pillen', zei Jos – die je in je broekzak kon meenemen. Van al die vreselijke wapens leerden de jongens de werking en het gebruik en Sjoerd kreeg nog een paar extra lessen, om zo nodig bij andere gevechtsgroepen als instructeur te kunnen optreden. Een deel van de wapens werd in de gierkelder opgeslagen, de rest verdween de volgende dagen naar alle kanten. Een auto van de PTT kwam een deel halen voor een KP in Groningen. Een Friese politieboot kwam het kanaal in varen, koos ligplaats voor het huis van oom Gerrit en werd in de nacht geladen. Met de PTT-auto verdween ook de captain en de jongens waren er blij om dat ze zo gemakkelijk van hem afkwamen, want ze hadden hem om zijn gekke snorretje geen van allen graag op de fiets weggebracht.

Het grootste probleem vormde een deel van de wapens dat in een groot dorp in de omgeving moest zijn en daar in een grafkelder zou worden opgeslagen. Dicht bij de ingang van het kerkhof, in de villa van de ondergedoken burgemeester, had zich een onderafdeling van de SD gevestigd en die Duitse politielui, door hun vriendjes de landwachters geholpen, controleerden dag en nacht alles wat op de weg voorbijging. Het leek totaal onmogelijk om die wapens op hun plaats te krijgen.

Jos en Jan gingen er eens met Havinga over praten en vertelden hem met-

een dat hij van Vosje niets meer te duchten zou hebben. De smid fleurde er helemaal van op en die grafkelder bracht hem op een schitterend idee. Hij ging naar een bevriende stalhouder, leende daar de lijkwagen met een zwart paard, een doodskist en koetsierskleding en de volgende dag naderde een kleine begrafenisstoet langzaam de wachtposten voor het vroegere burgemeestershuis. Havinga zat op de bok met zwarte steek en schoudermantel en achter de wagen, in deftige zwarte slipjassen, maar met de revolver in de binnenzak, liepen met uitgestreken gezichten Jos en Steven, Jan en Job Eising, Jaap en Arend. Jos had zelfs een hoge hoed op, die ging door voor de dominee.
Het viel niet mee om het gezicht in een droevige plooi te houden, toen ze de Duitsers aan de kant in de houding zagen staan en eerbiedig salueren. Steven kreeg het te kwaad en drukte de zakdoek voor zijn gezicht. Ze konden pas goed uitlachen, toen ze bij het lijkenhuisje op het kerkhof gekomen waren, waar de leden van de verzetsgroep uit het dorp klaar stonden om de zending in ontvangst te nemen. Ze konden de zware kist nauwelijks tillen en de doodgraver, die ook in de groep zat, zei dat hij nog nooit zo'n vrolijke begrafenis had gezien.
Diezelfde avond kwam de slagzin opnieuw door en omdat Sjoerd als instructeur bij een andere groep zat en Frits juist met een opdracht naar Groningen was, liet Jos door Job Eising een paar onderduikers halen om mee het veld in te gaan. Deze keer hoefden ze niet lang te wachten. Om twee uur in de nacht kwam het vliegtuig en loste een nog grotere lading dan de vorige keer. Weer kwam de PTT-auto en daarna een grote verhuiswagen. Steven vervoerde een vracht op een boerenkar, onder bietenloof, en de rest werd in een praam geladen, met takkenbossen bedekt, en door KP'ers uit het oosten van de provincie weggesleept naar hun dorp.
In die tijd kreeg Jos van de Spin een waarschuwing om uiterst voorzichtig te zijn, omdat de Duitsers gemerkt hadden dat er wapens gedropt werden en iedere nacht patrouilleerden om de afwerp-terreinen te ontdekken. Gebrek aan medewerkers hadden ze niet, want ze waren versterkt met politietroepen, die uit het bevrijde zuiden waren gevlucht. In het noorden van de provincie was een hele dropping in hun handen gevallen en ergens anders hadden ze een opslagplaats van wapens ontdekt, een boer gevangengenomen en ook een paar KP'ers, die daar in het hooi lagen te slapen. Door die jongens en de boer te verhoren hadden ze weer andere medewerkers kunnen arresteren en het onheil begon als een besmettelijke ziekte om zich heen te grijpen.
Jos besloot om de groep voor een tijd te ontbinden. Hij stuurde Rudi de

boodschap dat er voorlopig geen wapens meer gedropt moesten worden, liet zijn jongens naar huis gaan en gaf ze het bevel om aan geen enkele actie mee te doen. Het was hier in de omgeving nu nog rustig, ze moesten hun best doen om dat zo te houden. Alleen de zaterdagavondbijeenkomsten bij oom Gerrit zouden doorgaan.
Maar al een paar dagen later was alles in de war en het ging zo snel dat de jongens geen tijd hadden om tot bezinning te komen. Het begon met een overval op het dorp van Steven, een grote razzia, waarbij wagens vol Duitsers en landwachters het dorp omsingelden en het uitkamden, zoals ze dat noemden, naar wapens en onderduikers. Ze zochten ieder huis na van de kelder tot de zolder, maar ze vonden weinig, want oom Gerrit had de overvalwagens voor zijn huis langs zien rijden en haastig bij Geert Reinders de molenaar opgebeld. Die had zijn molen stilgezet met de kapotte wiek naar boven en bovendien van de omgang de boerhoorn laten klinken. Er zaten meer dan honderd onderduikers in het dorp, maar slechts vijf werden gevonden en verder de joodse vrouw met het kindje, die daar door Steven waren ondergebracht. De Duitsers plunderden hier en daar nog een voorraadkast en laadden armen vol worst en ham in hun auto's. De gevangenen zetten ze op een boerenwagen, ze gaven de boer bij wie de joden gevonden waren, het bevel om hen naar Assen te rijden, en ze stuurden drie landwachters mee voor bewaking. Toen reden ze weer weg in hun auto's.
Steven had zich op de boerderij van zijn vader verborgen gehouden en toen hij de wagen met zijn droevige vracht voorbij zag gaan, was het hem onmogelijk om 'zich rustig te houden', zoals Jos had bevolen. Voor die vrouw en dat kindje in het bijzonder voelde Jos zich verantwoordelijk. Moesten die opnieuw het kamp in...? Niet zolang Steven er iets aan kon doen. Hij stak zijn colt in de zak, sprong op de fiets en reed de wagen bij het kanaal achterop. Eén landwachter zat bij de boer op de wagen, de beide andere liepen er pratend en lachend naast.
'Ho, wacht eens even,' zei Steven en de wagen bleef staan. Hij zette zijn fiets tegen een boom, haalde zijn pistool te voorschijn en schoot een van de landwachters neer. De tweede richtte zijn geweer, maar een onderduiker sprong hem van de wagen af op de nek en sloeg hem na een korte worsteling met zijn eigen wapen bewusteloos. De derde landwachter gooide zijn geweer weg en vluchtte schreeuwend het veld in.
Steven nam de wagen mee het staatsbos in en bracht de vrouw en het kind in de boerderij waar Samuel zat. De andere onderduikers vonden met hulp van de boer wel een nieuw adres en de laatste dook met paard en al

zelf ook onder. Maar diezelfde avond waren de Duitsers opnieuw in het dorp, namen zeven boeren gevangen – voor elke gevluchte onderduiker één – waarbij ook Stevens vader en de molenaar, en de volgende morgen kwamen ze terug en arresteerden Geert Reinders en oom Gerrit.

Het was op een zaterdag toen dit gebeurde. Jan had de nacht bij zijn moeder in Assen doorgebracht en toen hij tegen de middag het pad naar het huisje van oom Gerrit op fietste, hoorde hij de koe loeien in de stal, de deur van het huis stond wagenwijd open en binnen lag de hele boel overhoop. De schrik sloeg hem om het hart. Hij haastte zich naar de boerderij van Reinders en hoorde daar van de huilende boerin, wat er gebeurd was. Het was een goede, maar nogal domme vrouw. Ze deed alsof Jan de schuld van alles was. Ze pakte hem bij zijn arm en bezwoer hem dat hij nu ook maar moest zorgen dat haar man weer terugkwam. Hij probeerde haar te troosten en beloofde dat hij zijn best zou doen, maar zijn gedachten waren bij oom Gerrit. Die arme, oude man, voor hem moest hij allereerst al zijn krachten inspannen...! Wat konden ze hem bewijzen? Alleen dat hij opgebeld had, dat zou de molenaar wel losgelaten hebben. Nog meer? Hadden ze iets bezwarends bij hem gevonden...? Opeens dacht hij aan zijn revolver, die hij in een gleuf achter het varkenshok had verstopt en hij reed snel terug. Gelukkig, het wapen was er nog, maar de radio, die in een schuilplaats onder het hooi verborgen had gezeten, lag kapotgeslagen in de schuur. Radio en opbellen dus. Als ze nu uit de andere gevangenen maar niet meer konden persen... Wist Stevens vader waar zijn zoon iedere zaterdagavond was...?

Hij fietste terug naar Assen en via Rudi had hij tegen de avond een onderhoud met de Spin. Die was bevriend met een bewaker en zou proberen contact met oom Gerrit te krijgen. Dat was alles wat hij beloven kon.

'Je bent zo opgewonden,' zei de Spin. 'Is dat zo'n belangrijke figuur, die ouwe?'

'Oom Gerrit?' riep Jan. 'Hij is onze... onze raadsman, onze vader en hij weet alles van ons, van ons allemaal!'

'Zo, en kan hij zwijgen?'

'Zwijgen? Als oom Gerrit het niet kan, dan kan niemand het!'

'Dat is dan voorlopig het voornaamste,' zei de Spin. 'Ja jongeman, offers moeten er gebracht worden, dat is niet anders. Maar je hoeft de hoop nog niet op te geven, we zullen ons best doen.'

Hij keek Jan recht in de ogen en scheen nog iets te willen zeggen, maar toen bedacht hij zich. En daarmee kon Jan gaan. Hij fietste in zijn bakkersjasje langs de gevangenis en keek op naar het hoge, sombere gebouw,

waar juist de lichten aangingen achter de kleine, getraliede raampjes. Hij wist wat het was om daarachter te zitten... Offers moeten er gebracht worden... 'Maar dit niet, o God, oom Gerrit niet!' bad hij wanhopig en een paar kinderen, die in de schemering aan het spelen waren, keken verwonderd naar die bakkersjongen, die hardop op de fiets zat te praten. Jan fietste terug naar het huisje van oom Gerrit, stak zijn revolver bij zich en stond met een zwaar hart achter het stookhok op de jongens te wachten. Jaap en Arend kwamen tegelijk, Frits kwam met Jos, toen kwam Steven. De anderen verweten Steven niets. Verslagen stonden ze bij elkaar op Sjoerd te wachten, maar Sjoerd verscheen niet. Wat was er met Sjoerd...? Ziek, dood, gevangen...? Als hij ziek was, zou hij een boodschap gestuurd hebben. Was het dan wel vertrouwd om hier te blijven...? Maar er moest toch iemand blijven om hem op te vangen als hij nog kwam...?
'Sjoerd kan wel zwijgen, die is zo hard als een spijker,' zei Arend.
'Ja, ja,' zei Jos. Hij zuchtte diep. 'Hoor es, jongens, één ding moet je goed onthouden: als ze mij nog eens te pakken krijgen, maak dan dat je wegkomt, want ik sta voor mijzelf niet in, geen tweemaal vierentwintig uur zoals we afgesproken hebben, al zou ik mijn best ervoor doen. Zoveel heb ik wel gehoord van de methoden die ze daar toepassen. Maar enfin, ze hebben Sjoerd misschien nog niet...'
Na kort beraad besloten ze om het hoofdkwartier te verplaatsen naar de buurt van Job Eising. Niet bij hemzelf, dat was nu misschien ook niet vertrouwd. Job zou wel een adres weten en via hem zou Jan de anderen weer kunnen bereiken. Hij zou hier blijven om op Sjoerd te wachten.
Jan haalde een metworst bij oom Gerrit uit de kelder. Brood en boter was er ook nog. Hij had sinds de morgen nog niet gegeten. Hij dronk wat water, sloeg zich een deken om de schouders en bracht de nacht door in de luwte achter het stookhok in een toestand tussen slapen en waken in. Bommenwerpers trokken over en kwamen weer terug – hij zag er één voor de schijf van de volle maan voorbijschieten. Tegen de morgen was er gerucht bij het huis, er hoestte iemand, maar het bleek een buurman te zijn, die de koe kwam verzorgen. Jan trok zich stil terug en fietste huiverend naar Assen. De rijp lag wit op de velden, het was begin december, een stille winterse zondagmorgen. Hij kon nu zijn witte jasje niet aan, maar er was geen controle. De zon kwam stralend op, toen hij de stad binnenreed en even later was er luchtalarm. Scharen bommenwerpers trokken weer over. Hoe hielden ze het daar in Duitsland uit bij zoveel bombardementen? Hij durfde niet naar zijn moeder, ze zou iets aan hem kunnen merken, hij was te verdrietig. Hij bracht de dag bij bakker Jansen door, fietste een paar

keer naar Rudi en kon er tegen de avond een briefje in ontvangst nemen in het ouderwetse schrift van oom Gerrit. Hij vloog het door:

Lieve kinderen,

Heel zoet zijn zolang opa weg is en niet met vuur spelen, want de boel is erg brandbaar. Niet klagen, ik mag er toch ook wel eens uit! En niet bij de pakken neerzitten, want het werk moet doorgaan. Geen zorgen over mij. Sjoerd is hier ook. Hartelijke groeten aan Evert Jan over een paar maanden. Tot ziens, hier of in het Vaderhuis.

Oom Gerrit.

Het was weer donker, toen Jan met dat briefje bij Job Eising kwam en toen kende hij het helemaal van buiten. Hij vond de jongens bij een buurman, waar ook de onderduikers zaten die bij de laatste dropping geholpen hadden. Toen hij nog in het achterhuis was, hoorde hij ze druk door elkaar praten, maar toen hij binnenkwam, werden ze stil. En het bleef nog even stil, toen Jan het briefje voorgelezen had. Het was dus zo. Sjoerd ook! Frits keerde zich om en snoot hard zijn neus. Steven keek het briefje nog eens door en schoot in een lach, maar het kon ook een snik zijn. Jos zei niets, maar Jan zag dat zijn kaken zich spanden, zo beet hij op zijn tanden.
'Zie je nou wel,' zei een van de onderduikers, 'we kunnen wel ophouden, de hele boel is kapot! Mij krijg je niet meer mee.'
'Dan blijf jij thuis,' zei Jos hard. 'We kunnen 't ook zonder jou! Nog iemand die er zo over denkt? Lees wat oom Gerrit schrijft: het werk moet doorgaan! Hoe staat het ook in dat versje van jou, Jan, over die vriend van je dat je laatst voordroeg? Maar met de dood in 't hart standvastig voorwaarts gaan...'
'Met de angst in 't hart,' verbeterde Jan. 'Waar gaat het eigenlijk om?'
Ze lichtten hem in. De vorige avond al was de slagzin opnieuw doorgekomen. Rudi had misschien de boodschap niet doorgeseind...? Ze hadden de afgelopen nacht al voor niets in het veld gestaan, het vliegtuig was niet gekomen, maar wel was er een Duitse patrouille in de buurt geweest. Althans die morgen hadden ze de sporen van autobanden gezien op een zandweg in het bos. Vannacht zou de vracht waarschijnlijk komen en ze moesten gaan, meende Jos. Ook deze wapens waren nog nodig en het weer was gunstig: ruw, met laaghangende bewolking, de moffen zouden het vliegtuig misschien niet eens opmerken.

'We zullen wachten uitzetten bij de beide toegangswegen,' zei Jos. 'Merken we iets verdachts, dan seinen we niet. Anders vangen we de boel op en om niemand in gevaar te brengen, verstoppen we alles in het veld, in die gaten bij de zandgraverij, weet je wel? Laten we ook een paar pillen meenemen. Liever de hele zaak in de lucht dan dat de vijand de wapens in handen krijgt. Iemand tegen?'

Niemand. Zelfs de onderduiker trok zwijgend zijn laarzen aan, toen de radio de slagzin opnieuw had laten horen en een uur later stonden ze in een natte sneeuwbui in het veld. Jan en Frits betrokken met de stengun de wacht op de boslaan die naar het dorp ging, Jaap en Arend stonden bij de weg aan de overkant van het veld. Jos, Steven, Job Eising en de twee onderduikers zouden de dropping opvangen.

Nog vóór één uur verscheen het vliegtuig. Jan zag de seinlichten in het veld, driemaal kwam het toestel over, toen was het weg. Nu kwam het eropaan! Was het vliegtuig door een Duitse patrouille gesignaleerd? Dan zou die gauw hier zijn. Het kon haast niet bij dit weer en bovendien waren er juist honderden bommenwerpers hoog in de lucht. De jongens luisterden met ingehouden adem. Ze hoorden alleen een enkele keer gedempt de stemmen van hun vrienden die met het transport bezig waren en soms scheen er even een lichtje, als ze zochten naar een van de containers. Het ging goed. Al meer dan een uur ging het nu goed... De zandgraverij was dichtbij. Hoe ver zouden ze zijn met het werk?

'We konden ze nog wel even gaan helpen,' zei Frits.

En juist op dat ogenblik was er het geluid van een motor aan het eind van de boslaan. Twee lichten naderden.

'Daar komen ze!' zei Jan. 'Frits, gauw, ren naar Jos om hem te waarschuwen! Ik houd ze hier tegen.'

'Nee,' zei Frits. 'Ga jij maar.'

'Frits, toe nou! Denk eraan dat ik ondercommandant ben. Ik beveel het je!'

'Je kunt me nog meer bevelen,' zei Frits. 'Ik laat je niet in de steek.'

De lichten kwamen snel dichterbij. Het geluid was van een zware motor. Een overvalwagen...?

'Maar we moeten toch waarschuwen, Frits?'

'Als ze ons horen schieten, zijn ze vanzelf gewaarschuwd. Maar niet te lang wachten, ik zie daar een lichtje in het veld, de jongens zijn nog bezig. Wacht, ik steek de laan over, dan bestoken we ze van twee kanten. Begin maar, Jan!'

'Hij praat alsof het een pretje is,' dacht Jan. Hem zat het hart in de keel. Hij wachtte tot de wagen op een vijftig meter gekomen was, toen liet hij

de stengun losbranden. Hij hoorde de kogels ratelen op de motorkap, een lamp vloog aan scherven.
Hoger richten, op de voorruit... Hoor, dat was de stem van Frits, schuin tegenover hem... Jochie, pas op, kom er niet te dicht bij!
De wagen stond stil. Er was een verward geschreeuw en toen werd er teruggeschoten. Telkens één knal, gewone geweren dus. Jan hoorde de kogels tegen de takken vliegen. Gewone geweren, dan lusten wij jullie, kereltjes...! Daar ratelde de sten van Frits weer. Jan dook in de bermsloot, rende dichterbij, schoof tegen de wal op en schoot opnieuw. Hij zaaide de kogels over de hele lengte van de auto. Dat ene licht brandde warempel nog! Er schreeuwde iemand op een rare manier, net alsof hij huilde. Nóg een salvo... Hier ben ik, moffentuig, deze kant op schieten, asjeblieft, Frits is nog zo jong... Maar nu werd het toch wel wat bar, vlak boven hem knapte een tak van een boom af. Jan dook weer weg, rende nóg dichterbij, intussen hoorde hij Frits weer schieten. Wacht, hier achter die grote spar, daar zat hij veilig... Net onder de takken door spoot hij zijn vuurstraal. Wat nu, knepen ze er al tussenuit...? De wagen reed snel achteruit de laan af, het oog van die ene brandende lamp werd steeds kleiner. Kon hij dat nou niet kapot krijgen...? Jan sprong op de laan, schoot de wagen na en hij kon wel juichen, want ze hadden het gewonnen! Ze hadden met z'n beiden die moffenwagen op de vlucht gejaagd.
De wagen keerde bij de zijlaan, het geluid van de motor werd steeds zachter. 'Frits! Frits, ze zijn weg...! Frits, waar ben je?'
En toen drong het tot hem door dat hij zijn broer de laatste paar minuten niet meer had horen schieten. Hij sprong het bos in.
'Frits, Frits!' Zijn stem was rauw van angst.
'Ja-an!' klonk een stem van het veld. Gelukkig, hij was dus al in de richting van de anderen gelopen. Waarom wachtte die knul nou niet even? Jan holde de laan af. Daar stonden twee donkere gestalten. 'Wie is daar?' riep iemand. Het waren Jaap en Arend, die dwars over het veld te hulp waren gekomen. Frits, nee, die hadden ze niet gezien. Maar daar, in de richting van de dropping, had net iemand geroepen. Hij zou wel bij de anderen zijn. Hij was niet bij de anderen. Jos en Steven kwamen er juist aan, voorzichtig sluipend langs de bosrand. Job Eising en de onderduikers waren al weg. De hele dropping was binnen, op één container na; die moest nog ergens in het veld liggen. Jaap en Arend zouden er nog naar zoeken, Jos en Steven gingen met Jan mee. Met hun lantaarns was Frits gauw gevonden. Hij lag in de sloot en aan de rechterkant van zijn borst was zijn trui nat van bloed.

'De kogel zit vlak onder de schouder,' zei Jos. 'Als hij verder niets heeft, loopt het goed af. Dragen jullie hem naar het dorp, regelrecht naar de dokter. Ik haal een parachute en het parachutistenpak van de captain – dat moet nog bij Job Eising onder het stro zitten – en gooi dat hier in de buurt in het bos. Misschien kunnen wij ze zo wijsmaken dat ze tegen Engelse parachutisten gevochten hebben. We moeten hier geen tweede Putten krijgen...'
Hij rende weg. Steven had Frits al in de armen, hij wilde hem niet meer afstaan. Jan liep ernaast met één sten op de schouder en één in de hand. Halverwege kwam Frits bij.
'Jan,' zei hij zacht. 'Ben jij het?'
'Ik ben hier, Frits.' Jans stem brak van blijde ontroering.
'Dan is het goed,' zei Frits. 'Wie draagt me?'
'Steven.'
'O, Steven... Nou, dan lig ik goed... Die is... die is zo sterk als... als...'
'Ja, stil nou maar, kerel, het komt allemaal goed.'
En het kwam goed. De dokter legde een voorlopig verband en was niet ongerust, maar hij stond erop dat Frits naar het ziekenhuis ging.
'Ik wil hem zelf wel brengen,' zei hij. 'Maar hoe moet dat? Een auto heb ik niet meer.'
Tegen de morgen reed een kruidenierswagentje met een hitje ervoor de tuin in en Frits werd er op een matras in gedragen. Jos was er toen ook al, met Jaap en Arend. Ze hadden de fietsen van Jan en Steven meegebracht. De container was niet meer gevonden.
De dokter reed met de kruidenier mee naar het ziekenhuis. Toen het wagentje de dorpsstraat indraaide, raasden de overvalwagens al voorbij in de richting van het droppingveld. Over erven en door tuinen bereikten de vijf die van de groep waren overgebleven, de rand van het dorp, en langs veldpaden kwamen ze na een uur bij een paar afgelegen huisjes, waar ze voorlopig onderdak vonden. Jan kwam bij een stroper en boendermaker in de kost, een ruwe, bonkige kerel, die vol zat met haat tegen de Duitsers. Diens dochter, een handige, brutale meid van een jaar of zestien, ging de volgende dag op verkenning uit en kwam terug met de tijding dat de Duitsers het dorp hadden uitgekamd en nog bezig waren om in lange rijen de velden en bossen in de omgeving af te zoeken. Eén container hadden ze gevonden. Verder hadden ze enkele mannen opgepakt en een daarvan was Job Eising. In diens huis hadden ze niets kunnen ontdekken, maar op het erf, half weggetrapt in de modder, had een sigarettendoosje gelegen van Engelse afkomst.

Toen moesten de jongens opnieuw maken dat ze wegkwamen, want Job Eising kon weten dat ze hier hun toevlucht hadden gezocht. Hij had ze zelf vroeger dit adres eens genoemd. Jos ontbond opnieuw de groep. Het was het veiligst, als ieder nu maar voor zichzelf zorgde, zei hij. Ze namen afscheid van elkaar, lieten de stenguns bij de stroper, die er erg mee in zijn schik was, en verdwenen naar alle kanten als opgejaagd wild.

HOOFDSTUK 9

En toen was er in al die ellende toch een lichtstraal, want toen Jan langs omwegen het huis van Geert Reinders bereikte, kwam de boer zelf hem bij de schuurdeur met een brede grijns tegemoet. Hij was juist die morgen weer vrijgelaten, doordat oom Gerrit alle schuld op zich genomen had en misschien ook, doordat een paar voorname NSB'ers uit de omgeving erg hun best voor hem gedaan hadden.
Oom Gerrit had bekend dat hij van de telefoon van Reinders gebruik gemaakt had om de molenaar te waarschuwen, maar hij had er de nadruk op gelegd dat Reinders geheel buiten het complot had gestaan. De molenaar zat nog vast en de vader van Steven ook. De andere boeren uit Stevens dorp waren die morgen eveneens vrijgelaten, misschien om plaats te maken voor nieuwe gevangenen. De gevangenis zat propvol, vertelde Reinders.
'Hoe is het met oom Gerrit?' vroeg Jan.
De boer schudde bezorgd het hoofd.
'Ik heb hem de laatste dagen niet meer gezien,' zei hij. 'Toen we pas gevangenzaten, ben ik een paar keer met hem eh... hoe heet dat... gecon... eh...'
'Geconfronteerd.'
'Ja, toen stonden we samen voor die kerels en ze probeerden ons vast te zetten op mekaars woorden, maar dat lukte ze niet. Toen was het best met hem, je kon niks aan hem merken. Hij stond te redeneren als een advocaat, Duits en Hollands door mekaar, en hij heeft die lui een paar keer aan het lachen gemaakt. Ik dacht: die haalt het erdoor. Maar toen ze mij vanmorgen lieten komen om mij te vertellen dat ik weg mocht, probeerde ik een goed woordje voor hem te doen en toen moest je ze horen! "Het is een goeie, ouwe man," zei ik, "er zit dunkt me geen kwaad in." Maar ze schreeuwden: "Ja, ain koeter alter man, niet? Wij weten meer van hem! Hij is een terrorist en hij heeft geregeld terroristen in huis gehad...!" Ik denk dat ze die vriend van je, die Sjoerd, toen al aardig uitgemolken

hadden. Nee, ik geef niet veel voor zijn leven, Jan! En wat jou betreft, ik vind het best als je hier blijft, – je kunt nergens beter zijn, nu ik er zo goed opsta bij de moffen – maar asjeblieft, hou je gedekt, man! Ik hoop daar nooit, nooit meer te komen! Ik had mijn cel dicht bij de verhoorkamer en dat gejammer als ze iemand onder handen namen, ik zal het mijn leven lang horen...'

Jan richtte voor alle zekerheid samen met de boer een schuilplaats in tussen de stropakken in de schuur, waar hij zich in geval van nood snel zou kunnen verbergen, en betrok daarna zijn oude kamertje. Hij zat er twee dagen over de kale velden te staren, toen hield hij het niet langer uit. Als bakker vermomd fietste hij naar Assen en probeerde de Spin te spreken te krijgen. Het lukte niet. De geheimzinnige man was niet te bereiken. Rudi beweerde dat hij onvindbaar was.

'Maar ik moet hem hebben!' riep Jan wanhopig. 'Er moet iets gedaan worden! Wij mogen niet stilzitten...'

Rudi legde hem kalmerend de hand op de schouder. Hij glimlachte.

'Dacht jij dat de Spin stil zou zitten?' vroeg hij.

'Nee, maar...'

'Nou dan. En nog iets: Jos was hier gisteren al en die heeft de grote baas wel gevonden. Wacht jij dus maar rustig af, hoor kerel!'

Rustig afwachten. Was er een moeilijker opgave, als je hart had voor je vrienden en als je wist dat hun toestand zo hopeloos was?

Zo hebben mijn vrienden dus indertijd ook over mij in angst gezeten, dacht Jan. En ze hebben zeker net zo vurig gebeden als ik. Maar als ik die sprong niet gewaagd had, wat had hun gebed dan geholpen...? Hij zag geen uitkomst meer. Hij had Sjoerd en oom Gerrit en al die anderen al afgeschreven. Hij fietste door naar het dorp waar Frits in het ziekenhuis lag en trof er zijn broer wat verbleekt en nog zwak, maar heel opgewekt aan. Hij lag in een apart kamertje – 'Eerste klas!' zei Frits – en al de zusters verwenden hem en vereerden hem als een held. De dokter vertelde dat de kogel verwijderd was en dat Frits met een week of zes wel weer helemaal beter zou zijn. Jan wist niet, of hij er blij om moest zijn dat het zo goed ging. Hij had liever gehoord dat zijn broer tot het eind van de oorlog veilig opgeborgen zou zijn.

Hij zat weer op zijn kamertje de tijd door te worstelen. En daar beleefde hij drie dagen later het wonder dat hem plotseling zijn moed en zijn geloof teruggaf.

Het was 's morgens om een uur of negen. Hij zat met een studieboek voor zich, maar hij kon geen regel in zich opnemen. De vrijheid, dacht

hij, daarvoor worden al die offers gebracht. Wat een kostelijk goed moet de vrijheid zijn, als er zoveel van de besten van ons volk voor moeten sterven...! Zou ons land straks die vrijheid genoeg waarderen...?
En toen keek hij naar buiten en zag in de verte een eenzame figuur, die door het veld, langs een boswalletje, langzaam naderde. Een oude man leek het, gebogen en stijf... Als je niet beter wist, zou je kunnen denken dat het oom Gerrit zou zijn... Hij stond op en keek beter. En plotseling, nog vóór zijn ogen het wisten, wist zijn hart het en sloeg het als een blijde zekerheid door hem heen: het wás oom Gerrit! Het kon niet, het was te dwaas om het te geloven en tóch was het zo! Jan vloog de ladder af, de lange schuur door, hij rende Geert Reinders bijna omver. Hij kwam buiten bij de hooiberg en daar durfde hij bijna niet omheen uit angst voor de teleurstelling... Maar nee, dáár kwam hij heus aanstappen, die goeie, ouwe man, en hij stak zijn stok op toen hij Jan zag en zei: 'Zo Jan, kerel, daar ben ik weer!' Alsof hij even naar de markt was geweest!
Jan kon niet praten en Geert Reinders stak zijn handen omhoog en stond te staren alsof hij een spook zag. Oom Gerrit stapte voor hen uit de schuur in en de ladder op naar Jans kamertje.
'Nee, niet in de huiskamer,' zei hij. 'Niemand mag mij zien. Heb je koffie, Geert?'
Hij legde zijn stok op Jans tafeltje – een ruwe tak, die hij ergens in het veld had gevonden – ging steunend zitten en lachte.
'Nou gaat het je net als in de Bijbel, toen Petrus ineens terugkwam,' zei hij. 'Je ziet me en je gelooft het niet, hè?'
'Maar oom Gerrit, hoe kan dat?'
'Ja, hoe kan dat...? Ik begrijp het ook niet. De wonderen zijn de wereld nog niet uit, jongen. Zolang er een God is, zullen er wonderen zijn. De hele gevangenis is leeg, allemaal zijn we vrij...!'
'Allemaal? Sjoerd ook? En Job Eising en...'
'Ja, ik zal je alles vertellen. Maar hoe is het met mijn koe? Wordt die goed verzorgd?'
Dat moest hij eerst weten. En koffie moest hij hebben, hij versmachtte van dorst. Geert kwam met een hele pot boven.
Die morgen om half acht was het gebeurd. De cel waar oom Gerrit met nog twee anderen inzat, werd opengemaakt en daar stond een slanke, jonge kerel met een smal gezicht – hij leek wel wat op Sjoerd – met een stengun in de hand.
'Aantreden op de gang,' zei hij. 'Vlug en zonder lawaai! Alles meenemen, jullie zijn vrij.'

Ze handelden als in een droom, ze geloofden het niet. Maar ze zagen ook andere cellen opengaan, ze zagen dat de bewakers erin gedreven werden door jonge kerels met stenguns. Het was de KP van Noord-Drente, de KP van Kees en Freek, die, toen er eventjes geen Duitse bewaking was, de gevangenis was binnengedrongen. Buiten stonden twee Duitse vrachtauto's te wachten en daar werden ze opgeladen, eenendertig mannen die ten dode opgeschreven waren geweest, en even later reden ze met hun bevrijders door de stad. Eén wagen ging naar Friesland, de andere reed Drente in en hier en daar stapten een paar mannen uit. Oom Gerrit was bij het staatsbos uitgestapt.

'En Sjoerd, waar is die gebleven?' vroeg Jan.

'Die is naar Friesland gegaan,' zei oom Gerrit. 'Ik heb hem op de gang even gesproken. Je moest de groeten hebben, maar hij durft jullie niet meer onder ogen te komen. De stakker! Als je hem gezien had...'

Maar als je oom Gerrit aankeek, zag je wel dat ook hij geleden had, al was hij, misschien om zijn leeftijd, niet mishandeld. Maar hij wás er weer en hij kon nog steeds niet stilzitten. Daarom wilde hij ook op de boerderij niet blijven.

'Ik zou me nergens in de buurt kunnen vertonen,' zei hij, 'en dus zou het hier ook een soort gevangenis voor me zijn. Ik heb het op weg hiernaartoe al uitgeknobbeld: ik ga er morgen vandoor. In de buurt van Ter Apel, vlak aan de grens, moet nog een halfbroer van me wonen, daar trek ik maar eens op af. Door zijn vrouw heeft hij familie in Duitsland en hij zal best een paadje weten om de grens over te komen. Wie weet, of hij niet met mij mee wil om zijn familie te bezoeken en of het ons als twee ouwe onnozele boertjes niet lukt om uit te zoeken, waar dat kamp van je vader ergens ligt. Een stuk brood vinden we overal en mijn praatje heb ik wel klaar. Ik heb daar vroeger gewerkt, de mensen spreken er ongeveer hetzelfde taaltje als in Groningerland...

Wat oom Gerrit in zijn hoofd had, praatte je er niet gemakkelijk uit. De volgende morgen om vier uur vertrok hij, zodat hij, als het licht werd, uit de buurt kon zijn waar de mensen hem kenden.

'Hou je maar heel rustig,' zei hij bij het afscheid. 'Nog een paar maanden, dan komt de bevrijding. Voor die tijd ben ik terug en anders stuur ik je wel een boodschap. De winter moet je zien door te komen, dan zijn we gered. En houd Frits aan de lijn, zodra hij weer loskomt, die wilde, jonge hond...'

En weer zat Jan alleen op zijn kamertje, maar nu vol blijde verwondering dat God zo boven bidden en denken geholpen had. Intussen raasden de overvalwagens de wegen langs en overal werden mannen gearresteerd wier namen bij de verhoren van de vorige gevangenen waren genoemd. De gevangenis kwam weer vol en opnieuw werden weerloze mensen door martelingen gedwongen om te vertellen wat ze wisten van het verzet. Hier en daar werden wapens opgespoord. Ook de dropping in de zandgraverij werd gevonden. Soms werd een huis in de nacht overvallen en de bewoner op zijn drempel neergeschoten. Wie maar iets met het verzet te maken had gehad, durfde niet meer thuis te blijven slapen.

Er was bij dit alles maar één troost: het kon niet lang meer duren. In de Ardennen begonnen de Duitsers een grote tegenaanval, maar ze werden na een paar weken volkomen verslagen en door de Amerikanen teruggedreven. Langzaam maar zeker drongen de bondgenoten het land van de vijand binnen, maar in Limburg liep het front nog langs de Maas en bij Venlo en Roermond stond hevige strijd te wachten. Midden in de winter werden beide steden door de Duitsers ontruimd en duizenden Limburgers trokken naar het noorden en werden daar bij de boeren ingekwartierd.

Tussen deze arme verdrevenen, die op gewonde voeten voortsjokten, kwamen de trekkers uit het hongerende westen. De Duitsers hadden hun bedreiging uitgevoerd en na de spoorwegstaking bijna geen voedsel meer naar de grote steden laten vervoeren en de rantsoenen waren daar nu zo laag geworden dat geen mens er meer genoeg aan had. Twee aardappeltjes, twee sneden brood, een vliesje kaas en een dobbelsteentje vlees per dag, dat was alles wat men op de bonnen krijgen kon. Wie in leven wilde blijven, moest in de zwarte handel meer zien te krijgen. Maar de prijzen liepen op tot onbetaalbare bedragen: een mud aardappels zeshonderd gulden, een mud tarwe tweeduizend, een brood vijfenzestig. Wie kon zoveel geld bij elkaar brengen...? En dus trokken de mensen zelf de boer op om voedsel te halen.

Gezonde mannen waren niet veilig bij de weg, die werden door de Duitsers gevangengenomen en naar Duitsland gestuurd. Daarom gingen de vrouwen, de schoolkinderen, de oude en gebrekkige mannen. Een grauwe stroom van hongerige mensen trok in sneeuw of regen de wegen langs, op fietsen zonder banden of met een kinderwagen, een handkarretje of een rugzak. Soms hadden ze hun laatste geld meegenomen, maar daar konden ze niet veel voor krijgen: geld had geen waarde meer. Een laken, daar kreeg je een zakje aardappels voor of een paar kilo erwten. Een horloge, een gouden speld, een paar schoenen of een warme jas, daar kon je vlees of spek voor krijgen, eieren of boter of tarwe.

Zo trokken in deze grauwe hongerwinter duizenden en duizenden mensen

bedelend van de ene boerderij naar de andere, op kapotte schoenen, zonder kousen, vaak zonder jas of mantel, steeds verder van huis en ze sliepen 's nachts in het stro bij de boeren, in grote troepen. Dan hielden ze hun voorraadje in de arm of ze bonden het met een touw aan hun lijf, uit angst dat een ander het zou stelen. En er waren boeren die de stakkers hielpen, tot ze zelf niets meer hadden. Maar er waren anderen die de kans zagen om rijk te worden ten koste van hun hongerende medemensen en die hardvochtig wegstuurden wie geen goud of zilver bracht. Maar eindelijk kregen de meeste trekkers hun fietsen of karretjes wel vol en konden ze de lange terugweg aanvaarden, die ook nog vol gevaren was. Want soms werden ze aangehouden door Duitsers of landwachters en werd hun zonder medelijden het beste ontnomen van wat ze met zoveel moeite veroverd hadden. Soms zakte de oude fiets in elkaar en soms konden ze zelf van uitputting niet verder.
Het waren enkel de spitsen van het grote hongerleger, die Drente bereikten, de moedigsten en sterksten die deze reis van dagen konden volbrengen, en dan waren ze meestal ook volkomen aan het eind van hun krachten. Eens zag Jan twee Amsterdamse jongens, die op een handkar tussen de voorraden hun dode vader naar huis brachten. De eerste overvloedige maaltijd van spek en bonen was hem noodlottig geworden; zijn uitgeteerde lichaam had dat zware voedsel niet kunnen verdragen. Een andere keer, toen hij van het ziekenhuis kwam, vond hij niet ver van huis een bewusteloze vrouw aan de kant van de weg naast haar omgevallen fiets. Hij stuurde een boodschap naar Geert Reinders en die bracht haar met paard en wagen naar zijn huis. Daar kwam ze spoedig weer op krachten. Maar wat een verschrikkelijk droevig verhaal was het dat deze vrouw vertelde! Zij kwam uit Den Haag en haar man was boekhouder, die zat nu met drie kleine kinderen thuis op haar te wachten. Werken deed hij niet meer. Kantoren, winkels en scholen waren alle gesloten, niemand dacht nog aan iets anders dan aan het veroveren van voedsel. Op tulpenbollen en suikerbieten hielden de mensen zich in leven – ze hadden in hun nood ontdekt dat die te eten waren. Die kookten ze op een klein noodkacheltje, dat ze stookten met ballen papier of kleine stukjes hout, want brandstof was er ook bijna niet meer. In het park waren de meeste bomen al omgehakt en als er een leeg huis werd ontdekt, braken de mensen daar in en sloopten al het hout eruit, om hun huis te kunnen verwarmen.
Steeds meer mensen stierven van honger en kou en er waren geen kisten meer en geen lijkkoetsen om hen te begraven. Op een ladder of een bakfiets werden ze naar het kerkhof gebracht. Maar soms werd een dode in

de tuin begraven of in een kelder neergelegd en er werd van het overlijden geen aangifte gedaan, om de distributiekaart te kunnen behouden.
Bij dat alles kwam in Den Haag de angst voor de V-2-bommen, de grote raketten, die de Duitsers nog steeds op Engeland afschoten, maar die soms in de stad neerstortten en een halve straat verwoestten. Toen er eens een paard door een bomscherf werd getroffen, was er een halfuur later niet veel meer van het dier over: omwonenden en voorbijgangers waren met bijlen en messen op het dier aangevallen en hadden elk een stuk bloederig vlees mee naar huis genomen...
De vrouw vertrok de volgende morgen weer, op een betere fiets en met de beste voorraden gratis volgepakt. Maar haar verhalen en die van andere hongertrekkers deden de ronde en bij deze ellende werd de eigen nood vergeten en aan gevaar niet meer gedacht. Het was ook niet zo groot meer, nu er zoveel vreemd volk was bij de weg.
Jos haalde zijn jongens opnieuw bijeen en hun voornaamste taak werd nu om voedselvoorraden te vormen en te proberen, die naar het hongerende westen te krijgen. Er waren enkele schippers, die ze over het IJsselmeer naar Amsterdam durfden te brengen. De kerken hadden de handen ineengeslagen en stuurden soms een volgeladen vrachtauto naar het hongergebied, met papieren van de distributiedienst en een enkele keer met een papier vol stempels van een goedwillende Duitse commandant. En op een dag kwam Trijntje, die een auto met een gasgenerator gevonden had en een oude garagehouder, die haar met nog een andere verpleegster naar Rotterdam wilde rijden. Die auto kwam in twee dagen vol. Geert Reinders slachtte er zijn dikste varken voor. En Trijntje bereikte met haar voorraad Rotterdam, al had ze op de IJsselbrug de Duitse wachten ook met een ham en een fles jenever moeten omkopen.
De stroom van hongertrekkers bleef tot eind februari doorgaan en ze hadden zich over de boeren niet te beklagen. Slechts één uitzondering was er en daar werd dan ook in de hele omgeving schande van gesproken. Het betrof een rijke boer, die zich vlak voor de oorlog hier gevestigd had. Die had eieren verkocht voor een gulden en een pond boter voor twintig gulden.
'Die moesten we maar eens even een lesje gaan geven,' zei Jos. Het was het eerste avontuur waaraan Frits ook weer meedeed. Hij was een paar dagen tevoren uit het ziekenhuis ontslagen en Jan had hem bij zich genomen op zijn kamertje. Zo kon hij hem het best onder toezicht houden.
Ze fietsten in de avond met z'n zessen naar de boerderij, klopten de bewoners uit bed en drongen binnen. Ze dreven met hun revolvers de boer,

diens vrouw, de knecht en de meid in hun nachtkleding in de hoek van de kamer bij elkaar en zochten kelder en kasten na. Het werd een hele voorraad die ze verzamelden: vlees en spek en koolzaadolie, een paar zakken tarwe en een pot vol gesmolten vet.
'En dat sta je nu allemaal af voor je hongerende landgenoten,' zei Jos. 'Begrepen?'
'Ja meneer,' zei de boer. Hij bibberde van angst. Maar zijn vrouw was moediger.
'En wat betaal je ervoor?' vroeg ze.
'Geen cent,' zei Jos.
'Het is een schandaal!' riep de vrouw.
'Nee,' zei Jos rustig, 'een schandaal is, wat jullie gedaan hebben met je zwarte prijzen! Dit is een daad van rechtvaardigheid. Je hebt al genoeg verdiend. We zouden je geldkist ook nog mee kunnen nemen, die heb ik net zien staan...'
'Och meneer!' jammerde de boer.
'Stil maar,' zei Jos. 'Je lieve geldje mag je houden. Geef ons maar wat te drinken, we hebben dorst gekregen door al de moeite die je ons veroorzaakt hebt. Heb je wat?'
Er was melk. De meid schonk voor elk van de jongens een beker in.
'Wat kost dat?' vroeg Jos.
De boer overlegde fluisterend met zijn vrouw.
'Twintig cent,' zei hij.
'Dâ's niet te veel,' zei Jos. 'Je begint het te leren. Hier is een kwartje. Laat maar zitten.'
'Dank u wel, meneer,' zei de boer dankbaar en toen schoot zelfs de knecht in de lach. Hij hielp later ijverig mee om de boel op de fietsen te laden.
'Hij is de kwaaiste niet,' zei hij fluisterend. 'Dat wijf van hem, dat laat het vast niet. Hoe kan ik jullie waarschuwen, als ze weer zwarte prijzen vraagt?'
'Dan bind je een stuk jutezak om de paal van het hek,' zei Jos. 'Als we dat zien, komen we terug.'
Maar toen het voorjaar begon te worden, was de hekpaal nog steeds leeg. En toen hield de stroom van hongertrekkers plotseling op. De Duitsers joegen ze bij de IJsselbrug allemaal terug. Ze meenden de wegen vrij te moeten houden voor troepenvervoer. En nu, eindelijk, kwam de bevrijding in zicht. De Amerikanen waren over de Rijn. Ergens in Duitsland, bij Remagen, hadden ze een brug onbeschadigd veroverd en vandaaruit verbreidden hun legers zich snel naar alle kanten, ook in de richting van

de Nederlandse grens. Diep in hun hart wisten de meeste Duitsers wel dat de oorlog nu voorgoed verloren was. Maar Hitler had hun bevolen om tot het laatst toe door te vechten en velen werden nu in hun verbittering heel gevaarlijk. Bij de Woeste Hoeve, op de Veluwe, werden meer dan honderd verzetsmensen doodgeschoten, omdat daar de vorige dag de auto van Rauter, de voornaamste generaal in Nederland, was aangevallen en de generaal zwaar gewond was geraakt. Op andere plaatsen werden eveneens mannen uit de gevangenis gehaald en gefusilleerd. En op een dag kreeg Jos bericht dat ook Rudi gesneuveld was. De Duitsers hadden met hun instrumenten uitgezocht, in welk huis zijn zender werkte en het daarna omsingeld, maar Rudi had zich liever doodgevochten dan in hun handen te vallen. Jan was er diep van onder de indruk. Die arme jongen, met zijn zachte ogen, waarom moest hij zo vlak voor het einde nog sterven...? Want de bevrijding was nu heel dichtbij gekomen. Door de Achterhoek en Overijssel naderden Amerikanen en Canadezen met grote snelheid. Heel wat NSB'ers namen al weer de vlucht. Jos breidde zijn groep uit tot elf man. Ook de stroper en de onderduikers die bij de laatste droppingen hadden geholpen, nam hij erin op. Hij deelde blauwe overalls en oranje armbanden uit. Hij liet Jaap en Jan kaarten maken van de Duitse versterkingen in de omgeving en stuurde Steven en Frits naar adressen in Assen en Groningen, waar ze gegevens konden krijgen over de sterkte van de Duitse troepen. Een paar dagen nadat ze veilig teruggekomen waren, was het kanongebulder in de verte te horen.

Toen maakte Jos zich klaar om te vertrekken. Hij wilde door de Duitse linies proberen te komen om inlichtingen bij de bevrijders te brengen. Hij splitste zijn verzetsploeg in drie groepen, die elk een opdracht kregen. Jan en Frits moesten een grote aarden bunker opblazen, die de Duitsers bij het kanaal gebouwd hadden op ongeveer een uur afstand van het huisje van oom Gerrit. De springstoffen daarvoor moesten ze halen op de boerderij waar Samuel zat.

De broers fietsten er tegen de avond in boerenkleding naartoe. Overal stonden de mensen in blijde spanning voor de huizen. Een troep landwachters, met de jachtgeweren op de rug, fietste snel de weg langs en uit een van de huizen sloot zich iemand bij hen aan. De buren wisten te vertellen dat de kerels van plan waren om over de afsluitdijk in Holland te komen.

Bij een kruispunt, waar ze rechtsaf moesten, kwamen Jan en Frits plotseling in een troep terugtrekkende Duitsers terecht. De soldaten lagen aan weerskanten van de weg in de berm en tussen de bomen stonden hun

fietsen en een boerenwagen met een mager paard, waarop ze gekomen waren. Ze zagen er schamel en vermoeid uit, maar waren in goede stemming en dronken om beurten uit een fles. Een van hen kwam wankelend op de jongens toe. Hij wilde de weg weten naar Assen. Of dat, rechtuit, de weg was naar Assen.
'Ja,' zei Jan. 'Maar jullie kunnen beter die weg nemen. Die gaat regelrecht naar Duitsland!'
'Ja,' riepen een paar anderen. 'Nach Deutschland! Wir gehen nach Mutti!'[81] Ze lachten en wuifden de jongens na.
'Heil Hitler!' riep Frits. 'Dat ziet er niet slecht uit, Jan! Die vechten niet meer.'
'Het was gewone weermacht,' zei Jan. 'De SS'ers, de partijmensen, die zullen er wel anders over denken!'
Bij Sam stond ook de hele familie buiten in de schemering. De joodse vrouw was er ook bij en haar dochtertje sprong blij op de jongens af en vroeg om chocola. Maar die hadden ze niet. De boer wist te vertellen dat de Canadezen al dichtbij waren. Hij was een eind naar het zuiden gefietst en daar had hij de eerste tanks al gezien.
'Waarom komen ze dan niet verder?' vroeg Sam zenuwachtig. 'Je zult zien, morgen zijn de Duitsers hier weer... In zijn donkere ogen leefde nog steeds de angst.
Maar nu durfden ze hem uit te lachen. De volgende morgen, toen ze met een zware koffer achter op de fiets weer vertrokken, dreunden de kanonnen zo dichtbij als ze nog niet gehoord hadden. De zon begon op te komen, toen ze bij de bunker kwamen. Het was een grote, aarden bunker, met palen opgezet en met een schietgat naar het zuiden. Nergens in de buurt was een mens te zien.
'Het is misschien niet eens nodig dat we 't doen,' zei Jan.
'Maar 't is veel te leuk,' zei Frits. 'Vooruit, geef mij de lading maar.'
'Geen sprake van, ik doe het. Jij kijkt uit.'
Het rook muf in het donkere hol en het plaatsen van de lading was een spannend werkje. Jans vingers trilden. Het was een tijdbom van twintig minuten, maar stel je voor, dat het ding niet goed was en meteen ontplofte...
Maar het lukte en Jan sprong opgelucht weer naar buiten. Hij wou meteen wegfietsen, maar Frits haalde hem over om te wachten. Bij de bunker ging een zandpad het land in. Dat fietsten ze op tot achter een boswalletje.
'Bij de boerderij staat iemand te kijken,' zei Frits.
'Laat maar kijken. Vijf minuten.'

Ze gingen op hun buik tegen het walletje liggen en loerden door de struiken. De zon stond nu boven de horizon en een leeuwerik steeg jubelend omhoog. Het zou een prachtige voorjaarsdag worden.
'Twaalf minuten.'
Toen kwam er een oud boertje langs het kanaal fietsen.
'Kijk daar es! Waarschuwen?'
'Laat maar gaan. Hij komt er nog best voorbij...'
Veertien minuten... Vijftien minuten... De boer was nu dicht bij de bunker. Toe nu toch, man, schiet op! Maar tot hun schrik zagen ze dat de man afstapte, zijn fiets neerlegde en de bunker binnen wilde gaan. Hij was zeker nieuwsgierig wat die twee jongens met hun koffer daar uitgevoerd hadden.
Ze sprongen op, ze schreeuwden, Jan schoot zijn revolver af. Ze zwaaiden met hun armen.
'Ga daar weg! Schiet op, vlug!'
De boer stond voor de ingang van de bunker verwonderd te kijken. Toen de jongens aan kwamen hollen en Jan nog eens in de lucht schoot, pakte hij kalm zijn fiets en stapte op. Step step step, hè hè, hij zat! En hij kwam nog ongeveer honderd meter ver. Toen vloog de bunker met een ontzettende klap de lucht in. De jongens lieten zich plat op de grond vallen en toen ze weer opkeken, zagen ze door een wolk van stof de man als een haas in de richting van zijn huis lopen en ze lachten tot ze niet meer konden.
Langs veldwegen bereikten ze de boerderij van Geert Reinders. Boven het kanaal, op een paar honderd meter hoogte, kwam een klein vliegtuigje zachtjes snorrend heen en weer vliegen. Een verkenningsvliegtuig. Het zette koers naar het noorden en bleef boven een heideveld cirkels draaien. Daar klonken geweerschoten. En plotseling gierde een granaat en barstte op de heide uit elkaar. De boerin vluchtte naarbinnen. Het begon ernst te worden.
'Daar op de heide heeft zich vanmorgen een troep Duitsers ingegraven,' zei Geert. 'Dat ding daarboven wijst ze precies aan!'
'Maar dan moeten de Canadezen vlakbij zijn!' riep Frits. 'Door het zolderraam kun je ze misschien al zien!'
Hij holde naar boven en Jan volgde hem. Het enige wat ze in het zuiden zagen, was een brandende boerderij. Zwarte rook trok laag over het land. Maar de ruiten trilden door de kanonschoten.
'Ze zijn er zo!' riep Frits. 'We kunnen de armbanden wel vast omdoen, Jan! O Jan, kerel...'
'We steken ze bij ons,' zei Jan. 'En waar is je sten?'

Toen hoorden ze stemmen in de schuur. Er werd Duits gesproken. Ze slopen naar de rand van de zolder. Daar stonden beneden hen vier soldaten, drie oude en één nog heel jong ventje in een te groot uniform. Ze vroegen om een stuk brood en wat drinken. Ze hadden in twee dagen niets te eten gehad, vertelden ze.
'Brood weiger ik aan niemand,' zei Geert. 'Vrouw, maak eens wat klaar. Ga zitten, mannen. Vechten hoeven jullie toch niet meer. De oorlog is voor jullie verloren.'
De drie oude soldaten stemden dat toe. De jongste werd geweldig kwaad.
'Verloren?' riep hij. 'Nichts verloren...! Wir kommen zurück! Wir gewinnen den Krieg! Der Führer...'[82]
'Ja, ja,' zei Geert, 'ga nou eerst maar eens rustig zitten. Hier is brood en melk.'
De Duitsers zetten hun geweren tegen de muur en gingen op een stapel zakken zitten om te eten. Geert stond bij hen. Jan en Frits keken elkaar aan. Ze begrepen elkaar zonder een woord. Jan deed zijn oranje armband om. Frits deed hetzelfde. Toen gingen ze zacht de ladder af en stonden plotseling met hun stens voor de etende mannen.
'Hände hoch!' zei Jan.
Drie deden het, heel verbaasd, met een stuk brood nog in de hand. De jongen vloog op en deed een sprong naar de geweren. Maar Geert Reinders gaf hem een schop onder zijn broek dat hij tussen de anderen terechtkwam. Die namen hem in hun midden en dwongen hem, zijn handen op te steken. Hij huilde.
'Neem het hem niet kwalijk,' zei een van de ouden. 'Hij weet niet beter. Hij is bij de Hitlerjeugd geweest.'
Ze fouilleerden de mannen, namen hun koppelriemen af en lieten ze dooreten. Toen kwam vrouw Reinders haastig de schuur in. Buiten klonk een verward geschreeuw en gejuich.
'Er rijdt zo'n groot ratelding bij de brug,' zei ze. 'En de mensen steken er de vlaggen uit!'
Frits holde naar buiten en kwam dansend weer terug.
'Ze zijn er!' schreeuwde hij. 'Ik heb de tanks gezien! Gaan we?' Ze lieten de gevangenen het laatste brood in de zak stoppen en zetten ze in een rij achter elkaar.
'Looppas!' zei Jan.
De mensen waren van alle kanten samengestroomd. Tanks met dreigende kanonlopen ratelden voorbij. Jonge kerels met vuile, lachende gezichten staken hun hoofd eruit en wuifden. Een meisje kwam met een bos bloe-

men aanlopen en stak die omhoog. Een tank stopte, het meisje klom ertegenop, gaf de bloemen en kreeg een zoen van de vreemde soldaat. De mensen juichten en lachten. Vlaggen wapperden uit de ramen en blonken in de zon. Het oude rood-wit-blauw, daar was het weer! En dáár was Jos, naast een Canadees, in een kleine, open auto, zoals Jan nog nooit had gezien, een jeep! Hij sprong eruit en omarmde Jan en Frits en daarna zomaar een vrouw, die van blijdschap stond te huilen.
Toen zette er een het Wilhelmus in...

HOOFDSTUK 10

Dit was op een donderdag, midden april, en het duurde dagen voordat de roes van de bevrijding voorbij was en het leven weer een beetje zijn gewone gang begon te gaan.
Die zondag waren de kerken overvol en ditmaal zat Jan weer naast zijn moeder, met in dezelfde bank zijn broer en zusjes en Trijntje, die uit Friesland overgekomen was. Toen de lofpsalm gezongen werd: 'Geloofd zij God met diepst ontzag...' drong het tot hem door, wat hij al die maanden van zijn onderduiktijd had gemist. Hij voelde moeders hand, die heel vast de zijne greep en hij wist wat ze bedoelde: 'Wij zijn erdoor en ik heb jullie nog, jou en Frits, en al mijn andere kinderen...' Hij keek haar aan. Zij zong niet mee. Tranen liepen over haar wangen en zij zuchtte diep. Die zucht begreep hij ook. Hij hoorde de stem van zijn vader: 'Eén van ons tweeën moet overblijven, Jan!' O, als nu ook de andere terug mocht keren...! Wanneer zouden ze eindelijk zekerheid hebben...?
Hij was de volgende dag weer op zijn post, als ondercommandant van de omgeving waar hij ondergedoken was geweest. Hij had een bespreking op het gemeentehuis, waar Jos als commandant zijn bureau had ingericht en kwam tegen de middag terugfietsen in zijn blauwe overall, met de oranje band om de arm. Het was stralend weer en de boeren waren druk op het land bezig. Ze liepen fluitend achter de ploeg en zwaaiden vrolijk toen ze Jan zagen. O, het was heerlijk om weer vrij te zijn, om zonder angst te mogen leven en weer veilig te kunnen gaan waar je wilde. Het was een wonder dat je niet genoeg kon beleven en waar Jan nog iedere dag aan moest wennen. Die nacht was hij nog verschrikt zijn bed uit gevlogen, omdat er plotseling een auto stopte voor het huis. Duitsers...? Nee, natuurlijk niet. Dat was voor altijd voorbij! Bij het kanaal klonken doffe knallen. Een troep boerenjongens was er aan het spelen met gevonden handgranaten. Zij lieten ze in het water ontploffen en juichten, als er een fontein omhoogspoot en een paar vissen dood boven kwamen drijven. Toen ze Jan zagen, gingen ze ervandoor het veld in. Hij kende er een

paar van en nam zich voor om hun namen aan de veldwachter door te geven. Alle gevonden munitie moest worden ingeleverd. In een naburig dorp waren al twee jongens ernstig gewond geraakt, toen ze een gevonden granaat uit elkaar wilden schroeven. Op een boerenerf, dicht bij de brug, hadden Canadezen een kampement ingericht. Een van hen was bezig zijn potje te koken. Hij schudde een paar blikken uit in een pan, spitte een gat in de grond en gooide daar een half blik benzine in leeg. Toen gooide hij zijn brandende sigaret in het gat en zette de pan op de hoog oplaaiende vlammen. Andere soldaten lagen op een zeil op het grasveld te kaarten en een paar kinderen liepen erbij rond, bedelend om kauwgum. Toen stopte er een grote, open vrachtwagen voor de boerderij, volgepakt met Duitsers, die in de strijd ergens achter Groningen gevangengenomen waren. Die moest wachten voor een lange colonne wagens en tanks, die van de andere kant de brug over kwam.

De Canadezen kwamen van het erf en omringden kauwend de wagen.

'Hulloh Jerries!' riepen ze. 'Smutty Jerries! Hitler kaputt!'[83]

Maar de gevangenen keken somber en strak voor zich uit en antwoordden niet. Toen klom een van de Canadezen, een grote, ruwe kerel, met de revolver in de hand op de wagen en beroofde een paar gevangenen van hun trouwring en hun horloge. Veel tijd had hij gelukkig niet en hij maakte een rare smak, toen hij van de rijdende wagen op de grond sprong. De anderen lachten hem uit en één rende de wagen na en gooide met een brede grijns een pakje sigaretten tussen de starende gevangenen. Aan de overkant van de weg, aan de rand van een akker, hadden de Canadezen hun doden begraven. Vier eenvoudige kruisen stonden daar naast elkaar. Zo stonden ze overal langs de wegen waarlangs het leger was opgetrokken. En langs diezelfde wegen lagen de graven van de Duitsers.

Het is nog altijd oorlog, dacht Jan. Wanneer zal er een eind aan komen? Zou het Duitse oorlogsbeest zich nu eindelijk niet overgeven? Of zou het, zoals Churchill gezegd heeft, in zijn hol onschadelijk moeten worden gemaakt?

Toen reed hem in snelle vaart een open jeep achterop, met twee mannen in Canadees uniform. Die achter het stuur zat, keek om, en toen hij Jan zag, remde hij zo krachtig dat de wagen dwars over de weg gleed en in de berm tot stilstand kwam. Hij sprong eruit, een magere, roodharige jonge kerel, en kwam met uitgebreide armen op Jan af.

'Lelijke schavuit!' riep hij. 'Om mij zo in angst te laten zitten! Eerst laat je mij bijna een jaar denken dat je dood bent en nu zoek ik je al sinds gisteren en niemand weet waar je zit! Zelfs oom Gerrit…'

'Wim...! Jij...!'
'Jan, goeie, ouwe Jan!'
Ze knepen elkaars handen en Jan kon het nog haast niet geloven, maar hij was het heus, het was Wim, hun eerste onderduiker, zijn beste kameraad in de groep van oom Hein! En nu stond hij daar in het uniform van Canadees luitenant en met zijn mond vol kauwgum, net als alle andere Canadezen...
'Ze wisten hier alleen dat je bij je moeder zat,' zei hij. 'Ik heb heel Assen rondgereden...'
'Maar wat zei je van oom Gerrit?'
'Nou, die wist ook niet waar je...'
'Oom Gerrit, is die dan...'
'Ja, die is terug, zaterdagavond al. Hij weet waar je vader zit en hij heeft mij alles verteld van jullie plan. Dat gaat door, jongen, ik zal voor een auto zorgen...'
'Ik heb er een, een Duitse vrachtauto. Daar zijn nu de jongens mee op stap om NSB'ers weg te brengen.'
'Ik zorg voor een betere, een luxe auto, en ook voor de nodige papieren. Vooruit, wat staan we hier? Gooi die fiets ergens neer en stap in!'
'Dat kan niet, Wim! Ik heb nog veel werk, ik ben...'
'Wát ben je?'
'Ondercommandant van de BS.'
'Dan benoemen we een onder-ondercommandant en die laat je het werk doen. Denk je dat ik mijn oude strijdmakker nu weer loslaat? Vooruit, zeur niet, kerel!'
Jan bracht zijn fiets bij een boerderij. De jeep stond voor, toen hij terug kwam hollen. Wim stelde zijn metgezel voor: 'Nicky, mijn chauffeur.'
'How do you do?'[84] vroeg Nicky en kauwde. En hij startte de jeep met zo'n vaart dat Jan zich vast moest grijpen. Ze reden eerst naar het huis waar Jan zijn bureau had en daar droeg Jan aan Steven het bevel over en zei dat hij die dag wel niet terug zou komen. Daarna reden ze naar het huisje van oom Gerrit. Ze zaten samen achterin en onderweg vertelde Wim, wat hem in het laatste jaar overkomen was. Hij had zich na de dood van oom Hein met Leo aangesloten bij een andere groep en was in de winter met een opdracht naar het bevrijde zuiden gezonden. Via de Biesbosch was hij 'gecrosst' – met een bootje overgestoken door de rietvelden – en nu deed hij dienst als verbindingsofficier en tolk.
'Een best baantje,' zei Wim. 'Ik zal jou straks ook zo'n pakkie laten aanmeten. Dat is beter dan die hansop, als we straks de grens overgaan...'

'En Leo?' vroeg Jan. 'Hoe is 't met Leo?'
'I don't know,'[85] zei Wim. 'Maar Anje heb ik gezien, die leeft... Stop, Nicky, take this little way to the left!'[86]
Ze reden achteruit en daarna in een grote stofwolk het zandpaadje naar het huisje van oom Gerrit in. En ja, daar stond hij weer zijn tuintje te spitten, de ouwe baas. Hij straalde over zijn hele gezicht en riep: 'Morgen zaai ik spinazie bij jullie ouwe huis, Jan, en je vader zal ze snijden!'
Ze gingen mee naar binnen om koffie te drinken. Nicky wilde niet. Die pakte de schop en spitte verder. Het was oom Gerrit werkelijk gelukt om met zijn broer een heel eind Duitsland in te komen. Nee, last had hij niet gehad, kinderen en ouwe mensen werden over 't hoofd gezien. Hij wist het kamp, hij had een kaart waar het op stond, hij had zelfs gevangenen gesproken die in de buurt aan een weg werkten. Die hadden hem verzekerd dat er een De Boer in het kamp was en dat het goed met hem ging. Een met een rooie driehoek op zijn borst, zeiden ze, een politieke gevangene, dus dat klopte wel. De meesten van hen hadden een groene, ze waren gewone misdadigers, dieven en moordenaars. Oom Gerrit had ze de groeten meegegeven en een boterham met schinken, met ham, die hij in zijn zak had. Hij was benieuwd of ze die ook overgebracht hadden...
'U kunt het gauw gaan vragen,' zei Wim. 'U kunt mee om oom Evert Jan te halen.'
'Nee,' zei oom Gerrit. 'Weet je wie je mee moet nemen? Trijntje, of een andere verpleegster. Want als het waar is wat ik gehoord heb... Nee, daar weid ik niet over uit. Maar je zou haar nodig kunnen hebben.'
Toen ze buiten kwamen, was Nicky nog steeds aan het spitten. Hij keek vol verwachting op, wat oom Gerrit er wel van zou zeggen.
'Het lijkt wel, alsof er een granaat is ontploft,' zei oom Gerrit. 'Tjongejonge, wat een tuinman is dat!'
Hij klopte Nicky op de schouder.
'Goed,' prees hij. 'Joe spit goed! Wie moet ik begraven in dat gat? Hitler? Graag hoor! Hoe eerder hoe beter!'
Nicky lachte en spuugde zijn kauwgum in een wijde boog voor zich uit.
'Ik denk,' zei oom Gerrit ernstig, 'dat er nog nooit in de wereld zoveel gebeden is om de dood van een mens, als nou met die Hitler. Ik doe het tenminste iedere dag. Die gek zit maar veilig in zijn bunker in Berlijn en iedere dag dat hij 't volhoudt, sterven er duizenden mannen voor hem...'
Wim liet Jan die dag niet meer los. Ze bezochten moeder en daarna Trijntje, en Wim stelde Jan voor aan zijn militaire commandant. Hij toonde hem ook in een militaire garage de auto die hij voor de tocht naar

Duitsland had bestemd: een grote, zwarte Dodge, die bij een NSB'er in beslag genomen was.
En van die dag af was het maar wachten of oom Gerrits gebed verhoord zou worden. En intussen al het werk doen dat er te doen was: NSB'ers verhoren, munitie verzamelen, Geert Reinders, die bij vergissing gearresteerd was, weer uit het kamp halen. De stroper op zijn nummer zetten, omdat hij gevangenen had mishandeld en een NSB-meisje het hoofd kaal geknipt had. Een lijst maken van al de plaatsen waar Duitsers begraven lagen en die lijken over laten brengen naar een massagraf. De in beslag genomen eigendommen van NSB'ers ergens opslaan en goed laten beheren... En met Frits praten, die niet meer naar school wilde, die alleen maar, evenals Wim, naar Indië wilde, om ook daar de vijand te verdrijven.
Intussen streed Duitsland zijn laatste strijd. Heel Nederland was nu veroverd, behalve Noord- en Zuid-Holland en de nood was daar onbeschrijflijk groot geworden. Het Zweedse Rode Kruis stuurde tarwemeel, waar zuiver witbrood van gebakken werd, maar wat was dat voor vijf miljoen mensen...? Maar toen volgde het ene goede bericht op het andere. Mussolini werd in Italië vermoord. Amerikanen en Russen ontmoetten elkaar bij de Elbe. Engelse bommenwerpers kwamen met toestemming van de Duitsers boven de vliegvelden in Holland en wierpen er duizenden pakketten met voedsel uit, de ene lading na de andere. Dat was de laatste zondag in april. En de volgende dag, eindelijk, kwam het bericht van de dood van Hitler. Hij had zelfmoord gepleegd in Berlijn. De wereld was van de tirannen verlost!
Er kwam een briefje van Wim. Drie woorden slechts: 'Hou je gereed.'
Maar het duurde nog vijf dagen. Toen werd in het hoofdkwartier van generaal Montgomery op de Lüneburgerheide de onvoorwaardelijke overgave door de Duitsers aanvaard. Een dag later gaf het Duitse leger in Holland zich over. In Wageningen werd in tegenwoordigheid van Prins Bernhard het bevel tot de overgave getekend. Honderden vrachtauto's, volgeladen met voedsel, stonden klaar en reden het hongergebied binnen. De vijfde mei! De grote feestdag! De totale bevrijding van het slavenjuk, waaronder het Nederlandse volk vijf jaren had gezucht!
De volgende morgen, in alle vroegte, kwam de zwarte Dodge voorrijden, met Nicky achter het stuur.

De reis verliep zonder moeilijkheden, ze merkten zelfs niets van een grens. Hier en daar werden ze aangehouden door militairen van het Poolse bevrijdingsleger of door Amerikanen, maar een blik op de papieren die de

militaire commandant had meegegeven, was voldoende. Toen ze benzine nodig hadden, reden ze naar een Amerikaans kamp en Nicky kreeg er de tank volgegooid. Toen ze dorst kregen, reden ze het erf van een grote Duitse boerderij op en konden er van de buigende boer alles krijgen wat ze wilden hebben. Wim vond bier in de kelder en Trijntje veroverde een paar weckflessen met kersen op sap.
'Voor je vader,' zei ze. 'Niets is beter voor een zwakke maag.'
De Dodge liep best en de kaart van oom Gerrit was uitstekend. Maar soms moesten ze omrijden voor een opgeblazen brug – als de Amerikanen er nog geen noodbrug gelegd hadden – en overal waren de wegen kapotgereden door de tanks, zodat zelfs Nicky niet op kon schieten. Toen verdwaalden ze ook nog in de puinhopen van een stadje, waar geen huis meer overeind stond. Zo werd het avond voor ze in de buurt van het kamp kwamen.
Ze spraken niet meer. De spanning kneep ze de keel dicht. Jans gedachten waren alleen maar een gebed: 'Heer, laat hem leven...' Een groot bord flitste voorbij: 'Konzentrationslager.'[87] Daar waren groepjes mannen in gestreepte pakken, die liepen te roken aan de kant van de weg. Een hek, prikkeldraad, nog meer gevangenen, die zich nieuwsgierig daarachter verdrongen... Barakken, een poort. Amerikaanse wachten...
Jan liet alles maar aan Wim over. Ze reden het kamp binnen, stapten uit en werden omringd door de gevangenen, die allemaal door elkaar praatten. Er waren ook Hollanders bij. Ze hadden allemaal kale hoofden, holle ogen, ze stonken allemaal – de stank van Westerbork...
'De Boer...? De Boer, der ist tot.'[88]
'Wát zeg je?'
'Dood. Al maanden. Aan tyfus gestorven.'
'Ach du, das war ein Anderer!'[89]
'Ja, dat was Boer. Piet Boer. Hoe heet deze...? Ook Piet?'
'Evert Jan. Evert Jan de Boer. Hier staat zijn zoon.'
'O, die...! Evert Jan, zeg dat dan!'
'Die de tanden uit zijn mond geslagen zijn! Ja, die is er! Die kennen we allemaal.'
'Dus hij leeft? Hij leeft?'
'Ja natuurlijk. Evert Jan, die krijgen ze niet dood! Evert Jan!'
Er ontstond een groot geroep: 'Evert Jan, je zoon is hier!'
Ze keken allemaal naar dezelfde barak. De deur stond open. Toen kwam daar een man uit in net zo'n gestreept pakje. Hij liep met een stok, een beetje gebogen...

'Dat is hij niet,' wou Jan zeggen. En toen zag hij het. Het was zijn vader. Maar hij leek op grootvader, die een paar jaar voor de oorlog gestorven was…
'Goedhouden,' hoorde hij Wim zeggen. 'Niet huilen, ben je gek? Maak hem niet van streek!'
Ze vielen elkaar zwijgend in de armen. Onder de omstanders werd het stil.

Een half uur later reden ze weg, met vader en een vriend van hem – die er veel erger aan toe was – achterin, en Trijntje ertussen. Jan en Wim zaten bij Nicky.
Het was moeilijk om weg te gaan en al die andere stakkers achter te laten, die allemaal maar één wens hadden: naar huis! Ze beloofden dat ze terug zouden komen. Ze gaven hun woord erop: zo gauw mogelijk zouden ze terugkomen met grotere wagens. Maar al die holle verlangende ogen staarden hen nog aan, toen ze al een heel eind weg waren.
Jan zat bijna achterstevoren op zijn plaats.
'Die vader!' zei hij.
'Die Jan!' lachte vader. 'Wat een kerels, zeg, om hun eigen vader uit het kamp te halen!'
'Dank u wel, oom!' zei Wim. 'Dat is het mooiste wat ik vandaag gehoord heb!'
'Wat bedoel je, Wim?'
'Dat u mij uw zoon noemt. Hún vader, zegt u.'
'Graag, hoor! En voor jou ook Trijntje!'
'Dank u, vader.'
Het was de eerste keer dat zij vader zei.
'Maar we zullen hopen dat je ouders nu ook gauw vrij zijn, Wim! En tante Herma en oom Nico…'
'We gaan erheen,' zei Wim. 'En Frits ook! We zullen die Jappen krijgen!'
'Goed zo,' zei vader. 'Dat moet gebeuren. Mij zullen ze wel niet willen hebben, zoals ik nu ben…'
Hij lachte.
'Wat een mond heb ik, hè?'
'Geeft niks, hoor vader! Straks een goed gebit, dan zie je er niks meer van. Wij hebben je weer! Wij zijn er allemaal nog!'
'Goddank,' zei vader. En even later, zacht: 'Goddank…'
De vriend van vader kreunde. Zijn uitgeteerde lichaam kon het schokken van de wagen moeilijk verdragen. Ze stopten bij een boerderij en haalden

er de kussens van de bedden. Toen de boer bezwaar maakte, lieten ze hem even in de auto kijken. Dat was genoeg.

Nicky knipte de lampen aan en zocht voorzichtig zijn weg tussen de puinhopen en granaattrechters. Een lange, moeilijke reis lag nog voor hen. Reis door de nacht...

Maar de reis door de nacht van oorlog en angst en verschrikking was voorbij! En ze voelden het allemaal als een wonder dat ze de nieuwe dag mochten beleven.

VERKLARENDE WOORDENLIJST

1. Allemaal uitstappen.
2. Alles laten liggen.
3. Ik heb de grootste haast.
4. Hartelijk dank voor alles.
5. Wat hebt u gedaan?
6. Het is een oude wagen. Hij was de hele dag al zo slecht. Misschien zijn de bougies vet.
7. Vriend van Duitsland?
8. Dat is de goede sleutel.
9. Een burger die tegen de vijand vecht.
10. Is meneer De Boer thuis?
11. Bent u meneer De Boer?
12. Ik deel u mee dat u gearresteerd bent.
13. Handen omhoog.
14. Meekomen.
15. Zult u in de stad horen. Vlug alstublieft, kleedt u zich aan.
16. Hé, wat doe jij hier?
17. Je bent een deugniet.
18. Neem me niet kwalijk.
19. Ik heb zelf ook zo'n jongen thuis. Zo'n lief brutaal varken.
20. Haal nu die Schram eens voor me op!
21. Hitler was zijn loopbaan begonnen als huisschilder.
22. Duitse militaire organisaties.
23. In de oorlog noemde men de goede Nederlanders 'goed', en de NSB'ers 'fout'.
24. Geheime Staatspolitie.
25. Kriegsgefangener.
26. Goedenmorgen! Bent u vrienden?
27. Ik heb burgerkleding nodig. Kunt u mij verbergen?
28. Ja, dat kunnen we.

29. Arme Bill!
30. Engelse groet.
31. Duitsers! Daar!
32. Frans scheldwoord voor Duitser.
33. Vijandelijke vliegers gezien?
34. Ha, goedenmorgen! Wat wilt u? Vliegers? Jawel, mijne heren, deze nacht!
35. Wij werken.
36. Tot de volgende keer! God zegene u! Vaarwel!
37. Een yellow is een vroegrijpe, zurige appel.
38. Niet-joods.
39. Vlug, vlug, haast u daarachteraan!
40. Wat doet u daar?
41. U mag hier niet zijn. Weet u dat niet? Kunt u niet lezen?
42. Nee, daar! U hebt toch dat bord wel gezien?
43. Niets gezien. Nee, niets gezien! Alleen elkaar gezien, hè? Als jullie zoenen willen, heel goed, maar niet hier. Dit is een kamp, een jodenkamp.
44. Gefeliciteerd. Een mooi meisje!
45. Dank u wel.
46. Plaatselijke commandant.
47. Houd dat kleine jodenmeisje in huis. Mijn chauffeur is namelijk niet te vertrouwen.
48. De officieren van de Weermacht hebben later een aanslag op Hitler gepleegd.
49. Knap meisje.
50. Dank u wel, mevrouw. U bent net mijn moeder. Ik voel me helemaal thuis.
51. De Duitsers krijgen mij niet levend in handen. Ik weet veel te goed wat er dan met mij zal gebeuren.
52. En als de moffen in huis blijven? Dan zit ik opgesloten.
53. Handen omhoog.
54. Wat doet u hier?
55. Codewoord voor revolver.
56. Hier heeft iemand geslapen. Het bed is warm!
57. We hebben haast, komen zo terug.
58. Verder!
59. Politie. We hebben haast.
60. Reisorder, alstublieft!

61. Gewapende NSB'ers.
62. Mijn hart verlangt naar jou.
63. Als u zich omdraait, schiet ik. U bent gearresteerd.
64. Kop dicht!
65. Nu, wat wilde u dan? Bent u nu tevreden?
66. … jij varken!
67. Boef.
68. Wat is er?
69. Wegbrengen. Die varkens, die leugenaars!
70. Kent u die?
71. Is het niet uw zuster?
72. Past u op. Die kent u!
73. Ik ben de ambtenaar die uw zaak in handen heeft.
74. Meekomen. Alle kleren meenemen. Vlug!
75. U heeft vijf minuten.
76. Zwijgen!
77. Man, ik kan niet stoppen, mijn rem is kapot!
78. Meer dan vijfhonderd mannen zijn nooit teruggekeerd!
79. Goede vrienden. Kom hier, jongens!
80. Voorzichtig.
81. Naar Duitsland. Wij gaan naar moeder!
82. Verloren? Niets verloren…! Wij komen terug! Wij winnen de oorlog. De Führer…
83. Hallo moffen! Smerige moffen! Hitler is verslagen!
84. Hoe gaat het?
85. Ik weet het niet.
86. Stop Nicky, neem dit kleine weggetje links.
87. Concentratiekamp.
88. … die is dood.
89. Ach jij, dat was een ander!

AFKORTINGEN

BS	Binnenlandse Strijdkrachten
CCD	Centrale Crisis Controle Dienst. Later: Crisis Controle Dienst
HBS	Hogere Burger School
KP	knokploeg
LO	Landelijke Organisatie voor hulp aan onderduikers
NSB	Nationaal-Socialistische Beweging
PB	persoonsbewijs
SD	Sicherheitsdienst
SS	Schutzstaffel, een paramilitaire organisatie tijdens het nazibewind
WA	Weerbaarheidsafdeling van de NSB